# LES LOUPS CENDRÉS

## L'INTÉGRALE

MILA YOUNG

Traduction par
SOPHIE SALAÜN

Les Loups Cendrés L'INTÉGRALE © Copyright 2022 Mila Young

Couverture par Addictive Covers

Traduction : Sophie Salaün

Sous la direction de : Jean-Marc Ligny

Venez découvrir mes romans sur www.milayoungbooks.com

Tous droits réservés, en vertu des Conventions Internationales et Panaméricaines sur les droits d'auteurs. La reproduction ou l'utilisation d'un extrait quelconque de ce livre, par quelque procédé que ce soit, tant électronique que mécanique, en particulier par photocopie, par enregistrement, ou par tout système de mise en mémoire et de récupération de l'information, est interdite sans l'autorisation écrite de l'éditeur/auteur.

Ceci est une œuvre de fiction. Les noms, personnages, lieux, et évènements sont soit le fruit de l'imagination de l'auteur, soit utilisés de manière fictive, et toute ressemblance avec des personnes réelles, vivantes ou non, des établissements commerciaux, des évènements ou des lieux serait purement fortuite.

Avertissement : la reproduction ou la distribution non autorisée de cette œuvre protégée est illégale. Les infractions criminelles au droit d'auteur, y compris les infractions sans contrepartie monétaire, font l'objet d'une enquête du FBI et sont passibles d'une peine de prison pouvant aller jusqu'à 5 ans, et d'une amende de 250 000 $.

# TABLE DES MATIÈRES

## RECHERCHÉE PAR LES LOUPS

| | |
|---|---|
| Prologue | 5 |
| Chapitre 1 | 15 |
| Chapitre 2 | 25 |
| Chapitre 3 | 34 |
| Chapitre 4 | 44 |
| Chapitre 5 | 54 |
| Chapitre 6 | 62 |
| Chapitre 7 | 74 |
| Chapitre 8 | 86 |
| Chapitre 9 | 101 |
| Chapitre 10 | 110 |
| Chapitre 11 | 120 |
| Chapitre 12 | 136 |
| Chapitre 13 | 154 |
| Chapitre 14 | 171 |
| Chapitre 15 | 177 |

## ATTIRÉE PAR LES LOUPS

| | |
|---|---|
| Chapitre 1 | 195 |
| Chapitre 2 | 201 |
| Chapitre 3 | 212 |
| Chapitre 4 | 225 |
| Chapitre 5 | 232 |
| Chapitre 6 | 241 |
| Chapitre 7 | 256 |
| Chapitre 8 | 270 |
| Chapitre 9 | 282 |
| Chapitre 10 | 292 |
| Chapitre 11 | 310 |

| | |
|---|---|
| Chapitre 12 | 318 |
| Chapitre 13 | 329 |
| Chapitre 14 | 339 |
| Chapitre 15 | 351 |
| Chapitre 16 | 359 |
| Chapitre 17 | 374 |
| Chapitre 18 | 388 |

## OBSÉDÉE PAR LES LOUPS

| | |
|---|---|
| Chapitre 1 | 405 |
| Chapitre 2 | 418 |
| Chapitre 3 | 425 |
| Chapitre 4 | 433 |
| Chapitre 5 | 449 |
| Chapitre 6 | 461 |
| Chapitre 7 | 472 |
| Chapitre 8 | 484 |
| Chapitre 9 | 498 |
| Chapitre 10 | 508 |
| Chapitre 11 | 516 |
| Chapitre 12 | 525 |
| Chapitre 13 | 536 |
| Chapitre 14 | 545 |
| Chapitre 15 | 558 |
| Chapitre 16 | 572 |
| Chapitre 17 | 582 |
| Chapitre 18 | 593 |
| Chapitre 19 | 600 |
| Chapitre 20 | 618 |
| Chapitre 21 | 629 |
| Chapitre 22 | 640 |
| Chapitre 23 | 647 |
| Chapitre 24 | 655 |
| Chapitre 25 | 663 |

| | |
|---|---:|
| *La Louve Perdue* | 675 |
| *Abonnez-vous à la newsletter de Mila* | 677 |
| *À propos de Mila Young* | 679 |

# LES LOUPS CENDRÉS

**Trois Alphas sexy cherchent à me revendiquer, mais seront-ils capables d'apprivoiser le monstre en moi ?**

Pour survivre, j'ai dû prétendre être ce que je ne suis pas : quelqu'un de normal.

Seule une personne assez forte pour combattre les ténèbres en moi et assez sauvage pour rester pourra apprivoiser ma bête.

Les Alphas de la meute Cendrée prétendent que je suis leur compagne et me font la promesse de m'aider, mais ces trois loups impitoyables sont forts, puissants et farouchement possessifs.

Il pourrait me sembler impensable de leur être soumise, mais je ne peux ignorer que leur contact attise le feu en moi, que je brûle d'être avec eux de toutes les manières possibles.

**Mais voudront-ils encore de moi quand ils découvriront la vérité sur ce que je suis vraiment ?**

*Les Loups Cendrés est une saga de trois livres sur le thème des loups métamorphes, avec de magnifiques mâles alpha et une femme puissante qui les apprivoise tous. Ces personnages aux caractères variés, empreints de passion, d'action et de suspense, vous déchireront le cœur et vous tiendront en haleine jusqu'à la toute dernière page ! Ne laissez pas passer la chance de lire la série complète aujourd'hui ! Faites défiler la page et commandez votre exemplaire !*

**Les Loups Cendrés, l'Intégrale comprend ces trois livres:**

Recherchée par les Loups
Attirée par les Loups
Obsédée par les Loups

# RECHERCHÉE PAR LES LOUPS

## LES LOUPS CENDRÉS

# RECHERCHÉE PAR LES LOUPS

**Des protecteurs puissants. Des partenaires unis par le destin. Et un secret mortel.**

*Ils me traitent en paria, ils disent que je suis faible.*

Durant toute mon existence, j'ai lutté pour ma survie ; fuyant une attaque perpétrée contre ma famille, j'ai fini par me cacher parmi la meute des Loups Cendrés. Cette décision pourrait être ma plus grande erreur. Et dans ce domaine, je suis la reine...

Je leur laisse croire que je suis brisée, je les laisse croire aux mensonges. Je les laisse croire tout ce qu'ils veulent... du moment que ce n'est pas la vérité.

Un monstre vit en moi, fait de dents, de griffes, et d'un besoin terrifiant. Je l'enfouis en moi, je le cache à la vue de tous en prétendant être normale. Mais je ne suis pas normale. J'en suis très loin.

La seule chose qui pourra nous sauver, la meute des Loups Cendrés et moi, c'est une union. Mais j'ai besoin de quelqu'un d'assez fort pour combattre les ténèbres en moi... et d'assez sauvage pour rester.

Ces loups métamorphes impitoyables accepteront-ils de me venir en aide... quand ils découvriront ce que je suis réellement ?

Voici le Livre 1 d'une trilogie de romance paranormale, pour celles et ceux qui aiment les protecteurs puissants, les loups métamorphes et les scènes torrides.

# PROLOGUE

## MEIRA

Le grincement de la porte me prévient qu'on entre dans ma chambre.
— Maman ?
Pleine d'espoir, je roule dans mon lit.
Mais c'est Jaine, notre voisine. Elle se précipite vers moi, yeux noisette, cheveux blonds ébouriffés, dans sa chemise de nuit bleue rapiécée. Elle est toute pâle, sa respiration est rapide, hachée. Je me souviens du sang et des larmes qui ruisselaient sur ses joues lorsqu'elle est arrivée au campement, après le massacre de sa famille par les Monstres de l'Ombre. La lumière du matin illumine ma petite chambre, et des silhouettes passent à l'extérieur, devant ma fenêtre. La peur que j'ai lue sur son visage est ancrée en moi, et m'effraie toujours… et aujourd'hui, alors qu'elle pénètre en trombe dans ma chambre, elle a le même regard.

Mes cheveux se hérissent sur ma nuque, et je remonte la couverture sur ma poitrine, tandis qu'un gémissement s'échappe de mes lèvres.

— Qu'est-ce qui se passe ?
— Meira, ma douce, murmure-t-elle, haletante. (Elle est un

peu plus jeune que Maman, mais elle s'occupe déjà de moi.) La mort rôde aujourd'hui. Nous devons faire vite et garder le silence maintenant.

Elle s'étouffe sur ces derniers mots, et les larmes ruissellent sur ses joues. L'éclat dans les yeux de Jaine laisse entrevoir son loup, juste sous la surface. Sa peur emplit la pièce, épaissit l'air.

Je remue pour m'asseoir droit dans le lit, et je redresse les épaules.

– Où est Maman ?

Ma petite chambre est baignée de la lumière du matin, et des silhouettes courent dehors, devant ma fenêtre. Mes rideaux sont tirés, et leurs ombres forment un théâtre de marionnettes effrayant.

Elles bougent vite.

Il y en a beaucoup trop. Dans ce campement, nous sommes une douzaine de femmes à nous cacher du danger extérieur. Les grillages hauts de trois mètres et surmontés de barbelés les ont toujours tenues à distance.

– Jaine, qu'est-ce qui se passe ?

– Les créatures sont là. (Elle jette un œil par-dessus son épaule, vers la porte entrouverte.) Il faut que tu te caches.

Un frisson parcourt mon corps. Je hais les Monstres de l'Ombre. Frissonnante, je serre mes bras autour de mon corps, vêtu d'un simple pyjama. Nous avons déjà fui les créatures auparavant, puis nous avons trouvé cet endroit avec Maman. Notre refuge. Du moins c'est ce que je pensais.

– Il faut que je trouve Maman, murmuré-je.

Jaine ne me répond pas. Elle se contente de me saisir le bras et de me tirer hors du lit.

La maladie dont je souffre depuis la naissance envoie des vagues de douleur dans mes membres. Je grimace sous le coup de la souffrance qui s'acharne sur ma chair, semblable à des griffes. Maman n'arrête pas de dire que c'est mon côté loup qui essaie de ressortir. J'ai déjà quatorze ans et ma première mutation n'a pas encore eu lieu. C'est d'ailleurs pour cette raison que je ne devrais plus être en vie, mais Maman dit que je suis son petit miracle. Pendant des années, nous avons fui les loups qui m'auraient tuée pour ce que je suis, et nous avons rejoint plusieurs communautés de femmes, au hasard, pour ma sécurité. Maman ment aux autres femmes, leur disant que je n'ai que onze ans, que je n'ai pas encore atteint la puberté, afin qu'elles n'aient pas elles aussi envie de me tuer. Je suis mince et je fais jeune pour mon âge. Jusqu'à présent, nous avons survécu.

– Faisons vite et sans bruit, Meira. Répète ces mots dans ta tête, ça t'aidera.

J'ai trop mal à l'estomac. Mon regard dévie vers la fenêtre, vers l'agitation qui règne à l'extérieur. Quelqu'un crie et je grimace, m'agrippant au bras de Jaine. Pourquoi Maman ne vient-elle pas me chercher ? Où sont tous les autres ?

*C'est un havre de paix. C'est notre foyer.*

Mais Maman avait tort. Les Monstres de l'Ombre sont entrés en force, comme ils le font toujours.

Jaine se penche, agrippe mes épaules, et me fixe droit dans les yeux.

– Répète ces mots : vite et sans bruit. Encore et encore.

Les larmes me montent aux yeux. Un an de paix. C'est tout ce à quoi nous avons eu droit, et maintenant les démons sont de nouveau à notre porte.

Jaine me saisit le poignet, et nous nous baissons le plus possible en nous précipitant hors de ma chambre, puis dans le couloir. Elle ouvre en silence la porte du petit placard de l'entrée, où nous rangeons les balais et les bottes d'hiver. C'est là que Maman m'a entraînée à me cacher, jusqu'à ce que je sois capable d'y aller les yeux fermés. La porte possède un verrou à l'intérieur aussi.

– Vite et sans bruit, ma puce, d'accord ?

Jaine a la voix qui tremble, elle panique.

Je trébuche dans la cachette, me retourne pour lui faire face. Mon cœur tambourine à mes oreilles.

– J'ai peur.

Une explosion détonne quelque part en arrière-plan, et toute la maison est ébranlée. Jaine ferme la porte en hâte, et les ténèbres m'engloutissent. Les doigts tremblants, je mets le verrou en place, et je recule jusqu'à ce que mes talons heurtent un seau. Blottie dans un coin, au milieu de vieux vêtements, j'étreins mes genoux.

Je me balance d'avant en arrière, faisant tout mon possible pour ne pas gémir trop fort.

*Vite et sans bruit.*

Nous étions censées être en sécurité ici. Maman me l'avait promis.

J'entends une femme crier au loin, et je frissonne.

Des grognements tonitruants, du verre brisé, des bruits de pas qui martèlent le plancher. Je ravale mes cris, m'enroule autour de mes genoux pliés.

Les Monstres de l'Ombre sont dans la maison.

Je n'arrive plus à respirer… Ils vont me massacrer.

J'entends un raclement, comme si l'on traînait quelque chose sur le sol. Puis tombe un silence de mort.

Je n'entends plus que ma respiration et le martèlement de mon cœur.

Je vois des ombres passer sur les lattes de bois, juste derrière ma porte. Accompagnées d'une odeur de viande rance. Mon estomac se contracte tellement fort, j'ai l'impression que je vais vomir.

Un autre cri déchire l'air, et je sursaute ; je me mords fort la lèvre inférieure pour m'empêcher de sangloter.

Quelqu'un frappe le mur, juste à l'extérieur de ma cachette. Je recule encore, le dos pressé contre le mur. Chaque fibre de mon être tremble violemment, mais je ne parle pas. Je ne fais pas un bruit. Sinon ils risquent de m'entendre.

Un bruit de succion, déformé par des hurlements, emplit mes oreilles.

J'ai envie de hurler, de courir. Je plaque mes mains sur mes oreilles, baisse mon menton contre ma poitrine et me balance d'avant en arrière.

*Vite et sans bruit.*
*Vite, et sans bruit.*
*Vite, et sans bruit.*
*Vite, et sans bruit.*

Je ne sais pas combien de temps s'écoule. Les larmes ruissellent sur mon visage. Je n'arrête pas de trembler. Finalement, je m'avance un peu, colle mon oreille contre la porte. La sueur coule dans mon dos. J'ai des crampes aux jambes à force d'être restée si longtemps sans bouger. *Maman, où es-tu ?*

Quand l'angoisse de l'attente me submerge, j'ôte le verrou. La porte s'ouvre en grinçant. Mon cœur s'arrête.

Je me fige sur place.

*Inspire.*

*Expire.*

Rester assise ici fait de moi une cible facile. *Vite, et sans bruit.* Alors je m'oblige à regarder à l'extérieur.

On dirait qu'on a balancé de la peinture rouge sur les murs, mais l'odeur nauséabonde me dit que c'est du sang.

Jaine gît sur le dos, les jambes et les bras tordus, brisés. Elle a le ventre ouvert. Ses côtes brisées transpercent le tissu de son pyjama. Je vais être malade.

La terreur m'étreint la gorge.

« N'aie pas peur de la mort, dirait Maman. Nos corps ne sont que des vaisseaux avant notre ascension vers le paradis. Si tu vois un mort, détourne le regard, et poursuis ton chemin. »

Je détourne le regard de Jaine, et me précipite hors du placard.

Le silence est étouffant.

J'explore rapidement la maison dénuée de meubles, et je n'y trouve personne. Je cours pieds nus d'une pièce à l'autre. Abandonnée. *Maman, où es-tu ?* Mon pyjama est plaqué contre ma peau par la sueur froide.

Il y a d'autres maisons dans ce domaine où elle pourrait se cacher, alors je me glisse dans le jardin.

La pluie tombe et le tonnerre gronde dans le ciel meurtri. Un éclair traverse les cieux.

J'ai le souffle coupé en découvrant la scène devant mes yeux.

Il y a des cadavres partout, c'est le chaos autour de moi. Des mères. Des enfants. Des gardiens. Une douleur atroce me déchire le cœur. J'aurais dû essayer de les aider, au lieu de me cacher. Je reconnais des visages familiers, et mon estomac se révulse à la vue de ces amis et voisins mutilés, en sang.

Je me précipite de corps en corps, à la recherche de son visage. Je me surprends à espérer qu'elle a réussi à s'en sortir vivante. Qu'elle a trouvé un endroit où se cacher. Je pivote, et mon regard se pose sur un visage familier.

– Maman !

Un cri s'échappe de mes lèvres, je cours et tombe à genoux à côté d'elle. Le sang coule à flots de la profonde entaille en travers de sa gorge. Je n'arrive pas à regarder sa blessure, alors je prends son visage en coupe dans ma main, et je rapproche le mien, comme elle le fait toujours avec moi. Nos nez se touchent ; sa peau est fraîche contre la mienne. Mes larmes coulent et tombent sur ses joues. Ses cheveux brun foncé s'étalent autour de sa tête, sa peau est pâle, teintée de sang. Les gens disent toujours que je suis aussi belle qu'elle, avec des pommettes marquées, un petit nez parsemé de taches de rousseur, et un visage rond. Mais à cet instant, la seule ressemblance que je vois, ce sont ses yeux d'un bronze clair dans lesquels les miens sont plongés.

– Maman...

En moi, tout éclate comme du verre.

– Maman ! S'il te plaît. Réveille-toi. (Je tiens son visage, les bras tremblants.) S'il te plaît, ne me laisse pas.

Toute seule, je ne survivrai pas. Et je suis complètement seule.

Elle ne répond pas, alors je pleure à ses côtés. Maman est tout ce qui me reste dans ce monde. Je suffoque, et serre mes bras autour de mon corps. Un vent froid soulève mes cheveux. À présent la pluie tombe à grosses gouttes, je suis complètement trempée, mais je ne bouge pas.

Plus jamais Maman ne me prendra dans ses bras ni ne couvrira mon visage de baisers. Plus jamais elle ne me réveillera avec des chatouilles. Et plus jamais elle ne me serrera contre elle pour me rassurer, la nuit, en pleine tempête. Je me sens tellement perdue. Tellement en colère. J'ai tellement peur. Ma respiration se fait saccadée alors que les sanglots de mon cœur brisé flottent dans l'air.

Maman a l'air si paisible, étendue là, les muscles complètement relâchés, alors qu'elle était toujours si tendue de son vivant. Un grognement rauque derrière moi fait bondir mon cœur.

Je relève la tête, et fais volte-face. La terreur cogne sous mon crâne.

Il y a un Monstre de l'Ombre au coin de la maison. Maigre, dégingandé, ses vêtements déchirés pendent sur sa carrure osseuse. Il n'a pas de lèvres ; elles ont été rongées. Il ne reste que des dents, tachées, cassées. Tout d'abord, je ne vois qu'elles. Et puis les yeux exorbités au milieu de ce visage décharné. Il est tellement émacié... affamé.

Je me relève à reculons, et la panique m'envahit, me tordant le ventre.

Il s'élance en avant, grognant.

Je recule, j'ai envie que la terre s'ouvre en deux et m'engloutisse.

Mais la créature ne s'approche pas de moi. Elle tombe à genoux devant une femme morte, et plonge la bouche dans son ventre déchiré pour la dévorer. Ce bruit de succion me donne des haut-le-cœur.

La bile me remonte dans la gorge. Je recule, quand quelqu'un frôle mon épaule.

Pivotant, je hurle en découvrant une autre créature morte-vivante à quelques centimètres de moi. Mon instinct prend le dessus, et je recule. Des cheveux semblables à de la paille pendent devant son visage sans vie. Mon talon heurte quelque chose, et je tombe. Je me traîne en arrière, remarquant au passage la jambe arrachée, charnue et sanglante, sur laquelle j'ai trébuché.

La peur m'assomme, mon cerveau s'embrume. Je ne peux pas faire ça. Je ne peux pas.

La créature bondit.

Je hurle et me dérobe à reculons.

Mais elle plonge sur l'enfant mort juste à côté de moi. Mon cœur palpite dans ma gorge.

Le Monstre de l'Ombre ne m'a pas vue. Comment est-ce possible ? Comme si j'étais invisible, ou quelque chose comme ça.

C'est ce que je suis. Invisible. J'ai besoin d'y croire, sinon je ne bougerai plus.

Je lutte pour me remettre sur pied. Un doigt est collé à mon pantalon de pyjama, couvert de substances sanguinolentes.

La nausée me submerge de nouveau.

La tête du mort-vivant pivote dans ma direction, et son regard tombe sur la tache. Je me débarrasse rapidement de mon pantalon, et le jette au loin. Je recule tandis que la créature repère le pyjama tombé au sol.

Une autre créature, vacillant sur ses pieds, me rentre dedans et poursuit son chemin. Un cri étranglé m'échappe, je me plaque une main sur la bouche pour étouffer mes sanglots. Je m'éloigne de la marée de morts-vivants qui viennent dans ma direction, à travers la clôture brisée.

Mon Dieu, il y en a tellement.

Les Monstres de l'Ombre étaient des métamorphes avant, tout comme moi. Ou peut-être de simples humains, ou encore ils appartenaient à l'une des nombreuses espèces de surnaturels peuplant ce monde. Maman disait que le virus qui avait détruit notre monde ne faisait pas de discrimination, qu'il s'attaquait à tous ceux qu'il pouvait atteindre, les transformant en morts-vivants.

Aucun Monstre de l'Ombre ne regarde dans ma direction, mais tous se précipitent vers les corps encore chauds pour se nourrir. C'est tout ce qu'ils sont capables de faire.

Mon cœur bat trop fort, trop vite.

Je ne sais pas ce qui se passe, mais il faut que je m'en aille d'ici avant que cette chance inespérée ne tourne et qu'ils commencent à me remarquer. Alors je passe à travers la horde de créatures.

Une fois celle-ci franchie, je cours vers la rue principale, mes pieds nus, ensanglantés, et douloureux martelant le chemin érodé.

Jaine avait raison. *Vite et sans bruit.*

# CHAPITRE 1

## MEIRA

*Cinq ans plus tard*

Un malheur n'arrive jamais seul.
Bon sang, je détestais vraiment cette expression avant, je la haïssais cordialement. Principalement parce que je ne comprenais pas à quel point elle était vraie. Je ne savais pas que, quand la vie vous balançait un coup de poing, il était vite suivi de plusieurs autres, rien que pour être sûr que vous ne puissiez pas vous en relever.

Je ne suis pas optimiste. Je l'accepte. Vivre dans un monde dévasté par un virus m'a complètement brisée, surtout après avoir perdu tous ceux que j'ai connus… y compris Maman.

– Bouge, aboie un Alpha musclé aux cheveux blancs.

Il me saisit le bras, le serrant terriblement fort. Il me traîne au milieu d'un petit avion, qui me fait penser à un cercueil d'acier avec des ailes.

Les cordes qui lient mes poignets dans le dos sont trop serrées. Le frottement contre ma peau est cuisant. J'ai envie de dire quelque chose, mais j'ai encore le goût du sang dans ma bouche après qu'il m'a balancé un revers de la main la dernière fois que j'ai exigé qu'il me relâche. Alors je ne dis rien, et j'essaie de le suivre, trébuchant au passage.

Il n'y a pas de sièges dans cet avion, rien que de petits hublots ronds, et des femmes assises sur le sol de chaque côté de moi. Huit femmes, en plus de moi. Elles sont assises le dos à la paroi, les mains menottées à une chaîne qui les relie toutes entre elles, et les maintient en place.

Elles sont toutes en train de me fixer, et la peur se lit dans leurs regards. Leurs vêtements sont sales et déchirés. Leurs bras et leurs jambes sont constellés de bleus et de coupures... Bon sang, elles ont toutes à peu près mon âge, dans les dix-neuf, vingt ans. Certaines d'entre elles sont d'une beauté renversante, d'autres plus ordinaires, mais elles sont toutes terrifiées.

Tout comme moi, les Loups Cendrés les ont trouvées dans les bois, au mauvais endroit, au mauvais moment. C'est ma faute, je suis entrée dans le Territoire des Ombres... leur territoire. J'aurais dû me montrer plus prudente, mais la faim fait faire n'importe quoi. Je vis seule depuis cinq ans, je récupère ce que je peux, j'évite les monstres dans les bois, et les meutes de loups.

Apparemment, les femmes louves métamorphes sont des marchandises, et ne sont utiles qu'à deux choses.

S'accoupler, dans le but de se reproduire.

Ou être vendues, ce qui mène de toute façon au premier point.

Et, coup de chance pour moi, je vais être vendue à une autre meute de loups à l'extrême Ouest de l'Europe Orientale. Cela ne fait que repousser l'horrible et inévitable accouplement qui m'attend. Je me battrai jusqu'au bout pour ne pas céder à un quelconque Alpha.

Je serre les dents, je me fiche de savoir à qui ils vont me

vendre. Je m'évaderai et m'enfuirai. C'est l'existence que je mène depuis que les monstres morts-vivants ont fait irruption dans ma maison, et massacré tous ceux que je connaissais. Le souvenir me tord le vendre, et ma louve gémit au fond de ma poitrine, mais je chasse cette pensée. Pas maintenant. Je refuse de me noyer dans ce chagrin dont je ne parviens pas à me défaire.

Le métamorphe aux cheveux blancs me fait pivoter, avant de me repousser jusqu'à ce que je heurte la carlingue de l'avion.

– Assise ! grogne-t-il.

Ses yeux bleu glacier sont emplis de ténèbres. C'est un loup Alpha ; je le sens sur lui, comme on sent l'électricité dans l'air après un orage. Une odeur de loup perdure aussi sur lui, et ma bête réagit en la reconnaissant. Le grondement qui jaillit de ma poitrine est un avertissement très clair à son attention : il doit se tenir éloigné de moi. Sa présence me laisse un goût amer dans la bouche.

Je m'agenouille et m'assieds sur mes talons.

– Caspian, on est prêts à partir ? Ils viennent d'amener la dernière de la livraison de Mihai, crie soudain l'homme qui m'a fait monter dans l'avion, reportant son attention sur la porte ouverte du cockpit.

– Mad, amène ton cul par ici.

Je garde bien précieusement en mémoire pour plus tard les noms de ces métamorphes, parce que la connaissance est tout ce qu'il nous reste quand le monde s'est effondré. On peut vendre n'importe quelle information au bon acheteur, ou pour se sortir d'une situation délicate.

Mad souffle et passe une main sur son visage buriné. Il n'est pas laid… bien au contraire. Il a l'air d'être au milieu, voire à la fin de la vingtaine, il a des traits anguleux, et une mâchoire carrée, des épaules larges, et un corps tout en muscles. Sauf qu'il me donne la chair de poule. Il y a une aura malsaine autour de lui. Mais d'un autre côté, la plupart des hommes que j'ai rencontrés me font le même effet ; ils ne veulent qu'une chose de moi. Alors que tout ce que j'ai envie de faire, c'est leur balancer mon genou dans l'aine.

– Merde, mec, grogne l'autre type dans le cockpit.

– Je te jure, Caspian. On est déjà en retard parce que Mihai prétend qu'il s'est perdu en route avec la marchandise. T'as plutôt intérêt à ne pas foirer toi aussi.

Retroussant sa lèvre supérieure dans un rictus, Mad s'engouffre dans le cockpit. De là où je suis, je le vois se pencher pour aider le pilote, mais je ne perds pas une seconde de plus.

Cet imbécile a oublié de m'attacher à la chaîne avec les autres femmes. Un sourire satisfait, voire béat, s'épanouit sur mes lèvres. Lentement, je me redresse, jetant un œil à l'endroit par où nous sommes arrivées, la porte principale, toujours grande ouverte.

Je regarde les autres femmes, les mains liées à la même chaîne. Je ne pourrai jamais les libérer sans me faire prendre.

– Fonce ! murmure la rousse maigre à côté de moi, ses yeux oscillant de la porte à moi.

Une alarme résonne dans ma tête, quand je réalise que, plus j'attends, plus mes chances de m'échapper s'amenuisent.

J'ai le souffle coupé ; je murmure « Désolée ». Je pivote, les mains toujours attachées dans le dos, et je cours aussi silencieusement que possible vers la sortie. Des frissons parcourent mes bras à l'idée que je puisse me faire prendre.

Je regarde une dernière fois derrière moi, constate que Mad n'est toujours pas revenu. Dehors, le camion qui nous a amenées ici est parti. Je saute sur le sol graveleux, les genoux flageolants, mais je parviens à ne pas tomber malgré mes poignets entravés. Hourra pour moi. Puis je me précipite sur la piste d'atterrissage derrière l'avion. *Vite et sans bruit.* Je n'ose pas m'arrêter, j'espère que le pilote ne peut pas me voir.

Courir à pleine puissance avec les mains liées est plus dur

que je ne le pensais, mes épaules oscillent frénétiquement, comme une balançoire.

Autour de moi les pins s'élèvent, immenses et silencieux, seuls témoins de la direction que je prends. Mon pouls cogne à mes tempes. Je jette un rapide coup d'œil en arrière, et je vois que je suis suffisamment loin de l'avion pour me glisser dans la forêt dense et disparaître hors de vue.

Je ne sais pas combien de temps j'ai couru, mais je ne m'arrête pas. Je grimpe une colline, ce qui me met les cuisses en feu. J'ignore la douleur, et je pousse plus avant.

Au départ, c'est moi qui ai commis l'erreur de m'approcher d'une meute de loups. Durant mes voyages, j'ai rencontré assez de femmes qui m'ont aidée, et appris de qui il fallait me tenir à l'écart.

En Roumanie, les Loups Cendrés sont tout en haut de la liste. Leur Alpha, Dušan, est un métamorphe dominateur, qui dirige la plus grosse meute de tous les pays avoisinants ; s'il est à ce poste, c'est pour une bonne raison. Ce qu'il veut, il le prend. Sans aucune pitié.

D'autres meutes plus petites existent ici et là en Transylvanie, ainsi que des loups solitaires. La plupart des petites villes nichées avant dans les montagnes ont été envahies par les morts-vivants. Il existe moins de zones sûres pour les femmes maintenant.

J'ai grandi dans la terreur de ces bois, emplis de dents et de griffes. Sauf que maintenant, c'est chez moi. Les Monstres de l'Ombre me laissent tranquille pour une raison que je ne m'explique pas, et j'accepte le sort que me réserve l'univers. Pour l'instant, je dois juste éviter les loups qui peuplent aussi cette terre.

Au sommet de la colline, je m'arrête pour reprendre mon souffle, et contempler l'océan de pins qui s'étend aussi loin que porte mon regard. À l'horizon, un petit avion s'élève. Mad et Caspian, qui emmènent ces femmes vers leur nouvelle demeure, privées de liberté. Je culpabilise de n'avoir pas pu faire plus pour elles. Mais quand je les regarde s'envoler, je sais que j'ai pris la bonne décision. J'ai pris la seule décision possible.

## Dušan

— Eh bien, seulement huit sont arrivées à bon port, constate Ander Cain dans l'intercom.

La colère étrécit ses yeux. Sur l'écran, ses iris dorés brillent de frustration.

Je bouillonne, mais je ne le montre pas à l'Alpha du X-Clan du Secteur Andorra. Nous sommes partenaires en affaires, et il m'a fallu un temps fou pour construire cette relation, gagner sa confiance. Jusqu'à ce que je résolve ce problème, je ne révélerai pas mon jeu. Je suis l'Alpha du Territoire des Ombres, et je ne recule pas, mais je ne suis pas du genre à me jeter dans la bataille sans préparation.

— Ton Second est là pour le confirmer, poursuit Ander avant de tourner son écran pour le diriger sur Mad.

Mon Second me regarde d'un air stoïque, et me balance son explication :

— Meira n'était pas dans le lot.

La colère enfle dans ma poitrine, et je serre les poings. Il m'avait donné une liste de toutes les louves que nous avons capturées la semaine dernière, et les neuf devaient être livrées aux Loups du X-Clan.

— Comment est-ce possible ? grogné-je, avant de modérer ma réaction devant Ander.

— Il faudra vérifier avec Mihai. C'est le dernier à avoir été vu avec la marchandise avant le décollage, rétorque-t-il.

Il m'exaspère, à rejeter la faute sur quelqu'un d'autre. Je bous de rage, il faut que je le remette à sa place.

– Je croyais t'avoir chargé *toi* de cette tâche, Stefan ?

J'emploie rarement son prénom, mais il met ma patience à rude épreuve. En tant que mon Second, je dois pouvoir lui faire confiance, et il se doit d'assurer dans tout ce que nous faisons.

Mad explique qu'il était occupé avec Caspian dans le cockpit, ce qui me fait serrer les dents de plus belle. J'arrive presque à visualiser les rouages, je sais qu'il me cache quelque chose. Il parle avec assurance, tranquillement, il est crédible. Mais aujourd'hui, quelque chose ne va pas.

– Je comptais sur toi pour gérer l'expédition, sifflé-je. Ce que, visiblement, tu n'as pas fait. Repasse-moi Cain, lui balancé-je, écœuré de voir son visage.

Ander réapparaît à l'écran. Je me passe la main dans mes cheveux coupés court ; je n'ai pas le choix, il faut que je lui renvoie la marchandise qu'il m'a expédiée en paiement pour les filles. Si la meute des X-Clan a la puissance, la technologie, et des médicaments de pointe en monnaie d'échange, en revanche, elle manque d'Omégas. Leurs Alphas ne peuvent s'accoupler et imprégner que des Omégas. Et c'est quelque chose que j'ai sur mon territoire. Des louves dont un bon nombre sont des Omégas. Leur odeur les trahit. Ainsi nos échanges profitent à nos deux meutes.

Les X-Clan et les Loups Cendrés sont des métamorphes, mais nous différons au niveau génétique. Les X-Clan sont immunisés contre les morts-vivants. Les Loups Cendrés ne le sont pas, et nous devons trouver des partenaires prédestinées, afin que nos loups puissent se lier par le marquage et le sexe. Mais avec toute la merde qui se passe, et une meute grandissante de loups à protéger contre les zombies qui essaient de s'introduire chez nous, je n'ai pas le temps de m'occuper de ce genre de choses.

Pour faire perdurer notre relation avec Ander, à contre-cœur, je lui propose :
– Vous pouvez conserver l'un de nos chargements le temps que je localise l'Oméga qui nous manque.
Ce n'est pas ce que je veux.
Ander m'étudie attentivement. Il a des cheveux noirs épais, coupés court aux oreilles, et pas une mèche n'en dépasse. J'ai visité ses installations lors de nos négociations. Ils vivent en appartements dans des bâtiments de haute sécurité, alors que nous habitons parmi de vieilles ruines au milieu de la nature sauvage.
Nous sommes des loups, nous ne faisons qu'un avec la nature, et nous lui appartenons. Je n'échangerais cela pour rien au monde.
Après d'autres échanges avec Ander sur la façon de procéder, étant donné qu'il a déjà expédié la cargaison (ce qui complique encore la situation), Mad nous interrompt, et apparaît dans l'écran de l'intercom.
– J'ai une suggestion.
– Et cette suggestion, c'est ?
– Caspian et moi resterons ici en garantie le temps que tu trouves la fille. Une fois fait, Cain pourra envoyer son propre pilote pour la récupérer, et après ça nous rentrerons.
Je remarque bien la tension autour des yeux d'Ander à l'écoute de la proposition de Mad. Une telle suggestion me mettrait aussi mal à l'aise, étant donné que Mad vient juste de s'inviter à rester dans le Secteur Andorra. Ce qui me hérisse, c'est que Mad ne m'a pas consulté avant. Je ne l'oublierai pas quand il rentrera à la maison ni le chaos qu'il a provoqué avec cette fille disparue.
Ander porte un pouce à sa lèvre inférieure : le poids de la décision lui pèse lourdement.
N'ayant pas vraiment le choix, je relève le menton et réponds :

– J'accepte ces conditions, si elles te conviennent.
– Tu as une semaine, répond Ander. Si tu n'as pas récupéré la fille d'ici là, nous renégocierons les termes de notre accord.

Je redresse les épaules, et je souris, parce que je n'ai pas l'intention de laisse perdurer cette situation plus longtemps.

– Oh, d'ici là, je l'aurais attrapée. Je te rappelle bientôt.

Je mets fin à la communication en pressant le bouton du petit écran sur mon bureau.

– Merde. Je vais assassiner Stefan.

Mon Troisième, Lucien, un Alpha lui aussi, se tient dans l'embrasure de la porte comme une sentinelle, jambes écartées, bras croisés sur son large torse. Ses cheveux récemment coupés attirent l'attention sur la cicatrice qui barre sa clavicule, résultat d'une attaque de meute sur notre territoire il y a quelques années. Je lui ai confié la charge de mes combattants pour mener mes batailles. Il m'a juré loyauté après que je lui ai sauvé la vie face à une horde de morts-vivants, quand il avait dix ans ; depuis, il a toujours été à mes côtés. Je lui fais confiance.

– Tu penses que Mihai a perdu une fille ? demande Lucien.

– J'en doute. Il a déjà livré une douzaine de chargements. Alors il avait quoi de spécial, celui-là ? Je veux croire qu'il n'avait pas d'autres intentions.

– Et pour Mad ?

Je pousse un lourd soupir.

– Il y a quelque chose qui ne va pas avec cette livraison. Je le sens. Mad repousse sans cesse les limites... Étant donné qu'il est mon demi-frère, il croit qu'il le peut, sauf que le petit jeu auquel il joue prendra fin à la minute où il rentrera à la maison.

Je me lève, et me tiens devant la fenêtre, qui domine le terrain en contrebas.

Nous vivons dans une ancienne forteresse médiévale dont le domaine est barricadé de hauts murs de pierre, pour empêcher les zombies d'entrer, et protéger ma meute. Je jette un œil aux cabanes en bois qui parsèment les terres à l'intérieur des murs du château. J'accueille sous ma protection n'importe quel loup métamorphe en danger, à une condition : qu'il se soumette à moi en tant que son Alpha. En échange, je lui fournis le gîte et le couvert.

Ce qui crée un besoin de ressources. C'est pour cette raison que mon partenariat avec Ander est d'une importance cruciale. Il nous fournit la technologie, les véhicules, les armes, et les médicaments dont nous avons tant besoin, et que nous ne pourrions acquérir autrement. C'est cet accord qui me donne la possibilité de protéger ceux de ma meute, et d'avoir un avantage sur les meutes rivales qui voudraient revendiquer mon territoire.

Mon père était un Alpha qui régnait d'une poigne de fer. Il gagnait des adeptes par la peur. Mais à la fin, ces hommes l'avaient trahi.

Instinctivement, je porte ma main à mon cou, et mes doigts suivent la cicatrice qui commence sur ma clavicule et remonte derrière mon oreille. Un petit souvenir laissé par Père quand j'avais huit ans, pour avoir désobéi à un ordre. Il m'avait tailladé avec une lame dentelée en guise de punition.

« *C'est pour ça que tu ne seras jamais un Alpha. Tu avais la possibilité de me tuer, et tu ne l'as pas fait.* »

Je serre les poings, et me tourne vers mon Troisième.

– Rassemble un groupe d'Alphas pour traquer cette Oméga, et réparer ce putain de bordel.

# CHAPITRE 2

MEIRA

*Trois jours plus tard*

Mon pouls s'accélère. Quelque chose me suit.

Je tourne et vire au milieu de la forêt tandis qu'une silhouette fonce vers moi au milieu des bois denses. Deux jambes, donc ce n'est certainement pas un animal. Un Monstre de l'Ombre ? Mon Dieu, faites que ma chance ne m'abandonne pas aujourd'hui.

Je me retourne et commence à courir. Un ciel crépusculaire voile les bois d'une pénombre inquiétante. À l'heure qu'il est, j'aurais dû trouver un endroit où me cacher. Ne jamais rester dehors la nuit. Toutes sortes de créatures rôdent dans l'obscurité.

J'ai le souffle court, la respiration hachée.

Jetant un œil par-dessus mon épaule, je vois un homme foncer sur moi comme une bête. Narines frémissantes, bouche ouverte, ses yeux immenses fixés sur moi. L'étincelle du loup brille dans son regard.

Mon estomac se serre.

*Merde, pas encore. S'il vous plaît, pas encore.* Je me suis tenue à l'écart des meutes, et cela fait des jours que je n'ai pas vu de métamorphes, depuis mon évasion de l'avion. Putain, mais d'où vient celui-là ?

Il bondit, et s'abat sur moi. Je tombe à terre en grognant, et la terreur me fait convulser.

Des mains puissantes s'agrippent à l'une de mes chevilles pour me tirer en arrière. Je me débats, le frappe au visage. Je parviens à m'extirper de sous lui et je détale, mes pieds martelant le sol. La panique me prend aux tripes. Tout ce qu'il veut de moi, c'est du sexe, et cette idée me fait frissonner.

Il se jette sur moi, m'aplatit au sol. Il me fait rouler sur le dos en grognant. Ce salopard me prend à la gorge et serre fort. De sa bouche béante s'échappe un souffle chaud et rance.

Je le frappe à la tête, encore et encore.

Ses lèvres se retroussent, révélant des canines aiguisées comme des rasoirs, et il attaque. Les dents m'écorchent et s'enfoncent dans la courbe entre mon cou et mon épaule. Ma chair se déchire, la douleur est atroce.

Je hurle, et me débats contre lui. Il est trop lourd, je ne parviens pas à le faire bouger. Sous la panique, mon esprit part en vrille.

Soudain, quelque chose l'arrache à moi. Je m'empresse de me relever et je porte la main à la morsure. Ça lance horriblement. Je couvre la plaie de ma paume pour stopper le saignement qui coule entre mes doigts.

Une cacophonie de grondements et grognements explose devant moi. Je recule jusqu'à heurter un arbre. La peur me paralyse, tandis que je comprime ma blessure.

Un loup se déchaîne contre l'autre métamorphe, et tout ce que je vois de lui, c'est une fourrure sombre comme la nuit. Il est énorme, deux fois la taille d'un loup normal, et il domine complètement le combat. Il saute sur l'homme, s'écrase sur lui, et le mord au cou. Un craquement d'os retentit et je frémis.

Dégoûtée, je saute sur mes pieds, et m'enfuis de cet endroit : l'homme qui subit l'attaque n'a que ce qu'il mérite.

J'entends un grondement bas derrière moi, et je pivote pour voir le loup noir qui trotte sur mes talons. Les arbres se pressent autour de moi, je n'arrive plus à respirer. Je suffoque de terreur.

Il me grogne dessus, museau plissé, babines retroussées. Sa fourrure se hérisse.

Je me recroqueville, j'ai l'impression de mourir à l'intérieur. Je tends les mains devant moi.

– Je vous en prie. Je quitte vos bois. Ne me faites pas de mal.

Mon talon trébuche sur une racine d'arbre, et je tombe. Je hurle tandis que mon cœur me remonte à la gorge.

Je heurte durement le sol, et par réflexe, ma main s'empare d'une branche épaisse à côté de moi. Ce n'est pas de cette façon que je veux mourir. Je jette le bâton sur le loup, qui semble scintiller. Son corps se convulse, la fourrure rétrécit, et son long nez semble rentrer dans son corps. Les os craquent, et on entend le déchirement de la peau qui se fend et se ressoude. J'ai déjà vu des gens se transformer, mais je n'en ai jamais fait l'expérience moi-même, pour savoir si c'est aussi douloureux que ça en a l'air.

L'énergie dégagée me picote les bras. Mes cheveux se hérissent.

Tout s'est passé en un battement de cils. Le loup est parti, et à sa place, un homme se tient devant moi, complètement nu. Ses yeux bleus glacier me brûlent avec l'intensité d'une furieuse tempête.

Mon esprit se fige. Ces derniers jours, j'ai évité de me faire capturer par des loups en retournant dans les bois dans lesquels j'ai vécu durant des années, alors c'est bien ma chance de tomber sur deux spécimens aujourd'hui. La peur me tord les entrailles, parce que j'ai échappé de justesse aux autres.

Des cheveux sombres et hirsutes encadrent son visage finement ciselé, et retombent en cascade sur ses épaules. Il est massif, grand et large. Non pas que je m'attendais à autre chose de la part d'un Alpha. Son odeur suffoque mes sens, et ma louve me pousse, me harcèle de l'intérieur pour que je le sente de plus près.

Il m'étudie ; son attention se porte sur ma bouche, puis plus bas. Un frisson hérisse ma peau, mes tétons durcissent en réponse.

Les muscles ondulent sur son torse. Un léger duvet de poils recouvre ses pectoraux, et descend le long de son ventre en un V serré, jusqu'en bas. Il est là, droit et fier. Une touffe de poils noirs, un sexe flasque. Même au repos, il est *énorme*. Des vagues de chaleur me traversent, et mes tripes se nouent.

Je me relève, je ne veux pas avoir le nez sur l'entrejambe de ce loup. Peu importe si mon corps s'enflamme à sa vue. Peu importe la puissance de l'excitation qui palpite entre mes cuisses. Tout ce que je veux, c'est partir d'ici, car la façon dont il me fixe me dit qu'il veut me toucher, m'imprégner.

– Regarde-moi, exige-t-il d'une voix grave et douce.

Il tend la main vers moi, ses doigts frôlent doucement mon épaule près de la blessure.

Je sursaute et pousse un cri de douleur, tandis que la chair de poule envahit mon bras à l'endroit où il vient de me toucher. J'ai fui toute ma vie pour survivre. Je ne veux pas de l'attention d'un Alpha. Le pouvoir émane de lui par vagues. J'ai des picotements sur la peau, et mes genoux flanchent comme si ma louve sentait son autorité. Elle gémit en moi, au désespoir de lui obéir.

Quelle traîtresse ! Ma propre louve... Elle vit en moi, répondant à cet Alpha, mais elle n'a toujours pas montré ses crocs ni sa fourrure quand je l'appelle.

Il renifle l'air, sourcils froncés, avant de jeter un œil au loup qu'il a attaqué pour me sauver. Sauf que les loups n'aident jamais personne sans vouloir quelque chose en échange.

— Il t'a mordue pour te marquer pour un accouplement forcé, constate-t-il, comme si ce n'était pas évident.

— Sans blague ? À l'évidence, ça n'a pas marché, réponds-je, comprimant toujours ma blessure sanglante. Je n'ai pas besoin de ton aide.

— Comment tu t'appelles, ma belle ?

Il s'approche, et je ne sais pas où poser le regard. Mes yeux parcourent son corps de haut en bas, de leur propre chef.

Mon esprit en ébullition essaie de trouver une excuse. N'importe quoi pour me sortir de ce chaos. Mais mon cœur bat trop fort, et je vais chercher chaque souffle au plus profond de mes poumons.

— C'est Meira, n'est-ce pas ?

Il sourit, remarquant mon inaptitude à contrôler mon propre corps.

— Je n'ai pas de nom, réponds-je, me recroquevillant à l'intérieur.

*Oh, merde, merde, merde.* Il connaît Mad et Mihai. Les loups qui m'ont kidnappée et jetée dans l'avion.

Son rire m'irrite... et ce qui m'agace encore plus, c'est que j'aime sa façon de parler, sa façon de lever la tête pour se moquer de moi. Et ce besoin désespéré que j'ai qu'il s'habille, pour que je puisse de nouveau contrôler mon regard.

— Eh bien, tu m'as sauvée, et je te remercie. Bonne journée.

Je fais demi-tour et me mets subitement à courir. Tous les loups mâles aspirent à la même chose : une femelle pour s'accoupler, la garder prisonnière, et l'imprégner. Rien que cette idée me rend furieuse, et je pousse plus vite sur mes jambes.

Sa main agrippe la mienne, et il me fait pivoter dans l'autre sens. Mes pieds trébuchent, et je tombe sur lui, m'écrase contre son torse nu. Il y a tellement de chair partout. Il est flamboyant, et si chaud au toucher.

Je le repousse de mes mains, me recule, et lui balance un coup de poing.

À une vitesse incroyable, il attrape mon poing dans sa main, l'empêchant de peu de l'atteindre au visage.

Il m'empoigne la nuque, et me rapproche de lui.

– Tu n'as pas affaire à un Beta. Souviens-t'en, parce que, la prochaine fois, je ne prendrai pas aussi bien que tu tentes de me frapper.

Seul un Alpha pourrait se montrer aussi arrogant.

– Laisse-moi partir ! lui hurlé-je.

J'ai l'impression qu'il pourrait facilement me soulever, et me balancer par-dessus son épaule. Je vois bien la façon dont il m'étudie, son regard parcourant mon corps de haut en bas.

Je serre les poings, et lui crache dessus, l'atteignant en pleine poitrine. Il me regarde, me saisit le bras, et me traîne avec lui en se mettant en route.

– Tu vas t'attirer un paquet d'ennuis.

Je lutte, et je trébuche derrière lui.

– Je ne t'appartiens pas, tu ne peux pas m'enlever et me séquestrer.

– Qui a dit que j'allais te garder ? J'ai un Alpha que tu risques de beaucoup intéresser.

La colère monte en moi. Il va me renvoyer vers Dieu sait quel monstre, dans un autre pays. Je me débats contre sa poigne de fer, et même si je sais que c'est peine perdue, je n'arrête pas de lutter.

– Ce serait beaucoup plus facile si tu apprenais l'obéissance. Ça peut être très gratifiant.

Il arque un sourcil épais, amusé. Cette fois, c'est moi qui éclate de rire, un rire faux, pour la galerie.

– Est-ce que ça marche vraiment sur qui que ce soit ?

Il s'arrête pour prendre mon visage dans ses mains en coupe, sans délicatesse, m'immobilisant.

Il me renifle, respire mon parfum. Tous les loups ont une odeur distinctive qui les différencie, mais révèle aussi leur statut.

– Tu sens l'Oméga, déclare-t-il d'un ton accusateur, le nez retroussé, comme si je ne valais pas la peine qu'il perde son temps pour moi.

Je grimace, et me mords la joue pour m'empêcher de lui balancer que je n'appartiens pas à sa hiérarchie. Que je ne suis pas en bas de l'échelle, là où les gens pensent qu'ils peuvent abuser de moi.

Les Alphas dirigent, l'un prend la tête et contrôle une meute qui comprend d'autres Alphas, des Betas, et des Omégas. La poignée d'Alphas d'une meute s'éloigne rarement du haut de la pyramide, et ils sont classés en Second, Troisième, et ainsi de suite. Les Betas sont les combattants, hommes ou femmes, les chiens d'attaque de la meute. Les Omégas, d'un autre côté, sont ceux qui n'ont aucun pouvoir, et qui se font dicter leur conduite toute leur vie. La plupart des femmes sont des Omégas ou des Betas. C'est pour cette raison que Maman et moi trouvions toujours des colonies sans hommes. Elle m'a appris à rester indépendante, et à garder le contrôle de ma vie.

– Tu apprendras à rester à ta place. Ou alors je me chargerai de te l'apprendre.

– Tu es un Loup Cendré, n'est-ce pas ? Bien sûr que tu en es un !

Ma voix tremble, et je déteste que ma réaction soit si visible.

Il me lance un regard dangereux, et tout ce que je peux faire, c'est fixer ces yeux bleu pâle et ses longs cils sombres, et constater que cet homme est juste parfaitement beau. Il a une mâchoire solide, un nez parfait, et des lèvres pleines qui me font ressentir des choses qui m'effraient. Je déteste penser qu'il est autre chose qu'un barbare brutal.

– Et si c'est le cas ? demande-t-il d'un ton désinvolte.

– J'ai entendu parler de ton Alpha, et je ne veux pas me retrouver en présence de ce connard.

Ma colère monte à l'idée qu'un Alpha tel que Dušan pense qu'il a le droit de contrôler la vie de tout le monde.

Le regard de cet homme me transperce, et je me sens totalement vulnérable sous son examen.

– Vraiment ? Qu'as-tu entendu ? interroge-t-il, comme s'il ne savait pas de quoi je parle.

Mais je vais l'amuser.

– Qu'il est pire que les Monstres de l'Ombre. Qu'il tue toutes les femmes après s'être accouplé avec elles, terrifié à l'idée que son enfant finisse par le tuer pour revendiquer la position d'Alpha. Qu'il est sans pitié.

– Voilà de terribles rumeurs, murmure-t-il.

– Qui a dit que c'étaient des rumeurs ? lui balancé-je.

Sa main se resserre autour de mon poignet, et je sursaute.

– Alors tu as rencontré l'Alpha des Loups Cendrés en personne ? demande-t-il.

– Eh bien non. Sinon, je serais morte. Mais j'ai parlé avec pas mal de personnes qui racontent la même histoire. Tu n'as jamais entendu ce dicton, « Il n'y a pas de fumée sans feu » ?

Et il recommence à rire ; je le regarde, fronçant les sourcils.

Je redresse les épaules, j'essaie une nouvelle tactique, puisque ni les poings ni les cris ne sont efficaces.

– *Je t'en prie.* Est-ce que tu peux trouver au fond de ton cœur le moyen de me libérer ?

– Je te suggère de venir, et de découvrir la vérité par toi-même.

Mon estomac se contracte, et la réalité me fige les

entrailles : il m'amène à Dušan, l'Alpha des Loups Cendrés. Le danger est réel, mon destin... scellé.

Il m'entraîne plus profondément dans la forêt, à longues enjambées. J'ai les genoux qui tremblent tandis que je me creuse l'esprit pour trouver un moyen de m'échapper.

– Tu es un monstre, grogné-je, plantant mes talons dans le sol pendant qu'il me tire derrière lui. Et quand ton Alpha m'aura tuée, et que je serai six pieds sous terre, j'espère que tu seras rongé par la culpabilité pour l'éternité.

– C'est plutôt long, pour avoir du remords. Je suis sûr que je vais vite m'en remettre.

Il m'adresse un sourire, comme si ma survie n'était qu'une plaisanterie.

Je l'observe avec une fureur douloureuse, qu'il ne semble même pas remarquer. Il se contente de m'entraîner à toute vitesse à travers bois. Moi, la victime. Et lui, le guerrier qui me traîne vers ma mort.

# CHAPITRE 3

ALPHA

*M erde !*
Je ne m'attendais pas à elle. Magnifique. Fougueuse. Tentante.

Elle sent l'ambroisie, et ça me fait quelque chose. Tout en elle appelle mon loup, comme personne ne l'a jamais fait. Mon cœur bat la chamade.

C'est une louve, mais l'odeur de l'humanité persiste sur elle, avec quelque chose d'autre. J'ai le nez qui picote à cause du courant électrique sous l'odeur, quelque chose de presque douceâtre. Chaque loup possède une odeur différente, qui permet d'identifier son pouvoir, et son statut. Nous sommes nés comme ça, la nature nous impose notre avenir avant même notre premier souffle sur cette terre. Mais cette fille... Elle n'a pas la puissance frémissante d'une Alpha ou d'une Beta. Oméga ? Oui, mais elle a une odeur différente.

Elle ne sait pas non plus qui elle est. Je le vois à son regard perdu et sauvage. Je le sens dans sa présence. Elle vit au jour le jour dans les bois. Comme la plupart des louves que nous attrapons, elle essaie seulement de survivre. Toute seule, elle ne fera pas long feu dehors. Si les morts-vivants ne l'attaquent pas, les loups sauvages, en quête de femelles avec qui s'accoupler, vont flairer sa piste.

En la prenant, je lui fais une faveur. Même si elle n'en a pas l'air convaincue, vu sa façon de lutter contre moi, et de planter ses talons dans le sol pour nous ralentir. Je suis à deux doigts de la balancer par-dessus mon épaule, et de fesser son petit cul rond jusqu'à ce qu'elle cède.

Les Oméga que nous attrapons se soumettent presque immédiatement en présence d'un Alpha, parce que leurs louves prennent le contrôle sur elles.

Mais pas cette furie. Un grognement roule dans ma poitrine, et je serre les poings.

Cette fille a quelque chose de vraiment différent, et j'ai bien l'intention de découvrir ce que c'est.

Son comportement obstiné confirme qu'elle a grandi comme une sauvage dans les bois, et qu'elle n'a sûrement pas côtoyé beaucoup de mâles. J'ai fouillé les bois environnants ces derniers jours, et n'ai repéré aucune femelle. Je n'ai trouvé qu'elle, après avoir étendu le champ de mes recherches. Elle doit être Meira. Elle correspond parfaitement à la description, jusqu'au grain de beauté au coin de son œil gauche.

– Il est encore loin ton repaire ? demande-t-elle sèchement, en regardant la forêt se balancer dans la brise, et les ombres danser au milieu des troncs.

Qu'est-ce qu'elle cherche ? Les morts-vivants ? Ces bâtards débarquent de n'importe où. Quand il y en a un, il y en a toute une armée. Ils se déplacent en essaim. Le bon côté de la chose, c'est que le bruit de tous ces pieds qui piétinent le sol permet de repérer leur approche. Je garde les oreilles à l'affût du moindre bruit au loin... Rien pour l'instant. Ceux qui survivent à ce fléau apprennent à assimiler et à être rapides.

S'ils vous mordent, l'infection vous gagne en quelques heures. C'est pourquoi nous devons nous dépêcher. Nous devons rejoindre ma voiture en bas de la colline avant le coucher du soleil. Sinon, les autres créatures qui se cachent dans l'ombre vont sortir. Elles ne font pas de bruit ; elles attaquent sans prévenir. Des bêtes qui ne chassent que la nuit, en quête de viande fraîche.

– Si tu arrêtais de te débattre, on arriverait plus tôt, fais-je remarquer.

Elle observe ma bouche quand je parle, puis détourne les yeux avec colère. Elle se tient le cou, et du sang coule entre ses doigts, mais ça ne l'empêche pas de me jeter des regards pleins de fureur.

– Je n'ai pas peur de rester dans les bois, dit-elle, du venin dans la voix. Nous devrions peut-être passer la nuit dans la forêt.

Je secoue la tête.

– Personne n'a envie de rester dans la forêt la nuit. Je ne rentre pas dans ton jeu, quel qu'il soit.

Je viens juste de la rencontrer, et elle m'exaspère déjà. Ce n'est qu'une petite chose, elle doit mesurer moins d'un mètre soixante, alors que je mesure un mètre quatre-vingt-sept. Un corps galbé, des seins hauts et ronds. Ses cheveux, de la couleur de l'écorce des arbres qui nous entourent, lui retombent à mi-dos. Quelques mèches plus courtes pendent autour de son beau visage. J'ai les doigts qui me démangent en m'imaginant enrouler ses boucles autour de ma main, et les agripper pendant que je la prends par-derrière.

*Merde !* Je n'ai vraiment pas besoin de penser à ce genre de choses, surtout que je suis nu. Et se balader avec une féroce érection n'a foutrement rien de confortable.

– J'aurais pensé que tu aimais les jeux, se moque-t-elle pour me contrarier. C'est bien ce que vous faites, vous les Alphas, non ? Pourchasser les femmes pour les posséder ?

Ses yeux bronze pâle, les plus beaux que j'aie jamais vus, me transpercent. Je n'ai jamais vu cette couleur d'yeux auparavant, mais c'est bien plus qu'une simple nuance. Leur forme leur donne l'air perpétuellement triste, comme si elle avait connu trop de chagrin dans sa vie. Quand elle ne me grogne pas dessus, elle a presque l'air sur le point de pleurer. Elle a une peau impeccable, et son nez est parsemé de taches de rousseur ; mon regard tombe sur ses lèvres roses et pleines. Qui est cette fille ?

Le sang qui s'écoule de son cou attire mon attention, de petites rigoles qui dévalent son épaule pour échouer dans le tissu de son t-shirt. Combien de temps faudra-t-il avant que les morts-vivants ne nous repèrent à l'odeur ?

Je m'arrête, et me retourne vers elle. Elle recule, visiblement je l'effraie. Je dois admettre que sa réaction m'excite et me contrarie à la fois. Je suis un vrai tordu en ce cas.

– Qu'est-ce que tu fais ?

Elle me regarde, les yeux plissés, comme si elle n'était pas sûre de pouvoir me faire confiance.

Elle porte une jupe bleue qui lui arrive aux genoux, qui s'est déchirée dans la bagarre, et un t-shirt noir deux tailles en dessous de la sienne, qui révèle un peu de son ventre pâle et soyeux.

Comme ses vêtements, ses tennis sont tachées de boue, et auraient mérité un lavage depuis longtemps. J'attrape l'ourlet de sa jupe, là où j'ai repéré la déchirure.

– Hé !

Elle tente de repousser ma main, mais je déchire un long morceau de tissu au bas de sa jupe, d'un geste si rapide qu'elle n'a pas le temps de voir venir. Je la retourne d'une poussée à l'épaule et je continue à déchirer le tissu. D'une secousse, je dégage la bande du vêtement.

Elle titube, les yeux exorbités. Sa nouvelle jupe lui arrive maintenant à mi-cuisses, révélant de magnifiques jambes musclées.

Elle grogne.

– Mais bon sang, pourquoi t'as fait ça ?

Je la saisis par le bras, et l'attire près de moi.
- Reste tranquille.

Rapidement, je panse la morsure à l'aide du tissu déchiré, le faisant passer sous l'autre bras, et je fais deux tours. Elle se débat, mais je la maintiens fermement. Ce n'est pas un jeu.

Je dois faire ça vite, mais j'ai conscience de notre proximité, et j'en ai des frissons. Son odeur m'imprègne, il m'est presque impossible de me concentrer. Un mélange capiteux de phéromones monte en moi, en réponse à son parfum. Mon sexe palpite. Une faim primaire résonne en moi de protéger cette femme de tous les autres hommes, de la revendiquer. De la prendre.

Jamais aucune femme ne m'a affecté aussi puissamment jusqu'à présent. Je serre les dents, et je la repousse, un peu plus fort que voulu.

- Tu n'as pas le droit de...
- J'ai tous les droits, grondé-je. (Je recule, l'attirant à moi par le bras.) Si ça signifie nous sauver la vie, et t'empêcher de t'évanouir à cause de l'hémorragie, je ferai ce qu'il faut.

Mon pouls est incontrôlable, et je suis envahi par un sentiment de possessivité à son égard. Mais qu'est-ce qui m'arrive ?

Son rythme cardiaque s'accélère. Je le sens sous mes doigts qui agrippent son poignet alors qu'elle me grogne dessus, découvrant de parfaites dents blanches. Aucune dent ébréchée ni cassée. Elle fera une bonne monnaie d'échange pour l'autre meute.

Sauf que l'adrénaline envahit mes veines, et que mon loup sort les griffes à cette idée, exigeant que nous la revendiquions.

Quand nos regards s'entrechoquent, j'ai un aperçu de sa vulnérabilité. Et bon sang, je plonge encore plus.

Mon loup m'envahit, il insiste, elle nous appartient, et nous voulons la marquer maintenant. Sauf que... quelque chose ne va pas. Elle a l'air différente. Et je refuse de conclure trop vite que j'ai trouvé mon âme sœur.

J'ai toujours pensé que je saurais quand je sentirais ma partenaire... mais cette fille n'est pas ce qu'elle paraît, alors comment pourrais-je faire confiance à mes sentiments ? On dirait presque qu'elle se cache derrière un voile invisible.

De retour à la maison, j'essaierai de savoir ce qu'il en est.

À chaque fois qu'elle jette un œil dans ma direction, le rouge lui monte aux joues, et ses yeux plongent sur mon corps. Elle est toujours aussi embarrassée par ma nudité, et elle détourne sans cesse le regard. Je ne comprends pas sa réaction. C'est une louve... après la transformation, nous sommes nus. C'est aussi naturel que de respirer, et pourtant, elle rougit. Elle ne contrôle pas ses yeux baladeurs.

Une fois parvenus dans une vallée où coule une petite rivière, je m'arrête, la tenant contre moi, un bras passé autour de sa taille fine, malgré ses protestations. Aucune trace de loup sauvage ni de mort-vivant dans les environs. Les bois qui nous entourent sont silencieux. Je renifle l'air pour confirmer que nous sommes seuls. Je n'avais pas réalisé la distance que j'avais parcourue pour trouver cette diablesse. Nous étions un groupe de cinq, et nous sommes partis dans des directions opposées dans la forêt pour la traquer.

– Bois, et nettoyons ta blessure. Nous avons un long trajet à faire.

Je m'attends à ce qu'elle proteste, mais au lieu de cela, elle s'accroupit et mets ses mains en coupe sous l'eau claire, pour en ramener à sa bouche et boire. L'eau fraîche s'écoule de ses mains mouillées et retombe en grosses gouttes dans la rivière.

Je fais de même, et me remplis l'estomac.

Elle défait la bande de tissu déchiré que j'ai nouée autour de sa blessure, et repousse ses longs cheveux bruns ambrés par-dessus son épaule. Puis elle prend un peu plus d'eau, et la jette sur la morsure. L'eau coule sur son épaule nue, et trempe son haut. Le tissu colle aux courbes parfaites de ses seins.

Ma gorge se dessèche alors que je contemple les perles d'eau qui ondulent sur sa clavicule, puis glissent sous son haut. Un désir intense, aussi lourd qu'une montagne, s'abat sur moi.

Les derniers rayons du soleil luisent sur son visage qu'elle a relevé, et ses yeux couleur bronze brillent d'une flamme intense. Sa bouche magnifique s'entrouvre quand elle expire.

Mon aine se tend.

C'est une si belle créature. Qui qu'elle soit, je dois la revendiquer.

Je brûle de m'avancer et de la goûter, de la marquer à mon tour. Du sang frais goutte de la morsure qui a transpercé sa peau. Un instinct sauvage m'envahit à la vue de cette souillure laissée sur sa peau par les dents du métamorphe. Je meurs d'envie de la prendre, d'enfouir mon visage dans son cou, et de la goûter. De la faire mienne.

Elle passe ses doigts sur la blessure, et grimace.

– Depuis combien de temps tu vis dans les bois toute seule ? demandé-je, afin d'en savoir plus sur elle et aussi pour me distraire de l'effet qu'elle produit sur moi.

Elle se raidit, et ne me regarde pas.

– Ça fait quelques années.

– Toute seule ? Pour survivre aussi longtemps, tu t'es très bien débrouillée.

Quelques années ? Putain, ça rendrait dingue n'importe qui.

Elle hoche la tête, et recouvre de nouveau la morsure avec le tissu. Je l'aide à faire un nœud pour maintenir le pansement en place. En tant que louve, elle devrait guérir vite.

– J'ai mes méthodes, dit-elle.

Je vois la faim dans ses yeux, la louve en elle qui veut établir un lien. Mais quelque chose ne va pas.

J'entends craquer des brindilles.

Je me fige, mon regard se porte de l'autre côté de l'étroite rivière, là d'où vient le bruit. Une ombre vacille au milieu des arbres. Mes poumons se bloquent.

Une silhouette bondit vers l'avant : un mort-vivant... Un homme efflanqué, dont le torse nu, en décomposition, est sillonné de griffures béantes. Il gémit suffisamment fort pour alerter les autres alentour afin qu'ils le rejoignent.

– Putain, c'est génial.

D'ici peu, nous serons cernés.

Meira se dégage de ma prise, et détale par où nous sommes arrivés.

Le pouls en feu, je m'élance derrière elle. Saisissant son bras, je l'entraîne à toute vitesse dans les bois. Elle lutte contre moi, comme si se retrouver face à un mort-vivant était préférable à ses yeux. Je prie pour que le sang dans l'eau, et sur la rive les distraie assez pour qu'ils ne nous suivent pas.

La fureur me ronge les tripes.

– Laisse-moi partir ! C'est *toi* qu'ils cherchent.

Je suppose que c'est sa manière habituelle de faire des compliments.

– Où est-ce que tu te caches ?

Elle ne répond pas, comme si, subitement, le danger de l'autre côté de la rivière ne la concernait pas.

– Si je crie maintenant, ils seront sur nous en un rien de temps. (Elle me regarde d'un air de défi, de menace.) Relâche-moi, et je te dirai où tu peux aller te cacher. Sinon, tu mourras ce soir.

Un sourire sinistre lui fend la bouche, nul doute qu'elle a pesé chaque mot.

Mon loup pousse un gémissement sourd qui me déchire la gorge.

J'entends les éclaboussures d'eau, et mon cœur se déchaîne dans ma cage thoracique. Un frisson me parcourt la colonne.

Je presse son bras plus fort, l'attire à moi ; nous nous faisons face.

– Écoute. Si je meurs ici, toute ma meute ratissera ces bois pour te retrouver. Tu sais ce qu'ils font aux tueurs d'Alpha ? grogné-je.

Elle hausse les épaules d'un geste nonchalant, et merde, elle met ma patience à rude épreuve.

– Ils te feront passer de mâle en mâle afin que chacun te prenne. (Bien entendu, je mens, mais elle l'ignore.) Aide-moi, et je ferai en sorte qu'on prenne soin de toi.

Elle déglutit bruyamment, et la rougeur s'estompe sur ses joues. Elle prend un moment pour y réfléchir.

– Si les morts-vivants te tuent, personne ne pensera que j'en suis responsable, en aucune façon.

Je déplace ma main sur son poignet. Elle a les pieds sur terre, c'est quelque chose que j'apprécie chez elle.

La haine qu'elle me balance au visage me fait sourire. Nous nous élançons à la hâte à travers bois.

Elle se dirige en experte dans la forêt, même avec la nuit qui tombe. Elle connaît très bien les lieux. Nous prenons à gauche entre deux grands pins, vers une partie plus dense du sous-bois. Des aiguilles de pin jonchent le sol, et je distingue un petit sentier. Cela fait un moment qu'elle vit dans cet endroit.

Nous nous arrêtons devant une échelle de corde suspendue à un arbre énorme, à laquelle elle grimpe. Je lève les yeux, et découvre une plateforme au-dessus de moi.

Ça, je ne l'avais pas vu venir. Elle s'est construit une cabane dans les arbres pour échapper aux dangers. Secrètement, je suis en admiration devant ses talents pour la survie. Comment a-t-elle pu survivre aussi longtemps sans une attaque de morts-vivants ? Elle devait quand même chasser sa nourriture…

Quand les crissements dans les feuillages se rapprochent,

j'attrape l'échelle de corde, et commence à grimper. Je lève les yeux, et j'ai une vue parfaite de ses fesses en culotte noire sous sa jupe. Je ne devrais rien ressentir, mais la chaleur envahit mes veines, me donnant l'impression d'être en feu.

Elle atteint la plateforme, et je me dépêche. Je ne serais pas surpris si elle coupait la corde et me jetait en pâture aux monstres.

# CHAPITRE 4

MEIRA

La nuit s'étend sur la forêt.

D'habitude, je m'assieds ici, en haut, à l'abri dans ma cabane en bois, une simple boîte que j'ai fabriquée à l'aide de branches épaisses attachées avec de la corde, pour monter des murs et un toit. Les branches ne sont pas égales, et il reste des trous dans les murs, qui me font de l'œil dans l'obscurité. Elle est comme moi, elle a des défauts. Mais j'aime cet endroit.

Je fusille du regard le loup métamorphe à côté de moi, qui va m'arracher à tout ça.

Il est assis, genoux relevés et entourés de ses bras, le regard dans le vague. Ça doit le tuer de devoir se cacher ici avec moi au lieu de me traîner de force jusqu'à sa meute, pour paraître un héros aux yeux de son Alpha.

— Comment as-tu survécu aussi longtemps toute seule ? demande-t-il.

Des ombres dansent sur son magnifique visage, et il ne me regarde même pas ; il a les yeux baissés vers le plancher de bois, entre ses jambes repliées. Je ne réponds pas, car je me souviens de ce que Maman disait toujours : *Savoir, c'est pouvoir*. Et ce métamorphe a des informations qui pourraient m'aider à comprendre les meutes de loups afin de mieux les éviter.

– La vie peut être sauvage, continue-t-il.

Ma réponse fuse :

– Tu es un Alpha, tu travailles en étroite collaboration avec le grand loup en personne, alors je doute que ta vie soit si compliquée.

Je regrette aussitôt mon ton sarcastique. Je me souviens que tous ceux d'entre nous qui sont restés en arrière sont encore en vie parce que nous avons affronté l'enfer pour ne pas périr.

Il ne répond pas, et la culpabilité me ronge, alors je reprends :

– Désolée, je n'aurais pas dû dire ça.

Nous sommes peut-être ennemis, mais en vérité, sommes-nous si différents ? Nous bâtissons chacun notre existence au milieu d'un horrible virus qui a décimé une grande partie de la population. Nous sommes des survivants, et peu importe qui nous sommes à l'intérieur.

– Ce n'est pas là que j'espérais finir, admets-je. Mais la pression incessante de la survie nous oblige à faire avec.

– Je n'ai pas rencontré beaucoup de gens heureux de leur situation. Mais les trucs merdiques, ça arrive.

– Des trucs merdiques comme kidnapper des femmes et les vendre à d'autres meutes comme du bétail ?

Il se tourne vers moi, le regard enflammé. J'ai touché un point sensible.

– On ne fait jamais de mal aux femmes. Elles sont en sécurité, et on veille sur elles. Cela fait partie de notre accord.

– Mais on nous enlève quand même contre notre gré, non ?

– Est-ce qu'on n'est pas tous piégés par les morts-vivants ? Forcés de vivre dans de petits campements, et de faire au mieux avec ce qu'on a ? Alors quelle est la différence ?

Son ton est sombre, ses mots hachés.

– La différence, c'est qu'on devrait avoir le choix de rejoindre une autre meute, ou non. Comment tu arrives à dormir la nuit ?

Il éclate d'un rire sonore.

– Considère-toi chanceuse que les Loups Cendrés règnent sur la Roumanie, parce que tout le monde serait bien dans la merde si ce n'était pas le cas. Après le virus, il reste à peine quelques humains sur le territoire, et les loups prennent le dessus. Mais ce métamorphe qui t'a attaqué tout à l'heure, il se fichait que tu aies à manger, ou un toit. Il t'aurait attachée à un arbre, et baisée jusqu'à ce que mort s'ensuive. Voilà le genre de monstres qu'il y a au-dehors. Alors, oui, je dors sans problème, en sachant que j'ai de l'importance.

La profondeur et la sincérité de sa voix me touchent plus que je ne l'aurais pensé. Ça n'apaise pas le feu qui brûle en moi, cette rage au sujet des enlèvements, et des convois, mais il y a quelque chose de presque beau dans sa façon d'évoquer son envie d'avoir de l'importance. La haine que je ressens pour lui s'estompe un peu.

Soudain, une douleur fulgurante me cisaille l'estomac. C'est une souffrance aiguë qui se propage dans mes membres. Après tant d'années, la maladie ne m'a jamais quittée. Cette sensation me submerge, je resserre les bras autour de moi et me penche en avant tandis que la vague me frappe. Ça va et ça vient, mais ces derniers temps, j'ai remarqué que les attaques sont plus fréquentes, comme si elle grandissait en moi. J'ai peur que ce soit ma louve qui veuille sortir, cette maudite bête qui m'a torturée toute ma vie.

– Tu as mal ? s'enquiert-il.

Je secoue la tête.

– C'est juste à cause de la faim.

Il attrape une pomme verte dans un bol que je garde dans un coin.

– Mange ça.

J'accepte l'offre, et lève les yeux sur lui. Sous ses airs de dur, il s'intéresse aux autres, vraiment. Je mords dans ma pomme, et sa douceur recouvre ma langue, alors que le jus coule au coin de ma bouche.

Il fixe mes lèvres, et ma façon de m'essuyer la bouche. Ses propres lèvres s'entrouvrent. Est-ce qu'il va se pencher et m'embrasser ?

J'ai le souffle coupé à cette pensée et des perles de sueur s'accumulent entre mes seins. Jamais mon corps n'a réagi de cette manière, une telle excitation et un tel désir, enveloppés dans une bulle prête à éclater en moi. Rien qu'avec une simple pensée.

Mais il ne se penche pas, ne m'embrasse pas. Il reste assis là, à regarder dehors, et attendre son heure.

Le temps que je finisse de manger, la douleur s'apaise, et je jette le trognon de pomme dehors par la porte étroite. Une brise fraîche s'engouffre dans la cabane, diffusant le parfum boisé du loup métamorphe. Mon cœur manque un battement, et le sang bouillonne dans mes veines. Qu'est-ce qui ne va pas chez moi ?

Je me frotte les bras, et je remarque qu'il a la chair de poule.

Je me retourne vers le petit tas de vêtements volés dans les fermes que j'ai fouillées, lors de mes recherches. Je sors un manteau noir surdimensionné. Il était fait pour un homme costaud, et je l'utilise comme couverture.

– Prends ça. Ça te réchauffera.

– Ça va, répond-il en regardant droit devant lui. Couvre-toi.

– Je vois bien que tu as froid, admets-je.

Si je me montre attentionnée et compatissante avec lui,

j'espère qu'il fera de même avec moi le moment voulu. Il s'est ouvert à moi, alors c'est le moins que je puisse faire.

– Tu sais, c'est normal d'accepter de l'aide.

Quand il me regarde, il me fait tellement penser à un loup que je ne peux me concentrer que sur ses yeux bleu pâle. Tout en lui hurle « *prédateur* » et il accepte ce qu'il est. Pas comme moi. Je ne sais pas ce que je suis censée être. Étant donné que je n'ai toujours pas fait ma première transformation, je ne suis pas complètement louve, et je ne le serai jamais. Je suis brisée, et indésirable, à cause de ce qui vit en moi parce que je ne me suis pas transformée.

– Est-ce que *tu* accepteras mon aide si je te la propose ? demande-t-il, un sourcil arqué.

– Ça dépend de ton offre. Aider, c'est subjectif, et ça veut dire bien des choses selon les gens. J'aime cette maison que j'ai construite. Elle m'offre la liberté d'aller et venir sans être contrôlée par quiconque. Alors je n'ai pas besoin d'aide.

– Mais tu es seule. On a tous besoin de quelqu'un, même si on croit être assez fort.

– Tu sais ce qui arrive quand on est proche des gens ? Ils finissent par mourir, et ça te brise. Alors, ouais, je préfère largement être seule.

Je tire le manteau sur mes jambes, et jusqu'à mon menton, pour me protéger du froid.

– C'est bien d'avoir ressenti cette douleur. Ça veut dire qu'au moins, tu as connu l'amour.

Cette réponse sévère me touche, et résonne en mon for intérieur. J'avais Maman, qui m'adorait, mais mon père nous a abandonnées quand j'avais six ans, après une énorme dispute avec Maman. Je me souviens des cris, et des creux dans les murs laissés par ses poings frustrés.

Il avait crié : « *Je ne peux protéger aucune de vous deux ! C'est de ma faute si Meira est faible. Elle sera toujours une paria.* »

Même après toutes ces années, ses mots me font l'effet

d'un coup de poing dans le ventre. J'ai la gorge serrée en me rappelant qu'il était trop faible, bien trop faible pour rester auprès de nous. Au final, c'est à cause de moi qu'il est parti. Je mords ma joue jusqu'à m'en faire mal, pour enrayer la souffrance du passé.

Le silence retombe à nouveau, et je me sens perdue, je ne sais plus vraiment où est ma place en ce monde. Je sais avec certitude que mon destin n'est pas d'être une esclave. Je me cache depuis des années dans cette forêt, et c'est exactement ici que j'ai l'intention de rester inaperçue. Ici, je peux faire ce que je veux sans que personne ne me juge.

Mon pouls s'accélère et maintenant, je ne parviens à réfléchir qu'à la façon d'échapper à ce métamorphe. Dès que je l'entends dormir, je file. Évidemment, ça craint de devoir trouver une nouvelle forêt où construire ma cabane, mais ça vaudra le coup si ça m'éloigne de la meute de loups. Je n'ai besoin de personne.

— Tu devrais te reposer, remarque-t-il. Nous partons à l'aube.

*Il n'y a que* moi qui *devrais dormir?* Il n'a pas l'intention de se reposer? Il va me surveiller. Je serre les dents, puis m'allonge sur le côté, sur la couverture qui me sert de lit. La taille réduite de la cabane ne me permet pas de l'allonger complètement, alors je replie mes jambes et me pelotonne loin du métamorphe. Je doute qu'il soit capable de rester éveillé toute la nuit, alors j'attends mon heure.

Il remue derrière moi, le bois grince sous son poids. D'un coup, il s'allonge derrière moi, et cale son torse contre mon dos. Bien qu'il ne porte pas de vêtements, sa peau est brûlante contre moi, et sa chaleur m'envahit.

Je me raidis, et fléchis les épaules.

Sa main s'enroule autour de ma taille, et il me serre contre lui avec rudesse.

Je halète, et gigote pour m'échapper, mais il me retient.

– Tu ne t'enfuiras pas, me grogne-t-il à l'oreille.

Mon cœur s'emballe.

– Je ne peux pas dormir comme ça, insisté-je

– Va falloir t'y faire.

Je me fige un instant, puis je tourne la tête par-dessus mon épaule, et je le vois sourire.

– Qu'est-ce que tu veux dire ?

– Allez, petite diablesse. Tu n'es pas si naïve. Que crois-tu qu'un Alpha voudra faire avec une Oméga aussi magnifique que toi ?

Je serre les dents, et me tortille contre lui.

– Je ne suis pas une marchandise qu'on possède.

Il rit dans mon dos. Cet abruti aime me voir en colère. Il passe une jambe au-dessus de moi, me découvrant par la même occasion, et se serre encore plus. Son membre se presse contre mon cul, et seul le fin tissu de ma jupe et mes dessous nous sépare.

J'essaie de bouger, mais il me bloque. Je sens un tressautement contre mes fesses, puis un autre, et il ne faut pas longtemps pour que son membre durcisse. Et bon sang, il a l'air si grand…

– Visiblement, tu ne sais pas te contrôler, dis-je.

– Si tu continues à gigoter, tu vas avoir un vrai problème sur les bras.

Ses mots m'obligent à me figer ; il se moque de moi.

– Je te déteste, balancé-je.

– Tant mieux. Je n'en attendais pas moins de toi. Maintenant, ferme les yeux.

C'est ce que je fais, mais je sais que le sommeil ne viendra pas. Merde, mais pourquoi il sent aussi bon ? Tout ce à quoi je pense, c'est à quel point ça pourrait être bon de l'avoir contre moi, peau contre peau. J'imagine son membre se glissant entre mes jambes, et mon bas-ventre se met à palpiter.

Dans mon dos, je l'entends respirer.

Je me fige.

Oh merde, il peut sentir ma chaleur.

*Alpha*

S on parfum sucré titille mes sens, et m'emplit les narines. Sa chaleur me brûle... cette petite diablesse me désire tout autant que je la désire. Mes boules remontent et sont lourdes. Je ne me rends absolument pas service. Elle est promise à quelqu'un d'autre. Mais si je m'endors, elle s'échappera dans la nuit ; j'ai le sommeil léger, si elle essaie de se dégager, je le sentirai. Alors je la tiens serrée contre moi.

Elle continue à tortiller son cul ferme, et plus elle me pousse, moins je serai capable de contrôler mes actes. Je n'arrête pas de m'imaginer entrer en elle, la remplir, la faire crier. Je n'ai jamais été aussi terriblement excité. Ce que je ressens, c'est de la lubricité instantanée, mon corps en pleine forme est prêt à la revendiquer. Je fais de mon mieux pour conserver ma santé mentale. Je jette un œil là où son manteau et sa jupe sont remontés sur ses fesses. Le fin tissu de ses dessous noirs suit la courbe de son cul. Ma queue palpite à la pensée de la toucher partout.

Mon cœur et moi sommes là, avec elle dans les bras, noyés dans cette douce senteur de vanille et de clémentine, mêlée à sa chaleur humide.

Je la tiens serrée, et mes doigts frôlent la peau douce de son ventre, alors que mon membre se presse contre ses fesses.

Soudain, elle remue pour se retourner, son cul frotte sur mon sexe, et m'envoie direct au bord de la folie. Je siffle en inspirant, alors qu'elle se tortille pour me faire face.

– C'est mieux, marmonne-t-elle en se recroquevillant pour

s'assurer qu'aucune partie de son corps ne soit en contact avec mon érection douloureuse.

Elle tire le manteau sur elle, et s'en enveloppe, seule sa tête dépasse. Sa bouche affiche un sourire satisfait, comme si elle avait gagné. Bon sang, si elle veut jouer à ce petit jeu, elle ne sait pas à qui elle a affaire. Mais je ne vais pas me laisser entraîner là-dedans. Parce que si elle me supplie de la prendre, je n'arrêterai pas tant qu'elle ne sera pas sous moi en train de se tordre.

Son souffle chauffe mon torse nu, et elle me jette un regard amusé. Ses yeux bronze pâle me font penser à un coucher de soleil après une tempête violente qui secoue la terre. Voilà ce que l'on ressent quand on la rencontre.

– Bonne nuit, lui dis-je, et la main toujours dans son dos, je la rapproche de moi.

Elle halète quand son corps se heurte au mien, ma queue parfaitement nichée entre nous. Je ferme les yeux, un sourire aux lèvres.

Sa haine déclenche des étincelles de conscience à travers mon corps.

– Qu'est-ce que ça peut bien te faire que je reparte avec toi ? Tu peux dire à ton Alpha que tu ne m'as pas trouvée.

J'entrouvre un œil, puis un autre, sous son regard.

– Tu veux que je mente ? À mon avis, tu n'as jamais vécu dans une meute auparavant. Tu apprendras très bientôt comment ça marche.

– J'en ai entendu assez pour connaître la hiérarchie.

Elle plisse ses yeux magnifiques, et je sais bien pourquoi elle est si en colère. Mais dans une meute, elle sera plus en sécurité qu'ici. Le X-Clan a accepté de prendre soin de toutes les femmes que je lui envoie.

– Aucun animal libre n'aime être capturé, expliqué-je. Mais une fois qu'ils ont accepté leur nouvelle vie, ils en apprécient les avantages.

Elle me jette un regard dubitatif.

– Vraiment ? Tu parles de moi comme d'un animal qui a besoin d'être dressé. Je parie que tu as du succès auprès des femmes.

Elle renifle et me darde un regard furieux.

– Pour parler crûment, certaines louves métamorphes sauvages ont besoin d'être dressées, au profit de toute la meute, pour travailler en harmonie. Chacun connaît son rôle, et ensemble, on est plus forts.

Mais elle ne va pas rester mon problème bien longtemps. Son nouvel Alpha va avoir bien du plaisir à apprivoiser celle-ci.

– C'est ce que tu n'arrêtes pas de te répéter.

Je serre les dents. Encore une remarque, et je la couche sur mes genoux pour fesser son petit cul. Je resserre ma prise sur elle. Je suis venu ici pour une simple mission. Trouver la fille disparue, et la ramener.

Elle se met à tripoter le col du manteau qui la couvre, un tic nerveux, mais bientôt elle se cale et ferme les yeux.

Sa chaleur continue de se propager en volutes dans l'air jusqu'à m'envelopper. Je contemple son visage alors que sa tête repose sur sa main repliée. Sa beauté est indéniable : ses cheveux noirs étalés derrière elle, les lignes parfaites de ses petites pommettes et de son nez, ses lèvres pleines et pulpeuses... ces mêmes lèvres qui ont prononcé tous ces mots qu'elle n'aurait pas dû. Soudain, ses narines s'évasent, comme si elle sentait que je la regarde.

Je souris.

Dans la clarté de la lune, elle est enivrante.

Elle est trop parfaite.

Trop belle.

Bien trop attirante.

Et elle ne m'appartient pas.

# CHAPITRE 5

MEIRA

J'ouvre les yeux – je suis en train de tomber. La panique explose dans ma poitrine. Je frémis et j'essaie de me rattraper avec mes bras. Sauf que mes poignets sont entravés par une corde.

— Calme-toi, grogne l'Alpha dans mon oreille, son bras enroulé autour de ma taille.

Je réalise que je pends sur son épaule, tandis qu'il descend de ma cabane.

Il atteint le sol, et je glisse le long de son corps jusqu'à ce que mes chaussures touchent le sol. Nos visages sont tout proches, je vois les petites taches argentées dans ses iris qui captent la lumière du soleil. Mon cœur bat la chamade.

Je déteste son rictus tandis que mes seins descendent contre son torse. Il a peut-être le corps d'un dieu, complètement nu, et follement sexy, mais je ne veux rien avoir à faire avec lui.

— Détache-moi, sifflé-je en lui tendant mes poignets liés. Je n'arrive pas à croire que tu m'as attachée pendant que je dormais.

En guise de réponse, il attrape la corde qui pend de mes liens, et me tire derrière lui.
– On y va.
– Mais t'es vraiment sérieux ? Une laisse ? Je ne suis pas un chien.
– Tu es ma petite louve, dit-il avec un léger sourire, me jetant un regard par-dessus son épaule.
Je trébuche à sa suite, et je bouillonne intérieurement.
– La nuit dernière, j'ai vraiment pensé que tu pouvais être un bon loup. Et je t'ai même moins détesté. Mais maintenant, je te hais encore plus que les Monstres de l'Ombre qui rôdent dans ces bois.
Il me regarde, les lèvres pincées.
– Ça fait beaucoup de haine.
Je tire d'un coup sec sur la corde, mais il ne cède pas d'un pouce, et me traîne encore plus vite. La nuit dernière, j'aurais dû le balancer hors de ma cabane.
– Tiens-toi tranquille, et ce sera bientôt fini, suggère-t-il, comme s'il me faisait une faveur.
Qu'il aille se faire voir. Je lutte contre lui tout le long du chemin, l'obligeant à me traîner, et à forcer sur chaque centimètre.
Cela fait des heures que nous marchons, esquivant les branches basses, piétinant des arbustes épineux, marchant sur des troncs morts. Il a emporté quelques pommes que j'ai déjà mangées, mais mon estomac crie toujours famine.
Il m'a même autorisée à me soulager derrière un arbre. Pendant qu'il tenait la corde, bien entendu. La honte. Je le lui ferai payer.
De plus, comment se fait-il que nous n'ayons croisé encore aucun mort-vivant ? Le soleil est juste au-dessus de nous quand nous sortons enfin de la forêt dense.
Il regarde à gauche et à droite le long d'une vieille route

érodée, comme si quelque chose était censé l'attendre. De hautes herbes bordent la route, qui se balancent dans la brise.

— Est-ce qu'ils t'ont oublié ? demandé-je d'un ton moqueur. Autant pour la meute qui prend soin des autres. On dirait que tu n'es qu'un métamorphe parmi d'autres pour le vil Alpha qui t'a abandonné ici. Est-ce qu'il vaut vraiment la peine que tu risques ta vie pour lui ?

Il me regarde, et ses yeux bleus scintillent d'un éclat sombre. Dangereux.

Son regard menaçant me fait trembler. Ce métamorphe est puissant.

— Tais-toi et grouille-toi. Sinon je vais te porter tout le long, et tu seras dans les vapes.

Le ton rauque de sa voix tient ses promesses : il s'inquiète d'être vulnérable ici, face aux morts-vivants.

Il part sur la gauche et me tire brutalement derrière lui.

J'envisage de crier, et de faire du grabuge, mais je ne suis pas du tout certaine que les Monstres de l'Ombre soient dans les parages. Et je le crois quand il dit qu'il m'assommera.

Nous passons devant de hauts pins, le soleil nous cogne dans le dos. Je peine à respirer la brise chaude qui bruisse dans mes cheveux. Je déglutis malgré ma gorge sèche. Les muscles de mes cuisses sont douloureux à cause de la pente raide.

Des brindilles craquent sur ma droite, je me retourne et découvre voir un cerf qui nous observe depuis les bois. Le métamorphe qui me guide ne jette même pas un œil à l'animal, il se contente de humer l'air.

— Je n'ai peut-être pas d'autre choix que de faire ce que tu me demandes maintenant, mais ne crois pas que je vais t'obéir en aucune manière.

J'aurais dû en faire plus pour que les Monstres de l'Ombre s'emparent de lui hier. Ralentir. Tomber. Quelque chose. Mais ses paroles m'avaient terrifiée, parce que les loups allaient revenir. Ils auraient senti mon odeur sur lui, et n'auraient jamais cessé de me pourchasser.

Il me regarde, et réfléchit à mes propos.

– Si tu suis mes instructions, il ne t'arrivera rien. Tu n'as rien à craindre.

J'ai envie de rire. Je lève mes poings liés pour prouver que j'ai raison.

– Et en plus, ton Alpha m'envoie dans une autre meute, alors ne me mens pas.

– Je peux te garantir qu'il ne te sera fait aucun mal. Je ne traite jamais avec des brutes.

Mon cœur bat à tout rompre.

Il parle comme quelqu'un qui a de l'influence sur ce qui m'attend une fois que j'aurai rejoint la meute des Loups Cendrés. Sauf que les histoires que j'ai entendues au sujet de l'Alpha des Loups Cendrés le dépeignent comme un barbare. Une femme différente chaque nuit. Il fouette les métamorphes qui ne chassent pas leur nourriture. Et tous les nouveau-nés de sa meute sont bannis. En fait, j'ai du mal à croire cette dernière rumeur, car cela n'aurait aucun sens s'il souhaite faire grandir sa meute. Mais les autres histoires ont l'air plus réalistes.

– Bien sûr, un métamorphe inférieur a un tel pouvoir sur l'Alpha des Loups Cendrés.

Je détourne mon regard du sien, mais je sens qu'il m'observe derrière ses paupières tombantes.

– Tu dois savoir qui je...

Il s'interrompt. Je me retourne et le vois observer la route. Un véhicule noir se dirige vers nous. J'entends le léger crissement des roues sur l'asphalte.

Mon estomac se contracte, parce qu'à présent, ma capture semble bien réelle. Avec ce seul métamorphe, j'avais l'impression d'avoir une chance de m'échapper, mais une fois dans la meute, je serai surveillée. Un frisson court le long de ma colonne vertébrale.

Le métamorphe me tire par le bras au bord de la route, et me tient serrée contre lui.

– Tu n'as pas à faire ça, dis-je d'un ton désespéré.

Je vais être emmenée dans la meute qui dirige tout ce maudit pays. Je ne pourrai pas m'échapper, et la liberté que je pensais avoir, quelle qu'elle soit, ne sera plus qu'un lointain souvenir.

Il m'ignore et fait signe au véhicule en approche.

– Je t'en prie ! Libère-moi. (Je tends la main vers son bras, le touche.) Je ne veux pas être vendue ni être l'esclave de qui que ce soit. Je mourrai. Ton Alpha n'a même pas besoin de savoir que tu m'as trouvée. Je m'enfoncerai dans les bois, et tu ne me verras plus jamais.

Tandis qu'il me regarde, je cherche de la compassion dans ses yeux… ou quelque chose qui me prouve qu'il n'est pas le monstre que je crois.

– Je ne peux pas faire ça, Meira, dit-il d'un ton vif et tranchant.

– Je te déteste.

Cet abruti se contente de sourire quand le 4 4 noir s'immobilise à notre hauteur.

J'ai les jambes qui tremblent, et j'ouvre la bouche pour le supplier une fois de plus, mais le conducteur ouvre la portière, et je perds mes mots.

Un homme descend de la voiture. Il doit faire près de deux mètres, un peu plus grand que le métamorphe à mes côtés. Ses yeux pâles, gris acier, trahissent le loup. Il a les épaules larges, il est costaud, et il est très attirant. Mon cœur bat à tout rompre, mes poumons cherchent l'air.

Malgré sa taille imposante, il m'observe avec un intérêt marqué, comme s'il savait quelque chose que je ne sais pas. Je suis surprise qu'il ne meure pas de chaud sous ce soleil avec sa chemise à manches longues. Son jean sombre tombe bas sur ses hanches étroites, et il est chaussé de bottes de cowboy, détail plutôt étrange. Il a des cheveux brun sombre fournis, une mâchoire carrée et des lèvres épaisses, et une ombre légère couvre le bord de sa mâchoire, ce qui ajoute au style « homme des montagnes ». Il a quelque chose d'extrêmement sexy, et de mystérieux... Je ne m'attendais pas du tout à ressentir ça.

Grand et fier, le menton haut, un port arrogant. Est-ce l'Alpha des Loups Cendrés ?

Au milieu de ces deux-là, je me sens mal à l'aise, vraiment petite dans mes baskets, et le souffle coupé.

– Lucien, je commençais à croire que tu m'avais abandonné, plaisante mon ravisseur à l'attention du nouveau venu.

Je soupçonne ce petit commentaire d'être une pique à mon attention à cause de la remarque que je lui ai faite un peu plus tôt.

Mes yeux lui lancent des poignards.

Lucien se frappe deux fois la poitrine de son poing, avant de courber légèrement la tête.

– Dušan, je ne doutais pas que tu puisses retrouver ton chemin.

Il glousse, comme si c'était une blague entre eux.

Attendez.

*Quoi ?*

Est-ce que j'ai bien entendu ? Mon regard oscille entre les deux hommes, et finit par se poser sur Dušan.

Le métamorphe dans les bras duquel je m'étais endormie. L'homme dont l'érection m'avait titillé le postérieur.

Je n'arrive pas à respirer.

C'était Dušan, l'Alpha des Loups Cendrés, pendant tout ce temps, et il ne m'a rien dit.

Son expression est hilare, il est content de me voir choquée.

*Tu es surprise ?* Il ne le demande pas à voix haute, mais c'est écrit sur son visage.

Il m'a laissée dire toutes ces choses sur lui, et s'est contenté de m'écouter. La chaleur me monte au cou, mais ce n'est rien comparé à la colère qui me brûle la poitrine.

Je cille en regardant les deux hommes, et les mots me manquent. Je ne sais absolument pas pourquoi ma louve a montré de l'intérêt pour cet Alpha, et voulait que je me rapproche de lui. Elle doit avoir pété un câble, parce que cet Alpha représente tout ce que je ne veux pas chez un partenaire. Il est arrogant. Dominateur. Insistant.

Je détourne mon regard du sien, et remarque que Lucien m'observe d'un œil perçant. Il examine mon corps de haut en bas, me scrute tout entière. Une excitation nerveuse monte en moi, et c'est mal. Mon corps ne devrait pas du tout répondre à aucun de ces métamorphes, et pourtant il le fait. Je suis en feu, et mes tétons durcissent contre le tissu de mon haut. Sous leurs regards, je me sens exposée, comme si c'était moi qui me tenais nue devant eux.

Le regard de Lucien revient à mes yeux, et je ne parviens pas à me détacher de ces globes hypnotiques couleur acier, surmontés de longs cils.

– C'est elle ? Meira ?

– Ouais, répond Dušan, en me jetant un regard satisfait. Elle est fougueuse, fais gaffe à ses griffes.

Je ricane tandis qu'il tend à Lucien la corde qui tient mes poings liés, puis se dirige à grands pas vers l'arrière du véhicule.

Des mots me viennent à l'esprit, mais encore sous le choc, ils refusent de sortir. Je suis coincée avec deux métamorphes, et ma louve gronde pour que je me rapproche d'eux, alors qu'ils me kidnappent et me privent de ma liberté.

– Mets-là à l'arrière, et tirons-nous de là, ordonne Dušan en ouvrant la portière.

Il sort des vêtements, enfile un jean aux ourlets déchirés. En s'habillant, il lève les yeux sur moi, et me gratifie d'un clin d'œil.

Je fulmine.

Lucien m'empoigne le coude, et me traîne jusqu'à la porte arrière du véhicule, qu'il ouvre pour moi.

– Après toi.

Je lève mes mains liées pour grimper, et me hisse ; l'affaire est rendue difficile par mes poignets attachés.

» On me pousse, et je tombe en avant sur le siège. Je tourne la tête.

– Tu es une vraie charmeuse, tu sais ça ?

La portière claque au moment où Dušan ferme la sienne.

– Connards ! hurlé-je aux deux hommes restés dehors à murmurer en privé.

Je fouille le sol et l'arrière de la voiture en quête d'une arme quelconque. Il n'y a que des vêtements. Je gagne l'autre porte, et tire sur la poignée. Verrouillée. Évidemment.

Les deux hommes dehors reviennent à la voiture, et sautent sur les sièges avant.

Mon estomac se noue alors que nous prenons la route.

Dušan se penche en arrière sur son siège, et me regarde. Ses yeux bleus me fixent, déclenchant tous les feux de l'enfer en moi alors qu'il bloque son regard sur mon visage.

– Mets-toi à l'aise. On a une longue route.

Je me détourne de lui, et regarde par la vitre, tandis que nous quittons la forêt. L'endroit que j'appelais autrefois mon chez-moi. La quitter me laisse un goût doux-amer. Je n'ai aucune échappatoire.

# CHAPITRE 6

MEIRA

Un frisson me parcourt pendant que nous tournons, et grimpons le long d'une route étroite. Cela fait des heures que nous roulons sur les sommets rocheux des Carpates, et plus nous approchons de la meute de Dušan, plus j'ai mal à l'estomac.

Dehors, on voit rôder des morts-vivants, et il y en a d'autres qui sortent des bois. Ce n'est jamais bon signe, parce que cela signifie qu'ils ont senti le sang, ou qu'ils se rappellent s'être déjà nourris dans cet endroit. Ils se souviennent des lieux.

Nous nous approchons d'un épais portail en métal d'au moins quatre mètres soixante de haut. Une clôture similaire, surmontée de barbelés, s'étire de chaque côté du portail, et fait le tour de la colonie. L'endroit à l'air sinistre, et évoque un pénitencier.

Des pins gigantesques se penchent au-dessus de notre chemin, mais les plus proches de la colonie ont été abattus, et il ne reste que des souches. Ils ont fait tout leur possible pour empêcher les morts-vivants et les intrus d'entrer dans leur colonie.

J'aperçois une énorme bâtisse médiévale au-delà de la clôture, en haut de la colline. J'en reste bouche bée, sidérée.

– Ta meute vit dans un château ?

Le souffle coupé, je contemple les épais murs de pierre, les tours pointues, les créneaux aux sommets. J'ai déjà lu des choses au sujet d'endroits comme celui-là dans les livres que Maman me trouvait quand nous fouillions les maisons abandonnées. Mais c'est la première fois que j'en approche un.

– C'est la Forteresse Râșnov, m'explique Dušan. Les chevaliers ont construit cet endroit il y a longtemps, pour protéger les villages locaux contre l'invasion d'autres pays. Plus tard, les Saxons ont agrandi la structure. Et aujourd'hui, c'est le foyer des Loups Cendrés.

Je hoche la tête, incapable de détacher mon regard de la forteresse qui semble occuper la plus grande partie de la montagne. J'ai toujours supposé que les loups vivaient dans des cabanes en bois dans la forêt, pour se protéger des Monstres de l'Ombre dans l'endroit le plus sûr. Pas... dans une *forteresse*.

Nous nous arrêtons près du portail. Un mouvement attire mon attention sur le côté droit de la voiture. Deux Monstres de l'Ombre foncent vers nous, bouches ouvertes, orbites creuses, bras immondes, couverts de boue et de sang séché. L'un d'eux est à moitié décomposé, avec un trou sur son flanc laissant voir les côtes. Je manque de vomir à cette vision.

Soudain sa tête se met à tressauter de tous côtés, puis son corps s'effondre au sol sous l'impulsion. Il atterrit dans un fossé, et ne bouge plus. Leur abîmer le cerveau ou les décapiter sont les meilleurs moyens de les tuer une fois pour toutes.

Je lève les yeux vers la clôture, et repère un sniper avec un fusil. Le deuxième monstre se fait descendre tout aussi vite. C'est facile quand ils sont peu nombreux... mais c'est une autre histoire que d'être confronté à une centaine d'entre eux.

J'en ai croisé un essaim, un jour que je me baignais dans une rivière. Ils étaient sortis des bois juste à côté, me prenant au dépourvu. Ils m'ont laissé tranquille, mais comme je suis invisible à leurs yeux, ils m'ont bousculée, poussée et piétinée quand je suis tombée. Je ne sais même pas comment j'ai survécu, mais c'est ce jour-là que j'ai pris la décision d'installer mon abri dans les arbres.

Un corbeau descend en piqué vers le sol, et sautille en direction des morts. Il pique dans une blessure sur le flanc de l'homme, puis s'envole aussitôt. Même les charognards refusent de manger les Infectés.

Le portail coulisse et nous avançons de nouveau. Je me retourne pour le voir se refermer rapidement, avec un claquement final.

Nous roulons sur une route sinueuse qui nous emmène plus loin dans la montagne, et plus nous roulons, plus ma poitrine se serre. Des pins recouvrent la colline dans toutes les directions, et parmi eux, je vois des loups qui rôdent. Ils ont d'épaisses fourrures noires et grises tout emmêlées, mates, et leurs babines se retroussent dangereusement sur des dents pointues.

La forteresse repose au sommet de la colline. Un pont-levis surdimensionné s'abaisse devant nous, et nous entrons pour nous arrêter enfin dans une grande cour pavée. Une demi-douzaine d'autres véhicules sont garés là.

Les deux métamorphes sortent rapidement de la voiture. Mon estomac se serre quand Lucien s'approche pour me laisser sortir.

Alors que je descends, il me prend la main au lieu de la corde qui enserre mes poignets, puis il s'éloigne du véhicule à pas rapides. Des fleurs magnifiques et des arbres fruitiers parsèment les lieux, mais ne paraissent pas à leur place. Tout autour de la cour se dressent des maisons en pierres qui ressemblent à des reproductions miniatures du château. En passant devant, je remarque de petites ruelles qui filent entre elles, et mènent à d'autres bâtiments derrière. Au fur et à mesure que nous progressons, il y a de plus en plus de monde partout. Seulement des hommes... mon cœur bat la chamade. Où sont les femmes et les enfants ?

Je n'ai qu'une envie : pleurer.

Tout me semble complètement étranger. Depuis des années, tout ce que j'ai connu, ce sont les bois, et les petites colonies ici ou là qui ne comptaient que des femmes. Mais ça... cet endroit est tellement immense que j'en suis intimidée.

Les autres métamorphes jettent des regards dans ma direction, voire me dévisageant de la tête aux pieds. Je me hérisse, et me détourne, pour tomber sur Lucien.

– On doit aller vite.

J'entends la panique dans sa voix, et mon pouls s'accélère.

Je prends une grande inspiration, essayant de contrôler mes tremblements et de repousser la peur qui m'envahit.

Dušan marche à grandes enjambées devant nous, tout en muscles, et très grand ; même sa façon de bouger est séduisante. Tous les métamorphes devant lesquels nous passons reproduisent le même signe d'allégeance à leur Alpha, en se frappant le torse de leur poing à deux reprises.

J'essaie de garder en tête à qui j'ai affaire, maintenant. J'ai bien conscience à présent qu'il n'est pas un métamorphe ordinaire. C'est Dušan. L'Alpha au sujet duquel j'ai entendu tellement de rumeurs atroces. Pour l'instant, je n'ai pas encore vu cette facette de lui, si on exclut l'arrogance, la domination et le kidnapping. Mais tandis qu'il me regarde, je m'inquiète de devoir très bientôt rencontrer ce monstre.

Au fond de la cour se dresse un bâtiment gigantesque, un genre de château. Il est fait de pierres couleur de sable, et il est flanqué de trois tours, avec des toits pointus, et de nombreuses fenêtres cintrées. Au troisième et dernier niveau s'étend une large terrasse. Des gardes se tiennent devant l'entrée, et de plus en plus d'hommes métamorphes sortent de leurs maisons, beaucoup humant l'air, et me fixant avec trop d'intérêt. Les expressions des gardes me rappellent celle du métamorphe qui m'a attaquée dans les bois.

J'étouffe de panique alors que nous accélérons le pas.

Les gardes s'écartent, et Dušan pousse la porte de métal pour nous faire entrer dans le château. L'intérieur est faiblement éclairé, les murs de pierre sont dépourvus de tableaux ou de décorations. Nous arrivons devant un grand escalier aux rampes noires ouvragées. L'endroit donne une impression de vide, et ce n'est qu'en détaillant de plus près que je vois les marques de griffes sur les murs et le sol. La brèche dans la rampe. Il y a même trois coups de griffes au plafond, là où pend un chandelier.

Dušan s'arrête devant l'escalier en acajou, et pivote pour nous faire face. La chaleur m'embrase à la façon dont son regard glisse sur moi, ses yeux stupéfiants brillent d'un éclat flamboyant. On dirait qu'il n'arrive pas à se décider sur mon sort.

– Qu'est-ce qui va se passer maintenant ? demandé-je.

Il ne répond pas tout de suite, et je vois les rouages tourner derrière ses yeux bleu pâle. Est-ce qu'il se rappelle que je lui ai offert un abri contre les morts-vivants, et comment il m'a serrée fort contre lui la nuit dernière ? Au moment où je me dis qu'il pourrait me demander de le rejoindre, il s'en va, et balance par-dessus son épaule :

– Emmène – là avec les autres dans la salle d'attente.

Il grimpe les marches deux à deux. Un poids immense s'abat sur mes épaules, je me sens de plus en plus déprimée.

*Salaud.*

J'ouvre la bouche pour dire quelque chose, mais Lucien m'attrape le coude pour m'emmener.

– Il y a quoi dans la salle d'attente ? demandé-je.

– Ce n'est qu'un endroit où te détendre, et où tu seras en

sécurité. Tu n'as pas à t'inquiéter, Meira. Personne ne te fera de mal ici.

Je cille devant ce bel homme qui me conduit le long d'un couloir dallé faiblement éclairé. Je n'essaie même pas de retenir le chemin que nous empruntons. Avec tous les gardes que l'on croise, jusqu'où irais-je si j'essayais de m'enfuir de ce château ? Des métamorphes musclés, tout de noir vêtus, scrutent chacun de nos mouvements.

— Ce n'est pas vrai, n'est-ce pas ? réponds-je. C'est là où je vais patienter jusqu'à ce que vous m'envoyiez à l'Alpha à qui vous me vendez.

Il me jette un œil, mais ne répond rien, parce que j'ai raison. Je soupire, et détourne mon attention de lui. Mes tripes sont semblables à du goudron, elles collent à mes côtes, et j'ai envie de hurler.

Lucien me mène à une porte au bout du couloir, le pas lourd, aussi lourd que sa respiration.

La porte grince quand il l'ouvre, et nous nous retrouvons face à un autre garde, dont le regard se plante dans le mien. Il est bronzé, et a les cheveux rasés sur les côtés. Une cicatrice ancienne lui barre le visage, partant de son nez pour arriver sous un œil.

— C'est la disparue ? grogne-t-il.

Lucien acquiesce.

— Premier vol demain matin.

Ses mots sont comme des coups de poignard dans mon dos, et il remue le couteau dans la plaie. On m'expédie au loin tellement vite. Je ne suis pas prête à partir. J'ai vécu toute ma vie dans ce pays. Je connais ces bois, et les monstres qui les peuplent.

Lucien se tourne vers moi, et tripote la corde autour de mes poignets.

— L'accord que Dušan signe avec toutes les meutes avec

lesquelles nous traitons stipule qu'aucun mal ne doit jamais être fait aux femmes qu'il envoie.

Il libère mes poignets de la corde, mais saisit mes mains avant que je puisse les retirer. Il me sourit, comme si je devais être reconnaissante. Mais je suis déchirée. J'ai peur. Je suis en colère. Je suis perdue.

– Une prisonnière reste une prisonnière, murmuré-je.

Un éclair de douleur passe sur son visage alors qu'il me regarde. Ses yeux gris acier semblent transpercer mon âme, tandis que son pouce caresse l'intérieur de mon poignet. Je déglutis avec difficulté.

– Si on te fait du mal, trouve un moyen de nous contacter, me précise-t-il. On prend contact régulièrement avec les meutes et les femmes. Fais-moi confiance là-dessus.

Sous son regard, mes pensées agitées sont facilement balayées, je suis à sa merci. Sa façon de me caresser les poignets du bout de son pouce déclenche une sensation entêtante qui me submerge, tout autant que sa puissance d'Alpha.

Cœur battant, je le fixe comme s'il y avait quelque chose entre nous, mais j'ai l'impression de patiner sur un lac gelé en ignorant l'épaisseur de la glace. C'est imprudent, et ça ne peut que mal se terminer pour moi. Les hommes métamorphes veulent tous la même chose : réclamer une femme, et l'imprégner. Et je ne peux pas être cette femme, et porter un enfant dans ce monde horrible. Je ne devrais pas avoir envie de faire quoi que ce soit avec Dušan ou Lucien.

Il ouvre la bouche pour m'expliquer quelque chose, mais je ne veux pas entendre les excuses qu'il aurait à me donner. Demain, je serai partie, et je ne le reverrai jamais. J'arrache mes mains des siennes, et j'entre dans la pièce, le laissant derrière moi.

Je n'ai aucune raison de faire confiance à aucun de ces Loups Cendrés. Ni maintenant, ni jamais.

Dans la pièce, il y a au moins une dizaine de femmes que je

ne connais pas et qui se détendent, lisent des livres, ou discutent. À ma grande surprise, elles ont presque l'air heureuses d'être ici. Deux sont assises à discuter près du feu, une brune reste seule près de la fenêtre, observant la forêt en bas. Tous les canapés sont occupés, et aucune ne regarde dans ma direction. Elles ressemblent aux filles dans l'avion, à peu près du même âge que moi, habillées de vêtements propres, ni déchirés, ni tachés.

Je me retiens de pleurer, et m'accroupis dans le coin le plus éloigné, frottant mes poignets endoloris par les cordes.

J'ignore combien de temps s'écoule avant que la brune de la fenêtre ne se lève et étire son dos, avant de se diriger vers moi.

– Comment vas-tu ? Elle s'assied devant moi, jambes croisées.

– Je déteste cet endroit, réponds-je.

Elle rit à moitié, et hoche la tête.

– Je ne comprends pas comment certaines d'entre elles peuvent avoir l'air aussi détendues. (Du menton, elle désigne les filles qui gloussent sur le canapé.) J'ai les orteils qui me démangent, j'ai envie de m'en aller.

Elle parle à toute allure, agitant les mains. Elle porte une robe à rayures jaune et blanche à manches courtes. Pas la moindre trace de saleté.

– Je m'appelle Sam, dit-elle en passant une main dans ses boucles.

Elle est magnifique, avec ses longs cils, et son rouge à lèvres rose. La seule que j'ai jamais vue porter du rouge à lèvres, c'est Jaine. Elle m'a laissé essayer une fois, mais j'ai trouvé ça collant.

– Meira, me présenté-je.

Je réalise qu'il n'y a aucune raison de le cacher plus longtemps. Cela ne changera rien à ma situation.

– Tu te débrouilles bien, Meira, pour ne pas paniquer. La

plupart des femmes qui viennent d'arriver ne tiennent pas le coup et s'effondrent.

– Oh, j'ai eu le temps de flipper quand Dušan m'a attrapée dans les bois.

Elle reste bouche bée.

– L'Alpha en personne ? C'est pas vrai ! (Sa voix part dans les aigus sous le coup de l'excitation.) À quoi il ressemble ? J'ai entendu tellement d'histoires, toutes contradictoires. Il y a quelques femmes qui l'ont vu, et elles disent qu'il ressemble à un dieu. Mais il ne parle à personne qui n'a pas le statut d'Alpha.

Je manque de m'étouffer de rire.

– Si tu veux mon avis, c'est plutôt un connard.

Le simple fait de le dire me ramène à ma cabane dans les arbres, et son érection qui tressautait contre mon cul. Ouais, c'est vrai, c'est un connard.

Au début, elle a presque l'air offensée à mes mots.

– À quoi il ressemble ? Il est beau ?

Je cille.

– Tu ne l'as pas vu ?

Elle secoue la tête.

– Ça fait trois jours que j'ai été capturée par un mâle Beta, et amenée ici. Nous toutes ici allons participer à une cérémonie d'accouplement ce soir, pour voir si notre âme sœur se trouve parmi la meute des Loups Cendrés. Sinon, nous serons vendues à une autre meute quelque part en Europe. Dušan a quelques partenariats commerciaux apparemment.

J'ignore en quoi consiste la cérémonie, mais j'en sais suffisamment pour avoir une idée de ce qui va se passer. À dire vrai, je déteste l'idée dans son ensemble.

– Et tu es d'accord avec ce truc de la cérémonie ?

Elle acquiesce avec enthousiasme.

– J'étais en chaleur quand je me cachais dans les bois durant les deux derniers cycles, et ça m'a causé des douleurs atroces. Ma louve réclame un partenaire à corps et à cris, et si je reste dehors, un métamorphe sauvage me pourchassera, et me pilonnera à mort. Alors au final, je suis heureuse de pouvoir arrêter de fuir, et d'avoir peur. Et j'ai hâte de voir si mon partenaire est dans cette meute.

Elle me prend la main, elle tremble presque sous l'effet de l'adrénaline.

– J'ai entendu dire que Dušan, et même son Troisième, Lucien, pourraient participer. Ils doivent tous deux trouver une partenaire.

Une lueur d'excitation brille dans ses yeux.

C'est l'une des pires choses que je n'ai jamais vues. Mais je ne vais pas détester cette femme pour sa joie, si c'est ce qu'elle veut.

– Bonne chance pour trouver un Alpha.

Elle rayonne.

– Tu n'es pas excitée pour ce soir ?

Je dévisage les femmes autour de nous. La plupart de celles qui discutent sont aussi excitées que Sam. Ces femmes meurent d'envie d'avoir un partenaire. Elles veulent un métamorphe à qui se lier pour avoir des bébés. Je ne parviens pas à imaginer vivre comme ça, laisser quelqu'un d'autre me contrôler, ne plus jamais me sentir libre. Maman disait toujours que jusqu'à ce que ma louve sorte, je devais rester à l'écart des autres loups parce qu'ils me tueraient à cause de ma différence. C'est pourquoi je me bats avec autant d'acharnement pour ma liberté.

– On te vend sans cérémonie ? demande-t-elle.

Avec un soupir, je réponds :

– Ouais. On me traite comme un animal.

Mes mots sont emplis d'amertume, alors que me reviennent en mémoire les images de ma capture dans les bois, avant qu'on me jette dans un camion. Là, un métamorphe m'avait interrogée, et avait pris des notes à mon sujet dans un carnet. Ensuite, on m'avait embarquée dans un avion. Alors tandis que ces filles ont droit à une cérémonie, je n'ai droit à rien de tel.

— Oh, Meira... (Elle pose une main sur mon genou replié.) Tu ne regardes pas la situation du bon point de vue. Tu gagnes un partenaire de vie, et tu ne seras plus jamais seule. Ce n'est pas ce que tu veux ?

Je secoue la tête, et ma réponse lui fait écarquiller les yeux.

— Vraiment ? s'étonne-t-elle.

— Tu n'as pas envie d'autre chose que de simplement servir un homme et porter ses enfants ?

J'essaie de parler sans amertume, pour ne pas briser ses rêves.

Elle cille, et me regarde, confuse. Ce doit être tellement agréable de vivre une existence si ignorante des réalités. C'est peut-être moi le problème, moi qui lutte contre l'appel primaire de ma louve ; sauf que je ne suis pas comme Sam, ou comme l'une des autres filles dans cette pièce. Les choses ne sont jamais aussi simples pour moi. Ce que j'ai au fond de moi n'est pas normal ; mais je repousse ces pensées.

— Eh bien, Meira, dit Sam en se relevant. Je suis désolée qu'on te vende sans que tu aies une chance de trouver ton partenaire dans cette meute avant. Nous, les loups, sommes nés pour trouver notre deuxième moitié, pas pour être solitaires, alors je dirai une prière à la lune pour que tu trouves bientôt ton partenaire.

Avec un petit sourire, elle traverse la pièce pour rejoindre les autres sur le canapé.

Je baisse la tête et contemple le parquet, repérant les griffures. Les paroles de Sam me restent en tête. Sauf que je me rappelle que je ne suis pas comme elle, et que la seule solution pour moi, c'est de rester seule.

Le temps passe, je ferme les yeux, et glisse dans le sommeil. Il fait nuit dehors à présent, et avec elle revient une douleur persistante au creux de moi. Elle se fait de plus en plus forte, me fouaille plus profondément.

Je me relève. Peut-être que marcher me soulagera. Personne ne fait attention à moi, mais tout ce à quoi je pense, c'est à respirer lentement pour repousser la douleur. Elle vient toujours par vagues. Ma maladie ne m'a jamais quittée, même après ces dix-neuf années.

Mais le mal me frappe comme si on m'assénait des coups de fouet. Je crie, les mains agrippées à mon ventre, et tombe à genoux.

Des voix s'élèvent autour de moi. Il y a quelqu'un à mes côtés, mais je ne peux fixer mon attention sur quoi que ce soit. Je siffle sous le coup de la souffrance qui me lacère. Elle s'approfondit, devient plus aiguë, se resserre autour de mon ventre.

– Meira! s'écrie Sam, adressant des gestes frénétiques à quelqu'un dans mon dos.

Je tombe par terre. J'ai des étoiles devant les yeux, et ma vue se brouille. Mes tripes sont en feu, comme si on m'arrachait les entrailles. Je serre mes bras autour de moi, remonte mes genoux vers ma poitrine, tente de gérer cette douleur insoutenable.

– J'ai besoin d'aide...

Les mots s'échappent de ma bouche au moment où l'obscurité envahit mon champ de vision.

# CHAPITRE 7

## DUŠAN

L'Alpha en moi exige que j'appelle Ander et lui confirme que j'ai retrouvé son Oméga disparue. Sauf que mon loup montre les dents à l'idée que je ne la revendique pas moi-même. Sa bouche délicieuse balance tellement de choses qu'elle ne devrait pas dire… des mots pour lesquels j'aurais puni n'importe quel autre loup. Je devrais la traîner hors d'ici et fesser son petit cul ferme pour les commentaires qu'elle a faits dans les bois.

Ça ne m'empêche pas d'avoir envie de la prendre si fort que toute la colonie entendrait ses cris de plaisir, et saurait qu'elle a été revendiquée. Qu'elle est à moi. Tous ces métamorphes qui la fixaient avec avidité dans la cour m'ont rendu furieux, et maintenant il faut que je m'occupe de ce problème. C'est une femme non marquée, elle a une odeur puissante, qui attire les hommes vers elle. À moins qu'un véritable accouplement ne se produise, sa louve doit accepter le mâle.

Je soupire et me penche par-dessus le balcon de mon bureau ; il y a encore du vent aujourd'hui, mais je sens dans l'air que quelque chose se prépare. En dessous de moi, la forêt de pins persistants s'étire dans la montagne. La vieille cité de

Râșnov s'étend non loin, désormais abandonnée et en ruines. Plus personne ne vit ici à part quelques squatteurs occasionnels. Les rues sont pleines de morts-vivants, alors les humains sont partis il y a bien longtemps.

Quelqu'un se racle la gorge, et je flaire le parfum boisé de Lucien qui me rejoint sur le balcon.

– Elle a quelque chose de différent.

Je sais précisément de qui il parle. J'ai vu son regard quand il a rencontré Meira, j'ai vu son souffle court, et senti les battements de son cœur accélérer. Elle s'est emparée de moi par surprise, comme une tempête inattendue, et son odeur refuse de partir ; son attitude fougueuse est pour moi comme un défi que je veux relever.

Je fais face à mon Troisième, et recentre mes pensées sur nos affaires.

– Ander attend qu'on la lui livre.

Il hoche la tête, mais je remarque la tension autour de ses yeux.

– Et si on la gardait un peu plus longtemps ? suggère-t-il. Et qu'on découvrait ce qui la rend différente des autres. Je doute qu'Ander apprécie qu'on lui expédie de la marchandise défectueuse.

Le vent dégage ses cheveux de son visage, et il s'agrippe à la rambarde à côté de moi.

– Elle te fait tant d'effet que ça ? demandé-je.

Il lève ses yeux gris acier et les plante dans les miens.

– Absolument pas.

Je le crois presque. Presque. Il a toujours su convaincre les autres qu'il n'est pas impacté par l'état du monde, comme s'il était aussi immuable qu'une montagne, et se contentait de serrer les dents quand la vie devenait plus dure. Mais je connais bien l'homme qui se tient devant moi. C'est un ami qui a tant perdu que la seule façon de s'en sortir, c'est de s'en tenir au déni. C'est pour cette raison qu'il porte des bottes de cowboy. C'est la seule chose qui lui reste de son père ; il n'est pas si fort pour dissimuler sa douleur qu'il le pense.

— Putain, il faut absolument que Mad et Caspian reviennent du X-Clan. (Je grogne.) Je n'ai pas besoin qu'une tête brûlée comme Mad ruine mes accords d'échange en faisant des conneries.

Je raidis les épaules. Le seul moyen d'assurer la sécurité de tous les membres de ma meute, c'est cet accord. Livrer Meira résoudra le problème. Alors pourquoi le doute s'infiltre dans mon esprit à l'idée de l'envoyer à Ander ?

Mon loup renâcle devant mon indécision. S'il pouvait rire, il éclaterait. Les loups sont faits pour s'accoupler. Nous sommes ainsi faits.

Avec un sourire agaçant, Lucien m'assène une tape dans le dos.

— Elle t'a eu aussi, à ce que je vois.

— Merde. (Je secoue la tête.) Je n'ai pas besoin de ça. (Je me passe une main dans les cheveux en contemplant le paysage.) Il y a quelque chose qui ne va pas chez elle. Son odeur n'est pas normale.

Et si j'avais rencontré ma partenaire, je le saurais. C'est pour ça que je suis persuadé que ce que je ressens, c'est un peu plus que du désir.

— Je me demande si elle n'est pas un croisement entre deux races de loups, suggère Lucien.

Nos regards se croisent, et je plisse les yeux.

— Tu crois qu'elle vient d'une meute ennemie ?

Il hausse les épaules.

— Tu m'as dit une fois qu'il faut toujours envisager toutes les possibilités.

Sauf qu'elle vivait dehors, dans cette cabane dans les arbres. Du moins, c'est ce que j'ai cru. Ce qui ne veut pas dire qu'elle n'est pas alliée avec une autre meute. Il y a de nombreuses races de loups métamorphes, et beaucoup sont prêts à tuer pour mettre la main sur ma meute et mon territoire. S'ils me tuent, ils auront le droit de se battre pour la place d'Alpha de ma meute.

Je serre les dents et prends une forte inspiration, essayant de me contrôler. Elle ne pourrait pas être une espionne, envoyée dans le but d'introduire des Alphas dans la meute ? Est-ce que je la connais vraiment ?

Je suis arraché à mes pensées par des pas dans mon dos qui attirent mon attention.

Mihai est entré dans le bureau. Je hoche la tête. Parfait. Je vais découvrir ce qui s'est passé au juste avec la livraison au X-Clan.

Lucien et moi traversons le balcon pour rejoindre Mihai dans le bureau.

Il se frappe le torse à deux reprises avant d'incliner la tête. C'est un Beta en charge de l'organisation des transports, et ça fait des années qu'il fait un sacré bon boulot. Or Mad a vite rejeté la faute sur lui pour la disparition de Meira lors de la livraison.

– Dušan, dit-il, attendant un ordre.

– Assieds-toi.

Il s'exécute, prenant place face à moi, de l'autre côté du bureau. À part ce meuble, la pièce est vide. Ce n'est pas un endroit où se détendre, c'est un endroit où gérer le merdier. Lucien se tient près de la porte du balcon, et son ombre s'étire sur Mihai. Il est assis immobile, le dos droit, ne flanche pas.

– Tu ne m'as jamais laissé tomber, commencé-je. Alors comment se fait-il qu'une fille ait disparu lors de la dernière livraison ?

Il inspire profondément, et s'ensuivent quelques secondes d'un silence gênant. Le regard de Mihai oscille entre Lucien et moi.

– J'ai livré neuf filles.

Il fouille dans sa poche, et en extrait un papier plié. Il le pose devant moi, et le déplie.

Je lis la liste de filles, la dernière étant Meira. Tous les noms sont cochés, comme pour chaque bon de livraison. Nous n'avons jamais rencontré ce problème avant.

En levant les yeux, je ne vois pas un loup qui aurait quelque chose à cacher. Il ne présente aucun des signes révélateurs de mensonge, ne transpire pas non plus nerveusement.

– Alors, tu es sûr que neuf filles sont montées dans cet avion ?

Il soutient mon regard, sans jamais détourner les yeux.

– Je les ai amenées à Mad, à l'avion, comme je le fais toujours, puis je suis parti. Je n'ai absolument rien changé à mes habitudes.

Sans la présence de Mad, je ne peux corroborer aucune de leurs deux versions. Mais il me reste Meira, qui n'a aucune raison de mentir sur la façon dont elle s'est évadée. Mon seul problème, c'est de la persuader de me parler.

– Et Mad ? demande Lucien. Il a eu un comportement différent ?

Mihai éclate de rire.

– Mad s'est comporté comme d'habitude, comme un connard, en me disant d'aller me faire foutre parce qu'ils étaient en retard.

Je cille, parce que je n'étais pas au courant que le vol avait été retardé. Donc, d'après ce que je comprends, les filles étaient arrivées jusqu'à l'avion. Sauf que, d'une manière ou d'une autre, Mad en avait égaré une entre le chargement et le décollage, vu que Meira était toujours dans nos bois, et pas dans un autre pays. Je n'ai pas besoin que mes gars fassent des conneries. Je jette un œil à mon intercom, et appelle Mad.

– Excusez-moi…

Jay, l'un de mes gardes rapprochés, passe brusquement la

tête par la porte de mon bureau. Il a l'air complètement paniqué.

– Je suis désolé de vous interrompre, mais nous avons une urgence.

– Qu'y a-t-il ? grogné-je.

– Il y a un problème avec la nouvelle louve. Elle pleurait de douleur, et vient de s'évanouir.

Mon cœur se serre. Lucien s'approche, le souffle court.

– Amène-la dans ma chambre, lui ordonné-je.

Je jette un regard incrédule à Lucien, repensant à notre discussion sa différence. Mihai, toujours assis, fronce les sourcils, confus.

– Tu peux y aller, lui dis-je. Nous en rediscuterons plus tard.

*Meira*

J'ouvre les yeux, et mon cœur s'emballe. La sueur ruisselle sur mes joues et dans mon cou, et mon corps tout entier brûle de chaleur. Je plisse les paupières dans la lumière du soleil qui entre dans la pièce par la fenêtre cintrée. Tout d'abord, je n'arrive pas à réaliser où je me trouve. Puis lentement, je commence à distinguer ce qui m'entoure.

Les murs de pierre me rappellent que je suis dans le château des Loups Cendrés. Je suis allongée sur le côté, sur un lit moelleux, les yeux tournés vers une armoire de bois sombre, dont les coins sont ornés de loups hurlant à la lune. Le sol est couvert d'un tapis épais couleur du sang frais. Cela fait bien longtemps que je n'ai rien vu d'aussi propre et neuf.

Son odeur est partout dans le lit. Dušan. Sa senteur de

musc et de loup m'envahit, comme la nuit dernière dans ma cabane. C'est sa chambre. L'Alpha m'a déposée dans son lit, et je suis troublée, vu qu'il m'a brusquement quittée pour qu'on m'emmène dans salle d'attente avant d'être expédiée.

– Comment tu te sens ? demande une voix grave derrière moi.

Je me retourne, et trouve Lucien assis sur le bord du lit, qui me regarde d'un air soucieux.

– Tu nous as tous fait peur quand tu t'es évanouie et qu'on n'arrivait pas à te réveiller.

– J'ai la gorge sèche, croassé-je.

Je promène mon regard autour de la pièce, et découvre un fauteuil en cuir noir devant la fenêtre.

Lucien prend un verre d'eau sur la table de chevet près de lui.

Je cille et remue pour m'asseoir dans le lit. Cette douleur familière me lance. Ma maladie m'a frappée plus fort qu'avant, et la souffrance est atroce. Qu'est-ce qui m'arrive ? J'ai l'estomac noué : cela ne me rendra pas service que ces loups me voient aussi malade. Ils vont me rejeter tout en bas de la hiérarchie de la meute… trop brisée pour être plus que leur esclave.

Il me tend le verre plein. Nos doigts se frôlent, et je sens une secousse d'énergie dans mon bras. Elle se répand en moi, et me submerge d'une chaleur écrasante. J'en ai le souffle coupé, et je déglutis avec peine, luttant pour repousser cette sensation qui m'attire vers cet Alpha. Tout en lui me fait brûler de désir. Une part de moi a envie de céder, de lui demander de me protéger. Et l'autre part déteste ces pensées, mais mon corps me trahit.

Quand je relève les yeux vers lui, je vois son loup qui s'agite derrière ces yeux gris acier affolants. J'ai envie de m'y plonger, et de m'y perdre.

Je me secoue, j'ai besoin de m'éloigner de ces Alphas.

— Je me sens mieux, mens-je en buvant l'eau glacée, qui chasse la chaleur encore ancrée en moi.

Il me regarde comme s'il scrutait directement mon âme. Je lui rends le verre vide et souris, luttant contre la douleur qui me laisse groggy et épuisée. En temps normal, je serais restée au lit quelques jours le temps que la maladie s'éloigne, mais je n'ai plus ce luxe.

— Tu es malade ? demande-t-il, refusant de changer de sujet – évidemment.

Je secoue la tête.

— Ça fait un moment que je n'ai pas mangé. Je pense que c'était juste à cause de la faim.

Il acquiesce, mais à la façon dont il m'examine, c'est clair qu'il ne me croit pas.

— On a pensé ce que pouvait être ça, alors je t'ai fait une petite injection qui devrait t'aider.

Mon regard se porte par réflexe sur mes bras, et je vois un petit bandage à l'intérieur de mon coude. J'essaie de ne pas trop penser à ce qu'il m'a injecté, parce que je ne veux pas qu'il se rende compte que je panique. Mais je n'ai aucune idée de l'impact que ça aura sur ma maladie.

Il tient une petite serviette, avec laquelle il humidifie mon front. Ses gestes sont empreints de tendresse, tout comme le regard qu'il porte sur moi.

Et pourtant, la panique grimpe le long de ma colonne.

— Il fait un peu chaud ici, dis-je sur le ton de la plaisanterie, mais lui ne sourit pas.

Il cligne des yeux plusieurs fois, et mes pensées vacillent.

— Ne t'inquiète pas. L'injection, ce n'était rien que des vitamines pour t'aider à booster ton système immunitaire.

Est-ce que c'est la vérité ? – Et pourquoi ?

— Et pourquoi est-ce que je suis dans le lit de Dušan ?

La chambre est chaleureuse et confortable – cela fait bien longtemps que je n'ai pas ressenti ça. Dormir sur des rondins pleins d'échardes ne remplacera jamais la douceur d'un matelas.

— Il a insisté pour qu'on t'y installe dès qu'il a su que tu t'étais évanouie. (Lucien se lève.) Je vais te chercher quelque chose à manger.

Alors qu'il se tourne pour sortir, je lui demande :

— J'ai dormi combien de temps ?

— Deux jours entiers, à poings fermés.

Je me raidis aussitôt et ris à moitié, parce que j'ai l'habitude de dormir plusieurs jours, mais ce n'est pas normal chez la plupart des gens.

— Visiblement, j'étais épuisée.

— Ouais, ça doit être ça.

Il sort et referme la porte, et le déclic d'un verrou résonne dans la pièce.

*Merde !* Je m'écroule de nouveau dans le lit, le corps vrillé de douleur. Roulée en boule, j'enfouis ma tête dans l'oreiller, j'ai envie de pleurer.

Je tremble de peur. C'est pour cette raison que j'ai évité si longtemps d'être capturée. Cette maladie me rend vulnérable, alors combien de temps faudra-t-il à Dušan pour s'en rendre compte, et comprendre que je ne me suis jamais transformée en louve ? Je n'ai jamais été capable d'être complète. Je serai mise à l'écart, et même ces mâles affamés ne voudront pas me toucher. On m'enfermera, parce que quelqu'un comme moi ne devrait pas exister.

Je tire la couverture sur ma poitrine, et ferme les yeux, en priant pour que les douleurs cessent. Ensuite, je trouverai un moyen de sortir d'ici.

Le bon côté des choses, c'est qu'on ne m'a pas envoyée à l'autre meute. C'est peut-être bon signe. J'ignore le rire moqueur qui résonne dans ma tête, et m'accroche aux dernières bribes d'espoir qui me restent.

*Lucien*

La teinte bronze de ses yeux me fait penser à un feu ardent. Ils m'accompagnent, ils refusent de quitter mon esprit. Tout comme son parfum entêtant, ainsi que l'odeur du sang. Je n'arrive pas à comprendre, mais il est clair qu'elle cache quelque chose. À n'importe quel autre métamorphe, j'aurais déjà arraché les réponses. Mais Meira me fait quelque chose. Ma bête se calme dans ma poitrine, mais elle me rend anxieux. Avoir des secrets dans ce monde peut vous faire tuer, alors quels sont ceux que garde cette petite louve ?

Je reste debout devant la porte de la chambre qu'elle occupe, comme si je n'avais aucun contrôle sur mes propres actions, parce que mon loup insiste pour que je reste auprès d'elle. Quand elle a touché ma main, j'ai ressenti une violente décharge dans tout le bras, qui s'est répercutée en moi. Elle m'a coupé le souffle... Tout mon corps s'est crispé, et mon loup s'est avancé alors que je serrais les poings. Une réaction automatique, qui me poussait à la protéger, m'a envahi.

Son regard était choqué, je brûlais de me pencher vers elle et la prendre dans mes bras. Et tout ce à quoi j'arrive à penser, c'est à quel point elle est belle, et à ce besoin de goûter à ses lèvres.

*Merde !* J'ai la tête en vrac.

Je sens encore sa présence. Maintenant je comprends pourquoi Dušan a exigé de la mettre en sécurité dans sa chambre, parmi tous les endroits possibles. Il ressent la même chose que moi en présence de Meira. Sauf que je n'ai jamais entendu dire qu'un loup pouvait avoir deux âmes sœurs, ou plus.

Je m'éloigne de sa porte, et alors que je m'en vais, je sens encore cette attirance. Du fin fond de mon être, mon loup pousse en avant, attendant impatiemment la transformation.

*Meira.*

Il l'appelle, mais je ne peux pas m'autoriser à la désirer. Elle sera envoyée ailleurs, et si ce n'est pas le cas, mon Alpha la prendra en premier et décidera s'il partage.

En tant que Troisième pour l'Alpha des Loups Cendrés, je ne peux pas perdre la tête. Surtout pas quand le Second s'avère être un putain d'abruti. Je suis frustré que Dušan conserve un tel rôle à Mad, alors que ce n'est pas la première fois que la situation dégénère à cause de lui. Le fait qu'il soit son demi-frère n'implique pas forcément qu'il mérite ce poste.

Je serre les poings, je sors, et me faufile entre les maisons jusqu'à la limite de la forteresse, prêt à hurler. J'aspire de l'air frais, essayant de calmer mon pouls emballé.

Ma tête rugit, alors que mon cœur se languit de Meira.

C'est le meilleur moyen de foutre le bordel dans ma tête.

– Lucien ! m'interpelle un homme derrière moi.

Avec un grand soupir, je me retourne pour faire face à Chase qui me salut d'un signe de tête. C'est un Beta qui gère toutes les festivités, et les courses de meute. Ce n'est pas un grand métamorphe, mais il fait preuve d'un dévouement sans faille à l'égard de la meute.

– Tout est prêt pour ce soir ? demandé-je.

– Oui. Je voulais te montrer où nous avons installé le circuit pour les courses. M'assurer que cela te convient.

On utilise le circuit pour les plus jeunes loups, ceux qui viennent de se transformer et ne sont pas encore prêts à courir avec les Alphas à travers les bois, dans l'enceinte de la colonie.

Il a un cœur d'or, et même s'il a atteint la fin de la vingtaine, il lui manque encore de l'assurance pour prendre ses propres décisions.

– Tu sais quoi ? Je vais te faire confiance.

Il me regarde d'un air inquiet. Je ris, et le gratifie d'une tape sur l'épaule.

– Rappelle-moi combien de fois tu as déjà fait ça ?
– Au moins une dizaine, répond-il.
– Eh bien alors, sous ta seule direction, celui-ci sera le meilleur à ce jour.

Il se redresse et fait un signe de tête. Puis il s'éclipse. Je me retourne pour contempler la chaîne des Carpates.

Je n'arrive pas à sortir Meira de mes pensées. Jamais je n'aurais pensé qu'une femme puisse m'affecter de telle manière. Après avoir perdu ma partenaire, Cataline, je m'étais brisé en mille morceaux, et m'étais juré de ne jamais retrouver l'amour.

# CHAPITRE 8

## DUŠAN

Je fixe mon Quatrième.
— C'est peut-être une Oméga, mais elle a quelque chose en plus.

Bardhyl hoche la tête.

— Je n'ai jamais entendu parler d'une louve malade comme ça, à part les Omégas qui souffrent durant leur cycle de chaleurs. Mais elles ne vomissent pas de sang.

Mon corps réagit vraiment à la proximité de celui de Meira, et mon loup veut absolument que nous la revendiquions. Sa présence m'attire avec une énergie irrésistible.

Aucune des autres Omégas que j'ai rencontrées ne montrait les mêmes symptômes que Meira durant ses chaleurs : alitée, le teint terreux, l'air physiquement malade.

— Pourrait-elle être porteuse d'un virus ? Un signe avant-coureur avant de devenir une morte-vivante ? demandé-je, les tripes nouées à l'idée que si c'est le cas, je devrai me débarrasser d'elle.

Bardhyl y songe l'espace d'une seconde. Il vient du Danemark, et ressemble tout à fait à l'idée qu'on se fait de ses ancêtres Vikings, avec ses cheveux blonds tombant aux épaules. C'est un guerrier dans l'âme, et il en a tout l'air, dominant la plupart des autres. Il est féroce, et ne reculera jamais devant une bataille – c'est l'une des raisons pour lesquelles il fait partie de mon équipe.

– J'en doute, répond-il. Si c'était le cas, après le temps que tu as passé auprès d'elle, tu montrerais des signes de maladie toi aussi ; et je n'ai jamais vu une infection de mort-vivant prendre autant de temps pour s'emparer d'un nouvel hôte.

– Je suppose, dis-je. (Nous marchons tous deux à grands pas à l'extérieur de la forteresse, mon esprit essayant de donner un sens à ce à quoi nous sommes confrontés.) Je ne cesse de jouer tous les scénarios possibles dans ma tête. Elle ne peut pas être métisse, ou alors à son âge, elle serait déjà morte. Donc c'est forcément autre chose.

La forêt part de la forteresse et descend jusqu'à la clôture métallique, où d'autres loups courent dans les bois.

– L'échantillon de sang que Lucien a prélevé à Meira est toujours dans notre labo, explique-t-il. Nous n'avons pas toute la technologie nécessaire pour procéder à des analyses approfondies, alors ça va prendre un peu de temps.

Un loup noir surgit des bois à l'intérieur de la clôture, suivi de quatre autres. Avec l'extension de notre meute, les métamorphes qui ont besoin de liberté commencent à manquer d'espace.

*Bang. Bang.*

Je porte mon regard vers la porte principale, et les gardes dans la tour, qui éliminent les morts-vivants en approche.

– Ces derniers temps, ils sont de plus en plus nombreux, remarque Bardhyl. On dirait que quelque chose les attire par ici.

Je lui jette un regard, parce que j'ai eu la même pensée. Depuis des semaines maintenant, les contaminés apparaissent de plus en plus fréquemment aux abords de notre périmètre.

– Est-ce que tu peux te charger d'enquêter là-dessus ?

Il approuve d'un rapide mouvement de tête, et écarte ses épaules.

– Je descends, dit mon Quatrième, avant de se mettre à courir vers le bas de la colline.

Je retourne dans la forteresse pour rendre une nouvelle visite à Meira.

Deux. C'est le nombre de nuits que j'ai passées dans la chambre d'amis, et à chaque fois que j'entre dans ma chambre, Meira dort profondément, alors qu'est-ce qui se passe au juste avec cette diablesse ? J'ai besoin de lui parler, alors elle a plutôt intérêt à être réveillée.

Je ne peux absolument pas l'envoyer à Ander dans cet état, donc j'évite soigneusement de l'appeler jusqu'à ce que je comprenne à quoi j'ai affaire. Je me demande à moitié si je ne devrais pas ravaler ma fierté et promettre une nouvelle femme à Ander. Il l'apprendra de toute façon... Nous lui envoyons une fiche technique complète pour chaque femme que nous lui livrons.

Je rejette l'idée de ne pas tenir parole, parce que c'est contraire à l'usage dans une bonne relation d'affaires. Nous appartenons peut-être à des meutes et des espèces de loups différentes, mais au fond, nous ne sommes pas si dissemblables. Ce qui signifie que mon incapacité à livrer ce que j'ai promis en premier lieu est une atteinte à notre partenariat commercial en pleine croissance. Je ne peux pas me permettre que les Loups du X-Clan nourrissent des doutes sur leur collaboration avec moi. Tous les membres de la meute dont j'ai la charge dépendent de moi pour leur fournir les médicaments et la technologie nécessaires pour mieux nous protéger et chasser notre nourriture.

La lumière du soleil matinal entre par les fenêtres cintrées du château fortifié tandis que je longe ses corridors, et seul l'écho de mes bottes qui martèlent le sol pavé résonne à travers la forteresse.

J'ouvre la porte de ma chambre, entre par pure habitude, puis je m'arrête, culpabilisant d'avoir ainsi fait irruption dans la pièce.

Meira est penchée au-dessus de ma poubelle, dans laquelle elle vomit.

Je traverse la pièce en trois enjambées.

– Meira, est-ce que tu vas bien ?

Elle s'essuie la bouche, et se redresse, croisant mon regard. Elle a les yeux larmoyants, comme si elle avait pleuré.

Elle se raidit et tente de sourire, mais je vois bien qu'elle souffre.

– Je me sens mieux maintenant, admet-elle.

Ma poitrine se serre de la voir à l'agonie. Jamais je ne me le pardonnerai si elle meurt alors qu'elle est sous ma protection. Je tends la main, prends la sienne. Elle est moite.

– Je sais exactement ce qu'il te faut.

– Ah oui, quoi donc ? croasse-t-elle, essayant de son mieux d'agir normalement, mais je ne suis pas dupe de son mensonge.

– Tu verras.

Je l'emmène avec moi, non sans avoir jeté un bref coup d'œil dans la poubelle, où je vois du sang.

*Merde !* Elle est réellement malade... sauf que je ne comprends pas *pourquoi*.

– Merci, dit-elle, me distrayant de mes pensées. Je ne dois simplement pas être habituée à vivre à l'intérieur.

Son excuse est presque risible, mais je la laisse récupérer. Elle n'a pas la force de se défendre et si je la pousse, elle va râler. Alors je ne dis rien, et me concentre en priorité sur sa guérison.

Elle marche droit, d'un pas stable, mais ses cheveux sont humides, et collent à sa tête. Ce n'est plus la fille que j'ai trouvée dans les bois, ce n'est plus que l'ombre d'elle-même.

Nous atteignons rapidement les bains, situés au bout d'un

couloir au rez-de-chaussée. Nous passons une porte voûtée, et arrivons devant une baignoire encastrée dans le sol, assez grande pour contenir dix métamorphes. De la vapeur s'élève de la surface, et la chaleur nous accueille à notre entrée. L'eau est filtrée régulièrement. Sans les panneaux solaires que j'ai monnayés avec le X-Clan pour produire notre énergie (pour des choses comme maintenir la température du bain, et garder l'eau propre), nous serions toujours à l'âge de pierre.

– Wouah !

Les yeux écarquillés, Meira dégage sa main de la mienne, et s'approche de la baignoire en pierre. À l'arrière se trouvent les saunas et les toilettes, et pour le moment, il n'y a personne d'autre que nous deux.

– Un bain t'aidera à te débarrasser de ton angoisse, lui suggéré-je.

J'espère que ça l'aidera à me faire un peu confiance, et peut-être même à s'ouvrir à moi.

Elle me regarde d'un air plus cordial, comme si elle s'était attendue à ce que je la jette dans un cachot. Même malade et pâle comme la mort, j'ai besoin de la revendiquer, j'en ai mal jusqu'au fond des tripes. Sa présence seule me rend dingue.

– Tu vas me regarder prendre mon bain ?

Elle arque un sourcil. Je ris, parce que je n'ai l'intention d'aller nulle part.

– Les toilettes et la douche sont à l'arrière. Je vais te faire apporter une boisson chaude.

Meira acquiesce, et se retourne vers le bain sans un mot. Il n'y a qu'une issue à la pièce, donc elle ne peut pas s'échapper sans passer devant moi d'abord.

Je sors des bains, et longe le couloir, jusqu'à mettre enfin la main sur un gros garde.

– Va demander à la cuisine d'apporter un plateau de thé à la menthe poivrée, et de tranches de pain frais à Meira aux bains. Et demande aussi à Alyna de lui trouver une robe, et assure-toi que personne n'entre aux bains avant que je n'en sorte, compris ?

– Entendu.

Il s'incline, et part dans le couloir.

Je marche dans la direction opposée, à grandes enjambées. Je suis résolu à découvrir tout ce que je pourrai au sujet de cette métamorphe, et quel est son secret.

Au moment où j'arrive, Meira me tourne le dos, complètement nue, et elle entre dans le bain. Mon regard glisse sur ses épaules, sa taille fine, et son cul aux courbes parfaites, avant qu'elle ne plonge dans l'eau jusqu'au cou.

Cette image me touche directement à la queue. J'avance d'un pas.

– C'est assez chaud ? demandé-je, la gorge soudain serrée.

Elle se retourne brusquement dans l'eau, dans ma direction, les yeux écarquillés. Les contours indistincts de son corps se révèlent sous la surface, ondulant tandis qu'une douce vague passe sur ses seins.

– Qu'est-ce que tu fais là ? hoquette-t-elle.

– C'est un bain communautaire.

Son regard dévie vers la porte puis revient à moi, et elle couvre ses seins de ses bras.

– Alors tu vas juste rester planté là et me regarder ?

– Tu préfères que je te rejoigne ?

– Non !

La réponse fuse d'un coup, et j'éclate de rire devant sa nervosité. Elle ne réalise pas à quel point son innocence m'affecte.

Je traverse la pièce, sous son regard attentif. La salle de bains est une petite pièce comportant deux cabinets de toilette, trois douches, et quelques lavabos. Je trouve ses vêtements en tas par terre, puis je récupère du savon sur le lavabo, et une serviette propre sur l'étagère. De retour dans la pièce, je la trouve dans un coin du bain, l'air peu sûre d'elle. Je pose le savon devant elle, et elle lève vers moi ces yeux bronze pâle spectaculaires. Elle cherche quelque chose en moi, elle attend quelque chose que je ne comprends pas.

— Comment tu te sens ? demandé-je.

— L'eau m'apaise. Je ne me sens plus aussi mal.

— Bien, murmuré-je

Je m'assieds sur un banc de bois installé le long du bain, et je pose la serviette près de moi. J'étire mes jambes, croise mes chevilles, m'incline, et contemple ma diablesse.

— Tu ferais mieux de te laver, sinon je vais grimper là-dedans et te laver moi-même.

— Tu n'oserais pas, siffle-t-elle, sourcils froncés.

Bon sang, ce qu'elle peut être sexy quand elle est en colère. Je hausse un sourcil et me penche en avant, les coudes posés sur mes cuisses.

— Est-ce que c'est un défi ? (Elle me fusille du regard.) Ouais, c'est bien ce que je pensais.

Elle claque la langue, et une expression malicieuse lui traverse le visage. Elle attrape le savon, et le met sous l'eau.

— Alors, parlons, dis-je. Qu'est-ce qui s'est passé ? Est-ce que t'es blessée ? C'est pour ça que tu es malade ?

Elle secoue la tête.

— Non, je ne suis pas malade. J'ai juste du mal à m'acclimater.

C'est pour ça qu'elle a vomi du sang ? D'accord.

Quelqu'un se racle la gorge à l'extérieur, et je hume l'air. Une odeur de bois... le garde. Je saute sur mes pieds et le trouve qui attend devant l'entrée, portant un plateau rempli de nourriture ; une robe bleu nuit pend à son bras. J'en arrache l'étiquette du magasin. Nous faisons souvent des virées dans les anciennes villes humaines pour y trouver des vêtements pour notre meute.

— Merci, dis-je en le libérant.

— Ce sera tout ?

Il a un petit rictus au coin des lèvres. Il imagine probablement que j'ai envie d'être seul avec Meira. Sauf que mes intentions sont purement à visée informative, même si mon loup insiste pour qu'il se passe quelque chose de complètement différent.

J'acquiesce.

– Monte la garde pour que personne ne fasse irruption.

– Entendu.

À pas rapides, je retourne au bain, où Meira commence à sortir. Mais à l'instant où elle me voit, elle replonge. Petite coquine.

– Cela devrait t'aider à calmer ton estomac.

Je pose le plateau près du bord du bain fumant. Puis je vais m'asseoir et pose la robe sur la serviette.

– Donc tu me disais que tu avais du mal à t'acclimater, et c'est pour ça que tu es malade ?

Elle me fixe, puis s'immerge soudain totalement, avant de remonter. Ses cheveux noirs sont lissés en arrière, son visage est radieux, et ses yeux grands ouverts. Son air de maladie pénible a complètement disparu. La femme devant moi est celle que j'ai attrapée dans les bois.

Elle se sert un thé, emporte la tasse avec elle au milieu du bain, et boit tranquillement, sans jamais me quitter du regard.

– Je ne sais vraiment pas quoi te dire. J'ai juste eu quelques jours sans. On en a tous.

– Eh bien, c'est ça le hic, Meira. (J'étudie la façon dont les coins de ses yeux se plissent d'inquiétude.) Les loups ne tombent pas malades. Nous ne fonctionnons pas de cette manière, et la seule maladie à pouvoir impacter notre espèce, c'est le virus transmis par la morsure d'un mort-vivant. Mais toi... (Je croise les bras sur mon torse.) *Toi*, c'est quelque chose d'autre qui te rend malade. C'est quoi ?

Elle porte la tasse à ses lèvres, et prend son temps pour boire avant de la reposer vide au bord du bassin. Puis elle gagne la partie la moins profonde. Ses épaules glissent hors de l'eau tandis qu'elle se met à se frotter avec le savon.

— Il n'y a qu'une seule raison pour qu'un loup soit malade à ce point, lui dis-je.

Son regard revient sur moi, et sa fougue embrase son regard.

— Je ne sais pas quoi te dire. Peut-être que tu y attaches trop d'importance. Mes parents étaient tous deux des loups.

Elle recule encore, jusqu'à ce que l'eau retombe en cascade sur sa taille, exposant ses seins... des globes parfaitement ronds et pleins, où pointent des tétons rouge cerise.

Mes pensées s'évanouissent à cette vue. Enivrante. Baisable. Dangereuse.

Elle est la perfection, et cette beauté me hantera pour l'éternité. Je ne m'attendais pas à ça de sa part. Ces seins parfaits et pleins me rendent dingue.

Je vois clair dans son jeu, mais je ne peux pas empêcher mes pensées de tomber dans le piège. Mon loup pousse, il veut la revendiquer. L'étincelle en moi se réveille, remplissant le vide dans lequel j'ai vécu durant de si longues années. J'ai mis des dizaines de femmes dans mon lit, mais aucune ne m'a touché de cette manière. Aucune n'a excité mon loup jusqu'à un tel état de désir irréfléchi.

Je la regarde, et je veux tout. Chaque caresse, chaque goût, chaque désir. Enfoncer mon membre au fond d'elle, la faire crier de plaisir, qu'elle soit mienne.

Un grondement s'échappe de moi alors qu'elle lève le savon et se lave les bras et la poitrine avec une mousse épaisse.

Je n'arrive pas à détourner le regard. Mon sexe cogne dans mon pantalon, et j'ai le souffle coupé. Je ne m'attendais pas à ce qu'elle soit aussi sournoise. Elle me surprend.

Sa main glisse lentement, et délibérément sur ses seins. Ils remuent à chaque mouvement, et je suis hypnotisé. Ses seins rebondissent, et leurs pointes durcissent sous la couche de savon.

*Putain !* Elle m'allume, poussant de petits gémissements qui vont droit à ma queue. Je n'arrive plus à respirer, une excitation sauvage s'empare de moi.

– De quoi est-ce qu'on parlait, déjà ? murmure-t-elle, comme si elle avait oublié.

Elle est sournoise, et manipulatrice. Mais elle y est obligée pour pouvoir survivre dans ce monde, et j'adore qu'elle tente de détourner mon attention. Mon esprit s'égare avec moi, alors que je m'imagine en train de pousser en elle et de la remplir.

Ses doigts dansent sous ses seins, et sur sa taille fine avant de plonger plus bas sous l'eau. Je serre les poings, enfonçant mes ongles dans mes paumes pour m'empêcher de plonger en avant et de m'emparer de l'objet de mon désir. Ses yeux brillent de malice, et elle les plisse à mon attention. J'essaie de rester immobile, de me retenir, mais ça devient de plus en plus difficile.

– Louve, grogné-je. Tu joues un jeu dangereux.

Elle sourit et m'éclabousse avant de plonger entièrement sous l'eau.

Un grognement s'échappe brusquement de mes lèvres.

Je suis debout avant de pouvoir m'en empêcher, au bord du bain, attiré par elle. J'ai besoin d'elle.

Elle jaillit du bassin, repoussant l'eau de son visage, des bulles de savon courant sur son corps magnifique.

En me voyant si près, elle cligne rapidement des yeux, et se force à reculer dans le bassin. La panique se lit sur son visage, et mon pouls s'emballe à l'idée de la poursuivre.

L'obscurité s'étend dans mon esprit.

Le désir me prend aux tripes. Quel sort m'a-t-elle jeté ? Elle me regarde, apeurée... une peur qui tend mes burnes, et elles me font un mal de chien, dans l'attente de se décharger.

Mes muscles se tendent, je la regarde patauger dans le bain et se précipiter pour en sortir. Son regard explore la salle de bain, puis elle repère la serviette sur le banc, non loin d'elle. Elle se tourne, et je savoure la vue de son corps torride. Le petit rebond de ses seins à chaque pas, son ventre plat, la touffe de poils noirs entre ses jambes.

L'eau ruisselle sur son corps. Je la veux jambes écartées, ouvertes, pour la goûter, la lécher, enfoncer mes dents en elle, et prendre ce qui m'appartient.

Elle bouge vite, mais je suis plus rapide, et je suis à ses côtés en une seconde.

Elle hoquette et recule.

Je pose mes mains sur le mur de pierre dans son dos, l'emprisonnant. Je respire son désir moite, toujours incapable de cerner son odeur. Mais mon loup n'en a cure, il gronde dans ma poitrine. Je baisse les yeux sur son corps nu, le sexe à l'étroit dans mon pantalon. Je gémis de voir la façon dont elle me fixe, il m'est de plus en plus difficile de me retenir.

Elle est spectaculaire.

– Tu me rends fou de désir, grogné-je. Mon loup se languit de toi, mais il y a tellement plus en toi, n'est-ce pas ? (J'essaie de disperser le brouillard dans mon esprit, de réfléchir correctement.) Tout ce à quoi je pense, c'est te faire l'amour jusqu'à ce que tu hurles mon nom.

– T-tu v-veux me marquer ? murmure-t-elle d'une voix tremblante.

*Meira*

Il recule et se détourne de moi, me laissant à bout de souffle. Ses paroles et ses actes m'affectent plus qu'ils ne le devraient. Aucun homme ne m'a jamais parlé de cette façon. Et pourtant je ne recule pas, au lieu de ça je frissonne de peur… et de *désir*. Ma louve gémit en moi, elle veut donner à Dušan tout ce que nous avons. Sauf qu'il est trop près de la vérité…

Aucun loup ne veut d'une métamorphe impure.

Je mourrai avant de céder à un Alpha, ou à aucun autre homme qui ne voudrait faire de moi que son esclave.

– Habille-toi, m'ordonne-t-il, me tournant le dos.

Mon cœur palpite d'anxiété et mes joues rougissent pendant que j'attrape la robe bleue sur le banc, et l'enfile par la tête. Elle me serre la taille, et moule ma poitrine. Elle a de longues manches fluides, et la jupe danse autour de mes genoux.

– Qu'est-ce que tu veux de moi ? grogné-je. Je n'ai aucune envie d'être ici. Dis-moi comment *tu* te sentirais si on t'arrachait à ta vie et qu'on te forçait à devenir esclave ?

Il pivote rapidement vers moi, les yeux plissés.

– Tu crois que c'est de ça qu'il s'agit ? Être dans une colonie sécurisée, c'est de l'esclavage ? Alors j'ai été idiot de croire que j'étais en train de t'aider.

J'en reste bouche bée.

– Tu prévois de me vendre à une autre meute, en quoi ça m'aide ?

Il respire plus fort, mais je ne reculerai pas devant cet Alpha. Il me saisit vivement le menton, m'obligeant à lever les yeux sur lui.

– Tu n'as absolument aucune idée de ce que c'est que d'être prisonnière. J'ai grandi avec un père qui était bien plus effrayant que les morts-vivants dehors. Qui baisait toutes les femmes de sa meute, et traitait tout le monde autour de lui comme de la merde. Qui a tué les siens qui ne suivaient pas ses règles. Ce que je t'offre, c'est une vie plus longue que ce soit dans ma meute ou une autre où je sais qu'ils traitent bien les femmes.

Il déglutit avec difficulté, et me relâche. Un grognement s'échappe de ses lèvres et il se détourne brusquement de moi.

Je titube en arrière, le cœur serré par ses paroles.

– Combien de temps tu pensais pouvoir tenir dehors, toute seule, avec les loups sauvages, une fois qu'ils auraient capté ton odeur ? demande-t-il.

– J'ai bien réussi tout ce temps, lui balancé-je.

– Tu veux savoir ce que je pense ? (Il agrippe mon bras, et m'entraîne vers la porte.) Je crois que tu as peur de vivre dans une meute. Tu as peur parce que tu es une *métisse*.

Mon cœur se met à battre à tout rompre, et je trébuche à ses côtés, les mots bloqués dans ma gorge.

– C'est pour cette raison que tu es malade. C'est ton côté humain qui est souffrant. (Il me fait pivoter par les épaules, et m'attire contre son torse.) Tu sais ce que ta maladie me dit d'autre ? Tu n'as pas encore fait ta première transformation, n'est-ce pas ? Sinon, tu aurais déjà intégré ton autre corps, et guéri grâce à ton côté loup.

Je déglutis avec difficulté, lève les yeux tandis que mon cœur manque un battement : il a découvert la vérité. Mon père était humain, et il a rencontré ma mère en la sauvant d'un piège à loups dans les bois. Il s'est occupé d'elle jusqu'à ce qu'elle reprenne suffisamment conscience pour se transformer et se guérir elle-même. Maman m'a souvent dit que c'était le début d'une histoire romantique… C'était avant qu'il ne nous abandonne.

Je lève le menton vers Dušan, bien consciente qu'il ne connaît pas encore tout de moi, mais assez pour déclencher des alarmes dans ma tête. Cela veut dire qu'il est assez malin pour prêter attention à tous mes faits et gestes. Et cela veut dire que je vais avoir des ennuis si je reste plus longtemps dans cette colonie. Que fera-t-il quand il découvrira pourquoi les morts-vivants ne m'attaquent pas ? Il n'a aucun moyen de le découvrir, parce qu'il est hors de question que je devienne le rat de laboratoire de quiconque.

– Qu'est-ce que tu vas me faire ? demandé-je.

– Ça dépend de toi.

Il penche la tête sur le côté, et me regarde fixement. Je cille, confuse.

– Tu peux rester telle que tu es, et tomber de plus en plus malade jusqu'à en mourir. Ou je peux t'aider à trouver un moyen de faire sortir ta louve avec un accouplement forcé.

Son regard s'adoucit. Il m'observe comme s'il avait pitié de moi.

*Accouplement forcé.* L'air s'échappe de mes poumons. Une fois qu'un mâle a marqué une femelle, elle est pour toujours sous son commandement. Sa louve lui obéira, et il la possédera. Maman m'a dit qu'un mâle pouvait toujours marquer une femelle avec une morsure qui la lie à lui, même s'ils ne sont pas des âmes sœurs. C'est ce que font beaucoup d'Alphas, ils se constituent un harem avec un accouplement forcé. Alors c'est ce que veut Dušan ? Me garder comme son esclave sexuelle ? Je ne peux pas... je ne *veux* pas. Je chéris beaucoup trop ma liberté pour me laisser posséder par quiconque. Je me raidis. S'il me possède, ce sera uniquement mon cadavre.

– Je me débrouillerai toute seule, déclaré-je, relevant le menton, l'esprit en ébullition, et étouffant de panique. Ma louve finira bien par sortir. Je la sens pousser, et je n'ai pas besoin de ton aide.

– Les métis ne survivent pas à leur transformation s'ils sont seuls, explique-t-il, domptant sa fureur. Tu as peut-être besoin d'un peu de temps pour réfléchir à ce qui va arriver. Tu n'as pas à gérer ça toute seule.

Je suis perdue, ses mots ricochent dans mon esprit. Je suis

plus que furieuse qu'il insiste, et mes paroles sortent toutes seules :

– Il y a une raison pour laquelle ils ne survivent pas. Ce qu'il y a au fond d'eux, ce sont des monstres, pas de parfaits loups comme toi.

C'est ce que m'ont dit d'autres métamorphes dans d'autres colonies.

Il tend la main pour attraper la mienne.

– Ce n'est pas…

– Non ! crié-je. Je n'ai besoin ni de ta sympathie ni de ta pitié. Je vis depuis des années avec ce que je suis.

J'ai l'impression que les murs se rapprochent de moi. Je ne parviens pas à calmer mes nerfs. J'étudie son visage et je vois des ombres se rassembler dans ses yeux, et il ne dit mot.

Parce qu'il sait que je dis la vérité.

## CHAPITRE 9

MEIRA

Je trébuche dans une pièce vide, la porte se referme derrière moi dans un claquement, suivi du cliquetis de la serrure.
— Va te faire foutre, Dušan ! hurlé-je en tournant dans la pièce. (Les pas s'éloignent à l'extérieur.) Enfoiré ! crié-je encore.

Quatre murs blancs, une petite lampe, pas de fenêtre. Mon cœur me martèle la poitrine, et je me noie sous le flot d'émotions. La peur et le malaise m'envahissent.

Il sait. Putain, il sait que je suis métisse. Mi-louve, mi-humaine. Quand ceux de mon espèce ne se transforment pas une fois la puberté atteinte, comme moi, l'animal en nous change, et devient un monstre impitoyable.

De vieux sentiments remontent à la surface, me déchirant le cœur. J'étais heureuse à me cacher, à laisser tout le monde croire que j'étais une Oméga, une Beta, ou quoi que ce soit qu'ils aimaient à se raconter… tout, sauf la vérité.

Je tremble, je déteste la pitié que m'a accordée Dušan quand il a découvert ce que j'étais… je n'ai pas besoin de la sympathie de quiconque, et encore moi celle de cet Alpha.

Mon père humain nous a quittées parce que je n'étais pas assez bien pour lui.

Maintenant, Dušan veut me forcer à m'accoupler parce que ce que je suis n'est pas assez. Cette idée me terrifie. Et si ma louve sortait ? Est-ce que je mourrai ? Est-ce qu'elle tuera tous ceux qui l'approchent ? Et si par miracle je survis, et qu'ensuite d'autres métamorphes la tuent, alors je ne serai plus là non plus.

C'est pour cette raison que je suis restée aussi longtemps dans les bois, toujours seule.

Aucun loup n'acceptera une métisse pour véritable partenaire. Je ne suis rien d'autre qu'une paria, et je suis faible.

Je déteste le monde, et je me hais.

Je suis désespérée, plus que je ne l'ai jamais été depuis bien longtemps.

Je n'ai aucune envie qu'on se serve de moi. C'est suffisamment dur de vivre avec ce que je suis, sans compter que les autres me maltraitent pour ça.

Les larmes ruissellent sur mes joues. Je ne me souviens pas du moment où j'ai commencé à pleurer, mais elles s'écoulent comme les morceaux brisés de mon existence.

Je ferme fort les yeux, et je serre mes bras autour de moi. En esprit, je vois Maman comme je la voyais étant plus jeune, quand nous venions juste d'arriver dans une nouvelle colonie ; ses traits étaient plissés par un furieux froncement de sourcils. J'avais oublié de fermer le loquet du hangar, et les poules s'étaient échappées. Elles étaient sorties de la colonie, et avaient couru dans les bois qui grouillaient de morts-vivants.

Je grave son visage derrière mes paupières. Cela fait tellement longtemps que je n'ai pas rêvé d'elle, ou que je ne l'ai pas revue dans mes pensées. Souvent, je reste allongée dans ma cabane durant des heures, à essayer d'imaginer son visage, de me rappeler de quel côté elle coiffait ses cheveux. Mais ces petits détails s'estompent avec le temps.

Mon cœur vacille comme un mort-vivant. Elle me manque horriblement. *Elle* aurait su ce que je devais faire maintenant. J'ai méprisé le monde pendant si longtemps. Alors que devrais-je faire ? Pleurer toutes les larmes de mon corps ?

*Calme-toi*, m'intimé-je. Ce n'est pas comme si je pouvais contrôler la façon dont je suis née, mais j'ai le contrôle sur ce que je fais de ma vie.

Avec un peu de chance, je serai chassée de cette colonie, sauf que j'ai appris il y a bien longtemps que me raccrocher à l'espoir que les choses iraient dans mon sens est le meilleur moyen de me faire tuer.

Je regarde la porte, et je sais exactement ce que je dois faire.

M'échapper.

Pour l'instant, ma douleur s'est calmée, alors il est temps d'agir. Je m'essuie les yeux, me redresse, puis lorgne la lampe dans le coin, qui projette sa lumière dans toute la pièce.

J'inspecte la lampe de plus près, puis j'arrache deux des supports métalliques qui tiennent l'ampoule. Ils sont brûlants, mais je le sens à peine, tout mon corps submergé par une vague d'adrénaline.

Devant la porte, je me penche, et j'insère les fines tiges métalliques dans la serrure, en les tournant à droite et à gauche. Jaine m'a appris à crocheter les serrures, en disant : « Un jour, ce truc te sauvera la vie. »

Un déclic métallique se fait entendre, et je range en souriant les deux tiges dans ma poche, avant d'ouvrir la porte. Je jette un rapide coup d'œil dehors. Personne en vue.

Je me glisse dehors et cours le long du corridor, me rappelant avoir franchi un passage voûté vers la liberté dans cette direction. Les murs sont nus. Pas une seule peinture ni décoration, ni de tapis pour orner l'endroit. Ce château est froid et n'a rien d'un foyer.

Un frisson remonte le long de ma colonne. Je jette un œil

par-dessus mon épaule. Personne ne me suit, alors je cours plus vite.

Le soleil éclabousse le couloir devant moi, et mon cœur bondit. Je gravis les marches en pierre deux par deux et tourne à droite, suivant la lumière, et je déboule dans le passage voûté. Je cligne des yeux le temps qu'ils s'adaptent à la luminosité. Je suis sur un balcon surdimensionné, avec une rambarde en pierres taillées, au moins trois étages au-dessus du sol. Tout en bas, les terres de la forteresse s'étendent sous mes yeux : la cour que nous avons traversée lors de mon arrivée, l'allée, et le portail métallique. La clôture qui entoure ce territoire montre à quel point cette colonie est immense.

Quelque chose s'insinue dans ma poitrine, un sentiment que je n'ai plus ressenti depuis la dernière colonie où j'ai vécu avec Maman. Où tout semblait sûr, et confortable. Jusqu'à ce que cela cesse.

Mais ici, la colonie est gigantesque. Comment Dušan parvient-il à contrôler tous ces loups ? Où trouve-t-il les ressources pour les nourrir et les protéger ? Si l'on s'en tient au nombre des maisons en bas, il doit y avoir deux cents loups qui vivent ici, peut-être même plus. Le pincement dans mon cœur s'intensifie pour la simple raison qu'en toute autre circonstance, cet endroit pourrait être le foyer parfait pour moi. Si l'on oublie le petit détail de mon métissage, qui me place tout en bas de la hiérarchie de ces loups, et fait de moi un monstre à leurs yeux.

Je dois sortir d'ici. Je me retourne et découvre que le balcon sur lequel je me tiens fait le tour du château.

Des voix s'élèvent de l'intérieur du bâtiment, et mon cœur me martèle les oreilles. Sans attendre, je cours vers la gauche, où le balcon disparaît à l'angle du mur.

On va me voir !

Haletante, j'accélère. À chaque fois que je passe devant une fenêtre, je me baisse pour éviter d'être vue. Je ne m'arrête pas, je me dépêche en espérant trouver une façon de descendre qui n'implique pas de devoir retourner à l'intérieur.

Le château est gigantesque, et je suis à bout de souffle quand j'arrive à l'autre bout. Je m'arrête un instant pour reprendre mon souffle, et je repère une volée de marches métalliques un peu plus loin. Un hoquet désespéré s'échappe de mes lèvres.

– Quelqu'un te regarde, siffle un étranger à mon oreille.

Effrayée, je sursaute et fais volte-face, les bras levés devant la poitrine.

– Putain !

– Bouh !

Tout mon corps se raidit à la vue du métamorphe qui se trouve devant moi. Des cheveux blond clair descendent sur ses épaules fortes et larges. Il a la peau pâle, et ses yeux sont d'un vert intense, comme s'il ne faisait qu'un avec la forêt. Tout en lui rappelle un dieu Viking. Bâti comme un ours, il me toise, vêtu d'un jean et d'un t-shirt noir à manches longues. Mes genoux faiblissent, et sa simple présence me laisse sans voix. Si près de lui, ma réaction se transforme en bouffée de chaleur.

Je recule, saisie par la panique.

Il m'attrape par le bras et me tire à lui, mes pieds flottant presque à cause de sa rapidité. Ses yeux s'assombrissent avec l'intensité d'un Alpha, et la sensation de cette puissance me submerge.

Son souffle effleure mon front, et ma respiration se fait haletante face à son odeur nette de loup, mêlée à l'air frais de la montagne. Mon cœur battant la chamade me laisse pantelante.

M'accrochant à mon courage, je m'élève sur le bout des orteils, me penche vers lui et l'embrasse sur les lèvres.

Il tressaille, surpris par mon geste. Je lui balance un vif

coup de pied dans le tibia, en même temps que je m'arrache à sa prise.

Il grogne, mais je dévale déjà les marches de métal, mes mains glissant sur la rambarde ; je descends tellement vite que mes pas s'emmêlent sans cesse.

– Ramène ton cul ici ! ordonne-t-il.

Mon cœur s'emballe. Je saute sur le palier.

J'entends un gros choc sourd derrière moi, et le sol tremble.

Je me retourne, et il est juste là, tendant la main pour se saisir de moi.

– Laisse-moi tranquille !

Je lève mon bras pour bloquer le sien, puis je pivote pour échapper à son emprise.

Il se précipite à ma suite, et ses grands bras m'entourent la taille, et me soulèvent du sol. Soudain, je me retrouve à agiter les jambes dans les airs : il m'a calée sous son bras.

Le rouge de la colère me monte aux joues.

– Où est-ce que tu cours ?

Mon esprit s'emballe. Peut-être qu'il n'a-t-il pas réalisé qui je suis, et que je peux ruser pour qu'il me laisse partir.

– Repose-moi. Je suis en train de rentrer chez moi, et tu m'as fait peur.

– Dans quel secteur vis-tu ? grogne-t-il, avec un léger accent Nord européen.

Pour le principe, je soupire fortement.

– Pourquoi tu me poses des questions ? Est-ce que cet endroit n'est pas notre sanctuaire ?

Il ricane.

– Et si tu venais avec moi ? Je vais t'aider, m'oppose-t-il, pince-sans-rire.

Il me repose sur mes pieds, puis son regard oscille entre moi et le chemin qui fait le tour du château, et mène à l'endroit où sont regroupées les maisons. Son expression reste neutre, pendant que mon ventre fourmille de papillons nerveux.

J'ai fait une erreur : ce magnifique Viking sait parfaitement qui je suis. Je le vois dans ses yeux, et au tic nerveux qui agite sa mâchoire quand il me fixe. Il va me ramener à Dušan.

– Comment tu t'appelles ? lancé-je, levant le menton, par pure bravade.

Il se passe une main dans les cheveux, plisse les yeux dans ma direction comme s'il était capable de lire directement dans mes pensées.

– Je m'appelle Bardhyl.

Mon regard se porte automatiquement sur ses puissants biceps, et la façon dont le tissu épouse son torse puissant au moindre mouvement. Mon cœur palpite à cette vue.

Je me secoue – or ma louve est bien là, dans ma poitrine, et m'incite à me rapprocher de lui. Exactement ce dont j'ai besoin ! Tant qu'elle vit en moi, elle est séductrice et pleine de désir, mais comment se comportera-t-elle quand elle sortira ?

Plus je contemple ce métamorphe, plus sa beauté s'impose à moi. Mon corps le réclame à grands cris. Mes yeux aussi. Et ma louve n'est pas en reste. Mais il n'est qu'un autre des sbires de l'Alpha.

Je scrute la profondeur de ses yeux, en quête d'une nuance de compassion. Quand il me tire par la main en direction des maisons, je me mords la joue, réfrénant ma colère.

– Où est-ce que tu m'emmènes ?

J'essaie de prendre ma voix la plus douce, espérant qu'il trouvera au fond de lui le cœur de me relâcher.

Il me gratifie d'un sourire qui me fait fondre sur place. Ses yeux semblent scintiller dans la lumière du soleil. Il est captivant, avec son nez fort et sa mâchoire puissante. Mais il ne dit pas un mot.

Quand nous atteignons la cour bordée de maisons, le soleil tape fort dans nos dos. Autour de nous, des métamorphes discutent, se promènent, vaquent à leur quotidien. Mais la panique s'empare de moi et me broie le cœur.

Je trébuche sur une pierre qui dépasse, et il me rattrape par le bras.

– Je t'en prie, dis-moi où tu m'emmènes. Je veux rentrer chez moi. Mes parents vont me chercher.

Il s'arrête devant moi, tout en force et en chaleur – il est dangereux. Il hausse un sourcil, se penche plus près, et j'ai le souffle totalement coupé. Je ne devrais pas laisser cette proximité m'atteindre, mais l'image de lui tout entier sur moi m'excite au plus haut point.

– J'adore cette façon que tu as d'essayer de me mentir.

Il ne relâche pas sa prise, et soudain nous filons sur les pavés.

– Mentir ? Je halète, luttant pour essayer de dégager ma main de sa prise implacable.

Il y a presque quelque chose d'intime dans la façon dont il me regarde, comme s'il pouvait à tout moment me soulever dans ses bras, et m'emmener dans les bois. Je déglutis, pas vraiment opposée à l'idée... Minute ! Mais à quoi je pense ? Non, bien sûr que non, ce n'est pas ce que je veux.

Il tourne, et me traîne à travers la cour ouverte. Je trébuche à sa suite tandis qu'il me fait passer entre deux maisons, tourner à gauche puis à droite ; nous sommes cernés de petites bâtisses en pierres. Des voix et des cris d'enfants nous parviennent de l'intérieur, en même temps que de succulents arômes de cuisine sur le feu.

En quelques secondes, il m'a plaqué le dos contre la porte d'entrée d'une maison plus modeste, et m'a coincée avec son corps.

– Je suis un homme honnête et je te dois un baiser en retour.

Il a un sourire de pervers avant de m'embrasser doucement, me chauffant fort.

Je devrais le repousser ou lui balancer mon genou dans l'entrejambe. Au lieu de quoi je me perds dans sa tendresse, et il me fait tout oublier.

Mes mains cramponnées à son t-shirt, je m'élève sur la pointe des pieds et j'accueille sa langue dans ma bouche. Mon Dieu, la sensation est incroyable, il a un goût délicieux, si masculin. Mon esprit me hurle que c'est mal, m'intime de repousser cet étranger, mais ma louve encourage mon corps à le goûter.

Je gémis contre lui, tout mon corps se tend. Ses lèvres glissent sur ma joue, et dans mon cou, juste en dessous de mon oreille. Sa langue titille la chair tendre. Je frissonne sous ses caresses. Des images salaces emplissent mon esprit, sur les sensations que pourrait produire sa bouche si elle parcourait tout mon corps.

– Je suis vraiment désolé de devoir m'arrêter, chuchote-t-il.

La porte s'ouvre soudain dans mon dos, et je tombe en arrière, dans une pièce sombre. Je crie, tendant la main vers lui, mais j'atterris sur le cul alors qu'il se tient sur le seuil de la porte, tout sourire. Il attrape le battant et le claque ; il est parti.

– Mais qu'est-ce… ?

Peu après, un faible relent de parfum floral me chatouille le nez.

Je me fige.

Je ne suis pas seule ici.

## CHAPITRE 10

DUŠAN

Meira est métisse. *Merde!* Je ne peux plus l'envoyer à Ander maintenant, et je réalise qu'essayer de tenir parole était une foutue perte de temps. Il ne l'acceptera jamais… peu le feraient. Elle représente un handicap, si jamais sa louve décidait de sortir. Elle déchirera son corps et la tuera, mais la bête qui restera sera une brute sauvage, qui tuera tout le monde sur son passage.

C'est pour cette raison que les autres meutes éliminent les métisses qui n'ont pas fait leur première transformation à la puberté.

Mon loup gronde dans ma poitrine, il pousse, se languit de Meira. Et je n'ai pas voulu voir la vérité me revenir en pleine tête, pas voulu admettre que le destin avait finalement décidé de me jouer un sale tour.

Sa louve s'est liée à mon loup. C'est le prélude à un accouplement pour la vie. Maintenant, le désir s'est emparé de moi, je le sens dans mes os, dans la manière qu'a mon loup de ronronner en sa présence, dont mon corps s'éveille à la seule pensée d'elle. Dans la salle de bain, j'ai réussi de justesse à m'empêcher de la revendiquer. J'avais espéré que ce n'était rien de plus que de la convoitise, parce que le désir qui monte en moi la rendra bientôt insatiable à mon égard. Mais elle représente un grave danger pour ma meute. Je dois m'assurer qu'elle est toujours avec un Alpha quand elle n'est pas enfermée dans sa chambre.

Je me passe une main sur le visage. De toute façon, comment ça pourrait marcher ? Un Alpha avec une faible métisse, une bombe à retardement qui n'attend que d'exploser ? J'ai promis la sécurité à ma meute. Alors pour quelle raison le destin me rapproche-t-il de Meira de cette manière ?

Je marche de long en large dans mon bureau, et la fureur m'embrase.

« Tu n'arriveras jamais à rien. Personne ne s'accouplera jamais avec toi. » Les mots de mon père me reviennent en tête. Et avec eux, la rage, alors je serre les poings. Je me suis promis de changer les choses pour ma meute, de ne pas leur devenir un fardeau, comme mon père l'a été pour la sienne.

Les souvenirs m'envahissent, sans me laisser une chance de les écarter.

— *Non ! hurlé-je en me jetant sur mon père, qui lève de nouveau la main sur ma mère.*

Elle gît au sol, elle saigne, elle est blessée, elle manque d'air. Elle tourne les yeux vers moi, et articule « cours ».

La voir souffrir l'excite. Je le vois dans ses yeux sombres.

– Je t'avais prévenu.

Je me jette sur le monstre qui me sert de père, un métamorphe costaud, mais malgré tout, mon corps tout fin de garçon de dix ans le fait chuter de côté. La fureur s'empare de moi, et je lui balance tout ce que j'ai : des coups de poing, de pied, de dents. Ma rage atteint un point de non-retour.

Il balance une main derrière moi, m'attrape par le cou, et me *jette à travers la pièce, comme si je ne pesais rien. J'atterris contre le mur et je glisse, le souffle coupé. J'essuie des larmes vaines...*

*– C'est de ta faute, grogne-t-il, fusillant ma mère du regard. Tu l'as rendu faible, et inutile.*

*Il lève de nouveau la main, refermée en poing, et se penche sur ma mère.*

*– Ne la touche pas ! crié-je en me remettant debout, mais c'est trop tard.*

*Il est trop tard pour tout.*

*À cet instant, mon monde s'effondre, le sol se dérobe sous mes pieds, et je sais que plus rien ne sera jamais pareil.*

*Les coups s'abattent sur elle, et ne s'arrêtent pas. Les coups sourds deviennent bientôt des bruits humides.*

*La pièce vacille sous moi. Mes entrailles se révoltent, et je sors de la pièce en expulsant le contenu de mon estomac.*

*M*ême encore aujourd'hui, je ressens ce vide en moi, et mes muscles sont tendus à craquer. J'ai la gorge serrée à l'évocation de ce souvenir que j'ai tant cherché à enfouir. Repousser les images du sang qui coule sur le sol dallé. Ce n'est pas de cette façon dont je veux me souvenir de ma mère, en sang, recroquevillée par terre. Je veux me souvenir de la femme attentionnée qui m'aimait, qui m'a caché, qui m'a protégé.

Aussi brisée que soit Meira, aussi imprévisible que soit sa louve, je ne peux pas la repousser.

Qu'elle l'accepte ou non, elle a des problèmes, et je l'aiderai.

J'essaie de m'éclaircir les idées, et de trouver quoi faire ensuite. Pour repousser ce sentiment de vide.

C'est pour cette raison que j'ai accepté le rôle d'Alpha. À présent les métamorphes se tournent vers moi quand ils ont un problème, qu'ils ont besoin d'aide.

Quelque part dans les bois au-dehors, un hurlement retentit. La course des loups a lieu ce soir : c'est la pleine lune, quand nous ressentons tous notre aspect le plus sauvage. Quand même mes règles ne parviennent pas à calmer les loups de la meute. C'est une nuit d'insouciance, de libération, l'occasion de ne faire qu'un avec notre vraie nature.

Et c'est le moment idéal pour voir à quel point sa louve la contrôle.

Je n'arrive pas à chasser l'image du sang dans la poubelle, quand elle était malade. Il y en avait tellement ! N'importe quel humain avec cette maladie n'aurait plus longtemps à vivre. Je suppose que c'est son côté louve qui la maintient en vie, mais pour combien de temps encore ?

Bardhyl apparaît à la porte de mon bureau. Je me racle la gorge en relevant la tête.

– Tout s'est bien passé ?

Il acquiesce.

– T'as raison. La fille est fougueuse.

Une flamme brille dans les yeux de mon Quatrième quand il parle de Meira. C'est l'effet qu'elle produit sur ceux qu'elle rencontre.

– Ouais. Essaie donc de la traîner dans les bois jusqu'à notre colonie, comme je l'ai fait. (Je secoue la tête en l'entendant rire.) En tout cas, maintenant on doit lui trouver une remplaçante à envoyer à l'Alpha des X-Clan. Demain à la première heure, emmène un petit groupe de chasseur dans les bois, et trouvez une autre fille.

Toutes les filles que nous avions sous la main ont soit trouvé leur partenaire parmi les Loups Cendrés, soit sont parties pour une autre meute en Europe.

– D'accord.

Il marque une courte pause, il a l'air sur le point de me demander quelque chose.

– Qu'y a-t-il ?

— Qu'est-ce que tu vas faire de Meira ?

L'inquiétude transparaît dans ses mots. Ses yeux se ferment, et il respire fort.

— Je vais trouver un moyen de la sauver. Sinon, elle ne pourra pas rester ici.

La peur me noue le ventre. Je baisse les yeux, et fixe l'écran de l'intercom, sachant pertinemment que je dois contacter Ander pour le tenir au courant, mais l'idée de me séparer de Meira me rend physiquement malade. Le monde était censé se mettre en place le jour où je rencontrerai ma partenaire... Sauf que, depuis que je l'ai trouvée, c'est un putain de bordel.

— Tu as dit qu'elle avait vomi beaucoup de sang, c'est ça ? demande Bardhyl. Ce qui veut dire que plus elle est malade, plus elle s'affaiblit. Elle sera incapable d'empêcher la bête de sortir finalement.

Bien sûr, il a foutrement raison.

— Alors on n'a pas beaucoup de temps. Ce soir, c'est la pleine lune. C'est le moment où je dois commencer.

Bardhyl acquiesce. Sur un signe de tête, il quitte le bureau. Ce soir, il est beaucoup plus silencieux que d'habitude, mais j'écarte cette pensée.

Je suis seul, et je ne peux pas m'empêcher de penser à Meira. À la façon dont elle m'a affecté dès le début, et à toutes ces choses que j'ai envie de lui faire. Mon loup exige que je la revendique avant qu'il ne soit trop tard, mais ce n'est pas si simple maintenant. La panique m'envahit à la pensée que je puisse la perdre avant d'avoir cette chance, et tourne rapidement à la colère à l'idée qu'elle soit métisse.

J'ai eu mon content de femmes. Suffisamment pour ne pas me souvenir du nombre exact. Elles s'empressent de rejoindre mon lit, et je les comble, encore et encore. Mais je n'ai jamais trouvé ce sommet que je recherche, cette sensation qui allumerait le feu en moi, et m'attirerait en elles, qui réveillerait mon loup.

Cette diablesse me fait cet effet-là, et tout mon corps frémit en sa présence. Je sens encore son parfum sucré après le bain, cette excitation qui m'a tendu les burnes. Je le sens dans mes veines, de la tête aux pieds, en passant par le bout de ma queue.

Je sais que je ne suis pas le seul sur qui agit le charme de Meira.

*Meira*

– *A*pproche-toi. N'aie pas peur, m'appelle une voix féminine au fond de la pièce obscure.

Je me raidis, et je cligne des yeux pour qu'ils s'accommodent à la pénombre.

– Qui êtes-vous ?

La lueur d'une bougie jaillit à l'autre bout de la pièce, révélant les traits d'une femme d'une quarantaine d'années, assise dans un rocking-chair, une couverture sur les genoux, les yeux cernés, épuisés.

– Je suis Kinley. Viens me rejoindre.

Elle désigne de la tête la chaise face à elle. Près d'elle, sur la table, se trouve une collection de livres, une théière, et une seule tasse. À en juger par l'air endormi qui s'attarde sur son visage, elle devait être en train de faire la sieste.

– Je suis désolée, dis-je en reculant vers la porte. Je crois qu'il y a une erreur. Je vais vous laisser dormir.

J'abaisse la poignée de la porte pour partir, mais elle est verrouillée.

– Meira, ce n'est pas une erreur.

Je me fige, et jette un œil dans le petit salon. Un rideau

obstrue la fenêtre, la cheminée est éteinte, et le mobilier est simple. La pièce sent le renfermé.

– Tu vis avec la mort, ma fille, murmure-t-elle. Tu aurais aimé naître différente. Tu crois que si tu pouvais juste tenir le loup à distance, tout irait bien, n'est-ce pas ?

– Qu'est-ce que vous en savez ? chuchoté-je doucement, ne sachant pas trop si j'ai envie d'entendre la réponse.

Elle regarde à nouveau la chaise vide en face d'elle, et à contrecœur, je traverse la pièce, et prends place.

– Je sais que si tu continues à ignorer l'inévitable, il sera trop tard pour te sauver.

Je sens quelque chose se contracter dans mon plexus solaire ; elle est bien trop proche de la vérité pour que je n'en sois pas gênée. Toute ma vie, j'ai vécu dans la peur parce que ma louve ne s'est pas montrée, et la crainte de perdre tout contrôle le moment venu. J'ai accepté il y a bien longtemps que je me porte bien mieux sans elle.

– Jusqu'à présent, ça a marché, réponds-je.

– Et pour l'avenir, tu prévois quoi ? Continuer à courir ? Ta louve ne restera pas à l'écart éternellement.

J'étudie cette femme aux courts cheveux blonds, qui porte une chemise blanche avec des froufrous autour du col. Elle est belle, et parle d'une voix gentille, mais son manque de précision me frustre.

– Kinley, je ne sais pas vraiment ce que vous voulez que je dise ou fasse. Ni pourquoi je suis ici. Je ne vous connais même pas.

Ses yeux gris scintillent dans la lueur de la bougie.

– Ma mère était humaine, et elle est morte en me mettant au monde. Mon père a été tué, et infecté le jour de mon quinzième anniversaire. Toute ma vie n'a été que survie, tout comme les vies de chacun des Loups Cendrés là dehors. Tout comme toi. Et pour être franche, c'est Dušan qui m'a demandé de te parler.

Elle l'admet presque à contrecœur, comme si elle n'était pas vraiment à l'aise avec cette idée non plus.

– Merci de me le dire.

– Va te chercher une tasse dans la cuisine.

Elle pointe du menton l'autre côté de la pièce. Il y a un plateau avec des galettes fraîchement cuites, et de la venaison.

– Amène le reste aussi. Tu as l'air affamée.

Kinley parle avec gentillesse, elle a quelque chose de presque réconfortant. Elle me fait penser à ma mère, et une douce chaleur envahit ma poitrine. Je traverse la pièce obscure et suis rapidement de retour avec ce qu'elle m'a demandé.

Elle me sert du thé, et l'odeur d'agrumes envahit mes narines. Je prends une galette de la taille de ma main, et la coupe en petits morceaux que je fourre dans ma bouche. La faim me fait saliver, et j'en avale trois en un temps record.

Kinley me regarde en buvant son thé.

– C'est ma voisine qui les prépare pour moi. Elle a quatre-vingt-dix ans, et elle fait toujours des merveilles en cuisine.

Je fais descendre la nourriture avec le thé aux agrumes, puis repose ma tasse sur la table.

– Parlez-moi de Dušan.

– Son père était un dirigeant impitoyable, mais, après sa mort, Dušan a pris la relève et tout a changé dans cette meute. *Tout,* y compris les règles qui régissent la meute, le déménagement dans cette colonie, mais surtout la protection des femmes. Il tuera toute personne qui fera du mal à une femme.

On dirait qu'elle parle en connaissance de cause, comme si elle l'avait vécu elle-même.

– Pourquoi ?

– Le vieil Alpha était violent, surtout avec sa partenaire et ses enfants. (Elle détourne le regard un moment, puis s'éclaircit la gorge. Je lis de la peine sur son visage.) Mais aujourd'hui, pour rien au monde je ne voudrais vivre ailleurs. Pas après ce qui m'est arrivé.

Elle enlève une à une les couvertures qui recouvrent ses jambes. Mon regard suit le mouvement, et en dessous, elle porte un pantalon gris qui couvre lâchement des jambes émaciées. Mon estomac se contracte à cette vue, elles sont si osseuses.

J'ai envie de détourner le regard, mais je n'y arrive pas. La moitié supérieure de son corps a l'air normale, mais on dirait que la moitié inférieure est ratatinée.

— Je suis paralysée à partir de la taille, me dit-elle. C'est arrivé quand j'avais vingt ans, et que j'ai subi ma première transformation.

Je cille en l'entendant.

— Vous avez survécu ?

— Oui.

Ses yeux s'illuminent. Je suis complètement abasourdie par sa révélation.

— Alors, même maintenant, est-ce que vous pouvez vous transformer en votre louve ?

Elle affiche un large sourire.

— Bien sûr. Mes jambes ne fonctionneront plus jamais, sous quelque forme que ce soit, mais je suis en vie.

Ma gorge se serre. Je m'agite sur mon siège, et un malaise m'envahit. La regarder me brise le cœur.

Est-ce là mon destin ? Je ne veux pas passer le restant de mes jours enfermée dans une maison. J'ai toujours été en fuite, et j'ai vécu dans la nature. Être seule, et incapable de marcher ou courir me tuerait.

— Je sais ce que tu es en train de penser, murmure-t-elle. Mais ma transformation s'est produite quand un loup sauvage m'a attaquée. C'est l'énergie de mon âme sœur, un loup du Territoire des Ombres, qui m'a sauvée de la mort quand ma bête est sortie de moi ce jour-là. Le loup sauvage m'a blessée au niveau des nerfs, et m'a condamnée à ce fauteuil.

Mes mains tremblent le long de mon corps.

– Mais je n'ai jamais entendu parler de métisses qui avaient survécu à leur transformation après la puberté.

– Je suis la preuve vivante que c'est possible, si tu veux bien y croire.

J'ai la bouche sèche, mais ses mots apaisent ma louve, et, pour la première fois de ma vie, j'ai l'impression qu'après tout, il y a peut-être de l'espoir pour moi.

## CHAPITRE 11

MEIRA

— Je t'en prie, ne m'enferme pas là-dedans !

Je plaide ma cause auprès de Bardhyl, en train de pousser la porte d'une pièce du château qu'il semble avoir choisie au hasard. Une fois le partenaire de Kinley rentré chez lui, Bardhyl m'a récupérée, et m'a ramenée au château, sans prononcer un mot.

— Ne me force pas à te porter à l'intérieur. C'est pour ta propre sécurité.

Il emploie un ton qui me fait peur. J'entre dans la pièce vide. Pas de meubles, rien qu'une cheminée allumée.

Il referme la porte et la verrouille.

Je plonge la main dans ma poche, et en sors les deux tiges métalliques de la pièce précédente, et je m'avance vers la porte. Ce palais a de vieilles serrures, ridiculement faciles à crocheter. J'attends un peu pour m'assurer que Bardhyl est parti.

J'ai passé des heures avec Kinley, à écouter narrer sa vie solitaire avant sa transformation. Les similitudes entre nos deux histoires sont étonnantes. À la fin, j'avais décidé que je l'aimais vraiment bien. Mais je n'ai pas non plus envie d'être enfermée dans une pièce en attendant que Dušan vienne et me marque. J'ai rencontré trois Alphas qui se sont liés à ma louve, et je veux en savoir plus.

Kinley a suggéré que je passe plus de temps à faire mieux connaissance avec mes partenaires potentiels, afin que la transition soit plus facile. Et ce soir, je veux rendre visite à Lucien, et parler avec lui, voir s'il y a un moyen d'éviter l'accouplement avec Dušan. Je le déteste de m'avoir kidnappée, et je le hais encore plus à cause des réactions de mon corps et de ma louve, qui me trahissent en sa présence. Ils se languissent de lui. Si j'avais les idées claires, je ne rêverais pas de l'embrasser. Il vaut mieux que nous nous tenions à distance. Lucien me semble le plus abordable des Alphas que j'ai rencontrés jusqu'ici.

J'insère les deux tiges métalliques dans le trou de la serrure, je les tourne et les manipule jusqu'à entendre le déclic familier.

Rapidement, je me glisse hors de la pièce, et me précipite dans le couloir. C'est la pleine lune ce soir. Je le sens sur ma peau, et la louve en moi est plus agitée qu'à l'ordinaire.

Un loup hurle dans le lointain.

Sans m'arrêter, je traverse différents couloirs, je monte des escaliers, et je recommence. Au moment où je me retrouve devant une étroite porte voûtée qui donne dans les bois derrière la forteresse, j'oublie aussitôt Lucien. J'ai trouvé un moyen de sortir du château, et peut-être qu'à la faveur de la nuit, je peux trouver un moyen de franchir la clôture d'enceinte.

Je n'arrive toujours pas à accepter l'idée qu'un Alpha me marque et me possède.

Je me glisse donc au-dehors, dans la nuit. Au-dessus de moi, la lune gigantesque, bas sur l'horizon, illumine les montagnes d'une lueur argentée.

À pas rapides, je m'éloigne de la partie principale de la

forteresse, et me précipite dans la forêt à l'intérieur de l'enceinte.

Des brindilles craquent, et je me retourne – il n'y a personne en vue. Mais plus j'avance, plus j'entends de grognements, et les bruissements dans les feuillages se rapprochent. Je me plaque dos contre un arbre, le cœur battant à tout rompre. Des ombres filent autour de moi. C'est peut-être une erreur... je devrais attendre le petit matin pour sortir et trouver un moyen de m'échapper.

Une silhouette traîne non loin, hors de ma vue, mais qui que ce soit, ils ne vont pas me laisser tranquille.

Je scrute les arbres derrière moi à la recherche d'une échappatoire.

Je n'en trouve pas, et le danger est là, dans l'obscurité, je le sens sur ma peau. De plus, je sais que l'homme est toujours là. À présent je sens son odeur... son désir. Mes bottes raclent le sol mou de la forêt tandis que je recule davantage. Un hurlement fend l'air au loin. Il est grave, et douloureux, et me transperce comme la lame d'un couteau.

C'est un hurlement de désespoir... L'appel d'une bête à une autre.

C'est ce qui est au fond de moi, une bête qui refuse de sortir. Je déglutis, avec l'impression d'avaler de l'acide, et j'entends de nouveau des brindilles craquer quelque part sur ma droite.

Les ombres bougent. Je les sens plus que je ne les vois, comme je ressens tout autour de moi à présent.

Comme la lune...

Son éclat argenté vibre dans l'air, et m'envoie des frissons sur la peau. Mon cœur bat en réponse, et les tremblements s'impriment dans mon corps.

Un autre son fend l'air, qui cette fois vient de derrière moi :

– Ils viennent pour toi.

Je tressaille à ses mots, et promène mon regard sous le ténébreux couvert des arbres. Dušan sort de l'ombre, marchant d'un pas décidé, s'arrête sous le clair de lune. Ses doux yeux bleus ont l'air presque argentés dans la nuit. Ils me piègent, me clouent sur place tandis qu'il s'approche. Ses longs cheveux sombres dansent dans l'air à chacun de ses pas, et j'ai le souffle court.

– Je te l'avais dit, murmuré-je, la voix cassée. Je ne veux rien avoir à faire avec tout ça.

– Pourtant ça ne les arrêtera pas. Pourquoi as-tu quitté ta chambre ?

Il tourne autour de moi, comme au ralenti. La peur que je ressentais n'est rien en comparaison du désir complètement délirant que je ressens pour cet Alpha.

C'est comme ça entre nous. Répulsion. Attirance. On se tourne autour une minute, avant de se rejeter la suivante. Des pensées envahissent mon esprit, des pensées paniquées, emplies de l'image de nous.

– Les autres loups, ils ne vont pas arrêter de venir te chercher cette nuit. Ils ne pourront pas faire autrement. D'une façon ou d'une autre, il faut que ta louve sorte. Tu dois être marquée, Meira. Pour ta propre sécurité. Maintenant qu'ils connaissent ton odeur…

– Et ton désir, pas vrai ? réponds-je dans un murmure.

Le coin de son œil se contracte légèrement, une réaction nerveuse. Il baisse les yeux sur moi, observe mon corps alors que je recule, la main tendue devant moi.

– Je mentirais si je disais que je ne suis pas au moins un peu intrigué, dit-il.

*Intrigué ?* J'éclate de rire.

– Joli choix de mots. Mais qu'est-ce qui me dit que tu n'es pas exactement comme eux ?

J'incline la tête en direction de l'appel perçant qui ondule dans le vent.

Mon corps palpite puissamment, telles des pattes martelant le sol. Ce soir, les loups sauvages se déchaînent, comme Dušan l'a dit... et ils sont à mes trousses. Leur faim. Leur désir. L'excitation se mêle à la terreur, et c'est un cocktail dangereux.

— Moi je ne suis pas sûre que tu ne sois pas comme eux. (J'ai la voix qui tremble, en manque, prête à tout.) Je n'en suis absolument pas certaine. Je ne te connais pas et je ne connais rien à tout ça.

*Cours.* L'instinct rugit en moi. Saisir ma chance. Je suis rapide et agile, je suis capable de détaler parmi les rochers, et de grimper la montagne plus vite que quelqu'un comme l'imposant Alpha devant moi.

Si je parviens à m'échapper de la colonie ce soir, je peux trouver une crevasse dans les montagnes alentour, et m'y glisser. J'attendrai le matin, j'attendrai jusqu'à ce qu'ils abandonnent finalement la traque... Et je pourrai retourner à la maison.

Maison.

Le mot résonne dans le vide. Où est ma maison ?

Dušan jette un coup d'œil à droite, lèvres retroussées, et un grognement sauvage s'échappe de sa bouche.

— Décide-toi, Meira, et décide-toi vite. Ils arrivent.

La panique m'envahit quand un grognement surgit entre les arbres. Dušan lève ses mains et de longues griffes noires surgissent au bout de ses doigts. Il tourne la tête, et me regarde, debout là, pétrifiée, quand une autre forme floue se précipite sur nous à travers les arbres.

Un instant passe entre nous, partagé entre désespoir et devoir, avant qu'il se détourne de moi en marmonnant :

— Merde.

Il s'élance, charge tête baissée dans les ténèbres de la forêt. Le lourd martèlement de ses pas résonne comme un tambour paniqué dans ma tête. Des branches craquent, se mêlant à un rugissement guttural.

Un choc sourd résonne quelques secondes plus tard. Des grondements sauvages, primaires, emplissent la nuit. Mon ventre se serre quand un hurlement me parvient à travers les buissons devant moi.

Je n'ai pas le choix. Je fais la seule chose en mon pouvoir : je fais volte-face, et je cours.

Nouveau hurlement terrifiant vers où Dušan a disparu. Ma gorge se contracte. Est-ce lui ? Le tonnerre dans ma tête s'amplifie, grondant crescendo alors que les images prennent vie. Dušan blessé, gisant là, saignant et brisé, juste parce qu'il me veut pour lui.

Je secoue la tête, des larmes me brouillent la vue. J'inspecte la ligne des arbres, et trouve un sentier qui trace un chemin marqué jusqu'à la partie de la montagne située dans l'enceinte de métal. J'ai les genoux qui tremblent et se bloquent, tandis que j'avance en titubant. Je prie pour que mes jambes tiennent le coup, et me presse, laissant l'Alpha et la meute derrière moi.

La culpabilité me ronge. Je ralentis en atteignant les buissons, et fais demi-tour. Les bruits impitoyables de la lutte me rendent malade. Des poings et des griffes qui écorchent la chair, jusqu'à ce qu'un terrible cri perçant emplisse la nuit... puis vient le silence.

Un grand silence.

La chaleur s'évacue de mes joues pendant que je regarde à travers les arbres. Je suis seule maintenant, seule avec mon désespoir, et le peu de courage qui me reste.

Les yeux bleu pâle de Dušan me hantent tandis que je reprends ma progression, mes bottes retrouvant d'elles-mêmes le sentier creusé entre les arbres. Deux autres loups sont à ma recherche, ils fouillent la forêt tout autour de moi. Leur odeur de mâle est si âcre, c'est comme un chiffon enfoncé dans ma gorge. Une senteur si familière.

Je plante mes pieds dans le sol, et cours aussi vite que je peux. Mes ongles s'enfoncent dans la chair de ma paume. Quelque chose émerge des ténèbres infernales.

– Où crois-tu aller, femelle ?

L'avertissement est comme un frisson glacé dans mes veines. Ses longs cheveux blonds brillent sous la lune quand il s'approche. Je ne l'ai jamais vu avant, et je ne le trouve absolument pas beau. Je dérape et m'arrête, le cœur battant trop fort, j'arrive à peine à réfléchir.

– Laisse-moi tranquille, l'avertis-je, la voix enrouée, tremblante.

– Je ne peux pas faire ça.

Il respire à grandes goulées, et se glisse près de moi, comme Dušan l'avait fait.

Mais contrairement à l'imposant Alpha aux cheveux noir de jais, celui-ci continue d'avancer, allongeant ses pas. Ses crocs blancs luisent dans la nuit.

– Maintenant, je peux te dire que je serai doux. (Il lève la tête vers les arbres alentour.) Mais les autres seront là sous peu... et j'ai besoin d'avoir ma dose de toi.

Je secoue la tête, et me mets à trembler.

– Bon sang, j'aime l'odeur de ta peur, grogne le mâle d'un ton sauvage, méchant. Ne t'inquiète pas. Bientôt tu porteras ma marque.

Il agrippe le devant de son t-shirt. D'un coup sec, le tissu se déchire, arraché de son torse, puis il jette au sol le vêtement en lambeaux.

Ses muscles roulent dans la nuit. Toute cette puissance, toute cette concupiscence. Ses yeux sombres luisent comme de l'acier dans l'obscurité. La panique me submerge, contractant mes entrailles.

– Non, murmuré-je. *Je t'en prie.* Non.

Il fond sur moi en une fraction de seconde, plongeant pour réduire la distance, le temps d'un battement de cœur paniqué. Une main se referme autour de mon bras, l'autre sur ma poitrine. Il me regarde.

– Je serai doux, *la prochaine fois,* je te le promets.

Ses griffes transpercent le tissu de ma robe. J'entends le bruit du vêtement qui se déchire quand un long grognement d'avertissement, sans équivoque, survient dans mon dos.

– Ôte tes sales pattes d'elle.

Je me raidis au son de cette voix. L'espoir surgit dans ma poitrine, un gémissement s'échappe de mes lèvres. Dušan approche, et l'odeur du sang et du pouvoir me submerge.

– Vin, je ne te le demanderai pas deux fois.

– Elle n'est pas marquée. (Le mâle se tourne vers moi pour me transpercer de son regard menaçant.) Pas encore.

La piqûre de ses griffes s'enfonce plus profond tandis qu'il presse mon sein. C'est ça, être marquée ? Est-ce que maintenant je suis la propriété de ce sauvage ? La terreur s'insinue plus loin en moi.

– Je t'en prie, non. Pas toi. Pas comme ça.

Vin reporte son regard sur le mien, retroussant les lèvres.

– Tu ne veux pas de moi, femelle ?

– Non, elle ne veut pas de toi, répond Dušan à ma place. Maintenant, retire tes griffes avant que je m'en charge pour toi... avec tes propres putains de dents.

Le loup grimace et de la peur apparaît dans son regard. Dušan dégage une odeur sauvage, le remugle épais, écœurant, du sang qui se répand dans l'air.

Ce n'est pas son sang.

Pas le sien.

Je suis soulagée, et Vin écarte les doigts et baisse la main.

– Maintenant, laisse-la partir.

Un grognement bas, irrité, s'échappe des lèvres de l'homme avant qu'il ne s'exécute.

— Meira, murmure Dušan.

Un lien se tisse aussitôt entre nous.

— Dépêche-toi, murmure-t-il encore. Va plus loin dans la montagne à l'intérieur de la colonie, je te trouverai.

Ce lien entre nous s'éveille à la vie. Quelque chose s'écrase dans les buissons derrière nous. Je déglutis avec peine, hoche la tête, et fais un pas de côté, ne détournant mon regard du sien qu'au dernier instant avant de m'élancer.

Je cours dans la nuit, bondissant par-dessus des troncs tombés, autour de ronces épaisses et épineuses. Les épines s'accrochent à ma robe, me griffent en profondeur. J'ignore la douleur et continue de courir, grimpant à l'aveuglette, poussant toujours plus loin, sachant que la clôture métallique doit être tout près.

La montagne se dresse au-dessus, géant monolithique menaçant, et dangereux. Le souffle haché, je jette un œil par-dessus mon épaule.

Je ne les entends plus. Je ne sens plus Dušan.

Mains tremblantes, je grimpe plus avant, concentrée sur mes mouvements : lever un pied sur le sol escarpé, pousser mon corps de plus en plus haut jusqu'à devoir m'arrêter pour reprendre mon souffle. J'agrippe une prise dans la roche, et baisse la tête vers la vallée.

En dessous de moi, les arbres s'étendent au loin comme une couverture. Je suis haut… *vraiment* haut.

« Ôte tes sales pattes d'elle ». Les mots de Dušan résonnent dans ma tête. Je me redresse et reporte mon attention sur l'escalade.

Il a blessé et mutilé les autres pour moi.

Tout ça pour me sauver.

Pourtant, mon instinct prend le dessus. J'avance plus lentement à présent, me hissant sur une petite corniche de terre sur le flanc de la montagne qui surplombe la forteresse en contrebas. Je m'y laisse tomber à genoux, haletante.

Le silence m'envahit, agrippée au bord. Je tiens à peine le coup.

Juste en bas. En bas, Dušan se bat contre un, deux... dix d'entre eux pour me protéger.

Je frissonne.

« *Cache-toi. Je te trouverai.* »

Je m'accroche à ces mots, regardant autour de moi. La douce lueur de la pleine lune embrasse les contours de la montagne. Je ne peux plus grimper. Je me relève, et je chancelle, m'éloignant du bord, poussant des talons contre la pierre jusqu'à ce que mon dos rencontre la fraîcheur de la montagne.

Des éclairs flashent haut dans les nuages, au loin. Vu d'ici, le monde s'étale devant moi, ne laissant derrière lui que des pensées et des souvenirs. Je remonte les genoux et les serre contre moi.

Est-ce que Dušan est toujours en train de se battre ? Combien peut-il en vaincre avant que l'un d'entre eux ne prenne le dessus ? Un frisson parcourt mon corps, et je me mords la lèvre inférieure. Un grondement résonne dans ma tête, sauvage, indésirable.

– Non, ne t'approche pas de moi, murmuré-je, calmant la bête qui pousse en moi.

Des griffes grattent sous la peau de mes genoux, leurs pointes la soulèvent. La peur m'envahit à l'idée que ma louve sorte, maintenant, ce soir. *Là.*

Je ferme les yeux, j'entends le faible écho du tonnerre qui gronde à travers le ciel, et la créature en moi réagit, relève la tête pour humer la légère odeur de l'ozone.

Je ne sais pas combien de temps j'attends. Les minutes semblent durer une éternité, tandis que l'orage s'approche lentement, illuminant le ciel de flashs blancs. À chaque seconde qui passe, je sens le désespoir m'envahir.

Il faut que je quitte cet endroit – que je quitte Dušan – ou demain matin, je n'aurai plus de raison de partir. Au matin, ils m'auront retrouvée. Les larmes ruissellent sur mes joues, la culpabilité de m'être échappée m'envahit. Je les essuie d'un revers de main et me relève.

– Ne me dis pas que tu t'en vas déjà.

Le grognement grave et guttural est ponctué de profondes et lentes respirations. Dušan boite dans ma direction, surgissant de l'obscurité tel un dieu. Un éclair traverse le ciel derrière lui, et, l'espace d'une seconde, mon cœur me remonte dans la gorge.

Il titube et tient son bras gauche contre son corps. Il essaie de me cacher qu'il souffre en levant les yeux sur moi, mais les loups guérissent vite. Une longue estafilade marque sa joue, et son t-shirt est déchiré au milieu. Il en manque une épaule, déchirée par des crocs et des griffes.

Ses bottes raclent le sol alors qu'il avance en trébuchant. Ses yeux bleu océan scrutent mon visage avant de se promener sur mon corps tout entier.

Il m'a sauvée, protégée, et il aurait pu en mourir.

– Pourquoi ? (Les mots s'échappent de mes lèvres.) Pourquoi risquer ta vie comme ça ?

– Si je dois te l'expliquer, c'est que je me suis vraiment mal débrouillé pour te le montrer avant.

J'ai le souffle court quand il s'approche de moi. Sauf que cette fois, je ne recule pas. Cette fois, je ne m'enfuis pas.

– Ce n'est pas ce que je veux. (Je secoue la tête.) Je ne veux rien de tout ça.

– Pourtant ça ne changera rien. Il y a une louve en toi, Meira. Dont tu ne peux pas te séparer. Que tu ne pourras pas renier éternellement. Tu es à la croisée des chemins ici. Tu peux soit mourir, soit embrasser ce que tu es vraiment, et

apprendre qu'en plus des inconvénients, il y a des avantages plutôt incroyables.
— Ouais, comme quoi ?
Il empoigne le dos de son t-shirt, et le passe par-dessus sa tête. Ses muscles se tendent, et se resserrent alors qu'il jette au loin le vêtement en lambeaux.
— D'abord, des capacités de guérison plus rapide. (Son bras semble déjà aller mieux, et je le vois qui se redresse.) Et l'odorat, aussi, continue-t-il. Par exemple, je peux sentir les lièvres qui courent frénétiquement pour échapper à la tempête... et toi ?
J'aspire l'air par le nez, laissant la douce odeur m'emporter. La panique a un goût amer sous la douceur.
— Oui.
— Tout comme je peux sentir ta louve. Je peux sentir sa faim, son désir. Je peux sentir qu'elle est prête à sortir. Qu'elle *veut* sortir.
Mon pouls s'accélère à ces mots. Cette pensée — perdre totalement le contrôle — me terrifie.
— Je...
— Je ne peux pas les combattre éternellement, murmure-t-il en s'approchant. Mais je le ferai tant que j'en serai capable, si c'est ce que tu veux.
— Est-ce que ça va être douloureux ? (Je veux entendre la vérité.) Je n'ai pas envie de mourir.
— Pas de la façon dont je veux le faire. (Il lève la main.) Et on n'est pas obligés... Le sexe n'est pas une obligation, si c'est ce que tu veux.
— Mais tu me marqueras quand même, n'est-ce pas ?
La tristesse envahit son regard l'espace d'un instant.
— Oui. Ma marque sera la preuve de ma revendication. Aucun autre homme ne te touchera. Sauf si tu le désires.
— Sauf si je le désire ?

– Ne t'inquiète pas. (Il déglutit avec peine.) Je ne te mettrai pas dans mon lit de force, Meira.

J'ai la gorge serrée. L'idée d'être dans son lit m'allume tout comme les éclairs qui zigzaguent dans le ciel au-dessus de la vallée. Est-ce que j'en ai envie ? Est-ce que j'ai envie de lui appartenir de cette manière ?

Mon cœur se serre fort, répondant à ma place.

– Que dois-je faire ?

Ses yeux s'élargissent une seconde avant qu'il ne s'approche. Je tressaille quand il lève la main. C'est un mouvement réflexe. Malgré tout, il grimace.

– Tourne-toi, et assieds-toi.

Me tourner et m'asseoir ? Je ne sais pas à quoi je m'attendais, mais certainement pas à ça.

– Tu ne peux pas simplement me mordre la main ?

Un sourire triste étire ses lèvres. Il secoue légèrement la tête.

– Malheureusement, ça ne fonctionne pas comme ça.

– Alors comment ça marche ?

– Tourne-toi, Meira. Je te promets que ta louve te guidera.

Je le fixe droit dans les yeux, n'y trouvant que de la compassion et du désir. Je décide finalement de lui faire confiance, alors je me tourne et lui présente mon dos. Je m'assieds par terre, jambes croisées. Je retiens mon souffle quand il se déplace. Je prends conscience de sa présence… une conscience intense de son corps tout près du mien. Sa façon de me dominer, avant de tomber par terre.

Je me souviens de l'histoire que Kinley m'a racontée, quand son partenaire a aidé sa louve à sortir. C'est peut-être ce qu'il me faut. De l'aide pour libérer ma louve, et ne plus être une paria.

– Pose les mains au sol devant toi, m'ordonne-t-il.

Mon cœur s'emballe. Mais je fais ce qu'il me demande.

Du bout des doigts, il dégage les cheveux de ma nuque,

puis se penche tout près. Ses lèvres chaudes rencontrent ma chair. Je ferme les yeux à ce contact, et j'essaie de me rappeler de respirer.

Le tonnerre gronde au-dessus de nos têtes, alors qu'il presse son torse contre mon dos. Il pousse contre moi, et je me penche en avant jusqu'à m'appuyer sur les mains. Je me relève sur mes genoux et il s'accroupit au-dessus de moi.

Il est si doux, si incroyablement doux, et pourtant il n'a rien de tendre en lui. Il n'est que puissance, il est un Alpha. La chaleur de son corps se fond dans ma colonne, apaisant cette douleur constante dans mon corps. Ses lèvres se déplacent vers le bas, glissant sur mon haut pour appuyer sur mon dos.

– Mère, ayez pitié, grogne-t-il, la voix rauque.

Ma louve s'approche. Le son de ses pas doux et feutrés dans mon esprit se mêle à la chaleur du corps de Dušan. Un grognement s'échappe de mes lèvres, grondant au fond de ma poitrine avant même que je ne réalise qu'il est là.

– C'est ça, murmure Dušan. Viens à moi.

Je m'accroupis contre la tiédeur de la pierre. La chaleur émane de moi, s'accumule entre mes cuisses pour irradier à l'extérieur. De l'électricité danse sur mes seins, durcissant mes tétons pendant que Dušan embrasse cet endroit juste derrière mon oreille.

– Tu es prête, Meira ? murmure-t-il tout contre moi.

Je n'enregistre aucun mot, ne réalise rien, alors qu'il écrase ses hanches contre la courbe de mon cul. Ses crocs frôlent la chair tendre derrière mon oreille, libérant une vague d'excitation. Je gémis, et me laisse tomber par terre.

Dušan me suit, soutenant le poids de son corps avec ses épaules en me clouant au sol. Je ressens un pincement lent, ludique, taquin. Je courbe les doigts, ma louve se rapproche. Les gouttes de pluie s'abattent sur la montagne dans un grand bruissement. Le ciel est illuminé de blanc éclatant et dans ces lueurs électriques, ma louve s'élance, s'élève plus haut.

Avec un grognement impitoyable, Dušan me mord, plonge ses crocs dans ma nuque. L'orgasme arrive de nulle part, s'abat sur moi alors que je presse mon corps contre la pierre. La douleur me déchire les paumes, mais elle s'estompe à la seconde où je sens mon corps se transformer.

Le désir engloutit le rugissement dans ma tête. Pourtant Dušan s'accroche, ne me lâche pas. Un frisson parcourt mes bras jusqu'à ce que la chaleur les gagne.

Dušan mord plus fort. Je ne ressens ni douleur ni terreur, rien que de l'excitation, et, alors que l'éclat cru des éclairs s'atténue, il me libère et... recule.

Je reste allongée là, son souffle lourd sur ma nuque, ma louve tout au bord... si près.

– Quelque chose ne va pas, chuchote-t-il dans ce moment parfait en tout point.

Sauf qu'en fait, il n'est pas parfait, n'est-ce pas ?

– Elle se sent coincée, lui dis-je.

Il se relève dans mon dos, m'allégeant de son poids. Ses mains fortes enserrent ma taille, et me hissent sur mes genoux. Ses bras s'enroulent autour de ma taille, son torse ferme frôlant mon dos.

Les ombres descendent, voltigeant au milieu des arbres.

– Ça ira, me souffle-t-il à l'oreille. Il faudra peut-être l'encourager un peu plus.

Je capte le sourire dans sa voix, et je sais ce qu'il sous-entend. La chaleur m'envahit à l'idée qu'il me prenne.

– Oui, soupiré-je.

Il me serre plus fort en réponse, la respiration rapide, haletante.

– Pas ce soir. Je ne veux rien précipiter.

Nous restons comme ça un long moment, et je fonds contre lui.

– Tu m'as marquée comme tienne, c'est ça ?

Il ne répond pas tout de suite ; à la place, il dégage les

cheveux de mon cou. Ses lèvres chaudes rencontrent mon oreille.

— En partie. Demain, nous finirons. Mais maintenant, tu es à moi. Tout le monde le saura, et te laissera tranquille.

*À moi.* Voilà tout ce que j'entends.

## CHAPITRE 12

### MEIRA

— Tu es prête ? Demande Lucien depuis la porte de la chambre de Dušan.

Appuyant une épaule contre le chambranle, les bras croisés sur la poitrine, il m'étudie avec une expression étrange, les yeux mi-clos, lèvres incurvées, un reflet mystérieux dans ses éblouissants yeux gris.

— C'est une matinée magnifique, et Dušan m'a demandé de te conduire au petit déjeuner. Il a certaines choses à faire aujourd'hui.

Pendant quelques instants, je me laisse absorber par cette vision parfaite de spécimen de métamorphe. Ses biceps fléchissent alors qu'il laisse retomber ses bras sur les flancs, puis passe une main dans ses cheveux bruns coupés court. C'est un rempart de muscles. Il est captivant. Dangereux… parce qu'il m'inspire des pensées salaces. Le rouge me monte aux joues à l'idée que, d'une certaine façon, ma louve désire plus d'un homme.

Il porte un jean noir taille basse, un t-shirt bleu froissé, et des bottes de cowboy marron. Ce qui m'intrigue.

— C'est quoi, l'histoire avec les bottes ?

Je me racle la gorge, et je contourne le lit pour récupérer les nouvelles sandales lacées que Dušan m'a apportées la nuit dernière. Je porte une robe bleu ciel qui m'arrive à mi-cuisses. Le tissu est la matière la plus douce qu'il m'ait jamais été donné de toucher. Il a même prévu une culotte en dentelle noire, et un soutien-gorge assorti. Ensuite, il a tenu parole, et m'a laissée dormir seule dans son lit, ce que j'ai apprécié.

– Elles sont confortables, répond-il, mais je vois bien qu'il ment.

Je me redresse, et ma main court sur le tissu. Je n'arrive pas à m'ôter la nuit dernière de l'esprit, et par réflexe, ma main se porte à ma nuque, là où il m'a mordue. Où il a laissé sa marque. La peau est rugueuse à cet endroit à cause des marques de ses dents. Rien que me remémorer cet instant me procure des frissons d'excitation dans le dos. Je n'aurais jamais imaginé qu'un Alpha puisse être aussi doux, et m'excite avec autant de tendresse. La nuit a été un véritable tourbillon, un souvenir parfait, entre peur et séduction.

En me retournant, je vois Lucien qui m'étudie, comme s'il pouvait lire dans mes pensées. J'essaie de ravaler la boule au fond de ma gorge, en vain. Je suis partagée entre le désir et la haine pour ces métamorphes. Je me déteste pour ça, mais je ne peux pas reculer non plus.

– Connais-tu le dicton qui dit « au mauvais endroit, au mauvais moment », ma belle ?

– Oui.

– Je sais que tu as l'impression que c'est un enchaînement de malchance et de mauvaises décisions qui t'ont amenée à notre porte, mais tu n'as jamais pensé que le destin pouvait avoir une drôle de façon de forcer ce qui doit arriver ?

– Alors tu fais confiance au destin ?

Je fais le tour du lit, et je remarque son regard qui s'attarde sur mon corps, tout du long jusqu'à mes sandales dorées.

Je sais que je ne devrais pas ressentir les choses de cette

façon, mais auprès de Lucien, j'ai le souffle court, et la chaleur m'embrase la peau. Il me regarde comme s'il allait m'arracher ma robe, et me plaquer au mur pour me sauter. Le feu irradie mon cou maintenant, à cause de l'image qui embrouille maintenant mes pensées.

– Il y a des choses trop étranges, trop puissantes pour n'être que de simples coïncidences, tu ne crois pas ? demande-t-il.

Je passe ma langue sur mes lèvres sèches en hochant la tête, puis nous quittons ma chambre, et passons devant le garde à ma porte. Être aussi proche de Lucien n'est peut-être pas une si riche idée. Plus loin dans le couloir, nous tournons à gauche vers un escalier circulaire qui mène à l'étage.

– C'est ce qu'on t'a appris à croire étant enfant ? rétorqué-je.

– Mon enfance a surtout consisté à prendre la fuite, et trouver un nouveau foyer sûr. La plus grande partie de ma vie, je n'ai même jamais su ce qu'était le destin.

Il m'observe d'un regard doux, plein de sympathie.

– Ne fais pas ça, lui dis-je, les joues rouges de honte. Je ne veux pas de ta pitié.

– Ce n'est pas de la pitié, Meira. Je te comprends, c'est tout. Nous avons tous des histoires différentes, et je ne dis pas que l'une est meilleure que l'autre. Mais certains d'entre nous ont eu un départ merdique dans ce monde malade, encore plus que d'autres.

J'ouvre la bouche pour lui répondre, mais les mots me manquent. Nous pénétrons sur un petit balcon qui fait saillie à la base du toit pointu de la tour. Une bouffée d'air frais me frappe, et tourbillonne autour de moi. Je reste bouche bée en voyant la petite table et les chaises installées là, avec des assiettes pleines de nourriture, mais mon attention est complètement absorbée par la vue depuis ici. J'avance vers la rambarde métallique qui entoure l'aire ouverte, et contemple

la plus spectaculaire des vues sur les Carpates sauvages qui nous entourent.
– Magnifique, non ?
Lucien se tient derrière moi. Je sens sa présence tout près. J'en ai la chair de poule par anticipation ; j'ai envie qu'il me touche, et se colle à moi. Je frissonne.
– C'est spectaculaire.
Je contemple les bois, de l'autre côté de l'enceinte métallique de la colonie. De légers mouvements y attirent mon attention et je plisse les yeux pour mieux voir depuis cette hauteur.
– Tu vois ça ? Je lui désigne l'endroit.
Lucien s'avance à côté de moi pour regarder en bas, et nos bras se frôlent. Sa peau est brûlante, et je résiste à l'envie de me pencher contre lui. Il me perturbe trop facilement.
*Il faut que tu arrêtes*, me sermonné-je, sachant que je suis assez troublée depuis la nuit dernière, et qu'il faut que je réfrène mes désirs.
Le vent souffle dans mes cheveux tandis que nous contemplons les bois, où une demi-douzaine de morts-vivants rôdent près de la clôture. Deux d'entre eux tombent à genoux, penchés en avant, comme s'ils se nourrissaient. Les autres les rejoignent bientôt.
– Tu crois que c'est un animal mort ? demandé-je.
Je me rappelle que j'avais vu des morts-vivants sortir des bois alentour lors de mon arrivée. Ils se sont déjà nourris ici, alors ils ne partiront jamais s'ils continuent de trouver de la nourriture aussi près de la colonie.
Pendant un moment, Lucien ne dit rien, mais hoche la tête.
– Ouais, peut-être.
Sa voix est tendue. Je me tourne pour lui faire face, dos contre la rambarde. Il se raidit, se tenant si droit et si proche de moi que je n'arrive plus à réfléchir. Ma poitrine se serre, des idées lubriques envahissent mon esprit.

Frémissant de tout mon corps, je plonge mon regard sur ses lèvres pleines puis sur la cicatrice le long de sa clavicule. C'est un monde barbare, où se battre est l'unique façon de survivre.

– Ton cœur bat si vite. Est-ce que tu as peur de moi ? murmure-t-il.

– Non, je n'ai pas peur de toi.

J'ai peur de perdre le contrôle de moi en sa présence, du désir qui me fait mordiller ma lèvre inférieure.

Le petit grognement qui lui échappe me dit que je joue un jeu dangereux. Il s'approche, et je ne recule pas.

Je me penche en avant, les yeux clos, jusqu'à ce que nos lèvres se collent. Je n'arrive plus à penser durant ces quelques secondes où le monde semble nous retenir prisonniers de ce moment parfait. Ce moment où je suis en train d'embrasser le métamorphe sous les ordres de Dušan, l'Alpha qui m'a marquée comme sienne la nuit dernière.

Il ouvre la bouche et j'en fais de même, et nos langues se mêlent. Des étincelles jaillissent le long de ma colonne, et le feu se concentre entre mes cuisses, trempant ma culotte en quelques secondes. Il ne s'écarte pas, et je ne m'arrête pas. Je ne veux pas que ça s'arrête, et je pose mes mains sur ses biceps quand il m'enveloppe de ses bras. Je presse mes seins contre son torse, mes tétons se frottent contre ses pectoraux musclés.

J'adore les gémissements qu'il pousse.

Nos souffles s'accélèrent, son baiser est profond et dominateur, il explore ma bouche de sa langue, il me lèche, il me possède.

Il s'écarte le premier, et j'ouvre les yeux ; le doute s'insinue dans son regard. Un frisson me parcourt les os.

– Même si je pense sans arrêt à toi, on ne devrait pas faire ça.

La douleur que je vois dans ses yeux gris acier me serre la

gorge, et la gêne s'abat sur moi. Ça ne devrait pas, mais une brûlure désagréable m'envahit.

– Pourquoi ? demandé-je.

– Parce qu'on va souffrir tous les deux. Je n'aurais jamais dû t'embrasser.

Il détourne le regard, et pivote brusquement vers la table.

– Nous ferions mieux de manger avant que le vent n'emporte notre repas.

J'avance vers la table ronde boulonnée au sol dallé, ainsi que les chaises. Quand je m'assieds, le métal est froid sur l'arrière de mes jambes. La douleur s'accroît dans ma poitrine, mais je reporte mon attention sur la nourriture. Il y a un plat rempli de morceaux de viande cuite, des pâtisseries à la confiture, et même un pain rond en tranches, avec du beurre.

– Lucien, nous n'avons rien fait de mal.

Je m'étonne de constater que je lui tends la main, alors que je devrais repousser ces loups. Toute cette confusion me donne mal à la tête, ce besoin que je ne comprends pas.

– Ça n'a aucune importance, dit-il. Mange.

Est-ce que je l'ai bien entendu ?

– Bien sûr que ça en a.

Il remplit son assiette et commence à manger.

– Qu'est-ce que tu veux dire ? demandé-je.

Il ferme les yeux, et un grondement sort de sa poitrine. Quand il me regarde de nouveau, c'est avec tristesse.

Je ne sais pas quoi dire. Je m'enfonce trop, je laisse les émotions m'emporter. Ces derniers temps, je me suis efforcée de comprendre les réactions de mon corps. Peut-être que ma louve réagit en présence de ces Alphas, et qu'elle se languit d'eux, mais est-elle vraiment digne de confiance ? C'est une bête en moi, qui refuse de sortir, et qui pourrait causer ma perte.

Est-ce que je suis ridicule de croire que ce que je ressens n'est pas qu'une chaleur animale ?

Nous avalons le petit déjeuner en bavardant. Il ne dit pas pourquoi il a interrompu notre baiser, et après tout, ce ne sont peut-être pas mes affaires. Peut-être qu'il me fait une faveur. Parce que visiblement, je ne peux pas contrôler mes instincts en présence des trois Alphas que j'ai rencontrés dans cette meute. Je les ai embrassés tous les trois et ma louve les désire tous les trois. Quelque chose doit être effectivement brisé en moi.

Une fois le déjeuner terminé, il me raccompagne à la chambre de Dušan.

– Meira, je crois que c'est mieux ainsi, dit-il sur le seuil.

Puis il ferme la porte et s'en va. Et je reste seule, totalement confuse et blessée.

*Dušan*

La nuit s'étend dans le ciel quand je retourne vers ma chambre après une journée particulièrement longue. Le feu couve dans mes veines. J'ai finalement réussi à joindre Mad, qui a insisté sur le fait que Caspian et lui se montraient tout simplement polis avec leurs hôtes, et prévoyaient de rentrer bientôt. Il ne m'a rien dit, et a tout caché de ce qui se passait vraiment. Je l'ai vu dans ses yeux, dans sa voix. Cet idiot a même tenté de plaisanter au sujet d'Ander qui perdrait de l'emprise sur sa meute, à cause d'une Oméga qu'il n'aurait pas encore totalement revendiquée.

Ce qu'Ander fait avec sa meute ne nous concerne pas, et Mad doit balayer devant sa porte avant toute chose.

Quand il rentrera, je l'obligerai à tout me dire, faute de quoi il sera chassé. Bardhyl a raison. À moins que Mad ne se ressaisisse, il devra s'en aller. Comme Second, j'ai besoin de quelqu'un à qui je peux faire confiance, et en cet instant, je le soupçonne d'être en train de faire quelque chose de vraiment stupide, qui risque de me retomber dessus.

Mes pas frappent le sol dallé, le bruit résonne dans le hall. Je m'arrête devant la porte de ma chambre, et prends une profonde inspiration pour me calmer. Je ne veux pas effrayer Meira. Toute la journée, je n'ai cessé de penser à elle, son odeur dans mes narines, son goût sur ma langue. Ce soir, je ferai sortir sa louve – nos énergies vont fusionner. Sachant le danger qu'elle représente pour elle-même et la meute, je sais qu'il faut le faire ce soir. La nuit dernière, sa louve était prête à sortir, avide d'évasion. Et je vais lui donner un grand coup de pouce.

Je déverrouille la porte à l'aide de la clé dans ma poche, et entre dans la pièce.

Meira se tourne vers moi, la surprise lui écarquille les yeux ; elle tient une cruche en céramique dont le fond est tombé. La chemise de nuit jaune pâle qu'elle porte est trempée, le tissu colle à son corps, suivant la courbe parfaite de ses seins dressés, et de son ventre plat. Je manque de m'étouffer à sa vue. Je fixe la fourrure noire à l'apex de ses cuisses, et les délicieux cercles de ses aréoles pressées contre le tissu humide.

*Merde !*

– Je crois que la cruche était fêlée, me dit-elle avec un sourire en coin.

Je referme la porte derrière moi d'un coup de pied, et la verrouille. Mon membre tressaute contre mon pantalon, et mes boules durcissent. Tout d'abord, je ne parviens qu'à contempler la chemise de nuit humide, et son corps magnifique.

Je me ressaisis, et me précipite vers elle, pieds nus parmi les éclats de céramique.

– Ne bouge pas.

Je m'agenouille et ramasse d'abord les plus gros tessons, puis recherche méticuleusement les plus petits. J'essaie de calmer ma propre faim, et me souviens que j'avais prévu de lui poser une question.

– Meira, simple curiosité, comment tu t'es échappée de l'avion ?

– Mad et Caspian était trop occupés à se disputer parce que nous étions en retard, et quand je suis montée dans l'avion, Mad a oublié de m'attacher ; alors dès qu'il est entré dans le cockpit, j'ai couru.

– J'apprécie ton honnêteté.

Je jette les débris de céramique à la poubelle, et fustige mentalement Mad pour sa négligence. Même si, à bien y réfléchir, c'est plutôt étrange pour quelqu'un d'aussi attentif au moindre détail.

Meira commence à se déplacer dans la pièce.

– Je ne t'ai pas dit de ne pas bouger ?

Elle se raidit en entendant mon ordre. Je me rapproche d'elle, et la soulève dans mes bras, puis la porte sur le lit où je l'allonge sur le dos.

– Tu as marché sur un tesson ? lui demandé-je.

Assis au bord du lit, je lève ses pieds pour les poser sur mes genoux. J'essuie la poussière qui les macule, orteils inclus, et elle se tortille en gloussant.

– Tu me chatouilles !

– Reste tranquille.

Je passe doucement mes doigts sur ses pieds, pour entendre encore son rire magnifique. J'inspecte sa peau en quête de la moindre coupure. Elle a des pieds si petits, si adorables. Lentement, je les masse jusqu'aux orteils, et je sens qu'elle se détend.

– J'apprécie vraiment ton aide, mais je ne suis pas blessée.

Elle se tortille sous mes caresses qui la chatouillent.

Quand je me retourne pour lui faire face, elle est sur le

dos, appuyée sur ses coudes, le tissu de la chemise de nuit tendu sur sa poitrine, révélant tout de son corps par transparence.

*Nom de Dieu, elle est magnifique.* Son petit corps tout en courbes m'appelle.

– Alors, quels sont tes projets pour la soirée ? demande-t-elle. Un dîner, puis une promenade en forêt ?

Elle a un sourire grivois, qui me fait bander douloureusement.

– Quand tu me tentes comme ça, il n'y a qu'une chose que j'ai envie de faire avec toi.

Je me relève du lit, et commence à déboutonner ma chemise, sans quitter ses yeux écarquillés.

Elle jette un bref regard à sa chemise de nuit, puis couvre hâtivement sa poitrine de ses mains.

– Merde ! Tu m'as distraite quand t'es entré.

Elle se détourne de moi, mais je l'attrape par les chevilles et la traîne sur le lit jusqu'à moi. Le bas de sa chemise de nuit remonte sur ses jambes, et un flash de poils sombres apparaît entre ses cuisses. Elle hoquette et rabat rapidement le tissu, mais ma queue palpite tellement fort maintenant. Tout ce que je peux imaginer, c'est d'écarter ces cuisses galbées pour m'enfoncer en elle.

La chaleur de notre accouplement m'envahit, hérisse les poils sur mes bras. Mes testicules s'alourdissent à la promesse de cette diablesse. À sa façon de me regarder, je vois qu'elle ressent ce lien, l'excitation, le désir grandissant.

Un soupir s'échappe de ces superbes lèvres roses.

J'ouvre ma chemise noire, et remarque son regard plongeant. Ses joues rougissent, et je ne peux retenir un sourire tandis que je déboutonne mes manches. Je retire la chemise, et la jette sur le canapé derrière moi.

– Dušan, je n-ne sais pas… Non, je… Merde !

Elle bute sur les mots, et je trouve adorable qu'elle pense

que ce qu'elle dira pourrait changer quoi que ce soit à ce qui va lui arriver.

– On achève l'accouplement ce soir, Meira. Il faut qu'on fasse sortir ta louve. Tu le sais.

Elle secoue la tête, mais son corps la trahit tandis qu'elle pousse le tissu moulant de sa chemise de nuit entre ses jambes. Furtivement, sa main frotte sa chaleur. Son parfum mielleux flotte dans l'air, et je l'ai encore à peine touchée. Le magnétisme de la marque entre nos deux loups nous a liés, et maintenant il est temps qu'elle vienne à moi. C'est enivrant, ça m'entraîne de plus en plus profond.

Elle halète, et ma queue me fait mal à pousser contre mon pantalon.

– Enlève-la, lui ordonné-je. Montre-moi comment tu te touches.

– Non !

Elle recule en me regardant comme si j'étais le diable, mais lutter contre ça ne lui apportera qu'une souffrance atroce.

J'arrache le fin tissu à deux mains, le déchire en deux. D'un geste vif, je l'ouvre jusqu'à sa poitrine.

Ses seins parfaits jaillissent et je gémis d'un désir inouï. Elle serre les jambes et me lance un regard de biche terrifiée.

– Il y aura des conséquences si tu n'obéis pas, Meira. Enlève ça maintenant.

– Je… je ne devrais pas te désirer autant, alors que tout ce que j'ai envie de faire, c'est te balancer par cette fenêtre.

J'éclate de rire, et c'est une sensation incroyable.

– Tu peux me détester, mais ce soir, nous faisons sortir ta louve. Et tu me supplieras.

– Jamais !

Elle me crache ce mot, et j'adore sa fougue. C'est exactement ce dont j'ai besoin à mes côtés, quelqu'un qui se défend, qui m'aidera à diriger ma meute. Pour le moment, elle a juste besoin de devenir plus forte physiquement.

Je baisse la main, et déboucle mon pantalon.

– Enlève la chemise de nuit, Meira. La prochaine fois, je ne demanderai pas.

Je veux qu'elle soit nue, je veux que son corps pulpeux, tout en courbes, soit tout à moi.

Ce que nous ressentons l'un pour l'autre est primaire, nos loups recherchent leurs partenaires, et la seule façon de l'aider à guérir, c'est de rappeler à sa louve que je suis l'Alpha. La domination, associée à l'énergie qui nous lie l'un à l'autre, fera sortir son autre moitié.

Je dézippe mon pantalon, et mon membre jaillit, attirant son regard. Je vois la faim dans ses yeux, et mon odeur se mêle à la sienne. Elle cille, la peur surgit dans ses iris, mais elle ne recule plus. Je fais glisser mon pantalon le long de mes jambes, et en sors avant de le poser avec ma chemise.

Ma diablesse me regarde, complètement perdue.

– Maintenant, montre-moi, ma belle. Montre-moi comment tu te touches quand tu es seule et que tu penses à moi. Et ne lutte pas contre moi.

Son visage pâlit, mais sa main descend le long de son ventre, jusqu'à la touffe entre ses jambes. Puis elle s'arrête.

– Non, non, dis-je. Ça ne suffira pas. Écarte.

– Je sais ce que tu es en train de faire. Je ne me soumettrai jamais à toi !

Elle me fusille du regard, et pourtant son corps ronronne pour moi.

– Alors ta louve ne sortira jamais, grogné-je.

Il faut qu'elle cesse de se battre contre moi.

Elle m'observe pendant un long moment, mais je ne cède pas. Puis ses muscles se tendent quand elle écarte progressivement ses jambes, sa main recouvrant sa toison. Tout d'abord, elle se contente de la laisser là, luttant contre sa propre excitation. Puis ses doigts se mettent en mouvement lentement, glissent le long des replis. Son sexe luit d'excitation, si rose et humide.

— Brave petite.

Je bande de plus en plus fort à ce spectacle, à deux doigts de me répandre partout sur le lit.

Un gémissement s'échappe de ses lèvres alors qu'elle fait se titille de ses doigts et que ses jambes s'écartent de plus en plus. Je suis sur le point de perdre mon self-control, et de la prendre comme un animal sauvage.

Son odeur entêtante m'embrume l'esprit, et je suis sur le lit avant même d'avoir décidé de bouger. Je suis à quatre pattes, la tête entre ses cuisses, et j'inspire à fond, laissant chaque cellule de mon corps la reconnaître et s'imprégner d'elle.

Je fais glisser mes lèvres à l'intérieur de sa cuisse, et ses gémissements me rendent fou. Elle retire sa main, s'offrant à moi, parce qu'elle en a autant besoin que moi. J'écarte encore plus ses cuisses. Je sors ma langue et lèche tous ses replis de chair douce. Elle frémit sous mon contact, attrape un oreiller, et le presse sur son visage.

Je l'embrasse doucement, je titille en suçant son bouton engorgé. J'écarte les petites lèvres de son sexe, et je glisse ma langue dessus. Son corps tremble, ses hanches oscillent. M'agrippant à ses cuisses, je la dévore et plonge ma langue dans sa chaleur moite. Son odeur est incroyable.

Elle est à moi, je la revendique, je veux la prendre encore et encore.

La faim primaire de mon loup surgit si puissamment en moi que j'en frémis.

Avec un rugissement, je recule, et me redresse à genoux, fixant ma partenaire. Elle est la plus belle chose que j'aie jamais vue.

J'arrache l'oreiller de son visage.

— Je veux que tu me regardes pendant que je te fais l'amour et te fais crier.

Elle me fixe avec des yeux si pleins de terreur que le doute m'envahit. Je ne suis pas du genre à reculer quand je dois faire quelque chose pour aider quelqu'un, même si cette personne ne s'en rend pas compte elle-même. Je fonce, et je fais ce qui doit être fait. Mais avec ma petite diablesse, c'est différent, je sens sa maladie, et me rappelle le sang dans la poubelle. Elle en a tellement besoin, mais je ne peux pas la pousser.

– Non, tu n'es pas vraiment prête, annoncé-je. (Je me recule, bien que ma poitrine éclate, et que ma queue dure comme la pierre me fasse un mal de chien.) Nous pourrons essayer une autre fois.

Je referme ses jambes, et m'assieds au bord du lit, détournant le regard. J'essuie de la main ma bouche et mon menton humides, toujours trempés de son excitation, mais je ne veux pas qu'elle se souvienne de moi de cette façon.

– Dušan, murmure-t-elle, sa main tendrement posée sur mon épaule. C'est juste... (Elle se racle la gorge, et je me retourne pour lui faire face. Elle est complètement nue, à genoux derrière moi.) C'est ma première fois. Et... (elle baisse les yeux) j'ai peur que ça fasse mal.

La vulnérabilité dans sa voix affecte chaque cellule de mon corps, déclenchant un désir farouche en moi.

Je saisis son visage au creux de ma main, et elle se laisse aller. Je regarde au fond de ses yeux francs et sa douleur est mienne. Je ne comprends que trop bien la peur.

– Ça te fera un petit peu mal, mais sinon, la douleur sera incroyable, je te le promets.

– Je te désire. Je veux que tu m'aides. Je ne veux pas mourir à cause de ma louve. S'il te plaît.

Ses doigts pressent mon bras, elle est désespérée. Elle n'accepte pas la défaite, mais regarde la vérité en face.

Un désir ardent au fond de ma poitrine me secoue, et le fait qu'elle ait finalement décidé d'accepter sa situation m'impressionne. Elle se rend compte que je n'ai pas juste l'intention de coucher avec elle, mais aussi de l'aider. Je contemple la supplique dans son regard, ses cheveux sombres ébouriffés, sa respiration saccadée. Je sens l'énergie entre nous jusque dans mes os.

– Je prendrai soin de toi. Tu es à moi maintenant, Meira.

Ses yeux ne quittent pas les miens. Elle s'approche, s'agrippe à moi et m'embrasse. Ses lèvres douces effleurent ma bouche. Elle frissonne contre moi. Sa tendresse me serre le cœur. Je dois encore apprendre à connaître son passé. Nous avons tous une part d'ombre dans notre histoire, et je veux connaître la sienne. Je veux lui montrer qu'elle n'est plus seule. Je veux qu'elle se sente en sécurité.

– J'ai besoin de toi, Dušan, dit-elle tout contre ma bouche.

– Et je suis tout à toi.

Je l'embrasse à mon tour, une main derrière sa tête, l'autre sur son bras. Elle a le goût des cerises les plus douces. Nous nous embrassons jusqu'à ce qu'elle soit à bout de souffle, et que je sois si perdu que j'en oublie même de respirer.

Je la ramène sur le lit, et elle s'agite, se frotte contre le matelas. Pesant de tout mon poids entre ses cuisses, je fais courir ma langue le long de son cou, sur son épaule, je goûte sa peau salée. Je prends son téton dans ma bouche, que je mordille doucement.

Elle se tortille sous moi, ses hanches se balancent d'arrière en avant et mon sexe glisse contre sa chaude moiteur.

Elle est si parfaite, à gémir sous moi. Son corps répond à la moindre de mes caresses. Je recueille son autre sein dans ma bouche, prenant mon temps afin que son désir remonte en puissance, qu'elle en soit ivre.

La pièce est emplie de nos odeurs. Elle enfonce les doigts dans mes bras et gémit de plus en plus fort. Je contemple sa beauté, et elle soutient mon regard tandis que je glisse ma main entre nos corps, et caresse son clitoris engorgé. Ça la rend folle et elle glisse sous moi. Son petit sexe est tout humide. Elle est prête, alors j'appuie le bout de mon membre devant son antre, je sens sa moiteur détrempée. Elle halète doucement, et ce son m'enivre.

– Je t'ai promis d'aller doucement au début, dis-je. Je ne ferai jamais de mal à ce qui m'appartient. Est-ce que tu m'appartiens ? lui demandé-je, afin de l'entendre le dire elle-même. Je sais déjà que c'est le cas.

Elle se cramponne à mes bras alors que sa louve gémit dans sa poitrine. Putain, elle est tellement excitante. Quand elle ouvre finalement les lèvres, un gémissement primal s'en échappe. Et je sais qu'elle est prête.

Elle avance la tête pour m'embrasser, et je m'enfonce progressivement dans son ventre moelleux.

– Je suis à toi, crie-t-elle.

Elle est si serrée, le désir d'exploser en elle gronde en moi. Ma queue me fait mal tandis que je l'enfonce plus profond, jusqu'à ce que mon bout heurte une douce barrière. Je sais ce que c'est. Je suis son premier. Je ressors, et me glisse à nouveau en elle, plus vite cette fois, mais pas jusqu'au bout. J'ai besoin qu'elle soit proche de l'orgasme, pour qu'elle ait moins mal.

Elle a la tête rejetée en arrière, sa gorge offerte, exposée. J'admire ses seins qui rebondissent, ses tétons durs et dressés.

– Fais-moi plus mal, ordonne-t-elle en écartant davantage les jambes. Je t'en prie.

Bon sang, elle va signer mon arrêt de mort. Je perds tout contrôle auprès d'elle. Je m'embrase, j'ai un besoin désespéré de m'enfoncer en elle jusqu'à la garde.

– Putain, tu sens tellement bon.

Elle plante ses ongles dans mon bras, et à chacun de ses gémissements, je me glisse plus profond en elle. Je la prends plus vite maintenant, et je brise la barrière souple, m'enfonçant jusqu'à la garde.

Ses cris résonnent dans la pièce, elle cambre le dos, ses

parois se serrent autour de mon membre. Je me perds en elle, mais je me retire en partie, laissant juste le bout de ma queue en elle, désireux de la combler encore, et encore.

— Tu as mal ? demandé-je.

Ses yeux s'ouvrent d'un seul coup, son souffle s'accélère. J'aime l'éclat de ses joues rougies.

— Encore. N'essaie même pas d'arrêter.

— Putain, Meira...

Je replonge en elle d'un coup sec et claquant.

Elle crie quand je la pilonne, pousse en elle, la prends, la possède.

Son odeur m'enveloppe comme une couverture qui m'étouffe. Et mon loup est juste là, rugissant dans ma poitrine, son énergie se mêle à la sienne. Il sent ce qui nous appartient.

Son corps vibre au moment où je baisse la main sur son sexe, appuie mon pouce sur son clitoris et le caresse en petits cercles, faisant monter l'orgasme.

— Viens pour moi, ma belle, lui dis-je.

Elle crie plus fort, et ma queue tressaille, la base enfle, se noue. Au même moment, Meira convulse et hurle et j'explose dans mon propre orgasme. Je pulse en elle, déversant des rivières de semence, la remplissant. Plus mon nœud reste en place, et garde le sperme en elle, plus grandes sont les chances qu'elle soit imprégnée.

Bon sang, elle est éblouissante dans ce moment de pure béatitude. Ses parois intimes se resserrent autour de mon membre, me pressent, me traient.

Je feule. La chaleur inonde ma queue quand sa liqueur la recouvre.

Je me noie dans sa jouissance. Elle a encore la tête rejetée en arrière, et dans un moment de pur désir, je sors les dents et les plante sur le côté de son cou exposé. Je suce le sang, hume son orgasme dans l'air. Je m'écarte de son cou, j'ai un goût métallique sur la langue.

L'énergie brûle dans mes bras. J'ignore combien de temps nous restons comme ça, entrelacés.

Sauf qu'aucune louve ne cherche à se libérer. Je ne peux m'empêcher d'être déçu.

Les gémissements sexy de Meira ne s'arrêtent pas. Son front est luisant de sueur, et je veux rester enfoui en elle pour l'éternité. Mais quelque chose m'échappe au sujet de sa louve, quelque chose qui n'est pas clair.

– Je ne te laisserai jamais partir, déclaré-je, alors que mon nœud se relâche, et que, lentement, je me retire. Je m'accroupis sur mes talons, et admire sa belle toison, d'où s'écoulent la semence et sa liqueur féminine.

– Reste là. Je vais te nettoyer.

Je me lève, jambes tremblantes, étourdi par l'intensité de notre étreinte.

– Dušan, dit-elle.

Je la regarde à mon tour, par-dessus mon épaule.

– Oui ?

– Tu as plutôt intérêt à ne pas me laisser partir, grogne-t-elle.

# CHAPITRE 13

## DUŠAN

Cela fait trois jours glorieux, agrémentés de sexe, que j'ai revendiqué Meira. Sa chaleur est explosive, et elle me saute dessus à la seconde où je la rejoins dans ma chambre. Mais toujours aucun signe de l'émergence de sa louve. Elle aurait dû se montrer maintenant. Elle est en chaleur, son corps se prépare à la maternité... mais je ne sais même pas si elle pourrait porter un enfant avec sa maladie – avec la louve toujours en elle.

Son parfum titille encore mes narines. Du miel doux, et des roses, avec une pointe de cannelle qui lui vient de sa louve. Je trouve son odeur partout maintenant qu'elle s'est mêlée à mes sens. Tout comme les bruits qu'elle fait quand elle jouit, qui persistent dans mes pensées.

Elle m'affecte tellement que maintenant, son absence s'infiltre en moi, comme un appel incessant à mon loup.

Je l'ai marquée comme mienne, l'ai revendiquée temporairement. Jusqu'à ce que sa louve se libère, notre lien ne sera jamais totalement fusionnel.

Bardhyl me rejoint dans mon bureau, et s'affale sur le siège réservé aux invités. Une nouvelle griffure rougit sur sa joue.

– J'ai trouvé une fille de justesse. Ces foutus loups sauvages sont en manque de femelles. J'ai dû en combattre deux pour récupérer cette fille. Elle a vingt ans, et elle va avoir ses chaleurs. Donc c'est parfait.

– Tu as fait un boulot fantastique. Il faut lui faire une cérémonie d'accouplement rapide devant les Alphas, pour s'assurer qu'aucun d'entre eux n'est son âme sœur, avant de l'envoyer aux X-Clan.

Bardhyl s'époussette les mains.

– C'est fait. Elle est prête à partir.

Je hoche la tête.

– Je suis impressionné. D'accord, prévois la livraison d'ici deux jours. Elle aura besoin de se laver, d'être nourrie, de nouveaux vêtements, et d'un topo sur sa destination.

Je tends la main vers mon tiroir du haut pour récupérer ma tablette.

– Je m'en occupe. Tu appelles Ander ?

– Je le fais tout de suite, comme ça Mad et Caspian pourront ramener leurs culs à la maison.

La lèvre supérieure de Bardhyl se retrousse en un rictus à l'énoncé de leurs noms.

Je prends la parole avant qu'il ne le fasse.

– Je sais ce que tu vas dire, mais Mad a été nommé par notre père avant sa mort.

– Et alors ? Qu'il aille se faire voir, et…

– Et quoi ? On livre Mad aux Infectés ? Tu sais bien que je ne le ferai pas.

– Pour ton information, s'il fait quoi que ce soit de mal pendant ce voyage qui ruinerait notre relation commerciale, je le remettrai à sa place. J'en ai assez de ses conneries. Tu sais ce que cet abruti a fait avant de partir ? Il a modifié les mots de passe des verrous de tous les hangars. Il nous a fallu des jours pour les ouvrir, et récupérer nos armes.

Je soupire, et secoue la tête. Mad est un farceur, mais ça ne fait pas de lui quelqu'un de méchant. Il a grandi avec le même père que moi, a reçu les mêmes coups. Nous n'avions pas la même mère, mais elles n'avaient aucune influence sur l'ancien Alpha des Loups Cendrés. Nous gérons tous différemment les merdes de notre passé.

Je presse le bouton d'appel sur le chat vidéo, et m'installe dans mon fauteuil pendant que Bardhyl quitte mon bureau

– Dušan me salue Ander.

Ses cheveux bruns sont en bataille autour de sa figure. Il ne porte pas de chemise et on voit une cuisine en arrière-plan. J'ai dû le prendre au dépourvu.

– Ander, réponds-je, me passant une main dans les cheveux. Je voulais te faire un point rapide au sujet de l'Oméga. Est-ce que c'est le bon moment ?

Mes épaules se tendent à l'idée qu'il n'accepte pas de nouvelle fille en échange de Meira.

Une voix de femme murmure en arrière-plan.

– Non, reste, insiste Ander, se tournant vers quelqu'un à côté de lui. Je t'en prie, dit-il doucement.

Ce côté plus doux d'Ander me surprend, car je ne l'ai jamais vu comme ça pendant aucun de nos rendez-vous. Il garde toujours le contrôle, comme n'importe quel Alpha le devrait.

Quand il revient à moi, je lève un sourcil, lui montrant que je comprends que seule une femme peut adoucir le cœur d'un Alpha.

– Ne commence pas, me chuchote-t-il, avant de se concentrer de nouveau la personne hors champ, tendant son bras vers elle.

Je ne peux m'empêcher de lui sourire, bien conscient que même si les Alphas essaient autant que possible de garder leur position de pouvoir, nous avons tous aussi nos moments de faiblesse.

Mon regard dévie sur une femme qui entre dans le cadre.

Ses cheveux auburn encore humides sont drapés sur son épaule. La robe qu'elle porte pend lâchement sur sa petite carrure. Quand elle me regarde, je ne vois que deux yeux bleus perçants. Elle est superbe.

– Voici l'Alpha du Territoire des Ombres, dit Ander en attirant la femme sur ses genoux. Dušan, voici ma Katriana.

C'est bon de voir qu'Ander a trouvé son Oméga. Les voir ensemble me rappelle Meira et moi la nuit dernière. À ce souvenir, mon cœur effréné se met à battre à tout rompre à l'idée de retourner la voir, de la prendre dans mon lit tous les soirs jusqu'à libérer sa louve.

– Je suis enchanté de faire votre connaissance, Katriana.

– Moi aussi, répond-elle, puis elle s'éclaircit la gorge. Vous êtes de Roumanie, n'est-ce pas ?

– Ce qui était autrefois la Roumanie, oui. (Je lui souris, mais je ne vois que Meira, et ce besoin urgent d'aller la retrouver dans ma chambre.) Je suis désolé de vous interrompre, vous et votre Alpha, mais je lui ai promis un topo aujourd'hui.

– En effet, tu nous as interrompus, approuve Ander, embrassant le cou de Katriana.

Je détourne le regard pendant qu'il termine, et je laisse mon esprit vagabonder vers la tendresse de la peau de Meira sous mes lèvres. Je dois trouver un moyen d'amadouer sa louve pour qu'elle se libère en toute sécurité, afin qu'elle puisse prendre sa place à mes côtés. C'est ma partenaire, et maintenant je dois l'aider. Plus sa louve reste sous la surface, plus l'inquiétude me ronge les tripes. Les chances de survie d'un métis sont faibles... Ce n'est pas impossible, mais bon sang, c'est terriblement difficile. J'éloigne ces pensées, refusant même d'envisager cette possibilité.

– Quel est le niveau de sensibilité de notre sujet du jour ? demande Ander, attirant mon attention.

– Vert.

Je comprends aussitôt qu'il ne veut pas que son Oméga connaisse tous les détails de notre marché.

– Je t'écoute, murmure-t-il, entourant de ses bras l'Oméga assise sur ses genoux.

– Nous avons retrouvé la dixième louve promise, mais il y a une complication. Je dois échanger le produit pour un qui convient mieux.

J'étudie l'Alpha pour voir sa réaction, je ne veux pas ruiner ce que nous avons mis en place.

Il fronce les sourcils.

– Quel genre de complication ?

Je le regarde un long moment, essayant de trouver la meilleure façon de lui expliquer, sans donner trop de détails. Finalement, j'opte pour la vérité :

– Quelque chose de similaire à ta situation actuelle.

Il arque un sourcil.

– Oh. (À la façon dont il me regarde, dont ses yeux se plissent, je vois qu'il comprend.) Eh bien, d'accord. J'accepte un remplacement. Quand pourrez-vous nous l'amener ?

– D'ici deux jours, à moins que tu n'en aies besoin plus tôt ?

Il secoue rapidement la tête.

– Deux jours, c'est parfait. Nous avons une réunion sociale ce soir-là, pour présenter vos louves à ma meute. Peut-être que Mad et Caspian peuvent rester le temps des festivités avant de revenir chez vous ?

Il y a de l'excitation dans sa voix, et il offre son hospitalité comme une façon de confirmer qu'il est content de continuer nos échanges à l'avenir. Et c'est exactement ce dont j'ai besoin. Finalement, que ces deux-là s'invitent à séjourner chez les Loups du X-Clan n'était peut-être pas une perte de temps.

– Ils seront honorés d'y assister, réponds-je. Merci, Ander.

– À toi également, Dušan.

– Et ravi de vous avoir rencontrée, Katriana, conclus-je d'un ton plus doux, avant de mettre fin à la communication.

*Meira*

Je tourne folle à rester enfermée dans la chambre de Dušan, et il me manque terriblement. Même si cela fait des jours que je n'ai pas vu Lucien, il hante aussi mes pensées en permanence. Ce baiser que nous avons échangé demeure en moi, tout autant que la raison pour laquelle il reste à l'écart de moi.

Il y a un garde à la porte pour m'empêcher de me faufiler dehors. Maintenant je suis coincée ici, emplie d'un désir qui me brûle férocement les entrailles, et ne me quitte jamais.

Dušan insiste sur le fait que sa morsure, et nos ébats ont changé mon odeur, et que je sens maintenant comme une femme revendiquée aux yeux des autres loups, mais ce n'est que temporaire. L'impatience me dévore dans l'attente de son retour.

Mais l'inquiétude me pèse en permanence sur la poitrine. Pourquoi ma louve n'est-elle pas encore sortie ?

Et si elle ne le faisait jamais ? Et si à chaque fois la maladie revenait, de pire en pire, jusqu'à me tuer ? Je n'avais jamais vomi de sang avant. Je sais que quelque chose ne va pas, je le sens jusque dans mes os. Dušan a raison d'essayer de faire sortir ma louve, d'apprivoiser mon côté humain qui héberge la maladie. Les transformations permettent de guérir n'importe quelle maladie contractée par un métamorphe.

Je traverse la pièce pour aller m'affaler sur le lit, submergée par tant d'émotions, de la peur à la colère en passant par l'envie irrésistible d'avoir mon Alpha auprès de moi. Ses marques ont libéré quelque chose entre nous.

Les oreillers et les draps portent l'odeur de Dušan, masculine, boisée, emplie de phéromones. L'odeur de sa semence, et de ma jouissance persistent aussi. Un instinct s'éveille en moi, et mon ventre se serre de désir. Je ferme les yeux et me recroqueville, j'ai envie de me noyer dans son odeur. Une flaque s'écoule entre mes cuisses, emportée par mon désir pour Dušan.

Aucun doute, il est mon âme sœur. Mon corps, et ma louve le désirent ardemment, le réclament à grands cris. Ma respiration se fait haletante, et une chaleur brûlante me submerge. Pendant trop longtemps, j'ai tenté d'ignorer ce que j'étais : une Oméga, une métamorphe avide de trouver son partenaire, une métisse qui avait bien plus de problèmes que je ne l'aurais cru.

L'odeur de Dušan s'infiltre en mois, et j'ai l'impression que je vais exploser à cause de la douleur qui monte dans mes tripes. Je sors du lit, j'ai besoin d'air frais, n'importe quoi pour me calmer.

Quelqu'un frappe à ma porte, puis l'ouvre.

Mes cheveux se hérissent sur ma nuque, et je m'immobilise, m'attendant à moitié à voir Dušan.

Mais c'est Lucien qui entre. Ses narines s'évasent tandis qu'il prend une profonde et tremblante inspiration, et une lueur brille au fond de son regard. Il sent mon désir, mon envie, et celui de son Alpha aussi.

— Il fallait que je te voie, dit-il d'une voix grave et rocailleuse, comme s'il luttait contre ses émotions. J'ai essayé de rester à l'écart, admet-il, lèvres pincées.

Je ne peux retenir un sourire en le regardant, il m'a tellement manqué.

— J'ai besoin d'air frais, le supplié-je en m'approchant.

Il hoche la tête et me tend la main. Je la prends, et au moment où nos peaux se touchent, cette étincelle de désir prend vie, comme elle l'avait fait au petit déjeuner quelques jours auparavant.

Nos regards s'entrechoquent. Il le sent aussi, tout comme il a senti l'attirance entre nous la première fois que nous nous sommes rencontrés.

Ses doigts s'enroulent autour des miens, et il me guide à pas vifs dans le couloir. Le garde qui se tient là se contente de nous regarder sans rien dire.

Lucien et moi courons dans le couloir, ma louve emplie d'adrénaline – elle a besoin de chasser. Lucien me jette un œil, et sa faim se lit sur son visage. Je n'ai jamais ressenti ça auparavant.

Je devrais avoir peur, et honte de vouloir être avec Lucien alors que mon corps se languit de Dušan. Je suis devenue l'Oméga qui s'est accouplée avec l'Alpha des Loups Cendrés, mais qui ne peut contrôler ni ses instincts ni ses réactions.

*Fais demi-tour!* hurlé-je dans ma tête, mais ma louve prend le relais.

Le désir arrive par vagues, et mon odeur de peur s'y ajoute. Pour autant, nous ne nous arrêtons pas. Ni en sortant de la forteresse ni dans les bois denses à l'intérieur de la colonie ni même quand les vêtements de Lucien se déchirent sur son corps alors qui se transforme.

L'air frais me fouette le visage. J'en aspire de grandes goulées en l'observant avec crainte et admiration. Son corps s'allonge, ses os craquent, sa peau éclate. Des poils brun foncé apparaissent partout sur son corps de loup. À quatre pattes, il court à mes côtés. Il est énorme, il m'arrive facilement à la taille, et il est absolument époustouflant.

L'électricité fuse le long de ma colonne.

Mes pieds nus martèlent le sol. Je ne sens ni les cailloux ni les brindilles que je foule. Rien que l'exaltation qui m'envahit, ce pouvoir qui me pousse. Est-ce cela qu'on ressent quand on prend la forme d'un loup?

Je me noie dans l'ivresse de ma louve, l'instinct primitif, la sauvagerie, la familiarité. Je suis faite pour ça. Libre comme une louve, sans me cacher dans les arbres ni éviter ma vraie forme.

Cela me frappe tellement fort... c'est une sensation que je n'ai jamais vécue auparavant.

Quand nous atteignons finalement le haut de la colline, où la clôture métallique bloque notre progression, nous nous arrêtons.

Je manque d'air, et m'effondre à genoux, à moitié riant, à moitié haletant.

– C'est incroyable. Pourquoi je n'ai jamais ressenti ça avant ?

Lucien, dans sa forme de loup, s'enroule autour de moi, plissant les yeux. Je tends prudemment la main, et fourre les doigts dans son pelage épais et luxuriant. Il est presque doux au toucher, et sa peau est en feu.

Il se frotte contre mon dos en me tournant autour. Ma louve surgit en moi. Elle est juste là, elle pleure après lui, elle se presse en moi, attendant sa libération. Je sens qu'elle est plus forte à présent, comme si elle se glissait juste sous ma peau, impatiente de s'arracher à moi.

Je respire doucement, et je m'ouvre comme je l'ai fait avec Dušan la nuit dernière. La douleur vient avec la concentration, et me saisit les tripes. Je ferme les yeux, serre fort les paupières. Mon cœur bat la chamade, et la sueur ruisselle dans mon dos. En moi-même, je me sens tordue, piégée.

Une main douce se pose sur ma joue, et j'ouvre les yeux.

Lucien est nu devant moi, à genoux, et je ne vois que cet imposant et puissant Alpha, un spécimen de premier ordre. Je me noie dans son odeur boisée et masculine. Ce bel homme me fixe comme s'il me respirait à travers ses yeux.

– Qu'est-ce qui m'arrive ?

J'inhale une inspiration tremblante.

– Ta louve appelle mon loup... Je peux sentir Dušan partout sur toi, mais je m'en fiche. Je ne suis pas jaloux, j'ai juste le besoin de te revendiquer comme mienne.

Je cligne des yeux. *Sienne!*

J'ai envie de lui demander s'il joue avec mes sentiments, sauf que je ressens la même chose que lui. L'attente intime de le toucher, et l'embrasser, tout comme lors de notre premier baiser. Mon pouls s'accélère, car mon corps le désire tandis que mon cerveau me dit de le repousser. Pour effacer ce sourire sournois de son visage.

Je suis tourmentée par mon incapacité à libérer ma louve, ça me fait peur, mais j'ignore ce que je ressens à l'idée d'être revendiquée par deux Alphas. J'ai assez de mal avec la domination de Dušan, cette manière qu'a mon corps de se liquéfier en sa présence, et cette impression que mon esprit ne m'appartient plus.

Une brise fraîche passe sur nous. Le monde tournoie autour de moi et mon cœur bat fort. J'essaie de lutter, et je me mords la lèvre inférieure pour me retenir.

– Tu ne peux pas lutter, dit Lucien de sa voix grave et profonde.

Il tend la main, et agrippe ma jupe.

Notre proximité me coupe le souffle. Je suis tellement nerveuse, à cause de tout ce que ça implique pour nous... pour moi... pour ma louve.

Il se lève et me domine de toute sa hauteur.

– Je vais te prendre, déclare-t-il.

Je n'ai plus de voix, mes mots ne sortent plus ; je ne me fais pas confiance pour dire autre chose que *oui*. C'est mon corps qui lui donne la réponse qu'il attend. Ma poitrine se gonfle hors de tout contrôle, mes tétons durcissent, poussant contre le tissu de ma robe boutonnée.

Il attrape le tissu entre mes seins et le déchire. Les boutons volent en tous sens comme de la grêle.

Je tressaille face à son agression, alors que la chaleur m'envahit devant sa domination.

Je ne porte pas de sous-vêtements, Dušan a réduit la dernière paire en lambeaux : je suis donc complètement nue sous ma robe.

Le regard de Lucien se promène sur mon corps, sur mes seins, mon ventre, puis sur l'apex entre mes cuisses. Il émet un son guttural qui augmente encore mon excitation.

Nos bouches se heurtent, le feu explose entre elles, et je suis perdue.

– Prends-moi, le supplié-je, la tentation s'emparant totalement de moi. Je t'en prie.

Il lèche mes lèvres du bout de sa langue, ses mains fortes parcourent mon dos, et s'arrêtent sur mon cul, écartent mes fesses. Nous nous embrassons avec avidité. J'enroule mes bras autour de son cou, me pousse contre lui. L'excitation se concentre dans mon bas-ventre, je sens ma liqueur couler à l'intérieur de mes cuisses.

Sa bouche est sur mon cou, sa large paume est sur mes seins pinçant les tétons jusqu'à la douleur. Je grogne et découvre mes dents alors que la chaleur s'intensifie.

Une main se glisse entre nous, et recouvre mon pubis. Je gémis, me languissant de l'avoir en moi, de sentir sa hampe épaisse s'enfoncer en moi.

Ses doigts glissent sur mon sexe brûlant. Sa bouche est collée à la mienne, sa langue s'introduit entre mes dents, et je la prends tout entière. Il introduit deux doigts en moi, et je crie sous le coup de la tension sexuelle qui s'est emparée de moi.

– Je t'en prie, Lucien, prends-moi.

La tension est insupportable, ma peau me brûle, mon ventre se noue.

Il empoigne l'arrière de mes cuisses et me soulève. Nos odeurs sont si fortes, si puissantes. J'enroule mes jambes autour de sa taille, et serre mes bras fort autour de son cou, me cramponne à lui. Il nous amène vers une pente de la colline, avant de s'agenouiller avec une force incroyable. Il m'étend par terre et m'écarte les jambes. Son regard tombe sur mon sexe et mes cuisses trempés.

– Bon sang, tu es magnifique, et tout à moi.

Il plonge sur moi et sans cérémonie, pose sa bouche sur mon intimité frémissante.

Je gémis, cambre le dos tandis qu'il me lèche encore et encore, puis plonge sa langue en moi. Je crie encore à cause de la tension qui s'accumule de plus en plus fort en moi. J'attrape de pleines poignées d'herbe en chevauchant son visage, mes hanches se balançant d'arrière en avant. Un grognement s'échappe de ma gorge et s'enroule autour de nous, créant un lien.

Mes muscles se contractent à mesure que la tension se resserre dans mon ventre.

– Jouis pour moi, insiste-t-il.

Quand sa bouche se referme sur mes replis, et tire dessus, je perds la raison.

L'orgasme me submerge comme une tempête qui fait rage en moi.

Lucien m'écarte encore plus les jambes. Une vive douleur fuse à l'intérieur de ma cuisse, m'enflamme et se heurte à mon orgasme. Mais d'une certaine façon, ces deux sensations se conjuguent, et c'est alors une sensation fabuleuse qui s'empare de moi, me caresse, m'enflamme, et me comble.

– Ouvre les yeux, ordonne-t-il, et son caractère dominant me transperce.

Je fais ce qu'il me demande, et rive mon regard au sien. Il me dévore avec tant de dévotion, et d'attention. Son menton et ses lèvres luisent de ma liqueur, et une goutte de sang roule au coin de sa bouche.

La peur s'insinue en moi.

– Tu m'as marquée ?

Il a posé son empreinte sur moi, il a pris mon sang. Comment pouvons-nous être aussi liés en si peu de temps ? Si vite ? J'ai envie de me retirer et me cacher, mais mon corps me supplie de rester, de me jeter dans ses bras.

Il s'introduit entre mes jambes.

– Bien sûr. Tu ne sens pas que nos loups sont des âmes sœurs ? J'ai essayé de lutter, mais ça me tuait de rester aussi longtemps loin de toi.

Avant que je ne puisse donner un sens à ses paroles, il glisse le bout de son membre en moi. Je me tends, je sens déjà sa taille.

– Laisse-moi entrer.

Avec une profonde inspiration, j'ajuste mes hanches pour mieux m'adapter à sa taille, et je me perds dans ses yeux gris acier. Ils m'appellent et je me laisse tomber alors qu'il s'introduit en moi, m'emplit, m'écartèle. Il se penche en avant, ses mains plaquées au sol de chaque côté de mes épaules. Il est gigantesque, et il y a un côté exaltant dans le fait qu'un tel homme me revendique.

Une chaleur liquide suinte de mon sexe, ce qui l'aide à me pénétrer plus vite. Mes orteils se crispent alors qu'il s'enfonce en moi jusqu'à la garde. J'arrive à peine à respirer, son membre m'emplit complètement.

Mon cœur martèle ma poitrine pendant qu'il entre et sort de moi, de plus en plus vite, la friction allumant une flamme entre nous.

– Je te prendrai encore et encore, jusqu'à ce que tu ne puisses plus marcher droit, jusqu'à ce que tu réalises à quel point tu comptes pour moi. À quel point tu comptes pour nous deux… jusqu'à ce qu'on t'aide à faire sortir ta louve.

Mon corps vibre de plaisir, et j'ai du mal à enregistrer ses paroles. Je gémis à chaque poussée, mais je ne me fais aucune illusion : d'une manière ou d'une autre, j'ai gagné deux âmes sœurs. J'ai entendu parler d'hommes qui avaient plusieurs femmes, mais jamais l'inverse.

Lucien me fait l'amour, me pilonne. Je me tortille sous lui, envahie de frissons.

Mon sexe frémit, et toutes les cellules de mon corps palpitent. Il se penche et passe sa langue sur mon téton durci, le titille. Je crie, le désir s'accumulant dans mon ventre.

Puis je le sens s'épandre en moi.

Je me fige alors qu'il cesse ses va-et-vient, mais il reste au-dessus de moi, cherchant mon regard.

– Tu vas nouer, n'est-ce pas ?

Pourtant mon désir me pousse à me coller, me cramponner à lui. Ma liqueur gicle à chaque fois qu'il s'enfonce en moi.

Ses yeux se révulsent, et un grognement s'échappe de ses lèvres. Sa bouche se tord, et son corps tremble sous l'intensité de ce qui arrive. Un grondement jaillit de sa gorge.

Et ma douleur s'apaise de le sentir si gonflé en moi, et ce son pénétrant qui me recouvre et s'enfonce dans ma chair.

– Tu es si serrée.

Mes douces parois intimes palpitent contre sa queue nouée, la compressent.

Il gronde, sa poitrine se gonfle, sa peau brille de sueur. J'adore l'air qu'il a, on dirait qu'il nage dans l'euphorie. Ses lèvres se referment sur mon téton, et il le prend dans sa bouche, le suce fort. De nouveau ce même plaisir, et cette même douleur s'emparent de moi. Mon orgasme revient à la charge, monte, se renforce. Et il explose en moi très vite, brouillant ma vision.

L'orgasme me déchire.

– Lucien !

Il émet un grognement affamé, ses hanches bougent tout doucement tandis qu'il palpite en moi. Je sens la chaleur, les jets qui se mêlent à mon propre orgasme. Je frémis sous lui qui continue de jouir. C'est le truc des Alphas : ils produisent une quantité phénoménale de semence, me remplissant complètement.

Je redescends de mon propre petit nuage, et une douleur me frappe en pleine poitrine. Elle n'a rien à voir avec ma maladie ou ma louve, mais c'est le rappel de la raison pour laquelle les Alphas produisent autant de semence : c'est pour augmenter les chances d'imprégner leurs partenaires.

Je reste immobile, Lucien toujours en moi. Il ne me quitte pas du regard, mais ses pensées sont toujours perdues dans son propre orgasme, je le vois dans ses yeux. Il reste en moi jusqu'à ce que son sexe se relâche suffisamment pour qu'il puisse se retirer.

Au bout d'un moment, il est complètement sorti de moi.

Je m'effondre dans l'herbe, mon corps est douloureux, et mon cœur bat la chamade. La liqueur et la semence s'échappent de mon corps, et pour l'instant, je ne peux rien y faire. Quand je regarde Lucien, je vois bien plus qu'un Alpha qui a besoin de suivre son instinct.

Il me prend dans ses bras et me tient contre son torse puissant. Je m'accroche à lui, j'inhale son odeur, et j'écoute les battements de son cœur qui martèlent sa poitrine. Je devrais être gênée d'être là, dehors, nue, d'avoir fait l'amour dans la nature. Mais dans les bras de Lucien, je me sens en sécurité, protégée. J'ai toujours la tête qui tourne, essayant de donner un sens à mes émotions et mes pensées.

Je lève les yeux vers la cicatrice en travers de sa clavicule.

– Comment te sens-tu ? demande-t-il en écartant des mèches de mon front.

– Comme si je venais d'être emportée par une tornade. (Je souris et ris à moitié.) Mais je ne comprends pas. Si j'ai été marquée par deux Alphas, pourquoi ma louve n'a-t-elle pas encore essayé de sortir ?

Il m'embrasse sur le haut de la tête.

– Tu dois te rappeler que ton corps s'est habitué à l'avoir en toi. Elle s'y accroche.

Un frisson d'effroi me saisit les tripes.

– Et si elle ne sort jamais ? Alors je reste telle que je suis. J'ai vécu comme ça toute ma vie, et je vais très bien.

J'arrive à peine à avoir les idées claires, mon corps vibrant encore de nos ébats. Mais si elle ne sort pas, alors je peux vivre comme ça. La question étant... qu'en est-il des Alphas ?

– Depuis combien de temps es-tu malade ? demande-t-il d'une voix autoritaire.

Je baisse les yeux, mais il me relève le menton pour que je le regarde.

– Meira, depuis combien de temps ?

– Toute ma vie, murmuré-je, comme si le dire à voix basse dissimulerait la vérité. Ma louve a retenu la maladie.

– Et tu as toujours vomi du sang ?

Il soutient mon regard. Je cille, et ma voix s'évanouit.

– Je ne veux pas en parler, croassé-je.

Je m'agite pour me dégager de sa prise. Je me remets debout, ramasse ma robe déchirée, passe mes bras dans les manches et la resserrer autour de ma poitrine, vu qu'il manque tous les boutons. Une liqueur chaude s'écoule entre mes jambes, et j'ai besoin de me laver.

– Meira. (Il m'attrape le bras, et m'oblige à lui faire face.) Si tu es de plus en plus malade, que se passera-t-il quand ton côté humain lâchera ?

Je baisse les yeux sur mes pieds nus, et mon cœur se brise. Je relève la tête et je me tiens droite, me donnant un air courageux, parce que je suis terrifiée à l'idée de mourir.

– Ma maman m'a toujours dit de ne pas avoir peur de la mort. Qu'on meurt tous un jour.

Mon visage pâlit au souvenir de sa perte, et parce que je ne vais peut-être pas tarder à la suivre.

Je déglutis avec difficulté, et me détourne de lui, mais il

saisit mon poignet, et me ramène à lui. Mes mains s'avancent par réflexe, et se plaquent contre son torse puissant.

Il arbore une expression furieuse, le regard glacial.

– Tu sais ce qui se passe quand tu meurs ? aboie-t-il. (Je tremble dans son étreinte.) Ce sont les gens comme moi, ceux qui restent, qui finissent par souffrir, et prient chaque jour de mourir. Putain, le destin ne peut pas encore me faire ça.

Attends, quoi ? *Encore ?*

# CHAPITRE 14

## LUCIEN

— Qui as-tu perdu ?

Les mots tendres de Meira me touchent plus qu'elle ne pourrait l'imaginer. Elle est là à tirer sa robe bleue déchirée sur elle, à serrer l'étoffe sur sa poitrine.

Elle me regarde, attendant mon histoire à l'eau de rose. Dans ce monde misérable, tout le monde en a une à raconter. On nous appelle des survivants, mais ce n'est pas ce que nous sommes. Nous sommes les malchanceux voient ce que c'est que de vivre dans un monde dévasté qui veut nous voir morts.

— Ce n'est rien. Ne t'inquiète pas pour ça. Je n'aurais rien dû dire.

Je me lèche les lèvres, et commence à ramasser les boutons arrachés dans l'herbe autour de nous. J'ai déchiré sa robe, donc c'est le moins que je puisse faire.

— J'ai perdu ma mère, commence-t-elle d'une voix tremblante. J'avais quatorze ans quand ils ont attaqué notre colonie. J'étais la seule survivante, alors je sais ce que ça fait que d'être celle qui reste.

Je me redresse et me tourne vers elle, juste à côté de moi, son regard franc scintillant au soleil.

– Ma mère était tout ce que j'avais au monde, reprend-elle. Alors j'ai été forcée de vivre seule dans les bois, de trouver chaque jour un moyen de survivre.

Ma gorge se serre, ma bouche s'assèche.

– Et comment se fait-il que tu sois encore aussi gentille, et équilibrée, après tout ça ? demandé-je. Les choses que j'ai vues me provoquent encore des cauchemars. J'essaie toujours de me dire qu'un jour tout reviendra à la normale. C'est comme ça que j'essaie de survivre, en me racontant des mensonges. Dis-moi que ça, ça n'est pas tordu...

Je contemple le ciel en clignant des yeux. Cataline, mon âme sœur que les Infectés m'ont arrachée, a fini par ne plus me rendre visite dans mes rêves, mais la douleur de perdre la moitié de moi-même ne m'a jamais quitté. Cela me rappelle que rien n'est éternel. Qu'être trop proche, c'est risquer un véritable désastre. J'ai peut-être été imprudent, et impatient, ou peut-être que trop de temps s'est écoulé pour que je me rappelle encore de la douleur.

Je contemple sa main dans la mienne, la fine cicatrice qui court de l'intérieur de mon poignet jusqu'à mon coude.

Elle caresse mon avant-bras tendrement, du bout du doigt. Son geste s'accompagne d'une montée d'adrénaline, de phéromones, et de l'instinct brut, primal, qui mène les métamorphes.

Je la soupçonne de n'avoir aucune idée de la profondeur de l'engagement derrière un accouplement. Elle ignore que sa vie tournera autour de celle de son partenaire et qu'être trop loin l'un de l'autre sera douloureux.

– Tu peux me parler, murmure-t-elle.

Je glisse ma main dans la sienne, nos doigts entremêlés, et je l'entraîne dans une promenade.

– C'est valable dans les deux sens, ma petite louve. Maintenant, si on allait te laver, et puis manger ? Parce que je pourrais avaler un cheval. Ensuite nous pourrons parler jusque tard dans la nuit. Ça te tente ?

Elle me gratifie d'une moue adorable, comme si elle ne croyait pas que nous allions parler toute la nuit, mais peut-être que c'est pour moi l'occasion de m'ouvrir sur mon passé. Et de la faire parler plus de sa maladie, parce qu'à mon avis, c'est en rapport avec le fait que sa louve reste coincée.

– Eh bien, est-ce que c'est un oui ? demandé-je, ignorant la partie de mon esprit qui me dit que je devrais parler à Dušan le plus tôt possible.

Mon cœur martèle ma poitrine quand Meira s'arrête sous une fougère pour me regarder, et que le vent écarte sa robe, dévoilant son délicieux corps nu.

Je saisis rapidement le tissu, et en drape ses courbes parfaites, et elle le maintient en place avec ses mains fines.

– Qu'est-ce qui arriverait si tout le monde dans cette meute trouvait un moyen d'être immunisé contre les morts-vivants ?

Sa question me prend au dépourvu.

– Comme, je ne sais pas... imagine que tout le monde puisse vivre librement, sans avoir peur des Infectés, ajoute-t-elle.

Mes pensées filent droit vers les X-Clan, immunisés contre les Infectés.

– Je pense au nombre de vies qui pourraient être sauvées, continue-t-elle. Aller dans les bois pour chasser ne serait plus synonyme de danger. (Elle hausse les épaules.) Je ne sais pas. C'est juste que je réfléchis à haute voix. C'est vraiment idiot.

Je détecte un soupçon d'agacement dans sa voix.

– Tu as un cœur pur, Meira. Tu veux connaître mon point de vue, honnêtement ?

Elle hoche la tête et me regarde, dans l'expectative.

– Si un tel remède existait, la bataille pour mettre la main dessus se terminerait en bain de sang.

Elle se raidit et son sourire s'évanouit quand elle réalise qu'un tel pouvoir pourrait facilement entraîner les loups dans une guerre.

Des ombres se creusent sous ses yeux, qu'elle baisse en secouant la tête.

– J'aimerais penser que les loups valent mieux que ça, pas toi ?

Les combats brutaux dont j'ai été témoin entre des métamorphes rien que pour occuper la position d'Alpha dans une meute, les coups de poignard dans le dos de la hiérarchie, les souffrances que tant d'entre eux ont causées pour réussir ne sont pas le signe d'une société prête à vivre en harmonie. Sous un régime strict comme celui de Dušan, ce serait possible, mais cela ferait de notre forteresse une cible pour chacune des autres meutes. Nous aurions besoin d'un lieu qui nous rende intouchables.

– Peut-être, et j'espère vraiment que tu as raison, réponds-je. Mais d'abord, il faut trouver ce remède, n'est-ce pas ? Allez, rentrons.

Nous traversons les bois de la colonie, et Meira reste particulièrement silencieuse. J'ai tellement de questions à lui poser sur son passé, sur les choses qu'elle aime, et nous avons le temps d'apprendre à nous connaître à présent.

Une fois à l'intérieur, nous descendons et gagnons rapidement la salle de bain communautaire. Là se trouvent deux femmes Beta, dans l'eau fumante. Elles inclinent la tête à mon arrivée, et poursuivent leur discussion. Je guide Meira vers les douches à l'arrière, m'assurant d'abord que la pièce est vide.

– Je vais monter la garde ici. Il y a des serviettes propres là-dedans. Je vais demander à ce qu'on t'apporte des vêtements aussi.

Elle s'avance vers moi, et son expression me suggère qu'elle est sur le point de me demander quelque chose. J'interprête peut-être mal les signaux, mais les mots s'échappent tous seuls de mes lèvres.

— Tu veux que je te rejoigne ?

Elle me répond d'un gloussement avant de s'engouffrer dans une cabine de douche.

Je regarde dans sa direction, et me gratte la tête. Est-ce que c'est un oui ?

*Dušan*

— Ander, réponds-je à l'appel en m'asseyant dans mon fauteuil en cuir derrière mon bureau.

L'Alpha du X-Clan ne me salue pas, mais se contente de me fixer à travers le chat vidéo. Il n'est pas seul, l'un des siens se tient à ses côtés. Quelque chose ne va pas, et la tension durcit mon estomac.

— Il a été porté à mon attention que ton Second, et Caspian ont volé douze fioles de mon sérum pour créer les Loups du X-Clan, finit par lâcher Ander, avec un calme surprenant.

Un frisson me traverse.

— Putain, je vais les tuer ! balancé-je, regrettant de perdre si facilement mon sang-froid.

Je me réfrène, me ressaisis. Leurs actions me font l'effet d'un coup de poing dans le ventre. Je vais assassiner Mad. Jamais je n'aurais dû lui faire confiance. J'aurais dû exiger qu'il rentre à la maison à la minute où ils avaient fait leur livraison.

Les pensées se bousculent dans mon esprit, sur le but que poursuit Mad en volant ce sérum. L'équipe d'Ander utilise le sérum pour créer des Loups du X-Clan à partir d'humains.

Remuant sur mon siège, mal à l'aise, je réponds :

— Ander, je ne suis absolument pas au courant de ça, et je

te jure sur ma vie que ça n'a pas été coordonné sous mes ordres. (Un grondement résonne dans ma poitrine, et mes poings se serrent.) Ce que Mad et Caspian ont fait, ils l'ont décidé de leur propre volonté. Jamais je ne compromettrais notre partenariat de cette façon.

Ses yeux dorés me transpercent et je redresse les épaules.

– Quel avantage aurais-je à te voler ? souligné-je.

Je réalise soudain que Mad doit chercher un moyen d'immuniser les Loups Cendrés contre les Infectés, étant donné que X-Clan ne sont pas affectés. Il doit penser que la solution se trouve dans ce sérum. Cela fait des années que nous parlons d'essayer de trouver un remède.

*L'enfoiré !* Mais pourquoi ne m'en a-t-il pas parlé avant de tenter un coup pareil ?

– Je ne veux pas compromettre nos échanges, déclare Ander. Et je crois sincèrement que tu n'étais pas au courant de leurs agissements.

– Je vais m'occuper personnellement de ce problème, et je te rendrai le sérum. Tu as ma parole. Je suppose qu'eux deux ont déjà quitté votre enceinte ?

Je suis tellement furieux que ma peau me brûle.

Il hoche la tête et nous continuons de discuter de la gravité de la situation, et de la façon de mieux sécuriser nos échanges à l'avenir. Je bous intérieurement, tout près d'exploser. Quand je mettrai la main sur ces deux-là, ils auront de la chance s'ils revoient la lumière du jour.

# CHAPITRE 15

## BARDHYL

La sueur coule dans mon dos à l'instant où j'entre dans la salle de bains. Des volutes de vapeur s'échappent du bassin et la première chose sur laquelle s'attarde mon regard, ce sont ces deux jeunes femmes Beta qui discutent dans un coin. Beaucoup se servent de cet endroit pour décompresser. Elles se font face, dans l'eau jusqu'au cou, et ce n'est que quand elles tournent la tête dans ma direction qu'elles s'inclinent.

Je n'ai aucun lien à nouer avec les femmes Beta. Elles ne sont pas compatibles avec les Alphas… tout se résume à un nœud. Leurs corps ne produisent pas les phéromones qui déclenchent le nœud, et le gonflement. Il y a quelque temps, Dušan m'a raconté une histoire barbare au sujet d'une femme Beta de notre meute, violée par un groupe d'Alphas. Ils avaient enfermé la fille de la femme dans la pièce, pour exciter l'Oméga en elle et leur permettre de nouer. Mais le truc, c'est que les Betas ne sont pas conçues pour le nœud de la même façon qu'une Oméga.

Après ça, la pauvre femme est morte, et sa fille, Daciana

n'a plus été que l'ombre d'elle-même. Dušan n'a pas eu d'autre choix que de l'envoyer au X-Clan, car il lui était absolument impossible d'accepter de vivre avec les Loups Cendrés après cette horrible épreuve. Dušan avait massacré les Alphas à mains nues quand il l'avait découvert. Et j'aurais fait la même chose, mais j'aurais pris mon temps, pour qu'ils ressentent bien toutes les atroces douleurs.

D'après ce que j'en sais, Daciana est plutôt satisfaite de sa nouvelle vie dans la meute d'Ander maintenant.

En passant devant le bain, je croise le regard de Lucien, de l'autre côté de la pièce. Il est adossé au mur de briques, mais se redresse à mon approche.

— Tu reviens te baigner avec les femmes ? plaisante-t-il, tandis que nous échangeons une tape amicale sur l'épaule.

— Peut-être que je reviendrai quand les Omégas se baigneront.

Je souris, et lui adresse un clin d'œil. Jusqu'à ce que les Omégas trouvent leur partenaire, rien ne les empêche de prendre du bon temps.

— Alors tu m'as pisté. Qui me cherche ? demande-t-il.

— C'est difficile de ne pas te pister, mon pote. Je la sens partout sur toi, et toute la meute parle de toi qui te tapes l'Oméga de Dušan dans les bois.

— Merde ! (Il se passe une main sur la bouche.) Donc je suppose que Dušan a demandé après moi ?

J'acquiesce.

— Mais va voir Mariana d'abord. Elle a les résultats sanguins que vous avez demandés pour Meira. Mad était dans son labo aussi, à étudier les résultats. Quand je l'ai questionné, il m'a dit d'aller me faire voir.

Lucien se raidit.

— Cet abruti est de retour ? crache Lucien. Dušan est au courant ?

— Bien sûr que non. Ce rat sournois est rentré sans avertir

personne. Je l'ai vu parce que je suis allé voir comment allait Mariana après le décès de sa mère.

– Bon sang, tout ce merdier va exploser, et Dušan va être furieux.

Lucien secoue la tête, et la fureur déforme ses traits. Son cou se tend, ainsi que le nerf sur sa tempe.

– D'accord, tu restes ici, et tu raccompagnes Meira à sa chambre quand elle a fini de prendre sa douche.

– Non, c'est toi qui y vas. Je prends le relais, dis-je.

Il m'adresse un signe de tête, et sort de la salle de bain. En vérité, Dušan a demandé à voir Lucien au sujet d'une conversation qu'il a eue avec l'Alpha du X-Clan. Je doute même que notre Alpha ait mis le nez hors de son bureau, ou discuté avec quiconque ce matin pour entendre les rumeurs qui courent. En vérité, je ne suis pas surpris, depuis que la petite rencontre que j'ai eue avec Meira m'a totalement fasciné. J'ai vraiment fait tout ce qui était en mon pouvoir pour résister à la tentation de revenir vers elle... À l'évidence, Lucien a échoué.

Au Danemark, il est commun pour une femme d'avoir plusieurs partenaires. La question est de savoir si Dušan est ouvert d'esprit à ce sujet, parce que, par ici, c'est plutôt inédit.

Un mouvement dans la salle de douche attire mon attention vers la porte qui s'ouvre. Meira en sort, habillée de vêtements propres, une robe violette pendue à son bras. Elle a dégagé ses cheveux humides de son visage. Un legging noir couvre ses superbes jambes musclées, et un haut moulant bleu au décolleté profond épouse toutes les courbes de ses seins parfaits.

Je ne dis pas un mot, j'attends que son regard croise le mien.

– Hé, Jolies Jambes !

Mon regard se porte sur la goutte d'eau qui tombe de ses cheveux et roule sur son épaule pour finir dans son décolleté.

Mon pouls bat furieusement dans mon cou, et mon entrejambe me fait souffrir.

– La dernière fois que je t'ai vu, tu m'as poussée dans une maison.

J'arque un sourcil.

– Tu es tombée à l'intérieur après m'avoir embrassé.

Ses joues déjà rosies se mettent à rougir, j'adore la voir ainsi et me demande si la couleur est identique quand elle fait l'amour. Cette pensée fait se tendre mon sexe dans mon pantalon.

Elle lève haut son menton, dents serrées.

– Où est Lucien ?

– T'es coincée avec moi, mon chou. Il a dû aller voir Dušan.

Ses yeux s'écarquillent, elle se raidit et ses lèvres s'écartent, mais aucune question n'en sort. Je sais exactement ce qu'elle veut me demander, mais les mots ne lui viennent pas.

– Viens. Je vais t'escorter à ta chambre.

Elle m'examine d'un regard perçant, puis me demande :

– Peut-être qu'on pourrait aller s'asseoir un peu dehors ? C'est étouffant de rester à l'intérieur par une si belle journée.

J'entends la peur dans sa voix.

– Bien sûr, réponds-je.

Je prends sa robe violette que je dépose dans un panier pour le lavage commun. Puis nous sortons de la salle de bains, et tournons à gauche dans le hall. Nous passons devant un couple dont les murmures nous parviennent.

– Elle est déjà avec un autre homme ?

Je secoue la tête devant les moulins à ragots dans cette colonie.

– Dušan est très possessif, mais c'est aussi un Alpha généreux, dis-je à Meira qui n'a pas eu l'air de remarquer le couple.

– Pourquoi tu me dis ça ? Il y a quelque chose dont tu veux me parler ?

Elle joue avec la pointe de ses longs cheveux bruns.

– Est-ce que *toi* tu as quelque chose à me dire ?

Elle ricane à moitié en me regardant, puis, au moment où nous atteignons une alcôve voûtée, elle se tourne rapidement vers moi.

– Tu es au courant, pas vrai ? À mon sujet, avec Dušan et Lucien. Je le vois à ce sourire que tu tentes de dissimuler. Alors, dis-moi... Est-ce que Dušan va faire du mal à Lucien ? Bon sang, tu sais forcément quelque chose. Tu dois me le dire.

Sa voix monte dans les tours et sa panique accélère mon pouls. Je lève les mains en l'air en signe de reddition, et lui adresse un petit sourire.

– Eh bien, je sais qu'une fois qu'un loup se lie à un autre loup, c'est pour la vie. Et je sais aussi que jusqu'à ce que tu subisses ta première transformation, aucun Alpha ne peut vraiment te marquer comme sienne, même si vous êtes des âmes sœurs, ni empêcher les autres d'essayer de te marquer comme leur partenaire de rut.

L'adrénaline bourdonne dans ma tête, en même temps que mon loup me presse pour être libéré. Il voit tellement de choses en Meira... J'avais espéré que mes premiers sentiments n'étaient qu'une attirance physique. Sauf que je n'avais jamais senti une telle intensité me faire frissonner à ce point.

Sa respiration est saccadée, elle la ressent aussi. Elle recule, choquée, les yeux écarquillés.

À la hâte, elle se précipite devant moi, prenant garde de ne pas me toucher. Je la rejoins devant l'entrée arrière de la forteresse, qui donne sur les bois de la colonie.

Avant que nous ne tournions dans cette direction, un cri déchirant fend l'air.

Meira tressaille, et se cogne à moi. Je referme mon bras autour de sa taille, la tiens serrée contre moi.

Puis une explosion de cris, suivis de ce qui ressemble à

une débandade, étouffe tous les sons. Mon cœur me remonte à la gorge. Deux mâles Beta surgissent de la porte voûtée, effrayés.

J'ai un rush d'adrénaline, et me tourne vers Meira.

– Cours à l'étage jusqu'à ta chambre. Enferme-toi, et n'en sors pas.

Elle tremble.

– Qu'est-ce qui se passe ?

– C'est ce que je vais découvrir. File !

Je la fais pivoter par les épaules, et la pousse vers l'escalier. Elle agrippe la rambarde métallique et se précipite dans l'escalier, me jetant par-dessus l'épaule un regard apeuré.

– Je reviendrais te chercher. Va-t'en ! hurlé-je.

Elle se retourne et fonce à l'étage, pendant que je me rue dehors pour comprendre ce qui se passe.

*Meira*

La panique me martèle la poitrine. Je connais cette manœuvre. Je l'ai vue bien trop de fois, et je ne crains pas pour ma vie. J'ai peur pour cette meute, et pour les Alphas auxquels je ne parviens pas à résister.

Je m'arrête brutalement au milieu des marches et fais demi-tour, sans trouver trace de Bardhyl. Il est parti.

Des hurlements terrifiants éclatent au-dehors, accompagnés de cris et de ces grognements qui me hérissent le poil, et que je ne connais que trop bien. Un total tohu-bohu fracasse mon monde.

Je m'accroche à la rambarde, jambes tremblantes. Le sang quitte mon visage, parce que nous sommes supposés être en sécurité dans cette meute. Les hauts murs métalliques, les

Alphas puissants, les gardes armés. Bon sang, ils m'avaient promis la sécurité !

*Ça ne peut pas encore arriver... je vous en supplie, pas encore.*

Je dois bouger, mais durant quelques secondes, je suis paralysée, car je me souviens d'avoir perdu ma mère, du massacre dans la colonie, et de tous ces corps.

Mon cœur se serre sous le coup d'une douleur atroce, mes yeux se remplissent de larmes tandis que chaque parcelle de chagrin que je conservais me déchire le cœur.

Je ne parviens qu'à visualiser Maman sur le sol, du sang jaillissant de l'énorme entaille à sa gorge. Mes joues ruissellent de larmes brûlantes, et, rageuse, je les essuie de mes doigts.

*Vite et sans bruit.*

Mais je ne me cacherai pas.

Avant de changer d'avis, je dévale les escaliers, et me précipite dehors. Les bois internes à la colonie sont juste devant la porte.

Des métamorphes se battent pour leur vie parmi les arbres, des loups sous leur forme animale. Sur ma gauche, la clôture est éventrée, comme si quelque chose avait foncé au travers.

Les morts-vivants se déversent dans la colonie à une telle rapidité que j'en ai le tournis – rien n'arrête les Infectés. Haillons déchirés, peau abîmée, blessures mortelles, membres arrachés – rien n'arrête les Infectés.

Le froid m'envahit, et j'arrive à peine à respirer. Mes mains tremblantes agrippent mon ventre, empoignent le tissu de mon t-shirt, et le tordent sous le coup de la terreur.

Une femme tombe à genoux devant moi, et un mort-vivant décharné se précipite sur elle.

Mon cœur fibrille et l'instinct prend le dessus. Je me précipite et arrache une branche du sol, puis la balance sauvagement à la face de la créature avant qu'elle n'ait le temps de mordre la femme.

La chose titube en arrière, laissant à sa victime le temps de s'enfuir. Pour faire bonne mesure, j'abats le bâton dans la figure de la créature, encore et encore, avant de l'y enfoncer, lui crevant l'œil et atteignant le cerveau. Ça fait comme un bruit d'éclaboussure, quand le Monstre de l'Ombre tait et s'effondre. Je m'éloigne en titubant de la créature vraiment morte maintenant, ravalant la boule qui s'est formée dans ma gorge.

Je m'enfonce en courant dans la forêt, et j'aide ceux que je vois en difficulté du mieux que je peux : avec des pierres pour écraser la tête des morts-vivants, des branches, n'importe quoi pour mener ce combat.

Un hurlement déchirant éclate, et je tressaille en voyant Bardhyl arracher sa chemise, son corps se transformant déjà pour prendre la forme du plus grand loup que j'aie jamais vu. Il a une fourrure blanche, et des oreilles à pointes noires, il est magnifique quand il lève la tête pour pousser un hurlement.

Un homme sans lèvres, au bras gangrené, se précipite derrière lui, mais Bardhyl se retourne en un clin d'œil et balance sa patte massive sur le monstre, lui déchiquetant le torse jusqu'aux os. Un autre coup de patte, et c'est sa tête qui est arrachée. La créature sans tête s'effondre et se tortille, la moitié de sa cage thoracique brisée offerte à la vue.

Un autre Monstre de l'Ombre, traînant derrière lui ses entrailles, s'élance vers l'Alpha. Je vais être malade, mais je fonce malgré tout pour contrer l'attaque, plongeant mes mains dans le torse osseux au moment où il atteint Bardhyl. Je le fais tomber au sol dans l'élan, et martèle sa tête à l'aide de ma pierre, encore et encore, son sang et ses entrailles se répandant partout.

Je m'écarte de lui, nauséeuse devant cette vision d'horreur, et respire à grandes goulées. Bardhyl me frôle, ses yeux plissés, et je vois de la résignation dans son regard, il sait qu'il faut attaquer notre ennemi. Puis il s'élance vers une horde de morts-vivants qui arrivent.

Je ne perds pas un instant, et fonce vers le trou dans la clôture, pour essayer d'une façon ou d'une autre d'empêcher que d'autres pénètrent dans la colonie.

Je passe devant les morts-vivants, et me précipite entre les arbres, dépassant les métamorphes qui se battent.

La clôture, tordue et déformée, est pliée vers l'avant : il est clair qu'elle a été enfoncée par un véhicule.

Quelqu'un m'agrippe le poignet et m'attire à lui agressivement – mon cœur s'emballe.

Je lève la pierre tachée de sang au-dessus de ma tête tout en trébuchant pour reprendre mon équilibre – fais face à un Alpha aux cheveux blancs, celui de l'avion duquel je me suis échappée il y a des semaines.

– Mad ! haleté-je.

*Mais que fait-il ici ?*

Il me frappe le dos de la main, et ma pierre m'échappe.

– Alors finalement, Dušan t'a trouvée.

Il hume l'air puis sourit, respirant les odeurs des Alphas sur moi. Tu n'as pas perdu ton temps, hein, pétasse ?

Je lui balance mon poing dans le torse, puis une claque de ma main libre, mes ongles écorchant sa joue, éraflant sa peau.

La fureur tord ses traits en une pure laideur. Il balance son poing qui atterrit sur le côté de ma tête.

Mes jambes se dérobent et je tombe au sol ; mon visage n'est plus qu'une explosion de douleur qui se répercute dans mon crâne. Tenant le côté blessé de ma tête, je souffre le martyre.

Il m'attrape par les cheveux et me hisse sur mes pieds. Je tire à mon tour sur mes cheveux, en sens inverse, pour stopper la douleur. Des larmes coulent sur mon visage. Le poing serré dans mes cheveux, il me secoue violemment la tête, le visage collé au mien. Ses yeux bleu glacier me transpercent de leur venin.

– Je sais ce qu'il y a dans ton sang, pourquoi les Infectés ne te touchent pas. Tes tests sanguins révèlent tout. (Il me crache les mots à la figure.) Mais je ne peux pas te laisser ruiner mes plans, Meira. Je ne peux absolument pas te laisser faire.

Il saisit ma mâchoire dans sa main, et serre. Je gémis de douleur, et de peur de ce que cet Alpha pourrait me faire. Ce regard avide qu'il me jette, c'est la raison pour laquelle je ne veux pas que quiconque découvre la vérité. Pourquoi je ne dis à personne que je suis immunisée contre les morts-vivants.

Quelqu'un me tape dans le dos, et je suis projetée contre Mad. L'espace d'un instant, sa prise glisse. Je repousse son torse des deux mains et le fais chanceler.

Je pivote sur mes talons, et me catapulte vers le flot de morts-vivants. Mad se relève en se retournant, et ses yeux crachent de la haine, les poings serrés, mais comme les morts-vivants se tournent vers lui, il bat en retraite et se met à courir.

Le besoin de m'échapper palpite dans mon crâne. Je ne serai jamais en sécurité ici, pas avec des loups comme lui, qui me voit comme une opportunité une fois mon secret découvert.

Les paroles de Lucien me traversent l'esprit : « *Si un tel remède existait, la bataille pour mettre la main dessus se terminerait en bain de sang.* » Il avait raison. Les loups tueront pour me mettre la main dessus...

Je me maudis, et me frappe la tête de la paume. *Idiote. Idiote. Idiote.*

Pourquoi me suis-je autorisée à penser que cet endroit pourrait être différent ? Pourquoi me suis-je rapprochée des Alphas ?

Mes pieds sont déjà en train de reculer vers la clôture brisée derrière moi. Mon cœur se brise lentement.

Ces morts-vivants, la cause de l'horrible état du monde, passent devant moi, me sauvant sans le savoir.

Je lève les yeux vers la bataille, et vois Dušan et Lucien qui me fixent depuis la porte de la forteresse. Ils me voient traverser la marée d'ennemis sans être attaquée.

Une armée de morts-vivants se faufile entre nous, d'autres entrent dans la colonie, passant devant moi.

Et les Alphas le voient maintenant. Ils le voient, mon véritable secret. Celui qui fera de moi un rat de laboratoire.

L'adrénaline se rue dans mes veines, et la nausée assombrit mes esprits.

Je ne peux pas être ici. Je ne peux pas amener la guerre dans leur foyer.

Mon cœur se brise en mille morceaux, partagé entre l'envie de m'échapper pour que leur meute n'entre pas en guerre, ou de rester pour les aider à sauver la colonie.

Ma gorge se serre et le lien que j'ai avec les Alphas me manque déjà. J'ai soif de notre intimité. J'adore que Dušan ait fait de son mieux pour me protéger. Ma tête oscille entre deux directions.

Je frissonne en repérant Mad qui m'observe depuis un balcon de la forteresse… C'est une sangsue cancéreuse, et je sais qu'il fera tout pour me détruire, même si ça implique de détruire la meute.

Je me redresse, et tourne les talons pour m'enfuir de la colonie. C'est ce que j'aurais dû faire à l'instant où je suis arrivée ici.

– Meira ! La voix de Dušan s'estompe dans mon dos.

Je ne peux pas rester là. Je ne peux pas risquer qu'ils perdent tout. Les Alphas sont forts. Ils se battront à coups de griffes et de dents.

La douleur de les laisser derrière moi me presse le cœur, mais je m'enfuis malgré tout. Je n'arrêterai jamais.

*Vite et sans bruit.*

*Dušan*

Elle est partie, et tout ce que j'ai vu dans avant qu'elle s'en aille, c'est la peur dans ses yeux. Les Infectés sont passés devant elle comme si elle n'existait pas. Je m'élance, mais Lucien m'attrape par le bras et me retient.

— Dušan, j'ai eu les résultats sanguins de Meira, ceux de l'échantillon que j'ai réussi à lui prélever à son arrivée.

Lucien s'étouffe sur ces mots.

— Et ? balancé-je, incapable de m'empêcher de scruter les bois.

J'ai besoin qu'on me remette les idées en place. Je dois me battre pour mes loups. Ça peut attendre. Mais je ne peux pas perdre Meira. Ma respiration se fait hachée.

— Merde, contente-toi de m'écouter, rien qu'une seconde. (Il prend une grande respiration.) Meira a une leucémie. Et elle se propage à travers sa forme humaine. Mariana dit que sa maladie, mélangée à son côté louve, l'immunise contre les Infectés.

Je secoue la tête, essayant de bien comprendre ses paroles, puis je me tourne vers mon Troisième. Je la sens partout sur lui, et je serre les poings. Ma fureur m'empêche d'avoir les idées claires.

— Et alors, quoi ? Son sang malade est immunisé contre les morts-vivants ? Elle est le remède dont tout le monde rêve, et qui pourrait aider toute notre meute ? Une solution qui pourrait amener la guerre à nos portes quand tout le monde apprendra son existence ?

— Oui. Mais il y a un problème.

Je déglutis avec difficulté, et grogne.

— Qu'est-ce qui pourrait bien pire ?

— La leucémie se répand rapidement dans son corps

humain, et il ne lui reste plus beaucoup de temps avant que son corps ne meure. C'est alors sa bête sortira.

Il me fixe, et nous pensons tous deux à la même chose, avant même qu'il ne la formule à voix haute :

– Il ne restera plus rien d'elle.

Mon cœur se brise en deux, et le monde s'estompe autour de moi. Toutes les émotions me percutent en même temps : colère, frustration, peur, chagrin. Elles me saisissent, me déchirent les entrailles pendant que les paroles de Lucien résonnent en boucle dans ma tête. Le désordre qui va s'ensuivre, ajouté au retour de Mad, et à la rupture fortuite de notre clôture, tout cela combiné me fait bouillir le sang.

– Il lui reste combien de temps ?

Je serre mes poings plus fort, et mes jointures blanchissent.

– Une semaine ou deux, tout au plus, d'après Mariana. Je suis surpris qu'elle ait survécu aussi longtemps, dit-il d'une voix tendue.

Le silence s'installe entre nous. Je ne pense qu'au désir dans mon cœur, ce désir intense qui me rappelle qu'elle est destinée à être l'une d'entre nous.

Et elle s'est enfuie parce qu'elle savait qu'on avait découvert son secret.

*Putain de merde, Meira. Pourquoi t'enfuir ? Aucun secret ne pourrait nous empêcher de te désirer.*

– Enfoiré ! (Un hurlement s'échappe de ma gorge.) Lucien, massacrons tous ces enfoirés d'Infectés. Ensuite, nous irons revendiquer notre partenaire.

Les yeux de Lucien s'agrandissent sous le coup de la surprise, mais il acquiesce.

– On est ensemble sur ce coup.

Un cri terrifiant retentit dans l'air, et nous nous précipitons tous les deux dans sa direction. Devant nous, le nombre grandissant de morts-vivants est terrifiant... Je n'en ai jamais vu autant près de notre colonie. Les loups courent dans toutes les directions. Le chaos déferle sur notre foyer.

Des frissons me montent à la tête, et je prie la lune de vivre pour voir un nouveau jour se lever. Avec un regard vers Lucien, nous plongeons tous deux dans la bataille.

# ATTIRÉE PAR LES LOUPS

## LES LOUPS CENDRÉS

# ATTIRÉE PAR LES LOUPS

**Ce n'est qu'une question de temps avant que je ne les détruise tous...**

Une louve enragée et assoiffée de sang n'est pas la seule chose mortelle en moi. Alors je dois faire ce que j'ai toujours fait de mieux. Courir.

La seule solution à présent, c'est de quitter mes Alphas, et le tout premier sentiment amoureux que j'aie jamais ressenti.

Et même quand le Destin s'en mêle et nous rassemble tous, y compris un nouvel Alpha sexy, qui a ses propres problèmes, je ne peux pas rester. Même si ça me tue de partir.

La douleur d'être loin d'eux va littéralement me tuer, mais peu importe ce qu'il advient de moi, je ne peux pas leur faire payer ma faiblesse.

Je ne peux pas me sauver moi-même, mais je peux les sauver, eux. Je peux les empêcher de voir ce que je vais devenir...

Mais mes Alphas dominants sont de très bons chasseurs, et je ne suis qu'une faible proie... et ils sont déterminés à me garder. Quoi qu'il en coûte.

# CHAPITRE 1

MEIRA

— Ne pleure pas. Ne t'avise pas de pleurer ! marmonné-je à voix basse.

Mais un sanglot reste coincé dans ma gorge et mes entrailles se déchirent en lambeaux, terrassées par le chagrin.

Je cours à travers la forêt pour sauver ma vie, sautant par-dessus des troncs d'arbres morts, plongeant sous les branches basses, sans jamais m'arrêter. Des hurlements et grognements résonnent dans la forêt derrière moi, et je ne peux cesser de trembler.

Je ne pense qu'à mes Alphas. Les deux hommes auxquels je me suis offerte, qui m'ont protégée, qui m'ont marquée. Et maintenant, je les fuis. Mais je n'ai pas le choix... parce qu'ils connaissent la vérité.

J'essaie d'effacer les images du carnage entre les Loups Cendrés et les Monstres de l'Ombre, mais elles sont ancrées dans mon esprit. Je me rappelle que je suis immunisée contre les infectés qui ravagent ce monde, et que rester avec les Loups Cendrés ne peut qu'amener la guerre à leur porte. Chaque loup métamorphe voudra se battre pour me revendiquer, croyant que d'une façon ou d'une autre, je pourrais le rendre résistant au virus. Je ne sais même pas si c'est vrai, mais cela n'empêchera pas les loups d'essayer. Le désespoir mène tout le monde à la folie.

Je me souviens de Lucien disant : « *Si un tel remède existait, la bataille se terminerait en bain de sang.* » Il a raison... et je refuse d'être responsable d'avoir déclenché une guerre parmi les loups. Cela n'aide pas que je sois mi-humaine, mi-louve, et que je n'aie pas encore fait ma foutue première transformation en louve. Même pas après avoir été marquée par deux Alphas, avec qui je me suis aussi accouplée.

Cela fait de moi un handicap. Si ma louve décide de se montrer, elle me déchirera, me tuera, et ensuite, elle assassinera tous ceux qui se trouveront sur son passage. Pour ces deux raisons, je m'enfuis, afin d'épargner à tous les atrocités que je pourrais ramener dans leur foyer. Ma fuite leur offre l'opportunité de m'oublier, et peu importe que la peur m'enserre la gorge à l'idée de ne plus jamais revoir mes Alphas.

Mes yeux s'emplissent de larmes, et je frissonne.

*Je fais ce qu'il faut faire.*

À l'intérieur, je me sens comme une merde de m'enfuir, mais je sais aussi reconnaître une opportunité de sauver des vies quand j'en vois une. Je n'appartiens pas à cette meute. Mon cœur a beau se briser en signe de protestation, il faut que je me montre intelligente, et que je réfléchisse aux conséquences de mes actes. Le nœud au creux de ma poitrine se resserre, je laisse couler mes larmes et mon souffle se transforme en cris étouffés.

Un océan de morts-vivants se déverse sur la forteresse de Dušan. Une brèche s'est ouverte dans le mur, et maintenant les monstres envahissent son enceinte. Mes tripes se tordent à l'idée de la mort de ces innocents, mais les Loups Cendrés sont les enfoirés les plus coriaces que j'ai jamais rencontrés. Si quelqu'un peut survivre à un tel assaut, c'est bien eux.

Des grognements sauvages éclatent dans ces bois normalement silencieux.

J'ai l'impression que ma poitrine s'ouvre et saigne à la souffrance de m'être esquivée. Une soudaine poussée de douleur me traverse le corps, s'intensifiant à chaque respiration. Sauf que je peux pas me permettre d'être malade, pas ici, pas maintenant ; alors je lutte pour surmonter cette douleur lancinante.

Chaque souffle rauque me coûte, mais je continue de courir, même si j'ai l'impression de n'être plus que du verre brisé.

Des infectés efflanqués me percutent, dans leur frénésie à atteindre la meute de loups. Je me fraie un chemin à coup d'épaule parmi eux, les repoussant sur les côtés, puis je ramasse une grosse branche, grimaçant à cause de la douleur qui me perfore le flanc. Mais je ne perds pas un instant. Avec elle, j'abats quelques créatures, les frappe au visage, les fais tomber sur le dos. Puis j'enfonce la branche dans des cerveaux mous et spongieux, et le bruit gluant me donne la nausée. J'en détruis une demi-douzaine, avant que le groupe qui se dirige vers la meute ne disparaisse derrière moi. Je laisse tomber ma branche, couverte de substance gluante et de sang, et fonce droit devant moi.

J'entends résonner des hurlements et des cris de guerre, mais je ne regarde plus en arrière. Les Loups Cendrés font partie de mon passé, et je ne peux qu'aller de l'avant. Ce sera ma seule façon de survivre, même avec le cœur brisé. Ce n'est pas le moment d'avoir des états d'âme. Je dois être forte et rationnelle dans chacune de mes actions.

Mes poumons douloureux réclament de l'oxygène quand j'atteins les sous-bois. Je reprends mon souffle près d'un chêne immense, les mains sur les genoux, penchée en avant, aspirant de grandes goulées d'air. J'ai la respiration sifflante, je suis trempée de sueur, tous mes muscles tremblent. Je serre fort les paupières, sentant les larmes monter, et je m'entoure de mes bras, trébuchant sur l'arbre dans mon dos.

Je repasse le temps passé avec les Alphas dans mon esprit, et les souvenirs ne cessent d'affluer. J'ouvre les yeux sur les arbres et les buissons qui m'entourent ; les bruits de la guerre ont laissé place à un silence total, troublé seulement par le cri occasionnel d'un oiseau. Aucune odeur de loup ni d'infecté. Malgré tout, la culpabilité de ne pas les avoir aidés plus pèse lourdement sur mes épaules.

« *Aider les autres est une faiblesse* » avait dit une femme avec qui j'avais partagé une grotte autrefois. « *Quand le danger arrive, tu fuis. Prends soin de toi, car personne d'autre ne le fera.* »

J'entoure mon ventre de mes bras, me rappelant le regard persistant de Lucien quand il m'avait parlé de son passé, quand il m'avait serré si fort contre lui que le désir m'avait coupé le souffle. Dušan m'avait fait ressentir des choses que personne d'autre ne m'avait jamais fait ressentir, et m'avait promis de me protéger.

Je m'étais laissée aller à les croire, mais je me trompais, et je les trompais aussi. Maman avait l'habitude de dire que les promesses ne sont que des déceptions en attente.

Je prends de profondes inspirations, et reste sans bouger assez longtemps pour me remplir les poumons. Je suis épuisée de toutes ces pensées, et ne peux pas me permettre de les laisser m'obnubiler ; alors je redresse les épaules et me fais la promesse de tout oublier. Comme je l'ai déjà fait avec tout le reste de ma vie.

Sauf que j'ai la gorge serrée, et que des larmes me brûlent les yeux. Je les chasse d'un battement de paupières, et contemple une pierre en face de moi, qui brille sous l'éclat du soleil. Je distingue tout, la moindre fissure... chaque fourmi qui s'en échappe. Je me frotte les bras, me rappelant à quel point j'ai été proche de me transformer... et combien je sens encore ma louve remuer en moi. Mais je ne parviens pas à la convaincre de faire son apparition, même avec l'aide des Alphas.

*Je n'ai besoin de personne.* Je n'arrête pas de me le répéter comme un mantra, espérant que l'idée finisse par m'imprégner. Je m'écarte de l'arbre et m'élance à petites foulées, mettant encore un peu plus de distance entre eux et moi... *Vite et sans bruit.*

Le reste de la journée, je reste en mouvement, sans savoir où je vais aboutir. Mais cela n'a aucune importance, du moment que c'est aussi éloigné que possible des loups. J'ai vécu sans eux jusqu'à présent, et je peux continuer de la sorte.

Mon cœur bat la chamade rien qu'à cette idée.

Au moment où le ciel s'assombrit à l'approche du soir, je chancelle, à peine capable de tenir debout, et m'arrête près d'une rivière. Je ne reconnais pas l'endroit, et j'ignore à quelle distance je me trouve de là où je vivais auparavant. Cet endroit que j'avais repéré, où je savais que je serais à l'abri des loups sauvages. Mais ici, je suis une cible facile.

Je tombe à genoux devant la rivière, et je m'asperge le visage, avant de boire.

Une branche craque sur la rive opposée, et je relève brusquement la tête, figée sur place. Mais ce n'est qu'une infectée qui titube. Une jeune fille, elle doit avoir treize ans, et porte des haillons, et une seule chaussure. Ses tresses sont emmêlées, souillées de taches sombres. Les yeux sans vie, elle s'attarde sur place, comme si elle essayait de sentir où se trouve son prochain repas. Un animal, un humain, un loup métamorphe. C'est du pareil au même pour elle. Mais on n'entend que le cri d'un oiseau dans ces bois.

Son regard me traverse comme si j'étais comme elle, indétectable, inexistante. Je me relève et balaie la poussière sur les genoux de mon legging noir. De l'eau macule mon cache-cœur bleu.

Je scrute les arbres en quête du meilleur endroit où

dormir. Là-haut, je suis à l'abri des loups sauvages, et des autres créatures qui rôdent la nuit dans les bois. Je n'ai pas d'armes pour me défendre, alors je bouge vite, je n'ai pas de temps à perdre. Je me lance dans l'escalade, je m'aide de l'écorce rugueuse et des branches basses pour grimper le long du tronc d'arbre, jusqu'à atteindre une plateforme naturelle formée par trois branches. À au moins six mètres du sol, je m'assieds, dos contre le tronc, et je plie mes jambes devant moi. Ce n'est pas le meilleur endroit, mais ça fera l'affaire. J'ai survécu cinq ans toute seule, je peux le refaire.

*Respire profondément,* me rappelé-je, et je repense à la dernière fois où j'ai escaladé un arbre pour me protéger... C'était la fois où Dušan m'avait trouvée dans la forêt, quand j'aurais dû fuir et ne pas le laisser entrer dans ma vie. Même mes os tremblent à ce souvenir de lui si près de moi, sa présence et son odeur qui m'engloutissent, qui me revendiquent avant qu'il ne m'ait marquée.

Je porte la main à ma nuque, à l'endroit où il m'a mordue. La peau est lisse maintenant, mais la chair est sensible sous mes doigts.

Après tout ce que j'ai traversé (voir ma maman se faire dévorer par les infectés, me battre contre des loups sauvages, et être enlevée), j'ai eu le tort de penser que j'avais peut-être trouvé mes partenaires.

Parce qu'il n'y a rien de tel pour moi.

# CHAPITRE 2

## DUŠAN

*P*utain d'enfoiré... Je lâche un grognement qui résonne sur le terrain, mais n'arrête pas l'assaut des infectés. Des choses mortes et dégoûtantes, incapables de penser mais toujours affamées de chair et de sang, s'infiltrent par le mur brisé dans la cour de ma meute.

Dans mon corps de loup, je plonge sur deux de ces bâtards, l'esprit embrumé. À quatre pattes, je charge tête la première, percute la poitrine de l'un d'eux, le jette sur le côté, puis me retourne, dents découvertes, pour affronter l'autre monstre. Je mords dans sa jambe et la déchiquète. Les bruits de lapements résonnent comme un chant de guerre autour de nous.

Tout le monde se battra jusqu'à ce que nous ayons éliminé tous ces foutus morts-vivants. Sur la terrasse de notre forteresse, des gardes armés descendent les morts-vivants l'un après l'autre. *Bang. Bang. Bang.* Ils déciment le troupeau autant qu'ils le peuvent.

Je saute d'une créature à l'autre et j'en abats le plus possible, déchirant celles qui s'acharnent sur les loups vaincus. Les hurlements, c'est ce qu'il y a de pire, mais Lucien est avec moi et nous combattons ensemble, comme une machine bien huilée. Nous avons déjà été en guerre contre ces monstres, et nous nous battons côte à côte depuis que notre enfance.

Le monde est foutu. Mais nous nous sommes adaptés, nous sommes devenus des tueurs, il le fallait. Je ne ressens rien d'autre que de la haine ; tout le reste s'engourdit.

Bardhyl se jette dans la mêlée, le pelage blanc comme neige, chargeant depuis le côté de la maison. C'est un vrai char d'assaut, il abat une demi-douzaine de créatures d'un seul mouvement. C'est le plus terrifiant bâtard que je connaisse. C'est pour ça que je le garde auprès de moi.

Lucien émet un formidable grognement, et rien ne peut l'arrêter une fois qu'il est lancé dans la bataille. Des corps jonchent le sol autour de nous, des membres tressautent, des yeux clignent sur des têtes décapitées. Mais plus rien ne m'effraie.

Les loups combattent côte à côte et je déchiquette les créatures, les laisse en vrac dans mon sillage. Un hurlement déchire l'air. Je tourne la tête dans sa direction, sur ma droite, les babines retroussées sur mes crocs. Deux infectés clouent une louve au sol et la mordent, arrachent sa chair.

La fureur me dévore, et je vole, plus que je ne cours, droit sur eux. Je bondis sur l'un d'eux, plonge mes dents dans son dos, arrachant de la chair et des os. Dans ma tête, tout ce que je vois, c'est Meira qui se fait attaquer. Elle est dehors, quelque part, et je dois la retrouver avant qu'il ne soit trop tard.

Espèce d'idiote... elle n'aurait jamais dû s'enfuir.

Mais elle avait tellement de secrets bien cachés, n'est-ce pas ?

D'une, elle a une leucémie, et son corps humain est en train de mourir. Mais je doute qu'elle le sache.

De deux, Meira est immunisée contre les zombies, à cause de sa maladie de sang. Je ne crois pas que son sang puisse servir de remède, et pourtant elle fuit parce qu'elle pense que tout le monde la pourchassera pour cette raison.

*Merde !* Quand je l'attraperai, je vais lui fesser fort son petit cul ferme.

Je me jette sur le second infecté, mes dents se referment sur son cou et je le décapite, fou de rage.

Je baisse les yeux sur la louve et la reconnais : une nouvelle Beta qui vient juste de trouver son âme sœur. Elle gît par terre et j'entends gargouiller le sang qui s'écoule des bords de ses lèvres. Ses yeux, déjà vitreux, scrutent le ciel. Je ne peux rien faire pour elle. Une fois morte, elle se réveillera, elle sera l'un d'entre eux. C'est de cette façon que le virus survit et qu'il s'est propagé jusqu'à infecter toute la planète. La Terre n'est plus que l'ombre de ce qu'elle a été.

Il ne reste plus rien. Rien d'autre que les créatures infectées par le virus et les survivants comme nous, qui essaient de bâtir un foyer au milieu de la destruction.

Quand la Beta s'apaise enfin, je referme la mâchoire autour de son cou et l'arrache d'un coup sec. Je ne réfléchis pas. Je fais simplement ce qui doit être fait. Mon cerveau reste sur pause pendant ces quelques instants, choisissant d'ignorer que ces images hanteront mes rêves pour les années à venir.

Mais en tant qu'Alpha, je ne peux pas tolérer que d'autres créatures soient générées. Et foutrement pas avec des loups de ma meute familiale.

Puis je replonge dans la bataille, oubliant tout sauf de détruire l'ennemi.

Nous nous battons.

Les morts-vivants tombent autant que les loups.

Je n'y prête pas attention, je continue de labourer les masses qui s'amenuisent.

Je fais volte-face à quatre pattes en quête de ma prochaine victime, et l'odeur puissante du sang envahit mes sens.

Tout ce que je vois, ce sont des loups debout, blessés et ensanglantés, et un sol jonché de morts-vivants.

Je respire par à-coups, refusant d'intégrer les petits détails.

Portant mon regard vers le mur écroulé, je ne vois aucun mort-vivant s'engouffrer dans la brèche. Je lève la tête vers le ciel et rappelle mon loup avec un hurlement à briser les oreilles, qui déchire l'air. Ma chair ondule et un courant électrique crépite en moi comme des étincelles. Ma fourrure noire se rétracte, mes os craquent, et je frémis sous le coup de la transformation qui m'écartèle en une fraction de seconde. Une explosion de douleur m'envahit, la souffrance est atroce mais j'y suis habitué maintenant. Nos transformations sont brutales.

Je me relève, et reste debout dans mon corps humain, dénudé, à contempler le chaos. Mon Troisième et mon Quatrième, Lucien et Bardhyl, reprennent aussi leurs formes humaines, comme le font les autres. Les cheveux blond pâle de Bardhyl flottent au vent sur ses larges épaules. Sa façon d'étudier le champ de bataille me fait penser à la première fois où je l'ai rencontré au Danemark, après qu'il eut massacré à lui seul une petite meute d'Alphas. Lucien aurait dû être mon frère, étant donné que nous sommes plus semblables qu'aucun de nous ne voudrait l'admettre. Il aide quelqu'un à se relever, puis regarde dans ma direction. Ses yeux de loup gris acier brillent au soleil, et il passe une main dans ses cheveux courts, couleur bois.

Puis les cris se multiplient autour de nous quand les loups se mettent à chercher leurs proches. J'ai mal aux tripes d'entendre leurs hurlements de chagrin.

Lucien enjambe un corps pour me rejoindre.

– Putain d'enfoirés d'infectés.

Il contemple le massacre, le visage déformé par la haine.

– Nous avons gagné. C'est tout ce qui compte, dis-je. Fais en sorte que les loups qui sont en état fassent le décompte de nos pertes, et assurez-vous qu'ils soient vraiment morts avant que leurs familles les emportent pour les enterrer. Emmène les infectés dans la montagne, aussi loin que possible, avant que leurs corps en décomposition ne pourrissent notre air.

Il hoche la tête et son attention se porte sur les morts ; il a le visage éclaboussé de sang.

— Bardhyl, appelé-je le loup Viking. Nous devons réparer le mur immédiatement. Veille à ce que ce soit fait.

Il se frappe la poitrine à deux reprises avec le poing, et se retourne brusquement vers le mur. Je fais confiance à mes hommes pour que les choses soient faites. Je me retourne vers les morts, et Lucien et moi nous mettons à la recherche de nos loups. Ils seront rendus à leurs familles afin de recevoir un adieu digne de ce nom.

Je repère un visage familier à quelques pas. C'est un jeune Alpha dont le cerveau a été fracassé ; ce brave soldat ne se transformera donc pas en créature.

*Bang !*

Le bruit derrière moi me fait tressaillir, et je lève la tête : je déteste être aussi nerveux. Les gardes s'assurent que tous les loups morts le resteront.

Nous nous mettons à ramasser les corps et nettoyer le carnage. Je ne saurais dire combien de temps cela dure, mais à la fin la nuit commence à tomber, et j'ai les muscles endoloris.

— Reposons-nous maintenant.

Lucien est derrière moi, le corps couvert de terre et de sang. Que le sang infecté pénètre notre système reste sans conséquence tant que nous ne mourons pas. À dire vrai, nous sommes probablement déjà tous infectés ; beaucoup pensent que ça s'est propagé dans l'air il y a bien longtemps. Et maintenant, le virus reste bien sagement en nous, jusqu'à ce que nous périssions et que nous nous réveillions.

Autour de nous, il ne reste que la terre maculée de sang. Les infectés ont été empilés sur des camions pour être éliminés demain, et les loups sont étendus dans le grand hall pour les cérémonies familiales.

J'ai tant de choses à faire que j'en ai le tournis, et c'est bien loin d'être terminé.

Je pense à Meira en regardant le mur qui borde ma cour, là où il a été détruit. Je n'arrête pas de la revoir en train de fuir, passer au travers des infectés, et son regard qui croise le mien, en état de choc.

Ce regard criait ses regrets, sa culpabilité et son chagrin – et pourtant elle est partie. Sauf qu'elle n'a jamais compris les règles de la meute sur le marquage et l'accouplement. Maintenant qu'elle a été marquée, plus loin elle sera de ses partenaires, plus elle ressentira de l'appréhension et une profonde douleur dans la poitrine. Le problème est que comme sa louve ne s'est pas encore montrée et ne m'a pas accepté ni moi ni Lucien comme ses véritables Alphas, elle est susceptible de subir d'autres attaques de loups. Sa chaleur moite va rendre d'autres Alphas complètement fous et les pousser à la revendiquer... et elle s'est enfuie seule.

– Nous devons la retrouver. La leucémie va s'emparer de son corps humain d'ici une semaine ou deux.

Lucien exprime mes pensées à voix haute.

Un profond grognement sourd dans ma poitrine. Putain, que je déteste cette bataille permanente. Quand ce n'est pas une chose, c'en est une autre.

– Nous irons la chercher ce soir, aboyé-je.

Il ne proteste pas parce qu'il sent comme moi cette douleur lancinante au creux de sa poitrine, d'être éloigné de sa partenaire marquée. J'arrive à peine à réaliser qu'il s'est accouplé avec mon Oméga, bien qu'il ne soit pas rare que des femelles choisissent plus d'un partenaire. Mais je laisse ces pensées de côté pour le moment.

– Aide Bardhyl et préparez-vous. Nous partons dans une heure, et prions la lune pour qu'il ne soit pas trop tard.

– Il y a quelque chose que tu dois savoir, commence Lucien.

Je secoue la tête : je ne suis pas prêt à entendre quoi que ce soit pour le moment. Je suis fatigué d'avoir sur moi l'odeur du sang des morts, et j'ai besoin de me remettre les idées en place pour comprendre comment tout cela est arrivé, avant de devoir gérer d'autres emmerdes.

*Meira*

Un cri déchire la nuit, m'arrachant à mon sommeil. Ma respiration se fait saccadée.

Je me balance sur le côté en ouvrant les yeux, et mon cœur fait un bond dans ma poitrine quand je commence à tomber de l'arbre. Frénétiquement, mon regard balaie les branches et je m'élance pour m'agripper à celle au-dessus de moi et me stabiliser. Il me faut quelques instants pour que mon cœur retrouve un rythme normal, ainsi que pour réaliser où je suis et pour quelle raison je m'y trouve. Les souvenirs m'écrasent à une vitesse incroyable tandis que je me remémore la folie que j'ai vécue. Mais ce que je déteste par-dessus tout, c'est la facilité déconcertante avec laquelle mon cœur se serre quand je pense à Lucien et Dušan. Je ne suis pas idiote, je sais que me marquer m'a fait quelque chose, nous a liés d'une façon ou d'une autre, mais je ne comprends pas les règles de ce jeu. La douleur lancinante dans ma poitrine finira-t-elle par s'estomper, ou me rendra-t-elle tellement dingue que je courrais les rejoindre ? Au temps pour moi qui prétends me débrouiller parfaitement bien toute seule. Même ici, ils ont un impact sur moi.

Un autre cri retentit dans l'air, et cette fois c'est clair, il vient de la rivière. C'est un cri de femme, ça j'en suis sûre. Je me raidis, et un reste de mon instinct de survie ressurgit.

Est-ce que la fille affronte un Alpha sauvage, ou un petit groupe d'entre eux ? Et si c'était une ruse de Mad pour me trouver ? Ou est-ce un leurre que Dušan utilise pour me leurrer, et me faire sortir de ma cachette ? Je n'arrête pas de penser aux derniers mots que Mad m'a dits avant que je ne m'enfuie :

– « *Je sais ce qu'il y a dans ton sang, pourquoi les infectés ne te touchent pas.* »

Ses mots me hantent. Ils s'accrochent à mon esprit comme des épines, me rappelant que, pour les loups, je ne serai toujours qu'une chose : une expérience de laboratoire.

Ce sont toutes d'excellentes raisons pour que je ne bouge pas de mon arbre. C'est de cette manière que j'ai survécu tant d'années, sans jamais me mêler des affaires d'autrui. Peut-être que cela fait de moi quelqu'un de lâche, mais je préfère penser que cela fait plutôt de moi quelqu'un d'intelligent.

Un autre cri encore, et cette fois je mords ma lèvre inférieure, car mon esprit se met à songer à des choses auxquelles il ne devrait pas. Comme envisager des façons de me faufiler en bas sans me faire repérer, juste pour voir ce qui se passe. Mais j'attends encore un peu...

Quand le cri suivant éclate, déchirant, il me fait bouger et je descends de mon arbre.

Je me rappelle qu'aider un peu m'aidera *sûrement* à apaiser la culpabilité qui me ronge les entrailles.

Je n'ai aucune idée de quand j'ai changé... l'ancien moi n'aurait jamais fait ça.

Mes pieds se posent doucement sur le sol herbeux, et comme personne ne fonce sur moi, je me glisse en avant et me faufile dans la nuit. J'espère que ce n'est pas une erreur.

Cachée dans un coin sombre sous un pin massif, je scrute la rivière où des ombres se déplacent.

Quelqu'un s'éloigne, tenant ce qui ressemble à une épée. Je plisse les yeux. Non, c'est une branche.

Je campe sur ma position, couchée au pied de l'arbre. Mon cœur fait des bonds, mais je suis aussi silencieuse que la nuit. En une fraction de seconde, la silhouette pivote et court dans ma direction, poursuivie par plusieurs autres. Je frissonne, mon cerveau fait des étincelles et m'ordonne de courir, mais je n'ose pas bouger.

La fille me dépasse en hurlant, trois Monstres de l'Ombre à ses trousses. Eh bien, sa première erreur a été de faire du bruit. Cela ne fait qu'attirer plus de ces choses.

Je respire profondément et m'accroupis, tâtant le sol. Je trouve une longue branche et la brise sur mon genou, afin d'obtenir une pointe effilée. Et je m'élance à la poursuite de la fille. La seule raison pour laquelle je l'aide, c'est que je me sens assez merdique comme ça d'avoir fui la meute, et parce que tout le monde a besoin d'un coup de main de temps en temps.

Je leur cours après, et j'atteins d'abord un mort-vivant plus petit que les autres ; je plante le bout pointu en plein dans sa nuque, avec férocité. La pointe fend la peau et s'enfonce profondément en lui. Le truc avec les infectés, c'est que leurs os et leurs corps sont beaucoup plus mous que ceux des êtres vivants, donc plus faciles à pénétrer.

La créature hurle, et tombe. J'arrache le bâton avec un bruit gluant, saute par-dessus lui, et cours après le second, plantant mon arme dans son dos. Un coup de pied à l'arrière des genoux, et le mort-vivant s'affale en avant, sur ses mains et ses genoux. Je plante mon pied sur sa colonne vertébrale et empoigne la branche toujours plantée dans son dos. Je l'enfonce à travers son corps mou jusque dans le sol meuble, le clouant sur place. Je ne sais pas s'il y restera mais je continue, cours après les hurlements de la fille, ramassant au passage une autre branche par terre. Elle est plus fine que la précédente et le bois paraît plus dur au toucher.

L'appréhension rampe le long de ma colonne. C'est une folie de ma part de courir en pleine nuit alors que rôdent d'autres prédateurs, y compris des loups sauvages. Mais elle fait assez de bruit pour réveiller toute la montagne.

Alors je me rue en avant, mais il fait tellement sombre que j'arrive à peine à distinguer mes propres mains. Mon pied accroche une racine et soudain je trébuche en avant, et mon pouls s'accélère sous le coup de la peur.

Je me heurte à quelqu'un, lui rentre dedans de plein fouet.

La panique me paralyse les poumons, et un cri s'échappe de ma gorge.

Mais quand le grognement guttural typique d'un infecté résonne dans la nuit, émis par la personne en dessous de moi, je me recule rapidement et plonge mon arme à l'arrière de sa tête, là où c'est le plus mou, encore et encore, tandis que la créature rue et se débat pour se dégager. Mais je ne cesse pas, même quand une substance humide me recouvre les mains.

Quand la créature fait silence, j'arrête enfin et reste assise là, chevauchant un infecté mort, haletante.

Je déteste tellement cette journée !

Je ne sais pas ce qui m'a pris, parce que je n'ai jamais réagi de cette façon auparavant, jamais agi d'une façon aussi agressive.

J'entends un reniflement au-dessus de moi, et je lève les yeux vers une forme sombre accroupie sous un énorme buisson.

– Ça va ? demandé-je. (Je me relève avant d'essuyer mes mains sur mon pantalon.) Je ne vais pas te faire de mal, je te le promets.

Lentement, je m'approche de la jeune fille qui sort de sous le buisson. Elle doit avoir treize ou quatorze ans... Bon sang, ce n'est qu'une enfant. Elle m'arrive à peine aux épaules.

Entendant des feuillages craquer derrière moi, je lui prends la main et la tire à mes côtés.

– Chut. Pas un mot. Vite et sans bruit, d'accord ?

Elle hoche la tête, et nous fonçons toutes deux vers l'arbre aux branches basses le plus proche que je puisse trouver. Je déglutis avec peine et l'aide à monter, poussant son derrière pour qu'elle grimpe plus vite. J'avais son âge quand j'ai perdu ma maman et que j'ai dû survivre seule dans ce monde. À cette pensée, un terrible chagrin s'abat sur moi, pour tout ce que j'ai perdu.

Plus que tout, je me languis de mes Alphas en cet instant, et j'ai tellement mal que j'ai l'impression que ma poitrine va se fendre en deux.

# CHAPITRE 3

## LUCIEN

Dušan fonce à travers le champ maculé de sang et disparaît dans l'enceinte de la forteresse. Tout est foutu, et d'une manière ou d'une autre, au milieu de tout ce chaos, Meira s'est enfuie. Je serre les dents et mon loup me fouaille les entrailles à l'idée de la laisser s'échapper. Elle est sans défense, malade, et tellement bornée qu'elle se fera tuer si nous ne la trouvons pas à temps. Alors nous devons tout régler ici rapidement, parce que j'ai besoin de la prendre de nouveau dans mes bras.

J'ai l'estomac noué à chaque fois que je pense à elle contre moi, à son parfum hypnotique, à cette marque qui nous lie. Mais ça ne veut plus rien dire si elle s'en va et se fait tuer. Il fallait juste qu'elle nous laisse l'occasion d'expliquer ce qu'ont donné ses analyses de sang ; au lieu de ça, elle s'est enfuie. J'ai envie de l'embrasser pour faire disparaître toute cette peur qu'elle garde enfouie en elle.

Cette idiote ne sait pas à quel point elle est malade, ni qu'elle est sur le fil du rasoir de la mort.

En ce qui me concerne, on répare le mur, et on rassure la meute, on trouve cette ordure de Mad, et on part en quête de

Meira. Je grogne, parce que la liste de choses à faire me semble interminable.

Et ce n'est pas un hasard si le Second de Dušan apparaît juste au moment où tout sombre dans le chaos. Il est allé rendre visite à la meute X-Clan à l'autre bout de l'Europe, car Dušan a passé un accord commercial avec eux. Mais nous avons récemment été informé par leur Alpha, Ander, que Mad a volé du sérum dans leur camp.

Les membres du X-Clan sont d'une race de loups différente des Loups Cendrés, et quelque chose dans leur système les immunise contre le sang des infectés. Ils ont un sérum qui ne fonctionne que sur leurs semblables.

Donc cet abruti de Mad a cru que c'était un sérum d'immunité, qu'il pourrait le reproduire, et l'utiliser pour lui. Sauf que le sérum n'a aucun effet sur les Loups Cendrés, et que ses actions ont mis en péril notre relation avec notre partenaire le plus puissant.

Dušan sait que j'ai envie d'arracher la tête de Mad, mais il protège cet enfoiré parce que c'est son demi-frère. Mais ça ne signifie pas qu'il n'est pas un salaud dangereux. Mad est responsable de toute cette merde qui est arrivée aujourd'hui. Je ne sais pas comment, mais je parierais ma vie dessus. Il n'a pas le regard franc. Bardhyl se moque de moi quand je le dis, mais on peut deviner les véritables intentions d'un loup dans ses yeux. Après tout, on dit qu'ils sont le reflet de l'âme.

Alors comment Mad a-t-il percé le mur de notre enceinte ? Je n'ai pas la réponse à cette question, donc je fonce à travers le terrain. Devant moi, le mur de pierre est effondré vers l'intérieur, comme si quelque chose l'avait défoncé depuis l'extérieur. Il en reste un grand pan intact, ce qui devrait nous aider à le remettre d'aplomb.

Je passe devant les membres de la meute qui ramassent les pierres et les gravats et pénètre dans les bois qui entourent notre camp. Les relents du sang de la bataille flottent encore dans l'air, rendant presque impossible la détection d'autres odeurs. Mais les traces de pneus qui lacèrent le terrain qui mène au mur sont un indice révélateur. C'est le seul endroit où s'ouvre une clairière, donc il serait facile d'amener un véhicule jusqu'ici, de le lancer à pleine vitesse contre le mur, puis de s'échapper rapidement avant que quiconque s'en aperçoive.

– Lucien ! mugit Bardhyl. Ramène ton cul par ici, et donne-nous un coup de main.

Je me retourne et le vois, lui et une douzaine de membres de la meute, debout devant le mur effondré, la plupart accroupis pour le soulever et le remettre en place.

– Bien sûr.

J'appuie mes mains sur la barricade de pierre et nous poussons cette maudite dalle vers le haut.

Je grogne et peine sous son poids, mais il ne nous faut pas longtemps pour remettre le mur en place. Il y a encore d'énormes brèches et fissures sur le mur brisé, mais rien qu'un bon rafistolage ne puisse régler.

Tout le monde court partout, à nettoyer le carnage et s'arranger pour que les familles puissent voir leurs défunts. Bardhyl se tourne vers moi, ses longs cheveux blonds et son front couverts de poussière. Il est un peu plus grand que moi, et il pourrait bien sortir tout droit de l'époque des Vikings. Ce loup est un guerrier dans l'âme, et il en a la carrure. Et il a aussi un succès fou auprès de toutes les femmes célibataires de la meute... et même celles qui ne le sont pas lui portent un peu trop d'attention. Et putain, il aime ça, mais n'est-ce pas normal ? C'est le Quatrième de Dušan et mon ami le plus proche, juste après Dušan justement.

Je lui fais un signe du menton pour qu'il me suive à l'abri des oreilles indiscrètes, et nous gagnons le milieu du champ, loin de tous.

– Est-ce que tu as vu Mad quelque part ? grommelle Bardhyl, tandis qu'il balaie du regard la cour autour de nous.

Je secoue la tête.

– Dušan ne sait même pas encore qu'il est de retour. Je n'ai pas eu l'occasion de le lui dire. Mais cet enfoiré ne doit pas être bien loin, et il aura de la chance si je ne lui brise pas le cou quand je l'attraperai.

– Je te propose qu'on le retrouve et qu'on l'enchaîne avant qu'il n'ait l'occasion de faire d'autres dégâts, grogne Bardhyl, les tendons de son cou pulsant sous le coup de la rage. (Il pose les yeux sur moi.) – Et Dušan m'a dit aussi que vous partiez à la recherche de Meira tous les deux. Je veux venir aussi. On capture Mad et on se met en route. Je connais ces bois comme ma poche, et je connais son odeur. On se sépare et chacun couvre une partie du terrain.

Il est mon égal, et je ne vois aucune objection à ce que plus d'entre nous se mettent à la recherche de Meira avant qu'il ne soit trop tard ; parce que ça me tue de savoir qu'elle est quelque part dehors, et que nous ne sommes pas encore partis d'ici. Mais je ne suis pas certain que Bardhyl ait bien réfléchi à la situation. Avec le retour de Mad, il faut que quelqu'un reste ici pour diriger la meute.

– Je connais ce regard, me lance-t-il. Mad n'a pas combattu à nos côtés, et à mes yeux, ça fait de lui un ennemi. On part à sa recherche maintenant, en commençant par l'intérieur de la forteresse. Jamais nous n'aurions dû lui faire confiance.

– Ce n'était pas le cas pour nous, mais Dušan…

Je laisse ma phrase en suspens, car rien n'est jamais tout blanc ou tout noir… Ce sont des demi-frères. Mad et Dušan sont une famille, ils ne peuvent plus compter que l'un sur l'autre, et ce genre de relation est très compliqué. Je respire fort, des pensées sombres me reviennent, datant de la mort de ma première partenaire, Cataline… Je me réveille toujours en sueur, et chaque fois je jurerais la sentir près de moi. Je m'étais promis de ne plus jamais aimer, mais le destin est imprévisible, ayant fait de Meira mon âme sœur aussi. Et ça me déchire de devoir faire face à ces émotions.

— Si nous procédons de cette façon, il faut agir vite, et attraper ce salaud, explique Bardhyl, me tirant de mes pensées.

Je serre les poings et mon cœur cogne dans ma poitrine à la promesse d'une chasse.

— Meira manque de temps, et nous pourrons affronter la colère de Dušan plus tard, s'il n'aime pas notre façon de gérer la situation avec Mad.

Mon ami acquiesce, et nous fonçons tous deux vers la forteresse.

*Dušan*

Nous avons perdu sept guerriers au cours de la bataille, notre maison a été compromise et la meute va être plongée dans la panique. Ils ne se sentent pas en sécurité, c'est mon boulot de les rassurer, et de faire en sorte que la forteresse demeure un endroit sûr.

Mais au plus profond de mes tripes, l'angoisse m'assaille. Quelqu'un nous a piégés, et je lui arracherai la tête quand je le retrouverai. Si on ajoute à ça le fait que Meira se soit enfuie, cette catastrophe n'aurait pu se produire à pire moment.

Je sors de la douche et m'essuie avec une serviette, puis j'enfile mon jean et une paire de bottes. Je cherche un t-shirt noir propre, que j'enfile par la tête.

Si je dois m'adresser à ma meute, et les aider à retrouver un peu de sérénité, je ne peux pas le faire en étant couvert de sang. Ils ont besoin de savoir qu'en dépit de la tragédie d'aujourd'hui, les choses vont s'améliorer. Il le faut. J'ai besoin d'y croire, parce que je ne peux pas foncer dans les bois à la recherche de Meira si je m'inquiète pour la sécurité de ma meute. Plus je tarde, plus loin elle ira, alors il faut que j'agisse vite.

Je sors de ma chambre et longe le couloir. J'avais prévu de travailler avec Meira, de trouver un moyen de faire sortir sa louve avant qu'il ne soit trop tard. Si elle pouvait se transformer, sa louve guérirait la maladie du sang qui ravage son côté humain.

Eh bien, on peut dire que ce plan a échoué misérablement. Rien que d'y penser, je serre les poings et mes muscles palpitent de frustration.

*Pourquoi t'enfuir, ma belle ?*

Du coin de l'œil, je remarque une silhouette sur le balcon en passant devant la porte. Je me retourne pour mieux regarder. Des cheveux blancs coupés courts. Il est tout de noir vêtu, et ses mains agrippent la rambarde alors qu'il contemple la cour en bas, où tout le monde travaille sans relâche pour ramener un semblant de normalité.

Mes poils se hérissent et mon loup s'agite, agressif, grogne dans ma poitrine. Mon sang se met à bouillir, et je fonce droit sur lui.

– Tu ne présentes plus tes respects à ton Alpha après une mission ? grogné-je.

Mad pivote pour me faire face, d'un mouvement rapide, mais son sourire ne suit pas.

Narines dilatées, je m'approche de lui, lui fais face, lui souffle dessus. Je tremble d'envie de le déchiqueter pour oser me défier.

Je sens toute l'hostilité qui se dégage de lui, alimentant ma colère, chargeant l'air d'électricité. Ses yeux s'étrécissent en un défi primaire. Sa bouche se déforme en un rictus, accentuant la cicatrice sur sa mâchoire.

– Tu as volé Ander. (Je lui crache mes mots au visage.)

Putain, mais à quoi tu pensais ? Donne-moi le sérum ! rugis-je.

Il a de la chance que je ne lui aie pas encore arraché la tête.

Tout mon accord commercial dépend du retour du sérum au X-Clan. Je n'ai aucune envie de perdre la possibilité d'obtenir de nouvelles technologies et de nouvelles ressources d'Ander, juste pour que Mad joue à Dieu. Cette petite merde n'a toujours pensé qu'à lui-même. Pendant trop longtemps j'ai justifié ses actes en me racontant qu'il est plus jeune que moi, qu'il a encore beaucoup à apprendre. Mais sa dernière incartade pourrait bien mettre un terme à ma patience envers lui. J'en ai plus qu'assez de lui sauver la mise à chaque fois qu'il fait des conneries de ce genre.

Mad ne bouge pas : au lieu de ça, il me regarde droit dans les yeux, il me défie.

– J'ai fait ça pour nous, balance-t-il, comme si c'était *moi* l'indiscipliné. J'ai vu une opportunité, et je l'ai saisie.

Je l'attrape par le cou et je serre.

– Ce n'est pas une putain de plaisanterie.

Quand je regarde au fond de ses yeux bleu pâle, tout ce que je vois, c'est mon père. Dans ma tête, je l'entends me hurler dessus, me claquer l'arrière de la tête, me dire que je ne suis bon à rien. Que je ne ferai jamais un bon Alpha, parce que je suis trop faible. Mad s'accroupissait dans un coin, gémissait pendant que je me faisais battre, essayait parfois d'arrêter notre père. Mais à présent il a changé, ce n'est plus le demi-frère avec lequel j'ai grandi, c'est un loup qui cherche sa propre voie. Et je lui souhaite bonne chance, mais ça n'arrivera pas sous mon toit.

Il pose une main sur ma poitrine et je le relâche ; il trébuche pour retrouver son équilibre. Le bas de son dos s'appuie sur la rambarde de métal, ce qui lui arrache un sourire ironique.

– Ce n'était pas comme si j'avais pu t'appeler alors que

j'étais en territoire ennemi, pour qu'on discute du fait de voler un antidote qui pourrait aider les Loups Cendrés.

Son rictus et ses mots alimentent encore ma fureur.

– Le X-Clan n'est pas un putain d'ennemi. Si tu es incapable de comprendre un traité, alors j'ai perdu mon temps en faisant de toi mon second.

– Dušan, grogne-t-il. Ce n'est pas juste, mec. J'ai fait ça pour nous.

Mon cœur tambourine dans ma poitrine, et l'adrénaline qui m'envahit est comme une bombe à retardement dans ma cage thoracique.

– Tu as fait ça pour toi. Sinon tu m'en aurais parlé. Au lieu de ça, c'est Ander qui m'a mis au courant.

Un grognement féroce m'échappe, et il tressaille tout d'abord, puis redresse les épaules comme s'il retrouvait du courage.

Il secoue la tête.

Je l'attrape par la mâchoire et serre jusqu'à ce qu'il grimace.

– Écoute bien attentivement, pour que ton cerveau enregistre bien : le sérum des X-Clan ne fonctionne pas sur les Loups Cendrés. Il est conçu spécialement pour leurs loups. Il n'a aucun effet sur nous. Si tu me l'avais demandé, je te l'aurais dit avant que tu ne manques de ruiner notre partenariat avec Ander.

À l'écoute de ma révélation, ses yeux s'écarquillent, ce qui me donne d'autant plus envie de lui arracher la tête. Je l'ai pris comme second pour une simple raison : c'est mon demi-frère. Je pensais qu'il pouvait s'élever, prendre son rôle au sérieux, garder le leadership des Loups Cendrés dans la famille. Mais c'était une erreur, que je ne reproduirai pas.

Il s'extirpe de mon emprise, se cogne contre la balustrade. Un rictus lui déforme le visage.

— Putain, d'accord, tu peux les récupérer. Dégage de ma vue.

Je secoue la tête et crispe les doigts, j'ai envie de lui faire entendre raison à coups de poings, même si je doute que cela fasse une grande différence. Je vois clairement maintenant l'erreur que j'ai faite en donnant à mon demi-frère ce genre de pouvoir dans la meute.

— Dis-moi ce qui s'est passé avec la livraison de femmes pour Ander. Comment t'as pu en perdre une ?

Je me redresse et j'élève la voix à mesure que ma patience s'amenuise.

Il hausse les épaules.

— Aucune idée, mais je dirais que c'est le destin, étant donné que cette petite pétasse a un sang qui pourrait bien être notre remède. (Il se penche vers moi.) — Pense aux possibilités, mon frère. Je peux le faire pour l'équipe : je la saute, et je revendique cette petite pétasse d'Oméga, et on utilise son sang comme remède pour aider tous les Loups Cendrés.

Fulminant, je lui balance mon poing en pleine figure sans hésiter. Je le frappe à la tête, et il s'incline vers l'arrière pour parer le coup ; j'atteins le côté de son visage. Son loup se réveille au fond de son regard.

C'est ce que je veux... qu'il attaque. Je le détruirai.

Il s'éloigne hors de ma portée, les lèvres réduites à un trait, me crachant toute sa haine.

— Tu la veux pour toi ? Alors pourquoi ne l'as-tu pas revendiquée ? Elle sent la luxure, sa liqueur est si douce dans l'air.

Il me provoque. Je le vois au rictus qui déforme sa bouche, mais je ne tomberai pas dans son piège cette fois. C'est un manipulateur, chacun de ses actes est calculé. Il est tout simplement impossible que Meira se soit échappée de l'avion par hasard. Nous avons des protocoles qui n'ont jamais été enfreints auparavant.

— Tu sais ce que je crois ? Tu as facilité l'évasion de Meira pendant que tu avais le dos tourné pour avoir une raison de rester avec les X-Clan, sachant que je me démènerais pour trouver une femelle de remplacement pour Ander. Tu comptais sur moi pour tout faire pour sauver notre accord commercial. Pendant ce temps, tu as mis en place ton petit plan pour voler le sérum. Tu n'as pas simplement sauté sur l'occasion, pas vrai ?

Il n'y a pas d'autre manière d'expliquer comment il se fait que Meira ne soit jamais parvenue à Ander. Je me suis creusé la tête à ce sujet, car nos plans sont simples : les femmes montent dans l'avion et sont enchaînées, fin de l'histoire. Mihai m'a confirmé qu'il avait livré neuf femmes à l'avion, ce qui veut dire que Mad n'a pas accompli la seule tâche qui lui incombait, à dessein.

Une expression stoïque se glisse sur son visage, celle qu'il emploie quand il ment. Derrière lui, en bas dans la cour, des membres de la meute œuvrent avec acharnement à ramener l'ordre dans une journée chaotique.

— Tu es devenu parano, mon frère, marmonne-t-il, serrant les épaules comme s'il allait se transformer.

— Est-ce que tu es aussi responsable de la brèche dans le mur ? demandé-je, la colère s'infiltrant jusque dans mes os.

Il se gratte le nez en ricanant, comme si j'inventais tout ça.

— Tu veux aussi me blâmer pour ce virus qui se répand sur la planète ?

Je suis sur lui en l'espace d'une seconde, ma main de nouveau sur son cou, et je le pousse jusqu'à le pencher en arrière sur la balustrade.

— Avec toi, Stefan, les coïncidences n'existent pas. Et je ne peux pas faire semblant d'ignorer que nous subissons notre première brèche le jour où tu rentres furtivement chez toi.

— Putain, ne m'appelle pas comme ça ! crache-t-il, découvrant ses dents.

Il hait ce nom, parce que c'est mon abruti de père qui le lui a donné.

Il s'accroche sur moi, ses mains agrippent mon bras pour éviter de basculer par-dessus le balcon.

– Je ne suis pas rentré furtivement, grommelle-t-il. C'est quoi ton problème ?

J'arrive à peine à me contenir devant ses mensonges incessants.

– Enfin, Dušan, ce n'est pas toi ! En grandissant, on avait un but, tu te souviens ? Trouver un moyen de mettre fin à la malédiction. J'ai essayé, et j'ai échoué avec le X-Clan. Tu peux me blâmer de vouloir le meilleur pour les Loups Cendrés. Mais cette pétasse, Meira, est là, dehors, alors allons la chercher.

Il y a une lueur dans son regard... Mon demi-frère est un maître dans l'art de la tromperie. Je le vois clairement à présent.

Plus il parle de Meira, plus j'ai envie de lui arracher la langue. Je ne veux pas qu'il prononce son nom. Tout ce que j'entends, ce sont ses menaces à l'égard de mon âme sœur, et ça ne va pas le faire.

En le redressant de sa position penchée sur la balustrade, je sens la rage fébrile dans son corps, son loup qui grogne pour être libéré. À ma grande surprise, Mad s'efforce de se retenir : les plis de son front le trahissent. Son regard se porte par-dessus mon épaule. Des pas se rapprochent dans mon dos, et je flaire dans l'air les senteurs de terre et de loup de mes troisième et quatrième.

Lucien et Bardhyl nous ont rejoints. Parfait.

Attrapant Mad par la chemise, je le fais valser de l'autre côté, et jette un œil aux deux membres de la meute en qui j'ai confiance au point de leur confier ma vie. Je balaie les jambes de Mad d'un coup de pied, pour qu'il tombe à genoux devant nous.

– Tu es démis de ton foutu titre de second de l'Alpha, rugis-je. Ta position est désormais au bas de la hiérarchie de la Meute Cendrée. Même les Betas ont un rang supérieur au tien.

– Va te faire foutre, Dušan. Tu ne peux pas faire ça ! C'était la meute de mon père aussi. J'appartiens à l'élite.

Il commence à se relever, mais je lui balance un autre coup de poing au visage pour qu'il reste à terre. La douleur du coup se répercute dans tout mon bras. Il grogne et me regarde, inébranlable.

– Il était temps, grogne Lucien.

Je lève les yeux vers lui.

– Lucien, tu es maintenant mon second, et Bardhyl, mon troisième. Occupez-vous de cette ordure. Je veux qu'il soit enchaîné dans un cachot.

Bardhyl sourit en se penchant pour attraper Mad par le bras, le remettant sur pied. Mad tente de le frapper, mais Bardhyl attrape son poing en riant et le lui tord dans le dos. Mad crie de douleur et Lucien en profite pour lui balancer un coup de poing dans le ventre.

Je me détourne, agacé au plus haut point. J'ai juste envie que Mad dégage de ma vue. Prenant une grande inspiration, je me calme et me prépare pour aller parler à la meute et les apaiser.

Je déteste d'être en train de fulminer à l'idée d'enfermer mon demi-frère dans un cachot, alors que nous étions censés former une équipe. Pour une fois, je veux que les choses tournent en ma faveur.

Mes pensées dérivent vers Meira et le temps qui passe. Merde, elle est partie ! La fureur envahit mon esprit. J'ai les tripes nouées. Cela fait maintenant des heures qu'elle est partie. Le soleil est couché à présent, mais j'espère qu'elle n'est pas allée trop loin. L'épuisement l'aurait achevée. Je repense au moment où je l'ai trouvée cachée dans la petite cabane qu'elle avait construite dans un arbre, et où elle vivait seule dans la nature. Elle est bien plus à l'aise parmi les infectés que n'importe qui d'autre. Sauf qu'elle ne connaît pas bien ces bois dans le Territoire des Ombres. Ce sont mes bois, ce qui me donne l'avantage.

# CHAPITRE 4

## MEIRA

Mes paupières s'ouvrent dans une explosion de lumière ; je cligne des yeux et les plisse devant le soleil du matin qui brille dans ma direction.

Je me rends compte en bougeant que j'ai les jambes et les fesses engourdies ; je me suis endormie dans la position inconfortable où j'ai échoué dans l'arbre. En me retournant, je ressens des picotements dans les jambes.

*Attends, où est la fille d'hier soir ?*

Je baisse les yeux et la cherche fébrilement du regard, me disant qu'elle est tombée de l'arbre durant la nuit, mais je l'aurais entendue. À moins que les Monstres de l'Ombre ne l'aient enlevée aussitôt.

En mon for intérieur, je sais qu'elle n'est pas tombée ; elle a dû profiter de mon sommeil pour filer. Je me suis déjà retrouvée dans sa situation, à vivre dans les bois sans faire confiance à quiconque. Tout le monde représente un danger ; elle ne me connaît pas, alors pourquoi devrait-elle me faire confiance ?

Malgré tout, j'angoisse à l'idée qu'elle soit toute seule là dehors. Je profite de mon point de vue élevé pour la chercher.

Il y a des arbres partout, mais pas d'oiseaux ni d'autres animaux. Je vais pour descendre de l'arbre quand une douleur atrocement aiguë me submerge si intensément que je ferme les yeux et serre les dents jusqu'à ce qu'elle diminue. Quoi qu'il se passe en moi, la douleur revient plus fréquemment à présent, comme si elle s'accumulait dans un but précis. Mais je la repousse car je n'ai pas de réponse pour le moment.

Je saute enfin de l'arbre et scrute le sol de la forêt autour de moi. Des arbustes envahissants étouffent la terre de lianes à feuilles persistantes qui grimpent sur les troncs des pins. Aucune trace ni restes d'un cadavre, alors je trace mon chemin en direction de la rivière. J'ai besoin de me laver, et il est probable que la fille y soit retournée aussi.

Une fois sur place, je m'agenouille et m'éclabousse le visage d'eau claire, puis me frotte la nuque. Je suis en train de boire quand j'entends craquer une brindille sur l'autre rive.

Je redresse la tête et aperçois un petit cerf avec des taches blanches sur l'arrière-train. Je suis fascinée, ça fait bien longtemps que je n'ai pas vu de cerf. Cette petite bête a survécu jusqu'ici, et j'espère qu'elle continuera un long moment. Quand je me relève, il tressaille et retourne d'un bond dans les bois.

Je me remets debout et m'éloigne de la rivière. Le cerf a peut-être eu de la chance jusqu'à présent, mais la roue finit toujours par tourner. Ce n'est pas un monde peuplé de papillons et de licornes, mais de zombies et de loups avides de sexe. Je remonte rapidement sur la berge et fonce dans les bois, hors de vue, pour éviter d'être repérée.

Mais je garde la fille à l'esprit. Où est-elle allée ? Aussi égoïste que cela puisse paraître, j'aurai apprécié sa compagnie. Cela semble étrange d'avoir une telle pensée alors que j'ai vécu des années seule dans les bois, mais si je suis honnête avec moi-même, être avec la meute était un répit agréable, même s'il fut de courte durée. Savoir que je n'étais pas seule, et que nous travaillions tous à la survie dans une enceinte protégée... l'idée commençait à me plaire. Je soupire tant je me sens hypocrite.

Mes émotions me dépassent carrément maintenant, alors qu'avant je ne supportais même pas l'idée de rejoindre une meute. C'est ridicule d'avoir de telles pensées, quand on voit de quelle façon les choses se sont terminées avec les Loups Cendrés.

Je marche rapidement sur les feuilles sèches et les arbustes, mes mains se balançant contre mes flancs, tandis que j'arpente la forêt en quête d'une trace de la jeune fille. À chaque inspiration, je recherche l'odeur distinctive du loup, et la puanteur putride des Monstres de l'Ombre. Mon truc pour survivre a été de vivre près des morts-vivants, car ils ont tendance à se rassembler en petits troupeaux. Leur présence rend peu probable celle de loups sauvages qui pourraient vouloir me faire du mal. C'est une astuce simple, mais elle m'a permis de rester en vie tout ce temps.

Gardant la rivière sur ma droite, je file tout droit en espérant aller dans la bonne direction, vers là où se trouvait ma cabane dans les arbres. J'y récupérerai mes quelques biens et trouverai un nouveau foyer où personne ne pourra me traquer.

Pas après pas, je continue d'avancer ; je dois oublier ces Alphas qui m'ont affectée d'une manière surprenante. C'est ma faute, je me suis laissé croire que je pouvais même avoir une vie normale. La vérité est plus douloureuse aujourd'hui parce qu'ils me manquent, et je me déteste de ressentir de telles émotions. Je serre de nouveau les poings contre la douleur qui envahit ma poitrine. C'est la même sensation que la nuit dernière... une envie qui menace de me déchirer. Et avec cette souffrance vient le sentiment désespéré de laisser derrière moi ce qui m'appartient. Mais je ne cesse pas de marcher pour autant. Je continue, un pied devant l'autre.

C'est à cause des stupides marques que m'ont faites Dušan et Lucien. Je sens le picotement sur ma peau à l'endroit où ils m'ont mordue, et une énergie impitoyable m'envahit, me rappelant en permanence que je leur appartiens.

Je me concentre sur les bois, mais ma tête est pleine de pensées plus sombres.

La peur monte en moi, j'ai une boule dans la gorge. Si ma louve décidait de sortir, je pourrais mourir à tout moment. Mais là encore, je suis une survivante de l'apocalypse, et la mort vient pour tout le monde, tôt ou tard. Je m'efforce d'ignorer l'inquiétude qui s'infiltre dans mon esprit, ma crainte de me faire attraper. Je serre mes bras autour de ma taille, surveillant les alentours à chaque pas que je fais.

J'ai marché presque toute la journée, le soleil a entamé sa descente, et avec le crépuscule vient un froid glacial. Je concentre toute mon énergie pour avancer plus vite à travers les bois silencieux. Mes muscles endoloris se tendent, mais je continue de marcher jusqu'à ce que le crépuscule s'installe. Les pierres qui jonchent la pente que j'aborde glissent sous mes pieds et je dérape, le ventre noué. J'empoigne une branche voisine pour me rattraper. Je dévale rapidement la colline jusqu'à une vallée au fond de laquelle la rivière rugit et mousse autour des rochers sur lesquels elle s'écrase.

Je m'agenouille au bord de l'eau pour étancher ma soif, quand je vois du coin de l'œil la carcasse desséchée d'un cerf, la peau pelée, la cage thoracique débarrassée de sa chair. Comme si on avait essayé de grignoter le plus possible de cette dépouille.

Près de mon pied, je vois un reflet blanc scintillant, Je ramasse l'os qui a dû autrefois appartenir à la patte de l'animal. Il a été brisé en deux, et l'extrémité cassée est bien effilée. Je resserre les doigts autour de l'os, que je tiens bien en main.

Je le glisse dans la ceinture de mon legging noir, pointe tournée vers le haut pour éviter de faire un trou dans le tissu ;

je me relève et me remets en route. Je traverse un petit champ d'herbes folles et d'arbustes, laissant la rivière derrière moi. Je me dirige vers les grands chênes qui peuplent côte à côte cette partie de la forêt, avec leurs grosses branches couvertes de feuilles vertes luxuriantes. Ces gardiens altiers seront mon abri pour la nuit.

Sous l'ombre protectrice de la forêt, je cherche l'arbre parfait pour l'escalader et m'y installer, de préférence un qui a de multiples branches croisées. Mais mon attention est attirée par un fruit rouge rosé qui pend d'un arbre à quelques mètres de là.

Je me mets aussitôt à saliver et me précipite vers le prunier, dont les branches sont lourdement chargées de boules rouge vif. Poussant un cri de joie, je saute pour attraper un fruit. La peau est douce sous mes doigts et j'en mords un gros morceau ; la peau craque sous mes dents avec un petit claquement jubilatoire. Le jus doux et sucré éclate dans ma bouche et coule sur mon menton. Je gémis de plaisir et engloutis le fruit en trois bouchées supplémentaires, avant d'en attraper deux de plus.

Je jette les noyaux par terre et j'en cueille encore, et je ne sais plus combien j'en ai mangé quand je m'arrête, rassasiée. J'ai du jus plein les doigts, que j'essuie sur mon pantalon avant de cueillir une demi-douzaine de prunes en plus pour les emmener avec moi dans l'arbre.

Maman et moi allions toujours cueillir des fruits. Elle faisait le guet pour les Monstres de l'Ombre pendant que je grimpais dans les arbres et que je jetais les fruits à terre. Si nous avions su que j'étais immunisée contre les morts-vivants, ç'aurait été plus logique que ce soit moi qui monte la garde, surtout après que Maman avait échappé à plusieurs attaques.

Elle me manque terriblement, sa voix me manque, ses tartes aux fruits mélangés me manquent. Mes prunes dans les mains, je reprends ma recherche du meilleur arbre dans lequel m'installer, quand une douleur atroce me fouaille tout le corps. Je frissonne, les fruits me tombent des bras, et s'échouent au sol tandis que mes genoux cèdent sous moi.

La douleur palpite et je me contracte fort, chevauchant la souffrance qui me transperce comme du verre brisé. Mes poumons se serrent et je tousse, avant de cracher du sang. Exactement comme je l'ai fait dans la forteresse des Loups Cendrés. Il y a vraiment quelque chose qui ne va pas chez moi. Ces attaques surviennent de plus en plus souvent, et je ne me sens pas moi-même.

Je fixe les éclaboussures de sang sur les feuilles sèches. C'est une nouveauté de cracher du sang. Je m'essuie la bouche d'une main tremblante, alors que la peur s'insinue dans mes pensées.

Ma louve refuse de sortir. Je suis brisée. Mais même si j'ai fui la sécurité de la meute et que je sais que cette louve pourrait sortir à n'importe quel moment, ce qui me tuerait si mes Alphas ne sont pas dans les parages, je n'ai pas envie de mourir.

Je vis au bout du monde et me dis chaque jour que la mort pourrait venir à tout moment, mais quand je la regarde en face, que je sens ses griffes en moi, je me sens moins brave.

Les larmes brouillent ma vision, je hoquette un cri étranglé, et la douleur s'enroule autour de mon cœur. Je ne pense qu'à mes Alphas, au fait que me blottir dans leurs bras m'apaiserait. Mes émotions n'ont aucun sens alors que je suis assise au milieu d'une forêt qui s'assombrit, seule, à me demander si j'ai pris la bonne décision.

Je pleure dans mes mains, car je n'ai pas fui pour moi. Je l'ai fait pour les protéger de moi. Peu importe ce que je me raconte, c'est la foutue vérité. Je suis un danger pour eux, mais à l'intérieur, je meurs d'envie d'être avec mes loups.

Mon menton tremble et les larmes coulent sur mes joues.

Je suis fatiguée de cette peur et de cette angoisse permanentes ; j'aurais aimé naître comme une Oméga normale. Je me rappelle la louve que j'ai rencontrée durant mon premier jour dans l'enceinte des Loups Cendrées, et ses mots au sujet des partenaires me restent en tête.

– « *Tu gagnes un compagnon de vie, et tu ne seras plus jamais seule. N'est-ce pas ce que tu veux ?* »

J'avais répondu *non* avec arrogance, j'avais dit que je préférais plutôt rester libre. Mais à présent que je ne peux avoir ni Dušan ni Lucien, ma poitrine se brise de désespoir.

Je n'ai jamais rien connu d'autre que la forêt, et pourtant je me suis laissée aller à tenter une expérience que je ne pourrai jamais vraiment vivre. Et le retour en arrière est impossible. Je les ai abandonnés pendant l'attaque car c'était ma seule chance de mettre de la distance entre nous, d'assurer leur sécurité.

Le vent se lève autour de moi pendant que je pleure en silence. C'est entièrement ma faute... Je n'aurais jamais dû me laisser aller à tomber amoureuse des loups, parce qu'à présent je suis incapable de les chasser de mon cœur et de mon âme.

# CHAPITRE 5

MEIRA

Il y a un vent frais ce soir qui tourbillonne autour de moi, et les feuillages bruissent furieusement. Je redresse le menton, m'essuie les yeux et me relève. Maman disait toujours : « *Le destin arrive, que tu te battes contre lui ou non.* »

Si ma louve prévoit de jaillir de moi demain et de me tuer, ça se produira de toute façon, et je ne peux pas passer ma vie à m'inquiéter. Alors j'expire, j'évacue le stress et l'énergie qui bouillonnent en moi, puis je ramasse mes prunes. Les tenant bien en main, je fonce dans la forêt. La lumière faiblissant rapidement, je scrute chaque arbre que je croise en quête d'un potentiel endroit où dormir.

La douleur me transperce les entrailles et s'empare de mon dos, si brutalement que je trébuche. Tout mon corps n'est que souffrance, mais je me sens toujours mieux après avoir dormi. J'atteins un grand chêne avec des dizaines de grosses branches qui partent en tous sens, et dont deux se croisent près du tronc. C'est parfait. La seule chose qui pourrait être encore meilleure serait d'avoir une couverture, mais j'ai déjà dormi dans de pires conditions.

Un cri perçant rompt le silence. Je sursaute et fais tomber une prune. Mon cœur battant la chamade, je me retourne et scrute la forêt. Quand le cri se reproduit, je distingue bien qu'il s'agit d'un cri de femme, et qu'il vient des profondeurs de la forêt derrière moi. Je repense à la jeune fille de la nuit dernière, et la bile me monte à la gorge.

*Est-ce que c'est elle ?*

Un troisième cri retentit. Je laisse tomber tous mes fruits et empoigne l'os pointu à ma ceinture.

– Merde, murmuré-je.

Malgré ce que j'ai fait pour la fille la nuit dernière, je ne suis pas une héroïne. Je me cache et je survis. C'est ce que j'ai fait toute ma vie.

J'ai fui. Je suis restée à l'écart, mais je ne peux plus faire ça. Quelque chose a changé en moi. Je suis déjà en train de courir à travers bois en direction des cris. Des rais de lumière faiblissants guident mes pas. Je coupe entre les arbres, saute par-dessus les buissons, ignorant à quoi m'attendre, mais il n'y a qu'une seule façon de le savoir.

Un autre cri retentit non loin, plus fort cette fois, ce qui signifie que je me rapproche. Les arbres se pressent autour de moi, et ce qui me sauve, c'est le bruissement des feuillages qui couvre le martèlement de mes pas dans les feuilles mortes.

Je cours toujours, mais je n'entends plus de cris ; un frisson me parcourt l'échine à l'idée que j'arrive trop tard. Que j'aurais dû courir plus vite, ou peut-être que je suis partie dans la mauvaise direction. Je hume l'air, mais tout ce que j'inspire, ce sont les odeurs du bois et de la terre. Mes sens n'ont jamais été aussi aiguisés que ceux des loups.

J'ai envie d'appeler ma louve, mais c'est idiot.

Soudain quelqu'un me frappe dans le dos à pleine vitesse, et je suis projetée en l'air.

C'est moi qui crie cette fois, choquée. Des pierres pointues m'écorchent les mains et les genoux, et je m'affale à plat sur le ventre, la figure dans la terre. Je me redresse, recrachant la terre qui crisse entre mes dents.

Une ombre noire plane sur moi, et ce mouvement soudain anéantit toute ma bravoure. Je lutte pour me relever, mais je n'arrive qu'à me mettre à genoux tandis que le loup s'approche, rôdant en silence, avec des intentions mortelles.

Ses yeux pâles se fixent sur moi, et des volutes de souffle chaud sortent de ses babines retroussées sur des dents acérées comme des rasoirs.

Noir comme la nuit, ce loup est énorme, avec une fourrure hirsute et emmêlée. La moitié de son oreille lui a été arrachée il y a bien longtemps, et est restée droite au cours de la cicatrisation, pas à plat contre sa tête comme l'autre. Les montagnes des Carpates sont sous la juridiction de Dušan, et pour que d'autres loups s'y installent, ils doivent d'abord le défier. Alors ce ne peut être qu'un métamorphe sauvage.

— Putain, laisse-moi tranquille, grogné-je d'une voix puissante.

Affronter un loup la peur au ventre ne peut que vous faire tuer plus vite. Mais ce dont j'ai vraiment besoin, c'est d'une diversion, parce que les monstres comme lui ne lâchent pas un repas gratuit ni une femelle à sauter juste à cause d'un caractère fort. Mes doigts restent serrés autour de l'arme que je tiens contre mon flanc, tandis qu'un frisson me parcourt les jambes.

J'entends un gémissement un peu plus loin sur ma droite.

La bête tourne la tête dans cette direction pendant une fraction de seconde. C'est tout ce qu'il me faut – une fraction de seconde.

Pleine d'une énergie folle, je bondis sur mes pieds et plonge sur la créature.

Je l'atteins au côté au moment où sa tête pivote vers moi et je plante ma lame acérée dans son dos, arrachant la chair, faisant jaillir le sang. Je ressors vite mon arme pour frapper de nouveau, l'adrénaline me poussant à continuer. À me battre sans jamais abandonner.

Mais tout arrive trop vite. Son grognement tonitruant emplit la nuit tandis qu'il pivote avant que je ne puisse le frapper de nouveau. Ses mâchoires énormes claquent près de moi. J'esquive sur le côté puis me jette par-dessus son corps, roule au sol, saute sur mes pieds et détale.

Tremblante, je cours grâce à l'adrénaline et la terreur, tenant toujours l'os ensanglanté. Je tourne rapidement la tête pour jeter un œil derrière. Le loup me pourchasse, ses yeux étrécis par la haine.

Je n'arrête pas de courir. J'ai la chair de poule, et je n'ai jamais bougé aussi vite.

Ses pattes frappent le sol, il grogne dans mon dos. Cette fois je hurle. Coinçant mon arme à l'arrière de mon pantalon, je grimpe frénétiquement dans l'arbre le plus poche, agrippant la branche la plus basse. Je balance mes pieds en l'air, l'air que j'entends siffler sous moi sous la férocité de l'attaque de la bête – mais elle manque son coup.

Je grimpe comme un écureuil fou, écorchant mes mains après l'écorce, les branches m'entaillant les genoux, mais je ne peux m'arrêter sous peine de mort.

Soudain, la chair et le tissu se déchirent à l'arrière d'un de mes mollets. Je glapis et relâche ma prise sur l'arbre, agitant les bras et les jambes tandis que mon cœur fait des bonds dans ma poitrine. J'imagine le loup m'étripant sitôt atterrie, et je frissonne jusqu'aux os.

*Boum.*

Je heurte durement le sol, et mon dos encaisse le plus gros du choc ; mon hurlement me vrille les tympans.

Une ombre plane sur moi, et son grognement menaçant noie tous les autres bruits. La fureur s'échappe de lui par vagues. Mais je suis déjà en mouvement, je roule sur le côté, me mets à quatre pattes.

Des dents se referment sur ma jambe, tranchant encore plus ma chair.

Je hurle, le dos arqué, je pousse sur ma hanche, lui assène de l'autre pied un coup en pleine face. J'empoigne mon arme, la lève bien haut puis plante l'extrémité pointue de l'os dans son visage, en plein dans un œil. L'arme plonge avec un bruit spongieux. Je l'enfonce complètement, essayant d'atteindre sa foutue cervelle.

Il me lâche, vacille en arrière, convulse en secouant la tête comme un fou ; le sang gicle à flots. Les bruits qu'il produit sont horribles.

Je m'écarte et me cramponne à l'arbre pour me remettre debout.

Le loup est en train de se transformer, et en quelques secondes, il prend l'apparence d'un homme massif, effondré par terre.

Il a de courts cheveux bruns ébouriffés autour d'un visage carré, des cuisses épaisses et bien trop de poils sur tout le corps. Il hurle de douleur en tirant sur l'arme. Cette vision m'est insupportable et je préfère filer vers l'endroit d'où provenaient les cris de la fille.

Je tombe sur elle à plusieurs arbres de là : c'est bien la même jeune fille que la nuit dernière. Mon cœur saigne en voyant l'entaille sur son cou, sa lèvre éclatée, son haut arraché sur le devant, révélant sa petite poitrine. Elle a les mains attachées par une corde passée autour de l'arbre dans son dos. Tête basse, elle pleure de façon hystérique.

Elle tressaille quand je me précipite vers elle.

– Ce n'est que moi.

Les larmes ruissellent sur ses joues. Je m'empresse de la détacher, levant les yeux en permanence au cas où cet enfoiré reviendrait à la charge. J'ai les doigts qui tremblent en tirant sur les nœuds. J'arrive à les détacher en quelques secondes, puis je me jette sur la fille assise pour l'aider à se relever.

– Il faut qu'on coure. Rappelle-toi de ce que je t'ai dit la nuit dernière : vite et sans bruit. Répète-le sans cesse pendant qu'on se tire d'ici. Reste avec moi, ne t'enfuis pas cette fois.

Elle ne dit rien, se contente de serrer ses bras autour d'elle en hochant la tête.

Je lui prends le poignet et nous partons à travers bois ; je boite à cause de mon mollet. Il guérira rapidement. Mes oreilles sont à l'affût du moindre bruit, mes yeux balaient les alentours de gauche à droite. Je repère le loup sauvage au loin, gisant sur le flanc dans sa forme humaine, le corps tordu, la bouche ouverte. L'os dépasse toujours de son œil. Apparemment, j'ai quand même touché son cerveau. Putain d'enfoiré... Il l'a mérité, je ne me sens absolument pas coupable. Il n'est pas ma première victime, et si je veux survivre, il ne sera pas la dernière.

Quand nous nous arrêtons pour nous reposer, je n'ai aucune idée de la distance que nous avons parcourue. Nous sommes à bout de souffle, et c'est alors que je remarque qu'elle a du sang sur le menton et la poitrine, provenant de sa lèvre éclatée. Et mes mains sont rouges depuis l'attaque. Je sens qu'il en coule sur le côté de mon visage aussi, et je l'essuie rapidement d'un coup d'épaule.

J'entends une rivière gargouiller aux alentours, alors je prends la main de la fille.

– Il ne nous fera plus de mal. Mais il faut qu'on nettoie ce sang, avant que les infectés ne repèrent l'odeur. D'accord ?

Elle reste collée à moi cette fois, hochant la tête. Je la guide hors des bois, où les dernières lueurs du jour s'accrochent au monde.

Je scrute la petite clairière traversée par la rivière, ne

repère personne alentour. Alors nous nous précipitons, et nous accroupissons sur la rive pour nous laver. Les bruits du courant emplissent mes oreilles tandis que je profite de l'eau fraîche sur ma peau. La couleur de l'eau est plus profonde et plus verte dans la lumière faiblissante. Je contemple mon reflet, mes cheveux sombres en bataille, et je constate qu'ils sont bien plus longs que dans mon souvenir. Ils m'arrivent bien en dessous de la poitrine maintenant. J'ai les joues et le front maculés de terre, mais je suis surprise de voir à quel point mes yeux couleur bronze semblent pâles. Des sourcils épais les couronnent, et quand je regarde au fond d'eux, tout ce que je vois, c'est ma louve qui m'observe. *Pourquoi ne veux-tu pas sortir ?*

Je jette un œil à la jeune fille en train de se laver.

– Je m'appelle Meira. Et toi ? demandé-je en frottant le sang sur mes mains.

Je m'assieds pour vérifier les dégâts sur ma jambe mordue. Je siffle en pelant le tissu noir déchiré collé par le sang. Je déteste l'idée que ce connard ait été si près de me tuer.

– Attends, laisse-moi faire, propose la fille. Je m'appelle Jae.

Elle écarte le tissu de mon legging sur mon genou, puis se met à rincer ma blessure avec de l'eau claire. Ça pique, et je me mords la lèvre pour supporter la douleur.

– Ça n'a pas l'air trop méchant. Je pense que tu devrais survivre.

Elle me sourit. Je l'apprécie déjà. Quiconque est capable de faire une blague après avoir failli se faire agresser sexuellement par un foutu taré est mon genre d'ami.

J'arrache une bande de tissu de mon pantalon. C'est un peu éprouvant car mes bras tremblent d'épuisement, mais il faut que je stoppe le saignement. Avec le tissu, je me fais un garrot au-dessus des marques de crocs sur le muscle de mon mollet, que je serre fort.

– Alors, Jae, comment as-tu survécu si longtemps toute seule ?

– Je ne suis pas seule, répond-elle rapidement d'une voix douce.

Elle ressemble à un tamia, un petit écureuil. C'est une comparaison étrange, mais c'est la première chose qui me vient à l'esprit. C'est peut-être à cause de ses mignonnes joues rondes et de son petit nez. Elle a plein de taches de rousseur sur le nez et les joues, et ses cheveux couleur bronze sont coupés très court. Elle est vraiment adorable.

– Est-ce que ta famille est dans les parages ? demandé-je.

– Mes sœurs me cherchent. Nous avons entendu parler d'un endroit au nord de la Roumanie, où il n'y a pas de morts-vivants.

– Mais il y aura des loups sauvages comme cet enfoiré dans les bois.

– Je sais. J'ai été séparée de mes sœurs, et ce sont elles qui ont mon couteau. Mais nous avons convenu d'un endroit où nous retrouver si jamais on se perdait, et je n'en suis pas très loin. Merci de m'avoir aidée.

– Tu veux que je t'y emmène ?

Mon esprit bouillonne à l'idée de rencontrer d'autres personnes comme moi. Oméga ou Beta, je ne sais pas à quelle catégorie appartient Jae, mais l'idée d'appartenir à mon propre petit groupe de femmes est excitante. Pas de conneries d'Alpha à gérer.

– Non, c'est bon, répond-elle d'un ton brusque, se tournant vers la rivière pour se laver les mains.

Je n'insiste pas. Je comprends que, dans ce monde, le moyen le plus facile de survivre, c'est de ne faire confiance à personne. Et même si j'ai la gorge serrée à cause de ce rejet, je détourne le regard vers les bois derrière nous, songeant qu'il nous faudra grimper dans un arbre avant la nuit tombée. Je ne suis pas idiote, je me doute bien qu'elle ne sera plus là quand je me réveillerai demain matin, mais je l'accepte. À sa place, je ferais la même chose.

Elle se débrouille seule, ce qui me rappelle que c'est bien qu'elle n'ait pas plus besoin de mon aide. Je suis un danger pour quiconque m'approche, et la dernière chose dont ses sœurs et elle ont besoin, c'est d'une bombe à retardement.

## CHAPITRE 6

DUŠAN

Les vives senteurs des bois emplissent mes sens. Tous, depuis les pins jusqu'au sol, et même le cadavre de lapin en décomposition quelque part sur ma droite.

Je flaire l'air en quête de la douce odeur mielleuse de ma partenaire.

Mais je ne repère rien du tout, et j'ai le cœur de plus en plus serré.

Je prends vers la droite, réalisant que j'ai suivi une fausse piste depuis plusieurs heures. Nous avons quitté le camp juste à la tombée de la nuit et nous nous sommes séparés pour courir dans trois directions différentes. Sous notre apparence humaine, nous conservons les avantages de nos sens aiguisés de loups, donc nous utilisons notre flair pour repérer l'odeur de Meira dans la forêt obscure.

J'espère que cette nouvelle direction me permettra de croiser un chemin emprunté par Meira.

Putain, le temps passe beaucoup trop lentement quand on cherche et qu'on ne trouve pas un seul indice. À la forteresse, Mad est enfermé, et le chef de mes gardiens a pris le relais ; il va s'efforcer de mettre en place une routine au plus tôt.

L'ordre aide les gens à retourner à leurs vies, et gérer un désastre.

J'ai annoncé à ma meute qu'ils étaient désormais en sûreté, et que je vais mettre en place des mesures de sécurité supplémentaires pour m'assurer qu'aucune brèche ne puisse jamais se reproduire. Ça passe par le fait de décider de ce que je dois faire de mon demi-frère. Je ne peux plus lui faire confiance. C'est l'erreur que j'ai commise auparavant, et il peut bien nier d'avoir laissé rentrer les morts-vivants, tout le désigne. Par sécurité, j'ai aussi enfermé Mihai et Caspian, qui ont tous deux géré le transport des femmes au X-Clan avec Mad. Pour le moment, je ne peux pas me permettre le luxe de les interroger pour connaître la vérité, alors il faudra que ça attende mon retour. Je ne peux prendre aucun risque tant que je suis loin de la meute.

Trouver Meira est une priorité, tout le reste doit être mis en attente jusqu'à ce que je la retrouve. Je ne peux pas la perdre. Une peur lancinante me broie la poitrine à l'idée qu'il soit trop tard. Que j'aie attendu trop longtemps avant de débuter les recherches.

Un grognement de frustration s'échappe de ma poitrine. Mes bottes martèlent le sol à chacun de mes pas.

Il ne me faut pas longtemps avant de capter l'odeur pestilentielle de décomposition des morts-vivants, qui m'étouffe. J'ai la nausée mais j'avance en direction de l'odeur au lieu de m'en éloigner. Meira n'est pas idiote, elle sait qu'au milieu des morts-vivants, elle se protège des autres loups. J'opterais pour cette stratégie, moi aussi.

Mes oreilles sont attentives à tout, car je suis seul et me retrouver cerné par ces choses signerait ma perte. Mais pour Meira, je suis prêt à prendre tous les risques.

L'odeur de leur décomposition épaissit l'air, et je ralentis le rythme à présent, sans faire de bruit.

Je porte la main à ma ceinture pour en tirer un couteau dont je serre le manche.

Il y a du mouvement devant... je compte quatre ombres qui titubent dans les bois. J'ai une remontée de bile dans la gorge, mais je reste immobile. Il n'y a aucun autre bruit autour de moi, alors il n'y a qu'eux ?

Un grondement féroce fend l'air, profond et guttural, menaçant, inquiétant. Je relève le menton et renifle l'air, et l'odeur musquée de chien mouillé, typique de Lucien, me frappe. *Putain, ouais !*

Je bouge sans réfléchir, fonce entre les arbres, gardant un œil sur les morts-vivants. Écouter... écouter... écouter.

Des bruits de pas sur ma droite. Je pivote et plonge dans cette direction, me précipitant au-devant de ces morts-vivants dégoûtants. Quand on en voit quelques-uns, d'autres se cachent. Ces choses ont tendance à se déplacer en troupeau la plupart du temps.

Mon cœur bat la chamade tandis que je sprinte dans l'obscurité, percée par des rayons de lune. J'empoigne plus fort le couteau dans ma main.

Un autre grognement déchire le silence. Je fonce ; mon loup s'impatiente, exigeant d'être relâché pour mettre ces enfoirés en pièces. Pour couvrir la distance plus rapidement. Sauf qu'il faut d'abord que je sache à quoi j'ai affaire.

Un ombre s'écrase contre un arbre à quelques mètres de moi.

Je me fige, sans faire aucun bruit.

Des gémissements s'échappent de la créature ramassée au sol, mais elle commence déjà à se remettre sur pied.

Le cœur battant à tout rompre, je me jette sur elle, couteau brandi, et je plonge la lame droit dans un œil, l'enfonce jusqu'au cerveau – la façon la plus rapide d'éliminer ces choses.

La créature retombe, et j'arrache mon arme dans un bruit

de succion. J'essuie le sang sur le tissu déchiré qui pend de son épaule, tout en scrutant les bois alentour.

Quatre morts-vivants encerclent à moitié Lucien, et d'autres approchent dans la forêt. Je me tends. Une seule erreur, un seul faux pas, et ils seront sur lui. Puis d'autres arriveront, suivis d'autres encore, et il sera trop tard pour s'enfuir.

J'émets un sifflement bas et bref pour attirer l'attention de Lucien. Le clair de lune scintille sur les deux couteaux qu'il tient dans ses mains.

Il éclate de rire.

— Tu en as mis du temps pour arriver jusqu'ici, me taquine-t-il. Tu deviens lent.

Mais j'entends le tremblement de sa voix. Se retrouver seul ici n'est jamais une bonne idée.

– Il y en a quatre autres qui arrivent, lui dis-je. Tu prends les deux sur ta droite. Je prends les deux autres.

Il hoche la tête.

– Il y en a un petit groupe juste sur ma droite. Ils seront bientôt là. Faut qu'on se casse d'ici, bordel.

Ensuite, nous fonçons tête baissée dans la bataille. C'est ce que nous avons toujours connu, et il n'y a aucune différence avec les centaines de fois précédentes. Sauf que la présence d'autres morts-vivants m'inquiète. Ils vont être attirés par les bruits – ils vont *foncer* droit sur nous.

Je balance un coup de pied derrière les jambes de l'une des créatures. Elle tombe et je me jette sur la seconde, lui coince mon bras autour du cou et la poignarde dans l'œil. Arrachant l'arme, je pivote et saute sur celle à genoux, plantant mon couteau dans sa nuque, vers le haut.

Quelqu'un s'écrase dans mon dos. Je suis projeté en avant et mon pouls s'emballe.

– Ggfffff.

Le son est tout près de mon oreille, et des mains gelées tirent sur ma tête.

La panique m'étouffe. Je balance un coude vers l'arrière et rue en même temps. Le poids sur mon dos roule et je me débats, mais un autre s'écrase sur moi, et je titube comme si j'étais ivre, en essayant de me retourner.

Le gémissement profond retentit dans mon oreille, des doigts se plantent dans ma chair.

Mon loup affleure contre ma poitrine, mais je le retiens. Me transformer maintenant ferait de moi une cible facile, car je serais sans défense pendant le processus. Je balance une jambe en arrière, et mon talon heurte un os fragile, qui se brise sous l'impact.

Je me débarrasse du mort-vivant qui s'accrochait à moi et fais volte-face pour voir Lucien sauter sur l'un de ses attaquants et le poignarder au visage encore et encore, en proie à la fureur.

Deux autres m'agressent.

Je fais en courant le tour d'un arbre et attrape une poignée de cheveux de l'un des morts-vivants, qui me reste dans la main avec un peu de peau.

Créatures dégoûtantes.

Alors qu'il se tourne vers moi, les yeux enfoncés, la peau tendue sur ses pommettes, je fracasse sa tête en décomposition contre le tronc de l'arbre. Trois fois, pour faire bonne mesure.

Il émet des gargouillis en tombant à genoux. Je pivote et frappe avec mon couteau. La lame tranche la gorge du dernier monstre. Mais pas complètement.

– Espèce de sale merde.

Je le frappe au ventre, et la créature s'affale ; je termine le boulot en quelques secondes.

Je rugis en me redressant, et je vois Lucien essuyer ses armes dans l'herbe.

– Bon sang, que je hais ces choses, grogne-t-il en rengainant ses couteaux dans les fourreaux de sa ceinture.

Des corps jonchent les bois autour de nous.

Des voix inintelligibles nous parviennent de la forêt du côté de Lucien et mon estomac se serre. Le petit groupe qu'il a mentionné est en mouvement.

D'un geste vif, je nettoie ma lame, et la range.

Il se glisse à mes côtés, et nous courons dans la direction opposée.

Sans dire un mot tout d'abord, jusqu'à ce que nous soyons suffisamment loin pour ne pas être entendus.

Nous sprintons à travers la forêt, mais les sons qui nous parviennent de derrière semblent devenir de plus en plus forts.

Je jette un œil par-dessus mon épaule : une nuée de morts-vivants s'élève derrière nous, là où nous avons laissé les corps.

Il doit y avoir au moins une centaine de ces bâtards.

— Bon sang ! Lucien, tu as dit un *petit* groupe.

Il part d'un rire nerveux.

— Je ne voulais pas t'effrayer.

Je lui balance un regard noir puis je souris. Il a toujours minimisé le danger. C'est comme ça qu'il gère les emmerdes. Il se raconte, à lui, et aux autres aussi, que ce n'est pas si grave, et il ne panique pas face à un mur de ces maudits morts-vivants.

Je lui suis complètement opposé sur ce plan-là, j'ai besoin d'avoir toutes les informations.

Sa respiration devient saccadée quand il regarde derrière nous.

Nous continuons, sachant que si nous filons assez loin, ils ne pourront pas suivre notre odeur.

Je déglutis avec peine, priant pour qu'ils ne nous pistent pas.

*Meira*

Comme je m'y attendais, Jae n'est pas avec moi dans l'arbre quand je me réveille au matin. Je ne suis pas surprise qu'elle soit partie, mais j'espère vivement qu'elle est maline et qu'elle arrivera à retrouver ses sœurs. Un malaise s'installe dans mes tripes. Je m'inquiète qu'elle coure encore au-devant du danger, mais je ne peux pas passer mon temps à la chercher, quand je dois fuir moi-même.

Frotte mes bras pour me réchauffer, je jette un œil en bas, vers la forêt silencieuse. Mon estomac gronde, et tout ce à quoi je pense, c'est à ces prunes sucrées.

Je dégringole de l'arbre et récupère mes fruits, dont je me gave jusqu'à apaiser les crampes de la faim.

C'est une nouvelle journée lumineuse, alors mon plan est d'avancer le plus possible dans les Carpates. D'abord, je fais une halte rapide à la rivière pour me laver et me soulager. Pendant tout ce temps, ma nostalgie des Alphas me ravage comme une tempête.

Ce sentiment pour eux ne peut pas durer éternellement, si ? Si je mets assez de distance entre eux et moi, peut-être que le lien entre nous faiblira.

Je reste dans la forêt, j'évite le terrain découvert près de la rivière, mais je suis son tracé. Je ne sais plus depuis combien de temps je marché, mais j'ai mangé toutes les prunes que je transportais, et le soleil brille bien haut dans le ciel. Mes doigts sont collants comme du miel, alors je sors des bois et fonce vers l'eau pour me laver rapidement.

Quelque chose dans l'herbe à hauteur de genou attire mon attention un peu plus loin. C'est couché, immobile.

Mes jambes se figent, et pendant un instant je cesse de respirer, plissant les yeux pour mieux voir.

Un loup ? Sauf que ce n'est pas de cette manière que ces monstres chassent. Ils ont trop d'ego et de testostérone pour s'accroupir et se cacher. Ils chargent comme un taureau et prennent ce qu'ils veulent.

Les herbes hautes se balancent dans la brise. L'eau gargouille, et les branches derrière moi bruissent sous le vent. À part cela règne le silence.

C'est peut-être un animal mort. Mais mes pensées s'arrêtent sur Jae, et je me précipite.

J'examine la morte. Son corps tordu repose sur le dos. Mon regard ne détaille que son visage, parce que regarder son corps déchiqueté, les os nettoyés, me répugne.

Frénétiquement, j'observe les traits, le cœur battant à tout rompre. Les yeux morts fixent le ciel.

Ce n'est pas Jae.

Ce n'est pas elle.

Un sanglot s'étrangle dans ma gorge, parce que, pendant un moment, j'ai cru être tombée sur sa dépouille. Qui que ce soit, cette femme est morte depuis plusieurs jours, à en juger par la puanteur et l'écume qui s'échappe du coin de ses lèvres.

Je bats en retraite, mais la nausée m'envahit et je rends mon petit déjeuner. Peu importe le nombre de morts que j'ai vu, je ne pourrais jamais m'y habituer, et le chagrin pour cette personne, qui qu'elle ait été, me submerge en vagues puissantes.

À pas rapides, je quitte cet endroit, et retourne vers la sécurité des sous-bois ombragés. Je fonce, et ne m'arrête pas jusqu'à ce que l'épuisement me fasse mal à la poitrine. Puis je m'appuie contre un arbre pour reprendre mon souffle, mes pensées obsédées par cette pauvre fille. Et si c'était l'une des sœurs de Jae ?

Au fond de mon cœur, je sais que je ne peux rien y faire. Malgré tout, le chagrin me pèse lourdement sur la poitrine.

J'entends un bruit au loin, et relève la tête.

*Boum.*

Mon cœur martèle ma cage thoracique. Il n'y a plus trace

de la rivière, j'ignore dans quelle direction j'ai couru. Où suis-je ?

*Je suis dans la forêt*, me dis-je, *donc il y a beaucoup de bruits.* Sauf que dans ces bois se cachent des griffes et des dents, et que tout ce qui sort de l'ordinaire est un danger potentiel.

Un cri étouffé se fait entendre.

Visiblement, quelqu'un a des ennuis. Mes pensées se portent une nouvelle fois sur Jae, sur le cadavre que j'ai découvert, et sur les souvenirs de comment j'ai survécu aussi longtemps seule dans la forêt.

En restant seule, et en m'occupant de mes affaires.

J'aspire une goulée d'air frais, et un picotement bourdonne à la base de ma colonne vertébrale. Et c'est alors que je me dirige vers l'appel de détresse, pour enquêter. Peut-être que je ne veux plus être cette personne, celle qui se détourne quand les autres ont besoin d'aide.

La forêt par ici est plus dense, davantage peuplée de bouleaux que de pins. L'odeur des bois n'est pas aussi forte, mais c'est aussi plus proche de là où je vis… du moins, c'est dans la bonne direction. Mais bien qu'il y ait cet avantage, je sais aussi que des loups sauvages ont élu domicile ici. Je n'ai jamais compris pourquoi, je me suis dit que ça a quelque chose à voir avec les branches basses, qui leur permettent de s'échapper facilement s'ils sont pourchassés par les morts-vivants.

Mon corps s'agite de plus en plus à mesure que je couvre du terrain, convaincue que c'est de là d'où venaient les bruits. Quelque part dans les parages… Je prends de courtes inspirations et ralentis, filant d'un arbre à l'autre.

Prudente, je progresse lentement, mais comme finalement je ne vois rien qui sorte de l'ordinaire, je commence à rebrousser chemin.

Un gémissement me parvient d'un peu plus loin devant moi. Je me glisse derrière un arbre et glisse un œil, étudiant les conifères et les arbustes. C'est alors qu'une parcelle du terrain attire mon attention un peu plus loin. Elle est plus plate et plus sombre que le reste.

Je comprends tout de suite de quoi il s'agit : c'est un piège des loups sauvages pour capturer des animaux ou des femelles. C'est comme ça que ces enfoirés capturent des femmes pour le rut.

Cette pensée me faire dresser les poils de la nuque. Ils sont dans les parages, mais quelque chose ou quelqu'un est tombé dans le piège.

Je bouge rapidement, sans trop réfléchir. Du bord du trou profond, je discerne quelqu'un tombé dedans, mais l'ombre m'empêche d'en voir plus. Ce n'est clairement pas un animal.

– Jae ?

Son nom m'échappe, et je me maudis de n'avoir pas réfléchi avant de parler à voix haute.

– Meira ! me répond une voix masculine.

Je me fige et fixe plus attentivement le trou ; Bardhyl en personne sort de l'ombre.

– Mais bon sang, qu'est-ce que tu fous ici ? m'écrié-je.

C'est vraiment très mauvais. Si un loup sauvage se pointe maintenant, il tuera cet Alpha.

– À ton avis, mon ange ? répond-il avec son accent scandinave.

Tout ce que je vois, ce sont ses yeux verts profonds qui me fixent. Il y a des crevasses au bord du trou, là où la terre s'est détachée quand il a tenté d'escalader pour sortir.

– Inutile de venir me chercher, tu sais. Dušan et Lucien sont dans le coin eux aussi ?

– Peu importe. Sois gentille, et fais-moi sortir !

J'entends la panique dans sa voix. Il sait tout aussi bien que moi qu'il est dans une situation critique.

J'acquiesce.

– Je reviens dans une seconde.

Je me retourne et scrute les environs en quête de quelque chose de long et de solide. Je repère un tronc d'arbre mort. Il n'est pas très large, mais il est sacrément long. Et Bardhyl a besoin de quelque chose de solide pour grimper.

Je cours vers le tronc et j'attrape l'extrémité la plus proche du trou. Les mains enserrant le tronc rugueux, je tire, mais il bouge à peine.

*Merde, merde, merde.*

Je n'arrive même pas à croire que Bardhyl soit ici... Comment est-il parvenu à me suivre avec autant de précision ? Est-ce que Dušan l'a envoyé me chercher pendant qu'il restait auprès de la meute ? Eh bien, si j'ai l'intention de garder mes distances avec la meute, c'est l'occasion pour moi de filer d'ici en vitesse.

Mais cette simple pensée me met au désespoir.

*Putain.* Mon propre corps me trahit. Bon, d'accord. Je vais le faire sortir, et ensuite je filerai d'ici.

Prenant une grande inspiration, je ramasse le tronc et le soulève à nouveau. Il bouge, et je le traîne en arrière, le tirant avec moi.

Si je me brise le dos en transportant ce tronc, Bardhyl aura une dette éternelle envers moi.

Mon cœur bat la chamade à chaque fois que je repense à ses yeux verts et ces cheveux blond-blanc qui enveloppent ses larges épaules.

Je déteste l'admettre, mais le voir a réveillé quelque chose en moi. Des papillons, surtout. Ces choses encombrantes volent en tous sens dans mon ventre.

Agrippée au tronc, je le fais avancer par saccades sur le sol, petit à petit, jusqu'au trou ; là, je le lâche pour tenter de reprendre mon souffle. La sueur dégouline le long de dos. Je jette un regard à Bardhyl.

– Comment ça va, bébé ? demande-t-il.

– Je ne sais même pas pour quelle raison je t'aide, étant

donné que la dernière fois que je t'ai vu, tu m'as malmenée. Et ensuite tu m'as jetée dans la maison de quelqu'un.

Il me rit au nez, et autant il m'exaspère, autant c'est le son le plus délicieux que j'aie jamais entendu (que les Dieux aient pitié de moi).

– Je te donnerai tout ce que tu veux quand je sortirai. Mais arrête de perdre du temps.

Je soupire et reviens au tronc qui me fait trembler les muscles. Je gagne l'autre extrémité du tronc mort, qui fait près de six mètres, et essaie de trouver comment faire.

Je me penche, le soulève et le pousse en avant. Lentement, le bois passe par-dessus le bord du trou. Je pousse, donnant tout ce que je peux, et soulève peu à peu mon extrémité pour que la base pénètre dans le trou. Il glisse en avant, et soudain la base heurte la paroi et reste en place, coincée.

– Merde ! (J'accours au bord du trou, le souffle court.) Tu peux sauter pour l'attraper ?

Il arque un sourcil, comme si je lui avais demandé de sauter sur la lune.

– Est-ce que tu as pris le tronc le plus long de la forêt ?

– Pardon ? J'essaie, au moins, soupiré-je en me détournant.

J'enroule un bras autour du tronc à mi-hauteur et le soulève un peu vers l'arrière, puis utilise la moindre force qui me reste pour soulever mon extrémité plus haut.

La sueur me dégouline sur le visage, et l'épuisement se love dans ma poitrine. Je ne sais pas combien de temps je vais pouvoir faire ça avant de m'évanouir.

Une silhouette floue débarque sur ma gauche.

Elle se heurte à moi, me soulevant du sol, et je lâche le tronc.

Je hurle. Mon dos retombe si lourdement sur le sol que j'en ai le souffle coupé.

La panique me submerge et l'adrénaline s'empare de moi, tandis qu'une forme musclée me chevauche.

Une main charnue s'abat sur ma joue. Je vois des étoiles et la douleur explose ; je crie en continu.

Je balance des coups de poing et tente de repousser le loup métamorphe sauvage, qui m'arrache mes vêtements.

Il grogne, et une odeur pestilentielle de loup, et de terre me frappe de plein fouet. Je le roue de coups de poing, sans jamais m'arrêter. Mais cela ne semble faire aucune différence pour cet homme taillé comme un roc.

Il n'est pas très massif mais il est sacrément fort, il me terrifie.

– Femme, me grogne-t-il, comme s'il avait oublié comment parler, parce qu'il est devenu l'animal qu'il est censé être.

Courageuse, je le griffe au visage, écorchant sa peau, le faisant saigner. Il me frappe de nouveau en pleine figure, mais je ne m'arrêterai pas. Je ne me laisserai plus jamais faire.

Je tapote le sol autour de moi.

Ma main se referme sur une branche. Je m'en saisis et la lui balance en plein visage, visant ses yeux.

Cet abruti couine comme un putois et recule, les mains sur la figure. Je le repousse et profite de cet infime instant pour me dérober de sous lui.

Je recule précipitamment sur les mains et les genoux.

Une main puissante me saisit la cheville et me tire en arrière. Un pied s'écrase sur mes fesses, m'aplatissant sur le ventre.

Je hurle et me débats pour m'en sortir.

Il tire sur mon pantalon pour le descendre sur mes fesses.

Mes cris terrifiés m'étranglent. J'attrape la première pierre que je trouve à proximité, puis me retourne juste au moment où son poids ne pèse plus sur moi.

Je roule prestement sur le dos puis recule, ma main tenant fermement la pierre. Je tremble comme une feuille, et mon cœur crépite comme une mitraillette.

Devant moi se tient Bardhyl, aussi grand et large qu'un ours. Dominant le loup sauvage, il bourre de coups de poing la tête du type, faisant gicler le sang à chaque coup mortel.

Le visage de mon héros est déformé par la fureur quand il empoigne le cou du métamorphe, enfonçant les doigts dans sa gorge.

Le loup sauvage a un regard terrifié.

Bardhyl lui arrache la gorge, qu'il garde dans sa main.

Il y a du sang et des tendons partout.

Mon estomac se révulse.

L'homme tombe au sol, gargouillant, saignant à mort, et meurt rapidement.

Bardhyl jette sa gorge au loin, et crache avant de s'essuyer la bouche avec la manche de son manteau. Il a d'autres taches sur les joues, et quand il me regarde, la dureté de ses traits s'atténue.

– Est-ce que tu es blessée ?

Il se penche et saisit mon bras pour me remettre debout. Mes mains se tendent par réflexe vers les muscles durs de sa poitrine. Il me scrute de la tête aux pieds, à la recherche de blessures, je suppose.

– Ce que tu viens de faire, c'était…

Je déglutis avec difficulté.

– Cette merde méritait mille fois pire pour t'avoir touchée.

– C'était incroyable.

Quelque chose d'aussi perturbant ne devrait pas me paraître aussi exaltant. Mais ce loup Viking m'a sauvée, et le regarder détruire ce monstre m'a fait battre le cœur plus vite. Il a fait ça pour *moi*. Je devrais me détester d'apprécier un tel spectacle, mais ce n'est pas le cas. Mon corps vibre quand je le regarde, et c'est très exaltant de savoir qu'un homme aussi puissant me protège.

Je jette un œil dans le trou d'où sort le tronc.

Bardhyl glisse son bras dans mon dos, et me serre contre lui.

– Il faut que nous partions maintenant, il y en a d'autres qui arrivent.

Hâtivement, nous laissons derrière nous le chaos, et ce n'est que quand l'adrénaline commence à retomber que je ressens les douleurs, et la peur, en réalisant avec une clarté étonnante que j'ai failli être violée. Je repousse cette idée bien loin, parce que je ne peux pas laisser ces émotions m'atteindre. Je m'en suis sortie, c'est tout ce qui compte.

Quand je regarde Bardhyl, mon cœur me supplie de retourner avec lui chez les Loups Cendrés.

Sauf que mon esprit sait que si je les rejoins, je leur apporterai la mort. Y retourner n'est pas une option.

# CHAPITRE 7

BARDHYL

Mon loup s'est toujours senti connecté à Meira, dès notre première rencontre à la maison commune de la meute. Je l'avais surprise en train d'essayer de s'échapper ; elle m'a résisté dès le début. Bon sang, ça m'a tout de suite attiré vers elle. C'est une survivante, elle l'a été toute sa vie, ce qui signifie que c'est une tête brûlée, qu'elle ne recule pas. C'est la seule façon d'exister seul dans ce monde.

J'ai grandi en me battant pour voir arriver une nouvelle aube, alors je la comprends. Ma meute au Danemark a été massacrée par une meute voisine. Je n'ai survécu que parce que ce matin-là, j'étais parti chasser. Quand j'ai découvert le massacre, je me suis perdu.

Je me passe une main dans les cheveux et mes doigts frôlent la cicatrice sur mon oreille, vestige de la bataille qui s'est ensuivie.

La vengeance transforme le guerrier le plus endurci en Berserker[1]. Pendant des semaines, des mois, j'ai pourchassé les Alphas responsables, sans me préoccuper de ma propre vie. J'ai vu rouge, la fureur m'a consumé, jusqu'à ce que je les attrape.

Je pousse un gros soupir à ce souvenir. Seul Dušan connaît la vérité sur ce qui s'est passé, sur le massacre que j'ai laissé sur mon passage. Il a vu le véritable monstre qui vit en moi. Il était venu parler à ces Alphas après qu'ils l'avaient trahi, et ils s'étaient retournés contre lui.

Oui, j'aime à croire que mon intervention l'a sauvé, mais, à la vérité, j'ai perdu tout contrôle et j'ai littéralement massacré tous les Alphas de cette meute. Dušan m'a sauvé avant que je ne fasse quelque chose de pire, dont je n'aurais jamais pu me remettre.

Mon estomac se contracte, parce qu'après tout ce temps, j'aime à penser que je ne suis plus cette personne.

Merde, je déteste me rappeler ces moments. Je me hais pour ce que j'étais à cette époque.

Meira se serre contre moi et me distrait. Cette petite Oméga a soulevé beaucoup de poussière dans son sillage depuis qu'elle est arrivée au camp.

La plupart des Omégas que j'ai rencontrées sont passives, et à cet instant, Meira se comporte plus comme elles qu'à l'ordinaire. Une Oméga typique accepte son rôle de partenaire d'un Alpha, l'union leur apporte énormément de plaisir à tous les deux, mais en plus elle soulage les douleurs croissantes qu'une Oméga subit si elle n'a pas son content d'Alpha. Littéralement.

Mais cette petite allumeuse me tient complètement, me fait ressentir tellement plus que je n'ai jamais ressenti avec aucune autre Oméga auparavant. J'en ai rencontré beaucoup, les ai sautées, mais rencontrer cette perfection n'était pas mon destin.

Maintenant, quand je regarde Meira accrochée à mon bras, un monstrueux instinct protecteur me submerge. Je traverserais les enfers pour la garder en sécurité.

Sauf qu'elle est prise... En fait, réservée par mon véritable Alpha, Dušan, ainsi que par Lucien. Bien que cette petite femme soit un mystère compliqué, car elle ne s'est pas encore transformée en louve. Ce qui veut dire que l'union avec ses partenaires n'est pas complète. Ce qui fait que son corps sécrète toujours une phéromone qui incite les mâles à la revendiquer et tenter leur chance, au cas où elle serait leur compagne.

D'après ce que je ressens au fond de moi, je crains que mon cœur n'attende quelque chose qui n'arrivera jamais.

Je ne suis pas son partenaire. C'est impossible, et ce que je ressens n'est que le résultat de ses phéromones incontrôlables.

– Tu es sûre que tu vas bien ? lui demandé-je, car elle ne m'a pas insulté depuis un petit bout de temps.

Elle hoche la tête et s'essuie rapidement les yeux.

– Je ne te quitterai plus des yeux, ajouté-je. Je te promets d'assurer ta sécurité, mais tu feras ce que je te dis, et tu ne t'enfuiras pas, compris ?

– Sais-tu où se trouve la rivière ?

Elle m'ignore, et me regarde de ses grands yeux couleur bronze, qui me rappellent un coucher de soleil roussâtre. Elle a des traits délicats et pourtant son regard est toujours flamboyant. Même à cet instant, il brille intensément.

– Elle n'est pas loin. Je vais t'y emmener. C'est sur le chemin du retour.

Je la sens se raidir à mes côtés, mais je n'en dis pas plus. Elle est magnifique, dans tous les sens du terme. Elle ne m'appartient pas, peu importe le désir de plus en plus intense que je ressens à son égard. Mais bien que deux Alphas l'aient déjà marquée, elle est prête à s'enfuir de nouveau. Je le vois à son regard fuyant, je le sens à son pouls qui s'accélère.

Elle est sauvage, et n'a aucune idée de ce que signifie être une Oméga.

– On ne t'a jamais appris les rôles des loups dans les meutes ? demandé-je, y gagnant un regard de travers.

– J'en sais suffisamment, remarque-t-elle. Les Alphas sont

au sommet de la chaîne alimentaire et les Omégas sont censées leur être soumises. Est-ce que j'ai bon ?

Je ris de sa fougue.

– Une fois qu'un Alpha a rencontré sa partenaire Oméga, il ferait n'importe quoi pour elle, combattre une armée, lui ramener les baies les plus rares de la région la plus hostile, si elle le lui demandait. Ne le vois-tu donc pas ? Les Omégas, ce sont elles qui contrôlent les Alphas.

Elle ne répond pas, mais la surprise que je vois dans ses yeux en dit long. J'espère que cela l'aidera à comprendre à quel point son appartenance à une meute est primordiale.

Nous marchons en silence, et je garde mon attention et mes sens rivés sur la forêt qui nous entoure. Le danger est partout, il faut que je la sorte d'ici.

Elle finit par rompre le silence.

– Est-ce qu'ils t'ont envoyé seul pour me trouver ?

– Dušan et Lucien te cherchent aussi. J'ai repéré ton odeur un peu plus tôt et je t'ai suivie, jusqu'à ce que je tombe dans ce maudit piège. J'aurais dû le voir venir mais je fuyais un groupe de morts-vivants, je ne faisais pas attention.

– Je ne peux pas y retourner avec toi, explique-t-elle simplement, comme si je n'avais pas mon mot à dire sur le sujet.

Elle me donne envie de rire, tant elle est adorable de croire qu'elle a une chance de m'échapper maintenant que je l'ai trouvée.

– Et je n'arrêterai pas de te traquer.

Elle me jette un regard menaçant. Effrontée, elle s'écarte de moi. Nous progressons rapidement à travers l'épaisse forêt, par-dessus des buissons, sous des branchages. De temps à autre, je biaise un regard à Meira qui semble à des kilomètres, perdue dans ses pensées.

– Pourquoi t'es-tu enfuie ? demandé-je.

Il y a tellement de choses que je voudrais lui dire, mais je ne vais pas lui parler de sa maladie pendant que nous courons à travers bois.

– Je suis sûre que tu sais pourquoi, sinon tu ne serais pas là. Dušan a dû tout te raconter.

– S'enfuir n'est pas la bonne solution.

– Ça l'est à mes yeux. Et tu as perdu ton temps. J'apprécie ton aide. Je te suis très redevable, mais je n'y retournerai pas.

Je n'insiste pas, car je soupçonne qu'elle changera d'avis une fois qu'elle sera en compagnie de Dušan et Lucien. Quand une Oméga a reçu la marque d'un Alpha, la connexion entre eux est indestructible. Même si la celle-ci n'est pas encore tout à fait complète, l'attrait de leur accouplement initial a fusionné leurs destins.

La rivière gargouillante apparaît au-delà de la limite des arbres, et la voir me réchauffe le cœur. En la suivant, elle nous mènera directement à l'enceinte des Loups Cendrés.

Que ne donnerais-je pas pour être de retour à la maison, profiter d'un repas copieux puis d'une petite coquine dans mon lit. Je jette un œil à Meira qui marche à mes côtés. Elle est menue, mais elle a toutes les courbes dont un homme peut rêver. Cette femme est belle à se damner, et l'idée d'être enfermé dans ma chambre avec elle fait tressaillir ma hampe. Plus je la regarde, moins je peux empêcher mon esprit de s'égarer là où il ne devrait pas. Entendre ses cris quand je la ferai jouir, sentir son corps bouger et frémir sous moi...

Merde, ces pensées ne m'aideront pas à garder mes distances. Je me suis bien débrouillé seul jusqu'ici, je n'ai pas envie des complications qu'entraîne la responsabilité d'une Oméga. En plus, elle est déjà prise.

Nous approchons de la rivière en silence. Une fois arrivés, je scrute les alentours à la recherche de morts-vivants, puis lève le nez pour humer l'air. Nous sommes seuls. Le soleil est au zénith, ce qui signifie que nous avons besoin de chaleur et de nourriture, car nous n'arriverons pas à l'enceinte de la meute ce soir.

J'ôte mes bottes et mon t-shirt taché de terre et de sang. Quand je tire sur ma ceinture, Meira s'éclaircit la gorge.

– Qu'est-ce que tu fais ? me demande-t-elle, haussant les sourcils.

Je la regarde avec un sourire rayonnant à l'idée de l'embarrasser.

– Nous allons nous laver tous les deux, ainsi que nos vêtements. Il faut enlever l'odeur du sang sur nos corps. Ensuite nous nous assiérons au soleil pour sécher un peu.

– Alors garde tes vêtements, rétorque-t-elle, les mains sur les hanches.

J'adore son agressivité. Elle titille mon loup, qui a envie de la briser, de la dominer.

– Et où serait le plaisir dans tout ça ? dis-je.

Le léger hoquet dans son souffle me fait sourire, quand je baisse mon pantalon et m'en extrais. Je suis nu. Les joues de Meira rougissent, et malgré sa froideur, ses yeux plongent vers ma hampe, à moitié en érection. À en juger par sa bouche bée, elle est impressionnée.

Je ris de son incapacité à se retenir.

– À ton tour, mon chou.

Elle ricane et lève les yeux au ciel en reculant.

– Dans tes rêves.

Je ne suis pas du genre à céder, alors je réduis la distance entre nous, j'envahis son espace personnel. Elle fronce les sourcils et tente de reculer encore, mais j'attrape son bras avant qu'elle ne m'échappe.

– On peut faire ça de deux façons. Soit tu te déshabilles, soit je te déshabille.

– Lâche-moi. Je vais me laver avec mes vêtements.

– Ce n'est pas une option. Tu ne te laveras pas correctement, et tu mettras plus de temps à sécher.

Je tends la main vers son haut, mais elle me l'écarte d'une tape.

Le feu s'embrase dans ma poitrine, et je lui saisis le menton, l'obligeant à me faire face. Je n'ai pas l'habitude qu'une Oméga se rebiffe, et cette louve ne fait que me pousser à bout.

– As-tu pris ta décision ? dis-je, dents serrées, en me penchant plus près d'elle.

– Je vais le faire moi-même, siffle-t-elle.

Je la relâche.

– Bien.

Elle fulmine, je vois bien à son expression qu'elle est furieuse, mais elle n'ajoute pas un mot, et commence à se déshabiller.

Je regarde droit devant moi pour lui laisser un peu d'intimité, mais elle reste dans ma vision périphérique. Après quoi elle déambule juste devant moi, nue comme un nouveau-né, et je peux contempler son cul parfait, qui remue à chaque pas d'une manière qui me fait durcir la queue.

Elle entre dans l'eau et me regarde par-dessus son épaule, ses délicieuses lèvres boudeuses entrouvertes sur un sourire.

– Tu es content maintenant ?

Mes lèvres s'étirent en un demi-sourire.

– J'ai bien d'autres idées en tête, qui me rendraient plus heureux encore.

Meira prend une profonde inspiration, et se jette à l'eau. Mon regard s'attarde sur sa petite taille et à la courbe de ses fesses, et je suis obnubilé par l'idée de ses jambes musclées enroulées autour de moi. L'eau remue doucement, clapote contre ses hanches tandis qu'elle continue d'avancer.

Je la rejoins – l'eau est méchamment glaciale. *Putain de merde.*

Elle se tourne vers moi en s'enfonçant dans l'eau qui lui arrive maintenant au cou, et les globes bronze pâle de ses yeux m'étudient attentivement. Alors j'avance, même si j'ai l'impression que je vais m'évanouir d'hypothermie. Mes testicules vont se réduire à des cacahouètes.

– Tu as du mal ? se moque-t-elle, me défiant du regard.

*Défi accepté.*

Je plonge directement, et je me fous d'avoir l'impression de m'écraser dans un bac de glace. Je glisse sous la surface dans l'eau trouble, mais je repère ses jambes droit devant. Je jaillis hors de l'eau à quelques centimètres d'elle.

Elle recule, éclaboussant comme un poisson qui étouffe, et perd pied.

Je ne peux m'empêcher de rire quand elle refait surface. Elle est furieuse, mais tout ce sur quoi j'arrive à me concentrer, ce sont ces jolis petits seins surmontés de cerises rouge profond, dressées et dures. Mon sang s'accumule vers le bas, et je commence à penser que ce n'était peut-être pas une si bonne idée, après tout.

Elle se couvre vite de ses mains.

– Tu devrais peut-être te concentrer sur ta toilette, me dit-elle. Et tu pourrais aussi te rendre utile en allant chercher nos vêtements pour qu'on les lave.

Oh, elle est très douée pour éprouver ma patience. Malgré tout je n'ai qu'une envie, enfouir mon visage entre ses cuisses. Alors je me retourne et lave mon corps et mon visage de tout le sang et de toutes les odeurs possibles. Puis je vais récupérer nos vêtements. Elle m'arrache les siens des mains et je secoue la tête, parce que Dušan et Lucien auront fort à faire avec cette Oméga.

Maintenant, il faut juste que je m'abstienne de la toucher avant de faire une terrible erreur.

*Meira*

𝓑ardhyl est terriblement dominateur, tout comme Dušan et Lucien, c'est pourquoi nous sommes tous deux nus dans la rivière. Je vois mon erreur maintenant… jamais je n'aurais dû le sortir de cette fosse. Maintenant, il a constamment l'œil sur moi, ça va être terriblement difficile de m'échapper. Je ne suis pas dupe de la façon dont il étudie mon corps, et je vois bien comme sa large hampe durcit. Sérieux, ces trois loups ont assez de munitions pour imprégner toutes les femelles de ce pays. Mais je ne peux ignorer le désir qu'il éveille en moi.

Je m'éclabousse le visage, et fais courir mes doigts dans mes cheveux mouillés. Bardhyl ne s'éloigne pas assez de moi pour calmer mon pouls rugissant. Je déglutis avec difficulté, j'ai soudain la gorge sèche en sa compagnie.

Une brindille craque derrière moi. J'ai une poussée d'adrénaline, et je sursaute, me pressant stupidement contre lui. Son membre se loge tout contre mon bas ventre, et maintenant je rougis de façon ridicule.

En riant, il passe sa large main dans mon dos, me ramenant encore plus contre lui.

– Ce n'est qu'un lapin, petit oiseau.

Je tourne la tête et entrevois la petite boule de poils marron qui bondit dans les bois.

Bardhyl glisse un doigt sous mon menton pour que je le regarde, tandis que sa main reste posée en éventail sur le bas de mon dos, me pressant tout contre lui. Son pouce caresse tendrement mon dos, envoyant des frissons d'excitation le long de ma colonne. Je sens son érection se dresser entre nous.

– Tu n'as pas à avoir peur.

Je plonge dans ses grands iris vert foncé. Je suis peut-être encore secouée, mais je suis furieuse après moi-même d'être si nerveuse. C'est parce que Bardhyl me distrait que je me sens si mal. J'ai survécu tout ce temps parce que je repère tout autour de moi. Mais d'un autre côté, je ne m'étais jamais retrouvée avec un homme délicieux qui me fait palpiter de chaleur à chaque fois qu'il me regarde. Il faut que je me ressaisisse, et que je ne pense surtout pas à ce que ça me ferait de l'embrasser, grimper sur lui ou…

C'est peut-être normal d'être attirée par ces Alphas, étant donné que ma louve ne veut pas venir jouer, ce qui fait que mes hormones se déchaînent. Mais ce que j'ai remarqué, c'est que depuis que j'ai trouvé Bardhyl et que je suis avec lui, je n'ai pas ressenti ce manque atroce des autres Alphas, ni même la douleur de ma propre maladie.

J'inspire et m'écarte de son emprise dans une gerbe d'eau, même si mon corps tremble d'envie de m'abandonner au désir qui envahit mes veines.

Mais je ne me laisserai pas retomber dans le piège. Je souffre déjà du manque des deux autres Alphas, alors à quoi je pense ? En ajouter un troisième à mon palmarès ? *Merveilleuse idée, Meira.* Et pourquoi pas me constituer un harem, pendant que j'y suis ?

— Meira, prononce-t-il en me gratifiant d'un sourire sexy.
— Oui ?

J'attends qu'il parle, n'ayant aucune idée ce qu'il va dire, mais je ne peux qu'imaginer que ce sera quelque chose qui va m'embarrasser.

— Si tu es curieuse, tu peux toucher…
— Tu te moques de moi ? rétorqué-je.
— Ne sois pas timide, mon cœur. La plupart des femmes qui me rencontrent en ont envie, et comme nous sommes nus tous les deux, je t'en donne la permission.

Je reste bouche bée devant tant d'arrogance et de franchise. Personne ne m'a jamais parlé comme le font ces Alphas – surtout parce que je n'ai pas grandi parmi eux. Ils sont terriblement arrogants et me font des propositions en permanence. Et mon corps me trahit, bien entendu, s'embrasant d'un feu ardent au moindre contact.

J'arque un sourcil, durcissant mon expression.

– Je suis sûre que tu es très doué pour toucher ta propre queue.

Il éclate de rire, la main sur le ventre, comme s'il baignait dans l'allégresse.

Mais qu'est-ce qui ne va pas chez lui ?

– Je savais que tu ne pouvais pas t'empêcher de penser à ma queue. J'étais en train de te parler de toucher mes muscles.

Il sourit sournoisement, en gonflant ses biceps.

– Mais bien sûr.

Je l'éclabousse, trempant son visage et sa poitrine, mais il continue de rire de sa blague stupide. Sérieusement, j'aurais dû me douter que c'était le blagueur des Alphas. Comme il ne cesse de rire, je change de sujet.

– Est-ce qu'il y a des Vikings dans tes ancêtres ? demandé-je en contemplant cette armoire à glace qui se frotte le visage.

L'eau lui arrive à la taille, et il fléchit ses énormes biceps. Sa poitrine est facilement deux fois plus large que la mienne, et il a des poils clairs sur des pectoraux puissants. Son ventre est encore plus musclé. Avec ses cheveux blond cendré qui tombent sur ses épaules et ses hautes pommettes anguleuses, il a clairement l'étiquette *Viking*.

– On dit que mes ancêtres étaient des Vikings, oui.

Il baisse les yeux sur moi, attendant de savoir pourquoi je pose la question.

– Je suis curieuse au sujet de ton loup, commencé-je. Il y a des histoires au sujet des Berserkers, de farouches guerriers connus pour aller au combat avec une rage aveugle, hurlant comme des bêtes sauvages, leurs armes entre les dents.

– Et tu penses que je perds le contrôle quand je prends ma forme de loup ?

Je hausse les épaules.

— Est-ce que tu ressens parfois cet appel du passé ? Maman m'a dit une fois que le loup qui se forme en nous est une création de notre lignée.

— C'était une femme intelligente, et elle avait raison. Si mon père vivait toujours, il te dirait que les Berserkers survivent farouchement dans notre lignée.

Il éclate de rire, comme s'il se rappelait une anecdote au sujet de son père.

Je ne peux m'empêcher de songer qu'il a dit que ma mère était intelligente. D'après ce que j'ai vu, la plupart des mâles considèrent les femmes comme des propriétés, des choses à revendiquer. Alors qu'il dise ça me donne envie d'en savoir plus sur qui il est vraiment.

— Mon père n'avait confiance qu'en ceux de sa meute, c'est pourquoi il n'a conservé qu'une petite tribu. Mais parfois, la confiance ne suffit pas à te sauver de la mort, quand l'ennemi est plus fort que toi. C'est une des raisons pour lesquelles j'ai rejoint Dušan. Il croit en la construction d'une grande communauté de loups, pour nous rendre tous plus forts.

Il me sourit, comme si même ses paroles tristes au sujet de son père ne pouvaient lui saper le moral.

— Je suis désolée que tu aies perdu ton père.

Il hausse les épaules.

— Quand tu vis dans un monde brisé, ce genre de merde arrive.

— S'il y a une chose que tous les survivants de ce monde ont en commun, c'est que nous avons tous été témoins des morts de nos proches. Et ça reste ancré en nous.

Il se détourne brusquement de moi et sort de la rivière.

— Il est temps de sortir, ordonne-t-il, n'appréciant visiblement pas le tour que prend notre conversation. Avant de finir fripée comme un pruneau.

Après avoir essoré l'eau de ses vêtements, il s'agenouille

dans les herbes hautes près de plusieurs gros rochers, où il les étale pour les faire sécher au soleil.

Toujours cramponnée à mes propres vêtements, je sors de l'eau, les tenant contre moi comme un bouclier, pas très à l'aise de me promener nue devant ce loup bien bâti.

Tous les loups insistent sur le fait qu'il est normal de se balader dans le plus simple appareil, mais ça ne me convient pas du tout. Je suis la femme qui ne s'est jamais transformée, alors la nudité ne m'est pas vraiment naturelle.

Les yeux de Bardhyl sont rivés sur moi. Toujours sur moi. J'avance en traînant les pieds, et me dépêche d'étendre mes vêtements sur le roc chaud pour qu'ils sèchent, puis je m'asseye plus vite que je ne l'ai jamais fait de ma vie. Mon cœur bat à tout rompre, et c'est dû en grande partie à l'attirance que je ressens pour ce loup.

Il gonfle de nouveau ses biceps.

Je ne peux m'empêcher de me moquer de lui.

— Est-ce qu'il y a vraiment des femmes qui demandent à toucher tes muscles ?

— Ça te surprend ?

— Ce n'est pas le genre de chose que je ferais.

— Ouais, mais tu n'es pas non plus une louve métamorphe typique, mon chou. Tu as grandi seule ici.

Je l'observe attentivement.

— Je ne sais pas si je dois le prendre comme un compliment ou une insulte.

— Ni l'un ni l'autre, confesse-t-il d'un ton rude. C'est un fait.

Je serre plus fort mes genoux contre ma poitrine. Les hautes herbes ondulent autour de nous. Le soleil me réchauffe les épaules pendant que je soutiens son regard.

Il s'éclaircit la gorge.

— Sur une échelle de un à dix, à quel point ce serait grave si je…

– Cinquante, réponds-je en lui souriant, parce que s'il parle de quelque chose de grave, je soupçonne que ça risque d'être affreusement grave.

Il fronce un sourcil.

– Je n'ai pas fini.

– Ce n'est pas la peine. J'ai comme l'impression que ça impliquait de faire quelque chose que je ne voulais pas.

J'ai des frissons dans le ventre à cause des idées qui me trottent en tête. Malgré moi, j'ai envie de savoir exactement ce qu'il allait me proposer.

Il m'étudie attentivement, retroussant les lèvres en un sourire malicieux. Ouaip, quoi qu'il ait eu en tête, c'était cochon.

– Est-ce que tu cesses parfois d'être aussi sérieuse, et profites simplement de la compagnie de quelqu'un ?

Sa question me prend au dépourvu, parce qu'il ne m'était jamais venu à l'idée que je donnais une telle impression. Mais quand il me regarde avec son sourcil arqué, je ne peux m'empêcher de répliquer :

– Et toi, tu ne cesses jamais de plaisanter ?

Son expression se durcit.

– Ma douce, tu ne m'aimerais sûrement pas si tu voyais qui je suis vraiment.

---

1. Note de la traductrice : Selon les légendes nordiques, les Berserkers vikings symbolisaient une rage et une soif de sang incontrôlables, des guerriers féroces qui auraient combattu dans une fureur de transe.

# CHAPITRE 8

MEIRA

Aimer ! Est-ce que Bardhyl vient vraiment de parler d'amour ?

Bien sûr, c'est une façon de parler, et il ne parle pas réellement d'amour, mais ce mot me hante. Peut-être parce que la seule personne à me l'avoir jamais dit, c'était maman. Je n'ai même jamais été assez proche de quelqu'un pour ne serait-ce que plaisanter à ce sujet.

Bardhyl me donne envie de m'asseoir et discuter avec lui pendant des heures, même s'il m'agace au plus haut point.

Il est étendu sur l'herbe à présent, les yeux clos, profitant du soleil le temps que nos vêtements sèchent.

Je contemple la rivière, adossée au rocher chaud.

M'enfuir maintenant serait stupide, alors je vais attendre le moment où ce grand type à côté de moi sera vraiment endormi. Ensuite je m'enfuirai.

Je suis tellement fatiguée de regarder en permanence par-dessus mon épaule. Épuisée de me sentir comme un lapin en fuite dans un monde peuplé de loups. Ce qu'il me faut, c'est trouver la plus grosse colonie possible de Monstres de l'Ombre et m'installer près d'eux. Bien sûr, leur vue n'est pas vraiment la plus jolie qui soit, leurs gargouillis et gémissements constants sont agaçants, et ils puent, mais quand on est en galère, on n'a pas vraiment le choix, si ?

Et je refuse de me laisser aller à mes émotions, me rappelant que c'est pour la sécurité des Alphas que je dois fuir. Ils finiront par m'oublier. Il le faut... J'ai besoin d'y croire, comme ça je saurai que je peux faire de même de mon côté.

– Il est temps de partir, ordonne Bardhyl. Trouvons un abri pour la nuit, et demain nous devrions rentrer à la maison.

Son ombre tombe sur moi quand il attrape ses vêtements sur le rocher près de moi.

Je récupère les miens, tout en me couvrant la poitrine d'une main. J'enfile prestement mon haut par la tête, glissant mes mains dans mes manches toujours humides. J'aurais pu me passer de porter des fringues humides.

– Tu n'es pas la personne que je préfère en ce moment, lui dis-je.

Je fourre mes pieds dans les jambes de mon pantalon que je remonte vite pour me couvrir.

– Alors c'est que je fais bien mon boulot. Je n'essaie pas de me rendre sympathique à tes yeux, marmonne-t-il.

Je me retourne pour lui faire face tandis qu'il reboutonne son jean et rentre partiellement sa chemise, tête baissée, ses longs cheveux blonds retombent en cascade devant lui. Tout ce que je vois, ce sont des bras forts et puissants, et des muscles. Cet homme imposant me domine largement, et il emploiera la force s'il le faut pour me garder auprès de lui. Pour cette raison, je le déteste. Mais mon corps lui répond de la plus belle des façons, et une vague d'excitation monte en moi, me léchant la peau, laissant deviner le désir de plus encore.

Toutefois ses ordres désinvoltes m'irritent.

– Je ne m'attends pas à ce que tu m'apprécies, mais j'espère que tu auras un peu de compassion. Je suis brisée, Bardhyl. Un danger pour la meute. Tu ne vois pas que c'est pour ça que je ne peux pas y retourner avec toi ?

Je vais pour m'éloigner quand il me saisit le menton, pas assez fort pour me faire mal, mais suffisamment pour m'immobiliser. Il caresse ma joue de son pouce et me regarde avec tant de passion que je ne peux pas supporter les choses telles qu'elles sont entre nous. Je ne veux rien savoir en vérité, car je souffre déjà d'avoir laissé deux Alphas derrière moi. Alors je supplie l'univers de ne pas en ajouter un troisième. Je sens que mon corps répond au contact de Bardhyl de la même façon qu'il répondait à Dušan et Lucien. Un brasier s'enflamme entre mes cuisses. La louve en moi n'est peut-être pas encore sortie, mais elle n'hésite pas à me faire savoir quels hommes elle désire.

– Qu'est-ce que tu penses qu'il va se passer si tu ne retournes pas auprès de tes Alphas ? demande-t-il.

– De quoi tu parles ?

Je n'arrive plus à me concentrer que sur l'endroit où il me touche. Tant que je suis à portée de vue, je suis d'une certaine façon la personne la plus importante de son univers.

Bardhyl me fait penser aux deux autres, mais plutôt que de me laisser aller vers ce loup, il faut que je reste forte. Rassemblant toutes mes forces, je m'arrache à sa prise.

– Ils vont m'oublier et trouver quelqu'un d'autre. Toutes les femelles de votre meute seraient ravies de s'accoupler avec eux.

Alors que ces mots s'échappent de ma bouche, la douleur me transperce la poitrine. J'ai entendu parler de loups qui vivaient heureux sans partenaire. Des Omégas non accouplées qui faisaient de parfaites compagnes pour leurs Alphas, sans qu'il y ait cette connexion profonde. C'est possible.

Bardhyl me jette un regard perplexe, comme si j'avais perdu l'esprit.

– Je crois que toi et moi devons avoir une longue conversation au sujet des roses et des loups.

J'éclate de rire.

– On dit « des roses et des *choux* ».

– Pas là d'où je viens, et visiblement, tu en sais très peu sur ta propre espèce. Ou sur le fait que, si tu ne retournes pas auprès de tes Alphas, la douleur que tu ressens à cause de l'éloignement deviendra si intense que tu auras envie de mourir.

– Non, la distance brisera notre lien. Il le faut. Ma réponse agacée fuse toute seule :

– M'effrayer ne me fera pas changer d'avis. Tu peux tourner les mots dans tous les sens, mais leur signification restera la même.

– Je ne t'ai jamais prise pour une philosophe. Pour moi tu es plutôt un genre d'allumeuse.

– Ah. Ce qui démontre bien à quel point tu me connais mal.

Je me détourne de lui, brûlante de colère qu'il me juge aussi inconstante.

Je lui fais un doigt d'honneur.

– Ne prends pas mon admiration pour ton corps nu pour ce que ça n'est pas. Je te déteste. Et peu importe la taille de ta queue.

J'entends ses pas derrière moi, ainsi que son petit rire. Je regrette intérieurement d'avoir lâché cette dernière phrase. Je voulais l'insulter, mais en fait je l'ai complimenté. Qu'est-ce qui ne va pas chez moi ?

Oh, je sais. Mon côté vulnérable et en manque de sexe me fait dire des trucs ridicules.

– Si tu veux, mon cœur, je peux te montrer à quel point elle peut encore grandir, si tu penses que *ça*, c'est gros.

Je refuse de lui céder et ne réponds pas. Ici j'ai le dessus, car je suis immunisée contre les Montres de l'Ombre, ce qui fait ma force. Maintenant, si nous pouvions de nouveau croiser la route de morts-vivants, tout serait parfait.

Tout le monde a son chemin à suivre dans la vie, et le mien, c'est d'être seule dans les bois. Je n'ai pas peur du noir ni du virus. Ce qui m'effraie le plus, ce sont les autres gens.

Devenir trop proche.

Pour les perdre ensuite.

Ce chagrin, c'est pire que la mort.

Après avoir tout perdu déjà, j'ai juré de ne jamais plus aller à l'encontre de ce que me dicte mon cœur.

Le souvenir lointain de ma mère s'est atténué, je l'ai laissé s'éloigner. À présent je continue d'avancer et j'attends le bon moment pour bouger à ma guise.

– Ton odeur est différente, remarque-t-il tout à coup, ses yeux fixés sur moi.

– Chaque loup a une odeur unique, lui rappelé-je.

– Mais la tienne est plus qu'une odeur de louve, Meira.

Je m'arrête et lève le menton vers lui. Quelque chose durcit dans le creux de mon estomac.

– Qu'est-ce que tu es train de me dire ?

– Que quand je respire l'air autour de toi, mon loup devient dingue de désir de te revendiquer, mais il gémit aussi à cause de ta maladie.

J'ai les joues en feu.

– Je suis déjà au courant. C'est pour cette raison que ma louve refuse de sortir. Mais je te remercie de me faire remarquer à quel point je suis différente.

– Ce n'est pas ce que je dis.

Il reste à la traîne tandis que je marche d'un bon pas. Mais soudain, il est à mes côtés et m'attrape le poignet.

– Est-ce que tu t'es jamais demandé pourquoi tu te sens mal et tu vomis du sang ? Dans l'enceinte, Dušan m'a dit à quel point tu es malade. Mais aucun métamorphe ne souffre de ce genre de maladie, même quand son loup ne s'est pas encore montré.

– Oui, et alors ? Qu'est-ce que tu veux que je te dise ? J'ignore pourquoi je suis mal foutue.

– Oh, ma chérie.

Il prend mon visage entre ses mains, mais j'en ai assez de tout ça, et je le repousse des deux mains sur son torse.

– Arrête.

– Non. Je n'arrêterai pas tant que tu n'auras pas bien compris.

– Mais bon sang, de quoi est-ce que tu parles ? m'écrié-je, tremblante. Arrête de tourner autour du pot. Dis-moi ce que tu sais.

Son expression se fait stoïque.

– Dušan a demandé des analyses de ton sang quand tu étais dans l'enceinte, et on croit savoir pourquoi tu es malade, et pourquoi les morts-vivants ne te touchent pas. Et c'est peut-être aussi la raison qui empêche ta louve de sortir.

J'ai le cœur serré à ces paroles.

– Qu'est-ce que les tests ont montré ?

Ma voix est plus ténue que je l'aurais voulu, et je déteste cette peur derrière mes mots.

Un chœur de gémissements s'élevant droit devant nous détourne mon attention.

Je repère un groupe d'au moins vingt Monstres de l'Ombre qui se précipitent sur nous. Nous sommes à découvert et parlons bien trop fort, ce qui les attire.

Bardhyl me tire par la main dans la direction opposée, mais mon esprit me hurle de me libérer pour courir vers les morts-vivants. C'est ma chance de me débarrasser de cet Alpha, de me retrouver seule et de disparaître du Territoire des Ombres une fois pour toutes.

Mais je n'arrive pas à me sortir ses mots de l'esprit. Il sait ce qui ne va pas chez moi. Depuis que j'ai perdu maman, j'ai cherché à comprendre pourquoi je suis différente. Et si la découverte de Dušan pouvait me fournir un remède pour faire sortir ma louve coincée en moi ?

L'espoir qui enfle dans ma poitrine me fait suffoquer.

– Mais putain, Meira, bouge ton cul !

Les morts-vivants approchent vite et la panique tord les traits de Bardhyl, en proie au dilemme de savoir s'il doit me laisser tomber pour sauver sa peau.

Mais si nous nous séparons maintenant, je ne saurais jamais la vérité sur ce qui cloche chez moi.

Maudits Monstres de l'Ombre. Ils pouvaient attaquer n'importe quand, et c'est maintenant qu'ils le font ?

Je me détourne d'eux et nous détalons.

Bardhyl me tient contre lui comme pour me protéger, mais c'est *lui* qui court vraiment un danger. Si je veux savoir ce qu'il en est des analyses de sang, je dois m'assurer qu'il survive. C'est drôle comme l'ironie peut être une vraie plaie.

*Bardhyl*

Le souffle court, je martèle le sol de mes pieds, couvrant rapidement du terrain, tirant Meira à mes côtés.

Pendant ces quelques secondes, j'aurais juré qu'elle allait partir, se servant des morts-vivants pour se couvrir, mais lui parler de ses analyses de sang n'aurait pas pu mieux tomber. Je vais me servir de ça pour la garder auprès de moi le plus longtemps possible, et m'assurer de la ramener à la meute.

J'ose jeter un œil en arrière. Ces putain d'enfoirés n'abandonnent pas, bien qu'on ait mis une bonne distance entre eux et nous au sein des bois denses. Ils n'arrêteront pas avant de nous avoir perdus de vue.

— Qu'est-ce que les tests ont montré ? demande-t-elle entre deux halètements. Dis-moi.

— Plus tard, réponds-je.

— Non, maintenant. C'est pile le bon moment, souffle-t-elle à côté de moi. Et si tu meurs et que je ne découvre jamais ce qu'il en est ?

Elle m'exaspère. J'ai envie de la balancer sur mes genoux et de faire rosir son joli petit cul.

Je lui jette un regard sévère, car je vois clair dans son jeu.

— Alors tu ferais mieux de t'assurer que je ne meure pas.

Elle plisse les yeux. Si nous n'étions pas en train de courir à toute bombe, c'est sûr qu'elle m'aurait frappé. Et j'aurais sûrement aimé ça, aussi.

Je saute par-dessus un tronc mort, juste derrière elle, et je me déporte pour suivre la pente descendante du terrain.

Quand elle tourne la tête vers moi, elle affiche un sourire rusé auquel je ne m'attendais pas. Mais elle ne me désoriente pas. Si elle veut jouer à ce jeu, elle ne va pas comprendre ce qui lui arrive. Je peux aussi la pousser à bout, si c'est ainsi qu'elle veut procéder.

Je dérape sur le sol recouvert de feuilles mortes et atterrit en grognant sur les fesses. Je réussis à me relever juste au moment où Meira dégringole la pente raide. Je m'élance, agrippe le dos de son haut et la serre contre moi pour l'empêcher de chuter.

Elle est à bout de souffle. Je regarde derrière nous où une poignée de morts-vivants nous pourchassent encore. Le troupeau s'est vraiment réduit, mais même armé d'un couteau, je ne prendrais pas le risque de me battre ici. Il y en a encore trop qui ont suivi. Ce qu'il nous faut, c'est un endroit où nous dissimuler jusqu'à ce qu'ils disparaissent.

— Là ! crie Meira.

Elle pointe un doigt légèrement sur notre droite, mais je ne vois que des arbres.

Quelques secondes plus tard, nous faisons irruption hors des bois, chacun par un côté, dans une petite clairière au bord d'une falaise.

Mes yeux s'arrêtent sur un pont délabré, fait de cordes et de planches de bois, qui a l'air prêt à s'effondrer si l'on pose le pied dessus. Il s'étend sur une centaine de mètres au-dessus d'une gorge, vers un endroit qui a l'air libre de morts-vivants. Mais ce pont est très haut, et je ne suis pas sûr qu'il soit bien solide.

Meira s'élance la première pour traverser cette chose branlante, ce qui est très courageux de sa part.

Je souris intérieurement, mais ce moment de joie s'évapore quand un gémissement guttural s'élève derrière moi.

Nous fonçons sur le pont dont les planches grincent sous mon poids, tandis que toute la structure commence à se balancer sous le mouvement de nos pas rapides.

Je commets l'erreur de baisser les yeux vers la rivière qui serpente au-dessous de nous, et la hauteur me donne le vertige. Je me cramponne à la corde et mes jambes se bloquent, tandis que je me vois passer par-dessus bord et chuter vers ma mort.

Putain, j'aime ma vie, je me bats bec et ongles au quotidien pour survivre. Mais à présent, je n'arrive pas à m'ôter de la tête l'image de moi tombant de ce pont cassé, plongeant vers la mort.

Mon cœur tambourine dans mes oreilles.

– Bardhyl, qu'est-ce que tu fais ? Bouge tes jambes ! me réprimande Meira d'un ton irrité.

Mais mes yeux restent figés sur la rivière, tellement loin dessous.

De douces mains se posent sur les miennes, alors que je m'agrippe à la corde d'une poigne de fer.

– Écoute-moi. (Elle me tire par la main.) – Regarde-moi. Il faut que tu bouges, et tout de suite, ou alors c'est *moi* qui vais te pousser par-dessus bord.

Quand je croise son regard, j'ai bien l'impression qu'elle pense chaque maudit mot qu'elle prononce.

– C'est comme ça que tu aides quelqu'un au bord d'un précipice ?

– Eh bien, ça t'a fait bouger, non ?

Ce n'est qu'à ce moment que je réalise que j'ai fait quelques pas en avant.

– Ne regarde pas en bas. Sérieusement, ajoute-t-elle. Concentre-toi simplement sur ma voix, et avance vite. Ils sont juste derrière nous.

Je ne regarde pas en arrière. Je fais exactement ce qu'elle me dit. Je tremble de tout mon corps, une main cramponnée à celle de Meira, l'autre sur la corde. Pas après pas, nous couvrons la distance qui nous reste.

Soudain, tout le pont se met à se balancer. Je m'agrippe plus fort à la corde et regarde derrière moi : trois morts-vivants titubent sur cette maudite structure. Et il y en a une demi-douzaine de plus sur leurs talons. Le pont pourra supporter notre poids à tous ?

– Dépêche-toi, me presse Meira. Allons-y. Tu peux le faire, Bardhyl.

Me concentrant sur sa voix, c'est ce que je fais. Je marche sur ses talons sur le pont qui se balance, et mon estomac se révulse à chaque mouvement. Quand il ne nous reste plus qu'un tiers de la distance à parcourir, nous accélérons le mouvement.

Mon cœur martèle férocement ma poitrine.

*Ne regarde pas. Bon sang, ne regarde pas en bas.*

Meira fonce devant moi, et me fait signe de me dépêcher, et en quelques secondes j'atteins l'autre côté, auprès d'elle. Je pourrais embrasser ce fichu sol sous mes pieds.

J'attrape la lame à ma ceinture et me retourne pour voir les créatures tituber frénétiquement vers nous. Je me jette sur les cordages et d'un seul coup, je coupe la corde supérieure d'un côté, puis m'accroupis pour passer ma lame sur celle qui attache le pont au poteau de bois près de moi.

Soudain le pont s'effondre d'un côté, envoyant les morts-vivants valser vers leur mort finale au fond de la vallée. Ils tombent comme des mouches, s'écrasent dans la rivière et sur les berges envahies de végétation.

L'un de ces tarés s'accroche au pont, tandis que les autres grimpent encore dessus.

Je coupe les cordes attachées aux piquets de l'autre côté et toute la structure s'effondre, emportant les derniers morts-vivants avec elle.

Il y a un autre pont plus près de la forteresse de la meute. Rentrer à la maison nous prendra plus de temps que je ne le voudrais, et putain, ça craint.

– Bon, il faut qu'on y aille.

Je me redresse et me retourne pour voir Meira filer dans la direction opposée.

Je l'attrape par le poignet et l'attire à moi. Elle pivote vers moi, et sa main me frappe la poitrine quand elle se heurte à moi. Mais je ne vois que ses yeux, ces iris couleur bronze, et je ne sais pas ce qui me prend, mais je me penche et l'embrasse avant de retrouver mes esprits.

Au début, elle se fige, surprise par mon baiser. Putain, moi aussi je suis surpris, et je vais pour me rétracter quand elle se met à m'embrasser à son tour, ouvrant sa bouche délicieuse. Ses petites mains s'enroulent autour de mon cou, me rapprochant d'elle qui presse ses seins magnifiques contre ma poitrine.

*Putain !*

Je ne devrais pas faire ça. Mais ma queue frémit et je la serre fort, à mon corps défendant. Finalement, c'est elle qui rompt notre baiser. Quand je la lâche, je suis à bout de souffle, et ma tête est embrouillée par ce que je viens de faire.

– Partons maintenant !

Je lui attrape la main et me mets en route. Mon cœur martèle ma poitrine, et ma hampe est à l'étroit dans mon jean. Bon sang, mais c'est quoi mon problème ? Je panique à l'idée de mourir sur un pont, et du coup je l'embrasse ?

Les bois se font plus denses tandis que nous suivons la falaise, et que j'essaie de remettre de l'ordre dans mes idées. De me rappeler à qui appartient Meira. Et bon sang, je sais pertinemment qu'elle n'est pas à moi. Peu importe à quel point j'ai envie de lui arracher ses vêtements, de la revendiquer dans l'instant, et lui faire crier mon nom.

Bon sang. Ces images dans ma tête de moi en train de la sauter ne m'aident pas. Il faut juste que je m'éclaircisse les idées, c'est tout.

– Je suis surprise que le grand et puissant Bardhyl ait le vertige. Je te croyais indestructible, plaisante-t-elle à moitié, mais j'entends la tension dans sa voix.

Elle m'a embrassé aussi, donc je ne suis pas seul à me sentir subitement gêné. Mais si la seule façon de gérer notre erreur, c'est de prétendre qu'elle n'a jamais eu lieu, alors je jouerai le jeu.

– Bébé, tout le monde sur cette planète a des défauts, et je n'ai jamais dit que j'étais parfait.

Par exemple, en ce moment même, j'ai envie de la renverser dans mes bras et de l'embrasser, quoi qu'il en coûte.

Je ne suis pas du tout parfait.

## CHAPITRE 9

### DUŠAN

Je déteste ces foutus bois. Je n'aurais jamais pensé l'admettre, étant donné que je vis dans la forêt du Territoire des Ombres, mais *putain* !

– Où peut bien être Meira ? aboyé-je, frustré au plus haut point.

Elle n'est nulle part. Je n'ai trouvé que ces maudits morts-vivants, et un sauvage que nous avons croisé. Nous lui avons botté le cul avant de continuer notre route. Avec notre sens de l'odorat développé, nous aurions dû capter son parfum depuis longtemps. Mais apparemment, nous allons dans la mauvaise direction, même après avoir changé plusieurs fois de trajectoire.

– Je parie que Bardhyl l'a trouvée, murmure Lucien. C'est le plus chanceux d'entre nous. Il gagne toujours pendant les soirées poker.

Je lui lance un regard, mais, bon sang, son raisonnement est sans doute plus logique que notre errance sans fin dans les bois. Si Bardhyl la repère en premier, elle sera en sécurité, et il la protégera de sa vie s'il le faut. Mais ne pas savoir si c'est vraiment le cas, c'est ça qui me rend dingue.

Un oiseau chante quelque part, pas loin de nous, suivi d'un autre. Il n'y a pas d'autres animaux.

– Nous suivons la rivière. Elle aura sûrement fait des arrêts pour boire et se laver, donc on va repérer son odeur.

J'avais d'abord pensé qu'elle était partie vers les hauteurs, comme il y a pas mal de grottes là-haut, qui offrent une protection. Sauf que je m'étais trompé.

– Je suis d'accord.

Lucien hoche la tête, et nous couvrons rapidement du terrain, restant près de la rive.

À part quelques empreintes d'animaux, la rive de galets ne révèle pas d'autres marques. Nous avons déjà marché depuis un long moment quand Lucien demande :

– Qu'allons-nous faire de Mad ?

Rien que songer à mon demi-frère me hérisse les poils sur la nuque. Je n'aurais jamais dû lui confier un poste si élevé dans ma meute, ni lui faire confiance avec les livraisons d'Omégas à nos partenaires commerciaux.

– Il aura trois options. Soit il se soumet, et il sera sous surveillance constante, soit il s'en va, soit il m'énerve tellement que je vais le tuer.

Ces mots me laissent un goût amer dans la bouche, mais il a déjà merdé avant, et je lui ai toujours laissé une nouvelle chance. C'est de ma faute, je l'ai traité différemment du reste de ma meute parce qu'il est de ma famille. Mais ma meute, c'est ma famille aussi, et j'en ai marre.

– Il était temps, grogne Lucien.

Cela fait des années que lui et Bardhyl m'avertissent au sujet de Mad, et j'ai choisi de ne pas les écouter. Eh bien, toute cette merde va changer à partir de maintenant.

Nous continuons notre progression sous les arbres qui se balancent dans la brise. Quand Lucien s'arrête et fixe la rive, j'ai l'impression d'avoir marché pendant des heures. Le sol est retourné, des empreintes de pas entrent et sortent de l'eau. Je m'accroupis et passe le doigt le long d'une empreinte de pied nu, trop petite pour être celle d'un mâle. Les pas sont parfaitement alignés : la personne n'a pas titubé, ce n'est donc pas un mort-vivant qui a laissé cette trace.

Je hume profondément la boue, l'eau douce, l'herbe fraîche, mais au-dessous de tout ça rôde une autre odeur. C'est léger, mais elle porte la signature du loup, et cette odeur nauséabonde de sang. Elle disparaît en quelques secondes, mais c'est tout ce dont j'ai besoin.

– Elle était là.

Je me redresse, et scrute la zone en quête d'un indice, n'importe quoi.

– Il y avait quelqu'un avec elle, constate Lucien, désignant du menton de plus larges empreintes de pas. Pas de chaussures, non plus. Je te l'avais dit. Bardhyl l'a rattrapée.

Putain, si c'est le cas, merci.

– Ces empreintes de pieds nus montrent qu'ils sont allés dans la rivière de leur plein gré, observe Lucien. Pour laver le sang peut-être, et empêcher les morts-vivants de les traquer. Ou alors, ils avaient des loups sur les talons, et il fallait qu'ils masquent leur odeur.

– Les traces dont dû être faites aujourd'hui. Elles sont encore fraîches, remarqué-je.

Nous sommes tout près. L'espoir de retrouver enfin Meira me transperce la poitrine.

Nous échangeons de brefs regards et descendons la rivière, en direction de notre meute. C'est là où Bardhyl l'aurait emmenée.

Nous accélérons le rythme ensemble. Depuis tout petits, Lucien et moi avons été inséparables. Après la perte de sa compagne, il s'est fermé à la quête d'une nouvelle partenaire. Cela ne l'a pas empêché de trouver des Omégas à sauter – il n'a jamais manqué de candidates à sa couche – mais ça n'a jamais été plus loin que l'histoire d'une nuit.

Jusqu'à maintenant, avec Meira. Je devrais être furieux qu'il ait touché à ce qui m'appartient, mais c'est ainsi que fonctionnent les âmes sœurs, n'est-ce pas ? Les loups se choisiront mutuellement, indépendamment de ce que désire le cœur. Ouais, ça fait vraiment mal de l'imaginer en train de la prendre.

Mais si leurs loups ont choisi leur partenaire, qu'y puis-je ? Je ne peux perdre ni Meira ni mon plus proche ami, alors je ravale ma foutue fierté. Nous trouverons un moyen de faire en sorte que ça marche.

– Qui a fait le premier pas, toi ou Meira ?

Je ne peux pas m'en empêcher, je veux savoir.

Il évite mon regard en répondant, parce qu'il ne sait que trop bien pour quelle raison je pose la question.

– Est-ce que tu as un problème avec nous ?

J'ai toujours pensé qu'un jour je trouverais mon âme sœur, et qu'il n'y aurait que nous deux. Mais il est rare que mes rêves deviennent réalité, parce que l'univers aime me martyriser.

– Le destin a un sens de l'humour tordu, et il te frappe dans les dents quand tu t'y attends le moins, réponds-je.

Il me regarde à travers ses yeux mi-clos, et soupire.

– Je savais que tu en parlerais. Je n'ai pas besoin de tes conneries de jalousie. J'ai juste… (Il lève les yeux au ciel.) Putain, je ne sais pas. C'est juste que, quand je suis avec elle, tout le poids que je portais jusqu'à présent s'allège.

Il hausse les épaules.

– Je n'ai pas ressenti ça depuis très longtemps, Dušan. Tu sais que je ne marcherais jamais sur tes plates-bandes. Tu es comme mon frère.

Quand il croise de nouveau mon regard, j'y vois une dureté nouvelle, comme s'il ne savait pas quoi faire de ses sentiments. Ou du fait que Meira se soit immiscée dans sa vie, et l'ai complètement terrassé. Ou de la façon dont nos deux loups sont connectés à elle...

Tout chez elle devrait déclencher l'alarme, mais au lieu de ça, j'ai envie de la prendre, de la déshabiller, et de la revendiquer encore et encore. De la marquer tant de fois que sa louve n'aura d'autre choix que se montrer enfin.

– Et si la maladie nous la prenait ? murmure Lucien, comme s'il lisait dans mes pensées.

– Ça n'arrivera pas. (Mon dos se raidit.) – Je mettrais ce putain de monde à feu et à sang plutôt que perdre mon âme sœur.

*Bardhyl*

Un éclair traverse le ciel qui s'obscurcit, rapidement suivi d'un grondement de tonnerre. La terre tremble en réponse, et les premières gouttes de pluie me tombent sur le visage.

Meira court à mes côtés pendant que je scrute les alentours en quête d'un abri. Grimper dans un arbre ne fera pas l'affaire, pas avec la tempête qui approche. Je jette un œil à Meira par-dessus mon épaule ; le regard vif, elle surveille les alentours.

Plus loin sur notre droite, la montagne s'élève abruptement, une paroi rocheuse apparaît derrière les arbres. Je glisse ma main dans celle de Meira et la guide dans cette direction. Peut-être aurons-nous la chance de trouver un abri.

Nous crapahutons dans la forêt épaisse quand le terrain grimpe soudain en pente raide, s'élevant encore et encore vers les falaises au-dessus de nos têtes.

La pluie tombe à grosses gouttes, nous sommes trempés. Le froid me pique la peau, j'attire Meira contre moi.

– Là, crie-t-elle en me tirant vers sa gauche.

Je repère le trou sombre dans le flanc de la montagne. Quatre autres grottes nous attendent, et à cet instant, j'irais dans n'importe laquelle. Je relâche sa main et ramasse à la hâte de petites branches et des brindilles sous des arbres, qui ne sont pas encore mouillées. C'est une vraie plaie de faire du feu avec du bois humide, alors je me dépêche d'en ramasser une brassée. Meira fait de même, choisissant des branches plus grosses, couvertes de feuilles. Nous nous précipitons bientôt dans la grotte la plus proche avec nos fagots.

J'expire quand de l'eau froide coule de mes cheveux dans mon dos. J'avance plus loin dans la grotte et jette le bois au sol, puis flaire en quête d'un indice de la présence d'un animal ou d'un mort-vivant. Il fait nuit noire, mais je ne sens que l'odeur de renfermé de la grotte.

Je sors un briquet de ma poche. Je ne suis pas un homme des cavernes ; j'ai pris mes précautions. Un rapide cliquetis, et l'endroit s'illumine, révélant un espace long et étroit qui nous permet de nous installer plus loin de l'entrée.

Je me mets au travail et allume un petit feu au milieu de la caverne, nous laissant plein d'espace pour dormir derrière.

Quand j'ai fini et m'agenouille devant les flammes, me baignant dans leur chaleur, Meira a fait un lit de fortune avec de grandes feuilles ressemblant à des palmes étalées au sol.

Dehors, la pluie martèle la terre, tombant à verse.

– Cet orage est sorti de nulle part.

Meira me rejoint près du feu, pour réchauffer ses mains. La lueur orange illumine son magnifique visage. Et c'est exactement là où j'ai envie d'être... à profiter de son sourire radieux quand elle me regarde, une question sur ses jolies lèvres boudeuses.

– Ce serait génial d'avoir à manger maintenant, dit-elle.

J'ai bien l'impression qu'elle me fait les yeux doux. Pense-t-elle que ça va marcher ? Je ne vais pas sortir par ce temps pour chercher un éventuel repas.

— Effectivement, réponds-je. Quand tu reviendras avec quelque chose pour nous, je mettrai une petite broche sur le feu.

Elle me lance un regard noir. Je glousse de la voir si prévisible parfois, même si je l'ai côtoyée assez longtemps pour savoir qu'elle n'a pas l'habitude de flirter pour obtenir ce qu'elle veut. Est-ce que c'est le signe qu'elle se sent plus à l'aise en ma présence ?

— Tu ne te comportes pas vraiment en gentleman, me répond-elle en s'asseyant devant le feu, jambes croisées.

— Je n'ai jamais prétendu en être un, ni un héros, ni quoi que ce soit d'autre. Je suis ce que tu as en face de toi. Un Alpha qui suit les ordres, et qui te garde à l'œil.

Elle penche la tête vers moi.

— Alors pourquoi m'as-tu embrassée ?

— Pour te prouver que tu as tort.

Elle se raidit et croise les bras sur sa poitrine.

— Pardon ?

— Tu penses que tu as tout réglé et que t'enfuir résoudra tous tes problèmes. Mais dans la vie, rien ne se passe comme on s'y attend, pas vrai ?

Elle plisse les yeux et fronce son joli petit nez.

Je repousse des mèches de mon visage.

— Tu ne t'attendais pas à ce que je t'embrasse, et maintenant tu n'arrêtes pas de penser à moi. Je sais que tu ne peux pas t'en empêcher. Ça se voit sur ton visage.

Et moi aussi je l'ai en tête en permanence, le goût sucré de cerise de ses lèvres, sa respiration haletante, et comment elle s'est accrochée à moi parce qu'elle en voulait plus.

— Non, c'est faux. Ne te fais pas d'illusions, aboie-t-elle en réponse.

Je ris, je sens déjà son désir dans l'air, cette douce et délicieuse odeur qui attire mon loup. Elle l'appelle, et elle est là à me dire qu'elle ne pense pas à moi. D'accord.

J'avance vers elle, et elle recule en trébuchant.

— As-tu peur de perdre le contrôle, et de ne plus être capable de t'arrêter ?

— Souviens-toi, c'est *toi* qui m'as embrassée, *moi*.

Elle resserre ses bras sous sa poitrine, remontant ses seins fermes, le tissu humide collant à leur courbe parfaite. Je ne peux pas m'empêcher. Ma hampe se dresse et tressaille dans mon pantalon.

Je me relève. En quelques pas vifs, je franchis la distance qui nous sépare. Dans ma tête, une alarme retentit, me disant de renoncer. Me disant que c'est moi qui ne serais plus capable de m'arrêter.

Mais quand elle me regarde avec l'air d'une souris coincée par un lion, l'excitation qui s'empare de moi me propulse en avant. Il y a trop longtemps qu'aucune femme ne m'a fait me sentir aussi vivant, aussi accro, aussi foutrement captivé.

Je lui attrape la nuque, l'attire vers moi. Elle halète, et ce petit bruit me rend fou de désir. Bon sang, mais d'où vient cette diablesse ?

Je sens encore l'odeur de son excitation, et putain, elle va me faire perdre la tête. J'aurais dû savoir dès notre première rencontre que je ne pourrais plus jamais m'éloigner de cette Oméga.

Et maintenant qu'elle est à portée de moi, j'ignore comment faire marche arrière.

L'insupportable douleur qui a envahi ma poitrine exige que je la revendique. C'est le bon moment, le moment parfait, même.

Elle me fixe droit dans les yeux, me défie du regard, sans rien savoir de sa place dans le monde des loups. C'est peut-être ce qui m'attire autant chez elle.

Il y a tellement de différences entre nous que c'est rafraîchissant d'avoir une Oméga combative, qui ne fait pas que suivre mes ordres. La plupart des Omégas ont perdu leur fougue, acceptant leurs destinées. À ce titre, la plupart se contentent de chercher un Alpha, prêtes à tout pour trouver leur partenaire et tomber dans la routine. Ce n'est pas ce que je veux.

– Est-ce que tu vas me parler de mes résultats d'analyses ? demande-t-elle.

Un éclair chasse les ombres autour de nous, et la pluie détrempe les bois au-dehors.

– Voilà le truc. Je te propose un marché, commencé-je, sans la lâcher.

Elle me balance un coup de poing dans le bras, mais je ne la laisse pas encore partir.

– Toi et moi allons nous embrasser, et ensuite tu vas me supplier de te toucher, et d'enfoncer mes doigts en toi pour te caresser. Arrivés à ce stade, tu me diras d'arrêter, et je ne te toucherai plus jusqu'au matin.

– Tu délires ? Il n'en est pas question.

Elle me repousse de ses mains sur ma poitrine, et je la libère. Elle trébuche et ses jolis seins rebondissent, attirant mon attention.

– Si tu ne me demandes pas d'arrêter, j'ai gagné. Et tu seras à moi pour la nuit. Ça te tente ?

Elle se raidit et me dévisage en clignant des yeux. Oh, elle est douée.

– Est-ce que c'est ta manière habituelle de draguer ?

Je la regarde de haut en bas.

– Jamais une femme ne m'a rejeté, si c'est ce que tu sous-entends.

– Et si je ne suis pas d'accord avec cette idée ridicule ?

– Tu as une autre suggestion pour nous divertir toute la nuit ?

Elle rejette la tête en arrière, levant le menton.

– Hum... dormir.

Il n'y a pas moyen que je dorme quand tout ce qui m'obsède, c'est notre baiser. Je contemple ses lèvres entrouvertes. Je devrais renoncer, mais je suis allé trop loin, et reculer est aussi facile que demander à des loups affamés de ne pas s'attaquer à un cerf en fuite. En d'autres mots, c'est impossible. Bon sang, je n'ai absolument aucune envie de m'écarter de Meira. Elle m'a tellement affecté, j'ai peut-être simplement besoin de la faire sortir de mon système.

Elle émet une sorte de ronronnement.

– Donc, quand je gagnerai, tu me diras aussitôt ce qu'il en est de mes résultats sanguins ?

Je me penche en avant et lui murmure à l'oreille :

– Bien sûr. Mais, mon chou, tu seras incapable de résister. Je te le promets. Tu crieras mon nom jusque tard dans la nuit.

# CHAPITRE 10

MEIRA

Je dois être complètement folle, pour ne serait-ce qu'envisager cette idée. Bardhyl est un pervers, un loup en rut qui voit là une opportunité. Mais pourquoi je ne peux pas me sortir de l'esprit le souvenir de notre baiser ? Comment je me suis cramponnée à lui parce que j'en voulais tellement plus, comment la douleur s'est estompée quand j'étais dans ses bras, comme avec les deux autres Alphas.

Je fais un pas de côté pour m'éloigner de lui et pour reprendre mon souffle, car je me noie dans ma propre excitation. Quand je le regarde, j'ai le cerveau embrumé, je n'arrive plus à réfléchir correctement. Même maintenant, j'ai son odeur partout sur moi : le loup musqué, la fraîcheur de la pluie sur sa peau, et même la boue sur ses chaussures.

Je ne peux pas le nier. J'ai eu envie de l'embrasser dès notre première rencontre à la forteresse de la meute. Par ailleurs, je ressentais la même chose pour Dušan et Lucien. Et voilà où ça m'a menée. À présent je suis coincée dans une grotte pendant un orage avec un beau Viking, et au lieu de le repousser, j'envisage un jeu complètement dingue où il m'allumerait et je devrais lui demander d'arrêter. Qui fait ce genre de choses ?

— Meira, m'appelle-t-il, mais je lui tourne toujours le dos, pour trouver un sens rationnel à toute cette situation et pour que mon rougissement s'atténue.

— Je ne pense pas que ce soit… commencé-je.

Il s'approche dans mon dos. La chaleur de son corps m'enveloppe, et c'est comme si je perdais ma capacité de réflexion.

— Qu'est-ce qu'il y a, mon chou ?

J'inspire profondément, cherche au fond de moi et finis par retrouver un semblant de bon sens, pour réussir à lui dire :

— Je vote pour qu'on s'asseye près du feu et qu'on essaie de dormir. Ton idée est carrément dingue. On ne va pas faire ça.

Je ressens une douleur aiguë au creux de l'estomac, comme juste avant que Lucien et Dušan ne me prennent, et maintenant ça recommence. C'est ma louve qui se réveille pour l'occasion.

Peut-être que pour elle, je devrais tenter le coup. Si la présence de Bardhyl la réveille, je regretterai de ne pas avoir essayé de la faire sortir. J'ai envie de rire tout fort de mon raisonnement ridicule. Pour autant qu'il soit en partie vrai, je ne peux m'ôter de l'esprit la vision de sa nudité au bord de la rivière. Sa grande queue, ses grandes mains, la promesse de ce qu'il me fera. Sa seule présence titille ma libido.

Peut-être que certaines femmes sont capables de repousser un tel homme, et j'ai toujours cru que j'en faisais partie. Apparemment, je faisais erreur. Je ne suis qu'une louve en chaleur. Ma résistance n'est qu'une fine façade, pleine de fissures à la surface.

Je me retourne pour lui faire face, menton relevé, portant mon courage comme un étendard, ce qui est une terrible erreur. La résistance que j'ai opposée un peu plus tôt s'est brisée en miettes.

Au moment où je pose les yeux sur lui, je découvre qu'il n'est vêtu que de son jean, avec le bouton du haut défait. J'oublie mon argument. Quand a-t-il ôté sa chemise ?

– C'est très présomptueux de ta part. (Je contemple son torse d'Adonis, et je me sens faible.) – Je n'ai pas approuvé ton idée folle.

– Laisse-moi te dire à quoi tu penses.

Il tend la main pour glisser derrière mon oreille une mèche de mes cheveux prise dans mes cils, mais je le repousse.

– Dans ton esprit, tu t'éloigneras de moi et ne me reverras plus jamais. Pourtant, l'idée de découvrir la vérité au sujet de tes analyses de sang est tentante, non ? Est-ce que tu dois jouer à mon jeu et glaner quelques informations, ou oublier ça parce que tu as vécu tout ce temps sans savoir ? Quelle différence ça ferait, hein ?

Je plisse les yeux.

– Tu sais que j'ai raison.

– Et même si tu avais raison, cela veut dire que tu es un abruti, parce que tu te sers d'une information importante pour glisser la main dans ma culotte.

Il émet un petit claquement de langue.

– J'ai dit que tu serais à moi pour la nuit. Qui a parlé de sexe ? (Il me gratifie d'un sourire diabolique.) Quand je gagnerai, tu me feras un massage intégral, toute la nuit.

Je lève les yeux au ciel.

– Tu adores jouer à ce genre de petits jeux, pas vrai ? Je le vois à la façon dont tes yeux brillent quand tu joues avec les mots comme ça. Mais je peux te dire dès maintenant que quand nous nous embrasserons, tu seras choqué de voir à quelle vitesse tu vas perdre.

– Donc c'est un *oui* ?

Il me tend la main pour rendre tout cela officiel, et je l'accepte, parce qu'il a peut-être raison au sujet de mes intentions, mais je brûlerais en enfer avant de l'admettre. J'ai remarqué qu'il fait toujours ressortir mon côté compétiteur.

Soudain, il recule et se tient près du feu, toujours vêtu de son seul jean. Il a même enlevé ses bottes et ses chaussettes. Mes orteils se tortillent dans mes chaussures mouillées. Je fais comme lui, les enlève avant de retourner au chaud.

– Alors, on y va ? lancé-je pour briser le malaise.

– Quand tu voudras. Je laisse toujours la femme faire le premier pas, pour qu'il soit évident qu'elle en a envie, et que je ne la force pas à faire quoi que ce soit contre son gré.

Il contemple le feu pendant qu'il parle, les mains tendues devant. J'essaie de déchiffrer l'expression de son visage, mais il ne laisse rien paraître.

– Est-ce que tu as appris ça avec Dušan ? demandé-je, me rappelant ma première fois avec l'Alpha, et comment il s'était écarté après m'avoir léché, parce que j'étais hésitante. Ça n'avait rien à voir avec le plaisir, je frissonne encore au souvenir de sa langue sur mon sexe. C'était la peur de ce que ferait ma louve.

Mais un simple baiser avec Bardhyl, je peux le faire les yeux fermés. Je me rapproche de lui, il ne me regarde même pas. Il est si grand et musclé, le nez légèrement courbé, ce qui ne fait qu'ajouter à son charme. Il a des yeux verts spectaculaires dans lesquels j'ai envie de plonger, et de longs cheveux blonds qui lui retombent sur les épaules et la poitrine. Mon regard s'attarde sur ses biceps un peu trop longtemps avant de glisser sur la fermeté de ses abdos. La façon dont les flammes dansent sur son corps parfait... tout en angles et courbes ciselées. C'est forcément un Dieu Viking, car personne ne peut être aussi parfait, si ?

Mais si quelqu'un ne peut pas dire *non*, ce sera lui. Je me colle à lui, pressant volontairement mes seins contre son flanc. Il glisse un bras autour de moi, tout en pivotant complètement pour me faire face.

Le danger et d'excitation tourbillonnent dans son regard. Je me serre encore plus contre lui, les mains plantées sur ses pectoraux durcis qui se contractent sous mes doigts – il fait ça pour m'épater.

– Bardhyl... (Je gémis son nom plus que je ne le prononce.)
– Tu ne fais pas trop d'efforts pour gagner.
– Oh, on a commencé ?

Il se moque de moi, ce qui me rend furieuse ; des paroles de colère se pressent dans ma gorge, mais il m'attrape si vite que j'en reste muette.

Ses mains fortes empoignent mes hanches et me soulèvent en une fraction de seconde, juste assez pour poser mes pieds sur les siens. Il a un sourire sauvage en m'entraînant en arrière jusqu'à ce que je heurte la paroi, clouée sur place par sa carrure imposante. Je ne devrais pas y prendre de plaisir, mais j'adore son agressivité.

À chaque inspiration, je sens son odeur musquée, et mon corps tremble avant même qu'il ne m'embrasse.

Il plaque une main sur la paroi au-dessus de mon épaule, et de l'autre me caresse la joue. Il me dévore des yeux ; sous son regard, je commence à me sentir vraiment minuscule.

– J'ai essayé de te comprendre, dit-il d'une voix sombre et rauque.
– Oui, et alors ?
– Je voulais comprendre ce qui pouvait rendre heureuse une femme comme toi.

Je relève encore le menton.

– C'est facile. La liberté.

Il hoche la tête.

– Ça, je l'avais bien compris, mais je parle de sexe. Les personnes les plus fougueuses aiment être dominées quand il s'agit de se faire sauter.

– On ne peut pas coucher ensemble. Ça fait partie des règles que tu as établies.

Je souris à pleines dents.

— Aucune règle n'interdisait d'en parler.

Il se penche plus près, sa joue frôlant la mienne, son souffle lourd dans mon oreille. Il ne me touche nulle part ailleurs, mais j'ai déjà des bouffées de chaleur.

— Je vais te marquer comme mienne, et quand je te réveillerai demain matin, ce sera avec ma langue.

Je halète et soupire en même temps, faisant un drôle de petit bruit étranglé, et mes genoux faiblissent sous moi. Il presse son corps contre le mien, sa hampe épaisse et dure contre mon ventre. Je me liquéfie intérieurement, et je sais que ce métamorphe usera de tous les stratagèmes pour gagner. Mais ça n'arrivera jamais.

Même si mon corps me supplie de l'embrasser en premier, avant de le supplier de me déshabiller avec sa bouche.

— C'est dommage que tu ne gagnes pas, constaté-je.

— Non ? répond-il d'un ton moqueur.

La chaleur de son corps est comme un enfer, et son souffle lourd dans mon cou me fait serrer fort les cuisses. Cet homme est un guerrier, taillé et fait pour la guerre, alors je ne peux qu'imaginer à quel point ce serait incroyable de coucher avec lui.

Ses doigts se promènent sur mes bras, et la chair de poule m'envahit.

— Tout va bien ? murmure-t-il, pendant que son pouce titille innocemment mes tétons durcis.

Ça me coupe le souffle, et un frisson de plaisir fuse droit sur l'apex entre mes cuisses. Bon sang, je suis trempée.

— Tu ne respectes pas les règles.

— C'est comme ça que j'embrasse, mon chou. (Il pose son front contre le mien.) – Je veux être certain que tu en as envie autant que moi.

— Eh bien, c'est là où tu te trompes. Je ne ressens rien.

Il rejette la tête en arrière et part d'un grand éclat de rire.

– Petite femme, je sens ton doux fluide qui emplit l'atmosphère. Si je glisse ma main vers ton entrejambe, là tout de suite, je t'amène à l'orgasme en quelques secondes.

Déglutissant avec peine, j'essaie de me contenir, de ne rien lui céder.

– Tu me mets en colère et tu m'excites en même temps, mais ça ne veut pas dire que je ne peux pas résister.

– Tu veux que je te touche, hein ? Serrer les cuisses ne t'apportera pas le soulagement que tu désires.

Ses mots me submergent d'un frisson d'excitation, j'ai envie de me tortiller et de relâcher la pression qui augmente en flèche.

– Tu es déjà en train de lutter, me dit-il.

– Est-ce que tu vas enfin m'embrasser pour qu'on passe à autre chose ?

Tout ce dont j'ai envie, c'est de le sentir tout contre moi. Je suis sous l'emprise de mon propre désir, et ce Viking me promet des choses dont j'ai désespérément besoin. Une vague de chaleur se répand en moi.

Soudain sa bouche s'écrase sur la mienne. Il m'embrasse durement, brusquement, magnifiquement. Ses mains ne me touchent pas, seulement ses lèvres.

Elles m'embrassent avec une passion insupportable, suçant les miennes, mordant la chair, c'est exaltant d'être avec un homme si sauvage.

Je veux me perdre en lui, je veux qu'il m'enivre comme il me l'a promis.

Sa langue se glisse dans ma bouche, il m'explore et bon sang, elle est si longue. Je tremble alors qu'il aspire la mienne dans sa bouche et la suce d'une façon qui me fait imaginer à quel point ce sera extraordinaire quand il me lèchera plus bas... Il a l'air du genre à mordre, et merde, j'ai envie de sa marque partout sur moi.

Avec un grognement, il rompt notre baiser.

J'ai les lèvres enflées et douloureuses de la manière la plus incroyable qui soit.

— Est-ce que tu as décidé ? grogne-t-il, les yeux brillants de lubricité.

Je lutte toujours contre l'enfer de désir qui m'engloutit, tandis qu'une douleur palpite entre mes cuisses. Je suis tellement excitée, je ne crois pas pouvoir en supporter davantage, et tout ce qu'il a fait, c'est m'embrasser.

— Il faut peut-être que je me montre un peu plus convaincant, dit-il. (Il tend la main vers mon pantalon, ses doigts se courbent sur sa taille pour le tirer.) Tu veux que je te saute avec mes doigts ?

Je tente de parler mais je suis sans voix, et je déteste n'avoir qu'une obsession : que mon désir soit assouvi. La douleur qui me transperce, c'est ma louve qui répond, qui appelle Bardhyl, qui a besoin de lui.

Ma vulve se contracte à l'idée de Bardhyl qui me prendrait.

— Tu as perdu ta langue, ma douce ?

Il tire sur mon legging et se penche pour un autre baiser. Avidement, je prends son visage dans mes mains et l'embrasse en retour cette fois. Je n'arrive pas à avoir les idées claires, parce que sa façon d'embrasser me donne l'impression d'être envoyée en l'air et de flotter sur les nuages. Comme si rien ne pouvait me toucher. Comme si j'étais tout ce qui importait à ses yeux. Et j'ai envie de ressentir ça, encore et encore.

Ses mains glissent sur le devant de mon pantalon, jusqu'à ce qu'il trouve la source de chaleur entre mes cuisses, et la moiteur qui m'enrobe.

Mes tétons se dressent quand il fait rouler son doigt sur mon clitoris.

Je l'embrasse plus fort, et le monde tournoie autour de moi. Mes hanches remuent d'arrière en avant tandis que je m'agrippe à ses épaules.

— Bon sang, Bardhyl, murmuré-je.

– Qu'y a-t-il ? Tu aimes que je touche ton minou crémeux ?

– Putain, arrête de parler !

J'appuie sur ses épaules, j'ai besoin qu'il aille là où je suis sur le point d'exploser.

Mais il me résiste et me regarde droit dans les yeux.

– Juste pour qu'on soit bien d'accord, j'ai gagné, non ?

Je m'arrête l'espace d'une seconde, le cœur battant à tout rompre, et mon désir m'écrase tant il est fort. Je n'arrive même pas à parler correctement.

– N-non !

Je le repousse, haletant doucement. Mais je me fais des illusions.

Je n'ai jamais vu un homme me regarder comme Bardhyl me regarde en ce moment, me promettant du sexe brut et primitif. Et merde, comment suis-je censée me remettre de ça ?

– Tu joues au plus malin.

Sa main se glisse sous mon top, sa paume est immense, et je frissonne par avance.

– Tu es à moi ce soir, et tu le sais.

Il tire sur mon haut, me l'enlève en le passant par-dessus ma tête, avant de le balancer derrière lui.

– Tu as des seins parfaits.

Il pose les mains dessus, et je gémis ; j'adore sa façon de me pincer les tétons jusqu'à me faire mal, mais j'en veux plus.

– Dis-le, m'ordonne-t-il.

– De quoi est-ce que tu parles ?

Il retire ses mains, et ma peau frémit de froid.

– Que j'ai gagné, et que tu m'appartiens pour la nuit.

Il attrape le haut de mon pantalon et le fait descendre sur mes jambes, me laissant nue. Je halète quand il s'accroupit, et me regarde par en dessous.

– Tu ne m'as pas encore demandé d'arrêter.

Quand sa main remonte le long de ma cuisse et agrippe mon intimité brûlante, un gémissement s'échappe de mes lèvres.

– C'est bien ce que je pensais.

*Bardhyl*

Elle est complètement trempée et ses sécrétions me rendent dingue. Elle s'extirpe de son pantalon et je l'empoigne par les hanches. Puis je la retourne. Elle me regarde par-dessus son épaule, un air interrogateur dans ses yeux couleur bronze.

– Es-tu prête à le dire ? lui rappelé-je.

Comme elle ne répond pas, je fais courir ma main sur son dos et la force à se pencher en avant. Elle est spectaculaire, si stupéfiante, maintenant je comprends pourquoi Dušan et Lucien n'ont pas pu se retenir.

– Pose tes mains sur le mur.

Elle m'obéit, et j'écarte ses jambes du bout du pied avant de tomber à genoux.

– Brave petite. Maintenant, je veux t'entendre le dire.

Je la contemple en détail, vois ses lèvres roses gonflées de désir. L'intérieur de ses cuisses brille de son désir.

Me penchant en avant, je prends son odeur en moi, tandis que mon loup s'avance, bien conscient qu'il a besoin de la revendiquer. Je le sens aussi, un peu plus qu'avant… et je réalise à présent que je me suis trompé en croyant avoir la moindre résistance à propos de Meira.

Mon loup grogne, amenant avec lui une sensation qui s'empare de ma poitrine.

Elle m'appartient. Elle est ma foutue partenaire, que je le veuille ou non. Nos loups sont destinés à être ensemble.

Putain de merde ! Ça complique les choses, pas vrai ?

– Arrête de m'allumer, gémit-elle. Tu as gagné. Est-ce que tu es content ? Maintenant, je t'en prie, Bardhyl, saute-moi.

Je souris : j'adore l'entendre prononcer ces mots.

– Pas encore, ma belle.

– Qu'est-ce que tu veux de plus ? Je te donne ce que tu veux. Tu peux m'étrangler, me gifler, me tirer les cheveux… n'importe quoi.

Son désir envoie des vagues d'excitation dans tout mon corps, et ma hampe se dresse en une érection complète. C'est tellement douloureux, je meurs d'envie de me noyer en elle. Mais d'abord, je veux la goûter. J'empoigne ses fesses et les lui écarte pour la voir tout entière. Puis je presse ma bouche sur son intimité, le visage enfoui dans sa chaleur. On dirait un bonbon sucré, musqué, tout ce que j'aime.

Elle se met à gémir aussitôt. Je la dévore, tirant sur ses plis ; j'adore les bruits qu'elle fait, comment elle se frotte contre mon visage. Ma queue durcit, je meurs d'envie de la sauter. Je la dévore sauvagement, et ses cris enivrants m'excitent encore plus.

Je la lèche du pubis à la croupe, la prenant tout entière.

Elle tremble au-dessus de moi, je sens qu'elle est tout près de jouir, mais je ne veux pas la laisser faire. Pas encore. Alors je me retire.

Elle grogne en signe de protestation.

– Je t'avais dit, ma belle, que nous ferions ça à ma manière.

Je me remets sur pieds, et la redresse en même temps, son dos contre ma poitrine. Sur son épaule, ma bouche la lèche, la mordille. Elle me fait tellement tourner la tête que j'ai toutes les peines du monde à me retenir.

Je la porte à travers la grotte jusqu'au nid de feuillages qu'elle nous a aménagé.

Je la retourne dans mes bras et la dépose sur le dos. Elle me regarde, les joues rouges, et je lis la faim dans ses yeux. Mais il y a autre chose aussi. Son côté Oméga la contrôle.

Sa respiration est pénible, et elle étreint la douleur dans son ventre.

— Ton corps a envie d'un Alpha, et c'est ce que je vais être pour toi, petite Oméga. Et peut-être même que ça aidera ta louve.

— Ça ne fera aucune différence. Il y a quelque chose qui ne va pas chez moi. C'était une erreur.

Elle s'éloigne de moi.

Je lui saisis par le bras, l'obligeant à me faire face.

— Hé, ça suffit. Tu es tout pour moi.

Elle ricane.

— Pourquoi ? Je te l'ai déjà dit, je suis brisée, tu ne devrais pas vouloir de moi. Je suis une idiote de m'être laissée aller aussi loin, et de croire que…

Elle laisse les mots en suspens.

— Meira, je me fous complètement que tu sortes de l'enfer et que tu portes des cornes. Je plongerai dans les ténèbres pour toi, et avec toi.

Elle me regarde en clignant des yeux, en proie à l'incertitude.

— Écarte les jambes pour moi. Je vais te montrer.

Je vois la lutte intérieure dans son regard : elle veut me résister mais elle a largement passé le point de non-retour. Elle est énervée, sa louve est sur la brèche, et la douleur qu'elle ressent va empirer si elle ne fait rien pour soulager son excitation. Elle obéit, écarte les genoux. La lumière du feu danse sur son corps nu. Elle est trop belle.

Les choses ont changé à présent.

J'aurais dû le sentir avant, mais j'ai refusé de le faire.

Je ne dis pas que j'ai toutes les réponses, ni même que je suis prêt à gérer une partenaire, ou la réaction de Dušan.

Mais la réponse me scrute droit dans les yeux. Elle s'enroule autour de mon cœur comme des barbelés.

Peu importe ce qui arrivera demain, à cet instant, il n'y a que Meira qui compte.

Je tombe à genoux entre ses jambes ouvertes et me penche en avant, tandis qu'elle me contemple, vénérant ma déesse. Je reprends sa chaleur dans ma bouche une nouvelle fois, et elle se tord, gémissant plus fort, ses hanches basculant d'avant en arrière.

Elle a un goût d'euphorie, et je me laisse sombrer.

J'ai fréquenté assez de femmes pour savoir quand je tombe sur quelqu'un d'exceptionnel, et chaque coup de langue, chaque inspiration, chaque caresse que je lui fais renforcent le lien entre nous. L'énergie qui se rue dans mes veines me fait dresser les poils sur les bras.

Son excitation augmente rapidement tandis que j'enfonce un doigt en elle. Elle halète, cambre la poitrine, et putain, j'adore la façon dont son corps réagit.

— Bon sang, tu as si bon goût, grogné-je.

J'embrasse l'intérieur de ses cuisses tout en accélérant le va-et-vient de mon doigt. Elle est vraiment trempée, et j'ajoute un second doigt que je glisse en elle.

— Oh, Bardhyl...

Elle écarte encore plus les jambes, remue pour s'ajuster à mon rythme.

Meira est un mets délicieux, et j'accélère le rythme de mes doigts, m'enfonçant en elle qui avance son bassin à chaque poussée. Ses cris deviennent plus forts, plus intenses. Putain, elle est magnifique.

— Bon sang, tu es si serrée. Quand je vais planter ma queue en toi...

Elle hurle son orgasme ; je découvre les dents, et la mords juste au-dessus de son mont de Vénus, pour qu'elle puisse toujours voir ma marque.

J'ai le goût d'elle et de son sang, je l'ai en moi, nous sommes liés.

Son corps convulse, et ses cris magnifiques sont une douce musique à mes oreilles.

Avant qu'elle ne se calme enfin, je retire mes doigts poisseux et m'agenouille devant elle. Je m'essuie la bouche du dos de la main et contemple son intimité détrempée, le filet de sang qui coule de ma morsure, et cette magnifique femme nue, jambes écartées devant moi.

Elle se mordille la lèvre inférieure, me souriant d'une manière terriblement sexy. Bon sang, elle a tellement envie de ça !

Je glisse ma main sous sa croupe et la soulève légèrement, afin d'avoir un meilleur angle pour la prendre.

— Mon chou, tu sens terriblement bon et tu as un goût incroyable. Et je vais sauter ton petit minou étroit, grondé-je en empoignant ma hampe, avant d'en faire courir le bout le long de son intimité.

– J'ai envie de toi, admet-elle. Je t'en prie, me fais pas languir.

Mon cœur martèle ma poitrine à ces mots. J'entre en elle, doucement au départ, jusqu'à atteindre le bon endroit. Ses parois intimes se resserrent autour de moi, et je grogne d'envie d'aller plus avant.

Elle m'observe, les mains plantées dans la couverture de feuilles autour d'elle, les pupilles dilatées. Elle est terriblement sexy. Et elle en a besoin.

Je m'enfonce complètement en elle, et tombe en avant, les mains de chaque côté de ses épaules. Elle crie, et son corps se cambre. Doucement d'abord, je me retire, et la pénètre à nouveau, puis j'accélère mon rythme pour m'accorder à ses gémissements plus rapides. Elle enroule les mains autour de mes bras, se cramponne à moi.

Je la saute plus fort, la martèle de coups de reins. Un

brasier m'enflamme, je grogne sous l'intensité de la sensation. Elle est petite mais me prend tout entier, et ses doux gémissements m'enveloppent comme une chaude couverture.

Elle gémit, entoure mes hanches de ses jambes. Mon regard est captivé par ses seins qui rebondissent. Des vagues de béatitude roulent en moi, envoyant sur ma peau des frissons de puissance. Mon loup pousse en avant, appelant sa louve, la désirant ardemment.

Elle ne tarde pas à trépider, et rejette la tête en arrière quand l'orgasme la déchire. La contempler, la sentir se resserrer autour de moi, est la sensation la plus magnifique au monde. Et c'est alors que je réalise que je suis allé bien trop loin pour pouvoir jamais m'éloigner d'elle.

Le bout de ma queue enfle en elle. Je le sens pousser plus loin, se verrouiller en place : je la noue. C'est à ce moment que l'orgasme me frappe, courant en moi comme de l'eau bouillante, ma semence jaillit pour remplir Meira. Je siffle, mon corps bourdonnant d'extase. C'est comme ça que ça fonctionne entre les Alphas et les Omégas, c'est de cette façon que nous nous assurons que chaque rapport mène à la reproduction.

Un hurlement surgit de mes lèvres, mon corps se met à frissonner de manière incontrôlable. Des étincelles éclatent devant mes yeux, et j'emplis ma petite louve.

Quand je redescends enfin, je suis courbé au-dessus d'elle, enfoui profondément en elle. C'est ainsi que nous resterons jusqu'à ce que le gonflement se résorbe.

Il nous faut plusieurs minutes à chacun pour revenir à la réalité, nous réadapter à notre environnement.

Nous avons le souffle court, et son sourire répond au mien. À quatre pattes au-dessus d'elle, je frotte mon nez contre le sien, comme les Eskimos, et elle se met à rire. C'est un son délicat, qui vient du creux de son ventre.

– Je suppose que tu n'as plus l'intention de dormir après ça ?

Ses paroles sont cinglantes, et ses parois se resserrent de temps à autre autour de ma hampe, me faisant siffler, alors que je perds le peu de retenue qui me reste.

– Si tu continues à m'allumer comme ça, à me serrer, je vais te garder ici une semaine entière.

Elle écarquille les yeux.

– À mon avis, Dušan ne le prendrait pas très bien.

Je hausse les épaules.

– D'abord, il faut qu'il nous trouve.

Je parle comme un imbécile, mais ma tête est toujours embrumée de désir et la plus grande partie de mon sang emplit ma hampe à cet instant.

Meira s'accroche à mes bras, ne faisant aucun effort pour reculer. Nos visages ne sont qu'à quelques centimètres et ses seins s'écrasent sur ma poitrine.

– C'est de ta faute, tu sais ? Ton idée stupide n'a pas si bien marché que ça.

– De mon point de vue, ça a parfaitement marché.

Elle me tire la langue, mais elle a toujours les yeux vitreux à cause de ses orgasmes.

– Est-ce que tu vas me dire ce qu'il en est de mes résultats sanguins ?

Elle murmure sa question comme si elle avait peur que je ne lui réponde pas.

– Demain matin, je le ferai. Pas maintenant.

Il m'est impossible de lui asséner de telles nouvelles alors que je suis complètement enfoui en elle, et que nous sommes coincés un petit moment ensemble. Je veux qu'elle se concentre sur la joie qu'elle vient d'éprouver, pas sur ce qui l'attend demain.

Des vagues d'énergie refont surface dans mes veines, l'essence de mon Alpha qui donne à son Oméga la force d'éliminer les douleurs qu'elle ressent. Nous sommes faits l'un pour l'autre, c'est aussi simple que ça. Peu importe à quel point Dušan et Lucien seront furieux, je ne peux pas changer la nature des loups, et le fait que nous soyons aussi des âmes sœurs.

Après une longue pause, elle me demande :

– Tu m'as marquée, n'est-ce pas ?

– Bien sûr. Tu es mon âme sœur, Meira. Tu ne l'as pas senti ?

Sa prise se resserre.

– Pendant que nous faisions l'amour, j'ai ressenti la connexion comme avec Dušan et Lucien. Mais comment est-ce possible que j'aie trois partenaires ?

– C'est une pratique courante au Danemark. Les femmes prennent souvent plusieurs maris, et dans certains cas, les hommes peuvent avoir plusieurs femmes. Mais tout dépend du choix de nos loups, et d'à qui nous étions destinés dès la naissance.

– C'est plutôt profond, de penser que nos vies sont déjà toutes tracées.

J'embrasse son nez.

– Pour moi, c'est naturel. Nous étions faits pour être ensemble depuis le moment où nous avons poussé notre premier cri. Le plus dur, c'est de se retrouver.

Elle mordille sa lèvre inférieure, une habitude que j'ai remarquée quand quelque chose la tracasse ; puis elle serre ma hampe en remuant.

– Putain, bébé, grogné-je. Si tu continues comme ça, je ne vais jamais pouvoir me retirer.

– Oups.

Elle a un sourire bien trop magnifique pour que je puisse être en colère après elle.

Je glisse un bras sous son dos et d'un mouvement souple, je

roule sur le dos, l'emportant avec moi, ses jambes toujours autour de moi.

Maintenant, elle est allongée sur moi, et je suis toujours enfoncé dans son intimité magnifique.

Elle pose sa joue sur ma poitrine, et je l'enveloppe de mes bras. Je sens son cœur qui bat la chamade, j'entends la douceur de sa respiration. Il n'y a aucun autre endroit au monde où j'aimerais être. Pendant que nous sommes bloqués ensemble, elle s'adoucit, et j'aime aussi cet aspect d'elle. Nous ne pouvons pas nous battre en permanence.

– Raconte-moi une histoire, demande-t-elle.

Je la serre fort et je me lance :

– Il était une fois une louve, mais qui était tellement plus que ce qu'elle avait jamais imaginé, parce que, tu vois, elle était mi-bête, mi-humaine.

Elle lève la tête.

– Est-ce que cette histoire parle de moi ?

Je retiens un rire.

– Tu le sauras si tu te tais et tu écoutes.

Elle me tire la langue, et presse ses parois intimes pour prouver qu'elle a raison. Je soupire. Si elle continue comme ça, je vais lui donner la fessée.

# CHAPITRE 11

## LUCIEN

Les bois répandent leurs ombres autour de moi. Dušan trotte à mes côtés, tous deux dans nos corps de loups, portant nos vêtements dans la gueule. Ma mâchoire se contracte, parce que je porte mes bottes aussi. Jadis, elles appartenaient à mon père, pas question que je les abandonne derrière moi. Il avait cette obsession au sujet des bottes de cowboy qu'il avait trouvées au bord de la route. Il les avait récupérées, et, étrangement, elles lui allaient tout à fait. Je l'ai perdu il y a bien longtemps, et les bottes sont tout ce qu'il me reste de lui.

Le matin apporte une chaleur bienvenue. L'orage s'est arrêté juste avant l'aube, mais la nuit a été terrible, avec des pluies diluviennes et des coups de tonnerre fracassants. Dušan et moi nous sommes abrités dans une vieille cabane abandonnée, et dans nos corps de loups, nous avons réussi à chasser le froid.

La pluie a emporté la plupart des odeurs, mais quand nous avons découvert le pont effondré, nous avons su que nous étions sur la bonne piste. Il y a un pont de cordes plus petit un peu plus loin sur l'arête du canyon, que j'ai découvert la dernière fois que je me suis aventuré dans ces bois, et Bardhyl ne doit pas être au courant. Ce qui veut dire qu'ils sont toujours de l'autre côté de la gorge. Nous traversons rapidement le pont étroit fait de cordes et de vieilles planches.

Bardhyl se serait fait dessus s'il avait dû le franchir. Dušan marche à pas vifs devant moi, faisant vaciller et trembler tout ce satané pont.

Puis nous courons le long de la gorge, supposant que Bardhyl a dû prendre la direction de la maison. Mon cœur s'accélère à l'idée de revoir Meira. J'ai bien l'intention de la garder auprès de moi à chaque instant, jusqu'à ce qu'elle accepte ce qu'elle représente à nos yeux, et que nous fuir ne marchera pas. Elle nous appartient, et nous lui appartenons. C'est juste qu'elle ne semble pas encore le réaliser.

Une brindille craque. Nous nous figeons. Je lève le nez et flaire, Dušan fait de même. La pluie fraîche. Le sol boueux. Et un loup. Une louve, plus précisément, qui dégage une forte odeur d'excitation. Meira. Mon cœur bat la chamade à la pensée de la retrouver.

Le vent froid nous cingle la figure, ce qui signifie qu'elle est droit devant.

Un coup d'œil à Dušan, et nous partons. Nous nous séparons pour couvrir plus de terrain.

L'air s'emplit de son odeur quand je la repère soudain, courant seule dans les bois à une dizaine de mètres. Mes muscles sont soulagés de l'avoir retrouvée, leur tension s'évanouit. Merci, putain ! Tout ce dont j'ai envie maintenant, c'est de l'attraper et l'embrasser jusqu'à ce qu'elle retrouve la raison.

Elle jette un œil par-dessus son épaule, sans s'arrêter. Est-ce qu'elle a semé Bardhyl si facilement ? Il devient négligent... ou alors quelque chose d'autre la pourchasse ? J'attends un moment, scrutant la forêt derrière elle, l'oreille aux aguets, mais rien ne vient.

Elle s'échappe. C'est ce qu'elle fait de mieux, ce qu'elle a toujours connu, et ça me brise de la voir recommencer après que nous lui avons tout offert.

La peur étrangle les gens, je comprends, mais c'est notre partenaire, notre âme sœur, et pour ça je combattrai jusqu'à la fin des temps pour la persuader que nous ne la laisserons pas s'éloigner de nous.

Plus encore.

Plus jamais.

Alors que je la regarde courir, un grognement s'échappe de ma poitrine. De l'autre côté, Dušan s'avance dans sa direction. C'est le signal que j'attendais, et je fonce vers elle.

Nous filons comme le vent.

Un minimum de bruit.

Nous chassons ce qui est à nous. Ce qui nous appartient.

Dušan la rejoint en premier et elle sursaute, un cri s'échappe de ses lèvres en le voyant sous sa forme de loup. Elle recule, heurte un arbre, se glisse autour du tronc – pour se retrouver face à moi. Je jette mes vêtements devant moi et rappelle mon loup.

– Non ! murmure-t-elle en regardant Dušan qui se tient en homme devant elle, nu. – Tu n'es pas censé être ici, reprend-elle, la voix tremblante.

Elle est vaincue, cela se voit sur son visage. Et mon cœur saigne de la voir déçue que nous l'ayons retrouvée. Ce n'est pas l'accueil auquel on s'attendez de la part de son âme sœur.

Mon corps tremble, mes os s'étirent, ma peau se déchire, et je supporte cette douleur atroce parce qu'elle s'en va aussi vite qu'elle est venue. La douleur va de pair avec le fait d'être un loup, et j'ai appris il y a bien longtemps qu'en avoir peur la rend bien pire. À présent je l'étreins. Plus le changement est douloureux, plus je suis puissant.

Je me relève dans ma forme humaine, et Meira reporte son

attention sur moi ; les larmes dans ses yeux me brisent le cœur.

— Ça ne devait pas arriver, murmure-t-elle. Pourquoi êtes-vous tous incapables de le voir ? Je ne suis rien.

En trois longues enjambées, Dušan l'atteint et l'attrape par le bras. Mais elle le repousse.

J'enfile mon jean puis mon t-shirt à manches longues, et me glisse dans ma veste tout en chaussant mes bottes. J'avance en rectifiant mon t-shirt et ma veste, mon regard scrutant les environs à la recherche de Bardhyl. Rien. Il n'est pas dans les parages.

Quand Meira se tourne de nouveau vers moi, nos regards se percutent et des émotions mélangées dansent sur son visage. Mais c'est sa peur qui domine ses décisions.

— Tu n'as pas à avoir peur, dis-je en tendant un bras vers elle, mais elle secoue la tête.

— Ne fais pas ça. Ça me rend folle d'être là sans te toucher. Ce n'était pas aussi atroce avant.

Elle a le menton qui tremble alors que la réalité éclate dans sa tête.

— Si nous restons séparés, notre lien va se rompre. Il le faut.

Elle a les jambes qui tremblent, et Dušan la prend dans ses bras avant qu'elle ne tombe. Il est toujours nu, ce qui intensifie sa connexion avec Meira et l'aide à se remettre plus vite. L'énergie diffusée par mon Alpha et moi est écrasante. Les Omégas *ont soif* des Alphas. Elles en ont besoin pour survivre, et cela fait si longtemps qu'elle est loin de nous.

La douleur qu'elle ressent est telle que si quelqu'un avait craqué une allumette dans sa poitrine, répandant rapidement le feu, la brûlant de l'intérieur. Elle vient à force de rester trop longtemps loin de ceux avec qui vous êtes lié. C'est pour cette raison que nous ne pouvons pas la laisser s'enfuir, pourquoi elle a besoin de comprendre le danger.

— Tu vas aller mieux, maintenant, ronronne Dušan.

Elle se pelotonne contre sa poitrine. Elle a l'air si innocente et petite. L'opposé de ce qu'elle est habituellement.

Je suis mon Alpha hors des bois, ramassant ses vêtements par terre en passant, et nous gagnons un endroit inondé de soleil. Il tombe à genoux et la tient contre lui. Je m'agenouille devant lui et tends la main pour écarter une mèche de cheveux de son visage. Son odeur me frappe, lourde parce qu'elle est si proche. Des bonbons, tout comme dans mon souvenir, quand j'ai caressé son intimité de ma langue, mais il y a quelque chose d'autre. Une odeur masculine sur elle aussi. Celle de Bardhyl.

Il l'a revendiquée. Un feu s'embrase dans ma poitrine à l'idée qu'il a couché avec Meira. Je le connais depuis des années, il ne l'aurait pas forcée... Il n'oserait pas. Mais bon sang, qu'est-ce qui s'est passé ?

Je croise le regard de Dušan, et dans son regard je vois le reflet de mes sentiments.

L'odeur de Bardhyl est forte, elle me rappelle la neige et la terre. Chaque loup porte une signature unique et il n'y a aucune erreur possible : c'est bien lui qui était avec Meira.

Elle tourne la tête et me regarde, et j'oublie tout le reste. Mon instinct primaire se réveille, la sauvagerie, la familiarité avec ce que nous partageons. Elle le ressent aussi, notre connexion est comme un fil tendu sur le point de rompre.

— Tu nous as manqué, lui dis-je, mais elle grimace et s'écarte, se lovant dans les bras de Dušan.

— Laisse-lui du temps, dit-il.

Je jette les vêtements de Dušan près de lui et me relève, tout en observant les alentours, à la recherche d'un mouvement qui trahirait la présence de morts-vivants. Il lui faut du temps pour que s'apaise la douleur de nos retrouvailles, pour qu'elle réalise que ce que nous vivons est réel, et que ça ne partira pas. Je ne nie pas, par contre, que ça fait un mal de chien de la voir s'éloigner.

Mes pensées dérivent de nouveau vers ma première partenaire, Cataline, emportée par les morts-vivants. Quand elle est morte, j'ai eu l'impression que quelqu'un m'arrachait le cœur de la poitrine sous mes yeux. Je ne veux plus jamais revivre ça, et pourtant je suis là, connecté à Meira, et la même sensation m'envahit.

– Trouve-le, m'ordonne Dušan, et je sais exactement de qui il parle.

Je hoche la tête une fois, et repars dans la direction d'où Meira est venue. Je ne crois pas une seule seconde que Bardhyl ait forcé Meira, mais plutôt qu'ils ont eu une connexion similaire à celle que j'ai avec elle. Nos loups nous attirent comme des aimants, et il est impossible de résister à l'appel.

Nous sommes des animaux programmés pour nous reproduire. Il s'agit essentiellement de ça. Et parfois, cette connexion est scindée. Bardhyl m'a parlé de femmes qui prenaient plusieurs hommes pour partenaires au Danemark. Certes, cela me fait mal de devoir partager Meira avec deux hommes, parce que je suis un enfoiré avide – j'ai envie de la voler à tout le monde. Que ses autres partenaires soient mes meilleurs amis adoucit la douleur, cependant. Je ne les accepterais pas s'il s'agissait d'étrangers, ou pire encore, quelqu'un que je n'aimais pas. Mais je ne m'en irai pas si elle ajoute Bardhyl à notre relation. J'ai juste besoin de m'assurer que c'est bien ce qui s'est passé entre eux.

Cela fait plus de quinze minutes que je marche, et mon instinct me dit de retourner vers Dušan. Il est seul avec Meira, et dehors, c'est nous qui sommes vulnérables.

Quelques pas encore, et une falaise me contemple au loin.

Des grottes.

J'accélère et fonce dans la première. Elle est vide, tout

comme les deux suivantes, mais dans la quatrième, je décroche le jackpot. Les effluves d'un feu s'attardent dans l'air, ainsi que l'odeur musquée du sexe. Des brindilles et une paire de bottes jonchent le sol, et il y a des restes calcinés d'un petit feu de camp.

Le soleil derrière moi éclaire une silhouette qui roule sur le dos, grognant comme un ours.

Bardhyl cligne des yeux sur moi.

– Lucien ?

– Tu t'attendais à qui, le Père Noël ? le taquiné-je en pénétrant dans la grotte.

Il m'avait dit une fois qu'il croyait au joyeux homme barbu quand il était plus jeune, jusqu'à ses douze ans.

Maintenant que je suis plus proche, je constate que ses poignets et ses chevilles sont entravés par des lianes. Je ris tandis qu'il gronde en réalisant que Meira a essayé de l'attacher. Il arrache les lianes à mains nues, grâce à sa force naturelle, puis se traîne sur le sol. Il est nu, et ses longs cheveux blonds ressemblent à un nid d'oiseau.

– Où est-elle ? grogne-t-il, redressant les épaules.

Sa respiration rapide gonfle sa poitrine, et son expression se transforme en un masque de terreur.

– Dušan est avec elle. Habille-toi, mec. Il faut qu'on y aille, ordonné-je.

Il plisse son large front en me regardant.

– Alors elle s'est enfuie ? Évidemment. Cette petite peste est vraiment dure à gérer.

Il se penche et ramasse son jean avant de l'enfiler, suivi de son t-shirt et de ses bottes.

– Bon sang, qu'est-ce qui s'est passé ici hier soir ?

J'ai besoin d'entendre la vérité de sa bouche. Il lève le menton vers moi.

– Putain, Lucien, elle s'infiltre sous ta peau. Et étant seul avec elle, je n'ai pas pu résister à l'attirance. (Il se rapproche, frottant ses doigts dans ses cheveux.) Je n'avais pas l'intention de la toucher. Mais sa louve a appelé mon loup, un appel comme je ne l'ai jamais ressenti.

Il me fait un sourire en coin qui lui donne l'air stupide, mais je sais exactement de quoi il parle.

– Tu l'as marquée ? lancé-je, avec un soupçon de jalousie dans la voix.

– Oui, admet-il immédiatement. (Bardhyl a toujours été franc. Il dit les choses comme elles sont.) Dès que j'ai senti qu'elle était mon âme sœur, j'ai laissé ma marque, en espérant que ça ferait sortir sa louve. Mais je n'ai pas eu cette chance.

– Merde. Je n'ai jamais croisé quelqu'un dans son état avant. Et si sa louve lançait des signaux à tous les Alphas, et que nous recevions nous aussi des signaux contradictoires ?

Bardhyl éclate de rire et me plaque la main sur l'épaule.

– Fais confiance aux loups, mon ami. Elle n'est peut-être pas tout à fait complète encore, mais nos loups sont plus malins que tu ne le penses. Le jeu de l'accouplement nécessite que les deux parties ressentent l'appel éternel.

J'écarte sa main et nous sortons au soleil. Meira m'a terriblement manqué, et maintenant je brûle de jalousie, mais c'est ma part d'ombre, et je dois la gérer. Si la louve de Meira a choisi Bardhyl, tout autant que Dušan et moi, alors nous sommes tous dans le même bateau.

Je lui saisis le bras.

– Juste un avertissement. Dušan sera peut-être furieux. Ton odeur est partout sur elle.

Bardhyl passe sa langue sur ses lèvres sèches et roule les épaules.

– Ce ne sera pas la première fois qu'on se disputera, lui et moi.

## CHAPITRE 12

MEIRA

Je n'ai jamais vécu quelque chose d'aussi intense, douleur et désir en même temps. Mon corps frissonne, et mon seul soulagement c'est de me serrer le plus possible contre Dušan. Je n'arrive pas du tout à comprendre comment fonctionne mon côté louve, mais il est clair que je n'ai aucun contrôle.

– Ça va aller, me rassure-t-il, tandis que j'enlace son cou de mes bras.

Je hume son odeur et à chaque inspiration, la douleur se dissipe. Sa présence est comme de l'oxygène pour moi. Je prends tout ce que je peux et il me l'offre, sachant exactement ce qui m'aidera.

Je relève la tête et plante mon regard dans les yeux les plus bleus, plus vifs que le ciel au-dessus de nous. Ses cheveux noirs de jais flottent au-dessus de ses épaules, et maintenant je me rappelle pourquoi je suis tombée si facilement amoureuse de cet Alpha. Il est captivant et me fait oublier que je suis irrémédiablement brisée. Je me suis accouplée avec trois Alphas qui sont mes âmes sœurs, qui me font pleurer de désespoir quand je suis loin d'eux, et pourtant je les ai encore laissés tomber.

— Tu n'aurais pas dû prendre cette peine, murmuré-je, la gorge serrée.

— Je n'avais pas le choix, Meira. J'ai besoin de toi autant que de l'air que je respire, et je serais devenu cinglé si je ne t'avais pas retrouvée. Tu sais de quoi je parle, alors comment peux-tu dire ça ?

Mon pouls danse dans mon cou et j'ai les yeux qui piquent, je déteste ça. À un moment donné, j'ai enfin réussi à échapper à Bardhyl. Et l'instant d'après, je suis dans les bras de Dušan qui me noie dans ses attentions.

— Je ne suis pas assez pour toi, Dušan. Tu ne le vois pas ? Trois Alphas m'ont marquée, mais je ne suis pas encore assez bien. Ça n'a pas suffi à faire sortir ma louve.

Ma voix tremble tellement je me sens incomplète. C'est pour ça qu'il m'est plus simple de vivre seule. Personne ne me juge, ni ne me rappelle tout ce que je ne suis pas.

— J'ai tellement envie de t'entendre dire que tu as besoin de moi, que notre vie sera parfaite, mais je ne peux même pas te promettre que je serai là demain.

— Chut, ne dis pas de telles conneries, ronronne-t-il. On peut tout réparer.

— Tu ne m'écoutes pas.

Je repousse sa poitrine de mes mains et gigote pour me libérer de son emprise. Au début je vacille sur mes pieds, mais je réussis à rester debout sans aide.

— Ça me tue de vous quitter. Ma louve est une chienne bornée. Elle refuse de sortir, et pourtant elle me fait souffrir, me fait te désirer, insiste pour que je sois avec toi. Et puis quoi ?

Il tend la main vers moi en se levant, me dominant de sa haute taille. Mais je la repousse.

— Comment ça va marcher, Dušan ? (Je cale mes mains sur

mes hanches.) On prétend que tout va bien, et puis une nuit, alors qu'on dort comme des bienheureux, ma louve décide de sortir de moi, me tue, et ensuite assassine mes Alphas ? Ou sinon, les loups vont se faire la guerre quand ils découvriront que je suis immunisée contre les morts-vivants, et qu'ils me verront comme une sorte de remède.

(J'essuie les larmes qui coulent au coin de mes yeux.)

– Pourquoi veux-tu vivre avec une bombe à retardement ?

Il m'agrippe le bras, m'attire à lui de force. Je trébuche et nos corps se percutent.

– Si je dois mourir, je n'imagine pas de meilleur moyen que par les dents de ta louve.

Je fronce les sourcils.

– Ne te moque pas de moi.

Il raffermit sa prise dans mon dos.

– Je pèse chaque mot, Meira. Mais ça n'arrivera pas. Il faut que l'on continue d'essayer de t'aider. Maintenant qu'on sait pourquoi tu es malade, ce sera sûrement la clé pour débloquer la situation avec ta louve.

Les paroles de Bardhyl au sujet de mes analyses de sang me reviennent.

– Qu'ont donné mes analyses ?

Au lieu de me répondre, il tourne la tête pour regarder par-dessus son épaule Lucien et Bardhyl arriver vers nous. Je me dégage des bras de Dušan, déchirée en tous sens, ballottée dans un méli-mélo d'émotions.

Rester.

Gagner du temps.

Fuir ces trois-là est impossible. Je n'ai plus cette option.

Ce que je veux, c'est savoir ce que Dušan a découvert dans mon sang. Il y a peut-être une chance pour ça que marche et me guérisse, par un quelconque miracle.

L'ambiance s'alourdit soudain quand Dušan se tourne vers

Bardhyl, affichant une hostilité à laquelle je ne m'attendais pas.

– Viens ici ! aboie Dušan à Bardhyl, qui me jette un coup d'œil avant de s'éloigner avec son Alpha.

– Qu'est-ce qui se passe ? murmuré-je à Lucien, qui ne les regarde pas car il n'a d'yeux que pour moi.

– Tu as mal ? me demande-t-il.

Je secoue la tête.

– Dis-moi ce qui se passe entre eux.

Je n'avais pas l'intention d'être sèche, mais je ne veux pas que Bardhyl souffre à cause de ce que j'ai fait la nuit dernière. Ce qui est arrivé était consenti et mutuel. Et s'il est une de mes âmes sœurs, Dušan et Lucien doivent l'accepter.

– Dušan est le Véritable Alpha de Bardhyl, ce qui signifie qu'il doit répondre de ses actes devant lui.

Je redresse la tête.

– Il doit lui répondre d'avoir été avec moi la nuit dernière ?

– D'avoir marqué ce qui lui appartient, acquiesce Lucien.

Un feu alimente mes paroles :

– D'après ce que je comprends, vous trois êtes à moi aussi bien que je suis à vous, alors nous devrions avoir notre mot à dire là-dessus.

– Tu as beaucoup trop écouté Bardhyl, sourit Lucien. Ce que fait la meute du Danemark, et ce que font les Loups Cendrés n'est pas toujours du même acabit. Mais ils vont trouver une solution, même si ça se solde par un combat.

Je me raidis.

– Mais qu'est-ce... ? Tu t'es battu avec Dušan, toi aussi ? C'est barbare !

Comme s'il ne pouvait pas tenir une seconde de plus, il m'attrape les bras et m'attire contre lui.

– Nous sommes des barbares, petit oiseau, et notre Alpha

Dušan a le droit d'accepter ou de rejeter un autre homme pour sa promise.

– Mais c'est ma louve qui choisit !

– Et Dušan a le dernier mot, même si ça te brise le cœur et celui de Bardhyl. La parole de Dušan a force de loi. Tu auras Dušan et tu m'auras moi, donc ta louve Oméga ne souffrira pas.

Je déteste entendre ça. La fureur ronfle dans ma poitrine, parce que ce que j'ai ressenti avec Bardhyl, c'était animal, et sauvage, et... eh bien... je ne sais pas quoi faire de mes sentiments, mais ce devrait être à moi de faire ce choix, pas à Dušan.

Je tourne les talons et prends la direction des bois où Dušan et Bardhyl ont disparu, quand des bras costauds se referment autour de ma taille et me soulèvent du sol.

– Je ne peux pas te laisser faire ça, murmure Lucien.

– Et pourquoi pas ?

– Fais-moi confiance. Parfois, les hommes ont juste besoin d'évacuer ce qu'ils ont sur le cœur, et ces deux Alphas ont des passés plutôt sombres qu'ils ne sont pas forcément prêts à partager avec toi.

Cette déclaration me laisse stupéfaite. Tout à coup j'ai l'impression de ne connaître aucun de ces hommes.

Je m'arrache à la prise de Lucien. Comment se fait-il que j'aie autant besoin d'eux, que leur présence élimine physiquement la douleur causée par leur absence, et que pourtant ils me soient tout à fait étrangers à un autre niveau ?

– Alors, c'est quoi ton sombre secret à toi ? lâché-je en le regardant de haut en bas. Ça a un rapport avec tes bottes de cowboy ?

Son visage perd un peu de ses couleurs devant ma question, c'est clair que je l'ai pris au dépourvu. Ses yeux gris acier ne cillent jamais, et la brise ébouriffe ses courts cheveux bruns. Il mesure un mètre quatre-vingt-dix, il est farouche et ardent, et tout en lui hurle *loup*. Mon attirance pour lui est née à la seconde où nous nous sommes rencontrés au bord de la route, quand il nous a récupérés, Dušan et moi. Même maintenant, debout devant lui, je ne pense qu'à me jeter dans ses bras, goûter ses lèvres, me rappeler comment il m'a revendiquée. Mais je reste sur mes positions, je veux des réponses. Lucien est tout ce que j'ai toujours désiré chez un homme, et il me regarde d'un air affamé.

Mais il ne bouge pas non plus.

– Les bottes, c'est tout ce qu'il me reste de mon père, finit-il par répondre. Et si tu veux savoir la vérité, j'ai perdu ma première partenaire il n'y a pas si longtemps, tuée par les morts-vivants. Alors ouais, on a tous des merdes dans notre passé, Meira. Et on fait avec, de la seule manière que l'on connait. C'est pourquoi tu fuis, hein ? C'est ce que tu as toujours fait.

Je n'arrive ni à bouger ni à retrouver ma voix, et ce qu'il dit me pèse lourdement sur le cœur. Trop de questions se bousculent dans mon esprit, mais une seule se détache.

– T-tu as déjà trouvé ton âme sœur ?

Il se passe une main dans les cheveux, et baisse un moment les yeux sur ses pieds, avant de croiser mon regard.

– Jusqu'à ce que je te rencontre, je rêvais encore d'elle. On dit qu'une âme sœur, c'est pour la vie, mais ce n'est pas vrai. Regarde-nous. Nous avons tous des passés tordus, et nous sommes liés à toi.

Il se tient droit et ses iris orageux se fixent sur les miens, montrant clairement qu'il pense chaque mot qu'il vient de prononcer, du fond du cœur. Mais une partie de moi s'inquiète de ne pouvoir être à la hauteur de sa première partenaire. Il l'a aimée en premier, et elle sera toujours avec lui. Et si je n'étais pas assez bien ?

J'ai envie de m'excuser de m'être mise en colère après lui tout à l'heure, et de le prendre dans mes bras, parce que j'ai eu beaucoup de mal à rester éloignée des Alphas pendant quelques jours, et que ça aurait été bien pire sans Bardhyl à mes côtés. Je ne peux même pas imaginer ce que ça a dû lui faire de la perdre. Mais la pensée de perdre sa partenaire me ramène au chagrin que j'ai éprouvé quand j'ai perdu ma mère. C'était il y a bien longtemps, et pourtant j'ai l'impression que c'est arrivé hier, et que cette douleur familière ressurgit dans ma poitrine.

Me rapprochant de lui, je glisse mes mains dans les siennes, entrelaçant nos doigts, et je le tiens ainsi, parce qu'aucun mot ne peut apaiser le chagrin.

Trois Alphas, tous semblables, et pourtant si différents.

Dušan est celui qui commande, qui domine, qui ne baisse jamais sa garde.

Lucien apporte la patience et l'entente à notre groupe, mais il y a ce feu dans ses yeux qui le rend imprévisible.

Bardhyl, c'est le drôle de la bande, mais il utilise l'humour pour dissimuler sa vraie personnalité. C'est tellement évident.

Et moi... je complète ce cercle de marginaux en étant brisée et perdue.

Peut-être que je suis à ma place parmi eux trois. Après tout, on essaie tous de trouver notre place dans ce monde, non ?

Un hurlement perçant brise le silence. Je tressaille et tourne la tête vers les bois où Dušan et Bardhyl ont disparu.

La peur fulgure en moi, et je pars en courant vers eux.

– Meira ! crie Lucien, ses pas martelant le sol sur mes talons.

Il m'attrape le bras et me retourne, mais ma fureur se déchaîne.

Je claque mes paumes sur son torse, ce qui le surprend, à en juger par ses yeux écarquillés, mais il ne me lâche pas. Pantelante, je ne pense qu'à Dušan qui doit être en train de frapper Bardhyl, décidant *pour moi* d'avec qui je peux ou ne peux pas être. La tension qui monte me pousse à me dégager.

— Laisse-moi ! Il va faire du mal à Bardhyl !

Lucien se met à rire à mes dépens.

— Meira, il faudrait toute une armée pour faire du mal physiquement à Bardhyl. C'est la première chose que tu dois savoir au sujet de ton guerrier viking. Maintenant viens ici.

Il me secoue rudement et me fait pivoter, plaquant sa poitrine contre mon dos, ses bras me bloquant les épaules.

— Alors pourquoi je ne peux pas aller...

Deux loups surgissent des bois avec une telle férocité que je tressaille contre Lucien, bouche bée. L'un est noir comme la nuit – Dušan – et l'autre a le pelage le plus blanc que j'aie jamais vu, les oreilles bordées de noir – Bardhyl. Ensemble, ils forment une boule confuse de dents et de grognements, la bataille est sauvage.

Mon cœur martèle ma poitrine et je me raidis, mais je ne recule pas. Les lèvres de Lucien sont tout contre mon oreille.

— Le truc avec les Loups Cendrés, c'est que la plupart des soucis entre les Alphas se résolvent par une bagarre.

Je frissonne et serre les dents.

— Bon sang, pourquoi Dušan n'accepte pas Bardhyl ? C'est mon choix !

Lutter contre Lucien ne m'aide en rien à me libérer.

— Bien au contraire, murmure-t-il, le menton posé sur mon épaule. Regarde-les se battre. C'est du vent. Il n'y a pas de sang. C'est une lutte de pouvoir, et d'agressivité, et pour reconfirmer la hiérarchie. Bardhyl a pris quelque chose qui appartenait à l'Alpha, et maintenant Dušan doit rétablir sa position avant d'accepter que le Viking soit avec toi. Bardhyl doit s'agenouiller.

Plus j'observe et plus je remarque qu'il a raison. Tous deux roulent emmêlés au sol, mordant le cou, les flancs, la peau de l'autre, arrachant un peu de fourrure, mais sans faire couler le sang.

En voyant cela sous cette nouvelle perspective, il y a une sorte de beauté agressive dans ce combat.

Je ne comprends pas la plupart des règles de la meute, ni les luttes de pouvoir, mais j'apprends lentement de nouvelles choses chaque jour. Des choses que j'ai ratées parce que j'ai grandi entourée surtout de femmes, et ensuite seule.

Dušan bondit sur la nuque de Bardhyl et le jette au sol avec une force incroyable. Bardhyl glisse contre un arbre et reste à terre, tandis que son Alpha trotte vers lui et le flaire.

– Regarde ça, dit Lucien. Normalement, il devrait hurler sa victoire, mais ça ne jouerait pas en notre faveur ici.

Je déglutis avec difficulté en voyant Bardhyl se redresser, tête basse, et passer devant son Alpha pour s'enfoncer dans les bois sombres. Quelques instants plus tard, Dušan vient vers nous. Son corps tremble pendant qu'il reprend son apparence humaine, se transformant si vite qu'au troisième pas, il est complètement redevenu homme. Sa fourrure a disparu, ses traits ont recouvré leur beauté naturelle.

Des morsures et des ecchymoses marquent son corps, mais ça ne l'empêche pas d'être puissant, et totalement nu. Mon regard tombe sur la touffe de poils noirs au-dessus de son membre flasque, mais toujours aussi gros… et bien entendu, je manque de la plus élémentaire discrétion.

Il me surprend en train de le mater, et mes joues s'empourprent.

Je remue pour me dégager des bras de Lucien, mais il me tient bien, tandis que Dušan approche. Il s'arrête à quelques centimètres de moi, m'agrippe le menton, m'oblige à lui faire face. Une égratignure fraîche rougit sous son œil. Il n'a d'yeux que pour moi.

Coincée entre ces deux Alphas, j'ai envie de demander ce qu'il en est de Bardhyl, s'il va revenir, mais au lieu de ça, je me perds dans le regard hypnotique et sauvage de Dušan. Mon corps bourdonne d'énergie, de leur énergie qui se mêle à la mienne.

– Tu as choisi trois d'entre nous comme partenaires, et je l'accepte. Mais ça suffit, compris ? grogne-t-il.

– Ce n'est pas comme si j'en avais consciemment voulu trois, réponds-je, tendue.

J'ignore si c'est le cas ou non, mais ma louve semble en chaleur quand elle est près de ces trois Alphas.

– Peut-être pas, mais je n'en tolérerai pas d'autre.

Bardhyl revient parmi nous, déjà rhabillé, tête baissée. Je trouve fascinants la loyauté et le dévouement des loups envers leur Alpha.

Dušan laisse échapper un profond grognement guttural, empli de domination et de désir sexuel, afin de nous rappeler nos positions dans sa meute. Je sens les vibrations de sa puissance comme jamais auparavant, et mon souffle se bloque dans ma gorge.

Il fait un signe de tête à Lucien, qui me libère, et c'est Dušan qui s'empare de moi à présent, me tenant par le cou, m'attirant à lui. Nos lèvres se heurtent avec un appétit sauvage. Et tout comme il a remis Bardhyl à sa place, je sais exactement ce qui m'attend.

Ses canines m'entaillent la lèvre, et il lèche mon sang ; le pincement me pique. Ses mains raffermissent leur prise sur mes hanches. J'arrive à peine à respirer à cause de la chaleur qu'il déverse en moi.

– Tu m'appartiens, grogne-t-il dans ma bouche.

Il se retire en me dardant un regard de loup.

Mon instinct veut que je l'embrasse encore plus fort, mais je reste à ma place devant lui. Ma louve les a choisis, lui et les autres, donc ça veut dire qu'il faut trouver un moyen pour que ça fonctionne.

– Nous devrions partir, dit Lucien, brisant la tension qui

monte.

La façon dont Dušan a empoigné mon haut me fait penser qu'il aurait pu tout aussi bien l'arracher ici et maintenant.

– Le temps ne joue pas en notre faveur avec sa maladie, enchaîne Lucien.

*Maladie ?* Mon sang se fige dans mes veines. Je me retourne, entourée de mes trois métamorphes, et regarde chacun d'entre eux.

– Qu'ont montré mes tests sanguins ? demandé-je, croisant leurs regards à tous les trois.

– Elle n'est pas encore au courant ? demande Dušan à Bardhyl.

– Non, répond Bardhyl d'un ton sec.

– Est-ce le bon endroit pour le faire ? questionne Lucien.

– Bon sang, oui ! éclaté-je, m'interposant. Je ne bougerai pas d'ici tant que vous ne me l'aurez pas dit.

J'ai peut-être l'air comique, puisque tous trois rient de moi, mais je n'apprécie pas que l'on se moque de me défendre devant trois hommes puissants.

Je plante mes pieds dans le sol.

– Je ne plaisante pas, balancé-je. Que quelqu'un me dise ce qui se passe, bon sang.

Ils échangent des regards, et c'est finalement Dušan qui prend mon visage en coupe dans ses mains et se penche vers moi.

– Meira, commence-t-il tendrement, et je devine déjà qu'il va dire quelque chose de terrible.

– Dis-le. N'enrobe pas les choses, je t'en prie.

Mon estomac se contracte. Plus ils prennent de temps à m'avouer la vérité, pires sont les scénarios qui me traversent l'esprit.

Il m'embrasse sur la bouche, puis s'écarte avec un air de regret.

– Meira, ma puce, tu as une leucémie.

## CHAPITRE 13

MEIRA

— Oh, Meira, murmure Dušan, glissant ses mains sur mes épaules.

Sa tentative de sourire se solde par un échec et lui donne l'air de se sentir coupable, comme s'il était responsable du diagnostic.

— C'est pour ça qu'on devait te retrouver très vite. La maladie se propage lentement dans ton corps humain, et ta louve est ta seule façon de survivre.

Un jour, je me suis abritée dans une vieille bibliothèque et j'ai lu des choses sur les maladies humaines. Le bâtiment avait été saccagé mais il restait encore quelques livres. D'après mes souvenirs, c'est un trouble sanguin, un cancer des cellules du sang. Il empêche le corps de se défendre contre les bactéries, les virus, et… je sais qu'il y avait d'autres choses dans le livre, mais je ne parviens pas à m'en souvenir.

— Meira, répète doucement Dušan.

Tandis que j'assimile l'information, les larmes se mettent à couler. Je dois avoir fait quelque chose d'affreux dans ma vie précédente pour avoir tant de malchance dans celle-ci.

Je sanglote dans mes mains et Dušan me prend dans ses bras, son menton sur ma tête, sa main me frottant le dos. Il est toujours nu, comme si c'était naturel, et je m'effondre contre lui. Tout me semble surréaliste. Il embrasse mon front et mes doigts. Mais tout ce à quoi je pense, c'est que si ma louve était sortie, ça aurait tout résolu.

– C'est la leucémie qui t'immunise contre les morts-vivants, et ton côté louve t'a gardée en vie jusqu'ici.

Je lève le menton et baisse les mains. Il essuie mes larmes de ses pouces.

– Tes résultats ont montré que ton corps humain commence à céder, et…

Il passe sa langue sur ses lèvres, il a l'air d'avoir du mal à trouver ses mots.

– Qu'est-ce qu'il y a ? demandé-je.

Je veux savoir exactement ce qui se passe en moi.

Lucien et Bardhyl s'approchent de nous, et m'entourent chacun d'un côté.

– La maladie progresse vite, murmure Dušan. D'ici une semaine ou deux, elle se propagera à tes organes. C'est pour cette raison que tu as vomi du sang, et pour ça que nous devons trouver un moyen de faire sortir ta louve.

La peur s'infiltre sous ma peau. C'est une chose d'entendre que je souffre d'une maladie qui peut empêcher ma louve de sortir, mais maintenant on me dit qu'il me reste deux semaines à vivre, tout au plus. Je n'arrive pas à intégrer la nouvelle. Dire que je m'inquiétais du fait que rester avec les Alphas pouvait les mettre en danger, alors qu'un plus grand péril me guettait.

Je n'arrive pas à respirer. Mes genoux faiblissent, menaçant de se dérober.

Comme si ma maladie voulait me rappeler que toute cette merde est bien réelle, une douleur terrible se répand dans tout mon corps, déchirante, comme si on me fouettait.

Mes jambes cèdent et je pleure, serrant mon ventre. Je me plie en deux et la souffrance jaillit de ma gorge, mouchetant l'herbe de sang. Je me sens mieux de l'avoir évacuée de mon corps, mais ça n'enlève rien à la réalité merdique de ma situation.

À mes côtés, Lucien retient mes cheveux sur mes épaules.

Tout m'est insupportable à cet instant. Mes membres s'engourdissent et mon regard va d'un Alpha à l'autre, chacun m'offrant de l'espoir. Mais je sens qu'ils ont peur eux aussi qu'il ne soit déjà trop tard. Comment les choses ont-elles pu dégénérer à ce point ?

J'ai été différente toute ma vie, ce qui ne m'a jamais arrêtée.

Je lève les yeux, m'essuyant la bouche avec ma manche, et je cille devant mes trois hommes.

De puissants Alphas, qui sont là pour m'aider.

Ils ne me doivent rien, mais ils ne se détournent pas. La brûlure persiste dans ma poitrine, mais elle est moins douloureuse à présent.

Les secondes s'égrènent dans mon esprit.

Bardhyl m'offre un sourire rassurant, et Lucien ôte sa veste et me la tend pour que je la mette, pendant que Dušan s'habille. Puis il me tend la main.

– Rentrons à la maison.

Je doute que les choses soient jamais les mêmes à présent. Comment le pourraient-elles ? J'ai essayé de revenir à ma vie d'avant, croyant faire ce qu'il fallait. Mais j'avais tort.

Alors maintenant je vais écouter les conseils de ces loups, et essayer à leur manière. Je glisse les bras dans la veste de cuir noir de Lucien. Elle m'inonde de chaleur, et sa senteur de loup est comme une couverture rassurante qui me protège. Elle m'arrive aux cuisses et repousse le froid. Puis je prends la main de Dušan.

– Je suis prête, admets-je.

Prête à survivre. Après tout, il y a deux options qui s'offrent à moi, n'est-ce pas ? Celle où je continue de suivre les instructions de maman : continuer à courir, ne faire confiance à personne, utiliser mes propres ressources pour survivre. Et celle où je place toute ma confiance dans ces Alphas dominateurs et têtus, qui ne m'abandonneront pas. Qui m'ont promis un nouveau monde.

À moi.

Meira.

La fille solitaire qui vivait en marge du monde.

Qui a maintenant terriblement envie de trouver un moyen de survivre dans le Territoire des Ombres, alors que tout concourt à me tuer à chaque instant.

Je serre la main de Dušan, pour qu'il sache que je suis prête à le suivre. C'est ma dernière chance, alors je la saisis.

Il m'offre un sourire qui me réchauffe le cœur et plonge direct dans mon âme.

– La première chose que je vais faire, c'est manger la moitié d'un damné sanglier, déclare Lucien.

– Rien que la moitié ? glousse Bardhyl. Tu te ramollis.

Leurs plaisanteries me réconfortent, comme si j'avais ma place ici d'une certaine façon, même si en mon for intérieur, j'ai des sentiments mitigés. Je connais à peine ces Alphas, même après tout ce que nous avons traversé. C'est nouveau pour moi, et céder n'est pas dans mes habitudes.

Mais aller avec eux... À cet instant, ça ne me donne pas l'impression de *céder*. Ça me donne de l'espoir.

*Dušan*

*Putain.*

Le mot tourne en boucle dans mon esprit. Jamais je n'aurais pensé que Meira pourrait trouver encore un autre partenaire. Je n'en avais vu aucun signe à la forteresse.

Les âmes sœurs, c'est pour la vie.

Ce lien n'existe pas seulement entre Meira et moi, mais aussi avec Lucien et Bardhyl.

Je ne croise pas le fer, et je suis sûr qu'eux non plus, mais ce n'est pas ça qui me chagrine. C'est de ne pas avoir Meira pour moi seul chaque fois que j'aurai besoin d'elle.

Bon sang, qu'est-ce que je suis censé faire ? Ces hommes sont mes plus proches amis, et je ne veux pas les perdre, ni que Meira me déteste parce que je lui aurais interdit d'être avec eux.

Oui, la situation est merdique, et putain, oui, je suis jaloux. Mais comme pour la plupart des choses dans ma vie qui ne se déroulent pas comme prévu – et il y en a beaucoup – j'improvise.

Cela fait quelques heures que nous marchons à présent, et je ne peux m'empêcher de regarder Meira, malgré tous mes efforts. Je l'ai à l'esprit en permanence. Et ça m'agace terriblement de ne pas savoir comment nous allons gérer notre situation. Des droits de visite ? Putain, non. La décision me reviendra quand nous serons arrivés à la maison, alors je repousse ces idées pour le moment.

La priorité, c'est d'arriver chez nous en un seul morceau et de trouver un moyen de la sauver. D'ici là, je ne veux surtout pas qu'elle pense que je suis un enfoiré. Je ravale ma jalousie et me distrais en surveillant les bois que nous traversons, écoutant les bruits, guettant tout ce qui pourrait nous donner un avantage pour filer d'ici rapidement.

J'ai envie d'elle, une envie sauvage et pressante de la

prendre dans mes bras et la revendiquer, là tout de suite contre un arbre. L'envie de la déshabiller et la sauter, pour qu'elle se souvienne que son Alpha grandit à travers moi.

Le timing est pourri.

Le lieu est pourri.

Merde, j'ai juste besoin d'une pause, une minute pour que tout ça cesse d'être chiant.

Lucien ouvre la marche, Bardhyl la ferme, et nous marchons en silence.

Ses yeux papillonnent dans ma direction, puis se détournent quand je la surprends en train de me regarder. Que pense-t-elle ? Que je suis un monstre ?

Nous vivons dans un monde peuplé de créatures sombres, et pour survivre, il faut en devenir une. Soit elle l'accepte, soit elle aura du mal à trouver le bonheur.

Bordel de merde. Il faut que je mette de l'ordre dans ma tête, que j'arrête de gémir.

Nous sommes sous le vent, et une nouvelle bourrasque nous amène une nouvelle odeur... pelage de chien mouillé, musc, transpiration.

Des loups.

Je serre les poings, et la fureur monte en même temps que mon loup. La présence de loups intrus sur nos terres est un geste hostile, une déclaration de guerre contre nous.

Nous cessons de marcher à l'unisson. Lucien lève la tête, hume profondément.

– Ils sont au moins cinq ou six. Une petite meute.

Je serre la main de Meira, l'attire à moi.

– Des loups sauvages ? murmure-t-elle.

– Ces salauds vont rarement en meutes, et jamais en si grand nombre. (Je jette un œil à Bardhyl par-dessus mon épaule.) – Repère la meute, lui ordonné-je.

Il lève le menton, serre la mâchoire.

– Tu crois que c'est relié à Mad, d'une façon ou d'une autre ?

– J'en doute, mais je n'écarte aucune possibilité pour le moment. Ils ne doivent pas avoir encore repéré notre odeur, donc on a la surprise pour nous.

Avec un hochement de tête, Bardhyl s'écarte de nous puis s'élance dans les bois sans un bruit.

La peur me fait dresser les poils sur la nuque. Pas pour moi, mais pour Meira. Nous n'avons pas de temps pour ces conneries, et je ne veux pas qu'elle soit blessée.

– Où qu'on aille, ils traqueront son odeur, remarque Lucien.

– Alors on va se battre et leur arracher leurs foutues têtes. (Je respire rapidement, et mon loup se hérisse à l'idée d'une bataille.) – Et on garde un œil sur Meira à tout instant.

– Si on pouvait repérer des morts-vivants, je pourrais peut-être me cacher parmi eux si nous les attachons ? suggère-t-elle.

– J'adore l'idée, mais on n'en a rencontré aucun. Restons discrets jusqu'au retour de Bardhyl.

Lucien s'élance devant nous en quête d'un endroit sûr. Nous connaissons l'exercice, pour l'avoir pratiqué bien trop souvent quand nous chassions les Omégas. Nous avons déjà subi des embuscades de loups sauvages, mais nous n'avons jamais eu de meute sur nos terres.

Mes muscles se nouent et une bouffée de colère me secoue.

– J'ai besoin d'une arme, déclare Meira.

Je sors un couteau de l'arrière de ma ceinture et le lui tends, manche en avant.

– N'hésite pas à t'en servir. Ne laisse aucune chance à l'ennemi. Dès que t'en as l'occasion, tu frappes. (Je passe une main dans ses cheveux et l'attire plus près de moi.) – Il ne va rien t'arriver, je t'en donne ma parole.

– Est-ce qu'elle a un nom ? demande-t-elle en me montrant ma lame.

J'ai envie de rire à cette mignonne question.

– Non, mais je l'ai toujours vu comme un mâle et pas une femelle.

Elle étudie le manche de cuir, et passe son pouce dessus.

– Pour moi, ce serait plutôt féminin.

Je la regarde, ne sachant pas si elle est en train de m'insulter moi, ou le couteau militaire, épais et effilé à une extrémité, mais je laisse filer.

– Tu peux l'appeler comme tu veux, bébé, du moment que tu l'utilises au moment opportun.

La prenant par l'épaule, je la guide vers une partie ombragée des bois, où l'humidité stagne dans l'air et masquera facilement notre odeur.

Lucien revient vers nous quelques instants plus tard, les yeux écarquillés, hochant la tête.

– Il y a une vieille ferme en bas de la colline, près de la rivière. Mais en y descendant, on se ferait repérer, donc pour l'instant ce n'est pas une option.

– Alors on reste discret et on attend, intimé-je.

Meira cale mon couteau dans sa botte, et nous nous mettons à genoux derrière plusieurs gros arbustes. Ils nous dissimuleront au cas où quelqu'un passerait dans le coin. Le problème, c'est plutôt l'odeur dégagée par ma petite Oméga, qui appelle les autres comme la cloche annonçant le dîner.

D'abord, trouver à quoi nous avons affaire, ensuite, en finir avec ça. Nous sommes trop loin de notre enceinte, mais j'ai avec moi deux de mes plus forts guerriers. Je ne serais pas contre un bon combat à cet instant.

Meira se mordille la lèvre inférieure, scrutant les bois autour de nous. — Si nous pouvons les contourner, ce serait peut-être mieux, suggère-t-elle.

Sauf que ce n'est pas le monde dans lequel je vis. S'enfuir

n'est pas une option. Les intrus sont dans mon jardin, et personne d'autre ne les chassera avant qu'ils ne fassent des dégâts. Mon pouls bat la chamade, mon cœur est dopé à l'adrénaline par ce qui vient vers nous, et putain, j'ai hâte.

– Nous ne fuyons jamais l'ennemi, murmure Lucien à Meira. Nous nous battons toujours.

– Quand nous rentrerons, je veux que quelqu'un m'apprenne à me battre correctement et à utiliser des armes, dit-elle.

Bon sang, je pourrais l'aimer rien que pour ça. Je me penche et l'embrasse sur la joue, puis glisse vers ses lèvres.

– Je suis ton homme.

Le craquement d'une feuille attire mon attention derrière moi. Je lève la tête, poings serrés, prêt à plonger, et Lucien fait de même.

Bardhyl surgit hors de l'ombre, et je me relève pour le rejoindre.

– Sept mâles, prévient-il. Deux Alphas, les autres sont des Betas. Ils viennent par ici.

– Bien. On se déploie et on attend, puis on leur saute dessus. On s'occupe des Alphas en premier.

J'agite les mains pour montrer à mes hommes les meilleurs endroits où se poster pour attendre avant d'attaquer.

La direction du vent joue en notre faveur, et j'ai envie qu'on en termine rapidement.

Je m'accroupis de nouveau auprès de Meira.

– Reste ici. Je ne serai pas loin. Si l'un d'eux s'approche de toi, tu hurles.

Elle hoche rapidement la tête, un peu pâle. Je ne lui reproche pas d'avoir peur. J'en ai trop marre de ces complications qui nous empêchent de rentrer à la maison.

Je l'embrasse sur le front et la laissant à genoux, je bondis sur mes pieds, prêt à tout.

Il se passe à peine une fraction de seconde avant qu'un grondement guttural ne surgisse derrière moi.

Le sang quitte mon visage, et je pivote face à un énorme métamorphe sauvage qui se tient au-dessus de ma Meira terrorisée, babines retroussées, oreilles rabattues, un grognement roulant dans sa poitrine. L'enfoiré... Il a vraiment l'intention de s'emparer de Meira.

# CHAPITRE 14

MEIRA

Je plante mes doigts dans le sol meuble. Mon cœur me remonte à la gorge et le froid m'envahit, me ramenant la réalité de la merde dans laquelle je suis.

Je tressaille et regarde par-dessus mon épaule : un loup gris se tient à quelques centimètres derrière moi. Son souffle chaud me balaie le dos, son grondement résonne tellement fort qu'il vibre en moi. Je n'arrête pas de trembler. Je reporte mon regard sur Dušan à deux mètres de moi, pâle comme un mort. Bardhyl n'est pas loin, et j'ignore où est Lucien.

Dušan se raidit, épaules en avant, et sous mes yeux, son attitude se transforme en celle d'un puissant Alpha. La colère a envahi ses traits à présent, et un rictus tord sa lèvre supérieure.

— Qu'est-ce que tu fous sur mes terres ? aboie Dušan très fort, les narines dilatées, la voix chargée de menace.

Des ombres s'accumulent dans ses yeux, et pour rien au monde je ne voudrais le croiser quand il a l'air furieux à ce point. Mais à cet instant j'en suis ravie, j'ai envie qu'il réduise en miettes la créature qui se dresse au-dessus de moi.

– Tu n'auras qu'une seule chance, le prévient Dušan.

L'air se charge de l'odeur de son loup et de l'énergie d'une transformation imminente. Ses yeux ont déjà pris l'aspect de ceux de son loup.

Ma peau est couverte de chair de poule, à me retrouver au milieu de cette guerre. La peur enfle dans mon esprit, s'infiltre dans mes veines, sauf que je ne suis plus seule maintenant. J'ai trois Alphas qui se battront pour moi... *avec* moi.

Je sens le poids du couteau dans ma botte, mais je ne l'attrape pas, pas encore. Je reste agenouillée sur le sol, attendant le bon moment. Mais je n'ai aucune idée de quand ça sera.

Personne n'ose bouger d'un millimètre.

Des ombres se faufilent dans les bois qui nous entourent, nous encerclent, nous coincent. Encore des loups.

J'ai envie de prévenir mes hommes, mais je ne me fais pas d'illusions, mes Alphas sont déjà au courant pour les autres intrus.

Mon cœur s'accélère.

Et dans un moment de silence insensé, tout change.

Des pas lourds martèlent le sol à ma droite. Je me tourne juste au moment où Lucien, dans son corps d'homme, plonge vers le loup derrière moi.

Il le percute et l'entraîne, mais ça n'empêche pas l'ennemi de me morde à l'épaule.

Une douleur aiguë transperce ma chair et mon cri déchire l'air alors que je suis entraînée vers le bas par le mouvement.

Je me noie dans la douleur quand un tumulte explose autour de moi. J'atterris durement par terre, sur le point de crier d'exaspération de toujours être blessée, en danger.

Pendant ces quelques secondes, je ne ressens rien d'autre que la poussée d'adrénaline qui m'envahit.

Je bondis sur mes pieds, la main sur la botte. Couteau en main, je titube en arrière, secouée de frissons.

Lucien étrangle à mains nues le loup qui danse sur ses pieds, et la terreur qui s'abat sur moi me coupe le souffle.

Des bruits de bagarre éclatent de l'autre côté. Je me retourne et vois Dušan combattre deux loups. Bardhyl, sous sa forme de loup blanc, rugit de fureur quand deux autres loups le percutent.

Je devrais aller l'aider, mais je n'arrive même pas à tenir debout.

Une ombre surgit à ma droite, je me tourne vers elle. Un loup brun aux yeux sombres et aux oreilles couronnées de blanc s'avance sur moi. Je lève mon arme car je ne suis pas assez rapide pour le distancer. De plus, je sais qu'il ne vaut mieux pas courir. Cela ne ferait qu'augmenter le désir du loup de me dominer. Mais ça n'empêche pas mes jambes de trembler.

– Ne t'approche pas plus, le menacé-je.

Mes doigts agrippent fermement le manche du couteau, au point que mes jointures blanchissent.

C'est mon combat, autant que celui des Alphas. Je m'approche d'un pin, sans jamais quitter l'ennemi des yeux.

La tête basse, il s'approche encore, et un profond son guttural s'échappe de sa poitrine. Je me détourne, le souffle coupé par une peur irrépressible qui me serre la poitrine.

Soudain il charge.

Un cri involontaire s'échappe de ma gorge quand je frappe avec la lame, qui tranche le côté de son museau.

Il grogne et me rentre dedans, me faisant tomber. En deux secondes, Lucien dégage le loup de moi.

Je me précipite à reculons, assise sur le sol de la forêt, en quête d'air.

Lucien soulève le loup et le balance loin de moi. Mais comment peut-il être aussi fort ?

Il est à mes côtés, du sang coule de coupures au cou et au bras. Il sourit comme si, d'une manière ou d'une autre, tout allait bien se passer. À cet instant précis, une douleur cuisante venant de ma morsure à l'épaule m'envahit, comme si on avait versé de l'eau bouillante sur ma peau. Je grimace en voyant le sang qui tache mon haut.

– Reste près de moi.

Lucien respire avec effort. Il m'attrape par le poignet, me hisse à ses côtés.

Dušan hurle sa victoire, deux loups morts à ses pieds, puis s'élance aider Bardhyl, le loup blanc étant cerné par quatre assaillants. Lucien ne va pas l'aider, il me garde près de lui. Le vertige m'envahit par peur que nous soyons tous capturés.

C'est alors qu'un sifflement perçant retentit dans les bois.

Nous nous figeons, attentifs au moindre bruit.

Une silhouette sort de l'ombre, un métamorphe sous sa forme humaine, vêtu d'un jean et d'un sweat à capuche gris. L'étranger est grand, peut-être pas aussi imposant que mes hommes, mais il dégage une certaine énergie. D'autres loups sous forme animale le rejoignent. Des bruits de frottements derrière moi me signalent que la petite meute s'éloigne de Bardhyl et Dušan pour rejoindre leur Alpha.

Ce n'est que quand l'étranger émerge complètement de l'obscurité que je le distingue clairement. Il n'est pas vieux, peut-être dans la trentaine, il a des cheveux bruns séparés sur le côté, en bataille, lui couvrant un œil. Il a le menton de travers, comme s'il avait eu un accident grave. Et il a un air familier… comme si nous nous étions déjà rencontrés. Je me creuse la tête, mais j'ai croisé tellement de gens, la plupart sur de courtes périodes. Ils apparaissent furtivement dans mon esprit, mais j'ai évacué la plupart de mes souvenirs depuis longtemps. Beaucoup tombent dans deux catégories : ceux qui m'ont fait du mal, ou ceux qui sont morts et m'ont laissée en vrac. Ce qui veut dire que, qui que soit ce type, eh bien… ce doit être un abruti.

– Meira, prononce-t-il, et mon estomac se serre, parce

qu'il se souvient de mon nom, et moi j'ai oublié son visage. Je t'ai cherchée. J'ai entendu une petite fille parler d'une Meira dans ces bois, alors nous sommes venus enquêter.

– J'espère pour toi que tu ne lui as pas fait de mal, lancé-je, levant mon arme.

J'étriperai cette fouine s'il a fait quoi que ce soit à Jae.

– Tu t'en soucies vraiment ? Depuis quand ?

En entendant son léger zozotement, la mémoire me revient. Peu après la mort de maman, je l'ai rencontré au cours de l'un de mes séjours dans une ville du nord de la Transylvanie, où de petites fractions de meutes apparaissent régulièrement. C'est une zone sauvage, où les bagarres pour de petites parcelles de terre, juste en dehors du territoire de Dušan, surviennent quotidiennement. J'ai rencontré cet homme dans une petite communauté. J'étais plus jeune, perdue dans le monde, et je lui ai fait confiance quand il m'a offert le gîte et le couvert.

Mais en échange, il voulait quelque chose que je ne pouvais pas lui donner. Cette nuit-là, il m'a appelée son Oméga et a tenté de me violer, alors je lui ai balancé un coup de pied dans l'entrejambe. Cet enfoiré m'a frappée jusqu'à ce que j'en ai les yeux si enflés que je ne voyais plus rien. Tous ces souvenirs, la laideur du monde, ma peur, se sont mélangés en un magma que j'ai remisé au fin fond de mon esprit. J'avais l'intention de les oublier... et il est hors de question de faire revivre ces souvenirs maintenant.

C'est la raison pour laquelle j'ai fini par vivre seule, pour ça que j'ai construit une cabane dans les arbres, et pour ça que je n'ai jamais aidé quiconque. Cela fait très longtemps, mais maintenant que je le revois, je tremble.

– Tu me dois quelque chose, gronde-t-il. Et je suis là pour prendre mon dû.

– Mais de quoi est-ce qu'il parle ? demande Lucien, me serrant plus près de lui.

Dušan en homme et Bardhyl en loup nous rejoignent pour faire face aux intrus.

Nous sommes quatre, face à eux qui doivent être quinze. Est-ce qu'il y a encore d'autres loups qui nous épient dans l'ombre ? Depuis combien de temps nous traquent-ils, si Bardhyl n'en a repéré qu'une poignée un peu plus tôt ?

Je crache sur la terre et lui adresse un rictus. C'est bien plus qu'Evan ne mérite.

– T'es qu'une ordure. Tu m'as tabassée et attachée à un arbre, où tu m'as laissée pendant des jours.

À mes côtés, Dušan se raidit et fait un pas en avant.

– Elle ne te doit rien. Mais tu as pénétré mes terres. Je suis l'Alpha du Territoire des Ombres, et tu paieras de ton sang.

Evan ricane, comme si la menace ne signifiait rien pour lui.

– Je l'ai protégée des hommes qui avaient prévu de l'enlever et la violer. Et elle a crié au meurtre quand je l'ai touchée. Pétasse frigide.

Il me regarde, secouant la tête dans une vaine tentative d'écarter de ses yeux la mèche de cheveux, qui ne bouge pas.

– Je t'ai attachée pour te donner une leçon. Mais tu t'es échappée, non ? Tu sais combien de ressources j'ai dû donner à ces hommes pour qu'ils te laissent tranquille et ne te pourchassent pas ? Tu devrais me remercier.

Il pose une main sur sa poitrine, comme si ses paroles venaient du cœur.

– Maintenant, je viens pour mon paiement, et pour ça, je vais te niquer, encore et encore.

Bardhyl émet un grognement si brusque et fort que je sursaute.

– Putain, je n'ai pas de temps pour toutes ces conneries, grogne Dušan. Barrez-vous, ou vous finirez comme eux. (Il pointe du menton les loups morts sur ma gauche.) – C'est ma seule offre de paix.

Personne ne répond. Evan lève les yeux au ciel, appuyé sur une jambe. Il promène un regard sur son large groupe, puis sur nous quatre. Oui, c'est aussi ce qui me tracasse. Mais je mourrai avant de laisser ce trou du cul me revendiquer. On dirait que je me bats.

La main de Lucien repose sur ma taille, et il m'a collée contre lui. Il me jette un bref coup d'œil, murmurant pendant qu'Evan raconte des conneries à mes Alphas :

– Dans une seconde, l'enfer va se déchaîner. Grimpe dans un arbre aussi vite que tu peux. Ce sera plus facile pour toi de te défendre, tu pourras les repousser avec une branche pour les empêcher de grimper derrière toi. Compris ? Je vais essayer de rester près de toi.

Avant même que je ne puisse répondre, l'énergie de mes Alphas qui se transforment me percute. L'air est saturé de leurs puissantes odeurs musquées.

– Votre temps est écoulé, déclare Dušan.

Il se change en loup, et bondit à l'attaque, Bardhyl et Lucien sur les talons.

Je file en arrière. En courant, je cherche le meilleur arbre, j'en repère un aux branches plus basses, et au feuillage plus épais pour me cacher.

Mais avant que je ne puisse atteindre mon havre, quelqu'un se jette sur mon dos, me projetant en avant, ventre à terre.

Mes cris sont étouffés par la terre qui m'emplit la bouche. Je me retourne au moment où le poids se soulève de mon dos et je plante mon couteau, frappant l'homme barbu, qui ne s'y attendait pas, en plein dans le ventre. Ce n'est pas profond, mais suffisant pour faire couler le sang et le distraire.

Je lui balance un grand coup de pied dans le menton, et tandis qu'il titube, je cours pour me sortir de là. Choisissant un autre arbre rien que pour échapper à cet abruti, je contourne la bataille et finis par grimper dans l'arbre parfait, avec des branches hautes énormes et beaucoup de feuillage.

J'empoigne la branche la plus basse et balance rapidement mes jambes pour grimper, quand quelque chose me mord la cheville et me tire vers le bas. Mais je me cramponne désespérément, donne des coups de pied frénétiques. Je baisse les yeux vers le loup gris agrippé à ma jambe, alors qu'un autre s'approche. Je lui balance un violent coup de pied dans le museau et il me lâche en gémissant.

Je me hâte de grimper dans l'arbre, repoussant les branches épineuses lourdement chargées de feuilles rondes d'un vert profond. L'écorce de ce tronc m'arrache la peau.

D'ici, j'observe toute la zone.

Les loups combattent. Des dents, de la fourrure, des grondements.

Les sons agressifs qu'ils émettent me donnent la chair de poule. Je ne sais pas si je pourrais jamais me battre de cette façon.

J'entends un grognement sous moi. Je jette un œil : ce maudit barbu est de retour, les yeux aussi gris que sa peau houleuse, sa lèvre supérieure formant un angle bizarre, conséquence d'une vieille blessure. Je tremble de colère.

Je range le couteau dans ma botte et attrape une branche plus fine aux épines pointues. Je tire dessus des deux mains, le bois craque et cède. Reculant par contrecoup, je tends une main et agrippe le tronc pour me stabiliser.

– Ça ne sert à rien de te cacher, pétasse, grogne-t-il.

Je me déplace pour me tenir sur une branche juste au-dessus de lui. Heureusement, il n'est pas très doué pour grimper. Je soulève ma branche, poussant une épaule contre l'arbre pour garder l'équilibre, mes pieds calés sur une plateforme formée de branches croisées. Puis j'abats mon arme.

Elle le frappe en pleine tête et lui griffe tout le côté du visage. Il crie sous le choc, et ses mains font des moulinets quand il tombe et percute lourdement le sol. Sa figure est ensanglantée – aïe, j'ai fait bien plus de dégâts que je ne le pensais. Putain, ouais.

Lucien était sur quelque chose quand il m'a dit de me cacher là-haut.

Les bruits torturés de la bataille me font tourner la tête vers les autres loups qui se ruent dans ma direction. Je m'accroche à ma branche, le ventre tellement serré que j'en suis presque malade.

Ils grognent au pied de l'arbre pendant que le barbu se relève. Je balance à nouveau mon arme, mais l'imbécile l'attrape et tire dessus avec une force incroyable, m'entraînant avec – je perds mes appuis.

Je sens ma fin venue en voyant le sol se rapprocher à toute vitesse. Un buisson ralentit ma chute, me piquant et me coupant. Je gémis, j'ai l'impression d'avoir le corps en feu. Je m'attends à ce que des dents plongent en moi pour me déchirer, me réduire en morceaux.

Des mains fortes m'agrippent les chevilles, on me tire sur le sol. Je crie, cherche quelque chose qui pourrait me servir d'arme. Des poignées de feuilles mortes ne vont pas m'aider.

Je me tourne sur le côté, rouant de coups l'enfoiré barbu qui me sourit avec ses dents pleines de sang, là où je l'ai blessé. Il mérite cent fois pire.

– Lâche-moi !

Je lui jette tout ce que je peux attraper, et j'essaie de me redresser pour attraper mon couteau dans ma botte, mais c'est impossible. Il me traîne tellement vite que des feuilles et des brindilles s'incrustent sous mon haut.

Je continue de me débattre et lutter contre lui, hurlant pendant que deux loups ennemis le suivent de près. Quand il relâche enfin mes jambes, je ne vois plus mes Alphas ni le combat.

Je cherche le couteau dans ma botte, tandis que les loups

grognent dans mon oreille et que le gars en face de moi défait sa ceinture.

– Je sens ton excitation, marmonne-t-il.

Soudain j'ai la nausée. Les ténèbres tourbillonnent autour de moi, la bile me monte à la gorge. Mes doigts se referment sur le couteau.

Je tremble atrocement, parce que si nous perdons cette bataille, je me trancherai la gorge plutôt que laisser ces monstres me toucher.

Mais avant qu'il n'ait baissé son pantalon, je plonge sur lui lame en avant. L'abruti m'esquive et attrape ma main armée, serrant jusqu'à ce que je crie de douleur.

L'arme me tombe de la main, et il m'agrippe la gorge.

– Ça va être chouette de te briser, salope sauvage.

– Va te faire foutre.

Je lui crache au visage.

Il lève la main et me frappe violemment la joue, la douleur se répercute dans mon crâne. Des étoiles dansent devant mes yeux et le monde s'incline sur son axe.

Tout à coup il est arraché de là. Je trébuche pour retrouver mon équilibre.

J'entends des grondements et des cris assourdissants. La panique s'abat sur moi, et je me frotte les yeux pour y voir plus clair. L'air agité par tout ce tumulte me cingle. Derrière moi, les loups s'enfuient en gémissant. J'ôte la main de l'endroit où la claque est toujours cuisante. Devant moi se tient Dušan dans sa forme de loup, du sang coulant de sa gueule. À ses pieds gît l'homme barbu, immobile, avec trou béant dans la poitrine, comme si Dušan lui avait brisé les côtes pour arracher son cœur.

Cette image sanglante devrait me terrifier, mais je ne me suis jamais sentie aussi protégée de toute ma vie. Le voir aller à de tels extrêmes envers quiconque me fait du mal m'envoie des papillons dans le ventre.

Il se transforme et en quelques instants, se tient devant moi sous sa forme humaine, tout son corps zébré de sanglantes estafilades. Mais peu importe, je me jette dans ses bras.

Auprès de mes Alphas, je me sens comme chez moi. Je n'arrive pas à donner un sens à cette pensée, mais c'est la vérité.

Je m'écarte finalement quand Lucien nous rejoint, nu et blessé, mais souriant.

– Eh bien, c'était marrant.

Il rit et essuie la coupure qui saigne sur sa bouche.

L'ombre d'un loup fonce entre les arbres dans le lointain, chassé par un autre. Un cri de douleur étranglé éclate dans les bois.

– Qu'est-ce qui se passe ? Est-ce que Bardhyl va bien ?

Comme s'il répondait à mon appel, il accourt à travers bois droit sur nous, sa fourrure blanche emmêlée et tachée de sang. Il est plus grand que dans mon souvenir, ses babines retroussées, et il n'y a pas une once d'humanité dans son regard. Il disparaît dans l'ombre, et un autre cri déchire l'air.

– Bardhyl s'est perdu dans la bataille, alors on le laisse nettoyer le reste, pour que son Berserker puisse sortir de son corps.

Je cligne des yeux dans la direction où il a disparu, et je ne nie pas que le voir comme ça me fait peur. Il va s'occuper du reste de la meute tout seul ?

– Est-ce qu'il est souvent comme ça ?

– Quand il est très en colère, il ne peut pas se retenir, répond Lucien.

– Que faisons-nous ? demandé-je. Et qu'en est-il d'Evan ?

– Evan ne fera plus jamais de mal à personne, bébé. Maintenant, on s'assied, et on attend que Bardhyl ait achevé le reste de la meute. Ensuite, nous essaierons de le calmer.

Cette partie me semble terrifiante. Je ne sais pas combien

de temps s'écoule avant que Bardhyl ne réapparaisse, toujours sous sa forme de loup. Il a le souffle court, et du sang a giclé sur son long museau pointu. Sa poitrine se soulève, ses babines sont retroussées, ses oreilles rabattues.

Un frisson me parcourt la colonne et fait céder mes genoux. Il me regarde fixement, et dans ces yeux, je ne vois aucune trace de Bardhyl.

– Humm, les gars, qu'est-ce qu'il est en train de faire ?

Puis il plonge sur nous.

## CHAPITRE 15

MEIRA

Je suis complètement terrorisée en regardant le loup blanc qui se dirige vers moi.

Mes jambes sont paralysées. Mon cri reste bloqué dans ma gorge.

Il n'y a aucune trace de Bardhyl dans ces yeux verts profonds. Rien que son côté bête sauvage.

Lucien pose une main sur mon ventre et me pousse derrière lui, pendant que lui et Dušan interceptent Bardhyl.

Ils sautent sur le loup, le percutent tous deux.

Je bats en retraite. Mon cœur est sur le point de lâcher quand tous trois se vautrent en tas. Des grognements éclatent dans l'air, les dents du loup claquent, babines retroussées.

Bardhyl gronde et ne me quitte pas des yeux – comme si j'étais son repas et qu'il tuerait quiconque l'empêcherait de m'atteindre. Dušan lui bloque un bras autour du cou pendant que Lucien se jette sur son dos.

Ce n'est pas Bardhyl. Pas mon Bardhyl... l'homme qui m'a rendue folle dans la grotte, qui m'a fait tomber amoureuse de lui. Comment peut-il être mon âme sœur alors qu'il a l'air prêt à me tuer ?

C'est un monstre.
Incontrôlable.
Sauvage.

Dušan et Lucien l'ont cloué au sol, tandis qu'il pousse des grognements terribles.

– Meira ! hurle Dušan. Viens par ici.

Je ricane et recule encore.

– Hors de question. Regarde-le.

– *Meira*, grogne-t-il. Il cherche un lien avec toi, pour se calmer et repousser son loup.

Je cligne des yeux en les regardant tous deux qui tentent de maintenir à terre le loup déchaîné. Il veut que je le *caresse* ?

– Il ne va pas m'arracher le bras, hein ?

– On ne le laissera pas faire, mais bon sang, dépêche-toi !

Lucien me lance un coup d'œil, mâchoire serrée, luttant de toutes ses forces pour retenir Bardhyl.

– Il a besoin de toi.

Oh bon sang, je vais vraiment faire ça, n'est-ce pas ? Je m'avance, passant la langue sur mes lèvres sèches, les bras raides le long du corps. Plus je m'approche, plus Bardhyl grogne et se débat. Sait-il ce que nous sommes en train de faire, ou ne le réalisera-t-il qu'après m'avoir dévorée ?

Je les contourne, laissant la tête de Bardhyl à bonne distance. Il me suit des yeux tandis que j'atteins son flanc. J'ai les bras qui tremblent quand je les tends pour glisser mes doigts dans sa fourrure épaisse et luxuriante. Elle est encroûtée de sang, et son corps brûlant vibre.

Il tressaille, et une décharge électrique fulgure dans mon bras quand je le touche.

Je recule juste au moment où Bardhyl, d'une ruade, éjecte les autres Alphas de lui. Il ne lui faut qu'une fraction de seconde pour me mordre.

Je hurle, mon corps s'engourdit, j'ai l'impression que c'est ma fin.

Sa tête frappe ma poitrine et me renverse, et je crie de douleur. Puis il bondit par-dessus moi et file dans les bois. En larmes, je porte la main là où il m'a percutée.

Je penche complètement la tête en arrière pour le voir s'éclipser dans la pénombre.

Dušan m'attrape le bras me relever. Me tenant d'une main contre lui, il ôte des brindilles de mes cheveux de l'autre.

— Bon sang c'était quoi, ça? m'écrié-je. Vous disiez que vous le teniez !

— Dès que tu l'as touché, il n'allait plus te faire de mal, explique Dušan.

Lucien nous rejoint en s'époussetant.

— Tu aurais pu le dire plus tôt, tu sais. Je suis presque sûre que je viens de faire ma première crise cardiaque.

Lucien me sourit.

— Tu en fais des tonnes. Nous le maîtrisions. Tu penses que nous n'avons jamais eu à le gérer quand il est dans cet état ?

— Et bien pas *moi*.

Je m'écarte de Dušan, respirant calmement pour apaiser mon rythme cardiaque et chasser la peur qui m'étrangle.

— Alors où il est maintenant ? Est-ce qu'il sera de nouveau lui-même à son retour ?

— Il a besoin de temps pour se remettre, explique Dušan. C'est un Berserker dans l'âme, Meira. Quelque chose d'atroce leur est arrivé, à lui et sa meute, au Danemark, et ces atrocités ont marqué son loup, l'ont changé en une créature que même lui a du mal parfois à contrôler.

J'essaie d'avaler l'énorme boule que j'ai dans la gorge. Dans quoi me suis-je embarquée ?

— Est-ce que ça va aller pour lui, ici, tout seul ? demandé-je.

Je mentirais si je disais que je ne suis pas intimidée, voire un peu effrayée par lui, mais ce qui s'est épanoui entre nous la nuit dernière vibre toujours aussi fort dans ma poitrine.

Un craquement de feuillages me fait lever la tête. C'est Lucien qui revient, tout habillé et rapportant ses vêtements à son Alpha. Avec tout ce qui s'est passé, ce n'est que maintenant que je remarque vraiment la nudité de Dušan. Ses gros muscles saillent sur sa poitrine, ses abdos, ses bras. Ses cheveux noirs en bataille tombent sur ses épaules et son visage quand il se penche en avant pour enfiler son pantalon. Je ne peux m'empêcher de contempler sa verge si parfaite. Je me rappelle quand il m'a revendiquée et m'a nouée. Tout en lui – et chez mes autres Alphas – est bien plus que sexy. Ils sont beaux à pleurer, ces hommes qui ont des monstres en eux... tout comme moi, si jamais nous parvenons un jour à la faire sortir.

Quand Dušan me surprend en train de le mater, les coins de sa bouche se relèvent en un sourire diabolique, et ses yeux recèlent la promesse silencieuse de ce qui nous attend.

– On y va. Nous passerons la nuit dans la ferme près de la rivière.

Il serre les lèvres et jette un œil à Lucien, qui hoche la tête et part dans la direction opposée.

– Où va-t-il ? m'étonné-je.

– Chercher de quoi manger. On n'arrivera pas à la maison avant la nuit, et je veux attendre Bardhyl.

La chaleur envahit mon ventre. Dušan se préoccupe de ses proches, et c'est quelque chose que j'admire chez lui. Dans ce monde, personne ne se soucie des autres. C'est peut-être pour cette raison qu'il a une si grande meute, pourquoi ils restent et se battent pour lui. Je tends la main pour ôter une feuille de ses cheveux. Il me la prend, la porte à sa bouche. Ce baiser m'envoie de petites étincelles dans le bras et dans tout mon corps. Une petite lueur scintille dans ses yeux bleus, comme s'il ressentait la même chose.

– Tu es blessée ? s'enquiert-il en m'attirant à lui.

Il me serre si fort que je sens son érection. Bon sang, c'est du rapide.

Ses doigts caressent doucement mes cheveux emmêlés. Son odeur masculine, sombre et sauvage, me submerge. Des frissons me parcourent quand son autre main se faufile sous mon haut et attrape l'un de mes seins, ses doigts pinçant mon téton.

Je crie de désir.

– Ne me fuis plus jamais. Nous ne faisons qu'un. Et tu m'appartiens.

Ma culotte fond en un instant, mon corps ne contrôle plus rien devant ces loups. Sa domination est un aphrodisiaque.

Je halète contre lui, contemplant ses lèvres pleines, les imaginant parcourir mon corps, pressées contre ma vulve, trouvant ma chaleur. Un moment j'ai peur pour ma vie, et l'instant d'après, j'ai envie de sauter sur Dušan. Ça me paraît normal en compagnie de ces Alphas.

– Je ne te perdrai plus jamais, grogne-t-il. (Il déglutit bruyamment, les tendons de sa gorge remuent quand il parle.) J'irai même dans l'au-delà te récupérer si tu meurs avant moi.

*Dušan*

S es yeux s'élargissent.

Je pense chaque foutu mot que je prononce. Ces derniers jours ont été une vraie torture. Quand je regarde dans ses yeux bronze pâle à présent, je vois une femme qui ne ressemble plus à la fille perdue que j'ai trouvée dans les bois. Elle a changé, elle est devenue plus courageuse, elle a commencé à se retrouver.

Je baisse la tête et hume son doux parfum de cerises. Ses

lèvres rubis s'entrouvrent avec impatience. Je presse son sein, son mamelon rond dressé... tellement parfait. Ma hampe tressaute dans mon pantalon, elle durcit. Est-ce qu'elle réalise au moins l'impact qu'elle a sur moi... sur nous tous ? Je n'ai jamais vraiment compris les liens entre les âmes sœurs, même quand Lucien me les a expliqués, et que j'ai été témoin de son atroce souffrance. Rien ne m'avait préparé à la force qui me dévaste le cœur aujourd'hui.

Elle lève les yeux sur moi, ses doigts s'enroulent dans le tissu de mon t-shirt à manches longues, elle presse son corps contre le mien. Nos lèvres se fondent ensemble. La chaleur et la douceur m'envahissent quand sa langue se mêle à la mienne. Je la serre plus fort et l'embrasse profondément à mon tour, me noyant dans l'odeur grandissante de son nectar qui me fait palpiter l'entrejambe. Je pousse mon membre durci contre elle, qui gémit dans ma bouche. Mon cœur bat à tout rompre.

Putain, elle m'a manqué. Tout ce que j'ai en tête, c'est de la déshabiller et la prendre contre un arbre. Je ne me retiens pas, je la fais reculer, la cloue contre un tronc, me plaque contre son petit corps.

J'étais son premier, et elle sera toujours à moi. Magnifique et fougueuse. Mais la sauter maintenant, ça ne va pas le faire. Nous sommes dehors, à découvert, en terrain dangereux.

– Tu me fais tellement d'effet, souffle-t-elle. Mon corps réagit d'une manière que je ne comprends pas.

Elle m'embrasse encore, pressant ses seins contre ma poitrine. Puis sa main descend, glisse sur le devant de mon pantalon. Elle empoigne ma queue, et je siffle d'un désir exacerbé.

– Prends-moi, supplie-t-elle.

Ça me rend dingue. Sa bouche se colle de nouveau à la mienne, elle me mord les lèvres, son parfum m'engloutit, me noie.

Je m'arrache à son baiser en faisant appel à toute ma force intérieure.

– Pas ici, Meira. Quand je vais te sauter, je prendrai mon temps, et je te ferai crier.

Elle proteste avec un gémissement qui me rend dingue, puis tombe à genoux devant moi. Sa faim me fait frémir au plus profond de moi, alors que je lutte pour réfréner la mienne. Je n'aurais pas dû commencer, car un simple toucher réveille l'essence sauvage qui réunit une Oméga et un Alpha. Son désir grandit.

Ses doigts tirent sur mon pantalon, le déboutonnent, et ma queue jaillit, tellement tendue que c'en est douloureux.

Je devrais dire *non*, mais un désir irrésistible me pousse, encore et encore.

Ces lèvres magnifiques et sexy glissent sur le bout de ma hampe, et je suis perdu. Sa bouche chaude est comme un brasier, et sa langue me titille, me lèche, me suce plus fort.

Je grogne, mon loup rugit en moi. Je plaque une main sur l'arbre derrière elle tandis qu'elle me prend encore plus profond dans sa bouche, et pose mon autre main derrière sa tête pour la guider.

Je frémis, à sa merci, et mes yeux se promènent sur elle qui lève les siens vers moi, le regard intense, tandis que sa bouche fait des va-et-vient sur moi. Rien que la voir me revendiquer envoie des flots de sang vers ma queue.

Tout au fond, des étincelles se mêlent à mon désir.

Ce soir, je la sauterai... et ça, c'est si j'arrive jusqu'au cottage sans plonger ma hampe dans sa douce intimité bien serrée.

Elle me suce plus fort et je hurle, le plaisir déferlant en moi avec la férocité d'un orage. Heureusement, les hampes de loups ne nouent que lorsqu'ils font l'amour, pas pendant la fellation, car je serais furieux de ne pas pouvoir profiter de ça.

Je gémis plus fort, j'ai envie que ça dure... mais c'est un problème ici. Nous formons des cibles faciles.

*Putain de merde.*

Je me glisse hors de sa magnifique bouche, et elle m'adresse un regard suppliant.

– Ne me regarde pas comme ça. J'ai trop de peine à résister.

Je lui prends la main et l'aide à se relever, puis me reboutonne. Mon membre est un putain d'anaconda, et dans son état actuel, il a du mal à entrer dans mon pantalon.

– Je t'en prie, Dušan...

Je prends ses joues en coupe, embrasse ses douces lèvres.

– C'était terriblement sexy, mais on doit d'abord nous mettre en sécurité. Le crépuscule approche, il faut qu'on trouve un abri.

Je jette un œil par-dessus mon épaule. C'est trop tranquille. Je suis sur les nerfs en imaginant les morts-vivants s'attaquer à nous.

Elle m'adresse un simple hochement de tête, et le désir qui nous anime tous deux se calme avec la brise fraîche qui nous balaie.

Je la mène à travers bois jusqu'au vieux cottage près de la rivière, ramassant des branches en chemin, espérant que Lucien ramène une grosse prise.

– Tu m'as manqué, murmure Meira.

Je presse doucement sa main dans la mienne, et la regarde qui me sourit. Elle ne le dit peut-être pas, mais c'est ce qui se rapproche le plus d'excuses pour s'être enfuie. Et ça me convient très bien.

# CHAPITRE 16

MEIRA

*L*a porte du petit cottage grince quand Dušan l'ouvre. Une odeur de renfermé nous accueille. Je grimace en scrutant l'obscurité à l'intérieur. Dušan entre le premier, les planches de parquet gémissent à chacun de ses pas. Il avance vers la cheminée, y jette la brassée de bois qu'il a ramassée. Mon fagot dans les bras, j'attends sur le seuil. Quand il s'éclipse dans un couloir, je jette un œil derrière nous. Aucune trace de Lucien qui nous chasse à manger, et je n'ai aucune idée d'où a pu partir Bardhyl.

Dušan me fait signe d'entrer quand il revient quelques instants plus tard.

– Tout va bien.

Il ouvre les vieux rideaux jaunes décorés de petits piments rouges, soulevant un panache de poussière dans l'air.

Je tousse.

– Cet endroit est couvert de poussière.

J'entre, dépose mon tas de petit bois près de la cheminée et l'aide à ouvrir les fenêtres pour aérer. La pièce principale est dotée d'un grand canapé installé devant une énorme cheminée à l'ancienne, abritant un chaudron pendu à un crochet métallique. Il y a plusieurs chaises dans un coin, et c'est tout. Pas d'autres meubles. L'endroit a l'air isolé, vide et triste. Les murs sont dépourvus de photos ou autres traces de la famille qui a vécu ici autrefois. Qui qu'ils aient été, ils ont eu le temps de faire leurs valises et de partir après l'arrivée du fléau. Je trouve un balai et commence à balayer le sol de la poussière, afin de ne pas passer la nuit à éternuer. En plus, une fois la nuit tombée, nous devrons refermer les fenêtres et les rideaux, pour éviter d'attirer l'attention des morts-vivants avec des lumières mouvantes.

Dušan entre dans la pièce les bras chargés de couvertures et de serviettes.

— Regarde ce que j'ai trouvé dans le placard. Elles nous tiendront chaud.

Il les pose en tas sur le canapé et j'attrape aussitôt celle qui l'air d'être la plus grande, pour en couvrir le canapé.

Il sort et revient avec un seau d'eau.

— Assieds-toi. Laisse-moi nettoyer ta morsure.

— Ça devrait guérir tout seul assez vite, dis-je, mais je m'assieds néanmoins sur le canapé.

Il se laisse tomber à mes côtés avec un chiffon humide, et je baisse mon haut sur mon épaule pour dévoiler ma blessure. Le sang souille ma peau et colle au tissu. Il l'essuie doucement, concentré sur sa tâche.

— Merci d'être venu me chercher, de me protéger, de me soigner. Je n'ai pas vraiment l'habitude que quelqu'un soit...

Je n'arrive pas à trouver le bon mot.

— Aimant, attentif, incroyablement merveilleux ? plaisante-t-il.

J'ai envie de rire, mais la blessure me pique, et je grimace à la place. En regardant par-dessus mon épaule, je vois quatre perforations nettes, et plusieurs petites marques de dents. La morsure parfaite.

— Est-ce que ça fait très mal ? demande-t-il.

– Ce n'est pas la première fois que je me fais mordre. Et je suis sûre que ce ne sera pas la dernière fois.

Il essuie la goutte de sang et applique le chiffon sur la blessure, faisant pression jusqu'à ce que le sang coagule.

– À partir de maintenant, les seules morsures que tu recevras viendront de nous trois.

Il y a un brasier intense dans son regard. Mon esprit repart dans les bois, quand je l'ai pris dans ma bouche. Je n'ai jamais fait ça avant, mais ça m'a paru naturel, et la faim que j'ai ressentie pour lui ne ressemblait à rien de ce que j'avais jamais connu. C'est plus fort qu'avant. Rien que d'y penser, une pulsation se réveille entre mes cuisses.

Comme s'il sentait le désir sexuel grandissant en moi, les yeux de Dušan s'écarquillent, et sa respiration devient saccadée. Il se lève aussitôt.

– Je vais faire du feu. Va voir ce que tu peux trouver d'utile dans les autres pièces.

Quand il s'éloigne, l'envie me démange jusqu'au bout des doigts de l'attirer à mes côtés. Une brûlure enivrante s'empare de moi. Il a peut-être raison : il faut que je me distraie avec autre chose avant que nous ne nous sautions dessus, et que Lucien rentre avec le repas pour découvrir que nous n'avons rien fait d'autre.

Dušan ne perd pas de temps, il s'agenouille devant la cheminée et prépare le feu pour l'allumer.

Debout, je me pourlèche les lèvres, et ignorant le besoin grandissant de l'embrasser, je gagne la cuisine. Les placards sont vides. Il n'y a que quelques assiettes, des couverts, et quelques bougies éparpillées dans les tiroirs. Pas de four. J'emprunte un couloir obscur, parviens dans une salle de bains crasseuse. La puanteur me donne la nausée quand je repère le rat mort dans la douche. Je referme vite la porte. Un lit une place en fer forgé, sans matelas, meuble la chambre suivante, et des chiffons et du papier jonchent le sol.

La dernière chambre est garnie d'un grand lit, et même d'une armoire. J'ouvre les rideaux, toussant à cause de la poussière qu'ils soulèvent. Il y a une vue parfaite sur la rivière à cinq ou six mètres, l'eau qui éclabousse les rochers le long de la rive, et au-delà, la forêt. Ça a l'air presque tranquille, ce qui est complètement trompeur.

À la hâte, je vérifie l'armoire, qui sent la naphtaline. Pas de vêtements ni de chaussures, mais dans le bas, je trouve d'autres couvertures. Elles sont bleues, ma couleur favorite, alors je les prends et j'en étale une sur le lit. Puis je me jette dessus et je souris.

Pendant des années, j'ai dormi sur le plancher de bois de ma cabane, ou sur des branches dans les arbres, alors c'est le paradis total, tout comme ça l'était dans les lits de l'enceinte des Loups Cendrés.

Le matelas s'enfonce près de mes jambes. Mon cœur manque un battement. Je me redresse en sursaut – face à Dušan.

Il rampe au-dessus de moi alors que je reste allongée sur le ventre, et son regard bleu plonge dans le mien. Cet Alpha est un guerrier, un leader, un survivant. Tellement de gens le suivent, en admiration devant ses croyances, et c'est quelque chose que j'admire chez lui. Cela semble impossible qu'un tel homme soit avec moi maintenant, me regardant comme si j'étais déjà nue, et qui ne me lâchera pas avant de m'avoir revendiquée.

Il est à quatre pattes au-dessus de moi, ses doigts me grattent le cou quand il écarte mes cheveux. Ses lèvres et son souffle brûlants caressent la chair tendre de mon cou, pendant que son érection s'installe dans le creux de mes fesses.

– Pendant des jours, je n'ai pensé qu'à te sauter, me murmure-t-il à l'oreille, me laissant tremblante d'excitation.

Il ne lui faut pas grand-chose pour m'allumer. Un baiser,

une caresse, quelques mots, et je suis modelable à merci entre ses mains.

– Tu aimerais ?

Il se soulève, attrape à deux mains la taille de mon pantalon et me l'arrache d'un coup, soulevant tout mon corps par ce geste agressif. Il me claque brutalement les fesses.

Je grimace, et lui jette un œil par-dessus mon épaule. Les siens sont fixés sur ma croupe, ses mains empoignent sa ceinture et tirent sur la boucle.

Il me gratifie d'un sourire diabolique, très explicite sur ses intentions. Un simple regard, et je tremble de l'excitation qui grandit en moi.

– Dans les bois, tu m'as démonté, dit-il en levant les yeux vers moi. Tu me fais ressentir des choses que personne ne m'a jamais fait ressentir.

Ses mots sont intenses, forts. Pour notre première fois ensemble, il était plus doux avec moi, plus patient, mais l'homme qui se tient devant moi est bien trop parti pour faire autre chose que me sauter. Et je trouve terriblement sexy de lui faire perdre le contrôle.

– Mets-toi à quatre pattes, ordonne-t-il.

Il s'empare de mes hanches et les relève.

Je lui obéis, puis sa main se glisse entre mes cuisses pour m'écarter les jambes. Des doigts gourmands glissent sur les replis de mon intimité, doux au départ, puis avec deux doigts, il écarte mes lèvres, effleure la chair tendre et gonflée.

Je reste immobile, haletante, le cœur battant à tout rompre.

Ses doigts reviennent, glissant sur la chaleur humide qui recouvre l'intérieur de mes cuisses. Il me consume par sa seule présence. Il introduit deux doigts en moi, les enfonce fort et vite. Je cambre le dos, j'adore cette euphorie, et je pousse contre lui. Puis il les retire, et descend du lit.

Je tourne la tête, mais fais non de l'index.

– Je n'ai pas dit que tu pouvais bouger. Reste comme ça, que je puisse voir ton offrande juteuse qui m'attend.

Ma matrice se contracte à ces mots, et il rit, comme s'il voyait l'impact qu'il a sur moi.

Il ôte son pantalon et son t-shirt, et se tient au pied du lit, nu, et captivant.

– Ta chatte est super sexy.

Ces paroles sont les plus belles à mes oreilles.

*Il est à moi et je suis à lui...* Ce sont les mots qui envahissent mon esprit alors que mon corps s'embrase pour lui. Il est de retour, à genoux derrière moi, ses doigts glissant le long de mon dos, s'enroulant dans mes cheveux. Gentiment, il tire ma tête en arrière, tandis que le bout de sa queue touche mon entrée.

Il émet un grognement sauvage et mon corps réagit, vibrant d'adrénaline, mes parois intimes cherchant déjà sa hampe.

Le cœur battant, je gémis quand il me pénètre, une main me tirant les cheveux tandis que l'autre m'agrippe la hanche. Il s'enfonce profondément, puissant, et dominateur.

Je crie quand l'excitation me submerge, me déchirant d'un désir insupportable. Il me saute fort, et je balance mon bassin d'avant en arrière à la rencontre du sien. Le sommier grince, et la tête de lit en métal heurte le mur.

Il me revendique, nous rappelant à tous deux ce qui lui a manqué, ce qu'il croyait avoir perdu.

Des gémissements de plaisir m'échappent quand il s'enfonce plus profond, accompagnant ses propres grondements tonitruants. Lâchant mes cheveux, il empoigne mes hanches, plongeant ses doigts dans la chair, et il pompe, se perdant en moi.

Un désir impétueux et lubrique brûle entre nous. Sa force s'empare de moi et je le laisse me prendre, m'ouvrir, parce que je veux que ma louve se connecte à son loup. Nous sommes imprégnés de sexe et craignons que ce que nous avons ne nous soit retiré.

Sa queue grandit en moi, le bout enfle à mesure qu'il me saille.

Il me saute d'une façon parfaite. Au début, j'ai voulu me cacher de lui, m'enfuir, mais j'avais tort. Il est la réponse à tout ce que j'ai toujours voulu.

– Ne pars plus jamais.

Son murmure est à peine audible, mais je l'entends, teinté de douleur. C'est pour ça qu'il me prend si brutalement, pour ça qu'il est sur le point de se perdre. C'est la punition qu'il m'inflige pour l'avoir fait souffrir. Je le comprends, et ça devrait m'agacer, mais je vois que c'est un homme aux prises avec des émotions inconnues.

Je gémis à chaque poussée, mes mains agrippant la couverture, les orteils crispés. L'extase monte en moi si vite que la pièce commence à tourner. Mes tétons sont si durs qu'ils me font mal. Il passe la main autour de ma taille, la descend sur mon clitoris, le frotte. L'excitation s'embrase comme si n'elle attendait que ce déclencheur, et putain… Je hurle quand l'orgasme déferle, me secoue, m'envoie au septième ciel, me fait perdre la tête.

Sous le coup de l'orgasme, tout mon corps se contracte.

Dušan grogne quand je me resserre autour de sa queue, et il accélère le mouvement.

Soudain, il se fige en rugissant, répandant sa semence en moi. Il y en a tellement. Je sens sa chaleur, je la désire, j'en ai besoin. Je halète quand mon corps finit par céder sous l'épuisement, et je tombe à plat sur le lit, tête la première, Dušan sur moi. Nous sommes tous deux à bout de souffle, trempés de sueur, le cœur battant à tout rompre. Il m'attrape le menton et me force à le regarder, puis sa bouche réclame la mienne dans un baiser torride.

Il est enfoui tout au fond de moi, verrouillé en moi avec sa hampe nouée. C'est tout ce que je désire. Une partie de moi continue à penser que lui, Lucien et Bardhyl ne méritent pas une complication telle que moi. Que je n'apporterai que du chagrin dans leurs vies. Mais je me souviens qu'il est bien trop tard à présent. Ces pensées appartiennent à mon moi d'avant. Nous revenons de loin, et nos liens se sont renforcés à chaque seconde passée ensemble. Mon nouveau moi veut embrasser ce changement, reconnaître qu'être seule n'est plus une option.

Dušan rompt notre baiser et nous fait rouler sur le côté, ses bras m'enveloppant les épaules et le ventre.

Nos respirations s'apaisent et je me love contre sa poitrine, sa passion attisant mes émotions envers lui.

– « *Ne pars plus jamais.* »

Ses mots chantent dans ma tête. Il ne m'était jamais venu à l'esprit que mon absence pouvait affecter à ce point les Alphas.

Ses lèvres frôlent mon oreille.

– Je n'ai pas pu résister quand je t'ai vue allongée sur le lit.

– J'avais envie de cette libération.

Après le désir refoulé dans les bois, j'avais besoin de ça plus que je ne l'avais réalisé.

Il me serre et je ferme les yeux, me laissant croire que nous sommes en sécurité dans son enceinte. Une douce chaleur se répand dans ma poitrine en sa présence. Je sens ma louve s'agiter, comme si elle était enfermée et ne savait pas comment sortir. Eh bien, comme ça nous sommes deux.

– Est-ce que tu sens ta louve ? me demande-t-il, posant une main à plat sur ma poitrine. J'ai senti qu'elle essayait de sortir quand nous ne faisions qu'un.

– Oui, pour la première fois, je la sens vraiment. Comme si elle bourdonnait juste sous la surface, mais elle est perdue.

– Je me souviens qu'elle a essayé d'atteindre mon loup.

C'est un progrès, Meira. À notre première fois ensemble, je ne l'avais pas sentie comme ça.

Je souris et saisis son bras costaud autour de moi, croyant qu'il y a peut-être assez d'espoir que je m'en sorte vivante. C'est étrange, après tout ce temps où j'ai désiré ardemment qu'on ne me trouve jamais, que les autres me laissent seule, que le monde m'emporte s'il le voulait. La solitude provoque des choses étranges sur l'esprit. Mais à présent, tout ce dont j'ai envie, c'est de ne pas perdre la vie. Et ça a tout à voir avec ce que m'offrent mes trois Alphas.

Ils sont à moi. Je les ai revendiqués autant qu'ils m'ont revendiquée, et que l'univers aille se faire voir s'il croit pouvoir se mettre en travers de notre chemin. Mais l'inquiétude ne me quitte pas totalement. Elle est toujours tapie là, dans un coin de ma tête, me rappelant en permanence que j'ai une maladie en phase terminale, et la peur que si je finis par me transformer, ma louve devienne folle et me tue, ainsi que ceux que j'aime.

*Lucien*

La nuit commence à tomber quand je descends la colline vers la ferme délabrée au bord de l'eau. Je l'ai découverte auparavant, et la baraque a des portes et des fenêtres intactes, alors j'ai bon espoir que personne ne s'y pointera pendant notre sommeil. Après l'attaque de cette tête de nœud d'Evan, j'ai caressé l'idée qu'on voyage de nuit pour arriver au plus vite à la maison. Mais il vaut mieux qu'on se repose cette nuit et qu'on parte tôt demain matin. Mon ventre se serre au souvenir de la bataille. Je voulais être celui qui arracherait la tête d'Evan, mais que Dušan l'achève était tout aussi gratifiant.

À présent, je rapporte deux lapins et un faisan que j'ai mis plus de temps que prévu à attraper, étant donné que les animaux ne sont plus légion ces derniers temps. Mais ils suffiront à nous nourrir, et je parie que Bardhyl s'est déjà gavé des animaux qu'il aura pourchassés pour épuiser l'adrénaline de son loup. Ça fera plus de lapin pour moi. Je me cure les dents, essayant d'ôter le morceau de fourrure toujours coincé depuis que j'ai chassé ces bestioles sous ma forme de loup. J'en ai peut-être mangé un ou deux tout cru par accident.

Je me dirige vers la maison de plain-pied. Les murs en bois s'écaillent, abîmés par les intempéries, le toit est rouillé et les broussailles et mauvaises herbes étouffent le terrain. Des volutes de fumée s'échappent de la cheminée, ce qui veut dire que Dušan et Meira sont déjà là, prêts à manger.

La réalité d'avoir enfin trouvé Meira et qu'elle soit à nous me vrille l'estomac d'excitation. Je ne sais pas ce que j'aurais fait si nous l'avions perdue dans la forêt.

Je jette un œil par-dessus mon épaule, ne vois aucun mort-vivant me suivre. Bien. Il y a un vieux banc sur le côté de la maison, où je jette mes proies. Puis j'attrape un seau en bois, et le remplis de l'eau de la rivière. Puis je m'assieds, dépèce les lapins et les prépare pour les rôtir.

La porte d'entrée s'ouvre en grinçant, Meira passe la tête au coin de la maison et me regarde d'un air surpris. Elle a les cheveux humides et les joues rouges, comme si elle avait plongé dans la rivière.

– Il me semblait bien avoir entendu le bruit horrible d'un dépècement.

Elle sourit de son propre sarcasme, et j'adore qu'elle puisse encore plaisanter après tout ce que nous avons vécu aujourd'hui.

– Rends-toi utile.

Je lui tends le faisan.

Elle s'assied à l'autre bout du banc, à peine à une longueur de bras. Elle pose l'animal sur ses genoux et sans hésiter, commence à le plumer. Je remarque le léger creux de son épaule, là où elle s'est fait mordre par ce salaud d'Evan. Ce sont des ordures dans son genre qui ont ruiné notre monde.

– Dušan prépare une broche, et il y a un chaudron dans la cheminée. Il y fait une soupe avec des oignons sauvages et des champignons qu'il a trouvés, et il n'attend plus que la viande.

Elle marque une pause, se concentrant sur le nettoyage de l'oiseau.

– Tu penses que des sorcières ont vécu ici ? (Il y a de la gaieté dans sa voix.) – Je veux dire, qui utilise un chaudron pour cuisiner, de nos jours ?

Elle glousse, et je sens une énergie nouvelle autour d'elle, comme si elle avait dormi et s'était réveillée rajeunie.

Juste au moment où cette pensée me traverse, la réponse me parvient. Elle est sous l'effet de l'adrénaline. Quand la brise arrive sur moi, je respire son odeur, sa chaleur... et celles de Dušan aussi. Quoi qu'il se soit passé entre eux, ça l'a soulagée.

C'est ça le truc : l'influence d'un Alpha sur une Oméga va bien au-delà de la simple satisfaction d'un besoin sexuel en vue de se reproduire. Elle aide à stabiliser les émotions, ce que beaucoup d'Omégas ne réalisent pas.

– La dernière chose qu'on veut dans ce monde, c'est de puissantes sorcières qui pourraient nous transformer en grenouilles.

Je ris à cette image dans ma tête.

– Peut-être que si les sorcières commandaient, ce ne serait pas si mal. Déjà, le problème des morts-vivants serait réglé.

Elle arrache les plumes qu'elle jette dans l'herbe, et l'endroit commence à ressembler à un abattoir de poulets.

— Donc tu penses que le plus gros problème de ce monde, ce sont les morts-vivants ? demandé-je.

Elle incline la tête pour me regarder.

— Eh bien oui, tu n'es pas d'accord ? Le virus a détruit le monde, et maintenant on n'est plus en sécurité nulle part.

— Ma beauté, il y a des choses ici-bas bien pires que les morts-vivants. Les Alphas qui massacrent tous ceux qu'ils rencontrent, qui enferment des femmes pour la reproduction... ce genre de loups se multiplie, et ce sont *eux* le véritable fléau de ce monde. Éradiquons les seigneurs de guerre, et on aura une chance de ramener le sens de la communauté et de l'humanité dans notre monde.

— Wouah, c'est plutôt profond.

Elle se tourne vers moi, pliant un genou entre nous sur le banc.

— Dušan, Bardhyl et toi, vous n'êtes pas comme les autres hommes que j'ai rencontrés. Pourquoi ?

J'arrache le dernier lambeau de fourrure de la patte du lapin en tirant sec dessus.

— La conviction qu'a Dušan qu'on peut rendre le monde meilleur a déteint sur nous.

— Tu lui confierais ta vie, n'est-ce pas ?

— Bien sûr, opiné-je. Il m'a sauvé des morts-vivants quand j'étais jeune, et je me suis engagé envers lui depuis ce moment. Il n'y a pas eu un jour où j'ai regretté cette décision.

Elle se tait pendant un moment, continuant de plumer le faisan jusqu'à ce qu'il n'ait plus aucune plume, à part sur la tête.

— Je suis désolée de ce qui est arrivé à ta première partenaire. (Elle baisse les yeux sur l'oiseau déplumé.) Depuis tout ça, mes sentiments me submergent tellement qu'ils semblent me contrôler. Alors je ne peux qu'imaginer ce que ça t'a fait quand tu as perdu ton âme sœur.

— Ça va. La vie vous prend des choses et vous en offre

d'autres. Je l'accepte, réponds-je presque aussitôt. (Beaucoup de gens m'ont posé cette question, et ma réponse est toujours automatique.) Mais je pense que j'ai refusé de passer à autre chose… et j'ai utilisé ça comme prétexte pour ne plus avoir de relation sérieuse avec quiconque. Je veux dire, les loups peuvent se mettre ensemble sans être des âmes sœurs, mais j'ai toujours eu l'impression de la tromper.

Meira pose son oiseau plumé près de mes deux lapins écorchés.

– Lucien, je ne… (Elle passe sa langue sur ses lèvres et me regarde, cherchant ses mots.) – Je ne veux pas être la prochaine raison qui fera que tu ne veux plus trouver l'amour.

Il me faut quelques secondes pour réaliser qu'elle parle de mourir de sa maladie. Cette pensée me retourne l'estomac, et j'ai la sensation d'avoir déjà vécu ça une fois.

– Je refuse de penser au pire des scénarios, Meira. Sinon, certains matins, je ne sortirais même pas du lit. Nous nous sommes trouvés pour une bonne raison, et je ne vais pas rester assis là à te perdre. Une fois de retour à la maison, nous parlerons à nos médecins, et trouverons une solution.

Ma voix est teintée de désespoir, et je déteste avoir l'air faible.

Elle tend la main et ses petits doigts s'enroulent autour des miens.

– Je vous ai fuis car je préférais que vous me détestiez parce que j'étais partie, plutôt que vous vous sentiez coupables de ne pas avoir pu me sauver. Et je ne voulais pas être responsable de vos morts si ma louve sort et vous massacre.

Elle a les yeux qui brillent, et merde, elle me serre le cœur. Elle l'a fait pour nous, et c'est à ce moment que je vois à quel point elle est tombée amoureuse de nous. Même si elle continue de lutter contre nous, je sais que par peur, pas par haine. Elle a peur pour notre sécurité. Peur de ce que nous pourrions avoir. Peur de ce que nous pourrions perdre.

— Meira, je préfère avoir quelques semaines avec toi que rien du tout.

Soudain, son menton se met à trembler et des larmes coulent sur ses joues. *Merde.* Je me lève la prends dans mes bras.

— Ne pleure pas. Nous trouverons un remède, je te le promets.

Elle lève les yeux, et j'essuie une larme.

— Je ne pleure pas sur mon sort, mais pour la douleur que je vais vous causer si je n'arrive pas à faire sortir ma louve.

— Alors il n'y a qu'une seule solution. (Je soulève son menton d'un doigt replié.) — Nous allons faire sortir cette maudite louve, même s'il faut nous enfermer dans une chambre pour les prochaines semaines.

Elle rit et je l'embrasse, le cœur serré par l'anxiété à l'idée qu'elle pourrait ne pas guérir. Putain, je déteste ces pensées.

Elle recule et sourit, les yeux brillants dans le soleil déclinant. Ses iris semblent presque scintiller dans la lumière rougeoyante, et son sourire enjoué me déchire le cœur. Je tends la main et enroule une mèche de ses cheveux sombres.

— Si tu continues à me regarder comme ça, on n'arrivera jamais à rentrer, me taquine-t-elle.

Une minuscule fossette se dessine avec ce sourire intense.

— Et pourquoi ce serait pas bien ?

Elle hausse les épaules.

— Je n'ai jamais dit que c'était mal, juste qu'on n'arriverait pas à l'intérieur.

Dušan franchit l'angle de la maison, portant un seau, et s'arrête en nous trouvant.

— Bon sang, je meurs de faim. Emporte ça à l'intérieur, grogne-t-il. (Puis il me lance le seau en bois.) Rends-toi utile, va chercher de l'eau pour la soupe et le thé. On pourra en faire avec la menthe que j'ai trouvée.

Je ris et me rends à la rivière. Quand je jette un œil en

arrière, Dušan appuie son épaule contre le mur de la maison et étudie Meira pendant qu'elle ramasse les lapins et le faisan. Il est complètement perdu, tout autant que moi, dès qu'il s'agit d'elle.

Après la mort de Cataline, ma souffrance déchirante m'a laissé inutile et brisé. Alors que les dieux viennent en aide à la meute si Meira ne s'en sort pas, parce que Dušan ne comprendra pas ce qui l'aura frappé. Sa survie est devenue bien plus importante que juste pour elle et nous à présent...

Si Dušan s'effondre, la meute aussi.

# CHAPITRE 17

MEIRA

Je n'arrive pas à me souvenir de la dernière fois où je me suis sentie aussi rassasiée, aussi bien, aussi heureuse. Lucien se prélasse sur le sol devant le feu, s'étirant comme un chat, le ventre plein, tandis que Dušan est assis près de moi sur le canapé, mes pieds sur ses genoux, ses doigts magiques pressant tous les points stratégiques sur leurs plantes.

— Si tu m'avais fait ce massage la première fois qu'on s'est rencontré dans la forêt, Dušan, je ne me serais jamais enfuie.

Je glousse de mes sottises, et Lucien nous regarde en roulant des yeux.

— Si seulement c'était aussi facile, ma petite tigresse, dit Dušan en riant.

Lucien se contente de me regarder avec malice.

La chaleur du feu est comme une couverture autour de moi, et je suis prête à dormir ici plutôt que dans la chambre. Je regarde en direction de la porte, avant de me tourner vers Dušan.

— Tu penses que Bardhyl va bien, tout seul dehors ?

— Vu son état actuel, on ne peut rien faire pour lui jusqu'à ce qu'il se calme.

Lucien est allongé sur le dos, sur la couverture étalée sur le plancher, faisant office de tapis devant le feu.

— L'année dernière, il est parti pendant trois jours, et est revenu complètement rasé, tête et corps.

— Qu'est-ce qui s'est passé ?

Lucien se rassied et se tourne vers nous, riant déjà. Dušan se met à rire à son tour, à cause du souvenir qu'ils évoquent.

— C'est pas drôle si vous me le racontez pas aussi, protesté-je, mon regard passant de l'un à l'autre.

— Eh bien, il a glissé, est tombé dans une ravine et a atterri dans une touffe de sumac vénéneux, commence Lucien. Ça le grattait tellement qu'il a fini par s'évanouir juste devant les portes d'une petite communauté d'humains.

Il part d'un rire hystérique, mais j'attends toujours la chute. Dušan prend le relais :

— Deux filles, qui devaient avoir dix-sept ou dix-huit ans, selon Bardhyl, l'ont trouvé nu sous sa forme humaine, et tout rouge de s'être gratté. Elles ont pensé qu'il était humain comme elles et qu'il avait été attaqué, alors elles l'ont tiré jusque chez elles et l'ont rasé entièrement, y compris la tête, parce qu'elles croyaient qu'il avait des puces et n'allaient pas le laisser infester leur maison.

Je reste bouche bée.

— Elles l'ont rasé de *partout* ?

J'insiste sur le dernier mot.

Lucien hurle de rire, des larmes de joie coulent de ses yeux.

— Imagine ça. Elles ont taillé un cœur dans ses poils pubiens.

Cette fois, en imaginant ce puissant loup Viking complètement chauve et rasé, à part un cœur sur son entrejambe, je ne peux plus me retenir. J'ai mal au ventre de rire autant, parce que je ne peux qu'imaginer à quel point il a dû être furieux.

Quand je ne peux même plus rire tant c'est douloureux, je m'écroule sur le canapé et essuie mes larmes.

— Oh bon sang, c'est trop drôle. Il a dû être sacrément énervé.

— Il s'est réveillé et a surpris les filles, qui ont crié qu'il était un sac à puces, et puis il s'est tiré de là, réalisant qu'il avait été rasé, reprend Lucien. On ne l'a jamais laissé tranquille avec ça. Il a fallu un certain temps pour que ses cheveux repoussent.

— Et c'est pour ça qu'il a fait le vœu de ne plus jamais les couper, murmure Dušan.

— Le pauvre. Mais je parie que ces filles se sont bien amusées à raser un type aussi costaud, et elles ont *sûrement* touché sa grosse queue.

Je souris à cette idée, parce que je l'aurais sûrement fait aussi, par curiosité.

Mais les deux hommes me regardent avec un air bizarre.

— Quoi ?

— Il était probablement flasque, souligne Lucien.

Je hausse un sourcil. C'est *ça* qu'ils ont retenu ? Vraiment ?

— Si ça peut vous rassurer, vous en avez tous de très grosses, dis-je. Je n'en ai vu que quelques-unes ici ou là, et je dois dire que vous avez des armes incroyables.

Lucien se met à genoux et tire sur sa ceinture.

— Je crois qu'elle veut que l'on compare pour elle. Qu'en dis-tu, Dušan ?

— Non, ce n'est pas ce que j'ai dit. Gardez-les donc dans vos pantalons.

Je lève les yeux au ciel, mais il fait soudain aussi chaud qu'en enfer dans cette pièce.

Dušan rigole, et je suis persuadée que mes joues sont d'un rouge écarlate.

— Très bien. Quand Bardhyl reviendra, on s'alignera

devant toi. Et tu verras que je suis le vainqueur, prétend Lucien.

Dušan s'éclaircit la gorge.

Je me lève du canapé.

– Je vous laisse régler ça entre vous, et peut-être que vous pourriez me faire une tasse de thé pendant que vous y êtes.

Alors que ma première option est de sortir pour aller aux toilettes, je me ravise et me dirige plutôt vers celles au rat puant dans la maison. Je veux surtout pas être surprise dehors en train de me soulager, et je suis à peu près sûre que Dušan ou Lucien insisterait pour venir avec moi et probablement me mater.

La salle de bains pue tellement que mes narines me piquent à cause du relent âcre d'œufs pourris, mais ça ne peut pas venir que d'un seul rat ; pour ce que j'en sais, il doit y en avoir une demi-douzaine de plus dans les murs. J'ai posé une petite bougie que j'ai trouvée dans un tiroir de la cuisine sur le lavabo sale, sa flamme vacillante projetant des ombres sur les murs.

Je contemple l'infâme cuvette des toilettes. Je doute que la chasse fonctionne, mais je n'ai besoin que d'uriner, alors ça devrait aller. Je fais rapidement ce que j'ai à faire, mon regard fixé sur le rat. Qu'est-ce qui l'a tué ? La faim ? Il n'y a pas de mouches qui lui volent autour, donc il doit être mort depuis un bout de temps.

Je termine et sors de la pièce, et vois Dušan et Lucien qui rient en se dirigeant vers la porte d'entrée.

– Putain, j'ai trop envie de pisser, marmonne Lucien.

Je lève les yeux au ciel et vais dans la chambre récupérer une autre couverture, parce qu'il commence à faire froid, même avec le feu.

De retour dans la pièce principale, je me dirige vers le canapé quand un mouvement dans l'ombre près de la porte me fait sursauter. Un petit cri s'échappe de mes lèvres.

– Je te jure, Lucien, si c'est toi, je vais t'écorcher vif pour m'avoir fait peur.

Mon couteau est dans mes bottes près de la cheminée, et je scanne la pièce à toute vitesse en quête d'une arme à portée de main, quand la silhouette s'avance dans la lumière du feu.

Bardhyl.

Il est nu.

Il arbore une expression sauvage.

Ses yeux verts sont fixés sur moi.

Le bon côté des choses, c'est qu'il a repris sa forme humaine, même s'il a toujours l'air dangereux, et séduisant à la fois. Mes sentiments se battent contre mon désir pour lui.

– Oh ! Quand es-tu revenu ?

Je jette un œil vers la porte, me disant que je peux l'atteindre en courant – ou mieux encore, hurler – quand Bardhyl se met à bouger.

Il incline la tête sur le côté, comme le ferait un animal, et, cette fois, la peur rampe dans mon dos.

– On t'a laissé à manger.

Il regarde vers le chaudron. D'accord, donc il comprend mes paroles.

– Bardhyl, tu me fais peur, admets-je.

Il vient sur moi si vite que je n'ai pas le temps de réagir. Il me pousse, et mon dos heurte le mur, sa bouche sur la mienne, étouffant mon cri.

Toujours sur les nerfs, j'essaie de comprendre de quel Bardhyl il s'agit… le loup enragé ou le dominant ?

Mais même si mon propre désir s'enflamme en retour, et que je me liquéfie entre mes cuisses, je ne veux pas devenir sa proie. Et s'il ne faisait pas la différence entre le sexe et son repas ?

Je romps notre baiser.

– Bardhyl, arrête.

Je plante mon talon sur son pied.

Il siffle et me laisse assez d'espace pour que je m'échappe et me précipite vers le couloir. Merde, bien sûr, je suis partie dans le mauvais sens. Je fonce dans la chambre.

Bardhyl se rue vers moi, dents serrées. La bougie posée sur le placard l'éclaire et révèle dans ses yeux la faim qu'il a de moi.

Mon corps me trahit, il a envie de lui et se trémousse, mais c'est une terrible erreur. C'est un animal, je le vois dans ses yeux, et je lutte entre l'envie d'aller vers lui pour le calmer, et celle de sauter par la fenêtre.

– Meira, grogne-t-il, si sombre et si lourd.

Mon corps réagit par une envolée de papillons dans mon ventre. Vraiment, ma louve, tu as envie de lui alors qu'il est en mode Berserker cinglé ?

– Bardhyl... ce n'est pas toi. Parlons-en un peu d'abord.

Il secoue la tête et est sur moi en une seconde, me plaquant au mur. Dans mon cou, sa bouche me lèche de la clavicule au lobe de l'oreille.

Je ne devrais pas trouver ça excitant, parce que je tremble de peur, mais plus il me lèche, plus je brûle de désir. Ses doigts calleux se glissent sous mon haut et il me le tire par-dessus la tête, me forçant à lever les bras pour me déshabiller plus facilement.

Putain. J'ai le souffle court et mon clitoris palpite quand il fait glisser mon pantalon sur mes jambes. Le temps qu'il se penche en avant pour me l'ôter des chevilles, je reprends mes esprits et lui balance un coup de genou dans le menton. Il trébuche en gémissant et je m'écarte d'un bond, puis sprinte vers la porte.

Des mains fortes saisissent mon poignet. Je pivote pour faire face à l'une de mes âmes sœurs, le loup qui aime jouer et faire des paris gagnants, qui flirte avec moi et semble prêt à me grimper dessus. Je suis partagée entre *putain oui*, et *ça va trop vite* après l'avoir vu se perdre dans les bois.

Nos corps se heurtent et sa grande main me soulève par les fesses, le bout de ses doigts atteignant ma chatte brûlante. Je gémis presque aussitôt à ce toucher, comme si j'étais programmée pour lui répondre. Comme si le contrôle était une chose obsolète vis-à-vis de moi et de ces Alphas.

— Bardhyl, je t'en prie, allons-y doucement.

Certes, ce n'est pas ce que veut mon corps, mais je ne suis pas trop sûre de ce qui arrivera si je le laisse prendre les choses en main.

Il me regarde en se pourléchant les lèvres, puis me pousse sur le lit.

J'atterris sur le dos et rebondis, faisant grincer les ressorts. Il m'attrape prestement par l'arrière des genoux, me tire au bord du lit et m'écarte les jambes. Je me pousse en avant, et repousse sa tête de ma main pour tenter de m'éloigner.

— Reste tranquille, grogne-t-il.

Sa bouche part à l'assaut de mon intimité. Il plonge et se jette sur mes lèvres, me prenant tout entière.

Un frisson me parcourt la colonne, et si je pensais être excitée avant, maintenant je ne suis plus qu'une flaque qui fond devant lui.

Il me lèche frénétiquement, et, bon sang, que sa langue est large et longue. Au moment où il la plonge en moi, je cambre le dos et crie de désir. Il écarte un peu plus mes jambes, me dévorant sauvagement. Les bruits de succion humides qu'il fait devraient être illégaux.

Je me tortille sous lui, me noie dans le plaisir alors que je devrais profiter de ce moment pour lui échapper. Bien que maintenant, je sois encore plus partagée sur la raison pour laquelle je voulais le fuir au départ. Mes pensées tourbillonnent tandis que je crie quand il tire sur mes lèvres brûlantes, une sensation qui me rend complètement folle. Les yeux clos, je n'arrive pas à réfléchir correctement, ni même à me soucier que le côté bestial de Bardhyl me revendique.

J'empoigne ses cheveux, écrasant son visage sur ma moiteur, tout en me frottant sur lui. Ses doigts se plantent entre mes cuisses. Il savoure chaque moment.

– Saute-moi !

Lucien grogne.

J'ouvre brusquement les yeux, et les vois, lui et Dušan, là, tous deux avec les mains sur leurs membres, regardant Bardhyl me lécher. Mais où est-ce qu'ils étaient ? Ou alors, est-ce qu'ils étaient là à regarder depuis le début ?

Il me lâche et je m'effondre sur le dos, serrant timidement mes genoux, ce qui est idiot.

– Depuis combien de temps est-ce que vous regardez ? demandé-je en remontant sur le lit, ramenant mes genoux sur ma poitrine, l'oreiller dans le dos.

Je bourdonne, au bord de l'orgasme. Mon excitation recouvre l'intérieur de mes cuisses, et je suis à deux doigts de baver.

– Assez longtemps, répond Dušan, la voix rauque, les yeux déjà vitreux de désir.

– Et t'es d'accord pour qu'il m'attaque en étant contrôlé par son loup ?

Lucien hausse les épaules.

– T'avais l'air de prendre du bon temps. (Il se tourne vers Bardhyl.) – Quand est-ce que t'es revenu, mec ?

– Un peu plus tôt. Je suis entré et j'ai d'abord trouvé la maison vide.

La rage s'empare de moi.

– Mais qu'est-ce... ? Alors tu n'es pas hors de contrôle ?

Bardhyl me jette un regard et me fait un clin d'œil.

– Oh, mon chou, c'est juste une petite revanche pour m'avoir attaché dans la grotte.

Je reste bouche bée devant la révélation qu'il a fait ça dans un esprit de revanche. J'attrape l'oreiller dans mon dos et le lui jette, l'atteignant en pleine poitrine.

– Espèce d'enfoiré.

– Et toi, ma douce tarte à la cerise, tu es une petite fille très chaude avec le minou le plus parfait et le plus doux du monde.

J'en perds mes mots, ne sais pas quoi dire. Je fronce les sourcils, parce que je suis frustrée maintenant, et il est hors de question que je montre à Bardhyl que j'ai envie de lui. Pour ce que j'en ai à faire, il peut bien souffrir.

Mais avant que je puisse descendre du lit, Dušan s'approche, ôtant son t-shirt.

– Tu n'as pas fini, beauté.

Ses mots m'envoient un frisson dans la colonne, et mon clitoris frémit comme s'il pouvait m'amener à l'orgasme dès qu'ils me toucheraient.

– Je suis d'accord.

Lucien est à ses côtés, ôtant son pantalon et son t-shirt, le sexe en érection. Je ne peux m'empêcher de regarder. En quelques secondes, tous trois se tiennent au-dessus de moi, nus, tenant leurs membres. Bon sang… Comment ça va marcher exactement ?

– Peut-être qu'on devrait faire un pari ? commence Bardhyl en me regardant. Voyons si tu parviens à résister et ne pas jouir ce soir ?

– Ferme-la avec tes stupides paris, dis-je. Quoi qu'il arrive, tu finis toujours par les gagner.

Il me fait un clin d'œil et souris timidement. À présent je suis au lit, nue, entourée de loups assoiffés de sexe, et ma libido les réclame. Et Bardhyl est redevenu lui-même.

Dušan grimpe sur le lit et rampe vers moi, et en un éclair, j'oublie tout. Je tremble à cause du frisson qui parcourt ma brûlante moiteur.

Je suppose qu'il est trop tard maintenant pour faire machine arrière. Ce doit être la chose la plus dingue que j'ai jamais faite, et je suis terriblement excitée à la perspective de ce qui va se passer.

Je mordille ma lèvre inférieure, et dans l'instant Dušan est sur moi, sa bouche contre la mienne. Il m'embrasse agressivement, prenant ce qu'il veut. Un bruit étrange s'échappe de ma gorge alors que je tombe sous son charme. Son corps contre le mien est brûlant. Il prend mon sein dans sa main en coupe et je gémis, poussant ma poitrine contre lui. Sa caresse, son baiser, sa voix excitent toutes mes terminaisons nerveuses.

La chaleur embrase mes cuisses. Je suis trop excitée par ce que Bardhyl a commencé plus tôt, et Dušan l'enflamme de nouveau. Ses doigts glissent le long de mon ventre, sur le petit monticule de poils, vers mon intimité brûlante. J'écarte les jambes et il se positionne entre elles.

Lucien et Bardhyl matent, comme si c'était un spectacle pour eux... mais ils attendent leur tour. Et je n'arrive pas à croire que tout cela m'excite autant. Un doigt se glisse en moi, puis un autre, et toutes mes terminaisons nerveuses crépitent.

Je rejette la tête en arrière et retombe sur le lit, sur mon dos. Le cœur battant à tout rompre, je gémis quand Dušan enfonce ses doigts en moi et prends un mamelon dans sa bouche, le suce et le mordille.

Mon sang file vers le bas et je suis tout près d'exploser de jouissance, je ne crois pas pouvoir me retenir plus longtemps. Je balance mes hanches d'avant en arrière quand soudain, Dušan s'arrête et retire ses doigts.

Je proteste d'un gémissement tandis qu'il recule et s'assied sur ses talons sur le lit, me dévorant du regard. Sa verge est très grosse et tendue, et sa tête bulbeuse est recouverte de sa propre excitation.

— Qu'est-ce qui se passe ? demandé-je. Pourquoi tu t'es arrêté ?

Il me prend la main, et me tire pour que je m'asseye bien droite. Il s'allonge sur le dos en travers du lit et met ses mains derrière sa tête.

— Tu es trop proche, me dit-il.

– Et alors ? Où est le problème ?

Je retrousse les lèvres. Il ne résiste pas à notre attrait, à l'alchimie invisible qui bourdonne entre nous, celle qui fait de nous des âmes sœurs.

– Ce soir, il en faut beaucoup plus. Dis-moi ce que tu veux que je fasse, ordonne-t-il.

– Je veux que tu me fasses jouir, que tu me fasses hurler, que tu soulages la douleur qui grandit dans mon corps parce que j'ai terriblement besoin de vous tous.

– Alors, dis-moi de te sauter.

J'aime assez son côté dominant, plus que je ne l'aurais jamais pensé.

– Est-ce que tu vas me sauter ? demandé-je d'une voix douce et tremblante.

Je le veux, j'en ai besoin. Alors je n'hésite pas à passer une jambe par-dessus lui et à le chevaucher, son érection frottant contre mon entrée. Il est si doux et si chaud. Il tend la main pour m'attraper les seins. Il m'est facile d'introduire en moi son érection. Je suis si mouillée que je glisse sur lui, et mes parois intimes se referment autour de lui quand je m'abaisse.

Tandis que ses yeux se révulsent et qu'un gémissement délicieux monte dans sa gorge, je trouve le courage de faire ça vraiment à ma manière. Alors que je l'enfonce en moi, je sens que je m'étire. Je tremble tandis qu'il agrippe ma taille et soulève les hanches, pénétrant plus profond encore.

Je pousse des cris de douleur et de plaisir. Mais il ne peut pas cesser ses va-et-vient en moi. Je le chevauche pendant que Lucien et Bardhyl contemplent mes seins qui rebondissent.

La chair de poule m'envahit, la friction provoquée par Dušan me consume de l'intérieur.

– C'est foutrement chaud, grogne Lucien.

Bardhyl vient se placer au bout du lit, juste à côté de nous, caressant sa queue.

Je m'incline vers l'avant, une main posée sur le matelas,

l'autre empoignant le membre de Bardhyl. Acier couvert de soie, il est terriblement dur et épais. Je lève la tête sur lui et il se rapproche pour me donner un meilleur accès. Il guide sa verge dans ma bouche, il a un goût étrangement salé et sucré. J'ai presque envie de lui faire une farce à cet instant.

Mais Dušan me martèle si fort que je n'arrive pas à penser à autre chose qu'à notre frénésie sexuelle.

Bardhyl pousse plus loin dans ma bouche et je le suce. À cet instant des mains s'emparent de ma croupe, et il me faut une seconde pour réaliser que Lucien est maintenant derrière moi. Je sais exactement où ça nous mène.

Dušan ralentit alors que les doigts de Lucien glissent entre mes fesses, se servant de mes sécrétions pour me lubrifier.

– Bébé, tu es tellement mouillée, et prête pour moi.

Il introduit un doigt dans ma rosette et mes muscles se contractent.

– Tu es si étroite. Laisse-moi entrer, d'accord ?

Je ne réponds pas car je suis en train de sucer Bardhyl. Mais quand je sens que le bout de Lucien au bord de mon anneau plissé, je me raidis.

Dušan me caresse les seins, me pince les mamelons. Un bourdonnement électrique me parcourt le dos.

Lucien entre doucement en moi, me pénètre sans se presser, et j'apprécie beaucoup.

Ils sont si tendres avec moi quand il le faut, et ils savent parfaitement quelle pression appliquer quand ils sont sauvages.

Quand les trois hommes me remplissent complètement, je suis complètement inondée. Ils commencent à danser en moi, tous au même rythme. Je palpite et souffre de désir. Ils me soutiennent et me sautent mes mains plantées dans la couverture, le feu m'embrasant la peau. Je ne me suis jamais sentie aussi comblée, aussi bien, aussi désirée.

— Tu es magnifique, gémit Dušan, me martelant de ses hanches, sa queue entrant et sortant de ma vulve.

Les doigts de Lucien me massent les fesses pendant qu'il me prend par-derrière. Le frottement qu'il provoque m'amène à un niveau inconnu d'exaltation. La queue de Bardhyl me remplit la bouche, sa large main posée sur mon dos.

Un gémissement s'échappe de ma gorge, et je me mets à trembler du plus profond de moi. Puis j'explose en un orgasme qui me frappe plus fort que la plus puissante des tempêtes. Il me balaie et m'emporte tout entière avant que je ne réalise ce qui m'arrive. Je convulse et mon corps se contracte. Les hommes grognent et feulent.

Alors même que je flotte sur mon extase, leurs propres jouissances éclatent, m'inondant de leur semence, le bout de leurs membres enflant, nouant, se verrouillant en place. Les verges de Dušan et Lucien se pressent contre mes parois intimes, serrées, bien ajustées.

Bardhyl hurle et sa chaude semence se déverse dans ma bouche quand il jouit. J'avale, je l'accepte en moi, et j'adore la façon dont, dans ce moment parfait, nous ne faisons plus qu'un. Un bout de chacun d'entre eux fait maintenant partie de moi.

La chaleur se répand en moi tandis que les muscles des gars se tendent. Mon sexe se resserre pendant que je redescends doucement du paradis.

Bardhyl se retire et tombe à genoux auprès de nous, les yeux vitreux, rugissant sous le coup d'une excitation explosive.

— Oh, mon chou, ta bouche est diabolique et délicieuse.

Il pose ses lèvres sur mon épaule, me lèche et me mordille, et sa main trouve l'un de mes seins.

Une puissance éruptive jaillit soudain de nulle part et fait rage dans mon corps. Une énergie de louve sombre et dévorante, que je n'ai jamais ressentie. Elle me transperce, pousse en avant. La combinaison de mon corps qui vibre et des hommes qui me remplissent me fait quelque chose. Ma louve se frotte en moi et sa douce odeur m'engloutit, envahissante au point que je ne sens plus mes Alphas.

Une douleur me fouaille.

Les hommes restent collés à mes côtés. Mais je suis en train de changer, et une bouffée de panique m'envahit. Est-ce que je vais me transformer alors que deux queues nouées sont calées en moi ?

Je gémis de peur de ne pas y arriver, que ma louve me domine et nous tue tous dans ce parfait moment d'extase.

L'image de nous tous morts me hante pendant que l'énergie bouillonne et ondule le long de ma colonne, rampe en moi de la tête aux pieds et partout ailleurs.

Dušan feule de plaisir sous moi pendant que les mains de Lucien agrippent ma croupe, – seul Bardhyl ne fait aucun bruit. Je le regarde et remarque la pâleur de ses joues. Il le sent aussi...

Il commence à se lever quand Dušan grogne :

– Putain, ne brise pas notre connexion.

Sa voix est profonde, et bien sûr, il a senti l'énergie entre nous. Comment aurait-il pu faire autrement ?

Est-ce le moment où je me transforme ? Quand tout peut s'arrêter, ou recommencer ?

# CHAPITRE 18

## MEIRA

Bardhyl trouve ma bouche et m'embrasse profondément. La chair de poule se répand sur ma peau, tandis que des éclairs d'énergie ardente éclatent dans mon champ de vision et dans mon esprit.

Ça s'intensifie rapidement. Une chaleur nous consume et, pendant ces quelques instants, j'ai l'impression de flotter parmi les étoiles avec mes hommes, en un lieu où n'existe personne d'autre que nous. Mais je n'arrive pas à me défaire de l'appréhension qui me tenaille, que c'est peut-être le moment où je me transforme.

Mes Alphas grognent, comme si leurs loups répondaient à ma puissance. C'est peut-être le cas. Mon cœur martèle sauvagement ma poitrine, et la chaleur me brûle. La sueur me coule dans le dos, et soudain, la pression de leurs nœuds se relâche en moi. Mais la langue de Bardhyl continue de se mêler à la mienne, et notre baiser m'hypnotise.

Je hume tous leurs parfums. Je les ressens… mais ce qu'il y a entre nous est bien plus que simplement physique. Je sens la légère caresse de la fourrure contre moi, comme s'ils étaient à mes côtés dans leurs corps de loups. J'ouvre les paupières. Tous les trois sont toujours humains.

Une lumière vive clignote derrière mes yeux.

En une fraction de seconde, quelque chose se brise en moi.

*Crac.*

On dirait des os qui se brisent, mais sans douleur, seulement cette lumière constante et agaçante derrière les yeux, qui m'aveugle. Bizarrement, elle me fait penser à la lune.

Ma louve se roule en moi, plus active qu'elle ne l'a jamais été. Elle se répand à travers moi, me consume.

Je m'ouvre à elle.

*Tu peux sortir en toute sécurité. Rejoins-nous.*

Une douleur vive, aiguë, me fouette la poitrine, et je me brise. Je crie, la douleur enflant comme si quelqu'un versait de l'acide sur ma peau.

Je crie, puis m'évanouis.

---

*J*e sens le froid sur mon front, et il me faut quelques secondes pour reprendre mes esprits, pour tout me rappeler.

Les Alphas.

Le sexe, dément, délicieux.

Et quelque chose qui change en moi.

Ma louve.

J'ouvre les yeux et me redresse, assise dans le lit. Dušan est près de moi, tenant une serviette humide. Lucien est à mes pieds, tandis que Bardhyl est de mon autre côté. Ils me contemplent tous trois, choqués.

Je baisse les yeux sur une couverture qui me recouvre jusqu'à la taille, mais je suis humaine, il n'y a aucune trace de fourrure.

– Qu'est-ce qui se passe ? demandé-je, me souvenant à

peine de ce qui est arrivé juste après notre partie de sexe en groupe.

– Tu t'es évanouie, mon chou.

Je me tourne vers Bardhyl tout près, toujours nu comme les autres. Il repousse les cheveux collés par la sueur sur ma figure. Sa main est douce et chaude, m'incitant à me pencher plus près et refermer les yeux.

Mais je repousse cette envie, j'ai besoin de comprendre.

– Est-ce que je me suis transformée ? J'ai eu l'impression que c'était peut-être le cas ?

D'abord, personne ne répond, et quand je croise le regard de Dušan, il secoue la tête.

– Tu es une déesse, Meira. L'énergie que ton corps a expulsée a envoyé une force incroyable dans nos corps. Ta louve est restée juste sous la surface. Je l'ai sentie, l'ai appelée. Mais elle n'est jamais venue.

Je ne sais pas quoi ressentir. Je suis triste. Déçue. Effrayée. La confusion s'insinue en moi alors que j'essaie de tout reconstituer, chassant les autres émotions.

– La lune ! m'écriai-je.

Je sors prestement du lit, repoussant les gars, la couverture glissant de mon corps. Nue, je me précipite à la fenêtre et repousse le lourd rideau pour regarder dehors. Les premiers rayons du soleil s'élèvent à l'horizon, teintant le ciel d'oranges et de rouges. Les ombres revendiquent la forêt au loin.

Je scrute le ciel à la recherche de la lune.

– Tu as entendu quelque chose ? murmure Dušan derrière moi, la chaleur de son corps se répandant sur moi.

– Il n'y a qu'une demi-lune, dis-je. C'était tellement bizarre. On était tous ensemble au lit, puis un étrange pouvoir m'a balayé, comme si ma louve allait sortir. J'aurais juré qu'elle allait le faire, et j'ai senti la lune m'appeler. Qu'est-ce qui n'a pas marché ?

Ses larges mains se posent sur mes hanches, m'écartant de la fenêtre. Il me retourne pour me faire face.

– Le pouvoir d'un loup vient de la lune, mais pas besoin que ce soit la pleine lune pour que ça nous affecte. La légende dit que le premier loup est né pendant une lune des chasseurs. Une meute de loups ordinaire a sauvagement attaqué une humaine. Elle s'accrochait à grand-peine à la vie après cette agression brutale. La seule manière de la sauver, c'était d'avoir la bénédiction de la lune. Son énergie s'est mélangée à celle des loups, à partir de leur salive et de leur sang qui s'était infiltrés dans son corps. À la pleine lune suivante, elle s'est transformée pour la première fois en ce que nous sommes aujourd'hui. C'est la première de notre espèce. Les histoires racontent qu'elle a porté les enfants de neuf hommes différents, et qu'ils se sont répandus sur tout le globe pour peupler la terre.

Je cligne des yeux.

– Est-ce que c'est une histoire vraie ?

Il hausse les épaules.

– C'est un mythe originel, mais même si les détails sont sommaires, nous sommes effectivement plus forts à la pleine lune, et plus bestiaux. Toutes les blessures faites ces nuits-là guérissent instantanément. Mais nos transformations ne sont pas influencées par les phases de la lune.

– Alors pourquoi ma transformation n'a pas marché ?

Je souffle ces mots, à peine un murmure. J'ai la gorge serrée, j'ai l'impression de toujours lutter pour arriver à peine à garder la tête hors de l'eau. Rien de ce que je fais ne me donne un foutu répit.

Dušan glisse une main sur ma joue et me rapproche de lui.

– On en est tout près, ma beauté. Demain, nous nous lierons tous encore, et nous ferons grandir l'énergie entre nous. Et nous le referons, encore et encore, jusqu'à ce qu'elle sorte. Ensemble, nous guiderons ta louve pour qu'elle émerge en toute sécurité.

Le doute s'insinue dans mon esprit au souvenir de la douleur aiguë qui m'a transpercée quand j'ai cru qu'elle était en train de sortir. Quelque chose l'a retenue.

– Et si…

– Non, insiste Dušan. Je pouvais presque la toucher. Dans la semaine qui vient, tu te transformeras.

Sa confiance me réchauffe le cœur ; j'ai désespérément envie de croire qu'il a raison. Je reporte mon attention sur Lucien et Bardhyl, restés près du lit à nous regarder, espérant quelque chose que je ne peux pas leur donner. J'ai l'impression de les avoir laissés tomber, mais Dušan a tellement d'espérance dans son regard que je reste silencieuse.

Ses lents mouvements circulaires dans mon dos apaisent mon inquiétude pour le moment.

– Viens. Nous allons nous habiller et partir. Nous arriverons bientôt à la maison, et tout ira bien une fois de plus.

Soit il s'est lui-même convaincu que je suis déjà sauvée, soit il est très doué pour faire croire qu'il n'a aucun doute.

Mon cœur martèle mes oreilles pendant que le froid s'empare de moi. Mais je n'exprime pas mes craintes. Au lieu de ça, je lui réponds avec un sourire forcé.

En mon for intérieur, mes pensées psalmodient : *Je vous en prie, laissez sortir ma louve. Et ne la laissez pas me tuer en chemin.*

### Dušan

Le soleil de midi nous illumine. Nous marchons depuis l'aube. Nous n'avons rencontré ni loups sauvages, ni meute, et les quelques morts-vivants que nous avons croisés étaient bien trop loin pour nous rattraper.

— Quand nous rentrerons, je vote pour un bain collectif dans la piscine, suggère Lucien, son regard fixé sur Meira.

Elle est magnifique, fascinante, et elle a une peur bleue. Elle sourit gaiement, mais ce n'est qu'une façade. Je le vois aux coins pincés de sa bouche, je le sens à sa transpiration, plus profuse que la normale au rythme où nous marchons. Sa poitrine monte et descend comme le courant vif de la rivière.

— D'accord, c'est ce qu'on va faire, répond Bardhyl. Meira, je vais t'apprendre à nager en canard. Même si tu ne sais pas nager, ça t'aidera.

Meira lui jette un regard perplexe, puis éclate d'un rire léger et sincère. Elle aime vraiment ses hommes, qui font ressortir un côté joyeux en elle, ce que j'adore.

— Je ne vois pas trop cette nage en canard, répond-elle. Est-ce qu'ils ne se contentent pas de flotter sur l'eau et de donner des coups de patte en dessous ?

— C'est Lucien qui me l'a apprise.

Lucien glousse et tape dans le dos de Bardhyl.

— Ça n'a rien à voir avec un canard. Je te l'ai déjà dit, mec. Ça s'appelle la brasse papillon, et c'est l'une des nages les plus difficiles à apprendre et maîtriser.

Bardhyl ricane, et prétend qu'il peut tout faire sans même essayer.

— Est-ce que les papillons nagent, au moins ? demande Meira, arquant un sourcil.

— C'est juste la technique, les mouvements des bras dans l'eau imitent ceux de leurs ailes, expliqué-je. Mais je suis d'accord, la nage pourrait t'aider à te renforcer et augmenter ton endurance pour quand ta louve sortira.

Elle quitte Lucien et Bardhyl des yeux pour les reporter sur moi.

— Je suis d'accord pour une fête dans la piscine, et je suis sûre que je vais facilement apprendre cette technique de nage.

Son regard défie Bardhyl.

Tous trois se mettent à bavarder, et de mon côté je lutte pour me concentrer sur autre chose que les évènements de la nuit dernière.

Son espoir s'est brisé quand elle a découvert qu'elle ne s'était pas transformée. Ça m'a fendu le cœur de voir son air effondré. Je ne nierais pas que j'avais bon espoir que sa première transformation ait lieu la nuit dernière. L'énergie avait hérissé tous les poils de mon corps ; mon loup bondissait en moi frénétiquement pour la libérer.

Mais ça n'est pas arrivé... Mais pourquoi, bordel ?

Je ne dis rien de mes inquiétudes. Pas avant d'avoir pris le temps d'étudier ses résultats sanguins et comprendre quelle pièce du puzzle nous manque.

Nous ne sommes pas loin de l'enceinte, les bois nous sont familiers maintenant. Je ne pourrais pas être plus heureux d'être entouré de ma meute, dans la sécurité de nos murs. Je m'occuperai de Mad et de ses conneries après avoir guéri Meira. C'est ma priorité.

Je les écoute parler de natation, et je réalise que la partager avec les deux membres de ma meute les plus proches de moi, mes meilleurs amis, fonctionnera peut-être bien mieux que je ne m'y attendais. Même s'il y aura sûrement des nuits où je la voudrai pour moi seul et que ces fois-là, il n'y aura pas de maudit partage.

Les arbres s'éclaircissent à mesure que nous approchons de l'enceinte, et je distingue déjà le toit de la vieille forteresse au loin. Je ne peux pas m'empêcher de sourire. Je n'aurais jamais cru être aussi heureux de revenir à la maison.

Un lourd parfum de fourrure de chien mouillé et de terre fraîchement retournée me frappe soudain avec la brise qui souffle sur nous. Mes poils se hérissent. Des loups.

Bardhyl et Lucien s'arrêtent, Meira entre eux.

Un silence de mort flotte dans la forêt.

Je jette un regard inquiet à mes hommes.

– Restez près d'elle.

Je hume l'air et je sens encore cette odeur, qui me confirme que ce sont des Loups Cendrés. Avant que je ne puisse réagir, un mouvement sur ma droite attire mon attention.

– Dušan, appelle un homme dont la voix m'est familière.

Quand il émerge de l'ombre de la forêt, je reconnais Danu, un Beta. Je lui ai parlé une ou deux fois. Ma meute s'agrandit chaque semaine, et j'essaie de faire des rondes pour me familiariser avec chacun, mais c'est une recrue récente. Il se tient à cinq ou six mètres, grand et efflanqué, avec de courts cheveux dorés. Il nous regarde comme un cerf étourdi.

– Il vous est arrivé quelque chose ? demandé-je, réduisant la distance qui nous sépare.

Il ne répond pas, mais il a l'air effrayé, les épaules affaissées, de la panique dans son regard.

Un grognement sourd résonne dans ma tête. Quelque chose ne va pas.

Un vacarme inattendu de pas tonitruants tambourine derrière moi, comme un orage.

Je pivote pour découvrir une douzaine de Loups Cendrés sous leur forme humaine, qui nous chargent de toutes parts. Des membres avec qui j'ai apprécié de partager un repas, ou une bière... Maintenant, la colère tord leurs traits. Je suis complètement abasourdi par ce qu'il se passe, et je réagis trop lentement.

Bardhyl se retourne, mais un Beta lui a sauté sur le dos, et un autre lui fauche les jambes. Il grogne et jette les bras en l'air quand il perd l'équilibre et tombe lourdement à genoux. Le Beta sur son dos lui plante une seringue dans le cou pour lui faire une injection. Le Viking les repousse d'un vif mouvement du bras, le faisant tomber. Il porte la main à son cou et titube avant de tomber à genoux, puis face contre terre.

*Merde !*

Je plonge vers eux en rugissant, mon pouls en furie, pendant que Lucien tire Meira en lieu sûr. Elle trébuche en s'éloignant, les yeux écarquillés devant cette attaque injustifiée.

Mais c'est trop tard. D'autres s'écrasent sur Lucien et la jettent à terre. Il attaque l'un d'eux, mais trois autres lui sautent dessus. Meira recule frénétiquement pour se relever, ramasse une branche et s'en sert comme arme.

Je fonce et enroule mon bras autour de la taille de Meira, la tirant à mes côtés.

– Bon sang, mais qu'est-ce qui se passe ? murmure-t-elle.

Je recule devant la douzaine de Loups Cendrés, des membres censés m'être loyaux. Lucien gît au sol, écrasé par trois hommes, et Bardhyl s'est évanoui à cause de la drogue qu'ils lui ont injectée.

Mon sang se fige dans mes veines.

– Vous paierez de vos vies pour cette trahison, grogné-je.

Je suis bien conscient d'avoir été pris en embuscade. Combien de temps ont-ils attendu notre retour ici ?

Meira est collée contre moi. Je mettrai en pièce chacun de ces enfoirés s'ils la touchent.

Je scrute leurs visages, mémorisant chacun d'entre eux pour le moment où je reviendrai les chercher. Rein croise mon regard… un jeune homme que j'ai sauvé des morts-vivants et ramené à notre enceinte. Il a perdu sa famille à cause des créatures. Son dévie de moi aux bois juste à côté.

Je tourne la tête et ma gorge se serre.

Mad.

Mon putain de demi-frère émerge de l'ombre. Ses yeux bleus glacier me transpercent, ses cheveux blond-blanc flottent dans la brise. Il porte des vêtements immaculés, un pantalon repassé, des bottes, et... est-ce que c'est ma chemise blanche ? La rage s'empare de moi.

— Bordel, mais qu'est-ce que t'as foutu ?

Je repousse Meira derrière moi et relève le menton, serrant les poings. J'ai envie de lui arracher ce sourire du visage.

J'aurais dû le tuer quand il est revenu dans l'enceinte. J'aurais dû savoir qu'il avait des alliés. J'aurais dû être plus malin, mais ma priorité était de retrouver mon âme sœur. Et c'était aussi une distraction mortelle.

— Mon frère, tu as pris ton temps pour rentrer. Ravi que tu aies ramené ta pétasse.

Je crache par terre entre nous.

— Je t'arracherai la tête si tu la touches.

Sauf que c'est trop tard. Je vois notre destin dans son rictus haineux et dans le piège formé par les loups qui m'ont trahi. Mon estomac se révulse à la pensée de ce que Mad a dû leur offrir pour les convaincre de le suivre. La promesse d'une immunité contre les morts-vivants ?

Meira est soudain arrachée de mon emprise et ses cris retentissent dans l'air.

Je me tourne et bondis sur les deux hommes qui l'ont attrapée. Hurlante, elle dégage un bras pour le tendre vers moi. La peur qui se lit sur son visage me hantera pour l'éternité.

Mon loup griffe pour se libérer et les détruire. Je ne vois que du rouge et leur mort tandis que je cours vers elle, à deux doigts de la récupérer.

— Dušan ! avertit Meira, les yeux fixés sur quelque chose derrière moi.

À cet instant je reçois un violent coup de poing au milieu du dos, qui m'envoie par terre à quatre pattes. J'essaie de me relever, mais Mad bloque un bras de fer autour de mon cou, me retenant au sol.

– Elle n'est plus à toi, me murmure-t-il à l'oreille d'une voix rauque, empreinte d'une ironique allégresse.

Je n'ai plus que le meurtre en tête. Et combien je vais adorer lui ôter la vie. Tremblant de fureur, je me pousse contre lui. Mais tout se dissout quand je vois Rein planter une aiguille dans le cou de Meira.

Ses cris me transpercent.

J'explose, et mon loup pousse pour s'arracher de moi.

Je sens la piqûre aiguë d'une aiguille plantée dans mon cou, suivie de picotements dans mes membres. Puis l'engourdissement m'envahit.

Mad me balance un coup de poing dans l'épaule, tout comme je lui avais fait à la forteresse. Je m'écroule en avant. Mon cœur bat à tout rompre alors que je m'affale par terre, l'abattement alimentant ma rage.

Le monde est à l'envers dans mon champ de vision tandis que je gis sur le sol. Meira est à quatre pattes, haletant comme si elle étouffait.

J'ouvre la bouche, mais seul un gargouillement en sort.

Elle hurle de douleur, dos cambré. Sa peau se fend et la fourrure se répand, ses os s'étirent, sa mâchoire s'allonge.

Sa transformation se produit maintenant.

*Oh, merde !*

En me forçant, je me remets sur pieds. Le monde tourne autour de moi et je ne sens même pas mon propre corps. L'adrénaline me tient debout, je m'accroche à cet instant. Il faut que je la rejoigne. Que je me connecte à son énergie pour aider à sa transformation.

Meira !

Elle finit par me voir, et derrière ses yeux de louve se trouve ma magnifique petite amie. Sa panique m'appelle, alimentant la peur qui me serre le cœur à l'idée qu'elle ne survive pas à la transformation, que sa louve la tue.

Grognant, je force mes jambes engourdies à avancer,

pour assister à sa première transformation. Un pas, et quelqu'un me frappe derrière la tête. Ma vision se brouille d'étoiles.

Je rugis et m'effondre comme un sac. Putain, je suis complètement inutile et ça me tue d'entendre ses hurlements.

Des ombres effleurent les bords de ma vision. Les ténèbres me cernent, mais je lutte contre ce que Mad m'a injecté, quoi que ce soit. Je me crispe et combats plus fort la toxine dans mes veines.

Je m'accroche au regard de Meira, même si mes muscles refusent de réagir, de m'aider à me relever.

Elle pousse et lutte contre la transformation. Mad et ses sbires se tiennent tout autour, à la regarder. Elle est au milieu de sa transformation, et ses cris sont comme des couteaux plantés dans ma gorge. Les premiers changements sont horribles, une vraie torture. Tout ce que je veux, c'est la prendre dans mes bras pendant qu'elle se transforme. L'aider à traverser ça.

Le feu en moi grandit de façon incontrôlable. Tout ce que nous avons fait pour l'aider n'aura servi à rien.

Ses vêtements en lambeaux gisent à ses pieds. Elle se secoue et ressort sous sa forme de louve... une fourrure fauve et rousse, des oreilles rondes plus sombres. Ce n'est pas une louve énorme, mais elle est spectaculaire. Ses yeux sont pâles, avec juste une nuance de bronze, sauf que je ne vois plus trace de ma Meira derrière eux.

Mon cœur se brise en deux, la douleur me vrille les entrailles, et tout ce à quoi je pense, c'est à son sourire, son rire, son corps contre le mien. La joie qu'elle m'a apportée causera ma perte. Je ne peux pas continuer sans elle à mes côtés.

*Je vous en prie, faites que la louve n'ait pas tué ma douce Meira.*

Il ne lui faut qu'une ou deux secondes pour scruter les environs et flairer l'air.

Et une fraction de seconde pour grogner sur les deux types qui plongent sur elle.

Babines retroussées, elle gronde avec une férocité immense et se retourne vers eux ; son agressivité n'a d'égale que celle de Bardhyl. Elle ne ressemble en rien à Meira.

La louve s'abat sur Rein et lui arrache la moitié du ventre d'une seule morsure brutale.

Une demi-seconde plus tard, elle se déchaîne sur les autres.

Des hurlements, et un combat furieux s'engage.

Si la louve a complètement pris le contrôle et qu'elle est partie, alors elle nous tuera tous. Si j'arrive d'une manière ou d'une autre à survivre à tout ça, je jure sur ma vie que je détruirai chaque putain d'enfoiré qui s'est dressé contre nous en ce jour.

*Pour toi, Meira, je brûlerai ce monde.*

**Découvrez Obsédée par les Loups dès aujourd'hui !**

# OBSÉDÉE PAR LES LOUPS

## LES LOUPS CENDRÉS

# OBSÉDÉE PAR LES LOUPS

**L'heure n'est plus à la fuite...
...cette fois, je suis prête à me battre jusqu'à la mort. La mienne, et la leur.**

Par ma faute, mes trois partenaires ont été capturés par notre ennemi, et une fois de plus, je suis toute seule.
Mais je ne peux pas laisser la trahison de l'ennemi sceller leur destin. Pour moi, et pour l'avenir que nous pensions avoir devant nous.
Ma seule solution, c'est de livrer cette bataille contre lui.
D'embrasser le monstre qui vit en moi, et que j'ai craint toute ma vie.
L'ennemi pense que je suis la clé de son plus gros problème.
Les morts-vivants.
Mais je ne suis pas la solution. Je dois y retourner. Je dois sauver mes amants. Quel qu'en soit le prix.
Je n'ai plus beaucoup de temps. Ma vie pour les Alphas.
J'ai un choix à faire. C'est une décision facile à prendre. Et mon monstre est d'accord avec moi. Nous voulons du sang, et cette fois-ci, je ne partirai pas avant que l'ennemi n'ait payé.

*Obsédée par les Loups est le dernier tome de cette trilogie. La série dérivée se situe dans le même monde et paraîtra bientôt.*

# CHAPITRE 1

MEIRA

La peur m'étouffe.

Je recule, utilisant aisément mes quatre pattes, ce qui est étrange en soi.

Je suis une foutue louve à la fourrure fauve tirant sur le roux. Je ne suis plus la fille que j'étais il y a un an... ni même celle que j'étais hier. Nous vivons dans un monde brutal qui nous transforme. Dans mon cas, aussi bien mentalement que physiquement.

Mon regard se porte sur mes trois hommes, mes trois Alphas... les trois compagnons qui m'ont revendiquée. Et ça me tue de les voir gisant au sol, assommés par les hommes de Mad pour m'atteindre. Tout ce dont je me souviens, c'est qu'ils ont été attaqués, et la terreur dans les yeux de Dušan quand il est tombé. Ensuite, je me suis transformée.

Nos agresseurs s'approchent de moi, en un demi-cercle d'une demi-douzaine.

La moindre fibre de mon être réclame qu'ils paient, mais je ne sais même pas comment contrôler mon nouveau corps de louve.

C'est une entité en elle-même et c'est comme si nous

étions deux dans mon corps, à lutter pour prendre le dessus. Les autres loups ressentent-ils la même chose ?

Elle me pousse de l'intérieur et je trébuche, tentant de me raccrocher au moindre semblant de réalité.

Par réflexe, je penche la tête en arrière, lève le menton et pousse un hurlement terrible.

Un frisson me parcourt, mon esprit oscille entre la raison et la sauvagerie de ma louve. Elle est si forte que je peine à la retenir.

La faim et l'envie de vengeance m'envahissent, les émotions me rongent. Elle a soif de mort, plus que tout ce que j'ai jamais imaginé.

C'est de la férocité pure, addictive, et je salive à cette pensée. Sauf que ce n'est pas moi, n'est-ce pas ?

Mad et ses abrutis s'approchent de moi au ralenti, en demi-cercle, afin de me piéger. Malgré tout, je lis la peur dans leurs regards, et la sens dans l'air, comme un aigre relent de transpiration.

La seringue attire mon attention sur le poing de Mad.

Une grande brute plonge vers moi, rugissant plus comme un ours que comme un loup. Une sorte de bouffée d'énergie noie mes pensées.

Juste après, je fonce vers l'homme qui me menace, l'esprit à deux endroits à la fois. Criant intérieurement, je m'écrase sur son ventre et le fais tomber. Tandis que ma louve grogne, satisfaite, la panique m'envahit jusqu'aux os, parce qu'elle me contrôle. Parce que ce n'est pas moi qui domine cette relation.

Plus rapide que l'éclair, elle le mord au visage, plongeant les dents dans son cou. Elle lui arrache la gorge si vite que l'homme n'a même pas le temps de crier.

La terreur s'empare de moi et je recule, m'efforçant de la ramener. Mon esprit se noie dans des visions d'elle me dominant totalement.

Je m'accroche à ce semblant de contrôle alors qu'elle se débat contre moi.

Si je me laisse complètement aller et laisse ma louve prendre le dessus, pourrais-je revenir à moi par la suite ?

Mad sourit, se fichant que son homme soit en train de s'étouffer dans son propre sang, juste à ses pieds.

Je grogne, babines retroussées, les poils de la nuque hérissés. Il y a longtemps, l'Alpha aux cheveux blancs m'a capturée dans les bois pour me vendre. Il va payer pour avoir tendu une embuscade à son véritable Alpha, Dušan, et pour l'avoir trahi.

L'un de ses combattants à la carrure imposante s'approche de moi, un grognement aux lèvres. Un autre fonce aussi sur moi, déjà dans son corps animal. Un loup gris affublé d'une tête énorme.

Mon instinct se réveille et ma louve se lance dans l'action, prenant les choses en main. Sauf que je m'accroche et que je suis là avec elle, assises l'une contre l'autre au poste de commandement. Épaule contre épaule, nous nous repoussons, tout en combattant le véritable ennemi à l'extérieur.

Je saute sur le premier homme, avec l'impression soudaine de voler grâce à l'énergie de mon corps. Je m'affale tête la première sur son ventre. Il gémit, mais parvient à m'asséner un coup dans le dos. Mes genoux tremblent, mais je ne me dérobe pas.

J'ai des picotements dans tout le corps, je pivote et plonge pour le mordre profondément à l'épaule, arrachant la chair jusqu'à l'os, faisant jaillir le sang qui éclabousse les feuilles mortes autour de nous. Le goût de cuivre est semblable à de la terre sur ma langue, et mon corps tremble d'une fureur incontrôlable. Un besoin de les réduire en bouillie s'empare de moi.

Je vois des flashs blancs, une rage insatiable m'aveugle.

Un autre assaillant me frappe violemment sur le flanc, me

projetant à terre avec un bruit sourd. Je tremble violemment et ma tête tourne toujours.

Il appuie de tout son poids sur moi, et j'entends des bruits de pas autour de moi.

Mais je ne me ferai pas prendre, plus jamais.

Il en est hors de question.

Je cogne l'idiot et claque la mâchoire, lui plantant les dents dans le bras. J'arrache la peau et le tissu et ne cède pas malgré ses hurlements.

La chaleur me submerge et je me relève en grognant. Je recule devant les quatre monstres en approche. Mad s'avance, le vent repousse ses cheveux de son visage, cet enfoiré a l'air plus âgé, plus épuisé que la dernière fois que je l'ai vu. Mais une ordure est toujours une ordure. Son expression retorse est celle d'un homme dégoûté par ce qu'il voit : moi, debout pour me défendre.

Je ne peux détourner le regard de la seringue qu'il tient dans sa main. Ils m'en ont déjà planté une dans le cou, ce qui m'a obligée à me transformer. D'une certaine manière, je doute que telle ait été leur intention, ou qu'ils se soient attendus à ce que je mène un tel combat.

Mes jambes tremblent sous moi et l'adrénaline envahit mes veines, me faisant avancer. Sauf que ma louve m'écarte soudainement et je renonce à l'arrêter. Je titube en grognant avant de m'écraser contre un arbre.

– Putain, mais c'est quoi son problème ? demande quelqu'un.

La voix de Mad me parvient à travers la folie qui envahit mon esprit :

– Arrête de lutter. Je peux prendre soin de toi. Te protéger.

Je gronde en guise de réponse. Menteur !

– C'est toi qui vois, Meira. (Il lève la seringue.) Viens calmement avec nous, et je te promets de relâcher mon demi-frère et ses deux hommes. Continue de lutter, et nous te prendrons de force. En plus, je te garantis que je les tuerai.

Il s'arrête soudain, tout comme ses hommes, qui me fixent comme si j'étais un moyen de parvenir à leurs fins. Je sais exactement ce qu'ils veulent de moi… mon sang. Ils pensent que je suis le remède à une infection zombie. Ces pauvres types n'ont aucune idée qu'à quel point ils se trompent.

Mon pouls martèle mes oreilles, et ma louve grogne dans ma poitrine, tremblant d'un besoin violent, mais ils sont à quatre contre une. Même moi, je ne suis pas assez folle pour croire que je gagnerai. Encore une raison pour laquelle je dois retenir ma louve. Surtout maintenant qu'un loup blessé est en train de se relever.

Je déglutis avec difficulté tandis que ma respiration s'accélère.

L'expression de Mad s'assombrit, et sous la tempête que je lis dans ses yeux, je discerne le désespoir – du genre que je n'ai vu que chez les Alphas avides de pouvoir. Il fera n'importe quoi, tuera n'importe qui pour obtenir ce qu'il veut.

En fait, je n'ai qu'une option : atteindre Mad en premier et le réduire en miettes sans me perdre dans ma louve.

Plus facile à dire qu'à faire.

L'électricité bourdonne sur ma peau, tout comme lorsque ma louve est sortie de moi. Elle m'a déchiré la peau, s'obligeant à sortir. La douleur est partie à présent, ma louve et moi sommes liées comme une seule âme, un seul être, et pourtant elle lutte contre moi. Ce n'est pas possible.

Je recule, sans jamais lâcher Mad du regard. Ce n'est pas le moment de trébucher. Je fais un pas en arrière, heurte un arbre et frémis.

Ma louve me grogne sa menace. Elle ne recule pas… et bien moi, si.

Ils se rapprochent. Tous les cinq. Trois sous leur forme humaine, deux dans leurs corps de loups.

La terreur me martèle la poitrine. Je cherche frénétiquement du regard une échappatoire, n'importe quoi. Je jette un œil à mes hommes, qui ne bougent pas, et l'inquiétude s'abat sur moi. Qu'est-ce qu'il y avait dans ces injections pour les assommer aussi vite ?

La tension est palpable dans l'air, tandis que la rage monte en moi, caressant mon dos d'une langue de feu.

Je hais Mad. Ces hommes méritent la colère qui monte en moi.

Mais je ressens une douleur aiguë à l'endroit où l'autre enfoiré s'est jeté sur moi, et elle palpite dans mes côtes.

— Attrapez-la ! hurle Mad, et cette fois mes tripes réagissent.

Je pivote et je file, ignorant cette sensation bizarre, comme si j'essayais en même temps de me retourner. Ma louve est en train de me trahir. S'enfuir n'est pas un signe de faiblesse, c'est savoir reconnaître quand on est inférieur en nombre, et trouver un moyen d'éliminer le chef.

J'esquive les arbres et m'enfonce plus loin dans la forêt dense, fonçant pour m'échapper. Les ombres me semblent plus claires à présent, ma vision est plus aiguisée, plus nette. Je jette un œil par-dessus mon épaule et vois que les cinq me pourchassent. Mais c'est Mad qu'il faut que j'attrape... Coupez la tête et le monstre meurt.

Alors que je me rue en avant, je vois une armée d'ombres émerger de la forêt face à moi.

La peur me rattrape immédiatement. Suis-je encerclée par d'autres Alphas ? Surprise, je dérape et m'immobilise contre un pin massif. Je me raidis et tourne la tête de tous côtés en quête d'une échappatoire.

Un grognement rauque me parvient depuis les bois, suivi d'autres bruits, des cliquetis de dents ou d'os.

J'ai la chair de poule quand le premier zombie émerge de l'obscurité.

Je recule. Vont-ils m'attaquer maintenant que je me suis transformée ? Collée contre l'arbre, je capte les expressions terrorisées des loups à la vue de ce qui arrive.

Il manque une oreille au zombie qui mène la charge, et il ne reste que quelques cheveux sur sa tête blême et tachetée. Des lambeaux de vêtements pendent de sa silhouette osseuse. Un autre s'avance, le bras mutilé, d'autres ont des membres brisés.

Puis la masse suit comme une digue qui se serait rompue. Ils se déversent depuis les bois, titubant, trébuchant, grognant. D'autres lèchent littéralement l'air comme s'ils goûtaient déjà le sang des loups que j'ai mordus et tués plus tôt. C'est ce qui les a attirés ici.

D'autres morts-vivants sortent en trébuchant de la forêt. Il doit y en avoir une trentaine.

Le meneur claque la mâchoire et s'élance en avant.

Je me retourne précipitamment, il faut que je m'échappe, sauf que... bordel !

Dušan, Lucien et Bardhyl sont toujours étendus sur le sol, risquant d'être dévorés. Sont-ils couverts de sang ? Je ne m'en souviens pas. J'ai le cerveau en compote, et je n'arrive pas à avoir les idées claires alors que les morts-vivants approchent.

Je plonge pour m'échapper, ignorant s'ils veulent de moi pour repas ou non.

La leucémie m'a immunisée contre les zombies. C'est un fait que j'ai appris récemment, et tout le monde sait que lorsqu'un loup se transforme, toutes les maladies humaines disparaissent. Ce qui veut dire que je pourrais être un repas pour les morts-vivants à présent.

Je cours après Mad et ses hommes qui filent loin d'ici, et ma louve salive en pensant qu'il s'agit d'une poursuite. Ils sont déjà très loin devant moi, ayant fui à la seconde où ils ont vu les Monstres de l'Ombre.

Deux autres créatures apparaissent soudain sur ma droite,

rapides et inattendues, alors je marque un temps d'arrêt. Ma patte se prend sous une racine d'arbre et je tombe en avant, cul par-dessus tête, avant même de réaliser ce qu'il m'arrive. Je heurte durement le sol et me relève en vitesse.

La panique s'empare de moi, je me sens vulnérable et exposée.

Les ombres s'amassent tout autour, venant de partout à la fois.

Dents grinçantes, elles approchent et je recule, souffle coupé, car elles viennent sur moi.

Les créatures titubent en avançant, et je frémis. Puis elles me dépassent sans même ralentir.

Surprise, je les regarde passer devant moi, je n'en crois pas mes yeux. Elles ne me remarquent pas, ne me touchent pas !

Il me faut un moment pour réaliser que je suis saine et sauve… Et c'est ma louve qui prend le relais et grogne pour les avertir.

De leur démarche claudicante, elles approchent quand même.

L'une d'elles me frôle en passant, et je m'écarte. Mais elles ne s'arrêtent pas. En gémissant, elles trébuchent derrière Mad et ses hommes. Ces monstres, qui devraient m'attaquer, ne le font pas. Leur peau pèle, leurs mâchoires sont disloquées, elles ont du sang séché sur le visage, et elles ne me voient pas.

Je suis invisible à leurs yeux.

J'ai la tête qui tourne, essayant de comprendre pourquoi elles ne m'attaquent pas.

Est-ce que je suis toujours malade ? Je cille en les regardant s'éloigner.

Mais la réalité me rattrape aussi – il faut que je mette mes hommes en sécurité. Je me jette dans la harde et les pousse sur le côté pour avancer.

En sautant par-dessus les troncs et en esquivant les

zombies, je débouche avant eux dans la petite clairière où Mad et ses hommes nous ont tendu une embuscade.

Sauf qu'il n'y a personne ici.

Pas de loups. Pas de Mad. Et pas mes hommes.

J'en ai les tripes nouées d'arriver trop tard. Cet enfoiré les a emmenés. Je devrais être heureuse qu'il les ait sauvés des morts-vivants, mais ils ne seront pas saufs très longtemps.

J'enrage aussi qu'il me les ait pris pour s'assurer d'avoir un moyen de pression afin d'obtenir ce qu'il veut. Des grognements montent de ma poitrine, puis je laisse échapper un long hurlement, désespérée de les pourchasser et de récupérer mes loups.

Bouillonnante de rage, je me propulse vers l'enceinte de la meute des Loups Cendrés pour les rattraper. Pour les arrêter.

Les Monstres de l'Ombre se pressent là où gisent mes victimes ensanglantées. Ils tombent à quatre pattes, et ces choses dégoûtantes lèchent les cadavres.

J'en ai l'estomac retourné.

Je continue, entourée d'arbres, pourtant Dušan a dit plus tôt que nous n'étions pas loin du foyer de sa meute.

Il ne me faut pas longtemps avant de distinguer des silhouettes devant moi, qui s'enfoncent plus profondément dans la forêt ; certaines semblent porter quelqu'un sur leurs épaules.

Mon pouls s'accélère et je fonce, quand un cri attire mon attention sur ma gauche. Ma louve semble avoir reculé. Est-ce que je viens de la contrôler ? Il n'en fallait pas plus ?

Je cesse de courir, et jette un regard plus attentif. Une fille est attachée à un arbre, un bâillon sur la bouche, et elle se débat pour se libérer.

Jae !

Bon sang, mais que fait-elle ici ? Je suis tombée sur elle dans la forêt il y a plusieurs jours, alors qu'elle avait été, comme maintenant, ligotée à un arbre par un Alpha fou. Peut-être que Mad et ses loups l'ont capturée alors qu'elle nous cherchait.

Je jette un œil à Mad et sa bande en train de disparaître hors de ma vue dans les bois. Mon ventre se serre.

Les gémissements s'amplifient derrière moi, et je pivote.

Merde ! Ces maudits zombies sont en route vers Jae.

Elle écarquille les yeux de peur et crie éperdument, gigotant pour se libérer des liens qui la retiennent à l'arbre. Mad et les autres avancent, mais comment diable vais-je pouvoir les suivre à présent ? Si je le fais, je condamne Jae à mort.

La frustration s'instille en moi. Mais je n'ai pas de temps à perdre et je fonce vers elle, courant sur les feuilles mortes et la végétation qui couvrent le sol. Piétinant tout ce qui se trouve sur mon chemin.

Elle gigote et s'écarte de moi autant qu'elle le peut, mais je lui grogne dessus, puis tourne derrière l'arbre. Je mords la corde qui la retient au tronc, plante les dents, tire, mâche.

J'entends Jae humer l'air en regardant vers moi par-dessus son épaule.

– Meira, c'est toi ? (Je grogne pour toute réponse, tout en luttant avec la corde.) Je t'en prie, dépêche-toi, ils sont vraiment près, sanglote-t-elle.

Je sens sa peur et sa transpiration.

Je tire encore sur la corde, mes dents passent au travers et l'arrachent.

Jae ne tarde pas à se libérer de ses liens avant de se tourner vers moi.

– Partons d'ici !

Et au départ, je me fige, ne sachant où l'emmener. Derrière elle, une demi-douzaine de zombies ont remarqué le bruit et viennent vers nous.

Ces bâtards arrivent rapidement. Ils sont les requins de la terre. L'odeur du sang ou la moindre agitation les attirent pour fouiner. Juste au cas où ce serait un repas.

— Meira ! m'appelle Jae, qui court dans la direction opposée à l'enceinte, loin des zombies.

J'ai envie de lui crier qu'il faut que nous nous rapprochions de la meute. Il y a des snipers au portail qui abattront les créatures à vue. Mais tout ce qui sort de ma gorge, c'est un grognement guttural.

Parce que je suis une louve, et c'est maintenant que cela me frappe : je ne sais pas comment redevenir humaine.

Un Monstre de l'Ombre passe juste à côté de moi, courant après Jae.

Je me lance à la poursuite du monstre, me jette sur lui, l'abats au sol. Il remue contre moi, ne reste pas immobile, jamais abattu. La fureur monte en moi alors que trois autres me dépassent déjà.

Jae s'enfonce plus loin dans les bois en bondissant.

J'en ai assez, je mords la nuque du monstre. Il a une énorme cicatrice en travers de son crâne chauve, qui serait sûrement douloureuse si cet homme était en vie. Soudain, quelque chose craque dans son dos. Je vous en prie, faites que cela le ralentisse. Je n'attends pas d'en être sûre, et je cours après la fille.

Son sang putride me souille la langue, et soudain je panique à l'idée d'avoir commis une terrible erreur. Ingérer leur sang pourrait me faire devenir l'une des leurs, ou... Je ne sais vraiment pas, parce que ces créatures m'ignorent comme si j'étais encore immunisée. Mais cette notion me fait toujours autant peur. Rien de ce qui m'arrive n'est conforme à la moindre règle.

Les secondes passent, et je ne sens aucune différence. Pas de changement ni de besoin pressant de tuer des êtres vivants. Mais je n'ai pas le temps pour ça. Pas maintenant.

Je cours après Jae, j'attaque les trois zombies suivants, mordant profondément leurs flancs et leurs jambes pour causer des dégâts, pour les écarter. Tout ce qu'il faut pour les ralentir. Ils ne réagissent même pas, comme si j'étais invisible à leurs yeux.

Je perds Jae de vue, regarde à droite et à gauche, renifle l'air pour capter son faible parfum de poudre et de terre.

En quelques secondes, je me retrouve de nouveau sur ses talons. Elle crie à mon approche, puis se retourne et s'aperçoit que ce n'est que moi.

— J'espère vraiment que c'est Meira là-dedans, dit-elle d'un ton nerveux.

Jetant un œil derrière moi, elle se rend compte que nous avons semé les créatures bien loin derrière nous.

Elle fait une pause, adossée contre un arbre, le souffle court.

Je halète un peu, langue pendante, et plus que tout au monde, j'ai besoin de me transformer de nouveau. Levant les yeux vers Jae, je vois qu'elle me regarde, tête penchée sur le côté.

Émettant un son plaintif, je m'assieds devant elle, sans savoir comment lui faire comprendre que je suis coincée.

— Pourquoi ne te transformes-tu pas ? demande-t-elle d'un ton inquiet. Je ne connais pas vraiment bien cette zone, mais il y a des grottes plus loin sur la colline derrière moi, devant lesquelles je suis passée il y a quelques jours. Nous pourrions nous y cacher ?

Elle a le souffle court et parle vite.

Je pousse sa cuisse de ma tête, puis commence à marcher en direction de la montagne, pour qu'elle comprenne que j'approuve son plan. Un autre regard derrière nous : les morts-vivants ne nous suivent pas. Je reporte mon attention vers l'enceinte, où je voudrais aller alors que je m'en éloigne.

Mais d'abord, il faut que je mette Jae à l'abri du danger.

Elle marche à mes côtés à travers les bois sombres. Elle parle, mais au début, je ne l'écoute pas. Au lieu de cela, je scrute les bois, respire les odeurs, écoute le moindre bruit. Puis je lève les yeux vers Jae.

– Meira, je t'en prie, ne me dis pas que tu ne sais pas comment reprendre ta forme humaine. J'ai entendu parler d'une louve qui était restée prisonnière de sa forme animale durant toute sa vie.

Mon cœur bat à tout rompre à l'entendre. Est-ce qu'elle est sérieuse ? La panique s'empare de moi et je n'entends plus ce qu'elle dit, submergée par une terrible sensation de naufrage.

Je ne peux pas être coincée dans mon corps de louve. Par pitié, non !

## CHAPITRE 2

DUŠAN

Un coup de poing violent s'abat dans mon dos, me poussant dans la miteuse cellule de prison. Le feu coule dans mes veines, je pivote vers la porte en barreaux de fer qui claque dans un tonitruant fracas métallique, m'enfermant à l'intérieur.

Toute la pièce me donne l'impression de basculer sur son axe, les sombres murs de pierre, le sol couvert de terre et qui empeste l'urine, et je perds l'équilibre, trébuche et m'écrase contre le mur. Quoi qu'ils m'aient injecté, ça m'a vraiment assommé. Même quand je suis revenu à moi, quelques instants avant d'atteindre la cellule, je tenais à peine debout, sans parler d'aligner une pensée cohérente.

Je secoue la tête pour essayer de dissiper le brouillard dans mon esprit. Quand je lève les yeux, je croise le regard de Mad. Il est appuyé contre le mur à l'extérieur de ma cellule, jambes écartées, les mains dans les poches. Il a des cernes sous les yeux et sa bouche se fend d'un sourire narquois qui dévoile ses dents jaunies.

Aucune trace de Lucien ou de Bardhyl, et c'est en regardant autour de moi que je remarque que je suis dans la prison la plus profonde, ma prison souterraine. J'ai deux étages de cellules, que j'utilise aussi pour aider les Loups Cendrés qui luttent les soirs de pleine lune. Une fois, j'ai enfermé Mad ici quand son loup avait perdu le contrôle lors d'une lune bleue. Et maintenant cet enfoiré m'a bouclé ici en guise de leçon, pour me châtier, je n'ai aucun doute là-dessus.

– Espèce d'enfoiré !

Un grognement s'échappe de ma gorge alors que je m'oblige à me tenir debout. La moindre cellule de mon corps me fait souffrir. Mes pensées se fixent sur Meira et la dernière fois que je l'ai vue. Les loups de Mad lui ont injecté quelque chose, et elle a vécu sa première transformation. Mon poing se serre, j'ai envie de claquer la tête de Mad contre le mur pour avoir posé la main sur elle. Je ne sais même pas si elle a survécu à la transformation, et cette pensée déclenche une douleur atroce au creux de ma poitrine. Je pourrais l'avoir perdue.

Je dois croire qu'elle est en vie, sinon pourquoi mon abruti de demi-frère serait ici tout seul ? Bon sang, si elle était morte, il m'aurait apporté son cadavre pour qu'il me hante. Mon sang se glace à cette idée.

J'ai promis d'être là pour Meira, mais je l'ai laissée tomber la seule fois où elle avait le plus besoin de moi. Tout ça à cause de cette fouine que je vais tuer. Il m'a trahi, jamais je n'aurais dû le laisser seul dans la prison. Bien sûr, il avait des alliés pour le faire évader... Je déteste revenir sur le passé, mais si je pouvais recommencer, ferais-je différemment ? Pas si ça signifiait ne pas retrouver Meira.

La rage s'empare de moi, et je rugis plutôt comme un lion que comme un loup, devant la manière dont les choses ont merdé.

Je plonge en avant et secoue les barreaux.

— Bon sang, laisse-moi sortir ! hurlé-je.

— Mon frère, pourquoi ferais-je une chose pareille ?

Je crache sur le sol entre nous.

— Tu n'es pas vraiment mon frère, mais tu ressembles en tout point à ton père.

En un éclair, son expression passe d'une attitude impassible à un taureau enragé. Il se précipite vers moi, narines dilatées. Ses yeux bleus froids s'étrécissent et ses cheveux se hérissent autour de son visage. Je veux qu'il soit furieux pour qu'il fasse une erreur et entre pour m'attaquer. J'ai un désir fou de me battre sauvagement contre ce loup que j'aurais dû éliminer il y a bien longtemps. J'aurais dû écouter Lucien et Bardhyl. Mais je ne ferais plus une telle erreur de calcul.

Mad s'arrête juste hors de ma portée, et je trouve étrange sa maîtrise de lui-même, pour quelqu'un qui réfléchissait rarement avant d'agir. Tout son corps tremble et il respire fort : c'est évident qu'il lutte pour se retenir. Il est aussi imposant que moi, mais fuit la plupart des combats. Alors je pousse l'avantage.

— Père nous a trahis, détestés, battus. Tu le haïssais pour ce qu'il a fait, et pourtant tu es devenu le monstre que tu craignais enfant.

— Tu es un putain de leader faible, crache-t-il. Père avait raison à ce sujet, apparemment. (Il fait craquer son cou et relève le menton.) Ta meute réclame à grands cris une solution pour les morts-vivants, mais au lieu de les aider, tu joues à la marchande avec un maudit Alpha qui a un remède pour ses membres. Tu es la risée de tous, et il est hors de question pour moi de rester assis là à te regarder tuer tout le monde tandis que ces abominations s'introduisent une nouvelle fois dans mon enceinte.

Je serre les dents, mes molaires grincent, mais je refuse de le laisser m'atteindre. C'est un menteur. Les relations que j'ai avec les autres Alphas, tels qu'Ander du X-Clan, c'est la voie de l'avenir. Pas le vol, ni amener la guerre à nos portes par la tromperie.

— Tu es un idiot, grogné-je. Le sérum d'Ander n'est pas une solution pour nous. Il est fait sur mesure pour *leur* race de loups. Tu as tout risqué en…

— Et je recommencerais pour sauver cette meute ! crie-t-il.

Je ricane.

— Tu veux dire, pour te sauver toi.

Un grognement guttural monte de sa poitrine.

— Ton époque est révolue, frangin. J'ai été ton laquais bien trop longtemps. Il est temps maintenant de te montrer comment on dirige une vraie meute. Et ta petite pétasse écartera les jambes pour moi, et son sang m'aidera à procurer l'immunité à la meute… *ma* meute !

Il se frappe le torse du poing, la tête haute, tellement fier de lui.

Je n'ai qu'une idée en tête, lui arracher la gorge, et mes poings se serrent. La seule lueur qui s'échappe de la bouche de cette ordure, c'est qu'il vient d'admettre que Meira est en vie. Cette lueur d'espoir m'emplit d'une détermination à ne jamais cesser de me battre.

— Alors tu as ce que tu voulais, qu'est-ce que tu attends de moi ? balancé-je.

J'ai besoin de connaître ses motivations pour comprendre combien de temps il me reste pour m'échapper. Mad agit toujours dans le but de gagner quelque chose.

Je n'ai aucune illusion sur le fait que Mad va m'achever. Il sait aussi bien que moi que jamais je ne me contenterai de rester là à le regarder me prendre ma meute.

Il éclate d'un rire maniaque, et commence à se diriger vers la sortie.

— Comment crois-tu que je pourrais revendiquer ta louve autrement ?

*L'enfoiré !* Je suis son appât.

Meira lui a échappé, et maintenant il espère qu'elle reviendra pour moi et qu'il pourra la piéger.

Plus que tout au monde, je prie la déesse de la lune que Meira s'enfuie aussi loin que possible d'ici. Si je m'échappe, je la retrouverai, même s'il faut que je la cherche dans le monde entier. Pour une fois, j'espère qu'elle s'enfuira.

### LUCIEN

— Cet enfoiré, ce connard de cafard menteur, murmure Bardhyl entre ses dents en arpentant notre petite prison.

Ses cheveux blond pâle flottent sur ses larges épaules, ses yeux vert vif se plissent sous ses sourcils froncés. C'est un loup sacrément massif, un Viking qui aspire à se battre.

J'ai toujours mal à la tête à cause de ce qu'ils m'ont injecté avec leur seringue. On nous a ramenés dans l'enceinte avant de nous balancer dans un cachot.

Sursautant, je m'assieds tout droit, j'ai le tournis. Je scrute la cellule sale, dont les barreaux nous révèlent que les trois autres cellules sont vides. Nous sommes seuls ici.

— Où sont Dušan et Meira ?

— Aucune idée. Mais nous allons nous évader d'ici, et les trouver.

Il s'arrête devant moi tandis que je me remets debout.

— C'est presque impossible de sortir d'ici. Nous nous en sommes assurés. La fenêtre n'est pas dans notre cellule, et nous avons fait en sorte que ces barreaux et ces serrures résistent à l'attaque d'un loup-garou sauvage.

— Nous y parviendrons avec de la pure force brute.

Bardhyl grogne à chaque respiration ; de toute évidence, il n'a pas les idées claires.

Je me frotte le cou, là où je sens la bosse résultant de l'injection. L'embuscade de Mad est arrivée tellement vite... Ces enfoirés ont dû nous voir arriver, et nous avons foncé droit dans le piège. *Putain !* Je traverse la cellule, à peine trois pas, et scrute le couloir obscur ; la porte de ce sous-sol est fermée. Aucune trace d'un gardien pour nous surveiller, et les clés ne sont jamais gardées à ce niveau, pour d'évidentes raisons de sûreté.

– Avec de la force brute ! Tu ne m'as pas entendu ?

Bardhyl se plante devant moi.

– Pas besoin de te répéter. Je t'ai parfaitement ignoré la première fois. Tu sais tout aussi bien que moi que ces cachots sont inviolables.

Il grogne, et je le regarde balancer son poing dans le mur de briques. Le choc sourd qui accompagne son coup doit être douloureux, mais ça ne l'arrête pas.

– Garde ta colère. Il y a *peut-être* un moyen de sortir.

Bardhyl reporte son attention sur moi.

– Je t'écoute.

– Le point faible, ce sont les charnières des portes de cellule. Quand nous les avons fait poser, il y en avait plusieurs qui se détachaient facilement. Donc si on a de la chance, peut-être que l'une d'elles a un point faible.

Bardhyl souffle et redresse les épaules.

– Eh bien, ça, je peux le faire. Je suis un champion pour casser des choses.

Il gagne la porte et je le suis.

L'estomac noué, je me demande où se trouve Meira. Je ne cesse de me répéter qu'elle est avec Dušan, mais quelque chose me dit que ce serait trop facile, et qu'il faut que nous la retrouvions de toute urgence. Dès lors que Mad est impliqué, c'est le pire scénario qui est le plus plausible.

Je serre les poings à l'idée de ce qu'il pourrait lui faire, et je secoue la tête, muscles tendus. J'ai déjà perdu ma première compagne… Et jamais je n'aurais imaginé trouver quelqu'un d'autre à aimer, à lier à mon loup, mais c'est ce que représente Meira à mes yeux, et bien plus encore. Mon cœur et ma gorge se serrent.

Elle ne peut pas être morte. Je mourrais si je la perdais.

## CHAPITRE 3

MEIRA

Je suis à cheval entre deux mondes. Le côté humain qui me vient de mon père, et la louve que je tiens de ma mère. J'ai grandi dans l'idée que jamais je n'aurais vraiment ma place quelque part tant que ma louve refusait de se montrer. Mais maintenant qu'elle l'a fait, j'ignore comment revenir à ma forme humaine, alors que suis-je censée faire ? Aller traîner dans la nature avec de vrais loups sauvages ? Cette idée me fait à moitié sangloter, à moitié rire.

Comment suis-je censée être avec Dušan, Lucien et Bardhyl ? J'ai été humaine tellement longtemps que je ne connais rien d'autre, et j'ai plutôt aimé ça. À présent je fais les cent pas dans la grotte à flanc de montagne, mes pattes bougeant vite sur la pierre. D'une étrange manière, j'ai presque l'impression de voler, vu la vitesse et l'aisance de mes mouvements.

Un faucon crie au loin et je reporte mon attention vers l'entrée de la grotte. Des nuages d'orage roulent dans le ciel, et un grondement se fait entendre quelque part au-dessus de la terre. Des kilomètres carrés de cimes d'arbres se balancent à perte de vue à mesure que le vent se lève. L'enceinte de Dušan se trouve derrière cette montagne, et mes entrailles se nouent à chaque fois que je pense à lui et mes deux autres hommes captifs. Je veux croire que Mad ne leur fera pas de mal, mais je ne fais absolument pas confiance à cet enfoiré. J'ai envie de le réduire en charpie.

– Viens par ici, me dit Jae d'une voix douce, me tirant de mes pensées. (Je la trouve agenouillée près du petit feu.) Je vais t'aider à te transformer. Tu m'as sauvée. À présent, c'est à moi de te rendre la pareille.

Surprise, je regarde cette jeune fille, qui doit avoir treize ou quatorze ans, qui prend les rênes pour me sauver. Son visage rond rougeoie à la lueur du feu, et des taches de rousseur parsèment son nez et ses joues. Ses courts cheveux sombres sont ébouriffés, elle est vraiment adorable. Même dans son jean deux fois trop grand pour elle et serré par une ceinture, sans parler de son t-shirt arborant un pingouin sur une luge.

Je trotte vers elle et me laisse tomber à plat ventre, les pattes repliées sous moi, mais la position est inconfortable, alors je remue, et maladroitement, j'étire mes pattes avant devant moi. Ah, c'est un peu mieux. La chaleur des flammes me caresse et une vague d'épuisement me submerge.

– Détends-toi, me dit Jae. Ma sœur Narah m'a appris à reprendre ma forme humaine la première fois que je me suis transformée, il y a quelques années. C'est aussi facile que d'expirer, mais il faut être calme.

Le dire et le faire sont deux choses très différentes. Je lève les yeux et gémis en soupirant.

Elle me caresse le dessus de la tête avec sa petite main. La sensation qui se répand dans mon dos est la plus apaisante que j'aie jamais connue ; mes paupières frémissent, j'ai envie de les fermer.

– Il y a des endroits en ce monde truffés de secrets et de dangers, explique-t-elle. Mais une chose est sûre, c'est que nos loups seront toujours là, et que nous avons le contrôle de notre côté animal. Pense à toutes les choses que tu as vécues dans ta vie jusqu'à présent, et à la manière dont tu es devenue par la suite une personne légèrement différente. Chaque jour te transforme.

J'étudie Jae qui s'est assise jambes croisées devant moi. Ses paroles sont intéressantes et profondes pour quelqu'un de si jeune, et je devine qu'elle me répète mot pour mot ce que sa sœur lui a dit. Peut-être un jour pourrais-je rencontrer sa sœur, qui a l'air d'une grande sagesse.

Les doigts de Jae me grattent délicatement derrière les oreilles, et je ferme les yeux.

– C'est toi qui as le contrôle. Rappelle ta louve à l'intérieur.

Une douce ondulation me traverse, la chaleur du feu m'apaise avec ses crépitements, et je somnole à moitié grâce aux douces caresses de Jae. Une seule pensée me traverse l'esprit, ma louve qui bat en retraite, et je sens un frôlement de fourrure au creux de mon ventre.

Mon esprit repart vers des souvenirs de cueillette de pommes avec Maman quand j'étais enfant, et ma respiration se fait plus pesante. Ensuite, l'obscurité m'engloutit.

---

– *M*eira, est-ce que tu as faim ? me demande une douce voix féminine.

Puis quelqu'un me secoue rudement l'épaule.

En un clin d'œil, les souvenirs me reviennent en force et j'ouvre les yeux sur le visage de Jae. Elle me regarde en mâchant quelque chose, et l'odeur de viande grillée me fait saliver.

– Qu'est-ce que tu manges ? lui demandai-je à voix haute.

Je suis humaine. Je sursaute et lève mes mains, et constate

que ce sont effectivement des mains. Pas de fourrure ni de griffes, ni rien d'animal.

– Oh, bon sang, oui, je suis de nouveau moi.

Je me lève vivement pour examiner mon corps nu, blessé et meurtri, mais je me suis transformée. Ça n'a pas eu l'air très difficile, bien que ça m'ait fait dormir, alors j'espère que ce n'est pas un effet secondaire habituel.

– Merci beaucoup.

Je jette un œil à Jae qui mord dans un petit pilon, le menton graisseux. Le feu crachote et crépite sous les deux lapins embrochés au-dessus des flammes.

Je meurs de faim, mais mes pensées se tournent vers mes trois partenaires capturés par Mad. Derrière moi, la pluie bruine sur la terre, et le soleil se cache derrière les nuages épais qui obscurcissent le ciel.

– J'ai des vêtements pour toi. Viens manger avant de te précipiter dehors, dit Jae en claquant des lèvres.

Je suis son doigt pointé vers la paroi de l'autre côté du feu, où m'attend une pile de vêtements.

– Où les as-tu trouvés ?

– Au fond de la grotte. Je t'ai dit que j'étais déjà venue ici, et l'une des choses que m'a apprises ma sœur aînée, c'est que partout où je reste un moment, je dois laisser un petit kit de survie.

J'enfile le pantalon baggy et serre son cordon pour qu'il ne retombe pas, puis j'attrape le t-shirt noir.

– Elle a l'air avisée. On ne sait jamais quand on pourrait se retrouver au fond d'une grotte. C'est le cas ici.

– Oh, ce n'est pas juste pour moi, mais pour n'importe quelle femme qui aurait des ennuis et aurait besoin de vêtements, de quoi faire du feu et d'une couverture chaude.

Je suis estomaquée par ce qu'elle m'explique. Pourquoi cette idée ne m'a-t-elle jamais effleuré l'esprit avant ? J'étais tellement occupée à survivre, à rester à l'écart du monde, qu'aider les autres qui essayaient juste de vivre aussi ne m'était jamais venu en tête. Je note mentalement que c'est ce que j'ai l'intention de faire désormais.

Je retourne vers le feu, m'assieds sur mes talons et tends la main vers un morceau de lapin.

— Tu t'es activée pendant que je dormais, et j'aimerais bien rencontrer tes sœurs un jour.

Je détache un pilon et m'assieds pour manger. La viande est un peu coriace, mais c'est chaud et gras, ce qui en fait la nourriture idéale pour moi.

Elle hausse les épaules, et ronge son os avant de se resservir.

— Je n'ai jamais réussi à atteindre notre point de ralliement.

Sa voix faiblit et son regard se perd dans les flammes, dont la lueur danse dans ses yeux.

— Alors, dis-moi, que s'est-il passé après que tu m'aies fui ? lui demandé-je, essayant de la distraire un peu de la douleur évidente de n'avoir pas retrouvé ses sœurs.

La dernière fois, Jae m'avait raconté qu'elles avaient été séparées, mais qu'elles avaient un point de rendez-vous au cas où cela se produirait. Malin. J'avais entendu dire que des gens avaient passé des semaines à errer, tentant de retrouver quelqu'un.

— Je ne voulais pas que tu tentes de m'en empêcher, alors que je suis partie pour retrouver mes sœurs. C'est bien plus facile à une personne seule de se faufiler dans les bois sans se faire repérer qu'à deux, surtout avec les morts-vivants.

Elle essaie de rester forte, et son esprit combatif me fait penser à moi.

J'aurais sûrement fait la même chose à sa place.

Elle avale sa bouchée et s'essuie la bouche avec le dos de la main.

— Je n'ai pas entendu les Alphas s'approcher de moi. J'aurais dû me montrer plus prudente, et maintenant je suis encore plus éloignée du point de rencontre.

— Tes sœurs t'attendront, lui dis-je.

— Je le sais, répond-elle d'un ton catégorique. Elle m'a fait promettre que nous nous retrouverons là-bas, même si cela nous prenait des années.

L'espoir dans sa voix me transperce. Avant de voir les Monstres de l'Ombre tuer ma mère, je croyais en beaucoup de choses. Après ça, j'ai perdu tout espoir dans ce monde misérable dans lequel nous vivons, qui nous avale et nous recrache chaque jour si nous le laissons faire. La seule manière pour moi de survivre a été de devenir égoïste et d'accepter que personne ne viendrait me sauver. J'ai passé de nombreuses nuits à pleurer en m'endormant, et ça ne rend pas les choses faciles d'être seule. Mais comment pourrais-je dire ce genre de choses à Jae alors qu'elle s'accroche à ce fil ténu comme à une ligne de vie ?

— Et si on passait un accord ? lui suggéré-je. Tu ne t'enfuis plus, et je t'aiderai à retrouver tes sœurs avec les Loups Cendrés.

Ses yeux s'écarquillent de surprise.

— Est-ce que tu es dingue ? Les Alphas n'aident pas les Omégas, tu n'es pas au courant ? Et je n'ai pas l'intention d'être capturée.

— Tu ne le seras pas. J'ai trois compagnons, trois Loups Cendrés, et il faut que j'aille les sauver des abrutis qui ont tenté de t'enlever. Ensuite, ils t'aideront à t'amener au point de rendez-vous, je t'en donne ma parole.

Dans mon esprit, ça ne faisait aucun doute.

Jae secoue la tête.

— Inquiète-toi de ce que tu dois faire, moi je n'ai pas besoin de ton aide.

— On a tous besoin d'aide parfois. Comme quand je t'ai

sauvée de cet Alpha sauvage dans les bois il y a une semaine, et comme aujourd'hui.

Elle se raidit et redresse les épaules.

— Et je t'ai sauvée et t'ai aidée à revenir à ton corps humain. Nous sommes quittes.

Je récupère en riant les restes du lapin à moitié mangé.

— Je veux juste t'aider, Jae. Tu laisses des affaires dans une grotte au cas où d'autres femmes auraient des ennuis parce que tu veux aider, toi aussi. C'est normal d'accepter d'être aidé.

Elle fronce les sourcils au lieu de se défendre.

Seul le crépitement du feu emplit le silence tandis que nous mangeons.

— Et si tu venais avec moi ? propose-t-elle enfin. Narah serait ravie de t'accueillir parmi nous. Il n'y aura pas d'Alphas pour te commander ou chercher à te sauter dessus.

Elle grogne sur ces derniers mots.

Je réalise alors qu'elle ne saisit pas vraiment le concept de rencontrer son âme sœur. Mais je la comprends. J'ai passé si longtemps à haïr les mâles, ne les voyant que comme des créatures qui me voulaient pour esclave. Et certains d'entre eux sont comme ça, mais pas tous. Le lien avec une âme sœur est incassable, captivant, attirant. J'ai envie de hurler parce que je suis loin des miennes qui sont toujours en danger. En mon for intérieur, je me demande si j'ai encore la leucémie, vu la manière dont les Monstres de l'Ombre continuent de garder leurs distances avec moi. Mais je repousse ces pensées. Ce n'est pas le moment d'y songer alors que j'ai des Alphas à sauver.

Je brûle de les revoir, mais je ne suis pas assez idiote pour croire que Mad n'a pas envoyé des loups à ma recherche. La pluie battante dehors me sauve la mise, masquant nos odeurs et celle du lapin en train de rôtir.

C'est pourquoi il est temps pour moi d'aller examiner le

périmètre de l'enceinte, voir comment m'y introduire pour les aider.

— Ma place est ici, lui réponds-je.

C'est quelque chose que jamais je n'aurais imaginé dire. Durant toute ma vie, j'ai fui.

Sauf que ça s'arrête maintenant. Le temps est venu pour moi de revendiquer ce qui m'appartient et de me battre pour mes trois loups.

Je jette les os de lapin dans le feu et m'essuie les mains sur mon pantalon, puis me lève.

— Où vas-tu ? demande Jae d'une voix tremblante.

— Inspecter l'enceinte des Loups Cendrés. Il faut que j'y entre.

Elle frémit, comme si cette simple idée la terrifiait.

— Cet endroit est rempli d'Alphas. Tu es sûre que tu ne veux pas venir avec moi et laisser cette zone de guerre derrière nous ?

— Jamais de ma vie je n'ai été aussi sûre de quoi que ce soit. Mais j'espère que tu changeras d'avis et que tu n'iras nulle part, tenté-je, même si d'après son comportement passé, je doute qu'elle m'écoute. Quoi que tu décides, sois prudente.

— Toi aussi.

Elle recommence à manger tandis que je sors de la grotte sous le déluge. Il fait froid et humide, mais cela me protégera des monstres au-dehors.

Je n'ai aucune idée de la manière de les sauver, mais j'imagine que je trouverai une fois arrivée au camp de la meute.

— Bonne chance, murmure Jae dans mon dos.

Ouais, je vais en avoir besoin.

# CHAPITRE 4

MEIRA

*L*a pluie inonde tout, se glisse sous mes vêtements, et je suis trempée jusqu'aux os. Mais je suis ravie de ce temps pourri qui va tenir à distance les Alphas qui sont à ma recherche, peu importe à quel point le froid me fait trembler.

La canopée au-dessus de ma tête me protège tandis que je me serre contre le large tronc d'un sapin, où seules quelques gouttes occasionnelles me tombent sur la tête. De là où je me trouve, j'ai une vue dégagée sur l'enceinte des Loups Cendrés.

Le tonnerre gronde et le sol tremble, faisant frémir les branches qui rejettent encore plus d'eau sur moi. Mais je ne bouge pas, même quand une goûte gelée glisse le long de ma colonne.

Une clôture métallique d'environ quatre mètres cinquante encercle le camp. À droite et à gauche, elle s'étend à perte de vue. J'ai déjà fait le tour du périmètre sous le couvert des arbres pour repérer mes points d'entrée potentiels. Il y en a trois.

D'abord, la grille d'entrée principale, avec deux snipers assis sur les postes de guet en pierre. Il y en a un deuxième à l'opposé de là où je me trouve, avec un gardien, et une troisième porte sur ma gauche, à l'arrière de la colonie. Et je me souviens du gardien du portail arrière. Il se tenait à l'extérieur de ma chambre quand on m'a amenée à cette meute, et il me souriait toujours. En plus, je l'ai vu parler à Dušan plusieurs fois, et on peut en apprendre beaucoup sur les gens à la manière dont ils traitent les autres, surtout les prisonniers. Je ne connais même pas le nom de cet homme, mais il y avait un respect admiratif dans ses yeux quand il s'adressait à son Alpha. Peut-être parce qu'il est plus âgé que les autres gardes, alors si je ne dois faire confiance qu'à un seul homme, ce sera lui.

Certes, c'est risqué, mais que puis-je faire d'autre ? Il faut que j'entre. Escalader la clôture relève de l'impossible, et la briser attirerait trop l'attention. Je prévois de m'introduire le plus discrètement possible.

Je mordille ma lèvre inférieure, l'estomac en vrac, tandis que je me tiens là, cible facile si quelqu'un arrive par derrière. Je ne cesse de regarder par-dessus mon épaule, mais avec la puis battante, je suis incapable de détecter quiconque.

Plus je fixe la forteresse de briques au-delà de la haute clôture, plus je me souviens de Dušan et de la première fois où il m'y a amenée. Terrifiée, j'aurais fait n'importe quoi pour échapper à la captivité, et ironiquement, à présent je ferais n'importe quoi pour entrer.

Des murs de pierre inébranlables, les tours pointues, les créneaux au sommet. Je ne cesse de penser à la fois où Lucien m'a emmenée sur la terrasse du haut pour le petit déjeuner, et où nous avons échangé notre premier baiser. Plus tard, quand je m'étais échappée de ma chambre, la bête viking, Bardhyl, m'avait suivie et ramenée à l'intérieur. Mon cœur se serre à ce souvenir, et je ressens l'urgence de retrouver mes hommes le plus vite possible. Chaque seconde, l'idée de les perdre me submerge de plus en plus. Mais je ne peux pas laisser mon inquiétude m'abattre, sans avoir fait tout ce qui est en mon pouvoir pour les sauver. Alors j'ai besoin de créer une diversion à l'autre bout de la clôture. Ensuite je pourrais enfin m'introduire dans l'enceinte.

Je scrute le terrain découvert et ne trouve trace de personne, alors je sors de derrière mon arbre et fonce tête basse à travers bois. Je cours dans l'ombre, suivant le terrain en pente vers le portail principal.

Pendant que je repérais les entrées pour déterminer quel garde avait l'air le plus facile à convaincre, j'ai découvert la carcasse d'un cerf mort récemment, et j'ai l'intention de m'en servir pour créer ma diversion. À présent j'ai le cœur qui bat à tout rompre, les poumons qui brûlent, et je rassemble mentalement toute l'énergie dont j'ai besoin pour réussir.

Causer une diversion.

Puis remonter à toute allure vers l'entrée arrière.

Supplier le garde de me laisser entrer. C'est un pari risqué, mais à présent je suis prête à tout tenter.

La pluie tombe à seaux sur moi, le ciel gronde, et je fonce, quand soudain le sol glisse sous mes pieds et je tombe sur les fesses.

– Aïe, gémis-je sous le coup de la douleur en atterrissant sur une branche. La boue recouvre mon pantalon et mes mains.

– Merde.

Je me relève et redescends la colline plus doucement cette fois-ci.

Droit devant, je contourne un groupe d'arbres là où le terrain s'aplanit, où j'ai vu l'animal mort la dernière fois. Sauf qu'à présent deux Monstres de l'Ombre sont penchés sur le cadavre à se goinfrer, et leurs bruits de succion me donnent la nausée.

– D'accord, peut-être que ça fonctionnera encore mieux, murmuré-je.

Ainsi je n'aurais pas à les attirer à moi. Je m'arrête à quelques mètres, et c'est alors que je surprends un mouvement plus loin dans la forêt : d'autres morts-vivants qui arrivent, attirés par l'odeur du sang. Il y en a au moins une dizaine qui tanguent en sortant du couvert des arbres.

– Oh, merde.

Si je ne bouge pas maintenant, ils vont me rendre les choses plus difficiles.

Inspirant un grand coup, je m'élance en avant, frémissant intérieurement à l'idée de ce que je vais faire. En atteignant la croupe du cerf, j'attrape ses pattes arrière. Elles sont froides et humides au toucher. Dieu merci, ce n'est pas un animal énorme.

Puis je le tire hors de portée des morts-vivants. Les créatures ne semblent pas me remarquer, elles clopinent en suivant leur repas, mains tendues, leurs bouches ouvertes dégoulinant de sang.

Des gémissements venus des bois attirent mon attention vers les autres monstres qui arrivent par ici.

Je bouge rapidement à reculons, en tirant sur cette carcasse à moitié dévorée, faisant de mon mieux pour ne pas regarder sa cage thoracique ouverte, sinon je vais être malade.

Un zombie se jette dessus et lui mord le cou. Alors que je traîne le cerf, le mort-vivant perd l'équilibre et tombe, se cramponnant toujours des dents et des doigts. Leur poids me résiste à présent, et je jure à mi-voix contre cette maudite créature.

Mon cœur bat à tout rompre et la pluie implacable me trempe complètement. Elle coule sur mon visage, dans mes yeux et dans ma bouche.

Je jette un œil derrière moi. Je m'approche de l'orée de la forêt, devant laquelle j'aperçois une zone dégagée d'environ six mètres entre la clôture et moi.

Je scrute la zone et n'y vois personne, alors je la rejoins rapidement avec le cerf et les créatures.

En sortant des bois, la pluie tombe à torrents sur moi, brutalement. Je fais glisser le cerf sur le sol boueux, le zombie toujours accroché à son cou et le dévorant pendant que les autres titubent après nous.

La peur m'envahit à présent. Les gardes de l'enceinte tirent à vue, et je suis en zone découverte avec leur ennemi.

Mes bras tremblent d'épuisement, mais je continue de traîner ce satané cerf sur le sol bosselé, parmi les buissons. Je pivote et approche le repas des zombies au plus près de la limite de la colonie. Plus loin, au coin, se trouve l'entrée principale. Il faut que je crée une diversion suffisante pour attirer l'attention de ce côté du camp.

Après la dernière brèche causée par Mad, je suppose que la plupart des membres de la meute seront sur les dents en découvrant une horde de zombies regroupés près de chez eux.

À point nommé, la dizaine de monstres émerge des bois, je n'ai donc pas de temps à perdre.

Serrant les dents, je lutte avec le poids mort et les deux fichues créatures en train de dévorer le cerf. J'ai envie de hurler, mais je garde la bouche close. Ceux du troupeau qui nous pourchasse geignent assez fort, c'est un vrai vacarme.

Un frisson court le long de ma colonne et je tremble à l'idée de me faire prendre.

Mon dos heurte le mur et je laisse tomber l'animal au sol, les muscles douloureux, les jambes tétanisées. Je m'essuie les mains sur mon pantalon trempé, balaie la pluie sur mon visage, et je jette un œil au coin. Pas d'arbres ni de gens. À une dizaine de mètres de là, une allée mène au portail principal. J'observe attentivement et ne distingue personne, mais je sais que les gardes sont là.

Des grognements s'élèvent derrière moi et je fais volte-face, le cœur battant à tout rompre. Les autres zombies sont arrivés et se poussent les uns les autres pour atteindre la carcasse.

*Bordel.*

Deux Monstres de l'Ombre se livrent une lutte acharnée pour un bout du cerf qu'ils ont arraché. Je n'essaie même pas de deviner pour quelle partie du corps ils se disputent.

L'instinct prend le dessus et je fonce vers eux. Telle une possédée, je m'empare de l'os long, encore couvert de viande et de poils, et je l'arrache aux zombies.

Ils sont tellement lents à réagir, et claquent des dents sauvagement dans ma direction. Un frisson me traverse en voyant la faim dans leurs yeux, mais je me rappelle qu'ils en ont après la nourriture, pas après moi. Sinon ils m'auraient déjà attaquée. La pensée que je sois encore malade me traverse l'esprit, mais je n'ai pas le temps pour ça.

Je me retourne et fonce pour contourner largement les autres, portant cette maudite patte de cerf, et quand je regarde le sabot, la bile me monte à la gorge.

Arrivée à l'angle de la clôture, je lance la patte le plus loin possible vers l'entrée principale.

Elle atterrit avec un bruit sourd à deux mètres environ, puis roule un peu plus loin, atterrit en éclaboussant dans une petite flaque.

Les morts-vivants me dépassent en gémissant, me repoussant sur le côté. Au moins une demi-douzaine d'entre eux mordent à l'hameçon. Je recule derrière l'angle de la clôture pour éviter d'être vue.

Mon cœur martèle ma poitrine, et je fonce en direction des bois. C'est le moment pour moi de m'échapper et de remonter sur la colline.

Mais plus haut dans la pente, quatre grands loups gris approchent. Je sursaute et trébuche, l'estomac révulsé. Ce sont des Loups Cendrés, sûrement envoyés par Mad à ma recherche. *Merde. Merde. Merde.*

Je me jette à terre, là où crapahutent les morts-vivants en quête de leur repas. Ces enfoirés me marchent dessus, posent leurs pieds osseux sur ma tête et mon dos. Je grimace quand quelque chose me heurte le flanc, et un Monstre de l'Ombre trébuche sur moi. Les arbustes autour de moi sont secoués par le vent et la pluie me martèle le dos.

Au loin derrière moi, des coups de feu éclatent. Je sursaute. Les gardes descendent les zombies. Combien de temps leur faudra-t-il pour venir enquêter par ici, où je me cache des loups ?

La terreur me saisit, je ne sais plus quoi faire.

J'écarte les broussailles pour voir ce qui se passe. Les loups accourent déjà par ici, et je tremble. M'ont-ils vue ?

L'adrénaline coule à flots dans mes veines. Mon esprit me hurle de fuir. Bon sang, cours !

Mais je ne bouge pas. Pas d'un centimètre. Mon esprit est en surchauffe et fait des étincelles, et mes nerfs craquent. Je suis habituée au danger, mais là je suis cernée, sans aucune échappatoire.

*Bang. Bang.*

Les tirs reprennent, plus forts, plus près. Je sursaute à chaque coup de feu.

Je refuse de me laisser prendre.

Quand un des morts-vivants, en train de dévorer le cerf devant moi, se relève soudain, je me redresse et m'élance derrière la créature, baissant la tête pour me cacher, et j'empoigne le t-shirt déchiré qu'elle porte. Je me colle dans le dos de la chose putride, saisie de haut-le-cœur à cause de la puanteur de la chair en décomposition.

Je la tire sur le côté, m'efforçant de rester cachée. La créature gémit et titube, essaie de lutter, car je l'entraîne loin de son repas, vers les bois où je pourrai me cacher des loups.

Je garde les yeux sur le mur, m'attendant à voir les gardes

débarquer sur la clôture à tout moment. Je halète, la terreur me hérisse les poils.

Levant les yeux par-dessus l'épaule du mort-vivant que je tiens, je vois les loups qui chargent au bas de la colline.

Un gémissement m'échappe. Il faut que j'atteigne les bois. Un hurlement aigu me transperce les tympans. Il a l'air proche, venant de quelque part derrière l'enceinte.

Apparemment, ils commencent à paniquer : ma diversion a fonctionné pour attirer leur attention, mais je ne devrais plus être au milieu de tout ce chaos.

Un éclair aveuglant flashe sur la scène, suivi d'un coup de tonnerre fracassant. Le bruit me secoue jusqu'aux os. Et comme s'il ne pleuvait pas encore assez fort, le ciel s'ouvre en deux et une averse torrentielle s'abat implacablement, brouillant ma vision. La pluie crépite sans relâche sur les arbres et le sol, produisant un immense vacarme en martelant la clôture métallique derrière moi.

Je pousse le maudit zombie pour qu'il avance alors qu'il tente de faire demi-tour, mais je ne le laisserai pas s'en aller. Plaquant mon épaule contre son dos, je le ramène vers la forêt tout en restant cachée des loups, priant pour qu'ils ne m'aient pas vue. Ses gémissements de protestation se perdent dans la tempête qui emporte tous les bruits.

Soudain, cet imbécile de zombie trébuche et tombe sur le côté, m'emportant avec lui dans sa chute.

Je suis trempée, et les loups sont presque à mon niveau, ils descendent la colline en bondissant ; l'un d'eux glisse et s'écrase contre un arbre. J'aimerais en rire, mais je suis bien trop occupée à essayer de ne pas mourir. Je me relève et franchis rapidement les derniers pas qui me séparent de la forêt, juste au moment où une marée de Monstres de l'Ombre en émerge. Ils sont des dizaines, qui zigzaguent vers le cerf mort, et certains se tournent déjà vers l'endroit où j'ai jeté la patte. Ils me bousculent et me ramènent en arrière.

*Bon sang !* Je fonce dans le tas, luttant contre leur masse, leurs épaules qui me percutent, alors qu'ils me marchent sur les pieds. Mais je les repousse des deux mains, me fraie un chemin pour m'échapper.

Je trébuche dans les bois d'où d'autres créatures émergent encore, et j'ai envie de les embrasser pour m'avoir sauvé la peau.

D'accord, j'exagère un peu. Jamais de la vie je ne poserais les lèvres sur ces choses dégoûtantes. Me libérant de l'enchevêtrement de corps putrides qui me bousculent et me balancent des coups de coude, je cherche les loups.

Au loin, j'entends quelques grognements. Je commence à gravir la colline sous le couvert des bois. Mon but : l'entrée arrière de la colonie.

Un cri à glacer le sang brise le silence, me faisant frémir et trébucher.

Je continue ma progression sur la colline, mais je n'arrête pas de regarder en arrière, là où un loup est encerclé par les créatures, tandis que les trois autres loups se jettent sur les monstres.

*Bang. Bang.*

Les tirs reprennent, et la guerre que j'ai déclenchée bat son plein.

Je dois profiter de ce temps pour pénétrer dans l'enceinte. J'ai planifié une diversion et bon sang, j'ai déclenché une sacrée agitation.

Je cours vers le sommet de la colline, les cuisses douloureuses, autant que mes poumons. Je m'agrippe à des branches basses pour me hisser sur les parties les plus abruptes. Mes pieds ne cessent de glisser sous moi, et mon cœur bat si sauvagement que j'ai l'impression qu'il va traverser ma cage thoracique.

Je jette un œil en arrière et aperçois la bataille, mais je ne saurais dire si les loups ont survécu, c'est trop difficile à voir.

Plus loin derrière moi, trois ou quatre Monstres de l'Ombre me suivent... J'ai dû mal à en distinguer le nombre exact entre l'obscurité et la pluie. Ils ne foncent pas vers moi dans leur course éperdue pour se nourrir, ce qui me laisse croire qu'ils sont désorientés. Je suppose que la pluie emporte facilement les odeurs.

La bataille s'amplifie au loin, tandis que je progresse rapidement vers l'arrière de l'enceinte.

Je m'arrête un moment pour calmer mon rythme cardiaque en inspirant par à-coups tremblants.

Le tonnerre éclate au-dessus de ma tête, les arbres s'agitent en tous sens autour de moi, le vent me pousse quand je sors enfin des bois pour déboucher dans une clairière derrière la colonie. À bout de souffle, j'ai besoin de quelques secondes pour me calmer, sinon je serai incapable de parler avec le garde afin de le convaincre de me laisser entrer.

Les images mentales de mes trois loups blessés, aux portes de la mort, me poussent à avancer. J'ai des frissons sur tout le corps tandis que la bile me monte à la gorge à l'idée de perdre l'un d'entre eux. J'ai presque envie de rire en voyant à quel point il m'est facile de les appeler « mes loups » alors que j'ai encore tant de choses à apprendre sur eux.

Mais une chose est sûre, c'est que ça n'arrivera jamais si je continue de rêvasser.

Je cours le long de la clôture, essayant de me protéger de ces intempéries qui me frappent de plein fouet. À trois mètres devant moi, la porte étroite se profile, mais quand je lève les yeux, le garde qui s'y trouvait plus tôt n'est plus là.

*Merde.* Je m'essuie le visage de la main, mais ça ne sert à rien, la pluie continue de m'arroser ; pourtant je ne peux pas m'arrêter.

Rester là ne m'aidera pas à progresser.

J'accours vers la porte, les yeux rivés sur le haut de la

clôture au cas où un garde me prendrait pour une morte-vivante. La peur donne des ailes à n'importe qui.

La porte est en métal plein, sans ouvertures. Je frappe, et me sens aussitôt idiote. Je doute que quiconque puisse m'entendre, alors je crie :

– Hé oh !

Toujours rien.

Tous les gardes sont-ils partis de l'autre côté ? Ce serait une bonne chose, non ? J'appuie sur la poignée de la porte, qui bien entendu, ne s'ouvre pas. Je regarde frénétiquement alentour en quête d'une solution, n'importe quoi, et je repère une immense branche qui est tombée, aussi épaisse que ma jambe.

Jetant un regard en arrière, je vois qu'il n'y a toujours pas de gardes sur les postes de guet en pierre le long de la clôture métallique.

En désespoir de cause, je me précipite vers la branche et la tire vers la clôture. Il y a une plateforme en bois au-dessus de la porte, où j'ai vu les soldats monter la garde un peu plus tôt : il faut que j'y monte.

Les bras tremblants, je lève une extrémité de ma nouvelle échelle et l'approche au plus près avant de la laisser retomber contre le mur. Elle m'arrive à hauteur de buste. Il faut qu'elle monte plus haut, alors je la laisse là, et fonce vers l'autre extrémité.

Je vais sûrement finir par me froisser un muscle, mais pour l'instant, je n'en ai cure. Je m'accroupis, soulève la branche épaisse et la pousse en avant, avançant pas à pas. Le bout glisse le long du mur, jusqu'à heurter le rebord supérieur de la clôture. La pluie tombe à verse, des feuilles mortes me tombent dessus, et ce tronc est très instable. Mais il faut que ça marche.

En cherchant autour de moi, je trouve plusieurs pierres de la taille d'un renard recroquevillé. J'en ramasse une et la coince à la base de la branche, quelque peu terrifiée par mon bricolage.

Mais le bois est suffisamment épais et sacrément lourd. Je pose le pied dessus, et le fais bouger. Soudain, l'extrémité glisse de côté sous la pression, raclant le métal. Bon sang, ça va être un échec misérable. Je recule, prends une grande inspiration, secoue mes bras et me mets à courir. Je ne réfléchis plus.

Mon premier pas est assuré, mon équilibre stable, et je m'avance, les bras levés de chaque côté dans ma folle escalade.

Soudain, la branche se dérobe sous moi, me projetant à terre. Je ravale un cri, l'estomac retourné, et m'affale lourdement sur la hanche et l'épaule. L'eau boueuse m'éclabousse, et je gémis sous la douleur sourde qui me vrille le dos.

*Eh merde.*

Me relevant, j'étudie la branche, coincée à la jointure entre le cadre et la porte. Au moins, elle tient en place. Alors j'essaie encore et encore, et à la quatrième fois, meurtrie et courbatue à force de chuter, je brûle de colère à l'idée que ce maudit truc ne marche pas.

Je m'élance dessus une fois de plus, parviens à la moitié, plus que je n'ai réussi jusqu'ici, quand la branche commence à fléchir sous mon poids. Poussée par l'adrénaline, je fais un pas de plus et me jette en avant, et m'agrippe désespérément au sommet de la clôture. À bout de souffle, je pendouille là quelques instants.

Tout mon corps tremble, mes muscles hurlent de douleur.

Je dois passer par-dessus ce maudit truc, il le faut. Je fais levier avec une jambe sur la branche et me hisse. Puis je passe une jambe par-dessus la haute clôture, tirant de toutes mes forces sur mon corps pour qu'il suive, le cœur battant à tout rompre sous le coup de l'épuisement. Je roule sur la plateforme en bois et reste étendue là pendant deux secondes, le temps de respirer. Je n'arrive pas à croire que j'y sois arrivée.

J'ai envie de rire de cette folie que je viens d'accomplir, mais ça attendra.

En me relevant, je découvre que je suis vraiment seule. Enfin une chose qui tourne bien pour moi.

Plusieurs hurlements me parviennent de très loin, et de mon point d'observation par-dessus la cime des arbres, tout le territoire m'apparaît. Le terrain qui s'incline jusqu'à la sorte de château, les membres de la meute qui accourent vers le portail principal, les maisons où ils vivent.

Je me précipite vers l'échelle en bois posée contre la plate-forme, descends en vitesse. En bas, je scrute s'il y a quelqu'un, mais tout est calme.

Je me glisse dans le bosquet et cours vers le château, mes pieds martelant le sol détrempé à chaque foulée.

Je perçois un mouvement sur ma droite. Je plonge derrière un arbre et observe. Un homme se dirige vers la porte arrière que je viens d'escalader. L'adrénaline monte en moi et mon cerveau est pris de panique à l'idée que je sois capturée, de causer la mort de mes Alphas, d'avoir fait le mauvais choix.

J'attends. *Calme-toi, merde. Tu gères.*

J'ai l'impression que ma peau est en feu alors que la pluie m'arrose. Je tremble comme une feuille en regardant depuis ma cachette la silhouette disparaître du côté de la clôture arrière.

Puis la réalité me frappe. La branche qui m'a servi à grimper par-dessus la clôture ! *Merde !* Je l'ai laissée posée contre la porte. *Imbécile !*

La terreur enfle dans la moindre cellule de mon corps. Alors je fais la seule chose possible... je fonce vers la maison des Alphas.

Les bois s'estompent sur mon passage, et je suis le chemin que Lucien m'a montré la dernière fois que nous étions là, lui et moi. Nous avons fait l'amour, figurez-vous, en public, et c'était ridiculement excitant. Un moment à jamais gravé dans mon esprit. L'une des nombreuses fois où Lucien m'a fait succomber, et tellement fort. Mon cœur se serre rien qu'à penser à lui. Et c'est pour cette raison que je cours, et qu'il faut que je le sauve lui, et les autres, avant qu'il ne soit trop tard.

Quand j'atteins l'entrée latérale du château, je colle mon dos contre le mur de pierre, regardant partout autour de moi. Juste à ce moment, quelqu'un surgit par la porte et regarde à l'opposé d'où je me trouve, sans me repérer alors que je me tiens à quelques mètres de lui. Il se met à courir vers le portail principal.

Je reste plaquée contre le mur, pétrifiée à l'idée qu'il se retourne, mais il ne le fait pas, et disparaît à l'angle du bâtiment.

Des coups de feu claquent dans l'air, l'un après l'autre. Quelqu'un crie ; d'autres hurlent. Cela doit venir des gardes.

Une cloche retentit du côté de la clôture arrière. Je grimace. Le garde doit avoir découvert ma branche. Eh bien, ça n'a pas pris longtemps.

Rapidement, je me glisse dans le bâtiment, et prie de toutes mes forces de ne croiser personne. Je me rappelle avoir entendu quelqu'un mentionner l'existence de cellules dans ce bâtiment, et d'après mes lectures, elles sont toujours situées dans les sous-sols des châteaux.

Pas de temps à perdre, je me précipite le long d'un couloir aux murs de pierre sombre, sur lequel vacille la lumière des torches. Le vent hurle sauvagement par ici, me donnant la chair de poule. Je me dirige vers le grand escalier qui, d'après mes souvenirs, mène au sous-sol de cette forteresse. J'éprouve tant de doutes que chaque mouvement que je fais pourrait m'être néfaste et causer ma perte.

Des voix me parviennent d'au-dessus, et je frémis. Terrifiée, je me précipite vers la première porte que je trouve, je l'ouvre et me jette à l'intérieur, mon pouls battant dans mes oreilles. C'est la chambre de quelqu'un, à en juger par le lit en désordre et la table où se trouvent une cruche et des tasses. Je repère un couteau dans un fourreau sur une ceinture, je me précipite et m'empare de l'arme, au cas où.

De retour à l'entrée, je pose l'oreille contre la porte en bois et écoute tout en passant la ceinture à ma taille, le couteau sur ma hanche. Elle est super grande, et même au dernier cran il y a encore du jeu, mais ça devra faire l'affaire. Pendant ces quelques instants, j'essaie de calmer mon pouls endiablé. Je n'ai pas arrêté, et je pourrais bien m'évanouir. Je me rappelle que je ne peux pas me permettre la moindre erreur.

Des bruits de pas sonores passent devant la porte, quelqu'un qui court, et je ne quitte pas la pièce tant que je ne suis pas certaine qu'il n'y ait plus personne.

J'avance d'un pas dans le couloir, regarde à gauche et à droite, et comme personne n'est en vue, je me hâte vers l'escalier droit devant. Les poils de ma nuque se hérissent, mon cerveau surchauffe.

Je dévale l'escalier, arrive à une porte. L'escalier tourne et mène encore plus bas. Est-ce là le sous-sol ? Parce que l'odeur est assez infecte pour que ce soit le cas. Alors qu'est-ce qui se trouve en dessous ? Je me mordille la lèvre inférieure, sans savoir quoi faire, mais je finis par avancer vers la porte, à l'affût du moindre bruit.

Doucement, je l'ouvre, et face à moi s'alignent des cellules de prison. Les deux sont vides, alors je passe la tête à l'intérieur pour observer le reste de la pièce.

– Que faites-vous ici ? lance une voix masculine dans mon dos.

Je sursaute, les nerfs à vif.

Un garde massif aux cheveux humides et dont les vêtements lui collent à la peau comme s'il venait du dehors, descend en trombe les marches dans ma direction. Il a un nez crochu, et je l'ai vu parmi les loups qui se battaient aux côtés de Mad dans la forêt. Bon sang, pourquoi a-t-il fallu que ce soit lui qui descende ici ?

Il écarquille les yeux en me regardant mieux... en me reconnaissant.

Tremblante, je titube en arrière dans la cellule la plus proche, je trébuche et je tombe. Je recule sur les fesses alors qu'il avance droit sur moi, poings serrés, mâchoire contractée.

– Meira ! m'appelle une voix familière à l'intérieur de la pièce.

Je tourne la tête sur la gauche et pose les yeux sur Lucien et Bardhyl, enfermés dans la cellule au bout de la rangée. Ils s'agrippent aux barreaux de métal, l'air aussi choqués que moi. Bon sang, ils sont là !

Je vais pour me relever quand le garde m'assène un revers de la main en plein visage. La douleur explose sur ma joue et je chancelle, mon dos heurtant le sol. Je crie sous le coup d'une douleur atroce, m'agrippant le côté du visage.

– Je t'ai eu, petite pétasse ! grogne le garde.

# CHAPITRE 5

DUŠAN

Je ferme les yeux, le dos contre le mur de pierre gelé, et me noie dans ma fureur. Je tournoie, je tombe trop vite, je perds le contrôle.

*Meira.*

Elle flotte dans mon esprit alors que j'oscille entre la panique et une colère aveugle contre Mad.

Je lui ai toujours tout donné, j'ai fait de lui mon second en chef, et lui ai permis de régner librement sur ma meute. Mais ce n'était pas assez pour cet enfoiré avide.

J'avais cru avoir bien géré ses exigences et ses crises, mais je l'avais malgré tout traité avec assez d'indulgence pour qu'il ne se sente pas rabaissé. La meute des Loups Cendrés venait de son père, et je l'ai revendiquée en me battant presque à mort pour assumer ma place auprès des autres Alphas. Mad ne m'a jamais aidé et a toujours fui le danger.

C'est un lâche, un abruti terrifié qui préfère rester assis plutôt que de se battre comme un loup. À la place, il vole et manipule.

Un nerf palpite dans mon cou chaque fois que je pense à tous les incidents où les indices me sautaient aux yeux, mais je ne les voyais jamais, parce que je le considérais comme ma famille.

J'avais pitié de cet imbécile, je me souvenais de la merde que nous avions traversée tous les deux durant notre enfance, la manière dont je l'avais couvert pour être battu par mon beau-père à sa place.

C'était peut-être cela le problème. Je l'avais protégé si longtemps qu'il était devenu suffisant, arrogant, qu'il se croyait tout permis.

Il n'avait absolument aucun respect pour tout ce que j'avais fait pour lui, ou pour la meute, il ne considérait que son propre désir égoïste.

Ce genre de bévue idiote ne m'arrivera plus jamais.

J'entends un grognement au-dessus de ma tête, et j'ouvre les yeux pour voir le garde adossé contre le mur à l'extérieur de ma cellule, à qui on a ordonné de me surveiller. C'est sans doute au cas où Meira parviendrait à me rejoindre, ce qui me fait bien rire. Elle ne sait même pas que nous avons des cachots au sous-sol, et j'espère qu'elle est assez maligne pour rester loin de cet endroit.

Je me relève, m'étire le dos, attirant son attention.

Nico me regarde. Je le connais bien, alors le voir me trahir comme ça me fait l'effet d'avoir avalé des barbelés.

— Je t'ai sauvé il y a des années de cela, grondé-je, avant de me racler la gorge.

— Effectivement, répond-il la voix assurée, comme s'il était prêt pour cette conversation.

— Et pourtant, tu as très facilement oublié ta loyauté et changé d'allégeance.

Il pince la bouche, et croise les bras sur sa poitrine.

— C'est une question de survie, Dušan, tu le sais bien. C'est pour cette raison que tu as créé ce foyer pour la meute. Mais les temps changent, et il n'y a pas de honte à admettre que tes méthodes n'assureront plus notre sécurité. Nous vivons entourés de maudits zombies.

Le ton de sa voix monte et ses bras retombent le long de ses flancs.

– Qu'est-ce que Mad t'a promis ? D'être immunisé contre les morts-vivants ? Il a tort. Cela n'existe pas. Nous portons déjà tous le virus dans nos veines. Nous mourons et nous devenons l'un d'eux. Nous sommes mordus par un zombie, et nous devenons morts-vivants. Il fait des promesses en l'air. Le sérum qu'il a volé à notre meute partenaire est fait pour la race de loups du X-Clan, et il ne marchera pas pour nous. (Je prends une profonde inspiration.)

– Ses actions pourraient conduire cette meute à nos portes pour nous anéantir. Donc à présent, vous avez deux ennemis à l'extérieur.

Je mens en partie, parce que j'ai promis de rendre à Ander le sérum qu'a volé Mad, et j'ai bien l'intention de tenir ma promesse, même s'il faut que je l'arrache des mains mortes de Mad.

Les narines dilatées, il grogne doucement.

– La pétasse est immunisée. Tout le monde l'a vue traverser sans encombre la horde de zombies. Elle n'appartient pas au X-Clan. Mad nous a dit que tu avais l'intention de la garder pour toi, pour te protéger, tout en nous laissant vivre dans la peur pour qu'on te suive.

Je bous littéralement.

– C'est un putain de mensonge.

– Il a promis à tous ceux qui lui seraient loyaux qu'ils recevraient l'antidote une fois qu'il l'aurait capturée. Nous vivons tous dans la peur, surtout depuis qu'ils se sont introduits si facilement dans l'enceinte à travers la clôture. Si tu étais intelligent, tu cesserais de lutter contre ton frère et tu l'aiderais à trouver un remède pour nous tous.

– C'est là où tu te trompes, grommelé-je. Meira est malade

et mourante, c'est pour ça que les morts-vivants la laissent tranquille. Pas parce qu'elle est un remède.

J'ai besoin de l'atteindre pour qu'il voie la vérité. Le futur de toute ma meute est en jeu.

Nico cille en me regardant, réfléchissant à mes paroles. Bon sang, il était temps.

— Donc elle est immunisée, ce qui veut dire qu'il y a quelque chose dans son sang, ou dans sa maladie, qui pourrait être crucial pour nous. Pourquoi ne le vois-tu pas, et ne fais-tu rien pour nous aider, au lieu de répéter qu'il n'y a aucun moyen de nous aider ? C'est pour cette raison que tant d'entre nous se sont tournés vers Mad.

Ses traits se tordent de dégoût.

— Ce n'est pas de cette manière que cela fonctionne. Ouvre les yeux. Nos loups éliminent toutes les maladies, et elle est mi-humaine, mi-louve. Ce qui marche chez elle sera tué par notre système sanguin.

Il ricane et se détourne, refusant d'entendre la vérité.

Je serre les poings et plante mes ongles dans ma paume jusqu'à m'en faire si mal que je n'arrive plus à réfléchir. Je bous de rage en voyant comment Mad a tout planifié pour me saper durant toutes ces semaines, et peut-être même depuis des mois. Et ces idiots… *Putain !* Ils sont tous effrayés, et depuis le début, c'était l'intention de Mad. Terrifier la meute jusqu'à la soumission, avec de fausses promesses. Le pire, c'est qu'il croit que Meira est le remède. La transformation élimine toute trace de maladie humaine, alors quand Mad découvrira que Meira n'est plus immunisée contre les zombies…

Ça va être un vrai merdier, n'est-ce pas ?

## **BARDHYL**

𝓛es cris de Meira me transpercent comme des éclats de verre.

— Putain, laisse-la tranquille ! hurlé-je depuis la cellule où je suis enfermé avec Lucien.

Mes jointures sont blanches tant je serre les barreaux de métal.

Lucien secoue la porte avec fureur.

Mes yeux sont rivés sur Meira. Toujours sur Meira.

Elle crie, balance des coups de pied, griffe la brute qui ose porter la main sur elle. Je tremble, mon loup remonte à la surface, ma peau me picote sous l'effet de la transformation.

Dans mon esprit, je suis déjà en train de lui arracher la gorge. Je repousse toujours la colère de mon loup, j'essaie de le dompter avant de perdre le contrôle.

Mais plus maintenant… Mon cœur bat à tout rompre, mes poings contre mes flancs.

— Bardhyl, j'ai besoin de ton aide pour défoncer cette maudite porte.

Je détourne le regard vers Lucien qui flanque sa botte dans la charnière du bas de notre cellule.

Le garde reporte son attention sur nous, pivote en grognant pour venir vers nous, quand Meira saute sur son dos et lui balance son poing en pleine tête.

Cette maudite brute se secoue et la rejette facilement.

Le cri qu'elle pousse en heurtant le sol me brûle comme de l'acide bouillant. Elle m'appartient… ma partenaire, et j'enrage de l'envie de tuer le garde pour avoir défié notre Alpha, nous avoir tendu une embuscade, mais plus que tout, je vais lui arracher la tête pour avoir osé toucher ce qui m'appartient.

— Viens par là, bordel ! crie Lucien.

Je me dirige vers la porte, il recule et je balance un coup de pied de toutes mes forces sur la charnière inférieure. La porte tremble, et le grincement métallique se répercute à travers la pièce.

Je ne mollis pas, je ne ressens rien d'autre que la folie qui coule dans mes veines.

Meira est entre les griffes de cette ordure. Il la tient par la gorge, la soulève au-dessus du sol. Lucien leur hurle dessus et j'ai du mal à retenir mon loup, car ça ne sert à rien de le libérer avant d'être sorti de cette cellule. Plus je la vois souffrir, plus j'ai la tête qui tourne, et je me brise à l'intérieur. Cela me tue de l'entendre crier et de ne rien pouvoir faire.

Je balance à nouveau mon talon sur la charnière, encore et encore, jusqu'à ce qu'enfin résonne un fort craquement métallique.

– Achève-la ! m'ordonne Lucien.

Je frappe férocement, serrant les poings, et un grondement s'échappe de ma gorge alors que je mets toutes mes forces dans ce coup.

Le métal travaille, et la moitié basse de la porte, près de la charnière, cède et claque contre le barreau.

Lucien se jette en avant, balançant son épaule contre la porte qu'il parvient à repousser, nous offrant un léger interstice. Je suis juste à côté et je pousse sur le côté de la porte, de toutes mes forces. Ensemble, nous plions les barreaux vers le haut, juste assez pour nous échapper.

C'est tout ce qu'il nous fallait.

Lucien se glisse hors de la cellule en premier.

Mais avant qu'il ne puisse repousser la barre métallique, le garde apparaît soudain, alors qu'il était en train de battre Meira, à l'autre bout de la pièce. À présent, il écrase Lucien au sol. Trop occupé à essayer de nous libérer, je ne l'ai même pas vu accourir par ici. Lucien lui balance un coup de pied dans le ventre et se remet sur pieds, puis se jette sur cette ordure.

Mon regard se porte sur Meira, qui gît sur le sol en boule,

du sang plein le visage, sur son nez, sa mâchoire. Je repère un couteau près d'elle, et mon cœur manque un battement.

Est-ce que cet enfoiré l'a poignardée ?

La rage m'engloutit, je balance mon épaule dans la porte pliée et me glisse dehors, enfin libre. Mon loup surgit hors de moi au moment où j'empoigne le cou du garde, le tirant loin de Lucien avant de le jeter violemment contre le mur.

Je rugis, mon corps palpite, douloureux, brûlant sous le coup de la transformation. Mes vêtements se déchirent et tombent en lambeaux. Cela ne prend que quelques secondes avant que je me retrouve à quatre pattes, couvert de fourrure blanche, sautant sur l'homme. Il tourne la tête juste à temps pour me voir charger.

Sa bouche s'ouvre sur un hurlement muet, et sa peur imprègne l'air. Il s'est battu trop longtemps et n'a pas pris le temps de se transformer. Trop tard.

Mon loup est ici, me repousse tandis que les bords de ma vision deviennent flous sous le coup de la rage qui m'aveugle. Je ne vois que du rouge, et cette charogne va payer.

### *MEIRA*

Une douleur aiguë s'abat sur le côté de mon visage. Je gémis, me frotte l'œil à l'endroit où j'ai été frappée, et me force à me redresser.

Je suis cernée par les murs de la prison, les barreaux métalliques et une puanteur atroce. Mais mon attention est attirée par l'explosion de grondements, de sang et de cris à l'autre bout de la pièce.

Il me faut plusieurs secondes avant que ma vue ne s'éclaircisse, et que je comprenne ce qui se passe.

De la fourrure blanche, face au garde à terre qui n'a aucune chance, et Lucien qui se place en travers de son chemin pour s'assurer que l'ordure ne puisse aller nulle part.

Les grondements et les cris se répercutent sur les murs, et quand je me remets debout, la pièce tangue.

Puis Bardhyl, dans son corps animal, charge. Le garde hurle et je me détourne pour ne pas voir cette attaque. Il mérite de payer, mais à cet instant, à cause de la manière dont il m'a frappée, la nausée m'envahit. Il me faut toute ma volonté pour parvenir à ne pas vomir. J'ai mal partout parce que ce connard m'a prise pour son punching-ball.

Je m'agrippe aux barreaux de métal, prends de grandes inspirations, tandis que la sauvagerie des grondements, des lacérations et des hurlements emplit mes oreilles.

– Hé, ma belle, je te tiens.

Lucien est à mes côtés, ses bras m'entourent et je me retourne vivement pour lui faire face. Nous sommes collés l'un à l'autre, et je me cramponne à son t-shirt parce que j'ai besoin d'être contre lui, j'ai besoin de lui.

– Tu m'as manqué, lui murmuré-je.

Je jette un œil à l'assaut sanglant, qui prendra fin d'ici quelques secondes désormais. J'ai vu la manière dont Bardhyl s'est battu dans les bois, et je me souviens de ce qu'on m'a dit au sujet de son loup sauvage. Alors je doute que ce garde ait la moindre chance contre lui.

Lucien glisse la main sous mon menton et tourne ma tête vers lui.

– Concentre-toi sur moi, ma belle.

Il se penche et me vole un baiser léger. C'est bref, et bouche close, mais le feu qu'il déclenche en moi réveille une tempête d'émotions. Le désir. La tristesse. La colère. Et la détermination à ne plus jamais perdre ce qui m'appartient.

– Je n'étais pas sûr de te revoir un jour, murmure-t-il tout contre mes lèvres. Ça m'aurait tué.

Ses mots me vont droit au cœur. Ses sentiments reflètent

parfaitement les miens, et aussi ridicule que cela puisse paraître, j'en ai les larmes aux yeux. Un abruti est en train de se faire tabasser à mort, et je me noie dans la peur de perdre mes partenaires. Jamais je n'aurais imaginé que trouver mon âme sœur s'accompagnait d'un tourment violent si je venais à la perdre.

Je n'arrive pas à penser à autre chose qu'à la première âme sœur de Lucien qui est morte, et je ne parviens pas à imaginer comment il a pu survivre à une telle perte.

– Tu penses vraiment que j'aurais laissé Mad prendre le dessus ? réponds-je en me pressant contre le torse de Lucien, le martèlement de son cœur tout contre mon oreille.

Je ne veux pas qu'il voie mes larmes, de quelle manière je m'effondre à cause d'eux. Il me serre fort et m'embrasse sur le haut du crâne.

Maman m'a toujours dit que la vie est dure. *Ne t'attends pas à ce que tout roule facilement. Tu ne* peux compter sur personne d'autre que *sur toi.* Ces paroles m'ont permis de rester en vie très longtemps. Je suis convaincue qu'ils sont l'unique raison pour laquelle j'ai survécu à la vie dans la forêt. Ils m'ont aidé à atténuer la noirceur dans les moments les plus difficiles, quand j'étais persuadée que j'allais devenir folle.

J'étais bousillée à ce point. Avec du recul, c'est tellement évident. Mais à ce moment-là, je tenais le coup en m'accrochant à ma vie difficile. Peut-être que je me suis adoucie depuis la première fois où je suis venue dans l'enceinte de Dušan, ou que j'ai trouvé une nouvelle raison de me battre pour ma vie. Ou plus exactement, trois raisons.

J'ai cherché un but à ma vie, et je me sens bizarre à cause de la sensation écrasante qui m'envahit de savoir à quel point mes âmes sœurs comptent pour moi. Même si je connais la vérité. J'ai enfin ma place quelque part... auprès de quelqu'un.

– Bardhyl, arrête ça, exige soudain Lucien.

Il pose sa main sur ma joue, essuie mes larmes avec son pouce.

Il ne dit rien, se contente de me serrer contre lui. Je lève les yeux et me plonge dans ses yeux gris acier spectaculaires, observe le sourire sur ses lèvres, et mes mots s'échappent tous seuls :

— Je crois que je t'aime.

Au moment où je les prononce, mes joues s'enflamment. Qu'est-ce qui ne va pas chez moi ? Est-ce vraiment l'endroit idéal pour confesser ce genre de choses ? Dans une prison ?

— Ma puce. (Il a le souffle court, son sourire est contagieux et totalement captivant.) Tu es tout pour moi. Ma vie. Mon avenir. Mon soleil. Je t'aime aussi.

Il m'offre un baiser rapide qui me donne la chair de poule. Plus que tout, j'ai envie d'être loin de tout danger, pour changer. Pendant si longtemps, j'ai fui loin de tout et de tout le monde.

Et maintenant, pour la première fois, ce n'est plus moi. Un grognement guttural nous sépare, et nous nous tournons tous les deux vers l'autre bout de la pièce.

Le garde gémit, recroquevillé, blessé et ensanglanté. Je suis surprise qu'il soit encore en vie. Bardhyl se tient près de lui sous sa forme animale. Il nous regarde, une expression joyeuse dans les yeux alors qu'il lève la patte au-dessus de l'homme et lui urine dessus.

— Oh bon sang, Bardhyl !

Lucien se détourne, secouant la tête.

Je ris, mais ça me fait mal à la mâchoire, là où j'ai été frappée. En fait, j'ai envie de crier d'excitation. J'ai enfin retrouvé Lucien et Bardhyl.

— Où ont-ils emmené Dušan ? lui demandé-je.

— Nous l'ignorons. Il n'était pas avec nous quand nous avons échoué ici. Les bras de Lucien m'enserrent la taille comme s'il avait peur que je m'éloigne de lui.

Bardhyl trotte vers nous et loge sa tête contre mon flanc. J'enroule un bras autour de son cou, et l'attire à moi. Il est bouillant contre moi, la fourrure éclaboussée de sang.

Lucien s'écarte en premier, rompant notre étreinte, et même si j'ai envie de protester, je sais que plus nous restons ici, plus nous sommes en danger.

– Il faut que nous partions maintenant, dit-il.

Le temps passé avec eux est toujours trop court, et mon ventre se contracte sous le coup de l'inquiétude.

– Nous devons d'abord trouver Dušan.

– Dans le cachot en dessous de nous. Je parie que c'est là que cet enfoiré de Mad l'a enfermé.

Lucien me prend la main et me guide vers la porte, Bardhyl sur mes talons, et je jette un dernier coup d'œil au gardien au bout de la pièce. Affalé contre le mur, il ne fait pas un bruit, mais il nous fixe de ses grands yeux au regard vide, hanté et terrifié.

Bardhyl l'a laissé en vie à dessein, pour qu'il sache que ces Loups Cendrés ont commis une grosse erreur en trahissant Dušan, mais aussi parce qu'il pense que cet homme peut se repentir.

La peur rend les gens désespérés, et c'est à ce moment que les ennuis surviennent. Mais tout le monde merde à un moment ou à un autre. J'ai mal jugé les Alphas pendant très longtemps, tandis que Bardhyl vit avec la douleur du souvenir de ceux qu'il a tués dans sa ville natale du Danemark.

Je jette un œil à mon partenaire viking, toujours dans son corps de loup, sur mes talons, et bien que tout le monde puisse le voir comme un guerrier terrifiant, je vois quelqu'un d'autre.

Quelqu'un qui essaie peut-être d'expier ses erreurs passées.

Nous sortons tous de la prison, mon cœur battant la chamade. Juste au moment où nous nous dirigeons vers l'escalier qui descend en colimaçon, un énorme bruit sourd retentit, venant d'en dessous.

Des bruits de pas claquent sur le sol en pierre, et la panique s'empare de moi.

Lucien resserre sa main sur la mienne et fonce dans les escaliers, me tirant derrière lui, Bardhyl à nos côtés, qui grogne tout bas.

Alors que nous courons avant de nous faire repérer, Dušan envahit mes pensées, et je ne peux empêcher des images de lui étendu là, torturé, d'apparaître dans mon esprit. Et je me déteste de le laisser derrière nous.

# CHAPITRE 6

LUCIEN

Nous nous obligeons à courir plus vite ; je tire Meira par la main pour qu'elle suive le rythme, tandis que Bardhyl mène notre convoi. Il hume l'air pour nous éviter de croiser quelqu'un, nous guidant le long des couloirs. Il connaît cet endroit comme sa poche.

Des voix et des cris retentissent à l'extérieur du bâtiment, ajoutés aux bruits distants de coups de feu. Je ne sais pas ce qu'il se passe, mais on dirait un vrai chaos. Il vaut mieux que nous sortions d'ici sans nous faire repérer. Mais laisser Dušan derrière nous me fait l'effet d'un coup de poing dans l'estomac. Il n'y a qu'un seul endroit où nous pourrions nous cacher pour que je reprenne mes esprits et réfléchisse à quoi faire ensuite, et c'est vers où se dirige Bardhyl. Nous avions discuté d'un plan d'évasion pour aller chercher Meira, mais on dirait que cette petite maligne nous a trouvés en premier.

Quand je la regarde, je vois l'innocence derrière ses yeux bronze pâle, doublée d'une certaine férocité. Elle ne gémit pas malgré le fait que le garde l'a attaquée, mais elle s'arme de courage près de moi, se prépare à affronter tout danger qui se présenterait.

Bon sang, j'adore tout en elle, et mon cœur se serre alors que les mots qu'elle a prononcés dans la prison me reviennent en tête :
*Je t'aime.*
Trois mots que jamais je n'aurais espéré entendre de nouveau, et qui pèsent lourd dans mon esprit. J'ai accepté ma perte il y a bien longtemps, et le fait que mon avenir serait rempli de femmes qui occuperaient mon lit, mais pas mon cœur. Jusqu'à Meira. Sauf que ce n'est pas le moment de s'écrouler et de s'attendrir. Il faut que je me reprenne.

Nous courons le long d'un couloir désert ; j'ai la gorge nouée à l'idée d'être découverts, et je ne cesse de regarder derrière nous.

Bardhyl vire à gauche après un angle. Il se dirige vers la sortie latérale du bâtiment, donnant sur les terrains de la colonie. Parfait.

— Vite, murmuré-je à Meira, qui halète, mais me suit toujours.

Mes pensées partent dans tous les sens. Je me battrai jusqu'à la mort pour protéger mon âme sœur. Pour défendre notre maison. Pour protéger ceux que nous considérons comme la famille, et qui vivent en ce moment dans la peur au milieu de la meute. Et puis il y a Mad, cette sale ordure. C'est un psychopathe avéré, je l'ai dit à Dušan il y a bien longtemps. Mais c'est difficile de raisonner quand il s'agit de la famille. Je le sais, mais ça ne change rien à ce que je pense.

Ça craint que nous ayons dû subir ce désastre chaotique pour que Dušan ouvre enfin les yeux sur son demi-frère : c'est un enfoiré tordu.

Tout est pourri chez lui, et ça l'a toujours été. Depuis la fois où je l'ai surpris en train d'agresser deux Omégas fraîchement arrivées dans nos bois, prétendant les aider. Jusqu'à cette manie d'espionner constamment tout le monde. Personne ne fait ça, à moins d'avoir de mauvaises intentions.

La main de Meira glisse de la mienne, mais je la serre fort tandis que nous fonçons dans le couloir obscur. Il y a des portes des deux côtés. Ce sont les quartiers du personnel, et notre cuisine. Au-delà se trouve la porte qui mène dehors, toujours verrouillée de l'intérieur.

Bardhyl s'arrête devant la sortie. Je lâche Meira, passe devant le gros derrière de Bardhyl, et ne trouve pas de clé. Je tente la poignée. Verrouillée.

– Recule.

Je balance un coup de pied dans la maudite serrure, qui rend un son métallique.

– Attends, m'interrompt Meira. (Nous nous tournons tous deux vers elle.) Je suis entrée dans la colonie par la clôture arrière, et ils savent déjà que je me suis introduite, donc il doit y avoir des gardes dehors. J'ai provoqué une diversion au portail principal, mais je ne sais pas combien de temps elle tiendra. Il n'y a pas un endroit où on pourrait aller sans sortir ? (Elle jette un œil vers le couloir.) Peut-être qu'on devrait y retourner et trouver Dušan.

– Attends, commencé-je, essayant de comprendre tout ce qu'elle m'a dit. Comment as-tu échappé aux hommes de Mad dans les bois ?

Même Bardhyl émet un sourd grognement.

Elle a toujours le souffle court.

– Tout est arrivé très vite, mais je me suis transformée pour la première fois après qu'ils ont attaqué, quand vous étiez assommés tous les deux.

– Putain de merde ! (Je l'attire dans mes bras.) Tu as vécu ta première transformation... Bon sang, c'est énorme. (Je la regarde, elle n'est pas blessée.) Tu as survécu.

Mon cœur bat à tout rompre. Finie l'inquiétude de savoir comment la réparer. C'est une excellente nouvelle, surtout quand tout le reste s'effondre.

Bardhyl se frotte contre les jambes de Meira, lui faisant savoir qu'il est là pour elle.

Elle rit légèrement en le caressant derrière les oreilles.

– Quand ils m'ont fait l'injection, ça a dû déclencher quelque chose en moi, et je me suis transformée. (Un froncement creuse soudain son front parfait.) Bon sang, c'est douloureux de se transformer.

Je ris et l'étreins avant de me baisser vers elle et d'embrasser sa bouche si douce. C'est rapide et doux, et à présent j'ai désespérément hâte d'avoir un moment seul avec elle.

– Donc tu leur as échappé ?

– Oui, et ensuite, disons que la horde de zombies qui s'est pointée m'a sauvé la peau.

– Tu as eu une sacrée chance que ces choses ne t'attrapent pas toi aussi.

Elle devait être rapide sous sa forme animale.

Elle cille, ouvre la bouche comme pour dire quelque chose, mais hoche la tête. Je vois une sorte de malaise flotter dans son regard, mais nous n'avons pas de temps pour ça maintenant. Elle me dira plus tard ce qui s'est passé dans les bois après que j'ai été assommé.

Bardhyl gémit et me pousse la jambe avec sa tête, puis regarde la sortie. Oui, nous devons à tout prix nous tirer d'ici.

Je me retourne vers la porte et raidis l'épaule, puis me précipite vers le panneau de bois. Il craque et se fend, et s'ouvre à la volée.

Une rafale hurlante de pluie et de vent me claque le visage, violente, plaquant mes vêtements et mes cheveux.

La tempête fait rage au-dessus de nos têtes, assombrissant le monde, comme si la nuit était arrivée en avance pour envahir le pays.

Il y a une petite étendue d'herbe entre nous et la rangée de maisons qui entourent l'immense cour pavée où vivent la plupart des membres de la meute.

Bardhyl grogne et me dépasse, saute dans le champ, fonce vers l'arrière des maisons adossées à la forêt. Exactement là où nous devons aller.

La main de Meira se glisse dans la mienne.

– Allons-y, dit-elle, avec une détermination farouche sur son beau visage.

Du sang et de la terre maculent ses joues et son menton, ses cheveux bruns sont en bataille, mais à mes yeux, elle est toujours bien au-delà de la perfection.

Nous nous ruons tous deux dehors, dans la tempête qui nous frappe de plein fouet, la pluie nous détrempant en quelques secondes, glaciale contre ma peau. Il n'y a personne alentour, l'agitation que nous avons entendue venait de l'avant de l'enceinte. Même si j'ai très envie de découvrir ce que Meira a fait, je ne peux pas risquer d'être vu.

Les graviers crissant sous nos pieds, nous dépassons les premières petites maisons et suivons la piste étroite derrière elles, sur notre droite. Meira garde le rythme, le regard tourné vers la forêt sur notre gauche.

L'alarme se déclenche à l'arrière de la colonie, et j'en ai la chair de poule. C'est certain qu'ils vont ratisser la zone, et ils ne sont pas idiots, ils sauront qu'il s'agit de Meira. Je repense à Dušan qu'on laisse derrière nous, mais je ne peux pas risquer la vie de Meira.

Il faut la mettre en sécurité avant d'y retourner et de trouver mon Alpha.

Bardhyl vire brusquement à droite dans une petite arrière-cour dotée d'un minuscule potager, et il fonce vers la porte arrière où il se retourne. Il nous attend, les oreilles rabattues en signe d'impatience.

– Est-ce que c'est la maison de Kinley ? demande Meira. Pourquoi sommes-nous ici ? Nous ne pouvons pas la mettre en danger. Nous ne pouvons pas rester ici.

– Crois-moi, ma belle, Kinley est notre meilleure porte de sortie, et il n'y a que nous qui soyons au courant.

Elle a l'air inquiète, mais je n'ai pas le temps de lui expliquer tout ça ici.

Je passe devant Bardhyl et ouvre la porte. La maison de Kinley est rarement verrouillée.

Nous nous précipitons à l'intérieur, dans la chaleur de la maison, venant d'un poêle qui chauffe dans la cuisine où nous venons d'entrer. Je verrouille la porte derrière nous.

– Qui est là ?

La douce voix de Kinley nous parvient depuis la pièce principale. J'entre en premier, inspectant la pièce faiblement éclairée pour nous assurer qu'elle est seule, ce qui est le cas. Des rideaux couvrent les fenêtres, et la petite cheminée projette des braises contre la grille métallique devant l'âtre. Kinley est assise dans son fauteuil près d'une petite table couverte de livres, de sa théière, et d'une tasse. Elle porte les cheveux courts, c'est plus pratique. Elle est paralysée des jambes. Comme Meira, elle est à moitié humaine, à moitié louve. Un loup sauvage l'a attaquée lors de sa première transformation, et l'énergie de son âme sœur l'a empêchée de mourir quand sa louve s'est échappée d'elle. Le loup sauvage lui a sectionné les nerfs, et elle a perdu toute sensation dans les jambes. C'est une maudite histoire tragique, mais elle est en vie, et nous sommes ravis de l'avoir encore parmi nous.

– C'est moi, Lucien. J'ai Bardhyl et Meira avec moi, dis-je à voix basse.

Je m'approche pour prendre plusieurs bûches dans le panier et les jeter dans les flammes faiblissantes.

– Pourquoi êtes-vous tous ici ?

Sa voix se brise, teintée d'inquiétude. Elle cille quand Bardhyl et Meira pénètrent dans la pièce, et un sourire éclaire son visage.

– Tout le monde te cherche, jeune fille.

En souriant, Meira travers la pièce pour s'agenouiller près d'elle, et lui prend la main.

— Il fallait bien que quelqu'un sauve ces Alphas.

Kinley rit et tapote la main de Meira.

Bardhyl fait les cent pas devant la porte, montant la garde. C'est risqué d'être ici... Comme partout ailleurs avec Mad aux commandes.

— J'ai vécu ma première transformation, annonce Meira à Kinley qui sursaute de surprise, avant d'inspecter ma splendide compagne de la tête aux pieds.

— Et tout va bien ?

— Oui. Je crois. Je n'en suis pas encore sûre, mais je ne suis pas morte, c'est déjà ça.

Je suis du regard les courbes du corps de Meira, à la recherche d'un indice qui montre qu'elle ne s'est pas totalement remise de sa première transformation. Sa manière de parler laisse entendre qu'elle n'est pas encore convaincue d'être guérie. Un frisson me parcourt à l'idée qu'elle ne nous a pas encore tout dit.

Bardhyl émet un petit grognement, attirant mon attention pendant que les deux femmes discutent. Je m'approche de lui, et un courant électrique me parcourt le bras. Son corps se met à se contorsionner, s'étirer, grandir. Le bruit familier des os qui craquent et de la peau qui claque emplit la pièce. Avant que je recule, il se tient debout dans son corps humain, nu comme un ver. Il y a bien trop de pénis exposé à mon goût.

— Range-moi ça, lui balancé-je en lui tournant le dos, souriant parce que j'adore l'énerver.

— Bardhyl, dit Kinley, dans ma chambre il y a des vêtements de rechange dans le placard. J'ai toujours des changes.

Sans mot dire, il traverse la pièce et s'éclipse dans le couloir. Je vois bien comme Meira observe ce grand type, sa nudité exposée, et la manière dont ses yeux brillent de le voir ainsi.

Je n'ai aucun doute qu'elle me regarderait avec le même désir si je me déshabillais dans l'instant. Vu comme Kinley me regarde, amusée, j'ai l'impression qu'elle est capable de lire dans mes pensées. Je m'éloigne vers la fenêtre, écarte les rideaux de quelques centimètres et scrute l'extérieur.

La pluie tombe à torrents, des flaques inondent la cour et des silhouettes s'agitent. Combien de temps encore avant qu'ils ne se mettent à fouiller les maisons ? Les portes de la forteresse seront lourdement gardées, donc hors de question de sortir par là.

Je me tourne vers Kinley qui discute toujours avec Meira, mais qui lève les yeux à mon approche.

– Tu sais pourquoi nous sommes ici, lui dis-je.

Elle hoche la tête.

– Pour quelle raison ?

Meira se relève au retour de Bardhyl, et je jette un œil tandis qu'il traverse la pièce, une paire de baskets noires à la main, trop petites pour lui.

Il porte un pantalon noir fait d'un tissu fin, moulant ses cuisses épaisses et ne laissant aucune place à l'imagination. Son haut noir à manches longues et col en V est tendu sur sa poitrine. Il tire sur le tissu, et s'il y a bien une chose que je sais au sujet de Bardhyl, c'est qu'il déteste les vêtements serrés et préfère être sous sa forme animale. Malgré ces deux faits, on dirait qu'il a fait exprès de choisir ce pantalon pour exposer ses attributs.

Je me retourne vers Kinley et je vois Meira marquer un temps d'arrêt devant Bardhyl. Je lève les yeux au ciel.

– Bon, on se concentre. (J'attire l'attention de tout le monde, et tous trois me regardent d'un air étrange.) Hé, qui porte un collant moulé à son pénis ? Pas moi !

– Donc, on se cache ici jusqu'à ce qu'on sauve Dušan ?

La voix de Meira est pleine d'espoir, puis elle se fend d'un immense sourire quand Bardhyl lui tend la paire de baskets.

Elle court partout pieds nus, et cette grosse brute s'adoucit quand il s'agit de Meira.

— Merci.

Elle l'entoure de ses bras, l'étreint, puis lève les yeux vers lui. Il se baisse et l'embrasse rapidement. Mon cœur bat plus vite, et cela n'a absolument rien à voir avec de la jalousie, mais tout avec l'admiration que je ressens pour la manière dont Meira a apprivoisé la bête en lui.

Je déteste être porteur de mauvaises nouvelles, mais...

— Nous quittons la colonie maintenant. Ils vont bientôt se mettre à fouiller les maisons, et nous ne serons d'aucune aide à quiconque si nous sommes de nouveau emprisonnés.

Les tourtereaux s'écartent et l'expression de Meira s'assombrit.

— Attends, nous ne pouvons pas partir sans Dušan. On ne peut pas rester ici et retourner le chercher plus tard ?

Elle enfile ses chaussures et serre les lacets.

— J'aimerais bien, mais nous ne pouvons pas prendre le risque que tu te fasses capturer. Nous reviendrons le chercher, je te promets, lui expliqué-je.

À contrecœur, elle hoche la tête, la bouche pincée.

— J'ai un sac sous l'évier, rempli de couvertures et d'eau, dit Kinley à Bardhyl. Va le remplir avec de la nourriture du garde-manger. Meira, aide-le. Il y a aussi un kit pour allumer le feu, du petit bois et du bois sec à emporter.

— Qu'est-ce qui se passe ? demande Meira.

— Nous avons une autre issue, lui dis-je. Va aider Bardhyl avant qu'on ne se retrouve qu'avec du sel. Il en recouvre tout ce qu'il mange.

Je fais face à Kinley tandis que les deux autres se précipitent dans la cuisine.

— Tu es une vraie bénédiction.

— Je suis surtout préparée. Tout comme toi et Bardhyl l'avez été au cas où un jour comme celui-ci arriverait.

Elle sourit, mais je lis l'inquiétude dans ses yeux. Elle sait aussi bien que moi que le danger revêt diverses formes et que notre Alpha ne faisait vraiment confiance qu'à une poignée de Loups Cendrés. Il s'était peut-être montré indulgent envers son demi-frère, mais il ne lui faisait pas confiance. C'est pourquoi Mad n'a pas connaissance de notre plan d'évasion de secours, juste ici, sous son nez.

– Partez vite avant qu'il ne soit trop tard, m'enjoint Kinley.

Je me penche pour l'étreindre. Je l'ai toujours considérée comme une sœur aînée qui a pris soin de moi, m'a raconté des histoires et m'a aidé à surmonter mon chagrin dévastateur après la perte de mon âme sœur.

– Sois prudente, lui murmuré-je.

De soudains éclats de voix nous parviennent de l'extérieur. Je m'écarte de Kinley et fonce pour écarter un peu le rideau. Dans la cour, au moins une dizaine de membres de la meute se tiennent au garde-à-vous devant Mad qui se dirige vers eux. Le voir me fait serrer les poings, et la fureur envahit mes veines. Je tremble de colère, de l'envie de foncer dehors et faire payer cet enfoiré pour ce qu'il a fait.

Je n'entends pas ce qu'il dit, mais il agite les bras sous la pluie qui continue de tomber. Je ne me fais aucune illusion, je sais pertinemment qu'il va envoyer une équipe de recherche fouiller partout dans la colonie. C'est ce que moi, je ferais.

Je pivote et dis à voix basse :

– On s'en va maintenant !

Je me précipite au milieu du salon, roule le tapis étalé sur le plancher, découvre une trappe qui m'est bien trop familière. Je me penche pour tirer le loquet métallique, et ouvre la trappe.

La bouche béant sur l'obscurité m'accueille avec un froid glacial. Il y a une échelle qui descend vers d'anciens tunnels qui sillonnent cette terre depuis des temps immémoriaux. Dušan nous a fait travailler Bardhyl et moi pour sécuriser le passage à partir d'ici, jusqu'à une issue secrète dans les grottes au fond des bois. Ça nous a pris des années de sueur et de muscles endoloris pour dégager les éboulements, et aujourd'hui, cela vaut largement tout le temps que nous y avons consacré.

— Wouah! dit Meira en revenant de la cuisine, Bardhyl derrière elle, un gros sac passé sur l'épaule. C'est notre porte de sortie ?

Elle semble presque effrayée.

— Oui, et il faut qu'on s'en aille maintenant! Dépêche-toi!

Les voix s'amplifient à l'extérieur, comme si elles se rapprochaient.

— La torche, me rappelle Kinley, faisant rouler son fauteuil vers nous, prête à tirer le tapis sur la trappe sitôt que nous serons partis.

Je prends un épais bâton caché près de sa cheminée, en plonge l'extrémité couverte d'un linge imprégné de combustible dans le feu. Il prend instantanément, et une flamme orange vacillante prend vie.

Bardhyl a déjà sauté dans le tunnel et Meira est en train de descendre l'échelle, me regardant avec inquiétude, mais sans se plaindre.

— Je suis juste derrière toi, ma belle, la rassuré-je.

Même si, à vrai dire, j'aimerais l'emmener loin d'ici pour qu'elle n'ait plus à fuir ni à se cacher, je ne peux pas le faire, alors je fais pour le mieux : la protéger de ce maudit loup dément qui se trouve à notre porte.

# CHAPITRE 7

MEIRA

— Hé, tu vas bien ma belle ? demande Bardhyl.

Il ralentit sa marche infatigable dans le tunnel pour tourner la tête vers Lucien et moi. Les flammes vacillent sur la torche qu'il tient, projetant des ombres sur les parois du tunnel.

En réalité, cela ressemble plus à un sauna, et je sue comme une bête. Les pluies en surface semblent avoir fait de cet endroit un cocon confiné et étouffant. Je halète à chaque respiration. Heureusement, une brise légère souffle de temps à autre, mais j'ai besoin de plus, je suis sur le point de m'évanouir.

J'essuie la sueur de mon front et repousse les cheveux collés sur les côtés de mon visage.

— C'est encore loin ? (Une terre compacte recouvre les parois du tunnel, et des poutres en bois cintrées l'empêchent de s'effondrer.) J'ai l'impression de marcher depuis une demi-journée. Je n'aime vraiment pas être enfermée là-dedans.

J'ai la poitrine oppressée en ne voyant pas d'issue. Nous avons dépassé plusieurs passages partant dans des directions différentes, mais les hommes sont persuadés que nous suivons le bon chemin. Mais si ce n'était pas le cas et que nous nous perdions sous terre, à tourner en rond ?

Mon pouls s'accélère et je regarde frénétiquement de tous côtés, où seule l'obscurité nous attend.

Des ombres dansent sous les yeux de Bardhyl, les ténèbres emportant tout le reste.

— On n'en a plus pour longtemps maintenant. Je t'aurais bien proposé de te porter sur mes épaules, mais...

Il jette un œil au plafond bas.

— J'ai envie de sortir d'ici.

Ma voix tremblote, et de nouvelles gouttes de sueur coulent sur mon visage.

Lucien fouille dans le sac qu'il porte sur son épaule, en sort une bouteille d'eau. Il en retire le bouchon avant de me l'offrir.

— Ça devrait te faire du bien.

Je déglutis, la gorge sèche, et j'accepte avec joie la bouteille que je saisis à deux mains. Posant le goulot contre ma bouche, je l'incline et avale plusieurs gorgées. L'eau fraîche coule dans ma gorge, chassant la chaleur et la sécheresse qui me vrillent les entrailles.

— Nous avons passé de nombreuses semaines ici à réparer ces vieux tunnels, m'assure Lucien. Nous sommes très proches de la sortie. Encore un peu plus de temps, ma belle. D'accord ?

Je hoche la tête et m'essuie la bouche, puis lui rends la bouteille. Il prend une gorgée à son tour et la passe à Bardhyl. Bientôt nous nous remettons en route.

— À quoi servaient ces tunnels avant ? demandé-je, parce que j'ai besoin de me distraire de cette impression que les murs se resserrent autour de moi.

Jamais je ne me suis sentie aussi claustrophobe. Mais encore une fois, jamais je ne me suis retrouvée dans un endroit aussi confiné, sans issue visible. Je pense que c'est là le problème... le manque d'échappatoire, et se sentir enfermée.

– C'est la forteresse de Râşnov, construite par les Chevaliers pour protéger les villages alentour des invasions, m'explique Lucien. Après ça, les Hongrois et les Saxons ont agrandi l'endroit, alors ils pourraient être dus à n'importe lequel d'entre eux. Mais il est probable qu'ils les aient utilisés pour défendre leur terre et pour surprendre les envahisseurs.

– Tu te rappelles ces deux squelettes que nous avons trouvés ici ? demande Bardhyl.

Lucien se met à rire, appuyé contre le mur près de moi.

– Je te jure qu'ils sont morts en faisant l'amour. C'était assez conventionnel, mais quand même flippant de les voir dans cette position. Ceci dit, *voilà* une belle façon de mourir.

– Vraiment ? demandé-je, me retenant de rire devant leurs souvenirs de ce tunnel.

Bardhyl sourit.

– Il n'y a que deux façons dont j'envisage de mourir. Soit en pleine bataille, soit enfoui profondément dans...

Il s'arrête, me voit secouer la tête, et se tait. La conversation s'arrête. La flamme de sa torche vacille fortement, presque au point de s'éteindre.

– Eh bien, j'espère que cela ne nous arrivera jamais, réponds-je en frottant mes bras couverts de chair de poule. Et je t'en prie, ne laisse pas la lumière s'éteindre.

Un petit gémissement m'échappe.

– Tout va bien se passer. Nous ne laisserons rien t'arriver, affirme Bardhyl. Même si la flamme s'éteint, je peux nous faire sortir.

– Ça ne me rassure pas. (Je serre mes bras autour de moi, je déteste que cet endroit confiné m'affecte autant.) Vous n'avez pas l'impression que le tunnel rétrécit ?

Lucien s'approche.

– On peut tenir à deux côte à côte, bébé. Ça ne rétrécit pas.

Mais je suis d'accord, ce ne serait pas grave si la flamme s'éteignait. Cela voudrait dire que nous ne sommes plus obligés de contempler la saucisse dans le pantalon de Bardhyl.

— Quoi ? lançons Bardhyl et moi à l'unisson en nous tournant vers Lucien.

Il exhale un long soupir.

— Je n'avais pas l'intention d'en parler, mais putain, mec, pourquoi tu as choisi ce pantalon ? Tes prunes et ton concombre dépassent comme un pouce endolori. Je veux dire, tu as failli faire défaillir cette pauvre Kinley chez elle quand tu es sorti avec ton serpent en exposition.

Bardhyl baisse les yeux et sa torche, et je ne peux m'empêcher de suivre son regard. Le tissu moule sa hampe qui est en biais, et bon sang, elle est énorme même quand il n'est pas excité. Je dois avouer qu'en le voyant dans ce pantalon, j'ai failli m'étouffer, parce que le tissu ne dissimule rien, plaqué sur sa bosse. L'adage selon lequel les hommes ont trois jambes se vérifie avec Bardhyl, et ma peau se réchauffe à cette image.

— Mais pourquoi on parle de ça maintenant ? demandé-je, sans comprendre où Lucien veut en venir, sinon qu'il est jaloux, et je ne veux pas que Bardhyl se sente mal si c'est le seul pantalon qui lui allait.

— Il est génial, non ? répond-il — ce n'est pas la réponse à laquelle je m'attendais.

— Je te l'avais dit, il l'a choisi exprès pour nous agiter son pénis sous les yeux. Kinley avait une bonne raison de t'envoyer rapidement t'habiller. Et puis tu es sorti comme ça.

Lucien agite la main dans sa direction.

Bardhyl se met à rire, reprenant déjà la route. Nous nous pressons derrière lui, et je secoue la tête, navrée que nous ayons ce genre de discussions.

— Il y en avait un autre. Si j'avais su que tu serais aussi jaloux, je te l'aurais amené.

Lucien ricane et baisse la main pour se palper.

– Ce que je porte fait haleter Meira, mais je n'ai pas besoin d'un pantalon fantaisie pour attirer l'attention sur mes munitions.

– Euh, ne me mêlez pas à ça, murmuré-je tandis que nous accélérons le pas.

– Bébé, tu te trouves au milieu de ce sandwich, répond Lucien.

Bardhyl jette un œil par-dessus son épaule, hilare.

– Plus tard, tu pourras essayer mon pantalon, et nous laisserons Meira juger de qui le porte le mieux.

– Euh, non, réponds-je.

– Marché conclu, opine Lucien.

Je lève les yeux au ciel.

– Sérieusement, je ne comprends pas pourquoi vous, les mecs, êtes aussi obsédés par la taille de votre pénis. Vous ne voyez jamais de femmes se balader en exhibant leurs... leurs fleurs pour les comparer.

– Il n'y aurait rien de mal à ça, répond Bardhyl. J'aimerais bien que tu le fasses.

– Oui, enfin nous sommes d'accord, ajoute Lucien.

Je le regarde qui m'adresse un clin d'œil, et bien que cette discussion soit complètement absurde, mes genoux vacillent légèrement en voyant avec quelle facilité il me touche.

Le chemin vire sur la gauche, et ce n'est qu'une fois passé ce tournant que nous apercevons une petite lumière loin devant. Je bondis soudain.

– Une issue !

Le vent passe en sifflant autour de nous et je ressens un intense soulagement.

– Nous sommes arrivés au bout. C'est la plus belle vue du monde.

J'avance plus vite, les hommes juste à côté de moi.

– Tu te sens mieux ? murmure Lucien.

Je me tourne vers son visage souriant, et il me faut

quelques secondes pour vraiment comprendre de quoi il parle. Et puis je percute enfin.

— Tu as lancé toute cette conversation au sujet du pantalon de Bardhyl pour me distraire, c'est ça ?

Il m'envoie un baiser tandis que Bardhyl nous fait face, et qu'il plisse ses yeux délicieux de manière séduisante.

— Bande d'enfoirés, les taquiné-je. Et moi qui pensais que vous aviez de gros problèmes de jalousie. Même si, je dois l'admettre, ton pantalon est vraiment très serré. (Cette fois, c'est moi qui ris du fait qu'ils m'aient si facilement bernée.) Merci.

J'avance pour les enlacer tous les deux, et nous nous étreignons quelques instants. Comment se fait-il que j'aie la chance d'avoir ces deux petits malins pour partenaires ?

Nous sortons enfin d'un trou béant dans une vaste caverne dont l'ouverture se trouve à environ six mètres. Je me précipite, car je ne veux plus jamais emprunter un autre tunnel.

La vue de la forêt qui s'étend devant nous, l'odeur fraîche des pins et de la pluie qui imprègne l'air... ça m'avait manqué. Je ne sais pas où nous sommes au juste, mais une chose est certaine, c'est à l'extérieur de l'enceinte.

— Ce n'était pas si terrifiant, murmure Lucien en remontant les bretelles de son sac à dos plus haut sur son épaule.

Bardhyl s'avance vers nous, les narines dilatées et la poitrine soulevée par une grande inspiration.

— On reste ici jusqu'à ce que ce soit le bon moment pour retourner chercher Dušan ? demande-t-il.

— Non. Je veux dire, oui, on va aller chercher Dušan, mais nous ne pouvons pas rester ici, lui réponds-je avant que Lucien ne puisse placer un mot. Il y a près de la colonie une grotte dans une colline où mon amie Jae m'attend, du moins je l'espère. Elle se trouve en face de l'enceinte. Avec la pluie, on devrait l'atteindre sans être repérés. C'est juste que je ne sais pas comment nous y rendre depuis ici.

Je parle vite, je veux qu'on s'en aille d'ici, tout comme je déteste le tunnel ouvert. Mad et ses hommes pourraient très bien être à nos trousses maintenant.

— De quel côté de l'enceinte se trouve ta grotte ? s'enquiert Bardhyl.

— Du côté où Mad nous a attaqués.

Lucien sort un couteau de sa botte et m'adresse un clin d'œil.

— Alors nous avons pas mal de marche à faire. Rejoignons ton amie pendant que nous attendons alors.

Bardhyl se redresse avant de me tendre la main.

— Tu cours avec moi et tu me guideras une fois que je nous aurais amenés de ce côté.

— D'accord. Je suis prête.

Il prend ma main dans la sienne, et nous nous jetons sous la pluie battante. Le froid me provoque la chair de poule tandis que nous fonçons tête baissée à travers la forêt.

Je suis gelée, et mon cœur bat à tout rompre à l'idée de tomber sur les hommes de Mad. Ou sur les Monstres de l'Ombre. Je ne m'inquiète pas pour moi, mais pour mes deux loups, et je prie que nous nous en tirions sans encombre.

La pluie assiège la forêt, le tonnerre gronde dans le ciel, mais nous ne cessons de courir. Je suis presque sûre que si je m'arrête, je m'endormirai en quelques secondes. Mais je suis aussi affamée. Je n'arrête pas de penser aux fromages, à la viande séchée et au pain que nous avons pris chez Kinley. Je n'arrive même pas à me souvenir de la dernière fois que j'ai mangé. La faim me fait courir plus vite.

J'ignore depuis combien de temps nous courons, mais quand nous faisons enfin une pause, je suis à bout de souffle et je m'appuie contre Bardhyl, qui me tient et reprend aussi sa respiration.

— Bon sang, dis-moi qu'on est près de la colline.

Lucien laisse tomber le sac par terre et, mains sur les genoux, il respire par à-coups.

Pendant un long moment, personne ne dit mot, occupés tous les trois à reprendre notre souffle. Trempés, nous avons l'air de rats mouillés, et j'aurais pu en rire si je n'étais pas si épuisée.

Je jette un œil autour de nous, et je sais précisément où nous nous trouvons à présent : dans les bois à l'arrière de la colonie, là où j'ai escaladé la clôture. Un peu plus loin sur ma droite, la montagne se dresse comme un géant.

– Là-haut. (Je tends le doigt, et Lucien gémit.) Nous sommes tout près.

– Merde. Quand tu as parlé d'une *colline*, je croyais que tu parlais d'une petite colline, pas d'une maudite montagne monstrueuse à escalader.

Il soupire et reprend son sac.

Bardhyl se raidit, les yeux fixés sur quelque chose derrière moi, et soudain il me repousse derrière lui.

Je trébuche pour reprendre mon équilibre, la terreur contractant mes poumons. Avons-nous été découverts ? Je fais un pas de côté, les muscles contractés tout le long du dos.

Un peu plus loin devant, près d'un bosquet, se tiennent trois Monstres de l'Ombre. Ils ne nous chargent pas, ne cherchent pas à nous attaquer. À la place, ils nous regardent, comme ceux que j'ai aperçus quand je courais vers l'arrière de l'enceinte. Je pensais qu'ils avaient perdu le reste de la harde, ce n'était pas moi qui les avais attirés. Mais pourquoi ne cherchent-ils pas à s'en prendre à Lucien et Bardhyl ?

– C'est quoi leur problème ? demandent les hommes à l'unisson.

– Je ne sais pas, mais plus je les regarde, plus je les reconnais. Non seulement ces trois-là m'ont suivie dans les bois avant que je vienne vous sauver les miches, mais ils faisaient partie de la horde qui a attaqué juste après que j'ai échappé à Mad, quand ses hommes se sont lancés à ma poursuite.

Nous les fixons tous trois un long moment, mais ils sont trop loin pour que je distingue clairement si ce sont les mêmes Monstres de l'Ombre, ou d'autres. Ils se ressemblent tous.

– On avance en gardant un œil sur eux.

Lucien a déjà sorti son couteau, et je prends la tête de notre groupe en direction de la montagne.

Régulièrement, je me retourne vers les morts-vivants qui nous suivent. Ils ne courent pas, restent à bonne distance.

– Il se passe quelque chose. Depuis quand ces enfoirés n'attaquent pas ?

Lucien marque un point. Je n'ai pas la réponse à sa question, bien cela puisse avoir un rapport avec le fait que je sois toujours immunisée ? Je ne vois pas comment.

– Je devrais peut-être vous dire, commencé-je, mais ma voix faiblit à mesure que l'inquiétude m'envahit à propos de ce que je suis sur le point de leur révéler.

Ai-je vraiment envie de leur parler de mon immunité et qu'ils en tirent la conclusion que je suis toujours malade ? Jamais je ne m'étais sentie aussi forte que quand je me suis transformée, mais j'ai aussi envie de cesser de cacher des secrets.

– Qu'y a-t-il ? me demande Lucien.

Nous entamons l'ascension et avançons rapidement tandis que la pluie se réduit à un crachin. Rester sur les chemins où il y a moins de feuillages et des d'arbres auxquels nous accrocher nous aide à progresser plus rapidement.

– D'une manière ou d'une autre, je suis invisible aux yeux des morts-vivants. Je ne sais pas comment, mais…

– Tu es toujours malade ? (Bardhyl s'arrête et se place en travers de mon chemin.) Tu as dit que tu t'étais transformée.

Lucien prend ma main dans la sienne.

– Comment est-ce possible ?

Je hausse les épaules et j'ai envie de me cacher, je regrette aussitôt d'avoir ouvert ma bouche. Je déteste entendre la pitié dans leurs voix, lire la tristesse dans leurs yeux. C'était mon ancien moi... le rebut dont personne ne voulait, et je pensais qu'une fois que je me serais transformée, je deviendrais une autre. Quelqu'un de convenable.

– Je ne sais ni comment ni pourquoi. Je ne sais pas si je suis toujours malade, ou si c'est l'injection que Mad m'a faite qui m'a immunisée temporairement.

Je jette un œil par-dessus mon épaule pour vérifier que les zombies se sont arrêtés au pied de la montagne, se contentant de nous regarder. Alors, c'est quoi le truc avec eux ?

Ça n'a aucun sens.

– S'il vous plaît, on peut continuer d'avancer au lieu de traîner par ici ? dis-je.

– Raconte-nous tout, insiste Lucien, alors c'est ce que je fais, parlant à voix basse.

Je leur résume ce qu'il s'est passé depuis le moment où ils ont été assommés par les hommes de Mad jusqu'à ce que je les trouve en prison. Je leur explique tout, y compris ma diversion et les zombies.

– C'est n'importe quoi ! grogne Lucien. Tu ne peux pas être malade. Ton côté loup guérit tout.

Je ne sais pas trop qui il essaie de convaincre à cet instant, lui ou moi.

– Il faut que nous lui fassions faire d'autres tests sanguins, conclut Bardhyl.

– C'est impossible tant que Mad est aux commandes, le corrige Lucien d'un ton stressé. (Il porte ma main à sa bouche pour m'embrasser sur les jointures.) Raison de plus pour le détruire et récupérer notre chez nous.

Intérieurement, sa dévotion à mon égard me fait totalement fondre, et la voir se propager au visage de Bardhyl encore plus. Ils ne cessent de regarder par-dessus leurs épaules et je leur donne un coup de coude pour que nous poursuivions notre ascension. Plus vite nous nous cachons, plus nous pourrons nous détendre et parler de tout.

– Je ne me suis jamais sentie aussi bien, leur dis-je alors qu'ils ne cessent de me jeter des regards. La maladie que j'ai connue avant n'est plus là. Peut-être que le fait que les zombies ne me détectent pas alors que j'ai fait ma première transformation n'est que temporaire.

– Je pense la même chose, acquiesce Bardhyl.

Nous marchons en silence pendant le reste du trajet, et seul le bruissement de la pluie dans les arbres résonne autour de nous. À chaque fois que je vérifie derrière nous, les morts-vivants nous suivent, et je suis terrifiée à l'idée qu'ils retombent tout à coup dans leur frénésie habituelle et qu'ils attaquent mes hommes. Ou bien font-ils du repérage pour les autres zombies ? Ridicule. Ce sont des morts-vivants, ils n'ont donc aucune capacité cognitive pour travailler en équipe de cette manière.

Je me retourne alors qu'ils approchent, exaspérée, car je ne veux pas que ces créatures effraient Jae.

– Barrez-vous, leur dis-je aussi doucement que possible, agitant la main pour leur faire signe de partir. Allez-vous-en !

Ils se figent et me fixent de leurs yeux vides et morts. Qui étaient-ils dans leurs vies d'avant ? Des humains ? Des loups ?

Mes hommes se tiennent à mes côtés tandis que les Monstres de l'Ombre pivotent lentement, avant de commencer à redescendre de la montagne.

Je suis estomaquée, totalement convaincue qu'une telle chose n'a pas pu arriver.

– Tu plaisantes ? Est-ce qu'ils viennent d'obéir à ton ordre comme si tu étais leur reine ? hoquète Lucien.

– J-je c-crois ! Non, c'est impossible. Comment ?

– Tu es devenue la Reine des Zombies, dit Bardhyl,

presque émerveillé, comme s'il était fier que je porte un tel titre.

Je lui jette un regard noir.

– N'essaie même pas de plaisanter à ce sujet. Sérieusement, ça n'existe pas, d'accord ?

– On doit continuer d'avancer, dit Lucien.

Il me prend la main pour que je le rejoigne, mais mes yeux restent fixés sur les trois Monstres de l'Ombre qui s'éloignent de nous sur mon ordre.

Ce doit être une erreur, une coïncidence, parce qu'ils ont dû sentir le sens dans les parages.

Mon estomac se contracte, je n'arrive pas à me convaincre moi-même que j'ai commandé les Monstres de l'Ombre.

Et les mots de Bardhyl flottent dans mon esprit, refusant de me laisser tranquille.

*La Reine des Zombies.*

C'est ridicule. Ça n'existe pas.

# CHAPITRE 8

MEIRA

𝒩ous parvenons enfin à la grotte en haut de la colline. Les arbres derrière nous s'agitent, et leur bruissement ajouté au martèlement de la pluie, j'arrive à peine à m'entendre penser. Je pénètre dans la caverne, scrutant la pénombre à la recherche de Jae.

Lucien et Bardhyl se tiennent à mes côtés, dégoulinants, et leurs corps bloquent presque toute la lumière du dehors. Je m'écarte pour que la grotte soit mieux éclairée.

La pluie ruisselle sur mon corps, formant de petites flaques autour de mes pieds, et un malaise m'étreint le ventre.

— Jae ! appelé-je, bien que la grotte soit assez petite pour qu'elle n'ait nulle part où se cacher.

Je ne vois que le feu éteint, une petite pile de couvertures et de vêtements à l'arrière, et une vieille bouteille en verre. Elle est partie... encore une fois, et j'ai envie de lui hurler dessus pour ne pas nous avoir attendus. Pourquoi serait-elle sortie sous la pluie ?

— Ça fait longtemps qu'elle est partie.

Bardhyl énonce l'évidence en examinant le feu. Mais ce

n'est pas après lui que je suis en colère... Peut-être que *colère* n'est pas le bon mot. Jae me déçoit.

C'est ce sentiment qui envahit mes veines. Je veux la protéger et l'aider. Je sais à quel point c'est dur de vivre seule dans la forêt. Et elle n'a même pas cette immunité contre les Monstres de l'Ombre que je possède.

Je jette un œil par-dessus mon épaule à la tempête qui s'intensifie ; l'eau m'éclabousse et me fouette le visage.

– Tu ne vas pas ressortir chercher ton amie, avertit Lucien, comme s'il lisait dans mes pensées.

Pourtant, il a raison, et je me crispe en le réalisant. Une seule pensée m'obsède : foncer dehors pour aller la chercher.

C'est de la folie. Elle pourrait être à des kilomètres, et je n'ai aucune idée de la direction qu'elle a prise. Je peux tenter de deviner, mais qu'en sera-t-il de Dušan ? Je ne l'abandonnerai pas, ne me laisserai pas distraire.

C'est lui qui compte à présent : sa survie, sinon je pourrais le perdre pour toujours.

Je soupire et me détourne de l'entrée, je pénètre plus profond dans la grotte. J'ignore mon instinct, et décide que j'irai chercher Jae une fois que nous aurons secouru Dušan.

– Du feu, un abri et de la nourriture, dit Lucien, laissant tomber son sac à ses pieds sur le sol rocheux. On a tout, plus qu'à préparer et trouver quelque chose pour bloquer le vent froid qui entrera ici pendant la nuit.

Lui et Bardhyl s'attellent au feu en premier lieu. Je gagne le fond de la grotte et fouille parmi les vêtements. Nous sommes trempés jusqu'aux os, il nous faut quelque chose de sec et de chaud. J'attrape aussi toutes les couvertures que je trouve et les étale derrière le feu allumé. Bardhyl trouve des branches d'arbre cassées dans la grotte et les jette dans le feu.

Je finis d'étaler la troisième grande couverture sur les deux autres pour être le plus isolé possible de la roche gelée. Il devrait y avoir une autre couverture dans le sac de Lucien, et j'ai bien l'intention de me blottir contre les hommes pour profiter de leur chaleur cette nuit.

– C'est quoi notre plan pour sauver Dušan ? demandé-je. (Mais je continue de parler sans leur laisser l'occasion de répondre.) On s'introduit de nuit et on va le chercher dans le cachot ?

– Quelque chose comme ça, répond Lucien, tandis que Bardhyl jette plus de bois dans le feu.

Je cille en les regardant tous les deux, les connaissant assez bien pour savoir quand ils essaient de m'amadouer. Jamais ils n'acceptent les choses de manière aussi cavalière.

– J'espère que vous n'avez pas l'intention de me laisser tomber et d'y retourner sans moi ?

Ils lèvent tous deux les yeux sur moi, me révélant leurs véritables intentions.

*Enfoirés.*

– On ne se sépare pas. J'ai failli vous perdre une fois – plus jamais. J'en ai marre d'être seule et de perdre tous ceux auxquels je tiens. Je ne vous laisserai pas me faire ça.

Je ne sais même pas d'où c'est sorti, mais j'ai le cœur serré à voir comme je m'énerve rapidement.

Bardhyl réduit la distance entre nous en deux longues enjambées, pose la main sur ma joue, et lève mon visage pour que je me plonge dans son regard : de magnifiques yeux verts qui me semblent plus pâles ce soir.

– Nous irions jusqu'en enfer pour te retrouver, mais nous sommes pétrifiés à l'idée qu'il puisse t'arriver quelque chose. Tu comprends pourquoi nous prenons de telles décisions ?

Il s'approche plus près, et murmure :

– Te perdre me détruirait. Et rester loin de toi est terriblement difficile. Mais nous ne te mettrons pas en danger.

Ses lèvres frôlent les miennes, m'ôtant toute chance de répondre.

Je devrais le repousser, mais au lieu de cela, je me fonds contre lui, prends son visage dans mes mains et l'embrasse à mon tour. Depuis que Mad nous a attaqués, tout n'a été qu'une course incessante pour m'enfuir, retrouver mes hommes, survivre. À présent que je peux me calmer un peu, je me laisse aller, nos corps pressés l'un contre l'autre, nos vêtements trempés. Je me fiche de tout, à part être avec Bardhyl et Lucien. Ils m'ont terriblement manqué.

Mon autre homme s'éclaircit la gorge près du feu, et nous nous écartons. Lucien affiche un air blasé.

– J'adorerais me joindre à vous deux, mais on devrait trouver un moyen de bloquer un peu le vent qui vient de l'entrée. Il fait un froid polaire ici. Comme ça Meira aura moins froid quand nous la déshabillerons.

Il lève les sourcils en me regardant, et me fait un petit signe de tête pour me confirmer ses dires. Son regard glisse sur moi, s'arrête sur mes lèvres avant de remonter à mes yeux.

Il a un air malicieux et vorace, et comment pourrais-je me sentir autrement que ravie quand un homme magnifique me dit de telles choses. Je me lèche les lèvres, ravalant la boule dans ma gorge.

Bardhyl me regarde, hochant la tête.

– Je reviens vite, ma belle.

Puis il pivote et sort de la grotte avec Lucien. Tous deux tournant à gauche en direction d'un bouquet d'arbres dont les grandes branches pourraient nous servir à obstruer l'entrée.

Un vent glacé balaie la grotte, faisant vaciller le feu tandis et me faisant frissonner. Je suis complètement trempée, il faut que je me change avant de mourir de froid.

Je me rue vers la pile de vêtements que Jae a laissés dans la grotte, attrape un petit legging noir troué au genou et un sweat ample, tous deux trop petits pour aller aux gars. J'ôte vite mon t-shirt ; le tissu colle à ma peau, je dois l'arracher. Le vent qui m'arrive par-derrière souffle sur mon dos nu, et je tremble. Bon sang, c'est carrément glacial, j'en claque des dents. Tout aussi vite, j'ôte mon pantalon, le laissant tomber en un tas mouillé avec mon haut.

Les mains tremblantes, j'attrape une veste molletonnée qui paraît bien trop petite même pour moi, et m'en sers pour essuyer frénétiquement mon corps. Je ramasse le legging sur la pile et l'enfile. Le remonter sur mes jambes est un vrai cauchemar. Il est serré, et le tissu colle à ma peau que je n'ai pas assez essuyée.

Bataillant contre ce maudit truc, je l'ai remonté à mi-hauteur sur mes cuisses, quand un craquement de bois me fait tourner la tête.

Bardhyl et Lucien sont figés à l'entrée, le vent les fouette, faisant voler leurs cheveux sur leurs visages. Ils portent de larges branches couvertes de feuilles, et oublient qu'ils se font tremper pendant qu'ils me fixent.

– Dépêchez-vous, leur dis-je tout en luttant pour remonter le pantalon sur mes fesses.

Hâtivement, je passe le t-shirt par-dessus ma tête et j'y passe les bras, puis le baisse sur mon ventre avant de me retourner.

– Tu n'avais pas besoin de te presser pour nous, me lance Lucien.

Bardhyl et lui couvrent l'entrée de la grotte avec une demi-douzaine de branches enchevêtrées. Ils ont aussi ramené plusieurs grosses pierres qu'ils placent à la base de leur structure. Les branches adhèrent aux parois de l'ouverture, pliées et bien calées.

Il reste encore quelques trous ici et là entre les branches, mais je sens tout de suite le froid qui s'estompe. Avec un bon feu crépitant, cette grotte sera bientôt confortable.

– Et nous avons laissé une petite ouverture par ici, annonce Bardhyl, pointant du doigt la base de la structure, près du bord de la sortie. Pour les pauses toilettes.

Justement, je m'avance pour ça.

– Ça a l'air génial. Merci. Il y a des vêtements secs à l'arrière pour vous changer.

Je jette un œil dehors à travers les trous de leur camouflage. La nuit tombe sur le paysage et la pluie ralentit.

– Je reviens tout de suite. Pause toilettes.

Je me précipite dehors, sans trop m'éloigner, car il fait un froid polaire ici, et la pluie se remet à tomber juste au moment où je me faufile par l'ouverture.

– La nuit va être glaciale, dis-je en me redressant, mais ma voix faiblit.

Mes yeux se posent sur les deux hommes de chaque côté du feu, fesses à l'air, qui me regardent en souriant.

– Faites gaffe de ne pas brûler quelque chose de précieux, les taquiné-je.

Je m'approche du feu pour chasser le froid qui me colle à la peau. Aucun d'eux ne s'écarte et je les rejoins, tendant les mains pour les réchauffer.

– Alors, c'est quoi le plan ? demandé-je, luttant pour ne pas baisser le regard sur eux deux. Manger ?

– D'abord on se déshabille, rétorque Lucien avec un grand sourire.

Je sens le regard de Bardhyl sur moi ; tous deux m'évoquent des loups attendant le moment propice pour sauter sur leur proie.

Je ris, surtout pour le principe.

– Donc vous avez aperçu une paire de fesses et c'est ça qui vous a excités et mis au garde-à-vous ?

– Il te faut une autre raison ? demande Bardhyl, l'air sérieux.

Je lève les yeux au ciel, même si au fond, je suis très impressionnée et assez excitée par leur ardeur.

– Mangeons. Je meurs de faim.

Ils n'hésitent pas un seul instant et foncent s'habiller ; tous deux portent des shorts amples et des t-shirts une taille trop petite.

— D'accord, on mange d'abord, on se déshabille ensuite, répète Lucien.

Bardhyl sort de la nourriture du sac. Le t-shirt blanc qu'il porte moule tous ses muscles. Bon sang, il est costaud. Lucien s'approche de moi tout en tirant sur un t-shirt à manches longues couleur coucher de soleil. Le tissu est serré et très moulant sur lui aussi. Il se tient au-dessus de moi et écarte des mèches de cheveux sombres de mon visage, et tout ce à quoi je pense, c'est à quel point il est beau. Visiblement je n'arrive pas à penser à autre chose qu'à les voir nus de nouveau, muscles fléchis, et moi sur eux.

— Ça m'a l'air pas mal, acquiesce Bardhyl. On mange d'abord. Assieds-toi, on te rejoint.

Il m'envoie un baiser et va aider Lucien. Je suis au-delà de l'épuisement, il se pourrait bien que je m'endorme en mangeant.

Je m'assieds jambes croisées sur la couverture, réchauffée par le feu, et mes deux hommes me rejoignent. Nous faisons un mini pique-nique composé de biscuits salés, de fromage et de viande séchée, servis avec un chutney de fruits. La petite salade de tomates et de concombres que j'ai grossièrement coupés chez Kinley est aussi à disposition, ainsi qu'une grosse tranche de cake aux fruits. C'est le plus gros festin que j'aie jamais fait depuis que je suis en fuite… c'est-à-dire la plus grande partie de ma vie.

— Savoure, m'enjoins Lucien en prenant un morceau de viande. Ce n'est pas du rôti de porc, mais ça fera l'affaire. Et c'est plus que ce que Dušan mangera ce soir.

Je baisse la tête et envoie mes pensées à Dušan, priant pour qu'il soit sain et sauf et que nous puissions le sauver demain, avec un peu de chance. Jetant un œil à Bardhyl et Lucien, assis en demi-cercle avec moi autour du repas, je remarque qu'eux aussi ont la tête baissée, priant pour leur Alpha.

Nous commençons à manger, et personne ne dit mot. Pour ma part, c'est à cause de la faim terrible qui me submerge. Je me sers de tout, sauf du gâteau. J'ai rarement eu l'occasion de manger ce genre de mets délicat, alors je le garde pour le dessert.

— Quand j'aurai tué ce sale enfoiré de Mad, commence Bardhyl la bouche pleine avant d'avaler, je te ferai mon fameux ragoût viking. Trois sortes de viandes, des pommes de terre et des carottes, avec des épices qui te réchaufferont à l'intérieur. Tu vas adorer ma cuisine.

— Tu me donnes faim alors que je suis en train de manger. C'est une recette de famille ?

Je compose un empilement de fromage, viande, et tranches de concombre dans ma main.

— C'est un plat que mon père faisait pour nous quand j'étais enfant. J'adorais quand il disait que ça rendait même les Berserkers plus forts dans la bataille. Alors bien sûr, j'insistais toujours pour en avoir trois bols entiers.

Lucien met une grosse rondelle de tomate dans sa bouche.

— Durant mon enfance, mon père me disait toujours d'aimer sans condition. Il nous aidait à la maison, allait toujours chasser, alors il ne prononçait pas vraiment ces mots, mais disons qu'il le montrait dans ses actes. Dans la manière dont il aidait les autres dans le besoin, sa manière de vénérer le sol que ma mère foulait.

— Il a l'air d'un romantique, dis-je, incapable d'empêcher mes pensées de dériver vers ce père qui nous a abandonnées, Maman et moi, trop effrayé à l'idée de rester et de veiller sur nous.

Il avait crié : « *Je ne peux protéger aucune de vous deux ! C'est de ma faute si Meira est faible. Elle sera toujours une paria.* » Il est humain, et ne pouvait pas se regarder en face, alors c'était plus facile d'être lâche et de s'enfuir plutôt que de rester et faire en sorte que ça marche. Je serre les dents. Même après toutes ces années, j'ai du mal à lui pardonner, et une partie de moi lui en veut pour la mort de Maman. S'il était resté pour nous aider, peut-être que nous aurions été ailleurs et que les Monstres de l'Ombre ne l'auraient pas tuée.

J'ai les yeux qui piquent, et je déteste voir à quel point il m'affecte encore, mais ce n'est pas lui que je pleure. C'est d'avoir perdu Maman. Je baisse la tête, faisant semblant de contempler l'étalage de nourriture pendant que je cille pour chasser mes larmes. *Ne vis pas dans le passé*, me disait ma mère. *Regarde toujours vers l'avant.*

– Effectivement, acquiesce Lucien, rompant ma concentration.

Je mets un moment à me souvenir de quoi il parle.

Je soupire et repousse mes souvenirs, car je ne peux rien changer à ce qui s'est passé, mais je *peux* contrôler mes pas vers l'avenir. J'ai trouvé trois hommes que je n'abandonnerai jamais, quoi qu'il arrive.

Nous mangeons en écoutant le crépitement du feu. En levant les yeux vers les deux hommes, je reconnais leurs expressions : leurs pensées dérivent très loin, perdues dans leur passé. Après tout, c'est tout ce qu'il nous reste dans ce monde brisé qui ne cesse de tout nous prendre. Heureusement qu'ils font partie de ma vie à présent, ça n'a pas toujours été le cas. Ce sont des souvenirs que personne ne pourra effacer ; ce que nous avons, nous le chérissons.

L'épuisement a dû faire des ravages, car après avoir terminé le cake et léché chaque miette sur mes doigts, chacun s'installe dans sa propre routine. Bardhyl remballe les restes du repas dans le sac, tandis que Lucien va inspecter la barrière à l'entrée de la grotte. Je rassemble les gâteaux salés dans un sachet en plastique et le plie pour le fermer, avant de le tendre à Bardhyl. Nos mains se frôlent, et je me ramollis au contact de sa chaleur.

– Tu vas bien ? demande-t-il.

Je ne peux m'empêcher de jeter un œil à Lucien qui nous tourne le dos, debout à trois mètres de nous. Visiblement, il a besoin d'un peu de temps seul pour réfléchir.

– Est-ce qu'il va bien ? murmuré-je, plus bas que les craquements du feu.

Bardhyl acquiesce.

– Perdre ses parents dans une bataille face à une meute rivale l'affecte toujours, même après tout ce temps. Laisse-lui juste un moment. Il rebondit toujours.

– J'ai perdu mon père quand j'étais très jeune, et ensuite ma mère, alors je sais ce que ça fait. (Penchée sur la couverture, j'époussette les miettes de notre repas.) Mais je ne veux pas qu'il souffre à cause de quelque chose que nous ne pouvons pas changer.

Alors que ces mots s'échappent de mes lèvres, j'ai l'impression d'être hypocrite, songeant que moi-même je n'arrive pas à me remettre de la mort de ma mère.

Bardhyl referme le sac et le met de côté, puis vient s'asseoir à côté de moi, les bras enroulés autour de ses genoux pliés.

– Tu tiens beaucoup à lui, n'est-ce pas ?

Je lui donne un petit coup d'épaule, mais il ne bouge pas, parce que c'est un roc.

– Au cas où tu n'aurais pas remarqué, je tiens à vous trois... bien plus que je ne l'aurais jamais imaginé. Je veux dire, j'ai accepté il y a bien longtemps que je ne sois pas faite pour trouver mon âme sœur. Mais regarde comment les choses ont tourné.

Le regard qu'il me jette, ses yeux sexy qui se plissent, me

font sourire et oublier tout le reste. Je me rends compte que c'est l'un de ses tours de magie, et l'une des nombreuses raisons pour lesquelles je suis tombée aussi profondément amoureuse de lui.

Il me prend la main et embrasse chacun de mes doigts.

– Une fois dans sa vie, chacun devrait rencontrer quelqu'un de spécial, peut-être même trois à la fois. Quelqu'un qui met le feu à sa vie, qui change tout.

Ses mots sincères et passionnés sont les plus beaux que j'aie jamais entendus. Depuis notre rencontre, il m'a fallu un moment pour comprendre que Bardhyl était bien plus qu'un puissant guerrier viking avec un loup Berserker. Sous toutes ces couches se trouve un homme qui souffre, qui traîne la noirceur de son passé. Mais plus que tout, c'est un Alpha qui a besoin d'être aimé. Je le vois à l'attention qu'il me porte, à sa tendresse quand il m'étreint, aux mots qu'il m'adresse. Tout, depuis le moment où son regard hypnotique croise le mien, jusqu'à celui où il me fait l'amour comme un homme rendu fou par des émotions incontrôlables.

– Tu penses que sa première compagne lui manque toujours ? murmuré-je.

Je regrette presque aussitôt d'avoir posé une question aussi intime.

Il glisse sa main dans mon dos, l'enroule autour de ma taille et m'attire contre lui, chassant tout espace entre nous.

– Les âmes sœurs existent, m'assure Bardhyl. Ça n'existe pas, les âmes qui se rencontrent par accident. Tout ceci était écrit.

Il jette un œil à Lucien, à l'entrée de la grotte, qui observe la pluie qui tombe au-dehors par les brèches. Le bruit de la pluie qui bat la montagne est hypnotique.

– Tout comme tu nous as offert ton cœur à tous les trois, Lucien aura toujours une place pour Cataline. Cela ne veut pas dire qu'il t'aime moins.

— Je sais, réponds-je. (Je me demande si la douleur au creux de ma poitrine est due au fait que je sente son chagrin d'avoir perdu sa première partenaire, ou si c'est de la jalousie.) Tu sais, je ne croyais pas aux âmes sœurs – du moins jusqu'à ce que je vous rencontre tous les trois. Après avoir vu les morts-vivants tuer ma mère quand j'avais quatorze ans, j'ai arrêté de croire en autre chose qu'en la survie, y compris en mon propre bonheur.

Il se penche plus près et m'embrasse sur le côté de la tête.

— C'est la raison pour laquelle je te serrerai très fort dans mes bras à la moindre occasion, pour que tous tes morceaux s'emboîtent. Jusqu'à ce que tu te rappelles à quel point tu es incroyable, et que tu retrouves ce bonheur que tu as perdu il y a si longtemps.

Je lève la tête pour le regarder dans les yeux. Les siens sont verts comme la forêt et je plonge en eux, m'offre à ce Loup Cendré.

— Vous trois, vous êtes la partie de moi dont j'ai toujours eu besoin sans jamais m'en rendre compte, jusqu'à ce que vous me trouviez.

— Quoi qu'il arrive, je veux que tu saches qu'à mes yeux, quoi que nous devions affronter, quelle que soit l'issue, ça en vaut la peine. Être avec toi, ça représente tout pour moi, t'aimer, te revendiquer. Tout ça en vaut la peine.

Mon cœur palpite devant tant de dévotion, et ses mots imprègnent mon esprit pour que jamais je ne les oublie. Il se glisse vers moi et je me tourne vers lui, tandis que sa main se promène dans mes cheveux. J'adore sa façon de me regarder, cette sensation incroyable quand je suis dans ses bras, d'être libre et en sécurité. De plus, mon corps vibre d'une excitation électrisante. En leur compagnie, le moindre contact déclenche mon désir pour eux, m'attire à eux.

Son regard est profond et pénétrant quand il le pose sur moi. Finies ses rêveries du fond du cœur, qui laissent place à une expression malicieusement sexy. Nous sommes coincés dans la grotte tant que la tempête se déchaîne dehors, et tout ce à quoi je pense, c'est que j'ai cru avoir perdu mes trois loups, et à quel point j'ai envie de me blottir dans leurs bras et ne plus bouger.

– Tu m'as manqué, murmuré-je.

Un sourire délicieux s'épanouit sur les lèvres de M. Guerrier Magnifique, et mes orteils se recroquevillent en retour.

Nous nous serrons l'un contre l'autre, et il applique une légère pression à l'arrière de ma tête, où il me tient comme il l'aime, et il dit :

– Tu te souviens de ce qu'il s'est passé la dernière fois que nous nous sommes retrouvés ensemble dans une grotte ?

Mon cœur bat à tout rompre dans ma poitrine et la chaleur se concentre aussitôt entre mes cuisses, parce que jamais je n'oublierai. Sûre de moi, je soutiens son regard.

– J'ai appris la leçon, le taquiné-je. Jamais plus je ne ferais de marché avec toi.

Il rit, et ce son est comme du miel à mes oreilles... doux et addictif. Je n'attends pas une seconde de plus. J'approche mes lèvres et les pose sur les siennes.

En quelques secondes, ses doigts se referment sur l'élastique de mon legging, et je pose une main sur sa poitrine.

– Euh... qu'est-ce que tu fais ?

Je n'ai pas du tout l'intention de lui rendre la tâche facile après les jeux auxquels il s'est adonné la dernière fois que nous avons passé du temps ensemble dans une grotte.

– Oh, tu croyais qu'on plaisantait tout à l'heure ?

Je sens le souffle de Lucien sur mon cou. Je sursaute devant son apparition soudaine et me retourne pour lui faire face, alors qu'il m'adresse un sourire sexy et diabolique. Il est de nouveau en train de flirter.

Il se penche et m'embrasse sur les lèvres par-dessus mon épaule. Comme la tempête qui fait rage au-dehors, nos bouches se heurtent, même nos dents s'entrechoquent. Puis il tire sur mon pantalon, pendant que Bardhyl m'arrache mon haut.

Et je me laisse tomber dans leurs bras, dans ce conte de fées sexy qui m'a tant manqué.

# CHAPITRE 9

## LUCIEN

**P**lus fort. Plus vite. Insatiable.

C'est ainsi que m'embrasse ma petite beauté, tournant son corps vers moi tandis que nous restons assis près du feu, tenant mon visage entre ses mains comme si j'avais l'intention de m'en aller. Je suis sur le point d'exploser de désir devant sa passion et toute l'affection qui émane d'elle quand elle est avec moi. Nous nous perdons l'un dans l'autre, et je baisse le pantalon serré qu'elle porte ; j'en veux plus.

Il faut qu'elle l'enlève.

Bardhyl est derrière elle, lui déposant des baisers dans le cou.

Meira est tout ce que je désire, chaque courbe délicate, chaque goût délicieux, chaque partie d'elle m'appelle. Elle est splendide et parfaite.

Elle tend sa main qui s'enroule doucement autour de mon érection à travers mon short et empoigne mon sexe. Bon sang, je suis tellement dur, et je siffle à son contact.

Bardhyl lui ôte son top en le passant par-dessus sa tête, rompant notre baiser. Je profite de ce moment pour lui arracher son pantalon, elle m'aide en soulevant ses fesses du sol.

Son corps frémit sous ma précipitation à la déshabiller. Mon regard se porte sur ses seins qui ballottent légèrement, puis sur le petit monticule de poils noirs entre ses jambes.

Mon sexe tressaute quand j'aperçois ses lèvres brillantes d'excitation, avant qu'elle ne serre les jambes, me dissimulant ce qui m'appartient.

Bardhyl glisse un bras autour de sa taille, l'étreint par-derrière, et ses larges mains remontent pour prendre en coupe ses seins dressés.

Je profite de cet instant pour baisser mon short. Je l'ôte et le jette de côté tout en retirant mon t-shirt, que je balance aussi derrière moi. Meira a niché l'arrière de sa tête contre l'épaule de Bardhyl, et gémit quand il pince ses mamelons entre ses doigts et tire dessus.

Tombant à genoux devant ma reine, je contemple cette femme magnifique, notre âme sœur, que nous avons failli perdre. Je ferai n'importe quoi pour qu'elle soit en sécurité auprès de nous, parce que je ne pourrais pas survivre à la perte d'une autre âme sœur. Quand Meira s'est enfuie, j'ai pris la décision de lui donner tout ce que j'avais. De ne jamais oublier qu'elle est ma seconde chance. C'est ma santé mentale qui est en jeu, mon avenir, mon cœur… et je ne regrette absolument rien.

Je pose mes mains sur ses genoux pliés, puis fais courir le bout de mes doigts sur ses hanches, l'arrachant à l'extase que lui fait vivre Bardhyl. Je ramène les mains sur ses genoux que j'essaie d'écarter, mais cette petite coquine me résiste. Elle m'adresse un petit sourire vicieux, et je me lèche les lèvres tandis que Bardhyl rit.

– Tu vas jouer les difficiles ? dis-je en adressant un regard entendu à Bardhyl.

Tandis que j'agrippe les hanches de Meira, il se met vivement à genoux, les mains sous ses aisselles, et la tient pendant que je soulève sa croupe au-dessus de la couverture.

Surprise, elle tente de nous échapper, le souffle court, et commet l'erreur d'écarter les genoux.

— Hé, deux contre une, ce n'est pas juste.

— Qui a dit que ce devait être juste ? murmure Bardhyl d'un ton rieur.

Il apprécie le spectacle autant que moi.

Mon pouls accélère et mon sang palpite dans mes veines quand sa douce intimité humide se révèle à moi ; ses replis roses ont besoin d'attention. Glissant les mains sous ses fesses, j'avance l'épaule pour écarter plus ses jambes, qui reposent maintenant sur mes épaules, et je me positionne juste entre ses cuisses, les yeux au niveau de ce qui m'appartient.

Elle rue pour s'échapper, mais nous la tenons toujours en l'air, tous deux à genoux. Elle rit en se débattant.

— Reposez-moi.

Un coup de ma langue sur son sexe, et ses protestations se transforment en un frisson de reddition. Je respire son odeur parfumée, qui me va droit au sexe, mes testicules se contractent, et je referme ma bouche autour de son offrande juteuse et la suce. Elle a un goût sucré, et elle est tellement excitée que je ne peux m'empêcher de la dévorer comme si je dégustais une pêche.

Me remontent à la mémoire toutes les fois où je l'ai revendiquée, bien trop rares. Ce que nous avons partagé ne suffit pas, et j'ai bien l'intention de rectifier ça. Mais plus je lèche et me noie dans son intimité, plus ces pensées me sortent de la tête.

Bardhyl gémit à cause de sa propre excitation grandissante, se mêlant aux cris de plaisir de Meira. Il repose doucement ses épaules et sa tête sur les couvertures pendant que j'agrippe ses hanches, accroché à elle, levant son intimité bien haute. Ses fesses reposent sur ma poitrine qui supporte son poids.

Bardhyl se déshabille rapidement, et son sexe jaillit hors de son short.

Meira tend la main vers lui. Léchant sa lèvre inférieure, elle murmure :

– Viens à moi.

Je continue de lécher et mordiller ses lèvres intimes. Je la caresse de ma langue tout du long, jusqu'à son entrée, où je plonge en elle.

Elle se tortille sous moi, ses jambes frémissent à l'approche de son orgasme. Je le sens à son goût, à ses lèvres qui gonflent. Tout en elle me consume, tandis que mon besoin de me libérer gronde en moi.

Son corps tremble alors que je tire lentement sur son clitoris, et l'image d'elle en train de se contorsionner et de gémir me fait fondre. J'envahis chaque centimètre d'elle avec ma langue, qui s'agite à toute vitesse.

Elle balance son bassin contre moi à mesure que son désir augmente.

Elle tend la main et se saisit de l'épais membre de Bardhyl, qu'elle caresse de haut en bas, le faisant rugir. Quant à moi, je flotte dans mon propre fantasme. Je ne me lasse pas d'avoir le visage enfoui contre son intimité rayonnante et palpitante. C'est tout ce dont je rêve. Ce qu'on dit au sujet des hommes qui aiment soit les fesses, soit les seins... Je suis définitivement un homme à chatte.

Nous sommes tous trois liés par un désir charnel, et nous avons besoin de cette pure connexion après avoir failli la perdre. Incapable de cesser de la contempler, tout ce que je veux, c'est la tenir dans mes bras et ne jamais la laisser partir. Elle est si belle, si innocente, si captivante.

Meira lève les yeux vers moi, ses traits envahis de désir et de confiance. Elle n'est plus la fille effrayée que Dušan nous a ramenée de la forêt, la fille qui a échappé à la tentative de capture de Mad, la fille qui ne cessait de nous fuir.

C'est une déesse.

Son corps frémit plus fort, ses gémissements s'intensifient.

– Meira ! Pas encore. N'essaie même pas de jouir, lui ordonné-je en léchant son jus sucré sur mes lèvres et mon menton.

Son poids repose sur moi, et je la tiens d'une main tandis que je fais courir deux doigts sur son offrande. On dirait du velours, elle est tellement humide.

Elle se tourne pour me regarder tout en glissant ses lèvres sur le membre de Bardhyl, le prenant profondément dans sa bouche magnifique. Ses yeux ardents se noient au bord de son orgasme. Je vois dedans à quel point elle en est proche.

Bardhyl entre et sort de sa bouche, et je fais glisser mes doigts dans sa moiteur, pénétrant son intimité. Ses yeux s'écarquillent tandis que ses parois intimes se resserrent autour de mes phalanges et les pressent, et elle gémit d'avance à ce qui s'en vient.

– Pas encore, Meira, lui rappelé-je, et je la relâche au moment où Bardhyl glisse hors de sa bouche.

## MEIRA

La manière dont Lucien prononce mon nom me fait fondre, et tout mon corps se contracte. Ses grandes mains fortes agrippent mes fesses, son visage est enfoui entre mes cuisses. Toute mon attention est concentrée sur les corps de ces deux hommes, puissants comme l'acier, biceps saillants. Il y a en eux quelque chose de primal qui rend ma féminité folle de désir pour ces hommes.

J'essaie de répondre, mais seul un faible gémissement s'échappe de ma gorge. Lucien repose mes hanches sur les couvertures, et j'ai envie de crier. Je ressens une douleur palpitante au fond de moi, et je perds la tête à force d'attendre alors qu'ils font une pause.

— C'est carrément injuste, protesté-je entre mes dents serrées, serrant les jambes pour tenter de ramener cette fabuleuse promesse de plaisir.

— Hors de question.

Lucien m'écarte de nouveau les jambes, les tenant grandes ouvertes.

— Je crois qu'elle a besoin d'un peu plus d'encouragement.

Bardhyl émet un grognement du fond de sa poitrine, comme s'il avait faim.

— Je suis comme un volcan qui va entrer en éruption.

Ils échangent des regards et des sourires qui m'effraient un peu, je me demande ce qu'ils ont en tête.

Lucien abaisse son corps sur le mien, et je cambre le dos d'impatience, puis balance mon bassin vers le haut pour l'atteindre.

— Je t'en prie, murmuré-je.

Sa bouche s'empare de la mienne, m'embrassant avec un désir douloureux, et je lui rends la pareille ; j'ai terriblement besoin de lui. Le bout de sa queue glisse sur mon intimité. Je dois l'avoir en moi.

Il laisse échapper un délicieux gémissement, et une vague de chaleur m'envahit, une envie dévorante. Je suis au bord de l'orgasme et il m'allume encore et encore, sans me donner vraiment ce que je désire.

— Lucien, le supplié-je tout contre ses lèvres magnifiques, lassée d'attendre.

Il rit, puis se retire.

Je m'assieds, mais avant que je puisse protester, Bardhyl me prend la main.

— Viens ici, m'intime-t-il.

Il est debout, la verge raide et brillante de ma salive, et je sens encore son savoureux goût salé.

Quand je me tourne vers lui, il se penche légèrement et m'agrippe l'arrière des cuisses. En une seconde je suis dans ses bras, les jambes enroulées autour de sa taille. Je remue le bassin d'avant en arrière, me frottant contre le bout de son érection.

Je me cramponne à ses épaules rondes et musclées tandis qu'il se serre contre moi, son front touchant le mien.

– Ça fait trop longtemps que tu es loin de moi, ma jolie.

Sans cérémonie, il me pénètre, poussant mes hanches vers le bas. La douleur que j'ai ressentie avant s'intensifie tandis qu'il s'enfonce plus profondément, m'écartelant. Au début, sa taille me fait crier, puis la douleur se transforme en exaltation.

– Prends-moi tout entier, murmure-t-il.

Les muscles de son cou se tendent, il lutte contre l'envie de me sauter comme un animal sauvage.

Enfoui en moi, il m'embrasse, puis se retire à moitié avant de s'enfoncer de nouveau. Le rythme s'accélère, s'intensifie.

Mon excitation enfle en moi jusqu'au point d'explosion... Je poursuis mon orgasme, prête à tout pour me soulager.

Les puissantes mains de Lucien empoignent ma taille par-derrière et son menton se pose sur mon épaule.

– Est-ce que tu es prête pour nous deux, ma belle ?

Je ne suis pas vraiment en état de penser clairement, vu que je flotte sur un petit nuage, mais à cet instant, j'en veux plus encore. Beaucoup plus.

– Oui, ronronné-je, me rappelant de la dernière dois que j'ai été prise par derrière, et la sensation incroyable une fois passé le choc initial.

Bardhyl cesse ses poussées et s'empare de ma bouche, tout en m'écartant les fesses des deux mains.

Lucien ne perd pas de temps. Ses doigts glissent sur mon humidité, puis sur mon derrière, et je suis déjà tellement excitée, tellement humide, je suis prête. Plaçant le bout de sa verge contre mon entrée, il prend le temps de me pénétrer.

Je me raidis, mais je suis entre de bonnes mains. Sur mon épaule, sa bouche dépose une ligne de baisers tout en me pénétrant lentement, m'élargissant doucement.

À présent je suis comblée de deux énormes verges, et tandis que cette idée m'aurait terrifiée il y a quelques mois, aujourd'hui je ne demande que ça.

Nous trouvons un rythme tous les trois, les deux hommes entrent et sortent de moi, chacun son tour, provoquant une friction qui me submerge. Il y a un feu entre nous qui nous consume.

Je suis prise en sandwich entre mes deux hommes, qui me tiennent en place pendant qu'ils me sautent.

Mon corps frissonne, la sensation m'envoie au septième ciel. Je crie à chaque coup de reins, le souffle court.

Ils halètent et gémissent au rythme de leur plaisir, et nous nous perdons tous les trois dans l'extase créée par nos corps emmêlés.

Je chevauche les deux verges, je rebondis sur elles, et tout mon corps se contracte quand l'orgasme me frappe.

Je hurle, mon corps convulse, tout devient blanc tout à coup. Au même moment, Bardhyl se raidit et grogne, enfoui profondément en moi, et je sens le bout de sa verge qui se noue, qui gonfle en moi et m'emplit, coincée là.

Deux coups de reins plus tard, c'est Lucien qui explose de sa propre jouissance, plantant ses doigts dans mes hanches. Je ne sais pas comment il fait, mais son nœud enfle à son tour. C'est étrange, la pression des deux hommes qui grandit en moi déclenche un niveau plus profond de satisfaction, comme si d'une certaine manière, mon corps voulait me faire savoir que je leur appartiens. Ils ont revendiqué leur droit, et je suis à eux.

Nous gémissons tous les trois, et je flotte tandis qu'ils m'emplissent de leur semence. Je la sens qui jaillit, et sa chaleur me submerge.

Pendant des années, j'ai lutté pour trouver ma place et mon foyer. Je me suis raconté que les choses étaient parfaites telles qu'elles étaient, mais ce n'était pas le cas.

À présent je vois bien que la vie à cette époque n'était jamais simple, et toujours dans l'attente d'un désastre.

— Wouah, soupiré-je lentement.

Je déglutis avec difficulté, le souffle court.

— Tu le mérites, dit Lucien, tandis que Bardhyl inspire doucement, répandant toujours sa semence en moi.

Voir son magnifique visage perdu dans le plaisir renforce mon désir, et je sais pourquoi je suis tombée si vite amoureuse d'eux.

Il ne faut pas longtemps pour que le flou dans son regard se dissipe. Il affiche un large sourire.

— Merde ! Il m'en faut plus.

Je me penche en avant, pose ma tête sur la poitrine de Bardhyl ; je suis enfin chez moi, plus que je ne l'ai jamais été. Ce n'est pas l'endroit, mais les personnes avec qui je suis qui me donnent cette impression.

Bardhyl et Lucien se baissent jusqu'au sol, me gardant clouée entre eux, toujours unis.

Je réalise soudain que nous sommes allongés sur le flanc sur la couverture, près du feu. Je doute d'avoir froid cette nuit. Bardhyl m'offre son biceps pour que j'y repose ma tête, tandis que Lucien presse sa poitrine contre mon dos et passe doucement sa main dans mes cheveux.

Un lent sourire s'affiche sur les traits de Bardhyl.

— Qu'est-ce qui te fait rire ? demandé-je, l'adrénaline laissant vite place à l'épuisement.

Blottie entre mes hommes, je ne voudrais être nulle part ailleurs.

— J'entrevois comme un leitmotiv avec nous et les grottes.

Il rit, et ce son entoure mon cœur d'une douce chaleur.

– C'est sûr, mais toutes les grottes ne sont pas synonymes de sexe.

Lucien écarte mes cheveux sur les côtés de mon visage.

– Je suis d'accord avec Bardhyl sur ce coup. Il faudrait qu'il y ait du sexe dans toutes les grottes que nous occuperons.

Bardhyl glousse et hoche la tête pour approuver les dires de Lucien.

Je lève les yeux au ciel, même si je ne peux pas m'empêcher de sourire. Alors que je me détends, l'inquiétude rampe dans mes pensées. Je savoure un moment parfait en cet instant, mais nous sommes loin d'être sortis de l'auberge.

Surtout que Mad s'attend maintenant à ce que nous venions chercher Dušan.

# CHAPITRE 10

## DUŠAN

Le coup de poing dans le ventre m'envoie au sol, du sang plein la bouche. J'ai du mal à respirer, je m'agrippe le ventre, me recroqueville sur moi-même. *Putain d'idiots.* Quand tout ça sera terminé, je les collerai sur le billot avec cet enfoiré de Mad.

Je suis furieux que des hommes qui m'étaient loyaux autrefois m'aient trahi. À présent, ils n'osent même plus me regarder en face, honteux de ce qu'ils sont devenus, mais cela ne les a pas empêchés de prêter allégeance à un autre. Ils croient que ce menteur qui me regarde de travers sera leur sauveur. Eh bien, qu'ils tombent tous avec Mad.

Je tousse, crachant du sang sur le sol de pierre, en regardant les deux gardiens.

Mais c'est le sourire tordu de Mad que je fixe. Il se tient hors de ma cellule et s'éclate à me voir au plus bas.

Espèce d'enfoiré, j'ai envie de lui briser le dos. Notre meute était une famille, un foyer... Maintenant, elle est aussi brisée que le reste du monde.

J'essuie ma bouche ensanglantée du revers de la main, m'assieds et m'affale contre le mur du fond, meurtri et éreinté par les coups. Or Mad a besoin de moi vivant, et je peux durer longtemps comme ça. Ma capacité de guérison me remettra bientôt sur pied. Même si le froid glacial provoqué nuit et jour par la pluie constante me transperce jusqu'aux os, et que mes flancs me brûlent de tous les coups de pied reçus.

— Dis-moi, commencé-je d'une voix rauque, avant de cracher un peu plus de sang par terre. Tout se passe comme tu l'espérais ? Tu as une belle grosse érection parce que tu as revendiqué la meute et que tu es le grand chef ? Mais on sait tous les deux que tu es toujours un lâche.

*Se battre* avec honneur pour dominer, voilà la bonne manière de faire, pas les manigances merdiques qu'il a ourdies.

Je ne me soucie plus du tout de ne pas contrarier Mad.

Il grogne, et la haine est palpable sur ses traits ; je ne peux m'empêcher de sourire.

— Tu es en sursis, mon frère. Profites-en bien, parce ta louve sera mienne d'ici la fin de la journée. Ensuite… (Il s'écarte du mur et se redresse, passant la main dans ses cheveux blancs.) Je n'aurais plus besoin de toi. Plus personne n'aura besoin de toi.

Il s'avance vers la sortie, mais je n'en ai pas fini avec lui. Mad est un imbécile qui laisse sa colère le dominer.

— Il se dit que les petites meutes sauvages du nord sont en train de s'allier, et qu'elles ont des vues sur cette terre.

Je déteste lui donner des informations, sauf que mon but est de lui faire comprendre que la situation ne se résume pas simplement à une prise de pouvoir ou à un antidote contre les zombies.

— Le X-Clan viendra se venger pour le vol du sérum, et les meutes barbares du nord débarqueront. Combien de membre de cette meute te resteront loyaux quand ils s'apercevront que ta promesse de liberté est bidon ?

Il tourne la tête pour me regarder par-dessus son épaule, avec une expression ironique.

J'ai touché un point sensible, et il le sait... Peut-être qu'il n'y a jamais songé, mais le chemin qu'il emprunte est bien misérable.

– C'est une tentative de plaider pour ta vie ? Ça ne marche pas.

Je ricane à moitié.

– Tu penses que ça a un rapport avec moi ? Contrairement à toi, je me préoccupe des membres de cette meute. Ils sont ma famille, mais à tes yeux, ce sont tes serviteurs. (Je hausse les épaules et jette un œil aux deux gardes qui écoutent. Ils baissent les yeux pour ne pas croiser mon regard.) Je me contente de pointer un énorme défaut dans ton plan.

– C'est plus ton problème, frangin, grogne-t-il. Tu es mon pion jusqu'à ce que je récupère la fille. C'est tout ce que tu es, et je ne reçois pas de conseils de simples pions.

Il ricane sur son dernier mot, et je souris à l'idée de l'avoir agacé.

Parfait. Peut-être qu'il entendra mon point de vue et sauvera la meute d'un massacre, vu les dangers qui arrivent. Sauf qu'avec mon frère, on ne peut rien prévoir.

Il sort en trombe de la prison avec les gardes. Je soupire et ramène mes genoux pliés contre ma poitrine, enserrant mes jambes, grimaçant quand la douleur me consume, comme si on tenait une flamme dans mes entrailles.

Je suis absolument convaincu que Bardhyl et Lucien réussiront à s'échapper. Comme ils ne sont pas avec moi, je ne peux que supposer que Mad les retient dans d'autres cellules, qui ne sont pas aussi solides que celle-ci.

Mad se fiche bien d'eux en réalité... c'est moi qu'il veut torturer. Savoir quand il le fera, c'est une autre histoire. Et pourtant ses paroles me trottent en tête, quand il a dit que Meira serait à lui d'ici la fin de la journée.

Quel est son plan ?

Je suis saisi d'un besoin urgent de m'enfuir et de la trouver le premier. Le désespoir m'empêche de respirer, et c'est plus douloureux encore que les coups contre mes côtes.

Je lève les yeux sur la porte du cachot, la seule issue. Je suis trop bas sous terre pour une évasion par la fenêtre, et je me relève. La moindre parcelle de mon corps est douloureuse. Les gardes m'ont laissé seul ici, les deux autres cellules étant vides. Il règne une odeur rance de terre humide, et un filet d'eau coule au travers du mur humide, en provenance du sol détrempé dehors. Le tonnerre ne cesse de gronder depuis hier. Je m'accroche à l'espoir que ce n'est pas là que mon histoire s'arrête. Je me battrai pour sortir. Et pourtant, un doute subsiste.

La porte principale du cachot s'ouvre à la volée. Je lève les yeux sur les gardes qui traînent une personne inconsciente par les bras. L'homme a des cheveux blond pâle, est bâti comme un taureau, et porte un jean noir et une veste en cuir ajustée. Ils le jettent dans la cellule la plus éloignée de moi. Ma première pensée est pour Bardhyl, sauf que cet homme a les cheveux courts, et cela fait un bon bout de temps que je n'ai pas vu quelqu'un porter une veste en cuir. Surtout parce qu'elles sont difficiles à se procurer.

Les gardes ressortent en claquant la porte, et je reporte mon attention sur le nouveau venu. Il gît sur le flanc, en boule, immobile.

– Hé, l'appelé-je, mais il ne répond pas.

Il a été assommé.

Prenant une grande inspiration, je flaire l'odeur du type, pour le situer.

Un fort relent de musc de loup, de la transpiration, et en dessous, son odeur unique, comme le sel de mer. Qui est cet étranger, et que fait-il sur notre territoire ?

Qu'est-ce qui se passe ici ?

Je titube jusqu'à la porte de ma cellule et me tourne pour inspecter la porte principale, à l'écoute des moindres éclats de voix venant des gardes.

Silence.

Mad est parti depuis longtemps, et son plan m'inquiète.

Un frisson me parcourt et cela n'a rien à voir avec ma chute, mais tout avec la sécurité de Meira si Mad la capture. Je reporte mon attention sur mon voisin, et j'ai bien l'intention de le réveiller pour découvrir ce qu'il se passe.

### BARDHYL

— Bon sang, levez-vous. Il faut qu'on parte maintenant !

La voix de Lucien s'infiltre dans mon cerveau endormi et me réveille.

Je me redresse d'un coup, le cœur battant la chamade, m'attendant presque à trouver des assaillants dans notre grotte. Alors que je me lève d'un bond, Meira ouvre les yeux et gémit, confuse.

— Qu'est-ce qui se passe ? aboyé-je à l'attention de Lucien, qui a du mal à respirer comme s'il venait de courir.

— Les hommes de Mad remontent la colline. Je les ai vus en allant pisser. Nous nous changeons en loups et nous filons d'ici.

— Pour aller où ?

Meira se lève, agrippant la couverture dont elle s'est drapée, les yeux fixés sur l'entrée de la grotte, avant de les reposer sur moi.

— Dans un endroit sûr, répond Lucien.

L'énergie dans l'air est palpable, à cause de l'électricité dégagée par sa transformation imminente.

Je secoue la tête, la panique me noue les tripes.

— S'ils sont dehors à nous chercher, alors c'est le moment d'aller délivrer Dušan.

— Oui, acquiesce Meira, faisant un pas en avant. On ne fuit plus, parce que vous deux, vous n'êtes pas en sécurité dehors avec les morts-vivants. Alors on le fait maintenant. À quelle distance se trouvent les loups ?

— Au pied de la colline, répond Lucien.

J'adore voir la résolution de mon ange. Je glisse un bras autour de ses épaules pour l'attirer à moi.

Elle lève les yeux, affiche un petit sourire, et je vois ses yeux emplis d'inquiétude ; pourtant, elle se hisse sur les orteils pour me voler un baiser rapide. Ses lèvres sont une douce caresse sur les miennes, mais elle s'écarte juste au moment où je m'apprête à la prendre dans mes bras.

— Nous n'avons pas le temps pour ça, nous rappelle Lucien, tapant du pied sur le sol de pierre.

— Je sais, dit Meira d'une voix tremblante. (Elle l'entoure de ses bras et l'embrasse sur les lèvres tout comme elle l'a fait avec moi.) Nous allons chercher Dušan, répète-t-elle.

À contrecœur, Lucien acquiesce.

— Très bien, vous êtes en majorité, mais nous partons maintenant.

— Allons-y.

J'ai déjà des picotements sur la peau alors que j'appelle mon loup et le libère. Il repousse mes barrières et s'élance. C'est toujours une course pour lui, il a besoin de liberté, de chasser, de prendre le contrôle. Mais pas encore, mon garçon.

Une douleur terrible me transperce, mes os craquent, ma peau se déchire, et je grogne sous le coup de cette souffrance qui enfle. Elle s'évanouit aussi vite qu'arrive ma transformation. Je tombe au sol à quatre pattes. Les couleurs se changent en nuances atténuées, le monde est plus vif, plus net, et l'odeur des pins au-dehors est fraîche et forte.

Un grondement profond résonne dans ma poitrine et je me secoue, ma peau épaisse palpite. Jamais je ne me sens aussi libre et prêt que dans mon corps de loup.

Je tourne la tête vers les deux autres, toujours sous forme humaine à discuter tranquillement, Lucien tenant Meira par la taille.

Je trotte vers eux, avec l'impression d'avoir raté quelque chose.

– Ferme les yeux, dit Lucien. Ne pense qu'à ta louve qui s'avance. Appelle-la.

Je frissonne. Ce n'est que sa deuxième transformation, et il ne m'est même pas venu à l'esprit qu'elle pourrait avoir du mal. La culpabilité me serre le ventre, mais c'est trop tard maintenant, alors je plonge vers l'entrée de la grotte pour aller surveiller les intrus.

Le soleil brille fort aujourd'hui, et la matinée est bien avancée. Combien de temps avons-nous dormi ?

Je me glisse en silence dans la pénombre des bois, me faufile d'arbre en arbre le long de la descente.

Je flaire l'odeur de loup et de fourrure mouillée dans le vent. Je m'arrête près d'une corniche rocheuse à flanc de colline, où la déclivité est presque mortelle. Tout en bas, trois loups fouillent la zone. La pluie aurait dû couvrir mon odeur, mais Lucien a raison. Nous ne pouvons pas prendre de risque.

Peu à peu, je recule hors de la vue des loups avant de me retourner à la grotte. Je file entre de grands arbres, saute par-dessus les buissons. Mon cœur bat à tout rompre à l'idée que nous avons baissé notre garde en dormant aussi longtemps. Les branches basses me fouettent au passage, et des gouttes m'éclaboussent, vestiges de la tempête.

Soudain, un hurlement brise le silence. L'écho de pattes martelant le sol résonne dans l'air, et s'amplifie.

Ils ont repéré mon odeur.

Merde !

J'accélère encore ma course et j'aperçois la grotte, mais toujours pas de Lucien ni de Meira.

Un grondement m'échappe afin d'avertir Lucien, et je prie pour qu'il ait pu aider Meira à se transformer.

Nous n'avons plus le temps.

# CHAPITRE 11

MEIRA

Ma louve s'échappe si vite et si soudainement que la panique s'empare de moi. Je m'agite, grimace, je veux que cesse la douleur qui me taraude. Ça n'a pas marché. Je suis toujours humaine, et une part de moi craint qu'elle ne prenne totalement le contrôle de moi cette fois.

– Détends-toi. N'aie pas peur d'elle.

La voix de Lucien flotte autour de moi, tandis que les battements de mon cœur martèlent mes oreilles. J'essaie de me concentrer sur sa voix, mais ça n'a pas l'air de faire effet.

De violentes douleurs me fouaillent tout le corps. Il s'échauffe comme si j'étais en feu, sur le point d'exploser. Ce n'est pas différent de la première fois... Les transformations sont terriblement douloureuses, et ma louve a plus de mal à sortir ce coup-ci.

– Meira, arrête de lutter contre elle.

J'inspire fortement, et me débats, mes pieds surmontés de griffes grattant la pierre. Tout mon corps tressaute, et soudain je tombe à quatre pattes, tremblante. Ma vision se trouble par à-coups, se charge de points noirs. Tout comme lors de ma première transformation.

Quelques secondes plus tard, j'inspire profondément, le pouls en feu. J'ai quitté mon corps humain. À présent je suis louve, à quatre pattes. Je lève la tête, flaire le relent âcre du feu qui s'est consumé, la terre boueuse au-dehors, et l'odeur délicieuse de Lucien. Il y a quelque chose de libérateur à revêtir cette forme, sauf qu'au moment même où cette pensée me vient, ma louve s'élève en moi telle une ombre. Elle est toujours là, à me repousser sans cesse.

Je tourne la tête vers Lucien ; son sourire approbateur est tout ce dont j'ai besoin pour me calmer.

Il passe une main sur mon dos, et c'est comme le plus incroyable des massages ; je m'appuie contre lui, adoucie.

Un grondement soudain au-dehors nous fait aussitôt reporter notre attention sur l'entrée de la grotte. Mon pouls s'accélère sous la menace du danger.

— Ils arrivent, annonce Lucien, et une étincelle d'énergie prend soudain vie en moi.

Son corps passe d'homme à bête en quelques secondes, sans le moindre effort, alors que j'ai l'impression que ma propre transformation est terriblement lente et douloureuse. Il croise mon regard et je fixe ces yeux gris acier familiers, qui ne changent pas de couleur même quand il habite son corps humain. Il est couvert d'une épaisse fourrure brune et ses longues oreilles pivotent, à l'affût du moindre bruit.

L'air s'épaissit, et un frisson court dans mon dos. Adieu la paix avec ma louve. Quelque chose de différent me submerge : une conscience accrue du moindre bruit, du moindre mouvement, et le besoin de survivre.

Lucien fait volte-face et fonce hors de la cave.

Je cours après lui, désireuse de le rattraper, et ma louve me presse, me dirige droit sur l'ennemi. La panique me consume, je dois rassembler toute ma volonté pour foncer derrière Lucien. Tendue, je me concentre sur chaque pas, chaque mouvement, à moitié convaincue que ma louve se sent plus forte.

Le froid m'enveloppe.

Autour de moi, les odeurs que j'ai senties plus tôt sont décuplées, elles m'étouffent. Du sol boueux que la pluie a remué aux sapins, en passant par le relent de fumée lointain qui doit provenir de l'enceinte des Loups Cendrés.

Je cours après Lucien qui a tourné à gauche en sortant de la grotte, et nous dévalons la pente entre les arbres.

Bardhyl court avec nous, sa fourrure blanche évoquant une brume parmi les ombres. Il saute par-dessus les buissons et ses mouvements frénétiques sont ceux de quelqu'un qui a peur. C'est un Alpha, et peu de choses l'effraient : sa réaction me terrifie.

Nos poursuivants ne sont pas loin.

Il vire vers nous, me jetant un bref regard, et je discerne une énergie puissante au fond de ses yeux. Tous les trois, dans nos corps de loups, nous bondissons jusqu'en bas de la colline, nous échappant à une vitesse extraordinaire. Je suis ébahie de voir à quel point je bouge vite, presque à voler, et j'aime à penser que mes pattes touchent à peine le sol.

Nous accélérons le rythme et sautons par-dessus un torrent, quand je repère les mêmes Monstres de l'Ombre qui s'attardent non loin de l'endroit où je leur ai demandé de me laisser tranquille. Je vois clairement qu'ils sont quatre. Comme avant, ils ne font pas le moindre geste pour nous poursuivre. Plus je les regarde, plus j'ai l'impression d'avoir déjà vu celui qui a une méchante cicatrice sur le côté de son crâne chauve. Puis la mémoire me revient d'un coup. Il a tenté d'attaquer Jae après que je l'ai détachée de l'arbre. C'est le même maudit Monstre de l'Ombre contre qui je me suis battue, et que j'ai mordu. Pourquoi agit-il de cette manière à présent ?

Un hurlement assourdissant venu de derrière nous brise le silence de la forêt. Je tourne la tête de tous côtés.

Deux silhouettes se ruent vers nous. Ils ont capté notre odeur, et leur appel va alerter les autres. Combien de temps avant que cet endroit ne grouille de sbires de Mad ?

Lucien ne s'arrête pas, et je cavale pour suivre le rythme. Bardhyl s'est calé derrière moi, et m'a toujours à l'œil. Je ne peux ignorer leurs manières protectrices à mon égard, et à quel point j'aime ce trait de caractère chez eux.

Les oreilles en alerte, je guette toute éventuelle attaque-surprise, mais plus nous courons, plus ma poitrine se serre. Mais ça ne me dérange pas de bouger en permanence. Ça occupe ma louve.

J'ignore depuis combien de temps nous galopons. Lucien ne ralentit jamais. Un mouvement à la lisière de mon champ de vision attire mon attention, et je tourne la tête vers les bois qui nous entourent.

Les Monstres de l'Ombre progressent dans la forêt, filant sur notre droite. Lucien s'écarte brusquement quand il les aperçoit à son tour.

Merde ! Je suis complètement terrifiée à l'idée que nous ayons échoué dans un essaim. Ce n'est sûrement pas le meilleur chemin à suivre.

Je jette un œil derrière moi : Bardhyl est pratiquement sur mes talons et nos poursuivants se rapprochent, sauf qu'il y en a maintenant presque une dizaine dans leurs corps de loups, qui chargent vers nous.

Mon cœur se serre à cette vue.

J'indique du menton les morts-vivants qui ont repéré notre agitation, et je prie pour que nous soyons assez rapides pour leur échapper, et que les Loups Cendrés à nos trousses se fassent prendre.

Brusquement, la masse des morts-vivants à notre droite dérive vers nous à une vitesse qui me prend au dépourvu, le cœur battant la chamade. Ils viennent pour mes deux hommes.

Lucien vire brusquement sur la gauche, vers où la forêt est moins dense, où il a le plus de chances de s'en sortir. Bardhyl lui emboîte le pas et me donne un petit coup de tête pour que je le suive.

Je regarde les Monstres de l'Ombre, puis les Loups Cendrés, puis mes deux hommes qui détalent ; tout arrive beaucoup trop vite.

Je n'ai que quelques secondes pour prendre une décision.

Bardhyl se retourne vers moi tandis que je pivote dans la direction opposée à lui et me précipite vers les morts-vivants qui bougent rapidement. Je veux que ces créatures se focalisent sur nos ennemis plutôt que sur nous.

Je percute un homme mort, nous projetant tous deux au sol. Il empeste la mort et la pourriture. Ses os fragiles se brisent sous mon poids dans sa cage thoracique, mais pour ces créatures, ça n'a pas d'importance. Il roule déjà sur le côté pour se relever en râlant. Je bondis en avant et j'abats le monstre suivant, puis un autre. Bien sûr, ils ne cessent de se relever, mais je les ralentis suffisamment pour que mes loups puissent s'échapper.

Dans un ballet chaotique de sauts, de membres arrachés et de vêtements déchirés, j'en arrête autant que je peux. Déjà, une demi-douzaine d'entre eux se précipitent vers les loups qui poursuivent mes hommes.

Jetant un œil vers eux, je vois Bardhyl et Lucien près d'un majestueux vieil arbre tordu ; ils sont loin, je ne distingue que des silhouettes, mais je sais que ce sont eux.

J'observe comment les Loups Cendrés évitent habilement les zombies qui gagnent du terrain tout en poursuivant mes hommes. Les membres de la meute ne me voient pas tant que je reste entourée de morts-vivants.

Le problème, c'est qu'à la seconde où je sortirai de la masse pour rejoindre mes amants, je me dévoilerai. Au lieu de ça, je recule au sein de la marée de morts-vivants qui déferle des bois.

Je jette des regards désespérés à mes hommes, les implorant de s'en aller, espérant qu'ils comprennent. Je les retrouverai. Notre seule chance de salut, c'est de voir quelques zombies poursuivre les Loups Cendrés.

Quand je reporte mon attention sur Bardhyl et Lucien, ils ont disparu.

Mon cœur se serre à me faire mal, mais c'est pour le mieux. Avec les Loups Cendrés alentour, il vaut mieux que je reste parmi les morts-vivants pour l'instant... au moins jusqu'à tant que je puisse m'échapper.

Les nerfs à vif, je me fraie un chemin au milieu du flux de zombies qui poursuit les Loups Cendrés. Ils passent près de moi en geignant, emplissant l'air de leur puanteur. J'ai beau les détester, ils m'ont sauvé la mise un paquet de fois. Nécessité fait loi.

Quand je ne vois plus de Loups Cendrés dans les bois devant, je commence à m'éloigner des morts-vivants, et décide de continuer dans la direction où Lucien nous menait au départ, loin de là où se dirigent les loups et les zombies. Je prie pour qu'une fois que ces derniers auront attrapé les Loups Cendrés, ils continueront leur course dans la même direction.

La forêt m'apparaît floue, elle m'enserre, cette partie est très dense, le soleil perce à peine la canopée au-dessus de ma tête.

Des frissons de panique m'envahissent. Plus j'avance en regardant par-dessus mon épaule, et plus j'ai mal au ventre. Peut-être aurais-je dû pister mes hommes poursuivis par les Loups Cendrés, en gardant mes distances ? Ai-je commis une erreur ?

Je m'arrête un instant pour reprendre mon souffle et

ralentir le martèlement de mon cœur, tout en me torturant l'esprit pour décider de quoi faire ensuite.

Je ne vois personne me suivre, mais soudain une brindille craque derrière moi.

Je me retourne, babines retroussées, la rage au ventre. Je pense à des Loups Cendrés, mais je découvre Jae accompagnée de trois hommes massifs. Ils portent des vêtements bien trop propres et trop parfaits pour être des environs. Pantalons, bottes, longs manteaux noirs et cheveux en bataille. La brutalité se lit dans leurs yeux. Leur vue m'effraie, ils me font penser à trois ours se dressant sur leurs pattes arrière avant d'attaquer.

Rien qu'avec leur taille, ces hommes costauds, qui doivent mesurer au bas mot un mètre quatre-vingt-quinze si ce n'est plus, ressemblent à des bêtes à mes yeux. Ils ne viennent pas d'ici, alors d'où sortent-ils ?

– Meira, me lance Jae avant de s'approcher et de me tendre la main. N'aie pas peur.

L'homme aux cheveux couleur de miel, coupés courts, lui saisit le bras pour qu'elle reste auprès d'eux.

*Ouais, c'est ça, n'aie pas peur, dit-elle.*

Jae fronce les sourcils puis lève les yeux vers son ravisseur, avant de secouer son bras pour le libérer.

– Elle n'est pas dangereuse, c'est une Louve Cendrée. Elle m'a sauvée des zombies et des loups sauvages. Elle est avec moi.

J'incline la tête devant l'assurance dont Jae fait preuve, et je suis fière d'elle à cet instant, mais ces trois hommes qui l'accompagnent me paraissent dangereux. Sait-elle bien ce qu'elle fait ?

Celui qui a saisi le bras de Jae s'avance d'un pas, ce qui m'indique qu'il est le leader de ces Alphas. En fait, je le sens sur eux, je sens la chaleur de l'Alpha qui irradie d'eux comme un brasier. Ces hommes, tout comme les Omégas telles que moi, dégagent une certaine odeur.

Mais je ne suis pas idiote... Les Alphas recherchent deux choses quand ils chassent dans les bois.

De la nourriture.

Et des femmes à revendiquer. À échanger. À sauter.

Il est hors de question que j'aie traversé tout ça pour me retrouver à la case départ.

Je recule, et Jae reste bouche bée en me voyant battre en retraite. Je ne suis pas de taille à affronter trois hommes. Je connais mes limites, mais aucun d'entre eux n'a tenté quoi que ce soit non plus.

– Meira, je t'en prie, m'enjoint-elle. Ils ne sont pas sauvages. Ils sont venus du nord et ils vont m'aider à retrouver mes sœurs.

Le nord... mon esprit bouillonne ; il n'y a que des loups sauvages par là-bas, et seulement quelques petits groupes d'Alphas qui travaillent ensemble. La peur s'empare de moi.

– Ton amie dit la vérité, m'assure le leader d'une voix grave et rauque.

Trois paires d'yeux pâles me scrutent, mais leurs expressions ne trahissent pas leurs intentions. Pour ma part, il n'y a rien d'attirant chez eux, et je n'éprouve que de la peur pour Jae et moi.

– Transforme-toi et nous pourrons parler, Louve Cendrée.

J'ai envie de rire, parce que je ne le crois pas sur parole ; je ne crois que Jae. Et pour ce que j'en sais, ce pourrait tout aussi bien être une manière codée pour elle de me demander de l'aider... encore une fois.

– Je t'en prie, insiste-t-elle. Transforme-toi pour qu'on puisse parler normalement. Ils veulent juste des renseignements sur les Loups Cendrés.

Les poils se hérissent sur mon dos. Qu'ont-ils besoin de savoir ? Leurs points faibles, pour attaquer tandis que le chaos règne parmi la meute ? Mais cela me donne aussi une chance de les induire en erreur et de découvrir quelles sont leurs intentions réelles. Nous devons déjà nous occuper d'un démon et n'avons pas besoin que le diable s'introduise dans l'enceinte pour prendre le pouvoir.

Le chef déboutonne son manteau, qui tombe sur ses hanches, et il l'enlève avant de le tendre à Jae. Elle le prend consciencieusement et le tient comme un rideau pour me dissimuler aux yeux de ces trois hommes qui me matent. Elle me supplie du regard, et je vois bien qu'elle pense sincèrement qu'ils ne me feront pas de mal.

J'ai la chair de poule, je n'ai vraiment pas besoin de ça maintenant. Mais je ne peux pas simplement tourner la tête si d'autres prédateurs arpentent aussi ces bois.

Comme Lucien me l'a appris, j'expire doucement et rappelle ma louve, dont l'attention est fixée sur les nouveaux venus. Avec un grognement de protestation à l'égard de ces ennemis, elle se glisse en moi ; la douleur rampe en moi, et je me raidis. Je refuse de montrer la moindre faiblesse à ces hommes.

Quelques secondes plus tard, je suis debout, nue. Je prends rapidement le manteau que Jae me tend et tourne le dos à mon public, le temps de passer les bras dans les manches trop longues. La forte odeur de transpiration et de mâle musqué du tissu m'envahit, et les poils se hérissent sur ma nuque. Bien que j'apprécie qu'ils m'aient donné quelque chose pour me couvrir, quand la plupart des hommes ne l'auraient pas fait. Je boutonne le manteau qui me tombe aux genoux et ressemble plus à une robe sur moi. Mais il couvre tout ce qu'il faut.

Je me retourne au moment où le meneur me saisit le bras, le serre et grogne :

– Marchons. Nous avons besoin de ton aide, Louve Cendrée.

# CHAPITRE 12

LUCIEN

Je m'arrête en dérapant près d'un ruisseau gargouillant, hors d'haleine, et me retourne. Bardhyl saute au-dessus de l'eau avant de s'arrêter à son tour.

Derrière nous, aucun signe des Loups Cendrés. Aucun bruit non plus. Et aucune trace des morts-vivants. Nous les avons semés.

Je n'arrête pas de penser à Meira et la manière dont elle nous a sauvés en détournant les zombies sur les loups qui nous pourchassaient. En temps normal, je serais resté me battre, surtout que j'ai juré de ne plus jamais la perdre, mais j'ai fui. Et je me suis détesté pour ça, mais rester au milieu de cette marée équivalait à signer notre arrêt de mort. Fuir n'est pas un signe de faiblesse, même si la culpabilité me tord le ventre au point d'en avoir la nausée.

Soudain, je sens de l'électricité dans l'air et mes poils se hérissent. Je me retourne et vois Bardhyl se redresser sous sa forme humaine, tandis que les dernières traces de fourrure s'estompent sur sa peau.

Il fait craquer son cou, et il a un air sinistre et furieux.

— Merde ! est tout ce qu'il parvient à articuler.

C'est exactement mon sentiment. Je suis son exemple et rappelle mon loup, et ma transformation commence. J'accueille la douleur, la souffrance, tout est préférable à sentir mon cœur qui se brise.

— Nous devons la retrouver, grogné-je en me relevant. Soit elle nous a suivis, soit elle a continué dans la direction où je nous emmenais, au nord vers les montagnes près du Secteur Sauvage. Là où Dušan nous a dit d'aller nous cacher au cas où les choses tourneraient mal.

Les loups s'aventurent rarement dans ce coin, et je me disais que ce pourrait être un bon endroit pour faire profil bas et nous débarrasser des Loups Cendrés.

— Je ne sais pas si elle aurait pris cette direction. Elle ne sait pas que c'est une cachette. Retournons prudemment sur nos pas et tâchons de la retrouver, propose Bardhyl, comme s'il voulait se rassurer lui-même.

— D'accord, mais si nous ne trouvons aucune trace d'elle, alors nous pourrons nous séparer entre le nord et la direction de l'enceinte. Qu'elle soit captive ou qu'elle se déplace de sa propre volonté, elle finira par aller par là, hein ?

Bardhyl me répond par un grognement. Je hume l'air, mais ne la sens pas.

— Il faut juste que nous retrouvions son odeur.

Elle pourrait être n'importe où dans la forêt, mais j'essaie de penser comme Meira. Elle nous a délivrés de cette cellule dans la colonie, ce qui veut dire qu'elle n'ira pas loin et reviendra nous chercher.

Je jette un œil dans la direction d'où nous sommes arrivés, et j'ai une folle envie de voir sa silhouette sortir de la pénombre, de savoir qu'elle est en sécurité, mais elle n'arrive pas. Au fond de mon cœur, je sais qu'elle ne nous a pas suivis.

— Les bois grouillent de morts-vivants et de Loups Cendrés qui ont retourné leur veste, remarqué-je.

– Si la chance est avec nous, nous la trouverons là-dedans.

– J'espère que tu as raison, mon ami.

L'inquiétude me gagne à l'idée que ce ne sera pas aussi facile.

## *MEIRA*

– *L*âche-moi !

Je secoue la main pour l'arracher à la prise de la brute, mais on dirait de la pierre.

– Tu nous aideras.

C'est ce qu'il répète en boucle, nous menant rapidement dans la direction d'où je viens, me traînant à ses côtés. Cet Alpha aux yeux vert très pâle ne prend pas la peine de ralentir.

Avec un peu de chance, nous croiserions les morts-vivants, ce qui me donnerait l'occasion idéale pour m'échapper. Ce qui serait pire, ce serait de tomber sur les Loups Cendrés qui me recherchent. Enfin, peut-être que ces brutes du nord pourraient les abattre pour moi. Et là encore, me laisser le temps de m'enfuir avec Jae.

Je jette un œil par-dessus mon épaule et la vois marcher à pas pressés entre les deux autres Alphas, bien qu'aucun d'entre eux ne la touche.

– Nikos ! crie-t-elle. Je t'en prie. Tu fais mal à Meira.

L'homme qui me traîne s'arrête et se tourne lentement vers nous, resserrant encore sa prise sur mon poignet.

– Il n'y a pas de temps à perdre.

Il reporte son attention sur moi et ses traits se contractent.

De plus près, je distingue des mouchetures dorées dans ses yeux et une cicatrice toute fraîche en travers d'un sourcil, encore rose. Il a de longs et épais cheveux châtains sur le dessus et l'arrière de la tête, rasée sur les côtés. Ce serait facile de le voir comme un homme sauvage, mais je me souviens qu'il ne m'a pas encore fait de mal, ce qui veut dire qu'il peut être raisonné.

– Dis-moi ce que tu veux, lui demandé-je. Tu as besoin de mon aide, alors parle.

Les souffles lourds des deux autres hommes me rappellent que ces Alphas n'ont pas l'habitude que les femmes s'adressent à eux de cette manière.

Nikos, comme l'a appelé Jae, affiche un sourire.

– Les Loups Cendrés ont quelque chose qui m'appartient et tu vas nous aider à le récupérer.

Il n'y a aucune once de patience dans sa voix.

– Qu'est-ce que c'est ? lui demandé-je du tac au tac.

– Cela ne te regarde pas, Oméga. Tu nous aideras, où je te jetterai en pâture à mes deux hommes. (Il relève la tête avant que je puisse répondre.) Jae, si tu veux que nous te ramenions auprès de Narah, tu vas juste la fermer.

Un malaise s'installe au creux de ma poitrine, et je me tourne pour regarder Jae, dont la figure a blanchi. Elle courbe les épaules comme si elle essayait de rétrécir, de disparaître, mais elle ne me quitte jamais du regard. Dans ses yeux, je vois qu'elle bataille entre m'abandonner pour rejoindre sa famille ou de laisser tomber pour m'aider.

– Tu me donnes ta parole que tu ne feras pas de mal à mon amie ? Narah t'a engagé pour me trouver et me garder en sécurité, mais je te demande de faire pareil pour Meira, dit-elle enfin.

Ces hommes ont été engagés par la sœur de Jae ? Engagés pour la retrouver ? Qui est sa sœur au juste, pour avoir une monnaie d'échange ou assez de pouvoir pour engager des Alphas aussi puissants ?

Nikos se frappe férocement la poitrine du poing.

– Je te donne ma parole. Nous ne ferons pas de mal à la

femme si elle nous aide.

Jae acquiesce, et Nikos se retourne pour m'entraîner de nouveau dans sa marche rapide, mais je le retiens.

– Attends. Donc vous voulez que je vous fasse entrer dans la colonie ? C'est tout ?

J'ai la chair de poule sous son regard, mais je ne peux pas haïr Jae de ne pas les supplier de me libérer. Nous faisons tout ce que nous pouvons pour survivre, pour notre famille. J'ai passé assez de temps avec Jae pour savoir qu'elle a des intentions sincères et ne veut rien d'autre que rentrer chez elle, à l'abri. Nous le méritons tous, donc ma colère est plutôt dirigée vers ces hommes qui comme les autres, prennent ce qu'ils veulent par cupidité.

– Oui, murmure Jae en réponse, détournant les yeux.

Nikos reprend son rythme effréné en me tirant derrière lui. Mes pensées tourbillonnent à tenter de comprendre ce qui se passe. Qu'ont pris les Loups Cendrés à ces Alphas ?

À la vérité, je ne sais pas grand-chose des meutes de loups qui entourent le Territoire des Ombres, même celles avec qui Dušan est en relation. Pour ce que j'en sais, ceux-ci sont des Alphas mécontents qui viennent en représailles contre lui pendant qu'ils sont dans les parages, et ils veulent que je leur ouvre la porte d'entrée.

Pourtant cette théorie ne me paraît pas plausible. Éliminer le chef d'une meute n'est pas chose aisée. Est-ce un job pour seulement trois hommes ? Peut-être. En tout cas, il est hors de question que je livre mes compagnons à ces monstres.

Nous avançons plus vite à présent, le sol file sous mes pieds. Nikos me tient toujours le bras, soutenant une partie de mon poids, afin que je puisse suivre ses longues enjambées.

À ma grande déception, il n'y a aucun Monstre de l'Ombre sur notre chemin.

– Si tu me disais ce que vous cherchez, ce serait plus facile, dis-je pour rompre le silence. Je saurais par où vous faire entrer. Je veux dire, je suppose que vous voulez vous introduire dans l'enceinte, sinon pourquoi tu me traînerais comme un dément ?

Il ne dit mot, ne me regarde même pas, nous filons simplement sur le terrain couvert de feuilles mortes et de brindilles. Quiconque serait dans les parages nous entendrait marcher, mais cela ne semble pas l'inquiéter.

Derrière moi, Jae et les deux autres hommes restent à proximité. Une tentative d'évasion ne me mènerait pas bien loin. Je le sais rien qu'à voir la taille de ces hommes. En gros, trois contre une.

– Meira, grogne-t-il, et mon nom semble sale dans sa bouche. (Il se penche plus près.) Écoute-moi attentivement. Ces hommes sont en manque d'un bon rut depuis des semaines, depuis notre départ. (Il m'agrippe le menton et me fait mal.) Continue à me chercher et je serai ravi de les voir s'occuper de toi chacun leur tour. Après ça, il faudra quand même que tu m'aides à récupérer ce qui m'appartient. À toi de voir.

Je me fige tandis que la panique m'envahit. Mais je ne frémis pas, n'ose pas non plus lui montrer à quel point il me rend furieuse. En mon for intérieur, j'ai envie de lui faire mal, de le voir souffrir, de l'entendre hurler de douleur. Les abrutis comme lui prennent leur pied à voir l'impact terrifiant qu'ils ont sur les autres.

– Je t'en prie, Meira, fais ce qu'ils disent, implore Jae d'une voix tremblante.

Même si ces Alphas sont venus la chercher, elle a toujours peur d'eux. C'est évident.

Mais je soutiens le regard de Nikos. Il essaie de me faire sortir de mes gonds.

– Très bien, nous ferons ça à votre façon, dis-je enfin.

Il me lâche le menton et saisit mon bras.

– C'est toujours ce qu'on fait.

Nous repartons.

Je respire fort. Je bous intérieurement, je tremble, mais je ne devrais pas m'attendre à autre chose. Toute ma vie, je me suis tenue à l'écart des mâles pour cette raison. La plupart des Alphas cèdent rarement, ils ne voient les Omégas que comme leurs esclaves.

Sa menace me hante à chaque pas. Je relève la tête, et nous progressons rapidement à travers bois, et durant tout ce temps, je ne cesse de souhaiter que les morts-vivants nous trouvent. Quand ils boufferont ces abrutis, je ne ressentirai pas la moindre once de remords.

J'ai mal aux jambes à cause du rythme soutenu de notre marche, et parce que nous marchons ainsi depuis ce qui me semble une éternité.

Les sapins et les collines au loin commencent à me sembler familiers. Nous approchons de l'enceinte et je me sens de plus en plus nerveuse, ne sachant pas du tout à quoi m'attendre. Je suis coincée entre une montagne et une forteresse, avec deux adversaires à mes trousses.

*Je vous en prie, faites qu'au moins Bardhyl et Lucien soient en sécurité quelque part.*

Nous nous arrêtons brusquement, et même avant que je puisse comprendre ce qui se passe, je sens les Loups Cendrés dans la brise fraîche, mais pas mes hommes. Les ombres s'élèvent au-dessus de nous le long des arbres. Une douzaine d'entre eux sont en approche, sous leur forme animale, et grognent.

Un frisson s'empare de ma colonne.

– Il faut qu'on s'en aille, murmuré-je à Nikos. Avant qu'il ne soit trop tard.

– Je ne fuis jamais ! crie-t-il, le regard porté sur le danger qui approche.

Il se penche et murmure :

– Réponds à toutes mes questions avec sincérité, et je te

promets de te relâcher.

Il s'avance et me tire à lui par le bras.

Je n'ai aucune idée de quoi il parle. La peur m'étreint tandis que je glisse contre lui ; je voudrais que le sol s'ouvre et m'engloutisse. Si Mad m'attrape, jamais il ne me laissera partir. Il me torturera et finira par me tuer quand il découvrira que je ne suis pas la réponse à ses exigences en matière d'immunité. Je ne suis pas idiote, je sais précisément ce qu'il veut et à quel point cela tournera mal pour moi et mes loups.

– Je veux parler à votre Alpha ! crie Nikos, assez fort pour que tout le monde entende.

Au départ, il n'y a aucune réponse, et je maudis son emprise sur mon bras. Est-ce que ce dingue de loup nordique sait dans quoi il s'embarque ? Qu'il est littéralement en train de m'exposer devant une tanière de loups affamés ?

Jamais ses doigts ne se relâchent autour de mon poignet. Sa poigne est cruelle, et j'ignore de qui je dois avoir le plus peur. Je ne fais aucun geste de défense, je regarde juste un homme sortir des bois devant nous.

Les loups nous encerclent, et toute chance de leur échapper s'estompe dans le vent mauvais qui souffle sur mon manteau.

L'homme a les cheveux courts. Je me rappelle l'avoir vu dans l'enceinte à plusieurs reprises. Il me reconnaîtra à coup sûr. Je me glisse dans l'ombre de Nikos.

– Tu m'as appelé, répond l'étranger, le menton relevé les épaules carrées.

Je suis confuse, car cet homme n'est pas Mad, donc qui qu'il soit, il ment. Ou alors Mad est-il dans les parages, sous sa forme de loup, à nous observer ?

Nikos se penche vers moi et murmure :

– Est-ce qu'il dit la vérité ?

– Ce n'est pas lui le chef, lui réponds-je à mi-voix.

– Qui est-ce ?

Je secoue la tête.

– Je pense que c'est un garde.

Nikos se hérisse, s'éclaircit la gorge et se retourne vers l'imposteur.

– Vos hommes ont pris quelqu'un qui nous appartient. Je suis prêt à considérer ça comme un accident, mais je suis ici pour le récupérer. Amenez-le-moi maintenant, ou votre sang coulera.

Je lève les yeux vers Nikos, à moitié impressionnée par son arrogance, si l'on considère qu'ils ne sont que trois contre une dizaine de Loups Cendrés. Soit c'est le meilleur combattant au monde, soit il bluffe. Mais qui est vraiment la personne que Mad a kidnappée ?

L'imposteur crache par terre entre nous, le visage tordu par la fureur.

– Tu pénètres sur mes terres et tu oses me menacer ?

Il adresse un signe de la main à ses loups, et en un clin d'œil, ils fondent sur nous. Je recule brusquement, mais Nikos me retient comme un fou furieux.

– Il faut qu'on coure, soufflé-je.

La moitié des loups nous charge, babines retroussées, oreilles aplaties.

Nikos remonte sa main sur ma nuque et m'attire plus près de lui.

– Reste tranquille.

Un souffle de vent passe soudain près de moi, un brouillard qui bouge si vite que je sursaute et me heurte à Nikos. Je fais l'erreur de penser qu'un Loup Cendré nous a attaqués sur le flanc, mais ce sont les deux loups du nord, derrière moi, qui se jettent dans la bataille.

Blancs comme la neige, ces créatures, sous leurs formes animales, sont les plus grands loups que j'ai jamais vus, même plus costauds que Bardhyl qui est pourtant massif. Ces Nordiques doivent m'arriver à hauteur des yeux.

J'ai des frissons dans les bras, mais je ne parviens pas à détacher mon regard de ces deux monstres, de voir la vitesse à laquelle ils se jettent sur les autres loups. Une morsure et les os craquent. On entend des gémissements, et des Loups Cendrés terrifiés prennent la fuite. Les gémissements reprennent de plus belle, c'est un bain de sang, un enchevêtrement de fourrures, de crocs et de poussière.

Bon sang, qui sont ces Alphas ?

Je jette un œil à Jae tout près de nous à présent, tête basse, les bras serrés autour d'elle, détournant le regard de la bataille. J'ai envie de lui dire qu'elle sera en sécurité, mais impossible de promettre cela à aucune de nous deux.

– Ces maudits idiots. Ils ne savent pas qu'on les tuera tous ? murmure Nikos pour lui-même.

Tout se passe très vite. Devant nous gisent des cadavres ensanglantés et brisés, de retour dans leurs formes humaines. Je les scrute à la recherche de Mad ou d'un visage connu. De là où je suis, je ne distingue ni l'un ni l'autre.

L'imposteur tombe à genoux devant Nikos, flanqué des deux loups monstrueux qui emplissent l'air de leurs grondements. Leur fourrure blanche est tachée de rouge, et le sang goutte de leurs gueules. Je tremble rien qu'à les voir. Je suis entourée d'un véritable massacre, qui s'est produit sans effort.

Au loin, d'autres Loups Cendrés apparaissent, que Nikos repère tout de suite. Il a peut-être des machines de guerre à ses ordres, mais même lui devra bien admettre qu'il n'a aucune chance face à une meute entière.

– Je le demande une dernière fois, annonce-t-il. Je ne veux pas de guerre entre nous, mais je détruirai chacun d'entre vous. Ramène-moi celui que tu as volé maintenant ! hurle-t-il. Et pour te montrer que je suis un homme juste, je vais te rendre l'un des tiens.

Il me murmure à l'oreille :

– Changement de plan.

Sa grande main me pousse dans le dos, et je trébuche en avant sans pouvoir m'en empêcher.

Mon cœur bat à tout rompre, et soudain, je fais marche arrière. Cet idiot vient de me jeter dans la gueule du loup.

Je le regarde, puis Jae.

– Je t'en prie, non. Ne le laisse pas faire ça.

– Marché conclu! répond une voix sombre tandis que des doigts puissants se referment autour de mon poignet.

Je pivote et me retrouve face à l'imposteur qui se tient tout près de moi en ricanant.

– Je t'ai eue, articule-t-il.

J'essaie de calmer mes frissons, avant de regarder Nikos une dernière fois.

– Je t'en prie. Ils me tueront.

Jae tire sur son bras, les traits déformés par la peur.

– Ne les laisse pas l'emmener. Elle doit venir avec nous.

– Nous avons un marché, gronde l'abruti qui me tient. Elle est à nous, et mes hommes iront chercher le tien.

*Non, non, non!* La rage déferle dans mes veines. Je ne suis pas arrivée jusqu'ici pour me faire prendre. Je pivote, mon poing vole et je cueille le Loup Cendré abruti en plein visage.

Il relâche sa prise en gémissant, agrippant son nez en sang.

Je me libère et m'élance.

Soudain, il m'attrape par les cheveux et me tire en arrière. Je titube, mes pieds se dérobent, et je tombe les fesses par terre. Je crie et m'agrippe à mes cheveux pour faire cesser l'horrible douleur.

Jae accourt vers moi en criant, mais Nikos lui saisit le bras.

– Non, ce n'est pas ton combat.

– Enfoiré! hurlé-je à Nikos.

J'avais raison au sujet de ces Alphas qui ne voient jamais les femmes autrement que comme des marchandises : ce connard vient juste de me vendre.

## CHAPITRE 13

DUŠAN

— Lève-toi putain !

Le grognement m'arrache brusquement au sommeil.

Je me redresse aussitôt, le cœur battant à tout rompre, mais je ne vois personne dans ma cellule en train de m'aboyer des ordres.

Un mouvement sur ma droite attire mon attention vers la cellule la plus éloignée, où gît l'autre prisonnier. Alen, un garde que je reconnais à sa cicatrice qui court dans son cou, se tient au-dessus de lui et balance des coups de pied dans ses jambes. Deux autres gardes attendent à l'extérieur de la cellule.

J'ai essayé de parler au prisonnier plus tôt quand nous étions seuls, mais il était assommé, et je me doute que c'était dû à la même injection que m'a fait Mad. Mais je n'avais pas besoin de lui parler pour identifier son odeur d'Alpha. J'en avais tiré la certitude que je ne le connaissais pas. Un sauvage ? Peut-être. Ou bien quelqu'un venant d'une meute proche, des environs du Territoire des Ombres. Il y en a encore beaucoup que je n'ai pas eu l'occasion de rencontrer, mais d'un autre côté, je suis très sélectif quand j'envisage de travailler avec quelqu'un.

– Tu m'as entendu ? braille Alen.

L'étranger gémit en se réveillant, et le côté de son visage est rouge d'avoir dormi sur le sol de pierre.

Alen se penche sur lui, l'attrape par les cheveux et tire pour le relever. J'entends une menace sourde gronder dans la poitrine de l'étranger.

– Putain, laisse-le tranquille ! ordonné-je.

Alen tourne la tête vers moi et ses lèvres se tordent en un sourire sardonique.

– Ne t'inquiète pas, ton heure viendra.

– Et *toi*, tu as oublié quelle était ta place. Je ferai en sorte de te la rappeler quand je récupérerai ma meute.

Il éclate de rire, mais j'entends malgré tout le malaise sous-jacent. Ouais, il *fait bien* d'avoir peur. Être assis seul ici m'a laissé beaucoup de temps pour réfléchir à la manière dont je dirigerai ma meute à partir de maintenant. Au départ, j'ai accepté le fait que ces traîtres étaient effrayés et qu'ils faisaient tout pour sauver leurs peaux. Et même si c'est toujours vrai, il y a une grande différence entre ceux qui s'inclinent devant Mad pour lui montrer leur allégeance parce qu'ils ont peur, et ceux qui se réjouissent d'accomplir ses basses besognes. À ceux-là, je ne pardonnerai jamais leur trahison.

Je reporte mon attention sur le nouveau venu, debout à présent, et bien plus grand et costaud que je ne l'aurais cru. Il a des cheveux noirs coupés court derrière et sur les côtés, et les porte plus longs devant.

Alen tend la main vers lui, mais ce type est rapide et se saisit de son bras, le tordant dans son dos en un instant. Il jette le garde tête la première contre les barreaux métalliques.

Je ne peux pas m'arrêter de rire.

– Fais-lui mal, ricané-je.

Les autres gardes se précipitent au moment où l'Alpha balance son pied dans la porte, qui les frappe en plein visage.

Je hurle de rire devant l'incompétence de ces hommes en qui Mad a confiance. Je connais chacun de ces Loups Cendrés, et il y a une bonne raison pour laquelle ils n'ont jamais obtenu de grades élevés dans mes équipes de combattants.

Quant à cet étranger, c'est autre chose, il pourrait être un atout pour mon équipe.

Il me jette un regard assorti d'un léger hochement de tête, signe que nous ne sommes pas ennemis ici.

Les autres gardes parviennent finalement à entrer dans la cellule pendant que l'Alpha recule, mains en l'air. Ils se jettent sur lui et le frappent jusqu'à ce que ses genoux heurtent le sol et qu'il se recroqueville sur lui-même.

— Fracassez-le !

Alen s'écarte des barreaux, le nez en sang. Il essuie les dégâts du revers de la main, laissant une traînée de sang sur sa joue.

Je serre les poings.

— Foutez-lui la paix ! hurlé-je.

Les deux autres se tiennent au-dessus du prisonnier pendant qu'Alen lui balance un coup de poing en pleine face, l'envoyant valser sur le dos.

— Emmenez-le. Après tout, on dirait que c'est son jour de chance aujourd'hui.

Je me raidis, ne sachant pas ce qu'il se passe, abasourdi quand ils attrapent les jambes du prisonnier et le tirent hors du cachot.

Je fais les cent pas dans ma cellule pour étirer mes jambes. Je suis furieux d'être toujours coincé ici sans avoir aucune idée de ce qui se trame au-dehors.

Je ne sais plus depuis combien de temps je tourne en rond quand la porte principale s'ouvre en grinçant.

Je lève la tête et pose les yeux sur Meira qui entre en trébuchant dans le cachot, Alen la poussant dans le dos.

Le chagrin me submerge en voyant qu'ils l'ont capturée. La bile me monte à la gorge.

– Meira, l'appelé-je en me précipitant au coin de ma cellule, au plus près d'elle.

Mad avait sous-entendu qu'elle s'était échappée, mais cet enfoiré a dû la retrouver. La revoir, c'est comme si le soleil était entré dans la pièce. Elle tourne la tête vers moi, les yeux écarquillés en réalisant qu'elle m'a retrouvé.

– Dušan !

Sa voix douce craque sous le coup de l'émotion. Elle tend le bras vers moi, mais on la force à entrer dans la cellule la plus éloignée. La porte se referme, et les gardes nous laissent seuls dans la pièce.

Je serre la mâchoire et me concentre sur Meira qui a du mal à trouver son équilibre.

Ma petite louve s'arrête et se tourne vers le côté de sa cellule qui me fait face. Elle agrippe les barreaux de métal, les jointures blanchies, ses cheveux sombres en bataille, de la terre maculant sa joue comme une peinture de guerre. Ça lui va bien.

– Dušan, répète-t-elle. Nous avons essayé de revenir vers toi, mais c'est la folie dehors.

– Est-ce que tu es blessée ? lui demandé-je.

J'inspecte le long manteau noir qu'elle porte. Il est deux fois trop grand pour elle. Ses pieds nus sont sales, elle me rappelle fortement la fille sauvage que j'ai attrapée dans les bois la première fois que nous nous sommes rencontrés. La seule différence, c'est que je ne lis aucune haine dans son regard, seulement un désir douloureux.

– Tu t'es changée en louve.

Elle acquiesce avec ferveur et affiche un sourire forcé, alors que j'aurais pensé qu'elle en serait réconfortée.

– Qu'est-ce qui te tracasse ? lui demandé-je.

Elle repousse des mèches folles de sa figure.

– Même si j'ai pris ma forme de louve, apparemment je suis toujours invisible aux yeux des morts-vivants. Je ne comprends pas ce que cela signifie. Est-ce que je suis toujours malade ?

Elle baisse le ton comme si cela lui faisait du mal de l'admettre à haute voix.

– Est-ce que tu vomis du sang comme avant ?

Ma voix s'étrangle à cette idée. Elle était censée guérir une fois transformée, mais si elle souffre toujours de leucémie, cela veut-il dire que la maladie nous l'enlèvera ? Ce n'est pas ce que je veux entendre alors que tout le reste part en vrille.

Elle secoue la tête.

– Je me sens forte, comme si rien ne pouvait m'atteindre.

Je souffle et passe la langue sur mes lèvres sèches, essayant de trouver un sens au fait qu'elle soit toujours immunisée. Est-ce que tout ce temps j'ai eu tort et Mad raison – détient-elle la clé de notre salut ? Je bous à l'idée qu'il puisse avoir raison sur quoi que ce soit. Ce n'est pas parce que l'immunité est dans son sang que c'est une solution pour le reste d'entre nous.

– Je ferai tout ce qui est en mon pouvoir pour te faire sortir d'ici, afin qu'on sache pourquoi tu es toujours résistante.

Une immense vague d'admiration pour elle me submerge, menaçant de m'étouffer. Je songe à quel point je me suis attaché à elle, à quel point elle fait maintenant partie de moi – je ne pourrais pas supporter de la perdre. Elle me regarde et m'offre ce magnifique sourire oblique, et j'ai envie de hurler de rage et de frustration.

Il y a une cellule vide entre nous, et plus que tout au monde, je voudrais pouvoir la serrer dans mes bras, l'embrasser, lui dire que, d'une manière ou d'une autre, nous nous en sortirons. Elle détourne les yeux et s'assied par terre, jambes repliées près d'elle. Il ne lui faut pas longtemps pour s'installer aussi confortablement que possible, tandis que chaque fibre de mon corps est proche du point de rupture à force d'être aussi loin d'elle.

Elle essuie ses yeux brillants.

– Je suis tellement en colère. Nous avons fui les Loups Cendrés, et j'ai été séparée de Bardhyl et Lucien. Puis je suis tombée sur la fille que je t'ai dit avoir rencontrée dans les bois la dernière fois, Jae, sauf qu'elle était en compagnie de trois Alphas nordiques. Je n'ai jamais vu quelqu'un se changer en un loup aussi monstrueux, Dušan. Ils ressemblaient à Bardhyl, en plus grands et plus effrayants.

Mon esprit bouillonne des informations qu'elle me donne et de l'étranger qui occupait sa cellule il y a peu. Au nord, il y a beaucoup de loups sauvages et de meutes au comportement plutôt barbare. Mais l'Alpha que j'ai vu aujourd'hui avait l'air calculateur, pas sauvage. Pourrait-il venir du Secteur Sauvage ?

– Cet enfoiré nordique m'a échangée contre quelqu'un que Mad a kidnappé. Et le pire, c'est que Jae est avec eux. Qui qu'ils soient, apparemment sa sœur a engagé ces brutes pour la retrouver.

Ce qui veut dire que les hommes de Mad ont intercepté la meute étrangère et ont pris l'un des leurs, l'Alpha qui se trouvait là.

Je serre la mâchoire en comprenant que mon âme sœur a été utilisée comme une vulgaire monnaie d'échange. La fureur m'envahit à l'idée que quelqu'un a osé poser la main sur elle.

– Les gardes sont partout dans les bois, dit-elle. J'espère juste que Bardhyl et Lucien s'en sont tirés.

Avec les Loups Cendrés qui arpentent la forêt environnante, mon Second et mon Troisième vont faire profil bas en attendant l'occasion de revenir ici par les tunnels. À moins que l'emplacement n'ait été compromis.

– Que se passe-t-il d'autre dehors ? lui demandé-je. Est-ce que Mad mène les recherches aussi ?

Elle se penche plus près, pressant son visage entre deux barreaux, et ça me tue qu'il y ait une cellule vide entre nous, que je ne puisse pas la serrer dans mes bras ni effacer la terreur que je lis sur ses traits.

– L'homme qui a négocié avec le loup du nord s'est présenté comme l'Alpha du secteur. Mais ce n'est qu'un garde. Si Mad avait été là, il se serait jeté sur moi dès qu'il m'aurait vue.

J'acquiesce.

– Tu as raison, ce qui veut dire qu'il ne sait pas encore que tu es là, sinon il serait déjà arrivé.

Ma poitrine se serre, mais je refuse d'exprimer mes inquiétudes à Meira. Le plan de Mad est simple. Maintenant qu'il détient Meira captive, il n'a plus besoin de moi. Ma fin est proche. La sueur me coule dans le dos et je devrais avoir peur, mais ce qui m'inquiète le plus, c'est ce que ce malade fera à ma magnifique compagne si je ne suis plus là pour l'en empêcher.

Lucien et Bardhyl sont mon dernier espoir.

– Nous allons nous en sortir, m'assure-t-elle, voyant sans doute croître mon inquiétude.

Je me suis battu toute ma vie pour bâtir un endroit meilleur pour notre meute. Et la seule personne que j'ai protégée toute sa vie va maintenant causer ma perte.

Je jette un œil à la porte, et j'ai l'impression que les battements de mon cœur sont comme un compte à rebours jusqu'à ce que mon demi-frère entre ici pour s'emparer de Meira. Je ravale la bile qui monte dans ma gorge. La colère résonne dans ma tête, et j'essaie d'évacuer ma terreur croissante. Je me passe une main dans les cheveux, pour essayer de passer mes nerfs.

– Dušan, est-ce que tout va bien ?

Meira interrompt le cours de mes pensées, et sa voix chantante me ramène à elle. Ses yeux magnifiques observent le moindre de mes mouvements, la moindre réaction.

Mes lèvres esquissent un sourire, mais à l'intérieur je suis brisé, mes émotions explosent. Ne plus jamais voir son visage, ne plus jamais sentir sa chaleur, ne plus jamais entendre son rire me détruit. Et la fureur s'empare de moi, m'engloutit. Je serre les poings à l'idée que Mad fera tout pour me l'enlever.

– Je refuse de croire que nous ne nous en sortirons pas, affirme Meira.

Je mets quelques secondes à faire tourner le mot *croire* dans mon esprit, jusqu'à ce qu'il intègre mes pensées. Pendant si longtemps, j'ai été cette personne qui convainquait les membres de la meute que nous étions en sécurité dans cette enceinte. Qu'il fallait avoir foi en moi et croire que leur avenir était protégé des zombies. Mais je ne savais pas que le véritable ennemi se trouvait dans mes rangs tout ce temps.

Je tourne les yeux vers le magnifique visage de Meira dont j'ai mémorisé chaque trait, chaque courbe, chaque couleur. Elle forme un tableau dans mon esprit, que je n'oublierai jamais.

– Tu as raison, ma belle. Nous allons nous en sortir.

Je m'assieds et l'écoute me raconter comment elle a sauvé Lucien et Bardhyl, sa diversion avec les morts-vivants, et même d'étranges zombies qui semblent la suivre. Ce qui est assez inhabituel en soi, mais j'imagine que ça a quelque chose à voir avec le fait qu'elle est toujours immunisée contre les morts-vivants.

Sa voix apaise la bête en moi, qui bout et enrage d'être enfermée.

Tout en elle est addictif. Elle sent très bon, comme une prairie un matin de printemps. Je meurs d'envie de sentir son corps pressé contre le mien, ses seins si doux, ses longues jambes enroulées autour de moi, le feu entre ses cuisses. Elle me manque atrocement. Nous avons beau être dans la même pièce, elle est bien trop loin.

Je veux sortir de cette maudite prison maintenant !

Quand je croise son regard, j'y lis de la douleur. Elle ressent ma peine, et souffre aussi de l'enfer dans lequel nous sommes tous tombés depuis que Mad a commencé ses manigances.

Ça finira dans le sang. Le sien, et le mien. Si je dois mourir, je l'emporterai avec moi.

# CHAPITRE 14

MEIRA

J'entends un déclic à la porte du cachot, qui détourne mon attention de Dušan. Je me raidis, empoignant les barreaux, tendant le cou pour voir qui entre ici.

Mad fait irruption dans la pièce. Son regard passe de Dušan à moi, puis il pousse un grand soupir. Son sourire en coin m'exaspère.

– Mes hommes m'ont dit qu'ils t'avaient attrapée, mais je ne les ai pas crus. Il fallait que je vienne le constater par moi-même.

Son sourire torve me donne la chair de poule – et pas d'une manière agréable.

Je recule au fond de ma cellule, terrifiée à l'idée de ce que ce dingue me réserve. L'expression de son regard est celle d'une personne qui ne se préoccupe que d'une chose : elle-même. Et je ne suis qu'un tremplin pour lui, une manière d'avoir de l'emprise sur ce monde tordu.

– Tu es un putain de monstre ! crié-je. Laisse-nous partir !

Il m'ignore et se dirige vers l'autre bout de la pièce, devant la cellule de Dušan, trois gardes sur ses talons.

Alors que l'un d'eux ouvre la porte de la prison, une pointe de panique me transperce, effilée comme une lame de rasoir. Le souffle court, je me redresse.

Je les observe et j'ai les yeux qui piquent, car je ne suis pas idiote, je sais exactement ce qu'il se passe ici.

Mad m'a attrapée, donc il n'a plus besoin de Dušan. Laisser l'Alpha en vie est un danger, qui obligerait Mad à surveiller ses arrières le restant de ses jours.

Deux gardes approchent de mon âme sœur et le saisissent chacun par un bras. Dušan ne lutte pas contre eux... à quatre contre un, il ne peut pas gagner. Il se lève de son plein gré, le menton haut, les lèvres pincées.

Je m'étouffe, désespérée, attirant leur attention. Mais je n'ai d'yeux que pour Dušan. Je plonge dans son regard, essayant de me rappeler comment on parle, tandis que la terreur monte en moi, s'intensifie lentement comme une tempête. Elle monte de plus en plus vite, et mon menton tremble. Tout ce que je vois, c'est un homme englouti par un destin qui lui est imposé. Je vois sur son visage qu'il lutte pour être courageux, et ça me brise.

À présent, je comprends pourquoi il ne se bat pas : pour que la dernière image que j'aie de lui ne soit pas celle d'un homme en panique, mais celle de l'âme sœur dont je suis tombée amoureuse.

Quelqu'un de fort.

De confiant.

De borné.

Mais sous toutes ces couches se trouve un homme qui mène une lutte acharnée pour tenir le coup.

Une larme roule sur ma joue.

– Tu ne peux pas faire ça.

Je crache chaque mot, jetant un regard noir à Mad.

– Et pourquoi ça ? rétorque-t-il, comme s'il avait l'intention de me laisse une chance de le convaincre d'épargner mon âme sœur.

Mais il essaie de m'amadouer, m'humiliant au passage.

J'essuie mes larmes du dos de ma main et redresse les épaules.

– Parce que tu n'es qu'une merde, et que tu n'arriveras jamais à la cheville de Dušan. Tu te sers de la corruption et de la peur. Tu es faible, et je te tuerai dès que j'en aurai l'occasion.

Je bous de rage. Ma louve est installée dans ma poitrine, elle pousse, encore et encore, pour que je la libère. Mais pas encore. Quand le moment sera venu, je l'assassinerai.

Mad lève les yeux au ciel, gloussant à moitié.

– Voilà de bien grands mots pour quelqu'un qui bientôt ne sera plus qu'un rat de laboratoire.

Je frémis à cette idée, et à cause de l'enfer qui brûle dans mes veines devant cet enfoiré qui ne mérite pas de vivre.

– Ça va aller, me rassure Dušan.

Il me fait toujours passer en premier. Sauf qu'aujourd'hui, c'est la dernière chose dont j'ai envie.

La mort est entrée dans cette cellule pour le chercher, et tout ce qui le préoccupe, c'est mon bien-être.

– Mad, dit-il. S'il te reste la moindre miette d'amour fraternel pour moi, promets-moi de ne pas faire de mal à Meira. Je te le demande comme ma dernière volonté.

Mes genoux cèdent sous moi, et j'ai la sensation que ma poitrine se fend en deux. Ça ne peut pas arriver.

Mad répond à Dušan avec un grognement menaçant :

– Est-ce que tu as fait preuve de pitié quand tu m'as jeté au cachot, quand tu m'as dépouillé de mon titre devant les autres ? Tu mérites la mort, et je vais m'assurer que tu souffres pendant que je regarde. Et quand tu rendras ton dernier souffle, c'est mon visage souriant que tu verras.

L'expression de Dušan s'assombrit, il courbe les épaules vers l'avant et son loup grogne dans sa poitrine.

– Espèce d'enfoiré ! crié-je.

Mad se contente de rire, et il me rend tellement dingue, j'ai envie de hurler. La fureur bat en moi, une explosion de douleur et de frustration à l'idée d'être coincée ici.

Ils poussent Dušan vers la porte et je me précipite à l'avant de ma cellule, passe le bras à travers les barreaux.

– Je t'en prie, ne fais pas ça ! Je ferais tout ce que tu veux, Mad. Je t'en supplie.

Dušan m'observe toujours, soutenant mon regard tandis que mes larmes roulent sur mes joues.

Il sourit et je pleure, incapable de m'arrêter.

– Nos âmes seront toujours unies. Je te promets que ce ne sera pas la dernière fois que tu me vois. Je t'aime, Meira.

On le pousse hors de la prison, les gardes et Mad derrière lui. Alors que la porte principale est à peine fermée, Dušan se tourne vivement vers deux des gardes. Brutalement, il leur rentre dedans, les jette à terre.

La porte se referme en claquant.

Je me fige.

Je n'arrive pas à respirer.

Je m'effondre.

J'entends des coups et des grognements, des bruits de lutte qui s'amplifient. *Tue-les, Dušan.*

J'attends qu'il revienne, le souffle court. Pour découvrir qu'il les a éliminés. Pour qu'il m'emmène loin d'ici.

Il faut un moment pour que le vacarme s'apaise. Silence.

L'attente me rend dingue, m'étouffe.

Plus j'attends, moins j'ai d'espoir, et mes entrailles brûlent d'angoisse.

Jamais je n'aurai imaginé tomber un jour amoureuse, et encore moins de trois hommes. Mais qu'on m'en enlève un, c'est comme si on m'arrachait le cœur de la poitrine.

Je tombe à genoux, pleurant bruyamment dans mes mains, sifflant ma colère au travers de mes dents serrées.

Des secondes passent.
Puis des minutes.
Il ne revient pas.
Dušan ne revient pas.
Il est parti.
Mon monde s'écroule en morceaux que je ne pourrai jamais recoller.

Dans ma tête, tout ce que je vois, ce sont ses yeux bleus de loup, la douceur de ses lèvres contre les miennes, le doux murmure de sa promesse à mon oreille. Tout ce que nous avons partagé m'a été pris, et je ne peux imaginer un avenir sans lui.

Un sanglot m'échappe.
Ces souvenirs me font l'effet d'atroces échardes de verre.
Ils me déchirent.
Me brisent.
Me tuent.
Égoïstement, je n'arrête pas de me dire que j'aurais préféré ne jamais tomber amoureuse de quiconque.

### BARDHYL

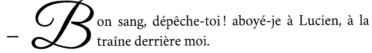on sang, dépêche-toi ! aboyé-je à Lucien, à la traîne derrière moi.

– Pas si vite, merde.

Je suis terriblement frustré que nous n'ayons trouvé Meira nulle part dans la forêt.

En nous dirigeant vers le nord, nous avons enfin capté son odeur. Mais elle nous a ramenés droit sur l'entrée arrière du camp. Ça ne signifiait qu'une seule chose.

Elle a été capturée. Il n'y a guère d'autre raison pour

laquelle elle aurait utilisé cette entrée alors que les bois grouillent de Loups Cendrés.

J'essuie le sang de ma lèvre éclatée avec le dos de ma main. Lucien et moi avons descendu un petit groupe de Loups Cendrés que nous avons trouvé en fouillant les bois, et en toute honnêteté, nous n'avons pas pu résister. Ces idiots étaient des hommes que nous connaissions. La lie de notre meute, facilement manipulables pour devenir loyaux envers ce traître ; alors rendre ce petit service de nettoyage de notre tribu était le moins que l'on pouvait faire.

À présent, nous filons dans les tunnels sous nos formes humaines. Nous avons calé plusieurs blocs de pierre à l'entrée de la grotte qui mène à ces tunnels, juste au cas où quelqu'un la trouverait.

Je jette un œil en arrière. Lucien finit par me rattraper, bondissant dans le noir. Je discerne facilement son ombre avec mes yeux de loup... La transformation partielle a de bons côtés.

– Il fallait que je m'assure que ça tenait bon, murmure-t-il.

Nous courons ventre à terre dans l'étroit tunnel, l'obscurité à nos trousses, et je ne peux m'empêcher de penser à Meira.

– Nous sauvons Dušan d'abord, ensuite nous bombardons Mad à trois. Je vais lui arracher la tête, grogné-je.

– D'accord, et moi je mets une option sur l'arrachage de sa colonne vertébrale. Mais à une condition. (Lucien n'attend pas ma réponse.) Qu'il soit en vie pour sentir la douleur. Je veux tellement qu'il souffre, ça me brûle les entrailles d'impatience.

– Ce salaud va tomber, aboyé-je. Et ensuite je danserai sur sa tombe. Bon, en fait, tu pourras le faire avec tes bottes de cowboy, vu qu'il les détestait.

Il hausse les sourcils, yeux écarquillés.

– Mais qu'est-ce... ? Il détestait mes bottes ?

– Mec, il se moquait de toi auprès des autres. Quand je l'ai entendu faire, je l'ai cogné tellement fort qu'il en a perdu une molaire. Après ça, il n'a plus jamais dit un mot de travers au sujet de tes bottes.

– Tu es un véritable ami, tu sais ça ? S'il y a bien quelqu'un avec qui je peux partager mon âme sœur, c'est bien toi et Dušan.

– Ne sois pas si sentimental avec moi.

Lucien rit et me tape l'épaule en passant devant moi, me poussant exprès contre le mur.

– Bon sang, dépêche-toi ! se moque-t-il, en continuant à rire doucement.

Je fonce derrière lui. Nous connaissons tous les deux ces tunnels par cœur, chaque virage, chaque descente.

Arrivés à la fin du passage, nous entrons dans le petit réduit où une échelle rejoint la maison de Kinley.

Sans perdre de temps, j'escalade les barreaux et m'arrête juste sous de la trappe fermée.

Collant mon oreille au panneau de bois, j'écoute. Rien. Pas la moindre vibration indiquant que Kinley a des visiteurs, et qu'ils se déplacent.

Une fois sûr que nous ne risquons rien, je frappe deux fois sur la trappe horizontale.

Je jette un œil à Lucien qui me retourne le regard, haussant les épaules. Kinley sort rarement, et je doute qu'elle le fasse avec le chaos qui règne dans la colonie.

Un malaise me noue les tripes à l'idée qu'il lui soit arrivé quelque chose. Je peux facilement forcer l'entrée, sauf que j'ai besoin d'être sûr avant de détruire cette issue.

Revenant au panneau de bois, je m'empare du loquet métallique, prêt à le faire claquer au cas où Kinley se serait endormie.

Un craquement de plancher résonne près de nous. Je lâche

le loquet et recule, au cas où ce serait quelqu'un d'autre. Encore un craquement.

Lucien et moi nous glissons dans l'ombre qui nous entoure, quand une voix féminine annonce :

– C'est déverrouillé.

Kinley. Je suis soulagé.

Je grimpe l'échelle à toute vitesse et ouvre le panneau.

Quelques secondes plus tard, Lucien et moi sommes dans son salon, la trappe est refermée et recouverte du tapis. J'inspecte toute la maison pour m'assurer que nous sommes seuls.

Auprès de Kinley, Lucien lui raconte ce qui s'est passé. Il a toujours été doué pour nouer des relations, bien plus que moi, alors je le laisse faire.

– Est-ce que tu as entendu quoi que ce soit ? lui demande-t-il.

Elle secoue la tête.

– Tout le monde a peur, la plupart des familles restent cachées dans leurs maisons. Personne ne veut que Mad commande.

Elle a la voix qui tremble. Lucien lui tient la main pour la rassurer.

– On va le faire tomber, lui affirme-t-il.

Quand elle lève les yeux vers moi, je confirme d'un hochement de tête. Soudain, je me sens gêné de rester à ne rien faire.

– Il faut qu'on s'en aille, explique Lucien. Garde les portes verrouillées jusqu'à notre retour, d'accord ?

– Bien sûr. Mais mettez des vêtements, sinon vous serez facilement repérés dans la foule.

Elle a raison. Nous sommes nus. La plupart des gens conservent leur forme humaine dans la colonie, et se baladent rarement nus. Enfin, sauf le vieux Rog, le plus ancien membre de la tribu, qui oublie parfois où il se trouve.

– Je vais nous chercher des vêtements, proposé-je, sachant où Kinley garde sa réserve.

La pièce du fond est petite et garnie d'étagères de vêtements pliés très variés, qu'elle récupère pour ceux qui en ont besoin. Le problème, c'est que la plupart sont de petite taille.

Des bruits de pas se rapprochent. Je me retourne pour voir Lucien juste derrière moi.

– Tu crois que j'allais te faire confiance pour me trouver quelque chose à mettre ?

Il affiche un sourire que je lui rends.

– Tu as peur que je te ramène des collants ? Ne t'inquiète pas. Personne ne s'attend à ce que tu les portes aussi bien que moi.

Il attrape un pantalon bleu plié, me le jette. Je m'empare du jean qui a l'air proche de ma taille.

– Mais qu'est-ce… ? Elle avait des vêtements corrects dans le tiroir ? m'étonné-je.

Lucien ricane.

– Il n'a que *toi* pour ne pas regarder à cet endroit, hein, l'homme aux collants ?

Je me fiche du surnom dont il m'affuble. Je m'habille, me mets à l'aise, remonte la fermeture éclair.

Quand je relève la tête, je me prends un autre vêtement en pleine figure.

– Bordel !

Il n'arrête pas de rire tout seul en enfilant un pull tricoté gris ardoise par-dessus un jean noir qu'il vient de mettre.

Je prends le pull à capuche vert foncé et tire sur les manches longues.

Quelque part dans toutes ces fournitures, Lucien nous a déniché des bottes.

– Essaie-les.

J'enfile rapidement les bottes aux semelles épaisses qui m'arrivent aux chevilles.

– Elles me vont.
– Allons-y.

Dans la pièce principale, Kinley nous accueille avec un sourire. Malgré la peur que je lis dans ses yeux, elle n'exprime pas son inquiétude. Comme nous, elle sait que la seule manière de se débarrasser d'un tyran, c'est de lui tenir tête. Même si c'est un chemin pavé de dangers.

Comme le disait toujours mon père, il faut se battre pour ce en quoi l'on croit.

– Soyez prudents, dit Kinley.

Nous nous faufilons hors de chez elle. Depuis la cour devant sa maison, nous voyons patrouiller plusieurs gardes. Personne n'est sorti des maisons voisines.

J'agite la main en direction de Lucien pour qu'il me suive, et je file le long de la maison de Kinley, puis de son potager. Au bout, un chemin longe toutes les maisons, et devant nous s'étend le bois de la colonie.

Un bref coup d'œil, aucun signe d'une présence, nous partons en courant vers la gauche.

La forteresse se dresse devant nous, des murs de pierre solides, des tours... Ce n'est plus mon chez-moi, c'est devenu un danger.

Des voix émanent brusquement des bois à ma droite. Je m'arrête, cherchant frénétiquement un endroit où me cacher.

Lucien me tire par la manche et m'entraîne dans un jardin, derrière quelques tonneaux en bois. Derrière nous se trouvent des figuiers et une petite hutte en pierre grise. Tant que personne ne regarde par la fenêtre, ça devrait aller.

Accroupi très bas, Lucien se blottit contre moi.

– Est-ce que tu as regardé au moins, avant de détaler aussi vite ? murmure-t-il d'un ton sévère.

Je lui jette un regard noir.

– Bien sûr que oui.

La colère monte, mais je la repousse. Ce n'est pas à cause

de lui que je suis exaspéré, mais à cause de ce que Mad nous a enlevé à tous.

Je jette un œil par l'interstice entre deux tonneaux et repère deux mâles Betas sur le chemin qui arrivent vers nous, discutant à voix basse.

Je me tends. J'échange un regard avec Lucien, qui les pointe du doigt depuis notre cachette. Il les a vus aussi. L'un des avantages qu'il y ait autant de loups qui vivent dans l'enceinte, c'est que nos odeurs sont tellement mêlées qu'il y a une chance qu'ils ne repèrent pas les nôtres.

Tant qu'on ne sait pas de quel côté ils sont, on ne peut prendre aucun risque.

Me collant à Lucien, je les scrute, mais dans ma tête, tout est joué. Sitôt que je sentirai qu'ils nous ont repérés, je les abattrai tous les deux.

Quelques instants plus tard, ils nous dépassent, et au-delà du martèlement de mon cœur, je parviens à distinguer quatre mots dans leurs murmures : « Il le fait maintenant. »

Mes pensées se déportent vers Mad, et je ne peux m'empêcher de l'imaginer en train de faire du mal à Meira. Il la tient, et il va lui faire du mal, prendre son sang, tout lui prendre.

Un courant électrique me secoue à cette idée, et une urgence extrême s'allume en moi. Je suis debout, prêt à charger ces ordures pour les faire parler.

Des mains puissantes empoignent mon pull et me tirent en arrière.

Je trébuche sur une pierre dans le jardin. Mon estomac remonte quand je tombe durement sur les fesses près d'un rang d'épinards. Je grogne sourdement quand Lucien me fait face.

– C'est quoi ce bordel, mec ?

Je le repousse.

– Ils savent quelque chose au sujet de Meira.

– Tu n'en sais rien. Nous ne pouvons pas nous montrer.

J'ai les tempes en feu. Je tourne la tête et constate que les Betas sont partis.

– Merde. (Je me relève.) On y va maintenant !

Lucien sourit.

– Bon sang, garde ton sang-froid. On s'en tient au plan. On récupère Dušan, et ensuite nous serons plus forts pour descendre Mad.

Je suis carrément furieux, mais je ravale ma colère.

– Alors on fait ça.

Nous vérifions le périmètre, qui est dégagé, et courons droit vers la forteresse et sa porte latérale, dont j'ai brisé la serrure la dernière fois.

Nous débarquons dans le couloir. L'intérieur est sombre.

Il n'y a pas âme qui vive, et plus nous progressons dans l'enceinte, plus mon estomac se noue. Cet endroit n'est jamais aussi calme. Jamais !

Lucien dévale les escaliers en silence et je m'élance derrière lui, plus vigilant que jamais. Nous descendons jusqu'au cachot le plus bas, convaincus que si Mad a enfermé notre Alpha quelque part, c'est à cet endroit.

Nous tournons dans les marches de pierre, et soudain nous faisons face à un garde.

Je me raidis.

Lucien s'arrête.

Au départ, l'homme est surpris, figé, les yeux exorbités. Je l'ai déjà vu plusieurs fois. Jarrod. Un Beta avec plus de muscle que de cervelle.

Je serre les poings, mais Lucien se jette sur lui, me volant ma bagarre.

– Tu crois que tu peux te moquer de mes bottes de cowboy ?

Il grogne quand tous deux heurtent brutalement le sol.

Je lève les yeux au ciel et fonce vers le cachot. Nous n'avons pas de temps à perdre.

Je scrute la zone en quête de gardes et de la cellule de Dušan, mais je reste bredouille.

À la place, mon regard se pose sur une petite masse au fond d'une cellule, dont les pleurs déchirants emplissent la pièce.

Je titube, la gorge serrée.

– Meira !

# CHAPITRE 15

MEIRA

Je relève vivement la tête en entendant mon nom prononcé par une voix familière ; l'espoir envahit ma poitrine.

Bardhyl se tient à l'extérieur de ma cellule, agrippé aux barreaux. Tout d'abord, je n'en crois pas mes yeux, puis je me relève et me précipite sur lui. Je m'écrase contre les barreaux, tends les bras au travers pour l'atteindre.

Il est venu pour moi !

Mes larmes coulent en continu, que mon cœur martèle ma cage thoracique.

– Ma belle, dit-il.

– Dušan ! Ils ont Dušan ! crié-je au moment où Lucien surgit dans la pièce, qu'il balaie du regard jusqu'à ce qu'il nous trouve.

– J'ai les clés, déclare-t-il.

Bardhyl et moi reculons, et quelques secondes plus tard, Lucien ouvre à la volée la porte de ma cellule.

Je me jette sur mes hommes et nous nous étreignons très fort. Je n'arrête pas de trembler. J'ai envie de rester là et de ne plus jamais les quitter, mais nous ne sommes pas en sécurité. Notre combat ne fait que commencer.

— Dušan, soufflé-je en m'extirpant de leur étreinte. Mad l'a emmené, et il a l'intention de le tuer. Il faut qu'on le retrouve.

Lucien reste bouche bée, tandis que les muscles du cou de Bardhyl se tendent.

— Où a-t-il pu aller ? demandé-je, balayée par une vague de désespoir.

Nul ne répond, ce qui m'indique qu'ils n'en savent rien. Je passerais toute l'enceinte au peigne fin pour le retrouver s'il le faut.

— Il lui faudra un public, répond finalement Lucien, et je sens l'inquiétude dans sa voix.

Je déteste entendre qu'il a peur, car cela fait grimper en flèche ma propre angoisse.

— Ce sera soit sur la grande place, ou dehors dans le champ.

— Suivons la foule, couiné-je, étouffée par la panique.

Bardhyl hoche la tête, puis ouvre la porte tandis que Lucien attrape ma main, et nous sortons du cachot en courant.

— Je suis désolé, dit Lucien, le visage pâle, la peur dans le regard. J'ai promis de veiller sur toi, et je t'ai encore perdue.

— Ça n'a aucune importance, réponds-je. Je ferais n'importe quoi pour te protéger, tout comme toi tu le ferais pour moi. Mais pour l'instant, il faut retrouver Dušan.

J'ai mal dans la poitrine à chaque fois que je revois comment Mad l'a extirpé de la prison. Mon cœur se brise au souvenir de son expression.

Les derniers mots de Dušan s'attardent, refusent de me quitter. Je sais déjà que si nous n'arrivons pas à temps, ce souvenir me détruira.

Me réduira en miettes.

Je ne peux pas vivre sans les avoir tous les trois avec moi.

Je n'arrive même pas à imaginer comment je serais censée continuer sans lui. Je jette un œil à Lucien, me rappelant comment il a perdu sa première âme sœur. Il est plus courageux que je ne le serai jamais. J'ai les larmes aux yeux à chaque fois que j'imagine perdre Dušan.

Mais dans ma tête, il est clair que, quoi qu'il arrive, je tuerai Mad.

Je brûlerai tout. Mon seul salut viendra de Bardhyl et Lucien, mais je ne suis pas idiote. Cela les détruira aussi.

Rien ne sera plus jamais comme avant.

Je le sens jusque dans mes os.

Désemparée, à bout de souffle, je fonce dans les escaliers avec mes hommes.

Nous débarquons dans un couloir désert. Il n'y a pas de pause. Nous tournons à droite et courons à toute allure vers la porte latérale que nous avons empruntée la dernière fois. La réponse est dehors. Je surveille le couloir derrière nous pendant que Bardhyl passe la tête au-dehors. Il nous fait un signe de la main et nous déboulons dans une cour déserte.

Au même moment, une sirène stridente retentit, brisant le silence.

Je frissonne et tourne les talons, m'attendant presque à voir une armée de Loups Cendrés nous charger.

– Merde, merde !

La main de Lucien tremble dans la mienne.

Bardhyl file vers la droite, disparaît au coin de la forteresse.

– Bon sang, qu'est-ce qui se passe ? m'écrié-je.

– Cette sirène ne retentit que quand les morts-vivants entrent dans la colonie.

J'ai la tête qui tourne.

– Les zombies sont entrés ?

Lucien me rapproche de lui ; toute couleur a quitté son visage.

– Je soupçonne autre chose.

L'instant d'après, Bardhyl se précipite vers nous depuis le coin le plus éloigné de la forteresse, comme s'il avait le diable est à ses trousses.

La peur déforme ses traits. J'ai la nausée, la bile me monte à la gorge à mesure que l'angoisse m'étreint. J'ai le souffle court, et la sirène continue.

– Je crois que Mad veut offrir Dušan en sacrifice aux zombies juste à l'extérieur de l'enceinte. (Il halète.) Il a dû actionner la sirène pour appeler les morts-vivants.

Un frisson court dans mon dos, mes genoux cèdent sous moi.

– Je peux arrêter ça.

Avant qu'ils ne puissent répondre, j'arrache ma main à celle de Lucien et fonce vers le bord de la forteresse.

– Meira ! m'appelle-t-il. N'y va pas !

Mais rien ne pourra m'arrêter. Je serre les poings, mes pieds martèlent le sol, je cours comme si rien d'autre au monde ne comptait.

Et c'est bien le cas.

Je franchis l'angle de la forteresse, le cœur au bord des lèvres, mais je m'arrête brusquement, pétrifiée de peur.

Devant moi, des centaines de membres de la meute des Loups Cendrés se précipitent vers le mur de l'enceinte. Beaucoup grimpent aux échelles, les autres se dépêchent de trouver un moyen de monter pour voir ce qui se passe. Des acclamations viennent d'un haut piédestal sur lequel je repère Mad hilare. Il est en train de boire un verre de vin ou autre, en savourant la vue au-delà de la clôture. Ses gardes l'entourent. Ils sont partout. Impossible de l'attaquer. Nous sommes en infériorité numérique, et ma priorité c'est de trouver Dušan.

Je ne peux que supposer qu'il est l'objet de toutes les attentions au-delà du mur.

D'autres Loups Cendrés apparaissent et se joignent aux premiers.

Mais je ne peux pas voir Dušan de là où je suis.

Bardhyl et Lucien arrivent à mes côtés en quelques instants, le souffle court.

– Ne t'enfuis pas comme ça, me réprimande Lucien.

– J-je n-ne peux pas le voir. Peut-être que ce n'est pas lui.

Les larmes roulent sur mon visage, car au moment même où je prononce ces mots, je connais la vérité.

C'est typiquement le genre de punition que Mad infligerait. Faire de la mort de Dušan un spectacle.

Mon estomac se serre et un cri m'échappe devant cette injustice, ce mal à l'état pur.

– Nous devons l'atteindre.

Je scrute les alentours quand des membres de la meute se précipitent devant nous. Ils sont cinq, mais ne nous accordent pas la moindre attention, car ils courent pour voir le spectacle.

Lucien me pousse entre lui et Bardhyl tandis que d'autres gens arrivent en hâte.

– Il ne faut pas qu'on nous repère.

– Il n'y a pas d'issue par là, murmure Bardhyl. Sortons par les tunnels.

– Non. Ça prendra trop de temps. L'entrée arrière, dis-je en montrant par où je suis entrée la première fois. S'il y a des gardes, on s'en occupera et on franchira la clôture. Il faut qu'on rejoigne Dušan rapidement.

Ils acquiescent à l'unisson.

Nous inspectons les parages et fonçons à travers la pelouse vers la rangée d'arbres plus haut sur la colline.

Je ne cesse de jeter des regards aux spectateurs. Personne ne fait attention à nous, mais les gardes demeurent très proches de Mad. Certains ont l'air réjouis, mais beaucoup crient, et je suppose que c'est de peur à voir leur Alpha offert en sacrifice.

Mon cœur saigne pour nous tous. Pour la désolation que sèmera Mad sur son passage une fois qu'il se sera débarrassé de Dušan. Il traitera tout le monde en esclave, et punira quiconque ne lui obéira pas.

*Je vous en prie, faites que Dušan soit en vie quand nous arriverons auprès de lui. Faites qu'il n'y ait pas trop de gardes à l'entrée arrière.* Je m'oblige à aller plus vite pour chercher mon Alpha.

*Vite et sans bruit.*
*Vite et sans bruit.*
*Vite et sans bruit.*

## DUŠAN

La corde me brûle les poignets et la poitrine, et j'ai les épaules douloureuses d'avoir les bras tirés en arrière autour du poteau contre lequel je suis attaché. Je rue et me débats dans mes entraves, essayant de voir si le poteau a du jeu. Mais Mad s'est assuré que ses gardes l'ont planté profond, et je n'ai aucune chance de le faire tomber ou de l'arracher du sol.

La fureur m'envahit, et je reporte mon attention sur cet abruti. Il se tient sur une plateforme derrière le mur, dans la sécurité de l'enceinte, et il m'a laissé dehors. En offrande aux zombies affamés.

Et la sirène hurle autour de nous comme un démon rugissant. Il n'y a aucune intrusion de zombie sur le sol de la meute, c'est juste un appel pour qu'ils s'approchent de la colonie et me trouvent.

C'est le dernier cadeau qu'il me fait, après tout ce que nous avons traversé ensemble. En grandissant auprès de son père abusif, j'ai pris la plupart des coups pour qu'il n'ait pas à les subir. Je l'ai gardé au sein de la meute, lui ai offert un poste élevé. Mais rien n'était jamais assez bon pour lui. J'aurais dû le voir venir, bon sang, j'aurais dû le voir.

Des dizaines et des dizaines de visages apparaissent en haut de la clôture pour me fixer bêtement, et je croise chacun de leurs regards. La terreur me tord le ventre, mais je veux qu'ils me voient lutter jusqu'à la fin contre un tyran.

Je vois de la peur dans la plupart de leurs regards. Tout ceci fait partie du plan de Mad… Leur montrer ce qui arrive quand on le met en colère, ainsi personne ne se dressera contre lui. J'ai mal pour ces Loups Cendrés qui sont laissés aux mains d'un monstre.

Mais le plus gros de ma douleur concerne Meira.

Pour le chagrin incommensurable qu'il va lui causer. Je me débats dans mes liens pour m'échapper et chercher vengeance contre mon demi-frère. Dans ma tête, les murmures tournent en boucle : *Échappe-toi et tue-le. Tue la moindre parcelle de cet enfoiré fourbe et arrogant.*

Je veux du sang.

La vengeance.

La mort pour Mad.

Il éclate de rire là-haut, s'assurant que personne ne manque le plaisir que ça lui apporte.

La foule se rassemble derrière la clôture, grimpe dessus pour me regarder, murmurant ses propres commentaires.

Je bous intérieurement, mon loup essaie de s'échapper, mais me transformer me laisserait malgré tout attaché, le dos plaqué au poteau de la même manière. Je tire inlassablement sur le poteau. Même quand la douleur au creux de ma poitrine se répand en moi, et que la menace qu'il soit trop tard pour moi me submerge.

Le temps s'étire trop lentement. J'inspire une goulée d'air brûlant dans cette chaleur torride. La terreur rampe en moi, je ne cesse de visualiser ma mort. Respirant à grand-peine, je lutte pour me concentrer uniquement sur mes efforts pour briser mes entraves.

– Qu'est-ce que ça fait d'être du côté de celui qui reçoit les ordres, mon frère ? Si seulement tu m'avais fait confiance, au lieu de tourner le dos à ta propre famille.

Les mots de Mad me frappent comme un coup de fouet.

– Va te faire voir ! Tu n'es pas mon frère.

Ma réponse résonne dans le vide. Je n'ai pas de temps à perdre à le voir jubiler. J'ai du mal à tenir le coup, et ne pas perdre mon sang-froid. *Je vais me sortir de là. Je vais m'en sortir.*

Et la sirène hurle toujours.

Puis, au lieu de sa voix moqueuse à laquelle je m'attends, c'est un gémissement profond que j'entends, qui me fait frissonner des pieds à la tête.

Quelqu'un crie, et je tourne la tête en direction des bois derrière moi.

Mad annonce :

– Ils sont là.

Cet enfoiré arbore un sourire sournois, tandis que mes entrailles se tordent.

J'essaie de mon mieux de ne pas trembler, mais échoue misérablement. Des silhouettes émergent de l'ombre, des créatures efflanquées aux visages décharnés, affublées de haillons en lambeaux. Il leur manque des yeux et des membres. Rien n'arrête ces damnés.

Luttant plus fort, je tire sur les cordes, la brûlure sur mes poignets s'intensifie, me déchire la peau. La panique me cisaille, ce n'est pas ici que je suis censé mourir. Pas comme ça. Putain, pas comme ça.

D'autres continuent de sortir en traînant les pieds de la forêt, et je tremble jusqu'aux os. Ça me noue les tripes de voir que malgré tout ce que j'ai fait, c'est là que ma vie s'achève.

– Supplie-moi, exige Mad.

Je préfère mourir que de ramper devant lui. Rien de ce que je dirais ne lui fera changer d'avis. J'ai vu la noirceur au fond de ses yeux, la haine, les représailles qu'il pense que je mérite.

Je me redresse, regardant en arrière vers les monstres en approche. De plus en plus près. Les ombres qui s'allongent tachent la forêt. Ce ne sont pas juste quelques zombies… mais toute une harde.

Je me mets à trembler. Luttant pour me libérer, je n'abandonne pas, même si la peur me serre les entrailles. Mon calme est bien loin quand j'entends le frottement des pas qui s'approchent.

Soudain je sens une décharge d'électricité, comme c'est toujours le cas quand un loup se transforme. Qui est-ce ? Il n'y a rien d'autre derrière moi que des zombies qui titubent vers moi. La foule sur la clôture ne se transforme pas, elle crie, émet des hoquets paniqués. Personne n'ose exiger ma libération, et je ne peux les en blâmer. Car c'est juste l'occasion qu'attend Mad pour les pousser par-dessus la clôture à la merci des morts-vivants.

Frénétiquement, je tire sur la corde, le corps gonflé d'adrénaline devant l'horreur qui s'avance vers moi.

Un grognement assourdissant retentit, issu des profondeurs de la forêt, loin de la colonie.

Mon cœur s'envole. Je prie pour que ce soient Bardhyl et Lucien. Je me tords le cou pour regarder en arrière. Mes hommes feraient bien de se grouiller, parce que la horde au loin se fait de plus en plus dense. Et j'entends la terreur dans les voix des gens sur le mur, leurs mots paniqués. *Ils seront trop près… Ils sont trop nombreux… comme la dernière fois.*

Un tel rassemblement de morts-vivants peut avoir de graves conséquences au-delà du fait que la meute me perdra, s'ils viennent s'écraser contre l'enceinte avec autant de spectateurs juste hors de leur portée. Pour les innocents enfermés ici, je m'inquiète, mais pour Mad, c'est tout ce qu'il mérite.

Quelqu'un hurle et je sursaute, quand le sol frémit sous mes pieds comme sous le coup d'un petit tremblement de terre.

Je tourne la tête et vois une énorme forme blanche se précipiter sur moi.

Si rapide, si grande, que tout d'abord, je ne distingue pas de quoi il s'agit.

– Bardhyl, murmuré-je intérieurement, mais l'odeur ne lui correspond pas.

Je ne sais pas de qui il s'agit, mais l'odeur appartient à un Alpha. Mes pensées reviennent à l'homme dans le cachot avec moi. Sauf que Meira m'a expliqué qu'ils l'ont échangée contre lui... Alors pourquoi ces étrangers sont-ils encore là ?

Le déplacement d'air soudain dans mon dos me fait me raidir. Je tourne la tête vers les zombies en approche. Rien n'empêche la progression de la marée qui arrive, et je tire désespérément sur mes liens pour me libérer.

Quatre gardes Loups Cendrés descendent de la clôture pour se placer près de moi. Il ne leur faut que quelques secondes pour adopter leurs formes de loups. Leurs vêtements se déchirent, leur peau claque en se déchirant, leurs os s'allongent. Ils s'approchent de moi en trottant, forment un cercle protecteur... Mais ce n'est pas du tout dans le but de me protéger des zombies, bien au contraire, ils veulent empêcher le nouveau venu de me délivrer.

Mad a tellement peur que je m'échappe qu'il met en péril la vie de ses propres hommes pour s'assurer que je sois bien mis en pièces par les morts-vivants, même s'il perd au passage quelques-uns de ses partisans. Sauf que, pour ce que j'en sais, qui que soient ces loups, ils pourraient vouloir me voir mort autant que Mad.

*Enfoiré sadique.*

La tension est palpable dans l'air.

Je lève les yeux sur Mad qui m'observe, pinçant les lèvres. Je ne détourne pas le regard, et jusqu'à mon dernier souffle, je le défierai.

Un hurlement retentit quelque part derrière moi, et je me raidis contre le poteau. Quelques secondes plus tard, le martèlement de pattes sur le sol résonne dans mon dos.

Mon cœur bat à tout rompre. Je tourne la tête pour voir les quatre Loups Cendrés galoper en direction des formes blanches qui surgissent des bois voisins avec une extraordinaire agilité. Ils se percutent violemment, et le chaos se déchaîne.

La foule hurle et les acclame, tandis que les ordres hurlés par Mad tombent dans l'oreille d'un sourd.

S'il y a un moment idéal pour que je parvienne à me libérer, c'est bien celui-là.

Tortiller mes mains dans la corde est bien plus difficile que je ne l'aurais espéré. Luttant contre la tension, j'essaie de plier mes mains pour qu'elles passent au travers des nœuds de mes liens.

La frustration m'étouffe, et je grogne à voix basse tandis que la rage m'envahit. Mais je ne m'arrêterai pas.

La colère et l'envie de représailles sont toujours là. Je les utilise pour lutter contre mes liens. Je lève les yeux sur les spectateurs qui me regardent depuis la clôture, et ce que je suis en train de faire doit se voir, mais personne ne dit rien. Ils m'encouragent de leurs regards, le désespoir peint sur leurs visages comme des peintures de guerre.

Je respire par à-coups rapides, et la sueur coule sur mon visage. Régulièrement, je jette un œil sur les morts-vivants. Ils sont pour la plupart sortis de l'ombre à présent, mais d'autres semblent arriver de plus loin dans les bois, sans doute attirés par les bruits d'explosion.

J'ai les bras qui tremblent, et tout le corps endolori.

Des gémissements et des cris emplissent l'air derrière moi, et il est évident qu'un camp a perdu.

Soudain, une explosion de halètements et de *ooh* s'élève de la foule. Je m'efforce de regarder autour de moi, mais à peine une seconde plus tard, un souffle d'air frais passe dans mon dos.

Les cordes se relâchent aussitôt, tombent de mes poignets et mes chevilles. Je trébuche en avant, libéré du poteau, et frotte les marques rouges aux endroits où ma peau est à vif. Je me débarrasse du reste des cordes et me retourne face à quatre énormes loups blancs qui arpentent impatiemment la clairière plus haut sur la colline, en me fixant. Ils ont du sang plein la gueule et les babines retroussées sur des dents aiguisées comme des rasoirs, tachées de sang elles aussi. Les Loups Cendrés gisent déchiquetés à l'orée de la forêt, leurs corps reprenant forme humaine.

Les premiers zombies se jettent déjà sur les cadavres, se gorgeant de leur chair.

La foule me hurle de m'en aller, mais je n'ai pas besoin qu'on me le dise deux fois.

Mad hurle des ordres à ses gardes qui s'éloignent de lui, pris de peur. Mon abruti de demi-frère pousse un homme par-dessus la clôture, puis un autre.

– Descendez de là et finissez-les !

Sauf que ses partisans battent en retraite.

Je me retourne, le cœur battant à tout rompre, quand à quelques mètres, le premier mort-vivant se dirige vers moi.

Une main invisible m'enserre les poumons au point que je ne parviens plus à respirer.

Je n'ai pas le temps d'attendre ni de réfléchir, je cours dans la direction où sont partis mes sauveurs.

Ils ne sont pas idiots, ils s'enfuient.

Derrière moi, j'entends des cris, y compris Mad qui appelle

aux armes. Et c'est justement le problème avec lui. Il ne voit jamais plus loin que le bout de son nez. Il a attiré les zombies au plus près de l'enceinte, mais n'a pas prévu de snipers au cas où.

Pourtant je connais ce salaud. Il s'est précipité pour m'attacher dès qu'il a su qu'il détenait Meira. Il n'a pas réfléchi, il s'était juste dépêché avant de passer à autre chose. C'est pour ça que tout ce qu'il touche échoue, pourquoi j'ai dû le couvrir tant de fois.

Une erreur que je ne reproduirai jamais.

Fonçant le plus vite possible avant que les balles ne se mettent à pleuvoir, je jette un œil à la masse de zombies qui s'entassent sur les deux hommes que Mad a poussés au bas de la clôture.

Les hurlements retentissent dans l'air, tandis que les sirènes s'arrêtent.

Mais pour l'instant, je ne songe qu'à m'échapper… et à retourner dans l'enceinte pour sauver Meira.

Plus loin, près du bord de l'enceinte, les loups blancs s'arrêtent. Ils claquent leurs mâchoires à l'unisson en direction de quelque chose que je ne vois pas, puis plongent à l'attaque.

D'autres zombies, ou des Loups Cendrés qui attendent, en embuscade ? J'ai la chair de poule. Je suis déjà entouré d'ennemis.

Je finis par franchir en courant l'angle de la clôture le plus éloigné et je ralentis, n'ayant aucune envie de me lancer à l'aveuglette.

Mais des tremblements secouent mon corps à la vue de ce qui se passe devant moi.

Les quatre loups blancs en position d'attaque, au ras du sol, le poil hérissé, font face à Bardhyl et Lucien dans leurs corps de loups.

Mais entre eux se tient Meira, les bras écartés, comme si sa seule présence pouvait empêcher ces deux camps de s'affronter et de s'entre-déchirer.

Un grognement guttural monte du fond de ma gorge et je charge, prêt à me battre jusqu'au bout pour protéger ma famille.

# CHAPITRE 16

MEIRA

— Stop ! Aucun d'entre vous n'est l'ennemi.

Ma voix s'étend par-dessus les grondements gutturaux, fend l'air épais, saturé de testostérone d'Alpha et de domination.

Je prise en sandwich entre deux camps opposés, les bras étendus face à chacun d'entre eux, pour les empêcher de s'affronter en une bataille sanglante. Quatre monstrueux loups blancs des régions du nord grognent à ma droite et les deux hommes à qui appartient mon cœur se tiennent à ma gauche. Lucien et Bardhyl. Et pourtant, mon pouls fait rage dans mes veines. Dès que nous avons sauté par-dessus la clôture, nous sommes tombés sur ces maudits Nordiques au lieu de foncer secourir Dušan. Et nous manquons de temps.

Tic-tac.

Tic-tac.

Tic-tac.

Un grognement s'échappe de ma gorge.

— Ça suffit. Nous n'avons pas de temps à perdre.

Des coups de feu et des cris résonnent au loin. Je tressaille à chaque détonation, mes nerfs comme du verre brisé.

Je parcours du regard la haute clôture plus loin sur ma gauche. Quand nous l'avons escaladée un peu plus tôt, nous n'avons trouvé aucun garde... mais combien de temps nous reste-t-il avant qu'ils ne reviennent ?

Et bon sang, où est Jae ?

J'ai envie de hurler, de faire entendre raison à tous ces mâles. Je suis prise de tremblements, tout mon corps se contracte.

Les grondements menaçants des deux côtés font retentir une alarme dans ma tête, qui m'avertit que lorsqu'ils s'attaqueront, je serai écrasée. Sauf qu'ils sont à deux contre quatre, et que j'ai vu la manière dont ces Nordiques se battent dans la forêt. C'est terrifiant, et je ne peux pas supporter l'idée qu'on m'enlève mes deux loups. À un contre un, je n'ai aucun doute sur le fait qu'ils seraient de force égale, mais ce match est carrément injuste.

La douleur me frappe en pleine poitrine quand je pense au massacre auquel cette situation pourrait mener. Le désespoir s'empare de moi.

— Jae ! crié-je. Si tu es dans les parages, ramène tes maudites fesses ici tout de suite !

Je me dis que si j'ai quelqu'un pour me soutenir, cela pourra m'aider à désamorcer la situation plus vite. Je me tourne vers les loups du nord.

— Je t'en prie, Nikos, arrête. Ce sont les membres de ma meute, et ils ne te feront aucun mal.

Les grognements menaçants de Bardhyl et Lucien alimentent la tension, ce qui ne m'aide pas. Mais tourner le dos aux Nordiques, c'est me mettre en danger. J'ai eu beau passer la majeure partie de ma vie cachée dans les bois, même moi je sais qu'il ne faut jamais quitter le danger des yeux.

Les odeurs de transpiration et d'agressivité me laissent un goût amer en travers de la gorge.

Soudain, une silhouette apparaît au coin de la haute clôture.

Je tourne la tête dans cette direction, et mon esprit se met à bouillonner ; d'abord, j'imagine que c'est un Monstre de l'Ombre, mais mes yeux reconnaissent vite qui se joint à nous, courant à travers la clairière.

– Dušan ! hurlé-je, tandis que toute mon angoisse et ma peur s'évanouissent.

*Il est vivant !* Les ténèbres qui m'entouraient s'estompent. La joie me submerge à mesure que je réalise qu'il est parvenu à échapper aux griffes de Mad avant que nous ne le rejoignions. Quelle que soit la raison de ce miracle, j'en serais éternellement reconnaissante.

Je me cramponne à lui quand il arrive près de moi.

– Comment t'es-tu échappé ?

Je regarde par-dessus son épaule, m'attendant à ce que les Loups Cendrés et les morts-vivants lui courent après.

– Ces loups m'ont libéré, annonce-t-il, pointant le menton sur les Nordiques.

Il se place devant moi, face au plus grand des intrus, celui qui a une traînée grise sous la gorge.

Le loup s'avance, sa meute restant vigilante, en position d'attaque, la tête basse, le poil hérissé, les oreilles plaquées contre la tête. Massif, il avoisine la taille de Dušan. Mais mon Alpha ne recule pas. Il se tient droit, et fait courageusement face à l'ennemi.

J'ai la chair de poule. Je serre les poings, et la peur s'empare de mon cœur quand les premières pointes d'énergie se mettent à courir sur ma peau. Elles annoncent la transformation des loups blancs.

Quelques instants plus tard, quatre hommes se tiennent devant Dušan. Grands, musclés, d'une beauté incroyable. Nikos et ses deux hommes, et l'Alpha que Nikos a échangé contre moi – nous nous sommes croisés à ce moment-là.

Bardhyl et Lucien s'avancent à nos côtés, et je suis terrifiée à l'idée que nous sommes des cibles faciles à cet endroit.

– Nous devrions partir d'ici, murmuré-je à Dušan.

Des coups de feu retentissent au loin, qui me font sursauter.

– Elle a raison, constate Dušan, rompant le silence. Tu me connais à peine, pourtant tu m'as sauvé. Mais avant d'en discuter, on doit s'enfoncer dans les bois, et vite.

Personne ne conteste sa suggestion, et nous progressons en hâte jusqu'à atteindre une portion plus dense de la forêt, où je ne peux plus voir l'enceinte, et où les coups de feu sont à peine audibles à présent.

Dušan ne perd pas un instant à reprendre la conversation :

– Tu m'as sauvé, alors je ferai tout mon possible pour vous permettre de traverser mon secteur sains et saufs pour le moment.

L'homme qui s'avance est celui à la strie grise, et ce n'est pas Nikos, ce qui me surprend, car je pensais qu'il était l'Alpha de la meute.

Leur leader est un homme à l'air féroce. Il a les cheveux courts sur les côtés et à l'arrière, et longs sur le dessus. Il a de petits anneaux de métal attachés dans les cheveux, ajoutant à son allure sauvage. Je suis minuscule comparée à lui, et j'ai beau chercher un signe de cruauté sur ses traits, je n'y vois que de la tolérance.

Captivée, je reste proche de mes hommes, observant les nouveaux venus, et tandis que je réalise que les loups du nord pourraient être le miracle qui a sauvé Dušan, une autre pensée me vient.

Tous ces hommes nus.

Tous ces muscles bien formés.

Une chaleur envahit ma nuque, et je me secoue. Gardant la tête haute, je me rappelle qu'il s'agit d'un moment de tension, pas d'un festival de reluquage. Mais quand même, pourquoi la plupart des Alphas sont-ils aussi bien dotés ? Est-ce que ça vient de leurs gênes, pour aider le processus de nouage ?

Mon regard glisse sur Nikos, qui m'observe comme s'il m'avait vu reluquer les ustensiles de tout le monde. Je serre les dents, et refuse de lui montrer que ça me touche. S'ils traînent ici, merde, *j'inspecterai la marchandise*, comme j'ai entendu une femme le dire il y a bien longtemps. Je n'avais pas capté à cette époque, mais bon sang, depuis j'ai bien compris. La taille de l'équipement d'un Alpha lui assure une plus grande chance de procréation, puisqu'il peut pénétrer la femelle plus profondément. C'est pourquoi les femmes préfèrent un partenaire avec un long manche.

– Je suis Ragnar, l'Alpha du Secteur Sauvage, se présente l'Alpha nordique, menton haut, torse bombé.

Il parle d'une voix gutturale et autoritaire. Ses yeux vert foncé sont emplis de sincérité. Une honnêteté qui me pousse à le croire. Aussi étrange que cela puisse paraître, je ne peux m'empêcher de penser qu'il a le cœur sur la main.

Il enchaîne.

– Mes hommes ont commis une erreur en échangeant la vie de ton Oméga contre la mienne en prison.

Il me lance un regard et ses yeux parcourent mon corps, me donnant l'impression d'être nue. Je refuse de baisser les miens. Il s'éclaircit la gorge et continue :

– Je suis un code de l'honneur strict, selon lequel aucun innocent ne doit être tué à ma place ou sous mon commandement. Donc c'était une erreur d'échanger la vie de la femme contre la mienne. (Il jette un regard noir à Nikos.) Par conséquent, je t'étais redevable. Mais à présent, j'ai payé ma dette en te sauvant de ton destin.

Tout le monde demeure silencieux, et je n'en suis pas surprise. Il est rare de rencontrer un autre Alpha avec une telle intégrité.

– Je te suis reconnaissant de ton honnêteté, et de ton aide

au moment où j'en avais le plus besoin, lui répond Dušan. Si les circonstances étaient meilleures pour notre secteur, je vous aurais accueillis chez moi pour vous reposer et vous nourrir.

Ragnar promène son regard sur nous.

– J'en suis persuadé. Vous avez du ménage à faire, et des loups à tuer. (Sa voix s'assombrit.) Je vais te faire une promesse : celle de revenir sur ton territoire avec mes guerriers. Si tu n'es pas aux commandes quand j'arrive, et que ce désordre n'est pas réglé, alors j'éliminerai tous les mâles de ce territoire, revendiquerai les femelles, et prendrais possession du secteur.

Je déglutis avec difficulté, et un frisson me court dans le dos. Quoique d'une manière détournée, il fasse preuve de respect envers Dušan. Je me demande s'il aurait une vision différente des choses s'il avait toute son armée à ses côtés en ce moment. Profiterait-il de la situation pour revendiquer le Territoire des Ombres comme étant sien, dans donner une chance à Dušan de récupérer la meute ?

Cette pensée fait monter la tension dans mes muscles. Je ne connais pas ces loups, et même s'ils font preuve de respect envers Dušan à cet instant, cela ne veut pas dire qu'on peut toujours leur faire confiance.

Ni Lucien ni Bardhyl ne commentent ni ne désapprouvent. Même si l'air reste chargé d'électricité, je soupçonne que c'est un comportement normal entre chefs de meute.

– Si je ne récupère pas mon secteur d'ici la prochaine lune bleue, je ne me mettrai pas en travers de ton chemin, répond Dušan. Mais quand nous nous reverrons, je te propose que nous prenions des dispositions pour que nos meutes travaillent ensemble.

Sa réponse me fait sursauter. Mais je comprends aussi ce qu'elle signifie vraiment. S'il n'est pas l'Alpha de ce secteur, c'est qu'il sera mort. Un frisson rampe à l'arrière de mes jambes à cette idée, car il se battra jusqu'au bout avant de laisser Mad lui voler sa meute. Même si nous sommes en infériorité numérique.

Ragnar lui adresse un léger signe de tête assorti d'un semblant de sourire, puis se tourne vers Nikos.

– Récupère la fille, et nous partons.

Les ténèbres de tout à l'heure s'étendent à nouveau, tandis que le regard de Ragnar se pose sur nous, lourd de sa promesse.

Je n'ose dire un mot. Nikos s'enfonce dans les bois. Je jette un œil en direction de l'enceinte, que je ne peux voir, mais je m'inquiète toujours que les hommes de Mad nous trouvent. Je suis nerveuse, impatiente de bouger de là.

Bardhyl avance vers l'Alpha et se met à lui parler dans une langue étrangère... Je suppose que c'est du danois. Quand l'homme lui répond, Bardhyl éclate de rire.

J'échange un regard avec Lucien qui hausse les épaules.

– Meira ! crie soudain une voix féminine.

Je me retourne et vois Jae courir vers moi. Elle s'écrase contre moi et me serre fort, me prenant par surprise.

– Je suis tellement désolée, dit-elle en prenant mes mains dans les siennes. J'ai essayé de les empêcher de t'échanger, mais ils ne m'ont pas écoutée. J'étais terriblement inquiète pour toi.

Elle m'entoure de ses bras une nouvelle fois, me serrant si fort que j'ai du mal à respirer.

– Je vais bien. (Je me dégage et saisis ses mains à mon tour.) Est-ce que ces Alphas sont dignes de confiance ? Tu es sûre qu'ils vont te ramener auprès de tes sœurs ?

Elle hoche la tête avant même que j'aie fini de parler, et plonge la main dans la poche de son pantalon. Elle la ressort puis l'ouvre pour me montrer une broche dorée en forme d'oiseau, avec une grosse émeraude en plein milieu. C'est magnifique. Je n'arrive même pas à me souvenir de la dernière fois où j'ai vu des bijoux.

— Elle appartient à ma sœur Narah. Quand ils m'ont trouvée, ils m'ont donné la broche en guise de preuve. (Elle se penche vers moi et murmure :) Ça me fait croire que ma sœur les a engagés.

Sa lèvre inférieure tremble, mais elle m'adresse un sourire en coin. Ça veut tout dire pour elle. Depuis notre première rencontre dans les bois, elle n'a eu qu'un seul but : retrouver ses sœurs. Je prie la lune pour qu'elle rejoigne sa famille, et que ces loups soient effectivement honorables.

— Je l'espère vraiment.

— On part, annonce Ragnar.

J'étreins Jae une nouvelle fois.

— J'espère que nous nous reverrons.

— Moi aussi. (Sa voix se brise, et elle s'éclaircit la gorge en reculant.) Prends soin de toi, Meira, et ça va me manquer que tu me sauves les miches tout le temps.

Je ris tandis qu'elle se retourne et rejoint les quatre puissants nordiques qui l'attendent.

Ils disparaissent rapidement dans l'ombre des bois. *Tu vas me manquer aussi, Jae.*

Des mains puissantes agrippent ma taille et soudain je suis soulevée dans les airs, tandis qu'un souffle brûlant me frôle le cou.

— Hé, ma belle. Bon sang, qu'est-ce que tu m'as manqué !

Mon cœur explose de joie de voir Dušan de retour parmi nous. Quand mes pieds se posent de nouveau au sol, je pivote dans ses bras et enroule les miens autour de son cou.

Nous nous embrassons, nos corps si collés l'un à l'autre qu'il paraît impossible que nous nous séparions de nouveau.

— Je vous aime tous tellement, murmuré-je. Je vous en prie, ne soyons plus jamais séparés.

— Ma belle tu m'appartiens, et je t'aime.

Ses mots me touchent d'une manière que je n'aurais jamais crue possible.

Lucien et Bardhyl nous rejoignent, chacun d'un côté, et m'étreignent, se pressent contre moi, surtout leurs sexes, comme des chiens qui se frottent à une jambe. J'ai envie de rire, parce que ça leur ressemble bien plus qu'ils ne voudraient l'admettre.

– Je t'aime, ma belle, murmure Bardhyl.

– Tu es tout pour moi, et je t'aime plus que tout, ajoute Lucien.

Tout me semble irréel et incroyable à la fois. Je tombe de plus en plus amoureuse de mes hommes, je les aime plus profondément que je ne l'aurais cru possible. Ils s'occupent tellement de moi, jamais je n'aurais cru avoir cette chance. Mais cette union n'a jamais été facile. Les ennuis que nous avons vécus sont insensés.

– Il faut qu'on s'en aille.

Dušan finit par s'écarter, tout comme les deux autres. Je reste dans le cercle de mes trois hommes.

– Pour aller où ? lui demandé-je. Nous ne pouvons pas laisser Kinley et tous les autres ici sous le commandement de Mad.

– Je veux détruire Mad, grogne Bardhyl.

– Alors on reprend les tunnels, ajoute Lucien.

– C'est exactement ce que je pensais, admet Dušan. On doit juste rester cachés pour récupérer et définir un plan pour reprendre le camp et les Loups Cendrés.

Je suis tout à fait d'accord avec lui, et pourtant une partie de moi ne peut s'empêcher d'avoir peur. Nous nous sommes échappés de justesse, avons survécu de justesse, nous sommes retrouvés de justesse. Mais aussi épuisée que je sois, j'ai eu peur toute ma vie. Je me suis cachée. J'ai fui.

Cette fois, j'embrasse la peur, les ténèbres qui nous attendent, et je m'éloignerai aussi loin que possible de la sécurité de la lumière pour arranger les choses. La bataille finale ne consistera pas seulement à sauver une meute... Je me bats pour m'accrocher à la seule chose qui m'a manquée depuis que j'ai perdu ma maman.

L'amour.

# CHAPITRE 17

LUCIEN

— Allons dans la vieille salle du tunnel, proposé-je à Bardhyl qui se gratte le nez.
— Ce dépotoir ? Je déteste cet endroit.

Je lève les yeux au ciel. Nous dévalons le flanc de la montagne en direction de la grotte bouchée qui mène aux tunnels. Dušan et Meira sont devant nous, main dans la main, se murmurant des choses. Il lui a tant manqué, elle s'est tant inquiétée pour lui. Je n'ai qu'une envie, envelopper Meira d'un cocon de soie et la protéger du reste du monde. C'est ridicule, et elle ruerait dans les brancards si je lui faisais ce coup-là. Mais mon loup s'enflamme à l'idée que nous ne la protégeons pas assez.

Je jette un œil à Bardhyl qui court à mes côtés, guettant sans cesse par-dessus son épaule le moindre indice que nous sommes poursuivis. Puis il croise mon regard.

— Restons au fond de la grotte, suggère-t-il.
— C'est trop exposé, et nous ne pouvons pas vraiment faire de feu, avec la fumée qui s'échappe au-dehors.
— Je suis d'accord avec Lucien, balance Dušan par-dessus son épaule. Restons dans la salle.

Bardhyl grommelle à voix basse, me jetant un regard noir.

– Que dire ? Quand j'ai raison, j'ai raison, me vanté-je.

– Je rejette toute responsabilité si nous attrapons des puces, répond-il.

Meira nous regarde, les yeux écarquillés.

– Des puces ?

Je secoue la tête devant toute la comédie qu'il fait.

– Il n'y a pas de puces. (Je fronce les sourcils devant Bardhyl.) Pourquoi tu inventes des conneries ?

Il me dévisage.

– Donc la famille de ratons laveurs qui a emménagé pendant que nous occupions la pièce quand nous construisions le tunnel n'existe pas ?

J'ai envie de lui rire au nez, mais je surveille mon ton et lui murmure :

– Le grand méchant loup a peur des ratons laveurs.

– Va te faire voir, Lucien. Il y en a un qui me mâchonnait l'oreille quand je me suis réveillé.

Dušan s'arrête devant la grotte, où deux rochers dissimulent l'entrée du tunnel. Cet endroit est notre salut. Personne n'est au courant de son existence, en dehors de nous quatre et de Kinley. Dušan avait raison de dissimuler ce petit projet à son frère, il nous est bien utile aujourd'hui.

Sans un mot, nous avançons tous trois vers les rochers, tandis que Meira fait un pas de côté pour nous observer. Les mains posées sur le côté de l'une des pierres, nous la faisons rapidement glisser sur le sol afin de dégager une ouverture donnant sur le tunnel. Ce sera suffisant si nous nous glissons de profil.

Bardhyl entre le premier en se tortillant et se retrouve coincé à mi-parcours, bloqué au niveau du torse. Cette fois, je ne peux m'empêcher de rire, mais je plaque les mains sur ses flancs pour le pousser.

– Ton gros cul ne passera pas, grogné-je.

Il déboule enfin de l'autre côté, trébuchant.

– Bordel, c'était serré.

Meira glousse en passant facilement. Dušan se faufile ensuite, puis je le suis.

Nous débarquons dans l'obscurité complète, mais la petite pièce que nous avons aménagée durant la construction de ce tunnel n'est pas très loin et facile à trouver. Je prends la tête.

– Suivez-moi.

J'accueille l'obscurité comme une amie. J'ai passé des semaines... *des mois* ici pendant la construction. Une tâche que m'avait assignée Dušan alors que je venais d'arriver dans sa meute, et bien que je ne l'aie réalisé que plus tard, il l'avait fait pour m'aider à gérer la perte de mon âme sœur.

Je suis arrivé brisé chez les Loups Cendrés, mais j'ai fini comme bras droit de mon Alpha. J'ai trouvé une famille et un avenir que j'avais cru avoir perdus.

À cette époque, l'obscurité était mon amie, l'ombre cachait le chagrin qui me déchirait. Une fois encore, cet endroit ravive des souvenirs douloureux, mais dans mon esprit, ce sera toujours ici que je trouverai du réconfort et un but. C'est pourquoi je reste parfois seul dans cette pièce où nous nous rendons, pour me rappeler ce que j'ai perdu, et comment je me suis reconstruit quand mes souvenirs menaçaient de m'engloutir.

Venir ici avec Meira, c'est une manière de boucler la boucle. La première fois que je suis venu ici, j'avais le cœur brisé. Aujourd'hui je reviens tellement submergé d'amour qu'il suinte par tous les pores de ma peau.

J'entends l'écho des pas des trois qui me suivent, et leur seule présence me confirme que je me battrais pour eux. Pour notre avenir, jusqu'au bout.

– Hé Bardhyl, demande Meira, de quoi vous avez parlé avec l'Alpha du nord dans les bois ? C'était du danois, pas vrai ? On aurait dit que vous vous racontiez une blague ou quelque chose du genre.

Je jette un œil par-dessus mon épaule, et vois Bardhyl sourire. Même Dušan, qui reste à l'arrière au cas où quelqu'un se faufilerait vers nous, se penche en avant, curieux d'entendre la conversation.

– Il m'a demandé de quelle région je venais, et quand je lui ai répondu, il a dit que je lui rappelais quelqu'un ; puis il a plaisanté sur le fait que l'une de mes parentes éloignées va se marier avec un membre de sa meute, et qu'elle est aussi massive que moi. Ce qui n'est pas le cas de son âme sœur. Mais vous savez ce que ça signifie ? Que j'ai de la famille en vie.

Il glousse, et ça me réchauffe le cœur d'entendre que Bardhyl a retrouvé un peu de ses racines. Son passé lui a fait accepter le fait d'avoir perdu sa famille proche, alors savoir qu'il lui reste des membres plus lointains doit être un don du ciel à ses yeux.

– C'est génial, dit Meira. Si tu y retournes, je veux venir avec toi et rencontrer tes proches. J'ai toujours désiré voyager et visiter d'autres pays.

Bardhyl glousse avant de répondre :

– Si j'y vais, vous venez tous avec moi. Mais voyons déjà comment les choses vont tourner.

– Tu n'y es jamais retourné après ton départ ? demande Meira.

– Non.

Bardhyl déglutit bruyamment, parce que ce qu'il a éprouvé quand il a perdu le contrôle de son loup est un loup fardeau à porter. Même pour un gros ours tel que lui. Je secoue la tête. Je l'aime comme un frère, et ce sont des nouvelles fantastiques.

Dušan ne dit rien. Ce dont nous avons le plus besoin, c'est de nous reposer après tout ce que nous venons de subir.

Heureusement, je stocke régulièrement des provisions dans cette pièce.

Au détour d'un virage au fond des tunnels où règne une forte odeur de terre, je tends la main et mes doigts frôlent une porte en bois, comme je m'y attendais. Je baisse la main sur la poignée métallique et ouvre la porte.

Un rai de lumière provient de fines fissures dans le plafond.

Je scrute la petite pièce, balayant l'espace vide d'un seul regard. Il n'y a aucun danger.

La pièce est telle que je l'ai laissée. Deux lits contre le mur du fond, une table près des rais de lumière, un placard dans le coin le plus éloigné. Il y a bien longtemps, j'ai isolé les murs avec des panneaux de bois, et à présent leur couleur s'est estompée jusqu'à un brun pâle. C'est simple, mais que faudrait-il de plus ?

– Wouah, c'est trop cosy !

Meira entre, suivie des deux autres. Je referme la porte et la verrouille derrière eux. Juste au cas où quelqu'un essaierait d'entrer.

Meira fait le tour de la pièce, inspecte les lits et le placard rempli de nourriture.

Son sourire est un rayon de soleil.

Je ne m'en lasserai jamais. La voir si heureuse m'émerveille et m'aide à faire face à la situation merdique dans laquelle nous sommes.

– On reste ici cette nuit, on se repose, et après on passe à l'étape suivante, suggéré-je tandis que Bardhyl se dirige vers le placard.

Il sort des couvertures, pendant que je récupère la bouteille d'eau et les récipients métalliques que j'ai remplis de nourriture déshydratée. Ensuite, je commence à installer un petit festin sur la table.

Des murmures attirent mon attention sur Meira et Dušan

qui se mettent à l'aise sur le lit, elle blottie dans ses bras. Bardhyl leur laisse un peu d'intimité et s'assied à table pour se servir de viande séchée, perdu dans ses pensées. Je déballe un gros morceau de fromage, le coupe en tranches. Ici, la température reste assez fraîche pour que la nourriture ne se gâte pas vite.

Je me joins à Bardhyl, affalé sur ma chaise, tous deux toujours nus, à manger du fromage et de la viande sur des crackers.

– Je n'avais pas réalisé à quel point j'avais faim, murmuré-je.

– Je pourrais manger tout ce qu'il y a ici et avoir encore faim.

Il me fait un sourire de travers, et son regard se porte sur le couple allongé sur le lit. Après tout ça, ils ont besoin de temps pour eux.

– Alors, tu as une idée de la manière de détruire Mad ? lui demandé-je.

Bardhyl enfourne une grosse tranche de fromage avant de prendre d'autres crackers. Une fois la nourriture avalée, il explique :

– Effet de surprise. Il faut qu'on trouve quelque chose auquel il ne s'attend pas, pour nous donner le temps de l'atteindre.

Je me gratte la tête.

– Excellente idée. Sauf qu'on *n'a pas* d'élément de surprise. Mad s'attend sûrement à nous voir.

Bardhyl pince les lèvres.

– C'est la partie sur laquelle je n'ai pas encore avancé.

**MEIRA**

*D*ušan essuie la dernière larme qui s'attarde au coin de mon œil.

– Ne pleure plus, ma belle. Nous nous en sommes sortis vivants, et maintenant, c'est de nous que Mad devrait avoir peur.

La détermination dans sa voix, sa conviction sont une raison suffisante pour que je redresse le dos et chasse la peur de ce qui pourrait arriver. J'ai toujours été du genre à laisser le passé derrière moi et aller de l'avant. Mais avec mes sentiments croissants à l'égard de ces trois Loups Cendrés, quelque chose a changé en moi. Une sorte d'inquiétude, un malaise au creux du ventre à l'idée que je pourrais les perdre.

– Tu as raison, dis-je.

J'essuie mes joues, remonte une jambe sous moi, et me fais face à Dušan sur le lit.

– Je m'accroche à la peur, et c'est idiot.

Il entoure mon visage de ses larges mains, et je rayonne sous son regard. Il me donne toujours l'impression que rien ne pourra m'atteindre.

– Tu es la personne la plus forte que je connaisse. Nous allons vaincre Mad, et ensuite, nous quatre, nous pourrons être ensemble, comme c'est notre destin.

J'essaie d'ignorer le frisson qui s'accroche à ma colonne et évite de poser la question évidente de savoir comment nous pourrions y parvenir. Ce n'est pas le moment de penser à ça. Après avoir été battus et humiliés, il est temps pour nous de recharger les batteries.

– Je suis prête à détruire Mad.

Il rit doucement, et à sa manière de me regarder, je m'attends presque à ce qu'il dise que je ne vais pas affronter Mad. Mais à la place, sa bouche frôle soudain la mienne, doucement au début, puis il m'embrasse avec force. C'est brûlant, tempétueux. Je fonds contre lui. Après tout ce que nous avons vécu, c'est exactement ce que je désire. L'avoir tout contre moi, entendre sa faim dans ses grognements, sentir son excitation extrême.

Quoi qu'il se passe entre nous, c'est bien plus qu'une simple attraction physique animale. C'est une passion intense qui me consume comme un brasier, et je n'ai pas la moindre chance d'y échapper.

Quand il pousse sa langue au-delà du bord de mes lèvres, je gémis de désir, et glisse ma main sur son torse dur comme pierre, mes doigts tirant sur son t-shirt. Je l'attire plus près de moi et l'embrasse avec toute la force des émotions qui se bousculent en moi.

Avec avidité, nous nous embrassons maladroitement, comme des adolescents, nos lèvres se meurtrissent et nos dents s'entrechoquent ; j'en veux tellement plus. Nous sommes dans une petite pièce glaciale qui a tout d'une grotte et qui sent le pain rassis, mais je me sens à l'aise et en sécurité.

Cela fait bien trop longtemps que je n'ai pas eu tous mes hommes auprès de moi, et à présent, j'ai bien l'intention de profiter de tout ce qui m'a manqué.

Il gémit contre ma bouche avant de faire glisser ses lèvres sur mon menton, et de descendre dans mon cou, où il mordille ma peau. Je rejette la tête en arrière, les yeux fermés, et me concentre sur son souffle, la chaleur de sa bouche, l'avidité avec laquelle il me mordille l'épaule.

Ses doigts fébriles retroussent les manches de mon manteau, découvrant plus de peau à couvrir de baisers.

Il glisse ses mains entre nous et déboutonne mon manteau à la hâte. Il écarte le tissu, m'exposant toute nue en dessous. Il fait glisser le vêtement jusqu'à mes avant-bras. Ceux-ci sont coincés dans les manches, et il les plaque dans mon dos.

– Je suis coincée, murmuré-je, le souffle court, essayant de dégager mes bras.

Il a un sourire sournois qui m'envoie des frissons d'euphorie dans le dos.

– Non, tu es exactement telle que je veux que tu sois. J'ai rêvé de toi chaque seconde pendant notre séparation, et mon loup devenait dingue tant il avait besoin de se connecter à toi. Et j'ai bien l'intention de revendiquer cette douce toison qui m'a tellement manqué.

Je suis presque au bord de l'orgasme à ces simples mots. Je respire difficilement, les mains plaquées dans le dos.

Lucien et Bardhyl s'approchent de chaque côté de Dušan, leurs sexes en érection, il ne fait aucun doute qu'ils nous regardaient depuis l'autre bout de la pièce.

Dušan ne semble même pas les remarquer, et si c'est le cas, il ne sourcille pas. Sans me quitter des yeux, il glisse ses doigts sur mes genoux et plus bas, puis m'attrape les chevilles. Il les relève, me pliant les genoux, et pose mes talons sur le bord du lit. À deux mains, il les écarte en grand.

Je dois bien admettre qu'avoir trois hommes qui contemplent mes parties les plus intimes est assez fabuleux pour mon ego.

J'ai l'impression d'être une reine, quelqu'un de si précieux que tout ce que j'ai souffert dans le passé s'estompe. Et j'aime vraiment cette sensation.

– Mon ange, tu es fabuleuse, dit Bardhyl d'une voix grave, la main sur son large membre.

Lucien a déjà le regard dans le vague, perdu dans ses pensées.

Dušan se déshabille en quelques secondes, et devant moi se tiennent mes Alphas.

– Je vous en prie... les imploré-je.

À ma demande, Dušan fait courir ses mains à l'intérieur de mes cuisses, les écartant encore plus.

Il caresse doucement mon clitoris du bout du pouce, et je me mets à frissonner doucement.

– C'est ça que tu veux ? demande-t-il.

– Merde ! s'exclame Lucien, sa main caressant doucement sa verge.

Le bout de l'érection de Dušan caresse l'entrée de mon intimité.

Je suis trempée, et je penche la tête en avant pour l'atteindre, je ferais n'importe quoi pour qu'il me prenne.

Agrippant mes jambes, il me pénètre. Les deux autres nous regardent comme si rien au monde ne pourrait détourner leur attention.

Plus il s'enfonce et plus je gémis, il m'élargit, me remplit. Je sens une vague d'énergie monter en moi à mesure qu'il me donne des coups de reins forts et rapides, et tout mon corps tressaute sur le lit.

Je cambre le dos et crie quand l'excitation m'embrase. Les bruits et les odeurs m'hypnotisent.

– Ne t'arrête pas, murmuré-je.

Ses doigts trouvent mes tétons durcis et les pincent, les titillent pendant qu'il me chevauche. Nos corps s'entremêlent et jamais son regard ne me quitte. Nous plongeons dans les yeux l'un de l'autre tandis qu'il me saute sauvagement.

Je leur appartiens, à lui, Lucien et Bardhyl. Il y a encore quelques mois, j'aurais ri comme une hystérique à l'idée d'appartenir à quiconque, encore moins à trois Alphas. À présent, je ne peux imaginer ma vie sans eux.

Et tout autant que je leur appartiens, ils sont à moi.

Dušan s'enfonce en moi et tout mon corps tressaute, mes seins rebondissent. Lucien et Bardhyl se caressent plus vite à présent, et me dévorent des yeux.

L'adrénaline prend mon corps d'assaut, et déjà revient cette sensation familière de Dušan qui enfle en moi. Rien ne peut égaler l'euphorie de le sentir s'élargir, tandis que sa verge noue. Il s'enfonce, et pousse, et s'accroche, pour rester verrouillé à moi.

L'extase fuse en moi. Il passe à la hâte un bras dans mon dos et me soulève du lit. J'enroule mes jambes autour de ses hanches pendant qu'il dégage mes bras du manteau.

Je les enroule autour de son cou et enfouis mon visage dans sa poitrine tandis qu'il me prend.

Je halète quand mon orgasme éclate. Je crie, mais il m'embrasse, étouffant mon cri tandis que je convulse dans ses bras. Mon corps est secoué de tremblements.

– Merde ! grogne Lucien en arrière-plan.

Bardhyl feule tel un lion, tandis qu'un rugissement animal et primal s'échappe de la poitrine de Dušan.

Rien n'est comparable à la chaleur qui pulse en moi, sur mes parois intimes qui se resserrent autour de la verge de Dušan. Je l'enveloppe complètement, je sens sa hampe palpiter en moi. Il grogne soudain contre ma bouche, et cette chaleur se répand en moi à mesure qu'il m'emplit de sa semence. Il me donne des coups de reins, me revendique, me marque.

Et c'est tout ce que je désire.

Nous transpirons tous les deux, la sueur me coule dans le dos.

– Bon sang, c'était chaud ! marmonne Lucien depuis le coin de la pièce, où il a pris des mouchoirs pour se nettoyer.

Bardhyl presse son t-shirt contre son érection, les yeux dans le vague, et il est clair qu'il est toujours sur son nuage.

Quand je croise le regard de Dušan, il m'embrasse plus doucement et murmure :

– Maintenant j'ai l'impression d'être à la maison.

# CHAPITRE 18

BARDHYL

Je suis allongé, éveillé, sur le sol couvert de couvertures tandis qu'une véritable bataille se joue dans mon esprit, et mon cœur se serre à l'idée du danger. J'envisage l'idée que nous partions tous les quatre en laissant tout derrière nous, sans mettre nos vies en péril. Ce ne sera pas facile, mais c'est une manière d'avancer. C'est plus sûr.

Sauf que laisser la Meute Cendrée derrière nous n'est pas envisageable. Nous avons des amis que nous considérons comme une famille, et jamais Dušan ne partira. Ce qui me ramène à la question de savoir comment faire tomber Mad alors que nous sommes en infériorité numérique. Sans compter que Meira va courir un risque et que cette femme est si bornée qu'elle ne restera pas en retrait si je le lui demande.

Je serre les dents, soupire lourdement à cette pensée. Quelle que soit la manière dont j'envisage le problème, je ne vois pas comment assurer sa sécurité. Nous n'avons pas l'assurance de gagner cette bataille, mais je ne peux pas risquer qu'elle tombe avec nous. Donc, quand Dušan sera réveillé, nous devrons parler, lui et moi. Nous avons un putain de problème, qui doit être résolu avant d'attaquer Mad.

— Tu n'arrives pas à dormir ?

La douce voix de Meira me cueille dans la lumière du petit matin qui éclaire à peine la pièce.

Je jette un œil au lit, d'où elle me contemple avec un sourire. Le sommeil s'accroche encore à ses yeux, ses cheveux noirs sont en bataille, et elle bâille. Quand je la regarde, je vois tout ce que je ne suis pas, tout ce que j'aimerais être. Je ne suis pas idiot. J'ai perdu mon innocence il y a bien longtemps. C'est ce que tuer nous fait, mais Meira est différente. Alors comment diable suis-je censé mettre sa vie en péril ?

— Pas vraiment, lui réponds-je.

Prudemment, elle sort du lit en essayant de ne pas perturber les deux autres qui ronflent. Elle ne prend pas la peine de se couvrir et vient à moi nue, comme une belle apparition. Ces courbes galbées me désarment. *Merde !* Mon regard traîne sur ses mamelons parfaits, sa taille fine, cette petite touffe noire entre ses jambes. Elle est tout ce que je désire chez une femme… des courbes douces et bombées, un parfum enivrant, et un tempérament de feu assorti au mien. Tout en elle n'est que tentation. Elle est intelligente et vive d'esprit, et fonce tête baissée pour protéger ceux envers qui elle est fidèle. J'aime tout en elle.

Elle s'agenouille près de moi.

Entre elle nue et mon érection qui durcit, j'ai du mal à garder la tête froide. Cette nuit, après que Dušan l'a revendiquée, elle s'est endormie dans ses bras, épuisée. J'ai terminé mon repas et à ce moment-là, Dušan et Lucien l'avaient rejointe au lit.

À présent, elle se penche et m'embrasse, et je sens la douceur de ses seins sur mon torse. J'en ai le souffle coupé. La tentation de la soulever et de la poser sur mes hanches m'étouffe. J'ai une folle envie de m'enfouir au plus profond d'elle pendant qu'elle me chevauche.

Bon sang, je ne suis qu'un homme. Un enfoiré excité qui n'en a jamais assez.

– Bonjour, chuchote-t-elle. (Son souffle chaud dans mon oreille fait affluer le sang dans ma verge.) Il faut que j'aille aux toilettes.

Je manque d'éclater de rire. Me voilà avec une érection, tandis que ma chérie est sur le point d'éclater.

– Bien sûr, ma belle. Habillons-nous, je t'accompagne dehors. Il y a de vieux vêtements dans le placard.

Les choses ne se passent jamais comme prévu, et maintenant j'ai envie qu'on y aille vite, pour que je puisse la revendiquer pendant que les deux autres dorment toujours.

Il ne faut pas longtemps pour nous retrouver dans les tunnels. Meira a mis sa main dans la mienne, et même si je suis toujours aussi excité, rien que d'être avec elle me procure une sensation de paix.

Je tends l'oreille, il règne un silence de mort. Il n'y a que le sifflement du vent dans le passage, et les odeurs ne signalent aucun intrus. Parvenus dans le tunnel principal, le faible trait de lumière de l'ouverture au loin nous guide.

– Si tu étais joueur, tu estimerais à combien nos chances de vaincre Mad ? demande Meira, ce qui me fait croire que je n'étais pas le seul à ne pas pouvoir dormir cette nuit.

– Mon côté sûr de moi te dirait qu'il n'y a aucun doute que nous l'éliminerons.

– Mais...

Elle me lance un coup d'œil et sa main se raidit dans la mienne. Elle est inquiète, et comment pourrais-je l'en blâmer alors que je n'ai pas le moindre plan valable, au-delà de nous introduire dans l'enceinte et d'essayer de surprendre Mad quand il est seul ? Un plan truffé de trous qui pourrait bien nous faire tuer.

– Rien ne se passe jamais aussi facilement, admets-je.

En vérité c'est à ça que je pense, incapable de voir clairement un moyen d'en finir vite.

Meira prend ma réponse pour un accès de pessimisme et détourne le regard, et des ombres s'accumulent dans ses yeux inquiets.

– Hé, lui dis-je en la tournant pour me faire face. Si ça ne tenait qu'à moi, tu vas t'en sortir.

– Rien que moi ?

Elle est prompte à remarquer mon erreur.

– Je ne vais pas mâcher mes mots, mon ange. J'ai peur pour ta sécurité, et je me sentirais bien plus à l'aise de savoir que tu es quelque part en sûreté pendant que nous trois allons chercher Mad.

Elle me regarde sans rien dire, et je m'attends à ce qu'elle éclate, mais qu'elle ne dise rien est pire à mes yeux. Je peux gérer un affrontement verbal, mais que faire du silence ? Je sais que si je parviens à la convaincre, elle tiendra parole, mais elle est tellement bornée.

– Dis quelque chose, l'encouragé-je.

Elle hausse les épaules.

– Il n'y a rien à dire. C'est ton avis. Ça n'arrivera pas dans cette vie, mais bien essayé.

Ce ton moqueur… ça ressemble plus à ce à quoi je m'attendais. Malgré tout, je serre les dents devant sa détermination butée. C'est de ma faute, je lui ai dévoilé le fond de ma pensée, et maintenant elle va se méfier de mes plans en pensant que je veux la laisser de côté.

– Nous verrons, réponds-je en la guidant vers la sortie du tunnel.

Sa main se resserre autour de la mienne, et peut-être qu'elle m'agace, mais je n'en attendais pas moins d'elle.

Je n'ai qu'une envie, la revendiquer de toutes les manières possibles ici et maintenant, lui rappeler que je suis son Alpha, et qu'elle va *effectivement* rester à l'écart. J'ai envie de la protéger pour que jamais rien ne l'atteigne plus. Je prie la déesse de la lune de m'aider, et je voudrais l'enfermer pour m'assurer qu'elle restera à l'écart du danger.

– C'est *quoi* le plan ? demande-t-elle.

– Il faut qu'on y travaille, réponds-je avec sincérité. Une grosse diversion ferait l'affaire, mais la partie la plus difficile, c'est de parvenir à s'approcher suffisamment de Mad sans être interceptés par ses gardes.

Elle fronce les sourcils, comme si elle réfléchissait à sa réponse.

– Peut-être qu'on pourrait l'attirer hors de l'enceinte, d'une manière ou d'une autre ?

– Peut-être, oui.

Je me glisse dans l'espace entre les rochers qui bloquent l'entrée et force en grognant. Je scrute la forêt à l'affût d'un mouvement et je hume l'air, avant de revenir les narines emplies de la rosée du matin sur l'herbe. Tout va bien.

Quand je me retourne pour en informer Meira, je manque de lui rentrer dedans, car elle est juste derrière moi.

– Tout va bien ? (Elle hausse un sourcil.)

– Fais vite, lui intimé-je, les muscles contractés en voyant comme elle se met en danger sans même y penser.

Dehors, le soleil orangé pointe sur l'horizon, teintant les bois de touches de couleurs ardentes. Meira fonce vers les arbres sur ma droite, et je profite de l'occasion pour me soulager à mon tour, dans un grand buisson situé à un endroit qui me permet d'assurer sa surveillance en même temps.

Soudain, je me raidis en entendant le craquement d'une brindille, les pieds rivés au sol. Je tourne la tête en direction du bruit, plus loin au fond des bois.

Le vent moribond ne véhicule aucune odeur. La panique monte en moi et je range rapidement ma verge, battant en retraite.

Je siffle légèrement et jette un œil à Meira, debout, qui me regarde. Elle l'a entendu aussi.

Je pointe le doigt vers où venait le bruit, puis lui fais signe de la tête de me rejoindre.

Elle arrive près de moi à pas rapides, juste au moment où l'odeur de mort me saisit, emplit mes narines, me donne la nausée. Les morts-vivants nous ont pistés.

Avant que je ne retourne dans la grotte, quatre formes sortent des bois en titubant, plus loin sur ma gauche, exactement à l'endroit où se tenait Meira il y a quelques secondes.

Elle s'arrête pour les observer tandis que je saisis son bras pour l'entraîner à l'intérieur. Dès que ces enfoirés m'auront senti, ils vont grouiller partout dans ces bois.

– Attends.

Elle repousse ma main et repart vers les zombies.

– Meira, ce n'est pas le moment...

Mes mots meurent sur mes lèvres quand je pose les yeux sur les monstres mortels.

Des visages familiers, que j'ai déjà vus avant.

– Attends. Est-ce que ce sont...

– Oui. Ils nous ont déjà suivis, et jamais attaqués.

Soudain, elle se dirige vers eux, et un malaise me serre le ventre. Je n'ai aucune envie de m'approcher de ces choses répugnantes.

Elles rôdent autour de Meira comme si elle était un aimant, et se foutent complètement que je sois juste à côté. Elle s'avance vers moi, et les créatures la suivent en titubant.

Je recule dans l'entrée de la grotte, je suis bien trop près de ces choses. Au moindre geste, elles me tomberont dessus.

– C'est assez près, lui intimé-je.

Meira s'arrête à moins de deux mètres, et les zombies s'arrêtent aussi.

– Assis, leur ordonne-t-elle.

Aussitôt, tous les quatre tombent assis par terre.

J'en reste bouche bée, sous le choc.
- Putain, mais comment tu fais ça ?
Meira tourne la tête vers moi, souriant comme si elle venait de découvrir un coffre au trésor.
- Je crois que j'ai une idée sur la manière de descendre Mad.

# CHAPITRE 19

MEIRA

Je débarque en trombe dans le bunker, Bardhyl sur mes talons.

– Réveillez-vous ! J'ai une nouvelle incroyable !

Alors que ces mots sortent de ma bouche, je me rends compte qu'ils ne sont pas utiles. Lucien et Dušan sont debout tous les deux, habillés, et me regardent. Lucien baisse la bouteille d'eau qu'il portait à ses lèvres, tandis que Dušan prend un morceau d'un grand biscuit.

– Que se passe-t-il ? demande-t-il, des miettes retombant sur son pull noir un peu déchiré au col.

Bardhyl referme la porte derrière nous.

– Ce que je viens de voir dehors pourrait bien être la réponse à tous nos besoins, dit-il d'une voix excitée. Apparemment, notre chérie est encore plus spéciale que ce que nous pensions.

– Accouche, insiste Lucien, concentré sur nous.

– Je crois que je peux contrôler ces morts-vivants qui me suivent, dis-je d'une voix ferme. Il faudra sans doute que j'essaie encore pour en être sûre, mais je viens juste de leur dire de s'asseoir, et ils m'ont obéi. (L'adrénaline court dans mes veines, et je trépigne à cause de ce que cela signifie pour nous.) Jusqu'à présent, il ne m'était jamais venu à l'esprit de comprendre pourquoi ces quatre zombies me suivaient.

Dušan et Lucien me regardent en cillant, comme si j'étais devenue folle.

– Elle dit la vérité, renchérit Bardhyl. Si je ne l'avais pas vu de mes propres yeux, j'aurais l'air aussi incrédule que vous en ce moment.

– Tu peux contrôler les quatre morts-vivants qui te suivent ? (Dušan répète mes paroles, choqué, en se grattant la tête.) Qu'est-ce qu'ils ont de si spécial ? Et les autres zombies ?

Serrant les lèvres, je me remémore toutes mes rencontres avec ces Monstres de l'Ombre en particulier, depuis la première fois que je les ai vus. Et ça me frappe en un éclair.

– Je crois savoir pourquoi. Je n'en comprends pas la raison, mais…

– Qu'est-ce que c'est ? demande Lucien, d'une voix tendue et impatiente.

– Quand j'ai aidé Jae à échapper à l'attaque de Mad dans les bois, je me suis battue contre plusieurs morts-vivants, pour les empêcher de l'atteindre. Et ces quatre-là, je pense les avoir mordus pendant notre affrontement.

Le hoquet of Bardhyl attire mon attention.

– Tu les as infectés ?

– Je crois… Oui, c'est peut-être ça, opinai-je d'un ton incertain. Ce qui m'immunise contre les morts-vivants semble avoir l'effet inverse sur eux.

– Putain ! (Lucien se passe la main dans les cheveux en faisant les cent pas, le regard dans le vague.) Ça change beaucoup de choses. Mad pense que tu es la clé de l'immunité. Sauf que tu es mille fois mieux que ça. (Il s'arrête devant moi, me prend les mains, les embrasse.) Toi, ma puce, tu peux commander aux zombies. Ils sont tes esclaves. Tu pourrais diriger des secteurs grâce à cette seule capacité.

– Ne nous emballons pas.

Je m'étrangle à moitié en lui répondant. Son enthousiasme m'effraie un peu. Je n'ai jamais eu pour ambition de régner sur les zombies, mais c'est un moyen de nous débarrasser de Mad et de récupérer la Meute Cendrée.

– J'avais raison, déclare Bardhyl avec un sourire en coin. Tu es notre magnifique petite Reine des Zombies.

Je grimace intérieurement à ce titre, mais à présent, je ne peux guère le lui reprocher.

Dušan, qui est resté silencieux, prend la parole :

– La question est de savoir comment tu peux arriver à contrôler plus de zombies pour que nous levions une armée contre Mad ? Il faut que tu les mordes un par un ?

– Sûrement. Mais si je pouvais faire autre chose... Les griffer, par exemple ?

J'ignore pourquoi je balance des idées au hasard... Peut-être est-ce à la pensée de passer ma vie à mordre les zombies et les convertir. Est-ce que ça ne fait pas de moi l'un d'eux, mais inversé ? Et c'était vraiment dégoûtant quand j'ai goûté leur sang... Je n'ai aucune envie de recommencer.

– Il n'y a qu'un seul moyen de le savoir. Partons à la chasse aux zombies, ordonne Dušan.

J'ai soudain la bouche sèche, mais je hoche la tête. Même si l'idée est étrange, il marque un point. Et si c'est la seule manière d'éradiquer Mad et son monde, alors je suis prête. Ce n'est pas comme si j'avais le choix si je veux aider mes hommes. Je redresse le dos et rassemble mon courage.

– Allons-y.

Lucien applaudit comme un gamin excité, Bardhyl sourit et Dušan m'attire à lui.

– Est-ce que tu es sûre que ça te convient de faire ça ?

– Pas vraiment, mais avons-nous d'autres choix ?

Je serre ses mains un peu trop fort.

– Je lis la peur dans tes yeux.

Son expression s'adoucit, mais il y a de la force dans son regard, comme s'il était prêt à me rattraper si je tombais pendant cette mission.

– De quoi as-tu peur ?

– D'échouer, et que ce soit un énorme malentendu qui vous fasse tuer tous les trois.

J'ai les bras qui tremblent. Il fronce les sourcils, inquiet.

– Si tu as plusieurs zombies dehors qui te suivent, nous avons déjà une longueur d'avance sur Mad.

Il serre ma main doucement, et ses paroles me rassurent.

– Quel est le plan ? (Lucien me dévisage avec la même expression apeurée.) Nous traquons un zombie, puis nous restons juste à côté pendant que tu fais ton truc, au cas où il faudrait venir t'aider ?

J'ai très peur, mais je sais que reculer maintenant ne nous aidera pas. Je ravale mon inquiétude et suggère :

– C'est le matin, donc avec un peu de chance, les Loups Cendrés ne rôdent pas encore dans les bois. Donc on devrait le faire maintenant.

Je déteste ma proposition, mais c'est pour le mieux. Il ne s'agit pas de moi, mais de la sécurité de la meute.

– D'accord, acquiescent mes trois hommes à l'unisson, ce qui devrait me faire rire, mais je suis bien trop inquiète que notre plan ait des lacunes qui pourraient revenir nous hanter.

Surtout, j'ai besoin de me calmer les nerfs vu que je dois me changer en louve une nouvelle fois, alors que je lutte toujours pour la contrôler.

Nous sortons rapidement des tunnels, et tout à coup ça me frappe : tout repose sur moi pour que ça marche. C'est une chose de faire asseoir les morts-vivants, mais je n'ai absolument aucune idée du moyen de lever une armée pour attaquer seulement Mad, sans que des innocents soient blessés.

Je mets ces doutes de côté. Pour l'instant, assurons-nous déjà qu'ils m'écoutent. Ce n'est pas comme si nous avions pléthore d'options, alors il faut que ça marche.

Une fois dehors, je tends les oreilles à l'affût du moindre son, et mon regard tombe sur les quatre Monstres de l'Ombre qui sont toujours assis par terre, à l'endroit même où je les ai laissés. Chacun d'entre eux me regarde, ne semblant pas remarquer mes hommes.

– Eh bien ! grogne Lucien. Jamais je n'aurais cru voir une chose pareille.

Bardhyl se tient tout près de moi, et Dušan s'approche plus près des morts-vivants. Il s'arrête à portée de main, mais aucun d'entre eux ne semble lui prêter attention.

Bardhyl murmure :

– J'ai du mal à y croire. C'est comme s'ils étaient hypnotisés, ou sous l'effet d'un sort, ou quelque chose comme ça. Ils te sont loyaux, écoutent tes ordres, et nous ignorent complètement. C'est dingue.

– Finissons-en, dis-je en faisant craquer mes articulations.

Au moment où je sors de la grotte, je leur ordonne :

– Debout.

Les morts-vivants se relèvent.

Dušan recule aussitôt, paniqué, imité par mes deux autres hommes.

– Je ne crois pas qu'ils vont vous attaquer, dis-je.

Les quatre créatures se tiennent là, à me regarder.

– C'est peut-être mieux si je fais ça seule.

Dans les regards de mes hommes, je vois qu'ils ont terriblement envie de me contredire, mais je ne leur en laisse pas l'occasion.

– Je suis plus tranquille quand je suis seule. Les zombies ne peuvent pas m'attraper, et je serai plus rapide de cette manière.

– J'ai dit, *plus de séparation*, lance Dušan en levant le ton, ce qui me prend au dépourvu.

Il dit ça parce qu'il tient à moi, mais ça me hérisse.

– Je vais le faire à ma façon et tu sais que j'ai raison. Ce n'est pas comme si j'allais loin.

Il secoue la tête.

– Je viens avec toi, et dès que nous trouvons des zombies, je bats en retraite.

Ce n'est pas un sujet sur lequel j'ai envie de me disputer, d'autant plus que je sais qu'il ne cédera pas.

– Très bien.

Je déboutonne ma chemise et descends mon pantalon avant de l'ôter.

Leurs yeux sont braqués sur moi… Je les sens comme la caresse d'un amant. La brise fraîche du matin s'enroule autour de mon corps, me donnant la chair de poule. Mon cœur martèle ma poitrine tandis que je me remémore les instructions de Lucien pour faire sortir ma louve. Je peux le faire.

Je suis encore terrifiée par l'énergie qu'elle dépense à lutter contre moi quand je suis dans mon corps de louve, alors qu'arrivera-t-il si un jour je perds le contrôle sur elle ? Que se passera-t-il ? Elle tuera tous ceux qu'elle voit ?

Comme s'il sentait mon incertitude, Dušan murmure :

– Inspire et expire profondément, et laisse-la sortir de toi.

Comme si c'était aussi simple.

Déglutissant avec peine, je ferme les yeux et emplis mes poumons d'oxygène. En expirant, j'appelle ma louve.

Cette fois, elle sort de moi rapidement, comme de l'eau qui coule à flots. Je me tends, grogne et tombe à genoux, la douleur m'évoque une centaine de lames me tailladant le corps.

Quelques instants plus tard, j'ai le souffle court, mais je

suis dans mon corps de louve avec ma fourrure fauve, tandis que la douleur s'estompe. Je m'adapte à l'acuité de ma vision et à la fraîcheur de l'odeur des pins. Et avant même que je fasse un pas, l'odeur pestilentielle des morts-vivants me parvient depuis les bois.

Elle hurle et gronde à la fois. L'adrénaline monte en flèche quand ma louve me pousse en avant. Je la repousse dans ma tête pour qu'elle ne soit pas seule aux commandes.

L'énergie fuse dans mon corps, et je vacille sur place.

– Tu vas bien, ma belle ? demande Bardhyl.

Les quatre morts-vivants me fixent, attendant un ordre, tandis que mes hommes se tiennent près de moi. Soudain, je détale dans les bois, et l'air frais ébouriffe ma fourrure.

Un bref coup d'œil en arrière m'indique que Dušan est à la traîne, mais les quatre morts-vivants aussi.

Je file entre les arbres et par-dessus des troncs morts, quand j'aperçois deux silhouettes droit devant.

Mais je continue ma course, ma louve refusant de s'arrêter. La bataille qui se déroule en moi est celle de deux animaux luttant pour prendre le contrôle. Je dévie droit vers un sapin et le percute. La lutte entre nous pour le contrôle fait que je n'arrive même pas à marcher droit.

Ma louve se tait et je profite de ce moment pour flairer l'air. Les relents âcres me confirment que ces créatures devant sont bien des Monstres de l'Ombre.

Je me secoue, la sauvagerie coule dans mes veines, et je plonge vers les nouveaux venus.

Les feuilles mortes crissent sous les pieds des deux morts-vivants qui avancent en titubant. Ils lèvent soudain la tête, comme si quelque chose avait attiré leur attention. Quelque chose derrière moi.

Dušan.

Mon cœur bat à tout rompre tandis que ma louve émet un grognement dangereux.

Passant devant un dense bouquet d'arbres, je charge la première créature. Je m'écrase sur elle, la jette par terre avec un bruit sourd. Le claquement net de mes dents qui broient les os de son épaule rompt le silence des bois. Du sang contaminé, mort et putride couvre ma langue, et je relâche ma prise. Même ma louve est d'accord et recule.

La brise me fouette et je pivote, me rue sur le second Monstre de l'Ombre.

Je jette un œil aux quatre autres morts-vivants qui regardent comme des spectateurs dans une arène.

Je franchis la distance qui me sépare de l'autre monstre et saute sur son dos, l'aplatissant par terre. Déchaînée, je plante mes crocs dans sa nuque. Je suis sûre que les mordre sera plus efficace que de les griffer. Sa chair est raide et dure. Comme le précédent, je le lâche tout de suite et secoue la tête pour m'ôter le goût de la bouche.

Tournant la tête, je vois le premier Monstre de l'Ombre se relever en chancelant. L'épaule que j'ai mordue est plus basse que l'autre, et du sang noir suinte de la plaie sur sa poitrine nue et décharnée.

J'ai fait ce que je devais faire, et profitant que ma louve se débat encore avec le goût putride dans notre bouche, je la repousse plus loin en moi. Une poussée d'énergie m'envahit et je respire par à-coups, rappelant mon côté humain.

L'obscurité s'élève dans mon esprit alors qu'elle lutte contre la transformation, sa faim se répandant en moi comme une rivière sortant de son lit. La panique me submerge, mais je n'abandonnerai pas, ne la laisserai pas prendre le contrôle, ne la laisserai pas gagner.

L'air palpite autour de moi. Je contracte tout mon corps et la repousse.

Un grognement d'avertissement sort de ma gorge et je tremble jusqu'aux os.

*Non, hors de question.* Je me raidis, reste forte... Elle est à moi et je ne laisserai pas un animal prendre le dessus sur moi. Je repousse son énergie au plus profond de moi. Me cramponnant à cet instant de répit, je sors.

Le changement me déchire. Je grimace sous la douleur intense et le martèlement de mon cœur. Je me relève en titubant et m'affale contre un arbre.

C'était limite. Elle devient de plus en plus difficile à maîtriser.

Je me tourne vers le mort-vivant qui approche, regardant partout, attendant de voir quel sera son comportement.

Le second se relève aussi.

Aucun signe de Dušan, mais si les Monstres de l'Ombre avaient repéré son odeur plus tôt, ils vont continuer à le suivre.

– Arrêtez-vous, s'il vous plaît, murmuré-je.

Me tenant bien droite, mon regard passe d'un monstre à l'autre.

Ensemble, ils s'immobilisent à quelques mètres devant moi. Ils me fixent de leurs yeux vides et morts.

Une silhouette massive émerge de l'ombre du côté de la grotte. Dušan s'avance, les yeux écarquillés, l'air choqué. À quoi pense-t-il ? Que je suis un monstre ?

– Putain, tu l'as fait ! dit-il, et ses mots adoucissent l'angoisse qui m'enserre la poitrine.

– Ils étaient quatre, et maintenant nous en avons six.

Je lui souris. Il se rapproche de moi, et aucun monstre ne s'en prend à lui. Ils sont littéralement incapables de le sentir.

– C'est incroyable.

Je le scrute dans les yeux.

– Peut-être que ça va marcher. Je pense que six, ça suffira. Ce sera facile pour moi de les commander, et on peut le faire maintenant. Nous faufiler dans l'enceinte. D'accord ?

Une moue tord le coin de sa bouche.

– Nous n'aurons qu'une seule chance de le prendre par

surprise avec les zombies. Donc il nous en faut plus, car les gardes de Mad savent comment abattre les morts-vivants.

Je recule d'un pas.

– Je pense que ça ira comme ça, lui réponds-je.

Il m'étudie durant un long moment.

– Qu'est-ce qu'il y a, Meira ?

Je secoue la tête et détourne les yeux, étudiant les morts-vivants qui nous regardent. Telles des statues, ils restent aussi immobiles que les troncs qui nous entourent. Faire en sorte que plus d'entre eux me suivent n'est pas le problème. C'est qu'il faut que je le fasse sans perdre le contrôle de ma louve. À chaque fois que je me transforme, je crains que ce ne soit la dernière avant qu'elle ne prenne définitivement le dessus.

– Allons demander aux autres de combien de morts-vivants ils pensent que nous avons besoin, suggéré-je.

Je me tourne pour partir, mais Dušan se place en travers de mon chemin.

– Meira.

Sa voix sévère me transperce.

– Ce n'est rien.

Juste au moment où je pensais avoir enfin réussi à me transformer et à garder mes hommes, l'univers refuse de m'accorder une pause. Non seulement je suis toujours immunisée contre les zombies, ce qui me fait craindre d'être toujours malade, mais en plus ma louve refuse de se soumettre.

– Parle-moi, insiste-t-il en plissant les yeux. Il y a un problème, n'est-ce pas ?

Sa question me tire de mes pensées, et je cille en regardant Dušan. Un silence s'étire entre nous, j'ignore pourquoi j'ai du mal à lui parler de ça. Ou pourquoi j'ai peur de dire la vérité aux autres aussi.

– On peut t'aider, suggère-t-il, et je lis l'inquiétude dans ses yeux.

– J-je n-ne crois p-pas être totalement guérie, admets-je à voix basse.

C'est en voyant sa réaction que je comprends pourquoi je n'en ai pas parlé à mes hommes. Il pince les lèvres et pâlit. La peur assombrit son regard. Cette terreur que je vois, c'est comme un coup de poignard dans le ventre, qu'on tourne et retourne.

– Parce que tu es toujours immunisée contre les morts-vivants ? Nous allons régler ça, Meira, dès qu'on se sera occupés de Mad. C'est promis.

– Non, ce n'est pas que ça.

Mes bras tremblent le long de mes flancs. Je m'humecte les lèvres et laisse sortir les mots.

– Je n'arrive pas à contrôler ma louve. Quand je me transforme, elle essaie de prendre le dessus, à chaque fois. Tout ce dont elle a envie, c'est d'attaquer et de chasser.

Il me prend la main.

– Oh, Meira, c'est normal. La première fois que je me suis transformé, mon loup a pris le dessus et a mangé toutes les poules du voisin.

– Et la transformation d'après, et la suivante ?

– Ça devient plus facile une fois que tu affirmes ta domination. Tu n'as pas à t'inquiéter pour ça.

– Non. (Je repousse sa main.) Tu ne comprends pas. Ça ne devient pas plus facile. À chaque fois que je me suis transformée, ma louve s'est avérée plus forte. Il faut que je lutte de toutes mes forces pour la faire reculer.

Je me tiens le ventre et jette un œil aux morts-vivants qui n'ont pas bougé, se contentent de regarder. Je doute qu'ils comprennent vraiment ce qui se passe. On dirait des robots qui ont besoin qu'on les active.

Dušan me saisit le bras d'une main ferme. Ses doigts caressent l'intérieur de mon bras, et ce contact me procure un calme apaisant.

– As-tu autorisé ta louve à prendre le contrôle au moins une fois pendant tes transformations ?

– Bien sûr que non. Tu es dingue ? Si je fais ça et ne reprends plus jamais le pouvoir ?

– Tu le reprendras, dit-il sérieusement.

– Tu n'en sais rien. Il y a quelque chose qui ne va pas chez moi, et les règles normales des loups ne s'appliquent pas à moi, Dušan. Tu ne m'écoutes pas. Et si je lui laisse les pleins pouvoirs et qu'elle devient le monstre que tu craignais de voir surgir de moi ? Et si après je suis perdue pour toujours, pendant qu'elle fait un carnage et tue tout le monde ? Et si elle s'en prend à toi ?

Je secoue la tête et mon menton frémit à cette idée.

Dušan m'attire dans ses bras et me tient serrée fort contre lui. Je sens son pouls rapide, et sans aucun doute, j'ai touché un nerf sensible.

– Tu laisses la peur te contrôler, explique-t-il.

Ses paroles m'exaspèrent parce qu'il ne m'écoute pas.

– Ce n'est pas vrai.

Je pose ma main sur son torse pour le repousser, mais ses bras sont durs comme du fer, et il m'immobilise.

– Écoute-moi, dit-il d'une voix grave et autoritaire. Nos loups font partie de nous. Ce sont nos secondes moitiés. Et je sais que c'est terrifiant, mais pour achever ta connexion avec elle, tu dois lâcher les rênes pendant au moins une transformation.

Il est fou ! Cette seule pensée me terrifie.

Le malaise me tord les tripes. Comment peut-il imaginer que je fasse une telle chose ? Je me tends rien que d'y penser, alors je n'imagine pas le vivre.

– Je ne peux pas, dis-je en secouant de nouveau la tête.

– Tu n'as pas le choix. La seule manière pour que ta louve se soumette à toi, c'est de lui montrer à quel point tu lui fais confiance.

Je fronce le nez, confuse.

– Ça n'a aucun sens.

– Bien sûr que si. Et nous allons le faire ce matin, dès que nous trouverons une harde de zombies assez grande.

La fureur m'aveugle, et je me libère de son emprise.

– Ne me dis pas quoi faire !

Je suis nez à nez avec lui, et un mélange de peur et de colère bout au fond de ma poitrine, m'empêchant de respirer.

Il contracte la mâchoire, et je m'attends à ce qu'il riposte en m'empoignant et m'obligeant à le faire. Mais non. Rien que des mots.

– Nous avons une chance avec l'élément de surprise. De sauver les familles et les innocents comme Kinley, et les aider à échapper aux chaînes que leur imposera mon demi-frère. Quelques zombies ne feront pas le poids face à une meute. Nous avons besoin d'une armée. Je suis désolé que tu n'aimes pas porter le poids de cette responsabilité sur tes épaules. Bon sang, si je pouvais, je te la prendrais en un clin d'œil et l'assumerais à ta place. (Il se penche plus près, toujours sans me toucher.) Mais je te propose la deuxième meilleure solution : Je serai à tes côtés à chaque étape.

La souffrance remonte à la surface de mes pensées. Ce qu'il dit est vrai, mais pire encore, je n'arrive pas à me débarrasser de la culpabilité d'être trop terrifiée pour laisser le contrôle à ma louve.

Une goutte de sueur me coule dans le dos.

– Tu sais que j'ai raison, me rappelle-t-il.

– Oui, mais ça ne veut pas dire que ça me plaît.

Il rit, et je déteste la facilité avec laquelle il brise mes barrières. Mes entrailles sont un véritable champ de bataille, et les émotions montent en moi avec la puissance d'une tempête.

– On y va ?

Il tend la main, paume ouverte. Je soupire, exaspérée.

– Je vais essayer.

– C'est tout ce que je demande.

Il agrippe mes poignets et m'attire à lui. Avant que je puisse protester, il pose ses lèvres sur les miennes et m'entraîne dans un nouveau monde, où j'oublie tous mes soucis.

C'est tellement injuste qu'il m'affecte aussi facilement. Je m'accroche à lui, et j'aime cette sensation de ne pas pouvoir lui échapper. Une flamme s'allume entre nous quand il murmure contre ma bouche :

– Ne cesse jamais de croire en toi.

## DUŠAN

J'ai mal au cœur.

Meira est terrifiée, et ça me tue de la pousser autant. En vérité, c'est naturel de laisser le contrôle total à son loup lors de la première transformation. Mais Meira ne rentre pas vraiment dans les cases quand il s'agit de suivre les règles habituelles des loups. Elle a un parent humain. Elle a… ou avait une leucémie. Sa louve a refusé de sortir pendant la plus grande partie de sa vie. Et ensuite, un maudit tranquillisant injecté par Mad a forcé sa première transformation. Rien de tout cela n'est normal.

Ma belle louve a besoin de croire qu'elle peut le faire. Non seulement pour le salut de la meute des Loups Cendrés, mais pour elle-même. Si elle ne cède pas rapidement le pouvoir à sa louve, elle ne gagnera jamais sa confiance. Et toute sa vie, elle devra se battre pour le pouvoir pendant ses transformations, plutôt que de gérer son côté sauvage.

Elle me tient la main pendant que nous retournons d'un pas lent à la grotte, et j'étudie les six morts-vivants qui nous suivent. C'est incroyable de voir l'agressivité remplacée par du flou dans leurs yeux.

Je suis plus que fier de Meira et de ce qu'elle a été capable d'accomplir.

En sortant des bois, nous retrouvons Lucien et Bardhyl devant l'entrée de la grotte. Leur attention se porte sur la petite tribu derrière nous.

– Bon sang, oui, tu l'as fait ! me félicite Lucien.

Bardhyl accourt prendre Meira dans ses bras, la soulève du sol. Ses rires sont un chant d'espoir, elle rayonne de la beauté d'une guerrière qui n'a pas encore déployé ses ailes.

– Qu'est-ce qu'on fait ensuite ? demande Lucien.

– Nous trouvons une harde de morts-vivants, répond Meira sitôt reposée par terre.

Elle se tient droite et me regarde avec détermination, et je ne pourrais pas être plus fier d'elle à cet instant.

Lucien se frotte joyeusement les mains.

– Nous faisons une armée de zombies.

Nous entourons tous les trois Meira. Le vent balaie ses cheveux noirs à travers sa figure, et elle bataille pour les rabattre derrière ses oreilles. Elle est nue, mais ça ne la gêne pas. Qu'elle s'en rende compte ou pas, elle est arrivée bien plus loin qu'elle ne le pense.

Bardhyl l'embrasse sur le dessus de la tête.

– On y va tous ?

– Seulement si vous me promettez de rester au milieu des arbres quand on trouvera la harde, pour qu'ils ne vous chopent pas, dit-elle d'un ton soudain sérieux et sévère.

– D'accord, réponds-je, suivi de Bardhyl et de Lucien.

Elle lève les yeux vers moi, et je lis la sincérité dans son regard, tandis que son expression reflète sa terreur. Ça me tue de voir qu'elle a toujours peur, mais si je ne la pousse pas, elle perdra cette occasion de se lier à sa louve. Elle me déteste peut-être pour ça, mais je préfère ça à la voir souffrir toute sa vie.

Elle se détourne de moi, les épaules voûtées.

Mes doigts me démangent de l'envie de la caresser, lui signifier qu'elle n'est pas seule. Mais une bouffée d'électricité remonte le long de mes bras. Elle gémit de douleur avant de tomber par terre, en pleine transformation.

Nous l'observons, et chacun d'entre nous ferait n'importe quoi pour la protéger. Elle est tout pour moi, et si elle doit devenir ce que Bardhyl a formulé, la Reine des Zombies, alors je ne l'en adorerai que plus encore.

Quelques secondes plus tard, elle apparaît dans son éblouissante fourrure fauve, les oreilles en pointe, sa longue queue pendante. La douleur fait rage dans ces yeux magnifiques. J'espère qu'elle m'écoutera et lâchera sa louve une fois que nous aurons trouvé la harde.

Elle lève la tête, hume l'air, puis passe devant Lucien et trotte en direction des bois.

– Restons près d'elle, intimé-je.

Nous décollons. Meira prend la tête, nous trois dans son dos. Les six zombies nous suivent. Je ne nierais pas que ça me rend toujours nerveux de les avoir aussi près.

Nous nous enfonçons plus profond dans les bois, plus loin de l'enceinte des Loups Cendrés, ce qui me rassure. Cette zone aura moins de chance d'être sillonnée par des loups qui nous pourchassent. Mais il ne nous faut pas longtemps avant que les geignements des morts-vivants ne nous parviennent.

D'énormes chênes et sapins nous entourent, dans une foison de verdure. Cet endroit serait magnifique s'il n'y avait ces ombres qui titubent parmi les arbres. Des silhouettes défigurées au loin, c'est juste ce que nous sommes venus chercher, pourtant un frisson rampe dans mon dos.

Meira s'élance et nous courons pour la suivre.

Quand le premier zombie apparaît, un homme large

comme un tonneau avec un t-shirt qui pend sur son corps et un jean déchiré, il nous fixe du regard.

Un grognement guttural retentit, et soudain, le martèlement de pattes sur le sol résonne plus fort... plus près.

Sans perdre de temps, Meira saute sur l'homme balourd, le fait tomber et lui arrache la moitié du bras. Le sang jaillit de la blessure et se répand sur la terre.

– Nous devons nous cacher maintenant, murmure Lucien, sa main dans mon dos.

C'est à ce moment que je repère la vague de sans âmes qui émerge de la pénombre. Au moins plusieurs dizaines. La peur d'être là au milieu d'eux me secoue jusqu'aux os.

Je me retourne et suis Lucien qui a choisi un arbre aux branches basses. Bardhyl a déjà grimpé. Je saute et en attrape une, puis me hisse. Je grimpe rapidement jusqu'à une branche épaisse et solide, qui supportera facilement mon poids. À cinq mètres environ du sol, je m'assieds près du tronc pour avoir un point de vue dégagé sur les alentours.

Lucien est au-dessus de moi, et Bardhyl occupe une branche face à moi.

– Si ça marche, comment faire entrer tous les zombies dans l'enceinte ? demande Bardhyl. Ce n'est pas comme si nous pouvions demander à Kinley de ne pas faire attention à nous pendant que nous faisons passer des dizaines de zombies par chez elle. Elle en mourrait de peur.

– En plus, ajoute Lucien, ça pourrait créer un goulot d'étranglement une fois que les autres auront repéré des zombies sortant de sa maison et commenceront à leur tirer dessus.

Ces pensées me tourmentent.

– La seule option que je vois, c'est de les faire passer par l'une des entrées principales de l'enceinte.

Je reporte mon attention sur Meira. Elle a déjà abattu trois créatures, mais je la vois calculer chaque mouvement pour savoir qui attaquer ensuite, et l'inquiétude m'envahit. Elle hésite, regarde autour d'elle, et je soupire. Elle retient toujours sa louve, au lieu de lui laisser les rênes. *Bon sang, Meira !*

Cela ralentit son action de mener sa propre guerre intérieure chaotique.

J'ai froid jusqu'aux os en voyant que je n'ai pas réalisé plus tôt à quel point elle lutte contre sa louve. Elle perdra pour toujours la capacité de la contrôler si elle continue de la repousser.

– Je suis sûr qu'elle va s'en sortir, dit Lucien pour me rassurer. Les zombies ne la toucheront pas.

– Ce n'est pas ce qui m'inquiète. C'est qu'elle ne renonce pas encore à contrôler sa louve. Elle ne lui a pas encore accordé toute sa confiance.

– Oh, merde !

Je me crispe, les doigts serrés autour de la branche sous moi, et je prie la lune pour que le mal qu'elle s'est fait jusqu'à présent ne soit pas irréversible.

Mais alors que ces pensées me traversent l'esprit, un véritable tsunami de zombies déferle des ombres de la forêt.

Tout à coup, ils sont près d'une centaine.

Mon cœur martèle ma cage thoracique quand je reporte mon regard sur Meira, qui laisse une traînée sanglante derrière elle.

*Putain !* Je vous en prie, faites que ce ne soit pas une erreur de l'avoir laissée gérer ça toute seule.

# CHAPITRE 20

LUCIEN

— Prenez à droite ! hurle Dušan dans ma direction. Elle vient vers vous !

Il est dans son corps humain, espérant que si Meira le voit de cette manière, cela l'aidera à lutter plus fort et reprendre le pouvoir sur sa louve.

Bardhyl et moi courons dans nos corps de loups pour aller plus vite.

Mon cœur battant à tout rompre, je contourne un arbre pour repartir dans l'autre sens. Cela fait au moins vingt minutes que nous poursuivons Meira. Depuis qu'elle a abattu tous les zombies de la harde, elle est devenue dingue. Ma poitrine se serre de la voir courir frénétiquement çà et là dans les bois, perdue et confuse.

Quoi que nous fassions, nous n'arrivons pas à la calmer. Or plus que tout, Meira est notre priorité.

L'arrêter, puis la ramener.

Mes entrailles se nouent de peur que sa louve soit partie trop loin pour en reprendre le contrôle. Ça me déchire de savoir qu'elle risque de vivre toute sa vie avec ça. Je prie pour que par miracle, il ne soit pas trop tard.

Je cours plus vite encore, sautant par-dessus les troncs, filant derrière elle.

## MEIRA

Je tombe.

C'est l'impression que ça me donne. Les ténèbres battent dans mon esprit tandis que ma louve prend les commandes. Elle court comme une folle, complètement hors de contrôle, et je sens sa peur et sa confusion. Je l'ai perdue pendant l'attaque des Monstres de l'Ombre, sa faim était trop dure à dompter. Encore maintenant, j'ai le goût putride du sang dans ma gorge, et l'adrénaline me consume.

Je secoue le poids qui tente de me noyer. Une fois de plus, je la pousse, essayant de reprendre le contrôle.

Avec mes dernières forces, je l'écarte. Mes pattes touchent le sol, et mes hommes nous entourent.

Sa panique est palpable, tandis que je lui hurle dans ma tête de ralentir pour qu'ils puissent m'attraper. Ils trouveront un moyen de m'aider. Il le faut.

Parce que je ne peux pas vivre comme ça.

Piégée.

Oubliée.

Dominée par une créature sauvage.

Elle vire à droite et me pousse hors de son chemin, et les ténèbres m'envahissent de nouveau.

Je hurle.

## LUCIEN

Bardhyl s'élance devant elle, mais elle est trop occupée à me regarder me rapprocher, tandis que Dušan la contourne par la droite.

Elle vire à gauche, comme je m'en doutais, et je saute en diagonale pour l'intercepter et lui barrer le chemin.

Mes pattes rapides volent au-dessus du sol, je me précipite vers elle à travers la forêt.

Elle saute par-dessus un tronc quand je la rattrape, et je profite de ce moment pour me jeter sur elle. Je la heurte de l'épaule et la renverse.

Ses grognements désespérés fendent l'air. Nous nous affalons tous deux sur le sol couvert de feuilles mortes. L'élan nous fait rouler, emmêlés en un fouillis furieux de grognements et de coups de pattes dans la poussière.

J'ai la tête qui tourne. La terre est dure et ne pardonne pas, mais c'est pour elle que je m'inquiète.

Quand nous nous arrêtons enfin, je me relève, tout comme Meira, un grondement roulant dans sa gorge.

Elle s'éloigne de moi, babines retroussées, oreilles rabattues sur la tête. Je cherche ma compagne au fond de ses yeux, mais ne distingue qu'une louve sauvage.

Une main fantôme s'empare de mon cœur et le serre.

Soudain, Bardhyl jaillit hors des ombres. Il a déjà repris sa forme humaine. Il atterrit de l'autre côté.

Elle s'écarte de lui d'un bond, mais en une seconde je suis sur elle, et Bardhyl saute sur son dos.

Elle est plaquée au sol sous son poids. Elle grogne pour l'avertir de reculer, un son désespéré et terrifié qui me déchire intérieurement.

Bardhyl ne perd pas une seconde : la chevauchant toujours, il lui saisit la tête et presse sa joue par terre pour qu'elle ne puisse pas le mordre.

Je me transforme rapidement pendant que Dušan surgit des buissons et nous rejoint. Il se jette à genoux pour qu'elle puisse le voir. Aussitôt derrière elle, j'attrape ses pattes arrière et la maintiens au sol tandis que Bardhyl s'agenouille sur elle, ses larges mains plaquées sur son torse.

Aussi cruel que cela paraisse, c'est la seule manière. Si elle s'échappe, Meira aura du mal à sortir. Et quand sa louve sera épuisée et qu'elle pourra enfin sortir, qui sait où elle l'aura emmenée ?

Mais plus je vois son corps se débattre et plus j'entends sa détresse, plus mon cœur se brise à l'idée qu'il est peut-être déjà trop tard pour sauver sa louve. Elle a une force extraordinaire. Elle a attaqué plus d'une centaine de zombies, et nous trois luttons corps à corps pour la maintenir à terre, mais à quoi cela sert-il si elle n'est pas capable de se lier à son animal ?

– Meira, commence Dušan. Écoute ma voix. Concentre-toi sur moi, et sors de là. C'est toi qui commandes. C'est toi la louve.

Il l'encourage sans cesse, lui faisant entendre sa voix.

Elle est restée seule si longtemps dans sa vie que je me demande si sa louve n'a pas opté pour un mode de vie de loup solitaire. Il paraît que même si nos loups ne peuvent pas sortir avant la puberté, ils peuvent sentir et éprouver nos émotions.

Meira se débat plus fort contre nous, et je lève les yeux.

– Ça ne marche pas. Il faut que tu la domines, lui dis-je.

– Il a raison, ajoute Bardhyl. C'est la seule chose à faire vu qu'elle ne s'est pas encore calmée. Sa louve est trop sauvage.

Dušan est accablé par le chagrin, et je ne l'en blâme pas. Il l'a poussé à faire ça. Mais à vrai dire, nous sommes responsables, tous autant que nous sommes. Chacun d'entre nous a contribué à la mettre dans cette situation. La sauvegarde de la meute l'a conduite à ses limites, et pas une seule fois nous nous sommes demandé si elle était vraiment prête.

Je serre les dents, pris de fureur.

Dušan hoche une seule fois la tête, et aussitôt, une décharge d'électricité envahit l'air tandis qu'il se transforme.

Il émet un grondement terrible, et même moi j'ai la chair de poule à cause de la puissance qui émane de lui. Certains métamorphes sont nés pour être des leaders ; leurs loups exsudent un pouvoir énorme. Leur seule présence peut conduire d'autres loups à la soumission, et Dušan est l'un de ces Alphas.

Il secoue brusquement la tête, ses babines se retroussent et il laisse échapper un grognement guttural et profond. Les tendons de son cou se tendent et le son est caverneux, porteur d'un avertissement mortel.

Meira s'immobilise. La peur la fait haleter. Malgré tout, un grognement s'échappe de sa gorge.

Bardhyl sourit à moitié, mais je vois bien qu'il lutte.

– C'est une battante, ma belle.

Soudain, Dušan bondit en avant et plante aussitôt ses dents dans le cou de Meira. Il la mord. Pas pour la tuer, mais pour la maintenir au sol de force. Pour affirmer sa domination, obliger sa louve à reculer.

Bardhyl et moi la relâchons. C'est une chose qui se joue entre un Alpha et une Oméga. Si Meira ne peut pas contrôler sa louve, alors Dušan prendra le relais pour l'instant.

Des grognements menaçants brisent le silence.

Meira ne bouge pas, sa louve bien consciente qu'une telle morsure pourrait la tuer, alors elle reste couchée en silence.

Et Dušan l'obligera à rester ainsi le temps qu'il lui faudra pour se soumettre.

Bardhyl serre les dents en les regardant.

Il attend.

*Allez, ma belle. Renonce.*

Une brutale rafale nous balaie, agitant les branches, rafraîchissant ma peau. Je ne cesse de penser à toutes les épreuves que Meira a dû affronter au cours de sa vie. Perdre sa famille. Survivre seule dans les bois. Ne pas comprendre pourquoi elle était différente. Et maintenant, la voir allongée par terre sur le flanc de cette manière me donne la nausée.

J'ignore combien de temps nous avons attendu, mais quand Meira se calme enfin, le soulagement m'envahit.

Quelques instants plus tard, son corps se transforme et s'étire. Dušan recule, assis sur ses talons.

Bardhyl et moi nous approchons. Nous sommes tous à genoux autour d'elle pendant sa transformation.

En un clin d'œil, notre âme sœur gît sur le sol devant nous, recroquevillée sur elle-même, nue, meurtrie par l'attaque qu'elle a menée plus tôt contre les morts-vivants.

Elle relève la tête et nous observe l'un après l'autre, la louve toujours présente dans son regard.

Je ne l'ai jamais vue aussi effrayée, et sa réaction me fend le cœur.

– J-j'ai c-cru ne jamais…

Les mots meurent dans sa bouche et les larmes coulent sur son visage. La terreur de savoir qu'elle était bloquée dans sa louve a dû la pétrifier.

Dušan la prend dans ses bras, un bras sous ses genoux, l'autre sous son dos, et elle se recroqueville contre son torse. Ses faibles pleurs sont comme des coups de poignard en plein cœur.

– Je suis tellement désolé, lui murmure Dušan.

Je ne l'ai jamais entendu s'excuser, mais le chagrin dans sa voix m'étrangle.

Bardhyl a l'air perdu dans ses pensées, dans la tristesse de ce que nous avons failli perdre aujourd'hui.

Sur le chemin du retour à la grotte qui mène aux tunnels, la harde de zombies massacrés plus tôt erre dans les bois. Ils sont si nombreux, j'en suis très mal à l'aise. Mon cœur bat la chamade parce qu'en vérité, je suis incapable de dire s'ils sont sous le contrôle de Meira, ou si ce sont des créatures sauvages.

Quoi qu'il en soit, nous gardons tous les quatre un rythme rapide jusqu'à la grotte, sans un bruit. Quand nous entrons, je jette un œil en arrière.

Il y a au moins trois douzaines de zombies qui se faufilent dans les bois sur nos traces, geignant, titubant, laissant des traînées de sang sur leur passage.

Bardhyl pâlit.

– Tu penses que ce sont les bons ?

– Bon sang, je l'espère, réponds-je.

Sans perdre pas de temps, nous filons au bunker dans les tunnels.

### *MEIRA*

Les ténèbres s'accrochent encore à mon esprit comme des toiles d'araignée. Même allongée dans un lit dans la pièce souterraine, entourée de mes trois loups, je n'arrive pas à me débarrasser de cette impression d'être engloutie par l'obscurité, de tomber de plus en plus profond. C'est ce que j'ai ressenti sous le contrôle de ma louve.

La terreur m'a déchiquetée si vite que j'aurais juré qu'elle causerait ma perte. Je n'arrivais pas à imaginer autre chose que ma louve courant dans les bois et moi piégée pour l'éternité dans mon propre esprit.

Je frissonne pendant que Dušan, assis au bord du lit, m'éponge le front avec un linge humide. Lucien étale une couverture sur moi et Bardhyl cale un autre oreiller dans mon dos.

– Je suis désolé, dit Dušan.

C'est étrange d'entendre ces mots dans la bouche d'un Alpha puissant. Il a forcé ma louve à se soumettre pour m'aider à sortir, et je lui dois tout. Mais ses traits sont empreints de douleur, il repense à notre conversation dans les bois avant que je me transforme. Je le vois dans ses yeux, il porte le poids du monde comme fardeau. J'y pense aussi.

Je tends la main pour prendre la sienne et la poser sur ma poitrine.

– Ce qui est arrivé n'est la faute d'aucun d'entre vous.

Il secoue la tête.

– La faute me revient entièrement, je savais à quoi m'attendre.

La douleur dans sa voix brise ma résolution.

– Tu n'as pas le droit de dire ça avec le chaos qui règne au-dehors. Alors qu'on n'a pas deux minutes pour réfléchir à tout ça. (Je porte sa main à mes lèvres.) On ne peut pas réussir si tu te mets à te détester.

Lucien et Bardhyl se rapprochent sur le lit, mais restent silencieux pour le moment.

– Meira, tu comprends ce qui s'est passé aujourd'hui ? me demande Dušan d'une petite voix.

Je m'humecte les lèvres et hoche la tête.

– En gros, je n'ai absolument aucun contrôle sur ma louve.

Ma voix se brise. Il se penche, écarte quelques mèches de mon front.

– Quand tu repousses trop souvent ta louve sans établir un lien de confiance, tu perds pour toujours la possibilité de contrôler ton animal.

Je le fixe.

– Qu'est-ce que tu veux dire par *pour toujours* ?

Mon estomac se révulse déjà. Pendant trop longtemps j'ai eu envie de libérer ma louve, et maintenant que je l'ai fait, je suis sur le point de la perdre une nouvelle fois. Tout ça à cause de ma peur.

Ma gorge se serre.

Il pince les lèvres.

– Ça veut dire que tu peux te transformer à ta guise, mais quand tu le feras, ta louve contrôlera ta forme animale. Tu lutteras pour revenir, comme tu l'as fait aujourd'hui. Je suis désolé. (Il marque une pause, le souffle court.) Dans tes yeux, tu es toujours une louve, tu es toujours l'une d'entre nous.

Je chasse d'un battement de paupières les larmes qui menacent de couler et mon regard passe d'un Alpha à l'autre, qui tous me fixent avec pitié. Et je me déteste d'avoir envie que le monde s'ouvre sous mes pieds pour que je puisse me noyer dans mes larmes. J'ai toujours été forte, j'ai toujours affronté la moindre adversité.

Je suis une survivante.

Mais j'ai beau me le répéter, je ne peux empêcher mes larmes de perler. Dušan en attrape une qui roule sur ma joue.

– Alors je ne peux plus vraiment me transformer, n'est-ce pas ? demandé-je d'une voix faible.

Il baisse les yeux et hoche la tête.

– C'est plus sûr que tu ne le fasses plus.

– Ce n'est pas une bonne nouvelle, croassé-je.

Ma tentative de sourire pour repousser la peur est forcée et bancale. Tout à coup, je me mets à sangloter dans mes mains. Ce sont des sanglots profonds et déchirants, comme si ma poitrine s'ouvrait en deux.

Mes trois hommes se rapprochent de moi et me serrent contre eux tandis que je pleure la perte de quelque chose que je venais juste de gagner. Je me sens stupide de laisser une chose pareille me bouleverser autant, alors que j'ai grandi sans ma louve. Sauf que les deux premières fois où je me suis transformée ont éveillé quelque chose en moi. Un côté primitif, et pour la première fois de ma vie, je me sentais complète. Maintenant qu'on me l'a arraché, il ne reste que moi.

La fille brisée sans louve.

Mes sanglots s'amplifient quand la réalité me pénètre. Je ne pourrais plus jamais faire confiance à ma louve. Et je me hais d'avoir commis une erreur aussi atroce, qui me coûte si cher. D'avoir laissé la peur m'entraver.

J'ignore combien de temps nous restons blottis les uns contre les autres, mais quand je relève enfin la tête et que j'essuie mes larmes, je suis déterminée à faire bouger les choses avec ce que j'ai.

Levant les yeux vers mes trois Alphas, je dis :

— Concentrons-nous sur la récupération de notre meute, ensuite nous nous occuperons de ces conneries. Je n'ai pas traversé tout ça avec ma dernière transformation pour tout gâcher. Il y a plus d'une centaine de morts-vivants dehors, tous sous mon contrôle. Et bon sang, je suis en colère, j'ai envie de tout détruire… ou plutôt de détruire *quelqu'un* qui se nomme Mad.

Ma voix tremble.

— Je suis prêt, confirme Lucien, serrant ma jambe de sa main. Je sais ce que ça fait de perdre quelque chose d'aussi fort, mais tout comme Dušan m'a aidé à me remettre sur pied, nous serons là pour toi. D'abord, allons botter quelques culs.

Bardhyl se tient de l'autre côté.

— J'aurais dû savoir qu'il y avait une bonne raison pour que je tombe aussi vite amoureux de toi. Tu es une survivante. Nous le sommes tous, et ça fait de nous les loups les plus dangereux du coin. (Il me vole un baiser et je m'appuie contre lui.) Je suis prêt à aller arracher des colonnes vertébrales.

Dans ces moments où tout part en vrille, avoir mes trois loups à mes côtés fait toute la différence.

Dušan se rassied en me souriant.

— À quoi penses-tu ? lui demandé-je.

– Je suis prêt à sauver ma meute, et te donner enfin le foyer où tu seras toujours aimée et protégée.

J'ai de nouveau envie de pleurer devant leurs mots pleins de gentillesse, mais le temps des larmes est révolu.

Mad veut se battre. Alors je lui ferai la guerre.

# CHAPITRE 21

MEIRA

— Tout le monde est prêt ? demande Dušan, fort et droit dans ses bottes.

Le vent bouscule ses cheveux bruns, qui contrastent avec ses yeux bleus hypnotiques. Ils brillent fort aujourd'hui, plus qu'avant, et en eux je vois un guerrier qui en a assez de fuir.

— Je suis prête, réponds-je, tout comme Lucien et Bardhyl, même s'ils sont tous deux préoccupés par l'armée de Monstres de l'Ombre qui se déploie dans les bois derrière Dušan.

Les créatures regardent dans notre direction, et même moi je dois bien avouer que c'est assez étrange d'en voir autant dans la forêt. Ils sont tous aussi dégoûtants les uns que les autres, mais ce ne sont que des instruments, me dis-je. Ils n'ont pas d'âme, pas d'émotions. Ce ne sont que des coquilles vides qui transportent un virus.

— Je pense que l'un d'entre nous devrait aller avec Meira, dit Lucien d'un ton sec.

Sa façon de me regarder et sa main glissée dans la mienne m'apaisent.

Il est inquiet... Bon sang, nous le sommes tous ! Après ce que j'ai traversé aujourd'hui, en plus de toutes les autres conneries, je ne peux pas l'en blâmer.

– Je suis d'accord, confirme Bardhyl.

Je me tourne vers lui qui se tient de l'autre côté et me penche contre lui, pour qu'il sache à quel point il compte pour moi.

– Vous êtes tous incroyables, mais nous nous sommes mis d'accord. Vous trois, vous entrez dans l'enceinte par les tunnels, et j'attends près de la porte arrière avec ce groupe de morts-vivants dépareillés que vous veniez l'ouvrir.

– Même si je déteste la laisser aussi, c'est du bon sens, ajoute Dušan. Si elle est entourée de plus d'une centaine de zombies, aucun loup ne s'approchera d'elle. En plus, elle nous attendra dans la forêt, dans un arbre, donc même si les gardes Cendrés sont dans les parages, ils ne la repéreront pas. Et si nous sommes tous les trois ensemble dans l'enceinte, ce sera plus simple de nous battre si nous sommes découverts.

J'acquiesce.

– C'est la seule manière de faire entrer toutes les créatures dans l'enceinte. Et si je peux m'approcher suffisamment de Mad et l'éloigner des innocents, lui et ses fidèles, je lâcherai les zombies sur eux.

J'espère de tout mon cœur que la seule vue des créatures causera la perte de Mad. Ses hommes paniqueront, et Dušan, Lucien et Bardhyl pourront l'éliminer.

Enfin, c'est le plan, du moins.

Les doutes de Lucien et Bardhyl se lisent sur leurs traits.

– Je déteste vraiment qu'on se sépare à nouveau, dit Bardhyl, Lucien approuvant d'un hochement de tête.

– Je sais, réponds-je, mais vous devez être plusieurs à l'intérieur au cas où les gardes vous trouvent.

– Allons-y, ordonne Dušan. (Il me regarde et prend ma

main.) On t'emmène près de l'enceinte, et ensuite nous filerons par les tunnels.

Je me redresse et fais un pas en avant, et le vent violent secoue mon pantalon noir baggy et le t-shirt accroché à mon épaule. Jamais je ne me serais imaginée m'habiller de manière aussi décontractée pour partir en guerre, mais ce n'est pas facile de trouver une armure parmi le tas de vêtements laissé dans une pièce souterraine. En outre, je suis protégée par les dizaines de morts-vivants qui me suivent.

Je glisse ma main dans celle de Dušan et nous nous élançons tous les quatre dans les bois. Nous manœuvrons autour des morts-vivants immobiles, c'est dur d'ignorer leur présence. Je n'arrive pas à me débarrasser des frissons qui ondulent le long de mes bras en voyant ces monstres si proches de mes hommes. Au moment où nous les dépassons, ils se tournent et commencent à nous suivre. Nous avons bientôt une immense file dans notre sillage, avec Lucien et Bardhyl sur nos talons.

— C'est vraiment flippant, murmure Lucien.

— Si jamais je deviens l'une de ces choses, dit Bardhyl à mi-voix, coupez-moi la tête. Je ne veux pas errer au hasard en quête de nourriture comme une épave.

— Mec, tu seras mort, et tu n'auras plus de cerveau pour penser à autre chose qu'à manger.

— Et si pendant tout ce temps, nous nous étions trompés sur eux ? De toute évidence, ils doivent avoir certaines capacités. Sinon, comment comprendraient-ils les ordres de Meira ?

Je leur jette un œil par-dessus mon épaule, car leur discussion me donne envie de répondre.

— C'est peut-être seulement de la mémoire musculaire. Quelques mots dont ils se souviennent et qu'ils comprennent ? Ce qui se trouve dans mon sang et les a infectés nous a liés d'une certaine manière, alors ça pourrait être un ensemble de choses.

Je hausse les épaules, mais il me vient malgré tout à l'esprit que mon influence sur eux pourrait ne pas durer éternellement.

– C'est une théorie, répond Lucien, tandis que Bardhyl hoche la tête.

Dušan dit :

– Ce qui compte, c'est que pour le moment, ils ont envie de suivre tes ordres.

– Absolument.

Je lui serre doucement la main.

Nous restons silencieux pendant le reste du trajet à travers la forêt, et bientôt nous ralentissons à l'approche de l'arrière de l'enceinte.

Quand celle-ci est finalement en vue au-delà des arbres qui nous entourent, mon estomac se contracte.

Les bruits de pas traînants se rapprochent de nous. La plupart des Monstres de l'Ombre s'arrêtent et me regardent. Des arbres denses et des ombres, c'est l'endroit parfait pour se cacher.

– Cet endroit devrait convenir, décidé-je.

– Et voilà ton arbre, ma belle, annonce Bardhyl.

Il se tient près d'un énorme sapin aux branches lourdement chargées, qui s'étendent loin à la base, et se resserrent à mesure qu'elles montent vers la cime de l'arbre. Je ne peux m'empêcher de penser à un sapin de Noël. C'est quelque chose que j'ai vu dans de vieux livres. Une tradition que les humains avaient l'habitude de célébrer. Je n'ai pas vraiment compris la raison de ces fêtes, mais visiblement cela impliquait beaucoup de nourriture, de cadeaux, et un arbre tel que celui-ci, décoré des couleurs les plus spectaculaires. Ça devait être magnifique.

– Ça fera l'affaire.

Lucien se dirige vers l'arbre, évitant plusieurs zombies sur son chemin, et nous le suivons.

Dušan m'attire à lui.

— Reste cachée quoiqu'il arrive, jusqu'à ce que nous venions te chercher. Nous allons rapidement ouvrir la porte arrière depuis l'intérieur. Rappelle-toi seulement à quel point je t'aime.

Avant que je puisse répondre, il pose ses lèvres sur les miennes. Je m'appuie contre lui, mes mains sur son torse, et l'embrasse à mon tour, pas encore prête à me séparer de lui. Ses bras me lâchent et se glissent dans mon dos. Brûlante et haletante, j'empoigne son t-shirt, je veux plus de ses lèvres douces, de sa langue qui explore ma bouche.

Quelqu'un s'éclaircit la gorge.

— Faites attention de ne pas donner d'idées aux zombies.

Nous nous séparons au ton joyeux de Lucien, et je lève les yeux au ciel.

Lucien en profite pour réduire la distance qui nous sépare, et m'attire à lui par la taille. Il m'embrasse aussitôt, ses lèvres jouent avec les miennes et ses doigts s'enfoncent dans mes hanches sous l'effet du désir.

Des doigts remontent le long de mon dos, et je réalise que c'est une troisième main, pas celle de Lucien.

Rompant notre baiser, je lui murmure :

— Je t'en prie, prends soin d'eux.

— Je t'aime, bébé. On s'en occupe.

Quand je me tourne vers Bardhyl, il m'agrippe par la taille et me soulève du sol en l'espace d'une seconde. Je halète, et m'accroche à ses épaules, tout en enroulant mes jambes autour de ses hanches. Ses lèvres sont brûlantes. Nous nous embrassons comme si c'était notre dernier jour sur Terre, affamés et désespérés. J'adore qu'il soit toujours un peu plus brute avec moi, et qu'il me laisse les lèvres meurtries après notre baiser.

Il finit par s'écarter de ma bouche, et de ses mains puissantes, il me soulève plus haut et me tourne vers la branche la plus basse.

— Agrippe-toi, je vais te hisser.

Je saisis une branche rugueuse sous mes doigts.

Les mains de Bardhyl descendent le long de mes jambes, et il agrippe l'arrière de mes cuisses pour me pousser plus haut.

Je passe prestement une jambe par-dessus la branche et remue jusqu'à m'asseoir. Je jette un œil à Bardhyl et lui envoie un baiser.

— Je t'aime. Sois sage et reste là-haut, m'ordonne-t-il.

— C'est promis, lui dis-je.

Un dernier regard vers moi avec des sourires du fond du cœur, et tous trois se glissent dans les bois parmi les morts-vivants, disparaissant de ma vue. La densité des aiguilles de pin dans cet arbre m'empêche de voir grand-chose. Je me relève lentement, m'agrippant au tronc. Cela me rappelle l'époque où je vivais dans les arbres, une époque qui me paraît vraiment lointaine à présent.

Je grimpe jusqu'à la branche suivante, qui m'offre un meilleur point de vue. Juste là, non loin, s'élève la haute clôture métallique de l'enceinte, avec un aperçu de la porte arrière. Je suis nerveuse à l'idée que les Loups Cendrés puissent tendre une embuscade à mes hommes. Je mords ma lèvre inférieure, je dois repousser ces pensées avant qu'elles ne me rendent folle.

Je m'installe à califourchon sur la branche épaisse, le dos contre le tronc.

À présent, j'observe et j'attends, en espérant que le plan se déroule comme prévu.

### *BARDHYL*

Je respire par à-coups, emplissant mes poumons. Nous avons couru tout le long du trajet retour jusqu'à la grotte, puis dans les tunnels. À présent, nous reprenons notre souffle dans la maison de Kinley, près de la porte arrière.

Lucien regarde par la fenêtre, par un interstice entre les rideaux épais. Dušan a laissé la porte légèrement entrouverte, et inspecte le jardin qui donne sur les bois à l'intérieur de la colonie.

– La voie est libre ? demandé-je en parcourant le salon vide du regard.

Nous avons emmené Kinley dans sa chambre, dont elle a fermé la porte ; elle s'est enfermée pour rester en sécurité jusqu'à ce que tout soit fini, au cas où la bataille surviendrait près de chez elle. Nous ne lui avons dit que le minimum, mais assez pour savoir ce qui va se passer dehors.

Le plan de Dušan est simple, mais c'est souvent le cas des meilleurs plans. Aller directement chercher Mad ferait de nous des cibles faciles pour ses gardes. Nous serions maîtrisés. Tandis qu'une intrusion massive dans le camp fera de lui un homme bien moins protégé par ses gardes à mesure que la panique se répandra. Et c'est à ce moment-là que nous frapperons.

Je connais cet enfoiré depuis assez longtemps pour savoir que Mad ne se salira pas les mains. Il envoie ses hommes nous chercher dans la forêt pendant qu'il reste assis bien tranquillement dans l'enceinte, il ne se fatigue pas. *Ordure.* Sa petite ascension au sommet ne sera que de courte durée.

– La voie est libre, murmure Dušan. Nous faisons une percée dans les bois jusqu'à l'entrée arrière de l'enceinte. Nous serons moins facilement repérés de cette manière, puis nous pourrons ouvrir la porte à Meira.

La porte de la maison s'ouvre à la volée et nous détalons.

Nous nous heurtons à un vent violent. Mon ventre se serre et je garde la tête basse, jetant des regards à droite et à gauche. Personne pour nous voir tous les trois couper à travers le vaste terrain, et nous jeter dans la rangée d'arbres qui longe l'enceinte. Cela ne suffit pas à nous dissimuler complètement, mais les ombres nous masquent à ceux qui regarderaient dans cette direction.

Je n'arrête pas de penser à Meira, de prier pour qu'elle soit saine et sauve. Elle est entourée de zombies, mais les Loups Cendrés sont dans les bois, et j'espère de tout mon cœur qu'elle va rester dans cet arbre.

Nous martelons le sol et nous élançons dans la pente, restant toujours proches des arbres. Je reste derrière Dušan et Lucien, et ne cesse de regarder par-dessus mon épaule. J'ai la chair de poule d'être ici ; je me sens exposé. Je déteste être ailleurs qu'en sécurité dans ma propre maison. Et c'est pourquoi j'ai envie de tuer Mad lentement, de le faire se torde et pleurer. Et ces larves qui le suivent aveuglément subiront aussi ma colère. J'ai dressé mentalement la liste de leurs noms. Aucun d'entre eux n'a échappé à ma vigilance. Je n'oublie pas.

Dušan nous lance un regard et avec deux doigts, nous indique que nous partons sur la gauche vers la porte arrière, où s'étendent les bois à l'intérieur de l'enceinte, nous offrant une meilleure couverture.

Nous avançons rapidement, et je scrute le paysage vallonné qui s'étend jusqu'à la forteresse... la maison que nous allons récupérer.

Une douzaine de membres de la meute arpentent la zone près de l'arrière du bâtiment, et je ne peux que supposer que ce sont des gardes. Depuis le coup de force de Mad, la plupart des membres de la meute semblent se terrer chez eux. C'est mieux comme ça, ils resteront hors de danger.

Lucien vire brusquement à droite, avec Dušan, au moment où les poils de ma nuque se hérissent. L'air s'épaissit, et je sens une présence proche. J'attrape l'arrière du t-shirt de Lucien quand un groupe émerge des bois devant nous, là où ils sont plus épais, plus sombres. Dušan fait halte en même temps que nous.

Des gardes, peut-être vingt, arrivent soudain sur nous – je bats en retraite.

Le vent porte un bourdonnement à nos oreilles, rapidement suivi du martèlement de pas qui accourent derrière nous. Les nerfs à vif, je me tourne juste au moment où un poing s'écrase en plein milieu de ma figure.

Je gémis, la douleur fuse le long de l'arête de mon nez, et je vois des étoiles.

– Mais merde ?

La fureur s'empare de moi, et je me jette sur l'ennemi avant même de savoir de qui il s'agit. Qui s'en soucie alors que je suis en train de le démolir ?

Coup après coup, je l'achève, ma colère semblable à un taureau aveugle qui me pousse encore et encore. Si notre guerre a commencé, hors de question que je recule.

Quelqu'un me percute sur le flanc et me jette à terre. Je rugis et me remets sur pied quand un mur de gardes se précipite sur moi. Lucien et Dušan mènent leurs propres combats, mais ils sont en infériorité numérique.

Ça ne fait pas partie du plan… Nous avons commis une grave erreur. Nous sommes partis du principe que Mad laisserait le nombre habituel de gardes en surveillance devant l'entrée.

Je recule, et mes jambes se dérobent sous moi dans la descente. Mon loup avance quand la sirène retentit brusquement, juste au moment où d'autres gardes émergent, provenant de l'entrée arrière. Sauf que l'alarme n'a rien à voir avec une intrusion. C'est pour annoncer à Mad que nous avons été capturés. C'était un maudit piège.

*Merde !*

Lucien et Dušan me regardent, et je lis la peur dans leurs yeux. Avec les gardes qui nous arrivent de toute part, nous réalisons que nous sommes tombés dans un piège. Nous n'avons aucun moyen de nous battre pour nous en sortir, et je le vois sur leurs visages aussi. Je serre les dents, la fureur suintant par tous les pores de ma peau.

Deux gardes sautent sur Lucien, et il en rejette un de côté, mais l'autre lui assène un méchant coup de poing au visage. Trois autres gardes encerclent Dušan. Je fonce vers eux, mais d'autres hommes arrivent sur moi, et leur force me repousse. Mon dos qui heurte le sol dur et rocailleux me brûle et je perds de vue Lucien et Dušan.

L'instinct me pousse à me relever et reculer, en quête d'une pierre ou d'une arme quelconque.

Je respire par à-coups, croise le regard de chacun de mes assaillants. Des abrutis d'Alphas et de Betas tout en bas de la hiérarchie de la meute. Je les détruirai tous, jusqu'au dernier.

Ensuite, ils me chargent.

Poings, genoux, jointures. Ils sont sur moi. Me rouent de coups. Je me déchaîne aussi férocement que possible, parce qu'il me faut quelques secondes pour me transformer, mais d'autres arrivent.

J'en attrape un par le cou et serre, ses lèvres se retroussent sur un grognement. Pendant ce temps, je balance un poing dans la figure d'un autre. Un coup violent m'atteint derrière la tête et je me remets à voir des étoiles.

Je me tourne, l'estomac serré par la douleur qui se répand sous mon crâne. Avant que je ne puisse donner un coup de pied à la brute, deux autres me percutent dans le dos, me projetant au sol. La rage monte en moi comme un brasier.

Je rue et je me jette contre lui, sifflant à chaque coup que je reçois. Il y en a de plus de plus qui arrivent, et je n'arrive même plus à me relever.

Du sang coule de ma bouche et de mon nez, et pour la première fois depuis bien trop longtemps, la peur s'empare de moi quand je réalise que peut-être nous avons eu les yeux plus gros que le ventre.

# CHAPITRE 22

MEIRA

Une sirène puissante retentit. Soudaine et forte.

Je tressaille, car je ne m'y attendais pas. *Je vous en prie, faites que ça n'ait rien à voir avec mes hommes.* La dernière fois que j'ai entendu ce son, Dušan avait été attaché à l'extérieur de la colonie et offert en pâture aux morts-vivants.

Je cille en regardant l'enceinte entre les branches de l'arbre dans lequel je suis perchée, et ne remarque aucune agitation. Mais au-delà de la clôture, c'est peut-être une autre histoire.

Mes doigts tremblent tandis que je m'agrippe à la branche, et une douleur sourde s'installe dans ma poitrine.

Et s'ils se faisaient prendre ? Et si je les attendais et qu'ils ne revenaient jamais ?

Je me mords la lèvre inférieure, je ne sais pas quoi faire. Ils m'ont dit de rester ici, et je n'arrête pas de me reposer la question.

Rester.

Y aller et voir comment ils vont.

*Merde !*

La sirène me tape sur le système comme un moustique qui

me harcèlerait. Eh bien, ce moustique me hurle de courir jusqu'à l'enceinte.

Je suis de plus en plus déterminée. Je ressens le besoin de les trouver, de les aider.

J'attrape la branche épaisse que je chevauche, plantant mes doigts dans l'écorce. En dessous, je ne vois rien d'autre que des morts-vivants près de l'arbre, à m'attendre.

Je ressens l'urgence de la situation. Et ma gorge se serre à l'idée que j'envoie mes loups à la mort en ne faisant rien.

L'obscurité se pointe aux confins de mon esprit, me revient par vagues.

Je tremble, je ne tiens pas en place, l'angoisse me noue les tripes.

Haletante, je commence la descente, incapable de m'arrêter. Je ne pourrais pas vivre sans avoir vérifié. Et j'ai déjà assez de regrets dans ma vie.

Je saute au bas de l'arbre, atterris par terre.

Les Monstres de l'Ombre qui m'entourent lèvent la tête, les yeux posés sur moi, soudain attentifs. Me détournant d'eux, je cours dans la forêt en direction de l'enceinte, aussi silencieuse que possible, restant dans l'ombre.

*Je vous en prie, faites qu'ils aillent bien. Je vous en prie.*

Derrière moi, les morts-vivants avancent lentement. J'espère que si je suis assez rapide, les gardes à la porte ne verront pas la horde de zombies en approche.

Je me souviens qu'il y avait des arbres pas trop loin de la clôture. En grimpant sur l'un d'eux, j'aurais une meilleure vue sur l'enceinte. Mais plus j'avance, plus les arbres sont épars.

J'ai la chair de poule d'être aussi exposée, mais il est hors de question que je reste dans mon coin quand mes loups sont en danger. Comme Dušan l'a dit, nous avons une chance de créer un effet de surprise… et c'est à moi que revient cette tâche. Si Mad les a capturés, alors il y a un changement de plan.

Je me glisse sous une branche, et contourne un grand sapin quand une ombre surgit derrière moi. Un frisson me traverse jusqu'aux os.

Je me tourne et me retrouve face à face avec une énorme brute, les cheveux rasés, et un nez crochu. Un Beta, à en juger par son odeur amère, et de toute évidence un partisan de Mad, vu sa proximité de l'enceinte. Les Omégas et les Betas ne sont pas faits pour être ensemble, donc leur odeur ne m'attire pas du tout.

Je recule et jette un œil vers les Monstres de l'Ombre... Ils ne sont toujours que des silhouettes au loin, avançant trop lentement.

*Merde!*

Je lève les mains quand il s'approche. Son sourire me fait frémir. Je lui balance un coup de pied dans le genou.

Cela ne me donne qu'une fraction de seconde de répit, mais c'est suffisant. Je pivote et fonce vers la lisière de la forêt. Mon angoisse m'étouffe... S'il y a un garde, c'est qu'il y en a d'autres, faire ainsi irruption dans la clairière va attirer leur attention. Je ne cesse de regarder en arrière : les morts-vivants sont encore bien trop loin, mêlés aux ombres de la forêt.

Je zigzague de gauche à droite pour semer l'abruti qui me poursuit.

La sirène cesse brusquement, et un silence assourdissant s'abat sur le territoire. Mon pouls bat bruyamment dans mes oreilles.

Cet enfoiré agrippe mon haut, et me tire vers l'arrière. Je trébuche et m'écrase contre sa poitrine. Le désespoir m'envahit, je l'imagine me frapper jusqu'à l'inconscience. Du coup je ne serais plus utile à personne.

Je sens son souffle chaud sur ma joue.

– Tu ne vas pas m'échapper cette fois, pétasse Oméga.

Bouillant de rage, je frappe son pied de mon talon, m'écartant de lui. Ses doigts d'acier se referment sur mon poignet, trop vite pour que je m'échappe. La panique me submerge.

Je pivote et lui balance mon poing sur la tempe. Il grogne et m'attire à lui, j'enfonce mon genou dans ses testicules, et je savoure vraiment son expression déconfite.

– Ne me touche pas !

Je le frappe des deux poings dans la poitrine et il tombe, recroquevillé, gémissant.

Je fais volte-face pour m'échapper, mais je percute quelqu'un de costaud. Je rebondis, vacille, lutte pour retrouver mon équilibre.

Le nouvel abruti m'empoigne les cheveux et me tire à lui en ricanant.

– Tu oses lever la main sur nous, espèce de pourriture pathétique ?

Mon cuir chevelu me fait un mal de chien, les larmes me montent aux yeux. Je lui griffe la main pour l'obliger à me lâcher. Je tremble de tous mes membres.

Je contracte la mâchoire, refusant de leur céder.

Soudain, il me tire par les cheveux à travers le terrain, vers la sortie du bois. Je suis obligée de courir pour suivre ses longues enjambées. À moitié penchée en avant sous son emprise, je ne peux même pas regarder derrière pour voir où sont les morts-vivants.

Bon sang, s'il y a un moment où j'aurais besoin d'eux à mes côtés, c'est maintenant !

L'abruti qui me tient s'arrête en grognant :

– Ouvrez cette foutue porte !

Il frappe du poing sur la porte. Je lève la tête et vois qu'il n'y a pas de gardes en patrouille sur la clôture.

Mais de l'intérieur, des cris étouffés nous parviennent. Mon ventre se serre à l'idée que j'ai peut-être raison : mes hommes sont captifs.

Ma haine pour Mad me brûle les entrailles. J'ai tellement envie de le faire souffrir.

Au moment où l'homme s'apprête à cogner de nouveau à la porte, je lui balance un poing dans les côtes, puis un autre.

Il ricane et resserre sa prise, me tirant toujours les cheveux.

Je crie et me retourne juste assez pour jeter un regard en arrière.

Les morts-vivants émergent de la forêt comme une immense vague, et de toute ma vie, je n'ai jamais été aussi heureuse de les voir.

La porte de l'enceinte s'ouvre en grinçant, attirant mon attention.

– Allez, entre ! crie un autre garde à l'intérieur. On les tient.

Je crie, frappe le bras de mon ravisseur, plante mes talons dans le sol. N'importe quoi pour le ralentir.

Je tourne la tête et vois les Monstres de l'Ombre s'approcher de plus en plus.

Encore un peu de temps.

– Hé, regarde ce que j'ai trouvé !

Il me pousse vers son collègue, dont les yeux sont exorbités. Son regard est fixé sur quelque chose derrière mon épaule.

– Des zombies !

Je sens trembler l'homme qui me retient quand il se retourne.

– Bon sang, mais d'où ils sortent ? lance-t-il d'une voix mal assurée.

Je le pousse et lui balance des coups de pied pour lui échapper pendant qu'il me tire dans l'enceinte. Je tombe à genoux, et sa prise se relâche.

Je rampe frénétiquement par terre avant de me redresser.

Ses bras épais s'enroulent autour de mon abdomen et il me soulève.

– Non, hors de question.

Je hurle, et tends la main vers les morts-vivants.

– Courez vers moi ! leur crié-je.

Aussitôt, ils foncent sur nous comme une tempête, courant maladroitement, de travers, mais ils se ruent en avant malgré tout. Des êtres émaciés, décharnés, qui sont aujourd'hui devenus mes sauveurs.

Agressivement, la brute me malmène, me balançant par-dessus son épaule avant de franchir l'énorme porte de métal et de pénétrer dans la colonie.

L'autre garde va pour refermer la porte juste au moment où plusieurs morts-vivants s'écrasent dans l'entrée.

En grognant, il repousse la porte métallique à deux mains, les pieds calés au sol.

– À l'aide ! rugit-il.

Mais il n'y a aucun autre garde dans cette zone.

L'homme, qui retient la porte de l'épaule, est repoussé en arrière, ses pieds glissant dans la terre. À travers la brèche, je vois des vagues le repousser pour m'atteindre. Il n'a aucune chance.

Puis on entend les coups sourds contre la clôture, encore et encore, et je sais exactement ce qu'il se passe.

Ils sont en train de la faire tomber.

Je veux qu'ils l'arrachent et qu'ils entrent.

La brute qui me porte me jette à terre comme si je n'étais qu'un vulgaire sac. Je me reçois durement sur ma hanche, mais quand je me relève, il m'assène un revers de la main en pleine face. Ses jointures sont si dures que j'ai l'impression d'avoir été frappée avec un sac de pierres.

– Reste au sol ! ricane-t-il.

Je retombe à plat dos et je vois des étoiles. Une douleur

ardente se répand sur mon visage. Je crie, tenant ma joue, j'ai l'impression que ma tête va se fendre en deux. *Maudit imbécile.*

Autour de moi, les geignements s'amplifient, et soudain la sirène hulule de nouveau.

Cette fois, c'est pour une véritable intrusion.

Mon visage palpite sous le coup d'une douleur cuisante. Le monde vacille l'espace de quelques secondes, puis se stabilise.

Je cille pour éclaircir ma vision. Les deux gardes foncent vers moi, pris de panique. L'un dévale la colline en direction de la forteresse, tandis que l'autre vient sur moi.

Il va pour me saisir, mais je roule hors de sa portée et me relève d'un bond.

Il est trop occupé à regarder par-dessus son épaule, quand je le contourne vite pour rejoindre les créatures, mais il me saisit le bras. Il me serre tant que c'est douloureux.

Je me retourne et balance mon poing sur sa prise.

– Lâche-moi! hurlé-je.

Il est blanc comme un linge, mais il me tire toujours derrière lui.

Je perds pied et tombe à genoux alors qu'il me tient toujours le bras.

Les morts-vivants sont sur nous, zigzaguent à nos côtés.

L'idiot qui me tient les regarde. Il marque un temps d'arrêt, les yeux exorbités en voyant à quel point ils sont près.

Puis il fait ce que fait toute personne apeurée... Il me lâche et détale comme un dingue au bas de la colline.

Les Monstres de l'Ombre se rassemblent autour de moi, et avec la sirène qui hurle, je crois que je viens de faire une entrée remarquée.

# CHAPITRE 23

## LUCIEN

Un coup de pied derrière les jambes me fait tomber à genoux par terre, juste à côté de la forteresse. J'ai l'estomac noué et je suis furieux. Dušan et Bardhyl sont à mes côtés, et leurs grognements profonds et gutturaux se joignent aux miens. Les hommes de Mad nous ont tendu une embuscade, et à présent, je bous de rage de savoir qu'il s'est joué de nous.

Soudain la sirène retentit de nouveau. Je tourne la tête vers l'entrée arrière. Là-bas, des ombres se déplacent dans les bois de la colonie, bougeant de manière erratique. Bon sang, qu'est-ce que c'est ?

Est-ce qu'ils ont trouvé Meira ?

Je jette un œil à Dušan et Bardhyl, leurs regards rivés sur l'agitation en haut de la colline.

J'ai une montée d'adrénaline en m'imaginant les gardes en train de la traquer, de la traîner ici. Comment l'ont-ils trouvée ? Je serre les dents, sachant avec certitude qu'elle a dû descendre de l'arbre de son plein gré.

— Putain, qu'est-ce qui se passe ? rugit Mad, avançant droit sur nous, le regard fixé sur l'immense colline et la frénésie d'ombres parmi les arbres.

Je ne pense qu'à une chose, que je pourrais facilement l'attaquer à cet instant et le tuer en une fraction de seconde. Enfin, si on n'avait pas un pistolet pointé sur la nuque.

— Jack, aboie Mad. Monte là-haut tout de suite ! Va voir ce qui se passe. (Il se tourne vers nous.) Je n'ai jamais douté que vous finiriez à genoux devant moi, jubile-t-il.

Il y a quelque chose de vraiment répugnant à voir l'ego d'un homme suinter par tous les pores de sa peau — et il en est fier. Son attention se reporte sur Dušan.

— Tu n'es plus si fringant à présent. Tu n'as plus que deux hommes pour te suivre, tandis que les autres restent fidèlement à mes côtés.

Il se tapote la poitrine avec un rictus arrogant au coin des lèvres.

Je le vois bien à présent : cet homme mesquin a passé toute sa vie à vouloir prouver aux autres qu'il était meilleur, qu'il était grand. Son envie folle d'être complimenté et considéré comme quelqu'un ayant réussi à accéder à la position de leader de la meute l'a taraudé toute sa vie.

C'est pour ça qu'il regarde Dušan avec une haine vicieuse. La jalousie peut rendre les gens horriblement méchants et vindicatifs.

— Stefan, dit Dušan, utilisant le véritable prénom de Mad.

Je l'ai rarement entendu le prononcer, et les rares fois où il l'a fait, ça l'avait vraiment exaspéré.

— Tu te trompes complètement. La plupart des membres de la meute sont chez eux, terrifiés. Tu ne peux pas diriger une meute simplement par la peur. Tu le sais. Ton père nous le disait tout le temps.

Mad crache par terre, à quelques centimètres de nous.

— Va te faire voir. C'est facile à dire, étant donné que tu as revendiqué ce qui me revenait de plein droit. C'était mon père par le sang, pas le tien, pourtant tu t'es efforcé de devenir l'Alpha de la meute, pas vrai ?

– C'était peut-être parce que tu étais bien trop lâche pour combattre le précédent Alpha et revendiquer les Loups Cendrés, grogne Bardhyl. Donc tu as pris possession de la meute comme tous les porcs sans tripes. Par la tromperie.

Le garde derrière lui le frappe à l'arrière de la tête. Le coup me fait grimacer, et sous l'impact, Bardhyl s'affale face contre terre. Il gémit, mais se remet à genoux. Du sang coule dans son cou.

Je serre les poings. Mon sang réclame vengeance. Je suis submergé par un féroce désir de détruire toutes ces ordures. Regardant au-delà de Mad, je vois Jack et deux autres grimper la colline, et j'ignore toujours ce qui provoque toute cette agitation là-haut.

– Aujourd'hui sera le jour le plus heureux de ma vie. Ce sera le jour de votre mort à tous les trois.

La lèvre supérieure de Mad se retrousse.

Il lève la tête vers les gardes derrière nous, prêt à donner l'ordre.

Je me raidis, plie les bras, prêt à attaquer en premier l'enfoiré qui se tient derrière moi.

Un hurlement soudain, sombre et terrifiant, celui d'un homme de toute évidence, retentit sur la colline.

Nous tournons tous la tête dans cette direction.

Deux gardes dévalent la pente, et Jack et ceux qui l'accompagnent font soudain de même, filant comme s'ils avaient le diable aux trousses.

Une grappe de morts-vivants titubent à l'orée du bois, des dizaines sortent de l'ombre. Leurs geignements se noient dans le hurlement de la sirène. J'ai envie de crier à tue-tête. *Putain, oui !* Il était plus que temps, et c'est à ce moment que je réalise que Meira a dû entrer. J'adore cette petite louve.

— Bon sang, mais qui les a laissés entrer ? hurle Mad. Abattez-les !

Il tremble, le visage rouge de rage.

Mon cœur bondit, battant à tout rompre alors que s'avancent d'autres créatures immondes – le plus beau spectacle du monde.

Quelqu'un se tient devant les zombies. De longs cheveux noirs flottant par-dessus son épaule, elle ressemble à une déesse sortie du monde souterrain, dont les adeptes se pressent autour d'elle. Aussi morbide que cela paraisse, il y a quelque chose de spectaculaire à la voir exercer un tel pouvoir.

— Meira, murmure Bardhyl.

Dušan a le souffle coupé. Alors que les autres la craignent, nous l'aimons plus que tout au monde.

L'arme pointée sur ma tête s'abaisse, des voix paniquées éclatent autour de nous. Mes poings se serrent en voyant Dušan se relever. Bardhyl et moi faisons de même.

Mad se retourne vers nous, les yeux exorbités.

— Tuez-les tous les trois maintenant ! hurle-t-il aux gardes derrière nous.

Mon estomac se contracte, et la terreur me prend à la gorge.

Jetant un œil par-dessus mon épaule, je vois que les gardes ont reculé, et que les pistolets tremblent dans leurs mains. C'est une chose de tirer sur des zombies bien à l'abri en haut d'une clôture, mais se trouver face à eux réveille une peur brute, primitive.

Une détonation retentit, et je repère un garde qui vise les monstres accourent vers nous.

*Meira.* Je ne la vois pas. A-t-elle donné un ordre aux monstres ? Bon sang, où est-elle pendant que les hommes de Mad tirent ? La terreur m'étreint à l'idée qu'il lui arrive quelque chose.

La vague de morts-vivants ressemble à un tsunami implacable, et j'en ai des frissons.

– Il faut qu'on la trouve, proposé-je. On ignore quel ordre elle leur a donné.

Dušan fait volte-face et s'élance derrière Mad, distrait par ce déferlement.

Bardhyl charge un garde qui a le dos tourné et le jette à terre.

Et soudain, les murs du chaos se referment sur nous. Je ne pense qu'à une chose, retrouver Meira puis achever Mad. Je me tourne vers les morts-vivants.

Soudain, quelque chose me heurte violemment sur le flanc, et je crache en me courbant.

Je me tourne vers le garde qui pointe son arme sur mon torse. Je suis envahi d'une douleur sourde et froide. Mes pieds sont cloués au sol, tandis que l'agitation autour de moi s'estompe. Je n'entends plus que le martèlement de mon cœur qui me dit que c'est la fin.

## **BARDHYL**

Les zombies se précipitent vers nous pendant que les gardes armés accourent pour les arrêter, tirant dans le tas.

Pan. Pan. Pan.

Je cherche frénétiquement Meira aux alentours. Un moment, elle se tenait en haut de la colline avec les zombies, et l'instant d'après, elle s'est fondue dans la masse et a disparu.

La fureur s'empare de mon esprit tandis que la sirène au loin hurle comme un loup. Bon sang, mais où est-elle ? Avec les balles qui volent, mes entrailles se nouent à l'idée qu'elle soit touchée.

Je prends un coup de poing dans l'épaule.

– À terre, putain !

Je grogne de douleur, pivote et balance mon poing. J'atteins cet enfoiré à la tête et le suis dans sa chute, frappant deux coups de plus en plein visage.

Quelqu'un me donne un coup de pied dans le dos, et je m'étale sur le garde. Je roule aussitôt et je vois l'autre coupable lutter pour retrouver l'équilibre, après avoir été poussé par un zombie. Mais à présent, il lève son arme sur moi. Je lance ma jambe en avant, et mon talon le frappe à l'entrejambe. Il titube en arrière, pleurant comme un bébé, et je me relève.

À quelques pas de là, je repère Lucien, figé, fixant l'homme qui pointe un pistolet sur sa poitrine. Je déglutis avec difficulté.

L'acide se répand dans mes veines, me brûle les entrailles. Je ne me rappelle même pas avoir bougé, mais je cours vers eux et me jette sur le garde, heurtant son flanc comme une avalanche.

Il tombe à terre et le coup part, mais c'est un tir en l'air.

Un bourdonnement énorme retentit dans mes oreilles.

Frénétiquement, j'agrippe le poignet de l'homme et le serre jusqu'à ce qu'il laisse tomber son arme. Je lui balance un coup de tête en pleine face pour faire bonne mesure. J'ai la tête qui tourne, mais bon sang, ça vaut le coup. Il crie, du sang coule de son nez.

Lucien est là en un clin d'œil et le cogne méchamment pendant que je me relève.

– Je suis toujours en train de te sauver les miches, grogné-je en souriant à mon ami.

Il se tourne vers moi. Il a une traînée de sang sur la joue, celui de l'homme qu'il vient de tabasser. On dirait une peinture de guerre, et ça lui va bien.

– Je l'ai eu pile comme je le voulais, répond-il, mais il me sourit pour me remercier. Où est Dušan ? La dernière fois que je l'ai vu, il était aux trousses de Mad.

Je scrute la cour.

C'est la folie partout, mais je ne vois aucune trace de lui. Est-ce que Mad l'a eu ?

– Il faut qu'on les trouve, et Meira aussi.

Les zombies se rapprochent et se déploient, couvrant les pentes comme des sauterelles affamées. Il y a une trentaine de gardes qui ne se soucient même plus de nous, craignant trop d'être dévorés vivants.

– Ce n'est peut-être pas une mauvaise idée de nous écarter des zombies jusqu'à ce qu'on soit sûrs qu'ils ne vont pas nous dévorer, proposé-je. Et au passage, descendons ces ordures de traîtres qui bossent pour Mad.

– Mais carrément !

Lucien ôte son t-shirt et le passe par-dessus sa tête, il se déshabille tellement vite qu'il est déjà à moitié transformé quand son pantalon tombe à terre. Il bondit dans son corps de loup gris, et j'appelle rapidement le mien. La douleur de la transformation est aiguë et violente, mais je l'accueille, prêt pour la guerre.

Au moment où je bondis en avant, la première vague de zombies nous atteint. Ils se précipitent devant eux sans nous attaquer, mais se heurtent à quiconque se dresse en travers de leur chemin.

Tout le monde hurle quand le chaos frappe.

Lucien et moi détalons sur le côté, hors de leur chemin. À ce que je vois, aucun mort-vivant n'a attaqué personne. Ils s'arrêtent en atteignant la forteresse : ce devait être l'ordre donné par Meira.

Les gardes terrifiés ne semblent pas le remarquer et hurlent comme des déments, repoussent les créatures qui se répandent dans la cour, leur tirent dessus. Mais impossible qu'ils aient assez de munitions pour toute la harde.

C'est notre moment. J'échange un regard avec Lucien, puis fonce dans le tas, lui faisant de même. C'est une étrange sensation d'être serré contre les morts-vivants... des monstres que j'ai craints toute ma vie, et voilà où j'en suis. Je me frotte à eux.

C'est ridicule.

Mais je me demande aussi si c'est ce que ressent Meira, avec son immunité, quand elle est parmi eux.

Comme si elle était intouchable.

J'entends un cri perçant sur ma gauche, venant d'un type tremblant qui essaie d'éviter de toucher les monstres tout autour de lui.

Les ténèbres m'envahissent et je n'ai aucun regret. Il est temps d'infliger à ces enfoirés leur châtiment tant attendu.

# CHAPITRE 24

MEIRA

Je cours à l'écart des zombies, coupe à travers le terrain, me précipite du côté de la forteresse. Il y a quelques instants, je chevauchais la vague de morts-vivants, me servais d'eux comme bouclier contre les balles. Mon pouls était immobile dans ma gorge, mais à présent, il bat frénétiquement, car j'ai repéré Dušan courant après Mad. Ils sont partis sur ce large chemin entre le bâtiment et la haute clôture. Plusieurs de ses gardes ont suivi, et c'est ce qui m'inquiète plus que tout.

Je m'élance de toutes mes forces après eux, car je veux voir Mad mort, et je ne lui fais absolument pas confiance pour ne pas entraîner Dušan dans un piège.

La cour principale est un champ de bataille. Il y a tellement de Monstres de l'Ombre qu'il est difficile de distinguer qui est qui là-bas. J'ai donné l'ordre aux morts-vivants de courir jusqu'au bâtiment, espérant que cela suffirait à effrayer les gardes et les obliger à battre en retraite. Apparemment, ça a marché, ils essaient désespérément d'échapper aux zombies.

Mes pieds martèlent le sol et, tête baissée, je dévale la pente vers le passage qui longe la forteresse.

Devant moi, deux loups s'affrontent en un combat sauvage. De cette lutte sans merci, je ne vois que de la fourrure et des crocs. Dušan contre Mad dans son corps de loup. Des rugissements tonitruants retentissent, primitifs, explosifs. Je frissonne à les voir se culbuter et se mordre violemment. Deux gardes les observent, toujours sous leur forme humaine, et je constate que l'un d'entre eux tient un fusil.

La glace envahit mes veines.

Va-t-il tirer sur Dušan ?

Je cours ventre à terre au moment où le loup gris aux oreilles noires, qui est Mad, est projeté sur le côté. Il roule et atterrit sur le flanc en soufflant. Sa fourrure est maculée de sang, et il lutte pour se relever.

Mon Alpha se tient droit, respirant avec difficulté, et du sang coule sur le côté de sa gueule de loup. Mais il reste fort, la tête haute, et un grondement sort de sa gorge, babines retroussées. Cette image est terrifiante. Et pourtant, le voir aussi puissant, aussi brutal, me réchauffe le cœur. J'aime tout de lui, et encore plus quand il se montre dominateur.

Je me réfugie derrière des arbres le long de la forteresse. Tout le monde est bien trop concentré sur la bagarre pour me remarquer, et je n'ai pas non plus l'intention de me faire tirer dessus.

Dušan ne laisse pas une seconde de répit à Mad. Il le charge, lui balance un coup de tête sur le flanc, le projetant au sol. Mais au même moment, les deux gardes grognent et tombent à quatre pattes. En une fraction de seconde, leurs vêtements se déchirent et tombent tandis que leurs corps s'élargissent et laissent place à une irruption de fourrure charbonneuse. Les craquements de leurs os résonnent dans l'air.

Tout arrive tellement vite que j'en suis terrifiée. Ma louve s'élève en moi à cause de mon angoisse grandissante. Elle pousse pour s'échapper, pour s'occuper de ça à ma place. Sauf que ce serait du suicide. Si je la libère, je ne pourrai plus jamais me retransformer.

– Dušan, attention ! hurlé-je en sortant de derrière l'arbre.

Les deux gardes sont déjà sur lui, et le combat tourne soudain à trois contre un.

La colère monte en moi, je bous de rage de les voir s'en prendre à lui. Bien sûr, ils n'avaient aucune intention de se battre à la loyale.

En me ruant vers eux, je ramasse la première pierre en vue, de la taille de mon poing, puis une branche épaisse et courte.

Mon cerveau est engourdi par les sons atroces et cruels de leur combat barbare. J'ai la tête qui tourne à les voir sauter les uns sur les autres, mordant Dušan. Ils bougent à une vitesse incroyable.

La vue du massacre de mon âme sœur me hantera toujours. J'ai du mal à respirer. De toutes mes forces, je lance la pierre sur l'un des gardes.

*Boum.*

Elle l'atteint en pleine tête, juste sous l'oreille, assez fort pour l'écarter de Dušan. Il vacille sur ses pattes, puis secoue la tête. Sans perdre une seconde, je me précipite vers lui.

J'ai les genoux qui tremblent pendant que je cours. Avant qu'il ne réagisse, je lui plante le bout pointu de la branche dans les côtes. De tout mon poids, je pousse sur la branche et perce sa peau. Elle s'enfonce plus profond que je ne l'aurais cru.

Il recule en glapissant, m'arrachant la branche des mains, toujours enfoncée dans ses côtes. Ses cris s'ajoutent aux bruits chaotiques qui retentissent partout. Il s'effondre et entame son retour à sa forme humaine, déjà évanoui.

Je me tourne vers la bataille. Dušan a pris le dessus sur le garde, mais Mad est sorti du combat. Mon cœur s'accélère. Bon sang, où est-il ?

Un sifflement fort et soudain se fait entendre. Je me tourne vers l'arrière de la forteresse.

Mad se tient à cinq mètres de là, nu, couvert de morsures et d'ecchymoses. Il tient le fusil que portait l'autre garde. La crosse calée contre son épaule, une main empoignant le chargeur, l'autre sur la détente. Il vise Dušan.

Les ténèbres m'envahissent, obscurcissent toutes mes pensées... je n'entends plus rien que les coups de feu qui claquent.

Je hurle, me catapulte vers Dušan.

– Cours !

Mon cœur bat à tout rompre et mon monde s'estompe, bouge bien trop lentement pour que je l'atteigne à temps.

La balle atteint Dušan en pleine poitrine avec une force terrible, le projetant en arrière. Il heurte le sol avec un bruit sourd. Le garde près de lui se jette à terre, et la balle le manque de peu.

À l'intérieur, je me brise comme du verre, et je suis auprès de lui en un éclair. Tombant à genoux, je crie :

– Dušan, je t'en prie, dis-moi que tu vas bien ! *Je t'en prie.*

Il y a tellement de sang qui s'écoule de sa blessure à la poitrine. Je ne parviens pas à voir la balle dans l'enchevêtrement de sang et de fourrure.

Il a les yeux vitreux quand il me regarde.

Des larmes roulent sur mes joues. Je suis brisée.

– T-tu d-dois guérir.

Je hoquète, je déteste la sensation qui m'envahit. Je vais le perdre. Et ce vide que j'ai vécu toute ma vie me revient en pleine tête.

La douleur, le désespoir atroce, la lutte constante pour durer un jour de plus. Tous ces sentiments se mêlent en un nœud qui enfle en moi.

Il respire toujours, d'un souffle court et sifflant.

Je sanglote sans retenue tandis que son corps reprend forme humaine.

Étendu près de moi, c'est mon Dušan, qui tremble, recroquevillé sur le flanc. Son corps présente de profondes entailles, comme celui de Mad. Je pose mes mains sur son torse pour enrayer l'hémorragie. Sa bouche remue, mais aucun mot d'en sort.

– Tiens le coup. Tu vas guérir. C'est ce que font les loups. S'il te plaît, ne me laisse pas. N'essaie même pas, Dušan.

Le sang s'écoule entre mes doigts, coule le long de ma main et éclabousse le sol.

Il a besoin d'aide.

– Tiens bon.

Ma supplique glisse sur mes lèvres tandis que mes larmes m'inondent.

Soudain, on m'attrape par les cheveux et me tire en arrière.

Je crie, tends la main pour me libérer, mes pieds bougent au rythme du mouvement, mon cœur bat à tout rompre.

– C'est fini. Il est mort et tu es à moi.

Les mots féroces de Mad me déchirent.

La colère qui s'abat sur moi m'empêche de respirer. Mes poumons se contractent, tout comme mes muscles. Et je ne peux m'empêcher de regarder Dušan, j'ignore si ses facultés de guérison auront de l'effet sur une blessure par balle. Il est toujours au sol, dans une mare de sang.

Bon sang, c'en est trop. Je hurle et me débats violemment.

J'ai déjà tout perdu une fois, et je ne laisserais plus jamais quelqu'un tout me prendre à nouveau. Je me secoue et rue contre Mad, mes mains griffent sa prise dans mes cheveux. Mais à l'intérieur, ça me tue de laisser souffrir Dušan.

L'adrénaline envahit tout mon corps. Avec elle vient la haine fait rage en moi, pulse en moi.

Je suis brisée. Je l'ai toujours été, et il n'y a qu'une seule manière de mettre vraiment fin à tout ça.

Mon monstre s'attarde juste sous la surface, me poussant pour sortir, pour être libre.

Elle est mon salut, elle l'a toujours été, je le vois maintenant. Sans elle, je ne pourrai pas stopper Mad.

Dans un brusque moment de désespoir, j'ouvre les vannes pour ma louve.

Elle n'a pas besoin d'être amadouée ; elle se rue hors de moi si vite que même moi je suis surprise par son grondement brutal. Elle est une tempête de vengeance, et je la libère, bien consciente des conséquences que ça aura pour moi. Et je n'ai pas le moindre regret.

Je ne pourrais pas vivre en sachant que je n'ai pas fait tout ce qui était en mon pouvoir pour achever cet enfoiré, qui aurait dû mourir il y a bien longtemps.

Sa prise se relâche à mesure que ma transformation s'opère, me déchirant comme si on m'avait ouverte avec un couteau avant de me recoudre. Le monde devient plus vif, et pour la première fois, je relâche ma prise sur ma louve.

*Tu es libre*, lui dis-je. *À toi de jouer maintenant.* Je frémis, songeant constamment à Dušan, tandis que l'autre moitié de moi sombre dans une fureur violente.

Ma louve fait volte-face, sans aucun encouragement de ma part.

Mad lève son fusil, la bouche tordue en un rictus, mais ma louve bondit sur lui, le projette en arrière. Il lâche son fusil et hurle pour demander du renfort.

Une silhouette massive percute mon flanc si brusquement que le monde tourne autour de moi.

En un clin œil, ma louve mord le visage du garde penché sur moi. Elle est d'une férocité extrême et sauvage.

Il hurle de terreur, se tenant le côté de sa tête, me frappant de l'autre main. J'ai le goût de son sang dans la bouche, cette saveur piquante et cuivrée qui me submerge. Ma louve recrache l'oreille de l'homme par terre et ça me dégoûte.

Alors que je me relève, un grognement s'échappe de ma gorge, et la soif de sang de ma louve m'envahit. Pour la première fois, une nouvelle assurance s'épanche en moi.

Je lève les yeux, les plante dans ceux de Mad.

Il recule, les yeux rivés sur le fusil qu'il a laissé tomber à plusieurs mètres.

Et mon rictus le défie de le récupérer.

Figée, ma louve le fixe, oreilles rabattues, souffle court.

*Vas-y, abruti.*

Il tente sa chance, exactement comme je l'espérais.

Mad se précipite vers l'arme comme un désespéré.

Ma louve décolle.

Nous le percutons avant qu'il ne fasse un pas de plus. L'adrénaline envahit mes veines. Des dents pointues le mordent au cou, ma louve le secoue sauvagement, lui arrache un morceau qui pend de sa bouche... ma bouche. C'est dur à dire, car je ressens et goûte tout, comme si c'était moi qui bougeais.

On ne peut plus l'arrêter à présent. Elle revient sur lui et le réduit en lambeaux. Brise des os, déchire la chair. Ses gargouillements terrifiés indiquent une mort bien trop rapide pour lui. Mais il ne mérite pas de vivre une seconde de plus. Ce n'est qu'une parodie d'être vivant.

Après m'avoir pris mon Dušan, il mérite de souffrir.

Ma prise sur ma louve s'endurcit tout à coup, une fureur aveuglante m'embrase. Et je suis là avec ma louve, arrachant avec avidité les derniers souffles de vie de Mad, lui volant tout comme il me l'a fait, et l'a fait pour tant d'autres.

Le sang chaud et cuivré inonde mes sens et coule de ma gueule.

La rage me consume. Je hurle dans ma tête pour ce que j'ai perdu, pour la lutte que j'ai menée pour avoir enfin une vie juste. C'est fini maintenant.

Je baisse les yeux sur Mad. Il a les yeux écarquillés et figés sous le choc, tournés vers le ciel. Il a quitté ce monde, mais pas assez tôt.

Je vois des étoiles, et je cille pour les chasser. Ma louve s'avance une fois encore et lève la tête. Elle pousse un hurlement déchirant.

Les ténèbres accourent et s'enroulent autour de moi.

Ma louve retourne en courant vers Dušan, qui n'a pas bougé. Puis elle recule en moi. Je la sens se retirer, jusqu'à ce qu'il n'y ait plus que moi.

La douleur dans mon cœur s'approfondit, au point où elle devient insupportable à force de le voir lutter pour respirer. Il faut que j'aille lui chercher de l'aide. Il n'est peut-être pas trop tard.

Je me retourne pour aller chercher quelqu'un, quand la souffrance, l'épuisement et le chagrin ont raison de moi. Mes jambes se dérobent sous moi, et je sombre dans les ténèbres qui me balaient et m'emportent.

# CHAPITRE 25

DUŠAN

Je me réveille en sursaut et m'assieds si vite que la pièce se met à tourner. Une douleur atroce me transperce la poitrine. Je crie sous le coup de la douleur et m'agrippe le torse en retombant sur le dos. Les yeux clos, je prends de grandes inspirations, luttant contre la douleur qui va et qui vient, mais lentement, elle s'atténue.

Attendez… Une chambre ?

J'ouvre un œil, puis l'autre, et contemple un plafond blanc, doté d'une simple ampoule. Je tourne la tête et aperçois la porte et l'armoire de ma chambre.

Les souvenirs affluent.

Les zombies dans la colonie.

Mad qui me tire dessus, et je me serais attendu à ce qu'il me jette en prison si j'avais survécu. De toute évidence, il ne prendrait pas la peine d'essayer de me remettre sur pied. Je touche les bandages autour de mon torse, ignorant comment j'ai survécu. En m'examinant, je remarque que la plupart des ecchymoses et des morsures du combat ont guéri. Mais une blessure par balle, c'est autre chose.

Et le doux visage de Meira est la dernière chose dont je me souviens avant… d'avoir cru mourir.

De faibles ronflements me parviennent du bout du lit, et je plisse le front en me penchant, mais cela m'envoie une nouvelle décharge de douleur.

Je serre les dents, supporte la vague de douleur lancinante, puis sors mes jambes du lit. Mes pieds touchent le sol froid, et je me lève en gémissant. Je ne me souviens pas de la dernière fois où j'ai autant souffert.

À pas lents et souffreteux, je vais jusqu'au pied du lit, où je trouve une louve au pelage fauve endormie sur le tapis pelucheux.

Mon cœur se serre à la vue de son corps de louve, roulée en boule, endormie au pied de mon lit. Et les choses commencent à se mettre en place. Elle a dû me sauver en se transformant, laissant sa louve s'occuper de Mad… mais à quel prix ? D'être bloquée pour toujours sous cette forme ?

Une pointe de culpabilité me transperce. À cause de moi, elle a tout sacrifié. Un horrible désespoir s'empare de moi, et mes genoux flageolent.

Qu'ai-je fait ?

Petit à petit, la froide et dure vérité me frappe, encore et encore.

Ce n'est pas l'avenir que je voulais pour elle. Je renoncerais le mien dans l'instant pour qu'elle ait tout.

Mais pas ça.

Je m'effondre et tombe à genoux, et le bruit sourd la réveille. Elle lève brusquement la tête et me regarde de ses yeux endormis, la fourre aplatie du côté où elle a dormi.

J'ai les yeux qui piquent en les plongeant dans ses magnifiques iris bronze pâle. Je me penche pour l'étreindre, la gorge serrée par une émotion écrasante qui m'étouffe.

– Oh, Meira, qu'as-tu fait ? Je n'en vaux pas la peine.

Je la tiens, ferme les yeux, et imagine qu'elle est avec moi comme avant, qu'elle rit d'une façon qui illumine la pire de mes journées. Je veux sentir ses lèvres contre les miennes. J'essaie de ne pas trop réfléchir à ce qui va me manquer, parce que ça me détruirait. Elle est toujours avec moi, mais la blessure de mon cœur est plus douloureuse encore que celle par balle.

Une soudaine décharge d'électricité me remonte le long du bras. J'ouvre les yeux au moment où Meira se met à trembler violemment dans mes bras. Son corps s'étire, et elle se métamorphose littéralement en humaine.

Je n'ai pas de mots, car l'instant d'avant mon cœur m'était arraché, et maintenant j'explose d'une joie incommensurable.

Très vite, je tiens dans mes bras une Meira nue et magnifique, et qui me sourit.

– Es-tu vraiment en train de pleurer parce que tu pensais que je resterais une louve toute ma vie ? Lucien a dit que tu le ferais, mais Bardhyl avait parié que tu m'aimerais quand même.

Je ris, parce qu'elle est déjà en train de plaisanter.

– Eh bien, ils avaient raison tous les deux.

J'ai des milliers de questions, mais la chose la plus importante, c'est que nous soyons toujours en vie.

– Comment te sens-tu ? demande-t-elle, en regardant mon bandage. Quelqu'un veillait sur toi. (Elle se penche et m'embrasse sur les lèvres, les joues, le menton.) La balle a traversé ton torse, mais n'a touché ni organe ni artère. Tu y crois à ça ? Moi je crois que tu as un ange qui veille sur toi.

La nouvelle flotte dans mon esprit, que, d'une manière ou d'une autre, j'ai réussi à survivre à un tel tir.

– Et toi et ta louve ? lui demandé-je. Apparemment, nous avons tous des surprises.

Elle affiche un large sourire et se blottit contre moi, évitant ma blessure.

– J'ai fait ce que tu m'as dit, je lui ai laissé le contrôle total, et apparemment, elle m'a récompensée en se soumettant. Je ne sais pas pourquoi j'ai eu peur aussi longtemps de la laisser me contrôler.

— Après tout ce que tu as traversé, ça se comprend. Le plus important, c'est que tu sois ici, et à moi.

Elle se redresse et m'embrasse encore. Notre baiser est doux, plein d'amour. Tout ce que j'ai craint d'avoir perdu.

Quand elle recule, elle me sourit, et alors que je n'ai qu'une envie, me noyer dans son regard, une question m'échappe :

— Qu'est-il arrivé à Mad ?

Je n'ai pas envie de parler de lui pendant que je tiens mon âme sœur dans mes bras, mais je veux être sûr que c'est bien fini.

— Nous n'aurons plus jamais à nous inquiéter de lui.

Elle me fait un clin d'œil adorable, incapable de cacher son immense sourire.

— Est-ce que tu...

— Oui, m'interrompt-elle. Ma louve et moi l'avons achevé. J'aurais juste aimé le faire bien avant que tout ne sombre dans le chaos.

— Parfois, les choses arrivent pour une bonne raison, et vraiment, c'est moi qui aurais dû l'arrêter il y a bien longtemps. Mais c'est fait. Merci de m'avoir sauvé.

Elle hausse les épaules, presque timide, et je l'attire plus près de moi.

— Tu aurais fait la même chose pour moi.

— Sans hésiter.

## *MEIRA*
### Une semaine plus tard

— *E*ncore combien de temps ? demandé-je. Je fais les cent pas dans le bureau de Dušan, évitant de regarder Lucien et Bardhyl. Je ne peux m'empêcher d'être inquiète des résultats de mes analyses de sang. Et si j'étais toujours malade, et que j'allais lentement décliner ? Je n'ai plus jamais craché de sang depuis ma transformation, alors je prie de toute mes forces que mon immunité envers les zombies ne soit qu'une sorte d'anomalie.

Je ne cesse de regarder par la fenêtre, où le soleil brille. En bas, dans la colonie, les Loups Cendrés se préparent pour les festivités de ce soir. C'est une lune bleue, et comme cela fait une semaine que Dušan a récupéré sa meute, il y a beaucoup de choses à fêter. Mad et ses partisans morts ont été incinérés, pour s'assurer qu'ils ne reviennent pas en morts-vivants, et enterrés loin dans la forêt. En plus, ce soir, Dušan va confirmer à sa meute que nous sommes en sécurité, qu'il n'y a aucun remède, contrairement aux affirmations de Mad, mais qu'il va y avoir des changements visant à mieux les protéger. Ceux qui ont trahi Dušan et ont survécu se sont enfuis dans la forêt, sachant que c'est la mort qui les attendait. De plus, Dušan a enfin rendu le sérum que Mad avait volé au X-Clan, pour sauvegarder la paix.

Lentement, toutes les pièces s'emboîtent.

Sauf que mon estomac fait toujours des siennes, dans l'attente de nouvelles de mes analyses. Des pas s'approchent de moi, et je me retourne pour trouver Lucien derrière moi. Aujourd'hui, il me fait vraiment penser à notre première rencontre au bord de la route. Il porte sa chemise à manches longues et ce jean noir sexy qui descend bas sur ses hanches étroites, sans oublier ses bottes de cowboy. Ses cheveux brun sombre lui balaient le visage, et ses yeux gris acier brillent. La moindre parcelle de lui est spectaculaire. Et il y a une bonne raison pour laquelle je suis tombée amoureuse de lui au moment de notre rencontre. C'est un dieu vivant.

– Viens t'asseoir avec nous. (Il me prend la main.) Les résultats sanguins devraient bientôt être prêts.

– Te voir faire les cent pas me rend nerveux, remarque Bardhyl depuis le canapé trois places où il est installé, jambes écartées, un bras sur ses genoux, l'autre sur le dossier.

Aujourd'hui, il me semble plus grand, plus large, plus fort. La chemise qu'il porte est ouverte au col, assez pour voir fléchir les muscles sous ses clavicules à chaque fois qu'il remue sur le canapé. Ses longs cheveux blond clair retombent sur ses épaules. Une ombre de barbe couvre sa mâchoire ciselée, et quand il me regarde, il tapote ses genoux, m'invitant à m'asseoir sur lui.

Les coins de mes lèvres remontent involontairement en réponse. Apparemment, mon corps réagit automatiquement à mes âmes sœurs.

Les doigts de Lucien se mêlent aux miens, et il me guide autour de la table, vers le canapé.

Je me jette sur le coussin du milieu, tandis que Bardhyl glisse prestement son bras dans mon dos, et l'instant d'après, je suis assise de côté sur ses genoux.

– Ma petite Reine des Zombies, n'imagine même pas pouvoir m'échapper, dit-il, le regard fixé sur moi, tandis que ses doigts trouvent ma peau sous mon haut.

– Je suis tout à fait d'accord pour rester près de toi, réponds-je, même être assise sur ses genoux me met le feu, et que je sens déjà la bosse dans son pantalon palpiter contre ma cuisse.

Lucien me soulève les pieds sans effort, pour se glisser près de Bardhyl, et me tenir les jambes. Sournoisement, il soulève ma jupe et jette un œil.

– Hé ! (Je lui donne une tape sur la main.) *Oui*, je porte des sous-vêtements.

Il m'adresse un sourire diabolique.

– Je voulais vérifier, au cas où tu nous cacherais quelque chose.

Je plisse le nez, confuse.

– Tu crois que je décide au hasard de ne pas mettre de sous-vêtements afin de vous surprendre ?

Les deux hommes me fixent avec une expression trop enthousiaste, et la réponse se lit sur leurs visages excités. Je secoue la tête : ils sont trop transparents.

La porte s'ouvre soudain, et je lève les yeux.

Dušan entre, et je jette un œil derrière lui, m'attendant presque à voir Mariana, le docteur de la meute. Mais il est seul, et mon souffle se bloque dans ma gorge.

Est-ce qu'il a une mauvaise nouvelle et qu'il veut me l'annoncer lui-même ?

Bardhyl resserre sa prise sur moi, comme s'il sentait mon malaise. Mais je m'arrache à ses bras et me lève pour rejoindre mon Alpha, mon âme sœur, mon tout.

Il m'accueille avec des yeux bleus souriants, ses cheveux noirs retombant en vrac autour de son visage, comme s'il venait de courir dans le vent.

– Viens ici, ma belle.

Il me prend dans ses bras. Je le fixe, tremblante.

– Je t'en prie, ne me fais pas attendre. Dis-le-moi simplement. Que disent mes résultats sanguins ?

Il prend mon visage en coupe dans sa main et m'embrasse avec avidité, comme s'il s'autorisait de nouveau à être brusque avec moi. Cette semaine, en attendant les résultats, nous avons nettoyé le désordre créé par Mad.

Je me colle à lui et l'embrasse plus fort encore, espérant que ça signifie qu'il a de bonnes nouvelles.

Quand je m'écarte, à bout de souffle, je le fixe éperdument.

– Les résultats montrent que tu as toujours la leucémie.

Ses bras se resserrent autour de moi. Un frisson court dans

mon dos et les larmes me montent aux yeux. C'est stupide de voir que quelques mots suffisent à me faire trembler.

Lucien et Bardhyl se lèvent du canapé et viennent à mes côtés, les mains posées sur moi.

– Ne pleure pas, ma belle, me rassure Dušan. Tu as toujours été spéciale, et apparemment, à cause de ta transformation tardive, ta première métamorphose n'a pas complètement éradiqué la maladie. Mais elle l'a rendue dormante et inactive dans ton corps.

Je continue d'analyser ses paroles, essayant d'accepter les résultats.

– C'est pour ça qu'elle est toujours immunisée contre les zombies, ajoute Lucien, et Dušan acquiesce. C'est comme ça que tu les contrôles ?

Je secoue la tête.

– Je n'en sais vraiment rien. Je pense que c'est en rapport avec le fait de les mordre.

– Mariana pense que c'est lié à ton immunité, et qu'il y a transmission de salive dans leur système sanguin quand tu les mords. Ça change leur faim en obéissance envers toi, explique Dušan.

Bardhyl m'étreint par-derrière, et murmure dans mon oreille :

– C'est incroyable.

– Tu es sûr ? demandé-je à Dušan, tellement habituée à entendre de mauvaises nouvelles que maintenant j'ai du mal à croire que d'une manière détournée, tout finisse aussi bien.

– Magnifique Meira. Tu n'as pas à t'inquiéter.

Il m'agrippe et me soulève, et je ris, sur le point d'exploser de bonheur. Je ne me rappelle pas avoir jamais ressenti ça. De ne plus devoir m'inquiéter en permanence de ma survie. De quelqu'un qui voudrait me tuer. De m'enfuir.

Ce n'est plus ce que je suis.

– Je n'arrive toujours pas à croire que les choses aient

tourné de cette manière, dis-je quand il me repose à terre, entourée de mes trois Alphas. Mais j'ai une question.

– Vas-y, m'enjoint Dušan.

– Que se passera-t-il si j'ai des enfants ? Est-ce qu'ils seront malades aussi ?

C'est fou de penser à ça, mais l'idée vient de jaillir dans mon esprit. Je ne veux pas qu'ils souffrent comme moi j'ai souffert ; par contre, je veux qu'ils soient préservés des zombies.

Tout d'abord, personne ne répond, ce qui me fait rougir à l'idée que je viens de les mettre sur la sellette, en parlant de bébés alors que nous venons à peine de retrouver notre liberté.

Dušan dit enfin :

– Mariana m'a expliqué que ce n'est pas une maladie héréditaire, mais ça peut arriver, Sauf qu'étant donné qu'elle est dormante chez toi, c'est très peu probable. Et quand l'enfant se transformera, ce dont nous nous assurerons, son côté loup le protégera comme il le fait avec toi.

Je cille, et cela me semble logique, même si je suis toujours inquiète. Je soupire bruyamment.

– C'est beaucoup à encaisser d'un seul coup. Tous ces changements, et ce qui se passe avec moi. Mais d'après ce que tu dis, je n'ai pas vraiment de remède pour tout le monde contre les zombies.

Il secoue la tête. Je ne pensais pas que ce serait le cas, mais il valait mieux poser la question.

– Tu n'as plus besoin de t'inquiéter de quoi que ce soit maintenant, à part t'installer dans ta nouvelle maison et nous aider tous les trois à diriger la meute. En plus les Loups Nordiques nous ont promis de revenir nous voir, et j'ai envie que tout soit en place pour ne pas leur laisser croire que nous sommes faibles.

J'écarquille les yeux, et déjà un plan se forme dans mon esprit.

— J'ai une idée. (Je me tourne pour faire face aux trois Alphas.) Disposons des zombies autour du camp. Je peux leur ordonner de rester là. Quiconque s'aventurera près de notre enceinte sera terrifié d'avancer plus loin. (Je hausse les épaules.) Je pense que ce serait une bonne mesure de protection. Quand ils se décomposent, on les remplace. Bon sang, il y a bien assez de ces choses dans la forêt.

— J'adore cette idée, opine Bardhyl. Au Danemark, on faisait ça avec des loups sauvages. On en gardait autour de notre campement. Quand ils faisaient du bruit, on savait qu'il y avait des intrus, et la plupart étaient effrayés de les voir.

— C'est d'accord, dit Dušan.

Je jette un œil à Lucien, qui est resté silencieux et me regarde bizarrement.

— Ça va ? lui demandé-je.

Le soleil du dehors se répand dans la pièce à travers la fenêtre, et lui confère une sorte d'aura.

— J'en suis resté à notre conversation précédente. (Il s'éclaircit la gorge.) Tu es prête à faire un bébé avec nous ?

La douceur de sa voix, la tendresse dans ses yeux, me désarment parce qu'elles n'appartiennent pas à quelqu'un qui a peur, mais quelqu'un qui rêve de ce jour. Je m'avance vers lui et l'étreins.

— Peut-être pas tout de suite, mais oui, si vous êtes tous d'accord.

Il a le souffle court.

— C'est tout ce que j'ai toujours désiré.

Il me serre contre lui, et Bardhyl et Dušan nous rejoignent dans notre étreinte. Je suis au milieu de ces hommes puissants qui m'aiment, qui me veulent dans leur avenir. Mais il se trouve qu'ils ne sont pas les seuls à être forts. Tout au long de ma vie, j'ai cru que je vivais avec un monstre en moi. Mais le véritable monstre, c'était ma propre peur.

Ma nouvelle vie représente tout pour moi, et je les aime énormément. Pour la première fois, j'ai un but dans la vie. Et maintenant, j'ai une famille.

Je ne serai plus jamais seule, et j'ai mal aux joues à force de sourire, car les choses s'améliorent enfin pour moi.

– Qui est pour commencer à s'entraîner à faire des bébés ? demande Bardhyl à brûle-pourpoint, et je lève les yeux au ciel.

Des mains puissantes, dont je soupçonne qu'elles appartiennent à Dušan, se glissent sous ma jupe, et je pivote face à lui. Mais ce pervers est trop rapide. Ses doigts se replient sous l'élastique de ma culotte, et d'un geste vif, il me l'arrache. Je sursaute, et soudain, je me retrouve avec trois hommes avides de sexe qui me dévorent du regard.

– Tu es prête ? demande-t-il.

Je m'écarte d'eux, et la chaleur entre mes jambes est déjà humide d'excitation.

J'ai le souffle court, et en un instant, je les désire insatiablement.

– Attendez. Je sais qu'on n'a pas couché ensemble depuis une semaine, mais...

– Vous pensez qu'elle essaie de nous distraire ? demande Lucien.

– Absolument, répond Bardhyl, sans détourner son regard de moi.

Nous avons franchi la limite entre la discussion sérieuse et le besoin entêtant de nous lâcher, et je ne peux nier le désir qui m'embrase de l'intérieur.

– Écoutez, si nous en parlions d'abord ? dis-je, tentant de les distraire.

Alors qu'ils soupirent, je pivote et fonce vers la porte, en lançant par-dessus mon épaule :

– Pigeons !

Ils se ruent brusquement sur moi, et je m'échappe de la pièce, sans cesser de rire tout en courant le long de l'immense couloir.

Tout ce dont j'ai toujours rêvé a pris vie, et cela me semble encore irréel, mais j'ai envie que ça marche.

Et qui aurait pu penser que la fille la plus brisée au monde pourrait trouver sa fin de conte de fées ?

LA LOUVE PERDUE

LES LOUPS SAUVAGES

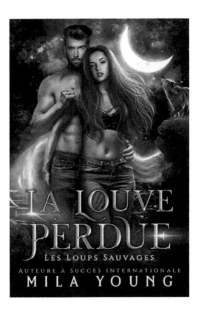

**Être rejetée par mon compagnon est le cadet de mes soucis…**

Je suis une métisse, une Maudite. Mon côté louve me permet d'avoir un compagnon alpha… Et mon côté sorcière me vaut une condamnation à mort.

Du moins, c'est ce qu'ils croient.

À présent, seuls quatre Alphas vikings me séparent d'une mort certaine. Ils ont besoin de mes pouvoirs pour prendre le contrôle du Secteur Sauvage et ils se serviront de mes sœurs comme moyen de pression pour obtenir ce qu'ils attendent de moi.

Ma magie sauvage, mon cœur.

Ma louve les attire, mais je ne leur fais pas confiance. Rien ne me garantit qu'ils me garderont en vie une fois que tout sera terminé.

À leurs yeux je ne suis qu'une Omega, mais cette erreur pourrait nous coûter la vie à tous.

*Ce que les Alphas vikings veulent, les Alphas vikings l'obtiennent...*

*... et pour l'instant, ce qu'ils désirent, c'est ma magie sauvage et moi.*

\* \* \*

# ABONNEZ-VOUS À LA NEWSLETTER DE MILA

Pour être au courant des dernières nouvelles et connaître les dates de publication, abonnez-vous à ma newsletter.

**www.milayoungbooks.com/french-newsletter**

# À PROPOS DE MILA YOUNG

Auteur à succès, Mila Young aborde tout avec le zèle et la bravoure des héros de contes de fées, dont les aventures ont enchanté son enfance. Elle élimine les monstres, réels et imaginaires, comme s'il n'y avait pas de lendemain. Le jour, elle joue du clavier en tant que génie du marketing. La nuit, elle combat avec sa puissante épée-stylo, réinventant des contes de fées, où les héros sexys vivent des histoires fantastiques. Durant son temps libre, elle aime imaginer qu'elle est une valeureuse guerrière, câliner ses chats, et dévorer tous les romans fantastiques qui lui passent sous la main.

À propos de Mila Young

Envie de lire d'autres romans de Mila Young ? Inscrivez-vous ici dès aujourd'hui. www.subscribepage.com/milayoung

Rejoignez le **groupe des Lecteurs Fantastiques** de Mila pour des contenus exclusifs, les dernières infos, et des avantages. www.facebook.com/groups/milayoungwickedreaders

*Pour plus d'informations...*
**www.milayoungbooks.com**
milayoungarc@gmail.com